G. A. Aiken
Dragon Kiss · Dragon Dream

PIPER

Zu diesem Buch

Die schöne und toughe Kriegerin Annwyl kennt nur ein Ziel: ihr Volk vor ihrem machtgierigen Bruder zu bewahren. Während eines Kampfes schwer verwundet, wird sie ausgerechnet von dem allseits gefürchteten Drachen Fearghus in Sicherheit gebracht. Annwyl stellt schnell fest, dass man diesen nicht zum Feind haben möchte. Doch was, wenn man sich in ihn verliebt? … In der Hoffnung auf eine sinnliche Entlohnung rettet Drache Briec der Hexe Talaith das Leben – und wird bitter enttäuscht: Denn obwohl Talaith in einer unglücklichen Zwangsehe gefangen ist, zeigt sie nicht das geringste Interesse an ihm. Genau die richtige Herausforderung für den eingebildeten wie attraktiven Drachenwandler!

G.A. Aiken ist die New-York-Times-Bestsellerautorin der erfolgreichen Serie um die Drachenwandler. Sie lebt an der Westküste der USA und genießt dort das sonnige Wetter, das gute Essen und die Aussicht auf attraktive Strandbesucher. Beim Piper Verlag veröffentlicht G.A. Aiken neben ihrer Drachenwandler-Saga außerdem die Reihe »Lions« sowie die Serie »Wolf Diaries«. Weiteres zur Autorin unter: www.gaaiken.com

G. A. Aiken

DRAGON KISS & DREAM

Zwei Romane in einem Band

Aus dem Amerikanischen
von Karen Gerwig

Piper München Zürich

Entdecke die Welt der Piper Fantasy:

Piper-Fantasy.de

Von G. A. Aiken liegen bei Piper vor:
Dragon Kiss
Dragon Dream
Dragon Touch
Dragon Fire
Dragon Sin
Dragon Fever
Lions. Hitze der Nacht
Lions. Feuriger Instinkt
Lions. Leichte Beute
Lions. Wilde Begierde
Wolf Diaries. Gezähmt
Wolf Diaries. Besiegt
Wolf Diaries. Erlegen

FSC
www.fsc.org
MIX
Papier aus verantwortungsvollen Quellen
FSC® C083411

Taschenbuchsonderausgabe
Juli 2013

Titel der amerikanischen Originalausgaben:
»About a Dragon« und »Dragon Actually«, Zebra Books, New York 2008

Umschlaggestaltung: Guter Punkt, München/www.guter-punkt.de
Umschlagabbildung: Sabine Zels, Guter Punkt unter Verwendung von Motiven von Shutterstock
Satz: Satz für Satz. Barbara Reischmann, Leutkirch
Papier: Munken Print von Arctic Paper Munkedals AB, Schweden
Druck und Bindung: CPI – Clausen & Bosse, Leck
Printed in Germany ISBN 978-3-492-26939-1

Dragon Kiss

Roman

PIPER

Für Cypress B. und Terri O.,
die ersten Fans von Fearghus dem Zerstörer und seiner Art.

Wie sie beide wissen, geht nichts über die Loyalität von Drachen.

Liebe Leserin,

geben Sie es einfach zu. Sie haben sich auch schon gefragt, wie es wohl sein mag, einen Liebhaber mit Flügeln und Schuppen zu haben … und einem Schwanz. Sie haben sich gefragt, wie es wäre, durchs Einkaufszentrum zu gehen, und alle weichen Ihnen aus, weil sie »das Mädchen des Drachen« nicht verärgern wollen. Oder vielleicht haben Sie sich sogar gefragt, wie es wäre, sich mit den eigenen Krallen in den Fangzähnen zu stochern.

Na gut. Dann geben Sie es eben nicht zu. Aber ich werde es tun.

Seit ich denken kann, frage ich mich, wie es wäre, Teil des Drachenuniversums zu sein. Nicht nur von der menschlichen Perspektive aus, sondern von der eines Drachen. Und was als Kurzgeschichte begann, hat sich in die Drachenwelt verwandelt, von der ich immer geträumt habe.

Die erste Geschichte, *Dragon Kiss*, wurde ursprünglich 2004 elektronisch veröffentlicht (damals unter dem Titel *To Challenge a Dragon*) und handelt von meinem sehr gut aussehenden Fearghus dem Zerstörer. Ein schwarzer Drache, der gern allein in seiner Höhle ist und auch keine besondere Lust hat, das zu ändern – bis Annwyl die Blutrünstige in sein Leben schneit.

Und während ich Fearghus' Geschichte schrieb, tauchten immer mehr Mitglieder seiner Familie auf, inklusive seine liebenswerten Eltern. Das führte zu der zweiten Geschichte, *Bercelak und Rhiannon*. Eine lustige kleine Erzählung über verliebte Drachen … mit ein paar Ketten … und einer Menge

Flammen. Ursprünglich entstand *Bercelak und Rhiannon* für meinen Newsletter, aber ich freue mich sehr, es jetzt mit Fearghus' Geschichte veröffentlichen zu können.

Willkommen also in der Welt, die ich geschaffen habe: die Welt der gut aussehenden Drachenkrieger und der blutdürstigen Frauen, die sie lieben.

Viel Spaß damit.

G. A. Aiken

Dragon Kiss

I Er hörte die Kampfgeräusche schon eine ganze Weile. Aber wie immer ignorierte er sie. Die Kriege der Menschen bedeuteten ihm nichts. Das hatten sie noch nie. Doch diese Geräusche direkt vor seiner Höhle? Das ließ ihn aktiv werden.

Sein Schwanz, der um seinen Körper gelegen hatte, entrollte sich und er bewegte sich langsam zum Eingang seiner Behausung. Er wusste nicht, was ihn erwartete und genauso wenig, ob es ihn überhaupt kümmerte, doch das Leben im Allgemeinen war im Moment ziemlich langweilig, und das hier konnte vielleicht interessant werden. Oder zumindest für ein Abendessen sorgen.

Die Klinge fuhr in Annwyls Seite, schlitzte durch Rüstung und Fleisch, zerriss Organe. Blut strömte aus ihr heraus, und sie wusste, dass sie starb. Der Soldat lächelte über ihren Schmerzensschrei und löste damit den sprichwörtlichen Zorn aus, für den Annwyl berühmt war.

Sie hob ihre Klinge und schwang sie mit einem markerschütternden Schrei in purer Raserei. Der Stahl sirrte durch die Luft, hieb durch den Mann hindurch und trennte ihm den Kopf vom Hals. Sein Blut spritzte ihr über Gesicht und Arm. Die anderen Soldaten hielten inne. Sie hatten Annwyls kleine Schar von Kriegern ohne große Mühe in Schach gehalten, als sie sie erst einmal in diese verlassene Schlucht zurückgedrängt hatten. Doch sie machte ihnen den tödlichen Schlag nicht leicht. Bis jetzt.

Das Leben rann aus ihrem Körper, und sie wusste, dass ihre Zeit knapp wurde. Ihr Blick verschleierte sich, sie fühlte sich schwächer und leichter. Das Atmen wurde mühsam.

Doch sie würde kämpfen, solange noch Atem in ihrem Körper steckte. Annwyl hob ihr Schwert, umklammerte den Griff mit beiden blutigen Händen und wartete auf den nächsten Angriff.

Einer der Männer trat vor. Sie konnte an seinem Blick erkennen, dass er derjenige sein wollte, der ihr den Kopf abschlug. Der ihn ihrem Bruder präsentieren wollte, damit er ihn als Trophäe behalten konnte und als Warnung für andere, die es wagten, seine Herrschaft infrage zu stellen.

Sie sah ihm zu, wie er sich mit selbstsicherer Langsamkeit bewegte. Er wusste eindeutig auch, dass sie im Sterben lag. Wusste, dass sie nicht mehr lange kämpfen konnte.

Ihre Knie zitterten, während ihre Stärke zerrann, und ihr Körper sehnte sich nach nur ein paar Minuten Ruhe und Schlaf. Nur ein kurzes Nickerchen …

Annwyl riss die Augen auf und erkannte, wie viel näher der Soldat gekommen war. Sie schwang ihr Schwert, und er parierte den Hieb mit Leichtigkeit. Er lächelte, und Annwyl hätte ihre Seele gegeben für nur eine letzte Woge Kraft, um ihm dieses arrogante Grinsen vom Gesicht zu wischen.

Der Soldat sah zurück zu seinen Kameraden, um sicherzugehen, dass sie alle hersahen, bevor er sie tötete. Dabei ließ er die Deckung fallen. Und eines hatte ihr Vater sie immer gelehrt: Lass niemals eine gute Gelegenheit verstreichen. Sie durchbohrte ihn mit ihrer Klinge, rammte ihm den Stahl in den Bauch, während er den Kopf herumriss und sie mit Grauen im Blick ansah. Als Zugabe drehte sie das Schwert in seinen Eingeweiden herum und sah zufrieden zu, wie er den Mund zum Schrei öffnete, die Welt aber mit nichts weiter als einem Winseln verließ.

Sie riss ihre Klinge aus ihm heraus, und er fiel zu Boden. Sie wusste, dass er der Letzte sein würde, den sie vernichtete, aber sie würde dennoch mit erhobenem Schwert sterben. Sie wandte sich den restlichen Männern zu, doch die hatten zu ihrer Überraschung keinerlei Interesse mehr an ihr. Sie sahen an ihr vorbei. In die Höhle, vor der sie nun stand.

Annwyl versuchte herauszufinden, was das nun wieder für ein neuer Trick sein mochte, doch sie wandte ihren schwindenden Blick nicht von den Männern vor ihr ab. Selbst als die Erde unter ihr bebte. Selbst als die Männer in offensichtlichem Entsetzen vor ihr zurückwichen. Selbst, als der riesige Schatten über ihren Körper fiel und die Sonne vollkommen verdeckte.

Erst als die Männer schrien und zu laufen begannen, warf sie einen Blick nach oben und sah schwarze Schuppen direkt über sich schweben. Als die Schuppen sich bewegten, als eine große Menge Luft in noch größere Lungen gesogen wurde, sah sie schließlich zurück zu den fliehenden Soldaten.

Der Feuerschwall strömte durch die Schlucht, zerstörte Bäume, Blumen und schließlich auch Männer. Sie richtete sich mithilfe ihres Schwerts auf und sah zu, wie die feindlichen Soldaten von den Flammen verschlungen wurden, wie sie sich wanden in dem verzweifelten Versuch, die Flammen auszuschlagen, die sie bedeckten.

Ein leichtes Gefühl der Befriedigung durchrieselte sie, trotz des Wissens, dass sie die Nächste sein würde. Als die Schreie erstarben, sah Annwyl erneut auf und stellte fest, dass der Drache jetzt zu ihr herabsah. Er beobachtete sie mit offensichtlicher Neugier und machte keine Anstalten, sie vom Erdboden zu tilgen. Zumindest noch nicht.

»Ich würde dich fürchten, Meister Drache«, brachte sie noch heraus, als das letzte bisschen Kraft ihren Körper verließ und sie auf ein Knie fiel, in den Händen immer noch ihr blutbedecktes Schwert, »wenn ich nicht sowieso im Sterben läge.« Sie deutete ein bitteres Lächeln an. »Tut mir leid, dass ich dir diesen Leckerbissen verweigern muss.« Sie hustete, und Blut floss über ihr Kinn und den polierten Stahl ihres Harnischs.

Annwyl fiel zu Boden. Kurz darauf spürte sie, wie sie sich bewegte. Sie wusste nicht, ob ihre Seele ins Land ihrer Vorfahren übergegangen war oder ins Maul einer Bestie, aber so oder so war sie fertig mit diesem Leben.

2

Annwyl hörte ein Stöhnen. Ein unaufhörliches, lautes Stöhnen. Sie brauchte mehrere lange Augenblicke, um sich bewusst zu werden, dass sie selbst es war, die dieses lästige Geräusch produzierte.

Sie zwang ihre Augen auf und bemühte sich, klarzusehen. Sie wusste, dass sie in einem richtigen Bett lag, den nackten Körper mit Tierfellen bedeckt. Sie konnte das Knistern einer Feuerstelle in der Nähe hören und spürte die Wärme. Abgesehen davon hatte sie keine Ahnung, wo sie war oder wie bei allen Göttern sie dort hingekommen war. Das Letzte, woran sie sich erinnerte, war … dass sie starb. Aber der Schmerz war ein bisschen zu groß, als dass sie tot sein konnte.

Ihr Blick stellte sich scharf, und sie erkannte, dass sie sich in einem Raum befand. Einem Raum mit Steinwänden. Sie blinzelte noch einmal und versuchte, die aufsteigende Panik zu bekämpfen. Das hier waren nicht einfach Steinwände. Es waren Höhlenwände.

»Bei allen Göttern«, flüsterte sie, als sie die Hand ausstreckte und den kalten, grauen Stein berührte.

»Gut. Du bist wach.«

Annwyl schluckte und betete, dass die Götter ihr nur einen grausamen Streich spielten. Sie drückte sich auf die Ellbogen hoch, als die tiefe, dunkle Stimme erneut sprach: »Vorsichtig. Sonst reißt du die Nähte wieder auf.«

Mit schierer und beinahe atemberaubender Furcht sah Annwyl über ihre Schulter und konnte dann den Blick nicht wieder abwenden. Da war er. Ein riesiger schwarzer Drache, die Flügel eng an den Körper gepresst. Das Licht der Feuerstelle ließ seine glänzenden schwarzen Schuppen glitzern.

Sein riesiger, gehörnter Kopf ruhte in einer seiner Klauen. Er sah so lässig aus. Hätte sie es nicht besser gewusst, hätte sie geschworen, er grinste sie an, während der Blick seiner schwarzen Augen sie über die Kluft zwischen ihnen hinwegversengte. Eine herrliche Kreatur. Aber dennoch eine Kreatur. Ein Monster.

»Drachen können also sprechen?« *Genial, Annwyl.* Doch sie wusste wirklich nicht, was sie sonst sagen sollte.

»Aye.« Schuppen fegten über Stein, und sie biss die Zähne zusammen, um nicht zu schaudern. »Mein Name ist Fearghus.«

Annwyl runzelte die Stirn. »Fearghus?« Sie dachte einen Moment nach. Dann fuhr ihr die Angst bis ins Mark und riss sie mit in die Tiefen der Verzweiflung. »Fearghus ... der Zerstörer?«

»So nennt man mich.«

»Aber man hat dich seit Jahren nicht mehr gesehen! Ich dachte, du wärst ein Mythos!« Gerade jetzt betete sie im Stillen, er möge ein Mythos sein.

»Sehe ich aus wie ein Mythos?«

Annwyl starrte die riesige Bestie an und staunte über ihre Größe. Schwarze Schuppen bedeckten die gesamte Länge des Körpers; auf dem mächtigen Kopf trug er zwei schwarze Hörner. Und eine Mähne seidigen schwarzen Haares fiel ihm über Stirn und Rücken und berührte beinahe den Lehmboden. Sie räusperte sich. »Nein. Für mich siehst du ziemlich echt aus.«

»Gut.«

»Ich habe Geschichten über dich gehört. Du hast ganze Dörfer dem Erdboden gleichgemacht.«

»Gelegentlich.«

Sie wandte sich von seinem festen Blick ab und fragte sich, wie die Götter so grausam sein konnten. Statt sie wie eine wahre Kriegerin im Kampf sterben zu lassen, ließen sie sie als Abendessen für eine Bestie enden.

»Und du bist Annwyl von der Insel Garbhán. Annwyl von den Dunklen Ebenen. Und, wie ich neulich erst hörte, Annwyl die Blutrünstige.« Das ließ Annwyl nun doch zusammenzucken. Sie hasste diesen Namen. »Du schlägst Männern die Köpfe ab und badest in ihrem Blut.«

»Das tue ich nicht!« Sie wandte ihren Blick wieder dem Drachen zu. »Wenn man einen Mann köpft, spritzt Blut. Aber ich bade in nichts anderem als Wasser.«

»Wenn du es sagst.«

Durch seine Gelassenheit fühlte sie sich in die Defensive gedrängt. »Und ich schlage nicht einfach irgendwelchen Männern den Kopf ab. Nur den Feinden der Dunklen Ebenen. Den Männern meines Bruders.«

»Ach ja. Lorcan. Der Schlächter von Garbhán. Ich würde sagen, wenn du einfach *ihm* den Kopf abschlagen würdest, wäre der Krieg vorbei.«

Annwyl knirschte mit den Zähnen. Und zwar nicht vor Schmerzen in ihrer Wunde. »Glaubst du, auf die Idee wäre ich noch nicht gekommen? Glaubst du, wenn ich nah genug an den kleinen, nichtswürdigen Wurm herankommen würde, würde ich ihn nicht töten, wenn ich die Chance dazu hätte?« Der Drache antwortete nicht, und jetzt wurde sie richtig wütend.

»Also? *Glaubst du das*?«

Der Drache blinzelte bei ihrem plötzlichen Ausbruch. »Wirst du immer so wütend, wenn man deinen Bruder erwähnt?«

»Nein!«, bellte sie. Dann: »Ja!« Annwyl seufzte. »Manchmal.« Der Drache lachte leise, und sie bekämpfte den Drang zu schreien. Und weiterzuschreien. Sein Lachen klang nicht unangenehm, aber einen Drachen anzumachen … nun, vielleicht wurde sie jetzt wirklich vollends verrückt.

Der Drache kam langsam hinter ihr hervor und schob mehr von seinem riesigen Körper in den Raum. Er setzte sich zu ihrer Rechten hin, aber sie konnte ihn nur halb sehen, ohne den Kopf zu drehen. Der Rest blieb außerhalb der Nische. Sie fragte sich, wie er wohl in seiner Gesamtheit aussehen mochte.

»Warum genau bin ich nicht …«

»Tot?«

Sie nickte.

»Das wärst du, wenn ich dich nicht gefunden hätte.«

»Und warum hast du mich gerettet?«

»Ich weiß nicht. Du … faszinierst mich.«

Annwyl runzelte die Stirn. »Was?« Verglichen mit einem Drachen war sie gar nichts. Nur ein Mensch.

»Deine Tapferkeit. Sie fasziniert mich. Als du mich sahst, versuchtest du nicht zu fliehen wie diese Männer. Du bliebst standhaft.«

»Ich war schon fast tot, was hätte es also genützt?«

»Das spielt keine Rolle. Die Furcht vor Drachen betrifft Junge und Alte. Die Sterbenden und die Starken. Du hättest um dein Leben rennen müssen oder auf die Knie fallen und um Gnade flehen.«

»Ich falle für keinen Mann auf die Knie«, blaffte sie ohne nachzudenken. Er brach in Lachen aus. Ein tiefer, angenehmer Laut. Wie seine Stimme, wenn er sprach. Ein Jammer, dass sie einem Monster gehörte.

»Ich werde es mir merken.« Er lachte leise, drehte sich vorsichtig um, wobei sein Kopf ihr beängstigend nahe kam, und verließ den Raum. Sie sah zu, wie sein Schwanz in den Raum schwang und seine scharfe Spitze die Steinwände streifte. Sie versuchte, nicht in Panik zu geraten, als ihr bewusst wurde, dass dieser Schwanz allein so lang war wie mindestens zwei der größten Männer ihrer Truppen. »Ich werde jemanden schicken, der dir beim Aufstehen hilft und dir zu Essen gibt.«

»Einen Menschen?«

»Was?« Der Drache knallte mit seinem großen Kopf gegen die Decke.

Annwyl ließ sich wieder zurück aufs Bett sinken. Das war nur ein Traum gewesen. »Nichts. Ich bin müde.«

»Dann schläfst du am besten ein bisschen.«

»Warte!« Er hielt inne und sah über die Schulter zu ihr zurück. Annwyl holte tief Luft. »Danke, dass du mich gerettet hast.«

»Gern geschehen, Schöne.« Er ging weiter. »Aber mach es dir nicht zu gemütlich«, warf er beiläufig zurück. »Wer weiß, was ich von dir als Rückzahlung für meine Freundlichkeit verlangen werde.«

Annwyl lehnte sich in ihre weichen Kissen zurück und fühlte einen Schauder ihren Körper durchlaufen. Sie wünschte nur, sie hätte sagen können, dass sie aus Furcht oder zumindest Ekel schauderte. Was ihr wirklich Sorge machte, war, dass es sich nach keinem von beidem anfühlte.

Fearghus rieb sich die frische Beule an seinem Kopf. Er hatte vom Zorn von Annwyl der Blutrünstigen gehört, aber er hatte keine Ahnung gehabt, wie überwältigend dieser sein konnte. Ihr wütendes Gebrüll war verdammt noch mal fast so mächtig wie das Brüllen eines Drachen.

Kein Wunder, dass sie ihren Bruder noch nicht besiegt hatte. Er jagte ihr Angst ein. Er erkannte es an ihrer übergroßen Wut bei der bloßen Erwähnung dieses Mannes.

Wenn sie Lorcan jetzt gegenübertrat, bezweifelte er, dass sie ihn besiegen würde – selbst wenn ihr Körper wieder vollkommen geheilt war. Entweder ihre Wut oder ihre Furcht würden sie überwältigen.

Und aus irgendeinem unerklärlichen Grund machte ihm dieser Gedanke höllische Sorgen. Seit wann interessierte er sich für Menschen? Anders als andere seiner Sippe hasste er Menschen nicht. Doch er lebte auch nicht unter ihnen. Deshalb war sein ursprünglicher Plan für das Menschenmädchen gewesen, einfach ihre Wunden zu heilen und sie dann in der Nähe einer menschlichen Siedlung auszusetzen. Er mochte keine Komplikationen. Er mochte niemanden um sich haben. Er mochte den Frieden. Er mochte die Ruhe. Und nicht viel mehr. Doch der bloße Gedanke daran, sie einfach irgendwo allein zu lassen, machte ihn krank.

Er wusste jetzt schon, dass es kompliziert werden würde. Und er hasste Komplikationen.

»Gut. Du bist wach.« Annwyl sah hinauf in das Gesicht einer Frau. Eine Hexe, der präzisen, aber brutalen Narbe nach zu schließen, die eine Seite ihres Gesichts verunzierte. Auf Befehl ihres Bruders waren alle Hexen auf diese Art gekennzeichnet worden. Das Gesicht hinter der Narbe sah aus, als wäre es einst schön gewesen. »Du musst eingeschlafen sein, nachdem er weg war.« Sie zog die Felldecke von Annwyls Körper. »Jetzt wollen wir dich mal auf die Beine bringen.«

Annwyl schwang langsam die Beine vom Bett und drückte sich mithilfe eines Arms hoch.

»Vorsichtig. Sonst öffnet sich die Wunde womöglich wieder.«

Annwyl nickte, während sie wortlos dasaß und wartete, dass die Übelkeit, die plötzlich in ihr aufstieg, vorüberging.

»Du hast großes Glück, weißt du?«

»Wirklich?«

»Die meisten anderen Drachen hätten dich als Mahlzeit gesehen, nicht als Gast.«

Annwyl nickte langsam. »Ich weiß.« Sie sah die Hexe erneut an. »Ich habe dich schon mal gesehen.«

»Aye. Ich helfe im Dorf, wenn ich kann.«

»Die Heilerin. Jetzt erinnere ich mich. Ich hatte keine Ahnung, dass du eine Freundin der Drachen bist.«

»Sie besitzen meine Loyalität.«

Annwyl sah die Narben der Frau an. Es überraschte sie nicht, dass sie das Leben unter Drachen dem unter Menschen vorzog. »Hat dir mein Bruder das angetan?«

»Er hat es befohlen. Er ist kein Freund der Schwesternschaft.« Die Frau legte ein Gewand um Annwyls nackte Schultern.

Ihr Bruder hasste alle Hexen. Hauptsächlich, weil sie Frauen waren. Und er hasste alle Frauen. »Er hatte schon immer Angst vor dem, was er nicht versteht.«

»Schließt das dich mit ein?«

Annwyl lachte, während sie sich langsam vom Bett hochschob. Das Lachen klang sogar in ihren eigenen Ohren bitter. »Mein Bruder versteht mich nur zu gut. Deshalb kommen wir ja auch trotz aller Mühe nicht aus unserer Pattsituation heraus.«

»Ich sehe, du bist seiner Strafe nicht entkommen.« Die Hexe deutete auf die Wunden auf dem Rücken der jungen Frau. Das aufgerissene Fleisch heilte, war jedoch immer noch schmerzhaft gerötet.

»Das ist nicht von ihm.« Annwyl zog das Gewand enger um ihren Körper. Es war samtweich und üppig, ihr gefiel seine Sanftheit auf ihrer vom Kampf gehärteten Haut. Sie fragte sich, welchem reichen Baron der Drache es abgenommen haben könnte, während er seinen Wagen in Stücke gerissen und die Insassen gefressen hatte.

Die Frau legte ihren Arm um Annwyls Hüfte und half ihr zu einem Tisch mit Essen und Wein hinüber. »Dein Name ist … Morfyd, oder?« Annwyl ließ sich auf einen derben Stuhl sinken.

»Ja.«

»Hast du auch geholfen, mich zu heilen?«

»Ja.«

»Nun, danke für deine Hilfe, Morfyd. Ich schätze das sehr.«

»Ich tat es, weil der Drache mich darum bat. Aber wenn du ihn betrügst, Mylady …«

»Droh mir nicht«, fiel ihr Annwyl sofort ins Wort, ohne auch nur von dem Essen vor sich aufzusehen. »Ich hasse das. Und du musst mich nicht an meine Blutschuld gegenüber dem Drachen erinnern.« Annwyl nippte Wein aus einem Silberkelch und sah die Frau an. »Ich schulde ihm mein Leben. Ich werde ihn nie betrügen. Und nenn mich nicht ›Mylady‹. Annwyl genügt.«

Als sie den Kelch vorsichtig auf dem Holztisch absetzte, sah sie, dass Morfyd sie anstarrte. »Stimmt etwas nicht?«

»Nein. Ich bin nur sehr neugierig auf dich.«

»Nun«, grinste Annwyl, »man sagte mir bereits, ich sei faszinierend.«

Morfyd zog den einzigen anderen Stuhl heran und setzte sich Annwyl gegenüber. »Ich habe viel von deinem Bruder gehört. Es erstaunt mich, dass du noch lebst.«

Annwyl begann, den deftigen Eintopf zu essen und versuchte verzweifelt, nicht zu sehr darüber nachzudenken, welche Art Fleisch er enthalten mochte. »Mich erstaunt es auch. Täglich.«

»Aber du hast viele Menschen gerettet. Viele aus seinen Kerkern befreit.«

Annwyl zuckte schweigend die Achseln, während sie sich fragte, ob das ein Knorpel war, worauf sie gerade kaute.

»Niemand sonst hat ihn je herausgefordert. Kein Mensch würde vortreten, um sich ihm zu stellen«, drängte Morfyd.

»Tja, er ist mein Bruder. Früher hat er meine Haare in Brand gesteckt und Messer nach meinem Kopf geworfen. Es war unvermeidlich, ihm im Kampf entgegenzutreten.«

»Aber du hast bis vor zwei Jahren unter seinem Dach gelebt. Wir haben alle die Geschichten über das Leben auf der Insel Garbhán gehört.«

»Mein Bruder hatte andere Sorgen, nachdem mein Vater gestorben war. Er wollte sichergehen, dass jeder ihn fürchtet. Er hatte keine Zeit, sich Gedanken um seine Bastard-Schwester zu machen.«

»Warum hat er dich nicht verheiratet? Er hätte ein Bündnis mit einem der größeren Königreiche schmieden können.«

Annwyl dachte kurz an Lord Hamish aus der Provinz Madron und wie kurz sie davorgestanden hatte, seine Braut zu werden. Der Gedanke ließ sie schaudern.

»Er hat es versucht. Aber die Adligen haben es sich immer wieder anders überlegt.«

»Und du hast ihnen dabei geholfen?«

Sie zeigte mit Daumen und Zeigefinger einen kleinen Abstand an: »Nur ein bisschen.«

Zum ersten Mal lächelte Morfyd, und Annwyl merkte, wie sie allmählich mit der Hexe warm wurde.

Sie schob ihre fast leere Schüssel von sich und trank noch ein wenig von dem Wein. Es erschütterte sie, wie gut sie aß. Es erschütterte sie, dass sie noch atmete.

»Trink den Wein ganz aus. Ich habe Kräuter hinzugefügt, die dich heilen werden und Infektionen abwehren.«

Annwyl sah misstrauisch in ihren Weinkelch. »Was für Kräuter?«

Morfyd zuckte die Achseln, stand auf und nahm Annwyls leere Schüssel. »Viele verschiedene. Es ist mein eigenes Rezept. Es funktioniert ziemlich gut. Es kann auch Hautausschläge und Gicht heilen. Und verhindern, dass Frauen schwanger werden. Aber ich nehme an, das ist dir nicht so wichtig.«

Annwyl sah von ihrem Wein auf. »Warum sagst du das?«

»Weil du Jungfrau bist.«

Annwyl erstarrte. Das konnte nicht nur eine Annahme sein. Sie hatte weit mehr als zwei Jahre mit einem männlichen Heer zusammengelebt; jeder ging davon aus, dass sie ihre Jungfräulichkeit schon vor Ewigkeiten verloren hatte.

»Woher … weißt du das?«

»Er hat es mir gesagt.«

Annwyl wusste, dass die Hexe den Drachen meinte, und die Wut ballte sich in ihrer Brust zusammen. Eine Wut, die sie nicht im Zaum halten konnte. »Drache!« Sie brüllte seinen Namen so laut, dass Morfyd ein paar Schritte rückwärts stolperte.

Der Boden bebte, als der Drache zu ihr zurückkehrte. »Was? Was ist los?«

Annwyl zwang sich auf die Füße, eine Hand auf ihre frische Wunde gepresst. »Woher weißt du es? Und sag mir die Wahrheit!«

»Woher weiß ich was?« Er sah Morfyd an, die die Achseln zuckte und rasch den Raum verließ. Sie rannte fast.

»Dass ich Jungfrau bin. Niemand weiß das! Woher weißt du es?« Sie hatte keine Ahnung, wie lange ihr tiefer Schlaf angehalten hatte. Ohne sich schützen zu können. Ohne jemanden davon abhalten zu können … Sie schüttelte den Kopf. Sie ertrug nicht einmal den Gedanken daran.

»Deshalb *forderst* du meine Anwesenheit? Weil ich dein tiefes, dunkles Geheimnis kenne?«

»Nicht, *weil* du es kennst. Ich will wissen, *woher* du es kennst!«

Er senkte den Kopf, bis sie sich Auge in Auge gegenüberstanden. Doch Annwyl, zu wütend um nachzudenken, zuckte nicht zusammen oder wich zurück. Angesichts der Tatsache, dass sein Kopf so lang war wie ihr ganzer Körper und sie die meisten Männer überragte, hätte sie es vielleicht tun sollen. Stattdessen ließ sie sich von ihrem Zorn überwältigen. Genau wie immer. »Also? *Antworte mir!*«

Seine schwarzen Augen verengten sich bei ihrem zornigen Schrei, und seine Nüstern blähten sich. »Ich kann es an dir riechen.«

Annwyl wich vor dem Drachen zurück. »Was?«

»Ich kann es an dir riechen. Dass kein Mann bei dir gelegen hat. Dass deine Jungfräulichkeit noch intakt ist. Dass du, Schöne, noch Jungfrau bist.«

Annwyl sah den Drachen entsetzt an, die Stimme nicht mehr als ein Flüstern. »Wirklich? Du kannst das an mir riechen?«

»Nein«, antwortete er rundheraus. »Aber du bist sehr gesprächig im Schlaf.«

Sie verdrehte die Augen. »Du durchtriebener ...« Ihre Wut verflog so schnell wie sie gekommen war. Sie lehnte sich an den Tisch, ihre Kraft schwand.

»Hast du geglaubt, ich hätte dich irgendwie missbraucht, während du schliefst?«

»Na ja ...« Annwyl zuckte zusammen, als eine Klaue in Erwartung einer Antwort ungeduldig auf den Steinboden tippte. »Der Gedanke war mir durch den Kopf gegangen.« Zu schwach, um noch länger zu stehen, ließ sie sich auf einen der Stühle sinken. »Es tut mir leid. Ich weiß nur, was ich von meinem Bruder gelernt habe ... und er hätte nachgesehen.«

Die große Bestie seufzte. »Ich habe Geschichten von deinem Bruder gehört. Dir ist doch klar, dass er schon bei seiner Geburt hätte getötet werden sollen?«

Annwyl lächelte. »Schön wär's.« Sie sah über den Höhlenboden zum Bett hinüber. Es sah so weit entfernt aus, und ihr Körper war immer noch so schwach.

»Hier.« Er senkte seine Klaue und öffnete sie. Schwarze Krallen, so lang wie ihr Bein, glänzten vor Annwyl.

»Du musst verrückt sein.«

»Was glaubst du, wie du hier hereingekommen bist?«

»Ja, aber …« Nun fing sie wieder an. Sie behandelte ihn wie ein Tier, wo er sie doch in der kurzen Zeit, die sie ihn kannte, mit mehr Respekt behandelt hatte als jeder Mann, den sie in der Burg ihres Bruders kennengelernt hatte.

Sie drückte sich hoch und machte die zwei Schritte zu seiner ausgestreckten Klaue. Mit Willenskraft, von der sie nicht gewusst hatte, dass sie sie besaß, stieg sie hinauf, wobei sie die Vision verdrängte, wie er sie wie ein Stück Steak in den Mund schob. Er hob sie hoch und bewegte behutsam seinen Unterarm, bis er das Bett erreicht hatte. Vorsichtig senkte er sie auf die Felldecken herab.

»So, und jetzt wollen wir versuchen, keine Wutanfälle mehr zu bekommen, bis du mehr von deiner Kraft wiedererlangt hast.«

Annwyl lachte. »Wie du wünschst.«

Sie setzte sich aufs Bett, die langen Beine über die Seite baumelnd. Sie sah ihm nach, als er die Höhle verließ. Sein langer Schwanz folgte. Doch als dieser ausschlug und sich um ihr Bein wickelte, fragte sich Annwyl, ob er wohl einen eigenen Willen hatte. Einen kurzen Augenblick machte sie sich Sorgen, er könnte sie durch den Raum schleppen. Doch stattdessen liebkoste er ihr Bein; die ebenholzschwarzen Schuppen strichen über ihre Wade. Dann ließ er los und verschwand mit dem Drachen, der ihn schwang.

Lange nachdem er fort war und sie wieder unter die Felldecken gekrochen war, spürte Annwyl noch, wo er ihr Bein berührt hatte. Und sie fragte sich, welcher Irrsinn begonnen hatte, die Herrschaft über ihren normalerweise vernünftigen Verstand zu übernehmen.

Lorcan von der Insel Garbhán starrte über seine Festungsmauern hinaus, sah zu, wie die beiden Sonnen im Westen untergingen und fragte sich, wie seine Schwester seinem Griff immer wieder entschlüpfen konnte.

Egal, was er tat oder versuchte, sie starb einfach nicht! Und je länger sie lebte, desto mehr Männer tötete sie. Seine Männer. Seine Truppen. Die Anzahl der geköpften Leichen, die ihren Namen in die Brust geritzt trugen, kam sogar der seinen gleich. Natürlich hatte er für diese Leistung einunddreißig Jahre gebraucht. Sie hatte ihre in wenig mehr als zwei angesammelt.

Er wünschte jetzt, er hätte sie getötet, als er die Möglichkeit dazu hatte. Sie war zehn, er gerade vierzehn gewesen. Sie war gerade angekommen und schlief tief in ihrem neuen Bett. Er hielt das Kissen in den Händen. Er wusste, er konnte sie ersticken, und niemand hätte es je erfahren. Doch sie wachte auf, sah ihn an und bekam einen schrecklichen Wutanfall. Seine Reaktion stand dem in nichts nach. Sein Vater fand die beiden, wie sie auf dem Boden herumrollten in dem Versuch, sich gegenseitig zu erwürgen. Er war nicht erfreut gewesen, und er ließ sie dafür bezahlen, dass sie ihn aus tiefem Schlaf geweckt hatten.

Lorcan zuckte bei der Erinnerung an die Brutalität der Tracht Prügel, die sie beide bezogen hatten, zusammen. Was ihm eine kleine Befriedigung verschaffte, war, dass er die Prügel erwartet hatte. Seine uneheliche Schwester hatte offenbar ein einfaches Leben in ihrem armen Dorf gelebt und war wenig oder gar nicht diszipliniert worden. Ihre Reaktion auf die Strafe … nun, sie war wahrlich Belohnung genug für ihn gewesen.

Er hatte nicht gewusst, dass man jemanden so sehr hassen konnte, wie er dieses Mädchen hasste. Doch sie führte ihn weiter vor. Es gab mehrere umliegende Königreiche, die Gold und Truppen zu ihrem Feldzug beisteuerten, in der Hoffnung, sie möge tun, was sie nicht konnten. Ihn töten. Seinen Thron übernehmen.

Doch vorher würde er ihren Kopf auf einer Lanze vor seinen Festungsmauern sehen. Und jetzt hatte er den perfekten Verbündeten zur Unterstützung.

Er hatte Hexen nie besonders gemocht. Ihm hatte der Gedanke noch nie gefallen, dass so weiche Wesen wie Frauen solch eine Macht hatten, die sie vermutlich nicht kontrollieren konnten. Doch Zauberer konnte er ertragen. Und Hefaidd-Hen war genau, was er brauchte. Wenn man ihn gut bezahlte, legte einem Hefaidd-Hen die Welt zu Füßen. Er hatte sich in den wenigen Monaten, die sie nun Verbündete waren, immer wieder bewiesen. Auch wenn er immer noch nicht seine Schwester gefangen genommen hatte.

Lorcan hörte das Stöhnen des Soldaten, den er unter seinem Stiefel am Boden festhielt. Mit einem Schnauben drückte er seinen Fuß fester auf seinen Hals. Der wertlose kleine Bastard hatte ihn enttäuscht. Er war ohne das Weibsstück zurückgekommen.

Er warf einen Blick über seine Schulter zu seinen Leutnants. Sie beobachteten ihn und versuchten ihr Bestes, ihre Angst zu verbergen. Doch er konnte sie riechen. Er sah wieder zu den untergehenden Sonnen hinaus. »Ich will meine Schwester.« Er knurrte die Worte leise. *»Ich will meine Schwester!«* Er stampfte mit dem Fuß auf, brach dem Mann das Genick und zerquetschte seinen Kiefer. *»Und jetzt geht mir aus den Augen!«*

Er hörte sie aus dem Raum rennen.

Sie tun gut daran zu rennen.

Er würde seine Schwester bekommen. Er würde die Schlampe tot sehen, und wenn er die halbe Welt in Trümmer legen musste, um sie zu erwischen.

»Jetzt weiß ich, warum die Frauen im Dorf ihr aus dem Weg gehen. Sie ist verrückt.«

Fearghus der Zerstörer bettete seine enorme Masse in der Nähe des unterirdischen Sees seiner Höhle. »Sie ist nicht verrückt, kleine Schwester. Sie ist zornig.«

Morfyd lehnte sich an den Felsblock ihrem Bruder gegenüber und zog ihren Umhang eng um ihren Körper. Ihre menschliche Gestalt fror ständig, fröstelte andauernd. Und dennoch lebte sie frei unter den Menschen. Sie glaubten alle, sie sei ein Mensch. Lediglich eine mächtige Hexe und Heilerin. Selbst als Annwyls Bruder in den frühen Tagen seiner Herrschaft befahl, ihr das Gesicht aufzuschlitzen, blieb sie ein Mensch. Fearghus konnte einfach nicht verstehen warum.

Doch zum ersten Mal musste Fearghus die Hilfe seiner Schwester als Mensch in Anspruch nehmen. Seine Macht konnte Annwyl nur für kurze Zeit am Leben halten. Morfyd und ihre Drachenmagie aus uralter Zeit halfen dem Mädchen tatsächlich, indem sie ihre geschädigten Organe heilten. Und als Frau konnte sie gut für die Bedürfnisse des Mädchens sorgen.

Morfyd nickte. »Soweit ich gehört habe, gibt es viel, worüber sie zornig sein kann. Es ist eine wohlbekannte Tatsache, dass ihr Vater ein Tyrann war und ihr Bruder sie von dem Tag, an dem sie erschien, hasste.«

»Weißt du, warum?« Fearghus merkte, wie dieses Mädchen ihn immer zwanghafter faszinierte.

»Ich weiß, dass sie nicht dieselbe Mutter haben. Annwyls Mutter hat ihren Vater nie geheiratet. Du weißt, wie wichtig das für diese Menschen ist. Und Lorcan ließ sie nie vergessen, dass sie ein Bastard war. Und dann auch noch ein *armer* Bastard, aus einem kleinen Dorf östlich von Kerezik.«

»Kann man ihr trauen?«

Morfyd zuckte die Achseln. »Ihre Männer sind ihr treu ergeben. Und ebenso wie die Frauen im Dorf sie meiden, respektieren sie sie auch. Sie vertrauen ihr das Leben ihrer Männer an. Aber ob *wir* ihr trauen können? Das weiß ich nicht, Bruder. Sie ist trotz allem ein Mensch.«

Fearghus war sich ebenfalls nicht sicher, ob er Annwyl trauen konnte. Drachen besaßen Mächte, die die meisten Kreaturen weit übertrafen. Doch diese Mächte, wie ihre Fähigkeit, Flammen zu speien oder sich in Menschen zu verwandeln, hielten sie am Leben. Menschen waren ein verräterischer und gefährlicher Haufen und machten es zu einer Art Übergangsritus, einen von seiner Art zu töten. Nein. Seine Brüder bauten auf Verschwiegenheit. Er konnte und würde das nicht einem Mädchen preisgeben, über das er nichts wusste. Allein schon, sie in seine Höhle zu bringen, war ein gefährliches Risiko, das er normalerweise nie eingehen würde. Nur sehr wenige wussten, dass ein Drache in der Finsteren Schlucht wohnte. Und diejenigen, die in der Vergangenheit unabsichtlich auf ihn gestoßen waren, hatte er schnell zum Schweigen gebracht. Doch das war in Annwyls Fall nicht infrage gekommen. Sie faszinierte ihn wirklich, genau wie er gesagt hatte. Ihre Unerschrockenheit. Ihre Kraft. Ihre Schönheit. Und sie *war* schön. Groß. Stark. Braunes Haar mit goldenen Strähnen, das bis über die Hüften ihres schlanken Körpers fiel.

»Ich bin immer noch beeindruckt, dass sie dich so herausgefordert hat«, fuhr seine Schwester fort. »Obwohl das auch einfach ein zusätzlicher Beweis sein könnte, dass sie verrückt ist.«

Fearghus hörte sie zwar, allerdings nur am Rande. Seine Gedanken waren mit dem Moment beschäftigt, als er Annwyl gefunden hatte. Er hatte sich in einen Menschen verwandelt, um ihr leichter die Rüstung abnehmen und an ihre Wunde herankommen zu können. Er erinnerte sich, wie unmittelbar und heftig sein menschlicher Körper auf ihren Anblick reagiert hatte. Nackt, blass und mit ihrem eigenen Blut bedeckt, war da etwas an ihr, das etwas in ihm auslöste. Während er den Zauber sprach, der sie am Leben erhalten würde, bis Morfyd kam, sah sie ihn mit den dunkelsten grünen Augen an, die er je gesehen hatte. In den folgenden Tagen, während er sie pflegte, sah er diese Augen immer wieder in seinen Träumen. Und diesen langen, schlanken Körper mit den vielen Narben aus unzähligen Kämpfen. Ohne es auch nur zu versuchen, nahm dieses Mädchen seine Aufmerksamkeit gefangen, und er konnte nicht aufhören, an sie zu denken, was ungewöhnlich war. Eine ganze Menge Frauen hatten sein Leben in den mehr als zweihundert Jahren, die er nun existierte, geziert. Jede von ihnen schön und kultiviert. Manche Menschen, andere Drachen. Doch keine bezauberte ihn so wie dieses winzige Mädchen. Wie groß war sie überhaupt? Vielleicht knapp über eins achtzig? Er lächelte; nur sein Volk würde sie »winzig« nennen.

Ein kleiner Feuerball traf ihn im Gesicht. Er sah wieder seine Schwester an, der sich noch Rauch aus den menschlichen Nasenlöchern kräuselte.

»Was denn, du Zicke?«

»Ich sagte, sie wird zu ihren Männern zurückkehren wollen, sobald sie kann.«

»Ich weiß.«

Seine Schwester lächelte zu ihm herauf. »Und wirst du dafür bereit sein, Idiot?«

»Für dich immer noch Mylord Idiot.« Fearghus legte den

Kopf auf seine gekreuzten Unterarme. »Und ja, du Landplage. Ich werde bereit sein.«

Egal, wie schön er Annwyl auch fand, er würde sich nicht mit einem menschlichen Mädchen einlassen. Er würde sie ganz einfach gesund werden lassen und sie dann zurück zu ihrem Volk schicken. Und das war alles.

3

Annwyl träumte wieder. Seit das Schwert dieses Bastards sie gepfählt hatte, kam derselbe Traum immer und immer wieder. Von einem schönen Mann mit langen, schwarzen Haaren und dunkelbraunen Augen. Groß, mächtig und stark. Er stand über ihr, wischte ihr die Stirn ab und flüsterte sanft, dass sie leben würde. Und einmal, in ihrem Lieblingstraum, hatte er sie geküsst. Der sanfteste, süßeste Kuss, den sie je bekommen hatte.

Und jedes Mal, wenn sie aufwachte und er nicht da war, verengte ihr derselbe Stich des Bedauerns die Brust und schmerzte in ihrem ganzen Körper. Dasselbe sehnsuchtsvolle Stechen quälte sie in ihren wachen Stunden.

Vor langer Zeit hatte Annwyl die Hoffnung aufgegeben, dass sie je einen Mann finden würde, den sie lieben und respektieren konnte. Die Krieger in der Burg ihres Bruders waren brutal, roh und oft dumm. Zu dem Zeitpunkt, als sie floh und ihr eigenes Heer anführte, war sie innerlich schon fast tot. In den zwei Jahren, die sie den Aufstand anführte, hatten ein paar ihrer Männer Interesse an ihr gezeigt … bis etwas sie wütend machte. Dann schienen sie sich alle irgendwie von ihr zu entfernen. Anders der Drache. Er schreckte nicht vor ihrem Zorn zurück. Er schien ihn zu genießen. Sehr sogar.

Die seltsame Art von Menschen und Tieren. Die hatte sie schon immer verwirrt.

Sie fragte sich, woher sie diesen Mann aus ihren Träumen heraufbeschworen hatte. Hatte sie ihn zuvor einmal gesehen? Vielleicht in einer der Städte oder Dörfer, die ihre Truppen unterstützten? Vielleicht hatte sie ihn auch aus ihrer eigenen Phantasie erschaffen. Sie wusste es nicht. Doch sie bedauerte es in letzter Zeit zunehmend, dass sie aufwachen musste.

Er saß auf ihrer Bettkante und sah sie an, wie er es immer tat. Er streichelte ihr Gesicht mit seiner großen, starken Hand. Sie seufzte zufrieden und lächelte. Er lächelte zurück. Annwyl fühlte sich verwegen in dieser Traumwelt. Schamlos. Sie streckte eine Hand aus und schlang sie um seinen Nacken, zog ihn zu sich herab, um ihn zu küssen. Sie mochte diesen Traumliebhaber, er widersetzte sich ihr nicht. Stattdessen ließ er sich von ihr führen. Als ihre Lippen sich berührten, reagierte ihr ganzer Körper. Die starke Hitze, die von seinem Körper ausging, züngelte über ihre Haut. Ihre Knospen zogen sich zusammen und wurden hart, bettelten um die Berührung seiner starken Hände. Hitze und Feuchtigkeit pulsierten zwischen ihren Beinen. Sie fühlte Dinge, die sie nie zuvor gefühlt hatte. Und sie wollte mehr.

Seine Zunge streifte ihre Lippen, und sie öffnete instinktiv den Mund, um ihn einzulassen. Sie stöhnte leise, als seine Zunge über ihre und um sie herum glitt, und ihr Körper bäumte sich auf im Versuch, ihm noch näher zu kommen. Sie wollte den Mann ihrer Träume. In ihrem Bett. In sich.

Doch er zog sich von ihr zurück. Sie griff nach ihm … und fand sich bäuchlings auf dem Boden wieder. Wieder einmal.

»Bei allem, was …« Sie stemmte sich hoch, als Morfyd an ihre Seite eilte.

»Bei den Göttern, Mädchen! Ist alles in Ordnung?«

»Ja, ja.« Sie nahm Morfyds Arm und ließ sich von der Frau helfen, sich wieder aufs Bett zu setzen. »Mir geht es gut.« Sie durfte nicht immer auf dem Boden landen. Das wurde ja langsam peinlich!

»Du solltest sie dort lassen. Sie sieht bezaubernd aus. Wie ein Hündchen.«

Annwyl wandte ihren Blick aus verengten Augen zu ihrem Drachenretter, der am Eingang zu diesem Teil seiner Höhle saß. »Ruhe, Drache!«, warnte sie ihn scherzhaft. Sie hatte sich daran gewöhnt, dass der Drache sich in ihrer Nähe aufhielt. Dass er sie neckte. Tatsächlich stellte sie fest, dass sie anfing, es zu mögen. Ihn zu mögen.

Morfyd untersuchte ihre Wunde, die schon weniger schmerzte als am Tag zuvor. »Warum finde ich dich nur ständig auf dem Boden?«, fragte Morfyd mit einer leichten Mischung aus Ärger und Erheiterung.

»Ich habe immer wieder diesen Traum von einem Mann ...« Annwyl erinnerte sich, dass sie nicht allein waren und brach ab. Sie räusperte sich. »Äh ... das hat aber nichts zu bedeuten.« Morfyd schenkte ihr nur einen Blick, dann wandte sie ihren plötzlich zornigen Blick dem Drachen zu. Annwyl sah, wie der Drache zur Decke hinaufsah. Vielleicht untersuchte er sie auf Risse.

»Also, wie lange dauert es noch, bis ich zu meinen Männern zurückkehren kann?«

»Nun ...«, war alles, was Morfyd herausbrachte, bevor der Drache ihr ins Wort fiel.

»Wir müssen zuerst sicher sein, dass es dir gut geht. Du willst doch nicht in einen Kampf geraten, solange du noch zu schwach bist.«

Annwyl zuckte die Achseln. »In Ordnung. Ich mache mir nur Sorgen um meine Männer. Sie müssen wissen, dass ich am Leben bin. Ich will nicht, dass sie ...«

»Die Hoffnung aufgeben?«, fragte Morfyd sanft, während sie die Wunde reinigte und einen neuen Verband anlegte.

»Aye. Ich kann sie jetzt nicht im Stich lassen.«

»Das tust du nicht. Und ich bezweifle, dass sie die Hoffnung aufgeben werden.« Morfyd richtete sich auf. »Aber ich werde sehen, was ich tun kann.«

»Danke.«

»Ich bringe dir etwas zu essen.« Morfyd ging und boxte

den Drachen in die Seite, als sie an ihm vorbeiging. War die Hexe verrückt geworden? Sah sie seine Reißzähne nicht?

»Sag mal, Drache, hast du etwas zu lesen?«

»Zu lesen?«

»Ja. Liest deine Art?«

»Natürlich lesen wir!«

»Schrei mich nicht an!«

Der Drache knurrte, und sie unterdrückte ein Lächeln.

»Dann komm mit.« Er machte sich auf den Weg tiefer in seine Höhle. Annwyl wickelte sich die Felldecke eng um den nackten Körper und folgte ihm.

Definitiv eines der dümmsten Dinge, die er je getan hatte. Er konnte nicht fassen, was er da tat. Er bog um eine Ecke und führte sie nach rechts. Er hätte ihr einfach ein paar Bücher bringen können. Sie ihr direkt in den Schoß fallen lassen. Stattdessen führte er sie hierher. Er führte einen Menschen zu *seinem* Schatz. *Was zur Hölle denke ich mir nur dabei?*

Er erreichte den Eingang und trat ein. Sie blieb wie angewurzelt stehen und wartete.

Fearghus sagte nichts. Er wollte ihre Reaktion sehen. Sie schwieg mehrere Augenblicke lang. Dann sagte sie: »Ich friere mir die Titten ab. Wo sind die Bücher?«

Fearghus blinzelte. »›Ich friere mir die Titten ab‹«, äffte er sie nach.

Annwyl zuckte die Achseln. »Ich bin jetzt seit über zwei Jahren mit meinen Soldaten unterwegs«, murrte sie, als erkläre das alles.

Fearghus deutete in eine Ecke des Raumes. »Die Bücher sind da drüben.« Er sah zu, wie sie über Gold, Juwelen und die anderen Reichtümer kletterte, die er über viele, viele Jahre in seinen Besitz gebracht hatte. Sie erreichte die Bücher und musterte sie eingehend.

»Und, liest du gerne oder ist dir nur furchtbar langweilig?«

»Nein. Mir ist überhaupt nicht langweilig. Ich amüsiere mich sogar ziemlich gut. Es ist hübsch und ruhig hier.« Sie griff sich zwei Bücher. »Und ich lese und lerne sehr gern. Ich hätte Gelehrte werden sollen.«

»Warum bist du es nicht?«

Sie zuckte die Achseln, während sie über die Reichtümer zurückstieg, als ginge sie über alte Steine. »Mein Vater hatte andere Pläne mit mir. Er fand, ich würde eine gute Braut für einen Adligen abgeben.«

Fearghus konnte das Lachen nicht zurückhalten, das aus seiner Schnauze hervorbrach. Annwyl sah ihn finster an. »Na, vielen Dank auch!«

»Ich wollte dich nicht beleidigen. Ich kann mir nur einfach nicht vorstellen, wie du dir Sorgen über Küchenvorräte machst oder darüber, ob du einen Sohn gebären wirst, um den Stammbaum weiterzuführen.«

»Tatsächlich? Und was kannst du dir dann für mich vorstellen?«

»Genau das, was du tust. Dein Volk vor einem Tyrannen schützen.«

Sie lächelte, und er verspürte Stolz, dass er es hervorgerufen hatte. Sie machte sich auf den Rückweg zu dem Raum, in dem sie schlief.

»Warte.«

»Ja?«

»Hättest du nicht gern etwas anzuziehen?«

»Du hast Kleidung?« Er deutete auf mehrere Truhen, die in einer Ecke vergraben waren. Sie gab ihm die zwei Bücher und machte sich über die Holzkisten her. Rasch grub sie sich durch die Kleider. Sie ignorierte die schön und prächtig gefertigten Gewänder, schleuderte sie beiseite wie die Arbeitskleidung einer Hure. Doch als sie eine Kiste voller Männerkleidung entdeckte, begann sie mehrere Stücke für sich herauszunehmen. Einige Hosen, Hemden und Lederstiefel, die sie an ihre ziemlich großen Füße hielt, um sicherzugehen, dass sie passten.

Als sie hatte, was sie brauchte, nahm sie ihre neuen Kleider und Bücher und ging auf den Ausgang der Höhle zu.

»Na, komm schon«, blaffte sie ihn an.

Und wie ein dummer Mensch folgte er ihr zurück in ihr Gemach. Dort angekommen, ließ sie die Kleider und Bücher auf ihr Bett fallen und die Felldecke auf ihre Füßen gleiten.

Fearghus gab sich große Mühe, ihren nackten Körper nicht anzusehen. Doch der Versuch scheiterte kläglich. Er konnte nicht anders. Sie war schön und stark. Eine wilde Kriegerin, wie die Narben bewiesen. Er wollte unbedingt jedes einzelne dieser Male lecken.

Sie zog eine Hose an, die die richtig Länge für sie hatte, aber etwas weit war. Als sie sich umdrehte und ihre schönen großen Brüste zeigte, konnte er ein Aufstöhnen gerade noch rechtzeitig unterdrücken. Sie riss eines der Hemden in lange, breite Streifen, wobei sich ihre Brust verführerisch bewegte. Als sie fertig war, benutzte sie die Streifen, um ihre Brüste zu umwickeln und zu fixieren. Dann streifte sie sich ein anderes schlichtes Hemd über den Kopf, zog die Stiefel an und stellte sich vor den Drachen hin.

»Und? Was meinst du?«

Ich meine, dass du das unglaublichste Weib bist, das ich je gesehen habe. Und ich würde dich gern die ganze Nacht lang vögeln. Bück dich. »Was meine ich zu was?«

Sie seufzte. »Typisch Mann.«

Annwyl setzte sich auf ihr Bett und rieb sich die Augen. Ihre Seite schmerzte. Ihr war kalt. Aber sie hatte endlich wieder Kleider.

»Was ist los?« Sie blickte auf und sah, dass sich der Drache in das Gemach legte und sie beobachtete. Dabei ertappte sie ihn oft.

»Ich dachte nur gerade an meine Männer.«

»Machst du dir wirklich Sorgen um sie?«

Annwyl nickte. Sie schloss die Augen wieder und rieb sie mit ihren Handflächen. Es half, um die Kopfschmerzen zu lindern, die begonnen hatten, als sie auf den Boden gefallen war. »Sie sind alle gute, starke Männer. Aber die Soldaten meines Bruders ...«

»Sind euch zahlenmäßig überlegen?«

»Aye. Sogar mit der Hilfe anderer Königreiche hat mein Bruder immer noch mehr Truppen. Mehr Nachschub. Mehr von allem.« Sie senkte die Hände. »Und wir haben ...« Sie wandte den Blick dem Drachen zu und hielt inne.

Dann lächelte sie.

Wäre Fearghus ein Mensch gewesen, hätte ihn allein der Ausdruck auf ihrem schönen Gesicht dazu gebracht, im Laufschritt den Raum zu verlassen. Er wusste, was sie dachte. Also beschloss er, es sofort zu beenden. »Nein.«

»Ich habe dich doch noch gar nichts gefragt!«

»Aber du wirst es tun, und die Antwort ist Nein.«

Sie ließ ein frustriertes kleines Knurren hören. »Warum?«

»Ich lasse mich nicht auf die unbedeutenden Probleme von Menschen ein.«

Sie stemmte sich vom Bett hoch. »Aber wir könnten uns gegenseitig helfen!«

»Würdest du nicht eher einfach all mein Gold und die Juwelen nehmen, mich im Schlaf töten und das war's?«

Sie tat die Reichtümer, die er ihr anbot, mit einer Handbewegung ab. »Gold habe ich. Ich brauche deine Macht, Drache.«

»Nein.« Er beobachtete, wie sie in der Höhle hin und her ging und war beeindruckt, wie schnell ihr Körper heilte. Sie hatte anscheinend schon einiges an Kraft zurückgewonnen, was sie nur noch entschlossener zu machen schien.

Was habe ich mir da bloß angetan?

»Es muss etwas geben, das wir dir anbieten können. Etwas, das du willst oder brauchst.«

Er seufzte theatralisch und schwieg einen Moment. »Na ja, ich habe immer Bedarf an frischen Jungfrauenopfern.«

Sie verdrehte die Augen. »Sehr witzig.«

»Annwyl, es gibt nichts, was ein Mensch mir anbieten könnte. Ich habe alles, was ich brauche. Es gibt einen Grund dafür, dass mich seit fast siebzig Jahren keiner mehr gesehen hat.«

Sie regte sich so auf, dass er fürchtete, sie könnte aus der Haut fahren. »Ich bitte dich nicht, dein Leben hier aufzugeben! Hilf mir, Lorcan zu besiegen, und dann können wir so tun, als wären wir uns nie begegnet. Ich werde dich wieder ganz deiner Einsamkeit überlassen.«

Aus irgendeinem Grund war das das Letzte, was er von ihr hören wollte, aber er ignorierte den Anfall von Bedauern, den ihre Aussage in ihm auslöste.

»Ich kann dir nicht helfen, deinen Bruder zu besiegen. Das musst du schon selbst tun. Und du musst es allein tun.«

»Warum?«

»Wenn du Lorcan nicht selbst tötest, wird deine Herrschaft immer infrage stehen. Die anderen Königreiche werden sich gegen dich erheben und dich und deine edlen Truppen töten. Willst du das?«

»Natürlich nicht.«

»Dann holst du dir seinen Kopf am besten selbst.«

Ihre Augen wurden schmal, als sie ihn ansah. »Aber du glaubst nicht, dass ich es kann.« Sie ging auf ihn zu. »Oder?«

»Nein. Eigentlich nicht.«

Sie wurde wütend. *»Warum nicht?«*

»Weil *du* nicht glaubst, dass du es kannst.«

Ihr Zorn kam und verging so schnell – es war ein ziemlich unvergesslicher Anblick. Ihr ganzer Körper schien in sich zusammenzufallen, ihre Hand tastete nach ihrer verwundeten Seite. »Du hast recht. Ich glaube nicht, dass ich es kann.« Sie setzte sich aufs Bett. »Er ist so schnell. Seine Kunstfertigkeit mit der Klinge … Ich würde es nicht einmal schaffen, ihn zu berühren.«

»Du gibst zu leicht auf. Dir fehlt nur die Ausbildung.«

»Von wem? Ich kenne keinen Krieger, der so geschickt ist wie mein Bruder.«

»Ich schon.«

Annwyl sah auf. »Du kennst jemanden?«

»Äh …« Das Ganze wurde immer komplizierter. »Ja, ich kenne jemanden.«

»Traust du ihm?«

Nur so weit, wie er sich selbst traute. »Aye, das tue ich.«

»Und er wird mir helfen, mich darauf vorzubereiten, Lorcan zu töten?« Fearghus nickte. »Könntest du dann vielleicht meinem Heer gegen die Truppen meines Bruders helfen?«

»Annwyl …«

Sie beugte sich vor und verzog das Gesicht, als ihr der Schmerz in die Seite fuhr. »Bitte, Fearghus. Ich weiß, ich schulde dir schon mein Leben. Aber wenn es etwas gibt … Wenn wir nur die Macht eines Drachen hinter uns hätten …«

»Dann helfe ich dir eben, deinen Bruder zu besiegen«, unterbrach er sie grob. »Und wie sehen deine Pläne danach aus?«

Annwyl runzelte die Stirn. »Meine Pläne?«

»Ja. Deine Pläne. Du enthauptest deinen Bruder, deine Truppen warten. Was tust du als Nächstes?«

Annwyl starrte ihn nur an. In diesem Augenblick wurde ihm bewusst, dass das Mädchen gar keine Pläne hatte. Keinen einzigen. Keine großen Ideen von der Weltherrschaft. Keine Verschwörungen, um irgendwelche anderen Reiche zu zerstören. Nicht einmal den Plan für ein Festbankett.

»Annwyl, du wirst Königin sein! Du wirst etwas tun müssen!«

»Aber ich will nicht Königin sein!« Ihr Körper schüttelte sich vor Entsetzen, und er konnte es in ihrer Stimme hören.

»Wenn du ihn enthauptest, wirst du keine große Wahl haben.«

»Was zur Hölle soll ich denn als Königin machen?«

»Na ja … du könntest versuchen zu *herrschen*.«

»Das klingt furchtbar kompliziert.«

»Ich verstehe dich nicht.«

»Was meinst du damit?«

»Du führst den größten Aufstand an, den dieses Land je gesehen hat. Wenn ich es richtig sehe, sind dir deine Truppen blind ergeben. Und andere Königreiche schicken dir Verstärkung und Gold.«

»Worauf willst du hinaus?«

»Du bist schon Königin, Annwyl. Du musst dir nur noch die Krone nehmen.«

Sie schüttelte den Kopf. »Mein Vater glaubte nicht an Kronen. Einen Thron gibt es allerdings.«

»Dann nimm deinen Thron. Nimm ihn und werde Königin.«

»Das werde ich. Wenn du mit mir kämpfst, Drache.«

»Wirst du jemals Ruhe geben, wenn ich es nicht tue?«

»Manchmal müssen Königinnen eben Dinge tun, auf die sie nicht unbedingt stolz sind«, neckte sie ihn. »Unter anderem gut aussehende Drachen foltern, wie du einer bist. Ich könnte Leute einstellen, die hier pausenlos ein- und ausgehen. *Redselige* Leute.« Sie lächelte, während sie sprach – und sie nannte ihn »gut aussehend« –, aber er traute ihr alles zu.

»Dann lässt du mir ja keine große Wahl, oder?«

»Nein, das stimmt wohl.«

»Dann werde ich mit dir kämpfen, Annwyl.«

Sie grinste, und er spürte wieder diesen Stolz, dass er es ausgelöst hatte.

4

Als die Tage vergingen und Annwyl sich erholte, begann sie sich hinauszuwagen in die Bergschlucht, die die Höhle des Drachen umgab. Sie hatte sich nie sicherer gefühlt als in diesem Moment. Mitten im Territorium eines Drachen, nur mit einem Schwert, um sich zu schützen. Und sie hätte auch niemals sicherer sein können. Er ließ sie tun, was sie wollte. Ließ sie gehen, wohin sie wollte. Das tat sie auch. Auch wenn sie den Bereich mied, wo es noch immer nach verbrannten Männern roch.

Annwyl bewegte sich langsam zwischen den Bäumen und Blumen. Sie waren alle so schön und nur dafür da, dass sie sie in der Abgeschiedenheit genießen konnte. Wie alle anderen in den umgebenden Königreichen, hatte sie gelernt, die Finstere Schlucht zu fürchten. Und von außen erhob sie sich auch dunkel und imposant. Doch im Inneren schuf der dichte Wald einen Ort der Ruhe und Beschaulichkeit. Hätte sie als Kind gewusst, dass sie nichts zu befürchten hatte, wäre sie schon vor langer Zeit hierher geflohen.

Sie rieb sich die Seite. Ihre Wunde war immer noch ein bisschen empfindlich, aber fast verheilt. Der Drache und die Hexe hatten ausgezeichnete Arbeit geleistet, sie am Leben zu halten.

Dennoch zerbrach sie sich den Kopf über ihre Abmachung mit dem Drachen. Wollte sie ihren Bruder so verzweifelt besiegen? Wollte sie so unbedingt das Blut ihres Bruders auf ihrem Schwert sehen, dass sie das Leben des Drachen riskierte, der sie gerettet hatte? Die Antwort war ein klares Ja.

Doch sie musste verrückt sein. Sie sollte besser fliehen. Zurück zu ihren Männern. Zurück in die Sicherheit ihrer Truppen und fort von dem Drachen. Das sollte sie wirklich.

Höchstwahrscheinlich würde sie das aber nicht tun. Die Frage, die sie sich unaufhörlich selbst stellte, war allerdings: warum. Warum verließ sie diesen Ort nicht? Warum verließ sie *ihn* nicht?

Und warum schien ihm selbst die Vorstellung genauso zu widerstreben, jedes Mal, wenn sie davon sprach zu gehen?

Annwyl lächelte, als sie daran dachte, wie ihr kleiner Raum in seiner Höhle immer besser eingerichtet wurde. Zuerst waren es nur ein Bett zum Schlafen und ein Esstisch für sie gewesen. Danach erschienen mehrere gepolsterte Stühle. Dann ein Teppich. Dann ein Wandbehang. Ein paar hübsche silberne Kerzenleuchter mit süß duftenden Kerzen.

Er wollte, dass sie sich wohlfühlte. Zu Hause. Überraschenderweise fühlte sich die Höhle der Bestie mehr wie ein Zuhause an als jeder andere Ort, an dem sie gelebt hatte, seitdem sie als Kind zu ihrem Vater geschickt worden war.

Nein. Sie konnte dem Drachen seine Freundlichkeit niemals zurückzahlen. Vielmehr gehörte ihr Leben bereits ihm. Und doch spürte sie keine Furcht. Auch wenn sie es eigentlich sollte. Er konnte alles von ihr verlangen als Rückzahlung für ihre Blutschuld. Nein, sie fühlte etwas ganz anderes als Furcht. Vorfreude.

Annwyl blieb stehen, in ihrer stillen Träumerei unterbrochen. Sie hatte den Kampf schon gespürt, bevor sie das Klirren von Schwertern und die Schreie sterbender Männer gehört hatte. Sie wusste, dass sie noch nicht all ihre Kraft zurückgewonnen hatte, aber sie musste nachsehen. Musste wissen, ob die Männer ihres Bruders in die Schlucht des Drachen vorgedrungen waren. Und wenn das so war, würde sie sie alle töten. Sie würde den Drachen nicht noch mehr Gefahren aussetzen.

Sie lief schnell und lautlos, beruhigt durch das Gewicht ihres auf den Rücken geschnallten Schwertes und des Dolchs, der in einer Scheide an ihrer Hüfte steckte. Sie glitt hinter einen Felsblock und beobachtete den brutalen Kampf. Die Männer ihres Bruders. Ungefähr acht von ihnen. Sie alle kämpften gegen einen Mann.

Den Mann aus ihren Träumen.

Annwyls Brust wurde eng und Gänsehaut überzog ihren ganzen Körper. Sie beobachtete ihn mit weit aufgerissenen Augen. Sein Gesicht war das Gesicht, das sie fast jede Nacht in ihren Träumen sah, während sie ihre Kraft zurückerlangte. Die schwarzen Haare dieselben, in die sie immer ihre Hände vergrub. Wer zur Hölle war das? Abgesehen von der Erinnerung aus ihren Träumen erkannte sie ihn immer noch nicht. Ein Fremder. Ein großer, wunderschöner Fremder, der auf dem leuchtend roten Waffenrock über seinem Kettenpanzer das Wappen einer Streitmacht trug, die man seit vielen Jahren nicht mehr gesehen hatte.

Annwyl schüttelte den Kopf. Sie weigerte sich zu glauben, dass ihr Traum lebendig geworden war und jetzt brutal gegen die Männer ihres Bruders kämpfte.

Und wie er kämpfte! Er bewegte sich schnell. Schneller, als sie je zuvor einen Mann sich bewegen sehen hatte. Sein Geschick mit dem Schwert war beispiellos. Er erledigte zwei der Männer innerhalb von Sekunden und ging dann auf die übrigen sechs los.

Doch das Schwert an ihrem Rücken lenkte sie von dem Edelmann ab. Es waren nicht acht Männer in der Schlucht des Drachen gewesen … es waren neun.

»Lady Annwyl. Als ich die Männer dieses Gebiet erkunden ließ, hatte ich keine Ahnung, dass wir dich finden würden.«

Annwyl knirschte mit den Zähnen. Sie erkannte diese Stimme. Desmond L'Udair. Einer der vielen Leutnants ihres Bruders, und der Mann, der ihr einmal während eines Festessens an die Brust gefasst hatte. Natürlich hielten nur die verbliebenen vier Finger seiner rechten Hand das Schwert, das sich jetzt in ihr Rückgrat bohrte.

»Lord L'Udair. Ich hatte so gehofft, du seist tot.« Sie sah ihn über ihre Schulter hinweg an. »Wie geht's der Hand?«

Manche fanden L'Udair gut aussehend. Doch sie sah nur seine hässliche Seite. Wie jetzt, als seine Lippen sich zu einer wütenden Grimasse verzogen. Er schnappte sie an den Haaren und riss sie zu sich heran, sodass ihr Rücken mit dem Schwert gegen seine Brust knallte.

»Die Frage, meine Süße, ist wie immer, ob ich dich deinem Bruder mit oder ohne Kopf zurückbringe.« Er setzte ihr die Klinge seiner Waffe an den Hals. »Oder sollen wir vielleicht noch ein bisschen Zeit miteinander verbringen, bevor ich dich zurückbringe? Ich schulde dir noch was für den Verlust meines Fingers.«

»Leg dich zu mir, L'Udair, und du riskierst den Rest deiner … Teile.« Sie lächelte ihn an und sah sein anzügliches Grinsen verblassen.

»Was mich wundert«, sagte eine ruhige Stimme vor ihr, »ist, dass du ihn noch nicht getötet hast.«

Annwyl richtete ihren Blick auf den geheimnisvollen Mann, der während L'Udairs Drohungen den Rest des kleinen Spähtrupps eliminiert hatte.

»Hast du wirklich Zeit hierfür?«, fragte er.

Sie hob eine Augenbraue. »Du hast natürlich vollkommen recht.« Annwyl zog den Dolch aus der Scheide an ihrer Seite, hob ihn in einer einzigen fließenden Bewegung rückwärts über ihre Schulter und hielt erst inne, als er L'Udairs Auge durchstach. Sobald er zu schreien begann, löste sie sich von ihm, bevor er sie mit seinem eigenen Schwert erledigen konnte. Sie hätte ihm den Kopf abgeschlagen, doch er starb schnell, und Toten trennte sie nur selten den Kopf ab.

Annwyl hörte, wie sich der Mann aus ihren Träumen bewegte. Sie zog das Schwert, das auf ihrem Rücken festgeschnallt war, und setzte ihm die Spitze an die Kehle, als er auf Armeslänge herankam. »Halt, Edelmann.« Sie starrte ihn an, während sie tief Luft holte, um ihr schnell schlagendes Herz zu beruhigen. *Bei den Göttern, er ist schön!* Und Annwyl traute ihm nicht weiter über den Weg, als sie ihn hätte werfen können. Und das war nicht weit. Er war bestimmt der größte Mann, den sie je gesehen hatte. Von oben bis unten harte Muskeln, die Macht und Stärke ausstrahlten.

Sie verstärkte ihren Griff um ihr Schwert. »Ich kenne dich.«

»Und ich kenne dich.«

Annwyl runzelte die Stirn. »Wer bist du?«

»Wer bist *du*?«

Ihre Augen verengten sich. »Du hast mich geküsst.«

»Und ich glaube, *du* hast *mich* geküsst.«

Annwyls Zorn wuchs, während ihre Geduld für Spielchen stark abnahm. »Vielleicht ist dir entgangen, dass ich dir eine Klinge an die Kehle halte, Edelmann.«

»Und vielleicht ist dir entgangen« – er schlug ihr Schwert weg und setzte ihr die Spitze seines eigenen an die Kehle –, »dass ich nicht irgendein willenloser Speichellecker bin, der für deinen Bruder schuftet, Annwyl die Blutrünstige von den Dunklen Ebenen.«

Annwyl sah hinab auf das Schwert und wieder zurück zu dem Mann, der es hielt. »Wer zur Hölle bist du?«

»Der Drache hat mich geschickt.« Er senkte sein Schwert. »Und er hatte recht. Du bist zu langsam. Du wirst Lorcan niemals besiegen.«

In ihr brandete die Wut auf, und sie hieb mit ihrem Schwert nach ihm. Doch es war keines ihrer oft trainierten Manöver. Es fühlte sich ungeschickt und schlampig an. Er blockte sie mit Leichtigkeit ab und schleuderte sie zu Boden.

Der Aufprall war so hart, dass ihre Zähne klapperten. Zum

Glück war ihre Wunde schon verheilt, sonst hätte Morfyd sie noch einmal nähen müssen.

Der Edelmann stand über ihr. »Das kannst du doch besser, oder nicht?« Sie starrte zu ihm hinauf, und er lächelte. »Oder vielleicht auch nicht. Ich denke, das werden wir sehen.«

Er ging davon. Annwyl wusste, dass er erwartete, dass sie ihm folgte. Und aus irgendeinem unerfindlichen Grund tat sie es.

Sie fand ihn bei dem Fluss, der durch die Schlucht strömte. Es kostete sie all ihre Kraft, sich ihm zu nähern. Eigentlich wollte sie am liebsten zurück in die Höhle des Drachen laufen und sich unter dessen mächtigen Schwingen verstecken. Sie hatte keine Angst vor diesem Mann. Es war etwas anderes. Etwas weit Gefährlicheres.

Als sie näher kam, drehte er sich um und lächelte. Und Annwyl spürte, wie sich ihr Magen zusammenzog. Um genau zu sein, lag das, was sich da zusammenzog, vielleicht auch ein bisschen tiefer.

Sie hatte nie einen Mann getroffen, der sie so … nun ja … nervös machte. Und dabei hatte sie seit ihrem zehnten Lebensjahr auf der Insel Garbhán gelebt; alles, was sie je gekannt hatte, waren Männer, die es sich zur Aufgabe machten, Frauen nervös zu machen, wenn nicht gar regelrecht in Angst zu versetzen.

»Also?«, fragte sie kühl.

Er kam auf sie zu und sein umwerfendes Lächeln forderte sie heraus. »Sind wir verzweifelt?«

Annwyl schüttelte den Kopf und trat von ihm zurück. »Ich dachte, du hättest etwas davon gesagt, mich für den Kampf auszubilden, Edelmann.« *Für den Drachen*. Sie würde das hier nur tun, weil der Drache sie darum gebeten hatte. Und sie würde sehr gut dafür sorgen, dass er das auch erfuhr.

»Aye, das habe ich, Annwyl die Blutrünstige.«

»Hör auf, mich so zu nennen!«

»Du solltest stolz auf diesen Namen sein. Soweit ich weiß, hast du ihn verdient.«

»Mein Bruder nannte mich auch Misthaufen. Ich bin sicher, dass er fand, das hätte ich auch verdient, aber mir ist es trotzdem lieber, wenn mich niemand so nennt.«

»Na schön.«

»Und hast du auch einen Namen?« Er öffnete den Mund, um etwas zu sagen, doch sie unterbrach ihn. »Weißt du was? Ich will ihn gar nicht wissen.«

»Wirklich nicht?«

»Das wird es viel leichter machen, dich grün und blau zu schlagen.«

Sie wollte ihn aus dem Gleichgewicht bringen. Dafür sorgen, dass er sich unbehaglich fühlte. Doch sein Lächeln strahlte wie ein heller Sonnenstrahl in der dunklen Schlucht. »Eine Kampfansage. Das gefällt mir.« Den letzten Satz knurrte er, und es durchfuhr ihren Körper bis hinab zu ihren Zehen. Ein Teil von ihr wollte über dieser Aussage in Panik geraten, denn sie schüchterte sie noch mehr ein als der Drache. Doch sie hatte keine Zeit dafür. Weil gleichzeitig ein Schwert an ihrem Kopf vorbeizischte und sie zwang, sich zu ducken und ihr eigenes Schwert zu ziehen.

Er beobachtete, wie sie sich bewegte. Saugte ihren Anblick in sich auf. Und als sie ihr Hemd auszog und den Kampf nur in Ledergamaschen, Stiefeln und den Stoffstreifen, die ihre Brüste hielten, fortsetzte, musste er sich pausenlos selbst daran erinnern, warum er ihr eigentlich half. Um sie zu einer besseren Kämpferin auszubilden. Nichts mehr und nichts weniger. Es ging *nicht* darum, dass er an dem samtigen Punkt zwischen ihrer Schulter und ihrer Kehle lecken konnte.

Annwyl erwies sich jedoch als verdammt gute Kämpferin. Stark. Mächtig. Höchst aggressiv. Sie hörte seinen Anweisungen gut zu und lernte die Kampftechniken rasch. Aber ihr Zorn blieb definitiv ihre größte Schwäche. Jedes Mal, wenn er einen ihrer schnelleren Hiebe parierte, jedes Mal, wenn er sich zu schnell bewegte, als dass sie Kontakt herstellen konnte, und vor allem, jedes Mal, wenn er sie berührte, geriet das Mädchen in blinde Wut. Eine alles verzehrende Wut. Und obwohl er wusste, dass die Soldaten von Lorcans Armee leicht unter ihrem Schwert fallen würden, war ihr Bruder doch etwas anderes. Er wusste, welchen Ruf dieser Mann als Krieger hatte, und auf dem Stand, auf dem Annwyl sich im Moment befand, hatte sie keine Chance. Ihre Furcht vor Lorcan würde sie vom tödlichen Schlag abhalten. Ihre Wut würde sie angreifbar machen. Der bloße Gedanke, sie könnte getötet werden, ließ eine kalte Welle der Furcht durch ihn hindurchlaufen.

Doch wenn er sie lehren konnte, ihre Wut zu zügeln, könnte sie sie zu ihrer stärksten Verbündeten machen. Sie einsetzen, um jeden zu vernichten. der sie herausforderte.

Der Sonnenstand und die länger werdenden Schatten sagten ihm, dass es spät wurde. Der Ausdruck auf ihrem Gesicht sagte ihm, dass die Erschöpfung bald von ihr Besitz ergreifen würde, auch wenn sie es nie zugegeben hätte. Zumindest nicht vor ihm. Doch er wusste, was ihr den Rest geben würde. Er griff ihr an den Hintern.

Annwyl kreischte und wirbelte herum. Er schlug ihr das Schwert aus der Hand und warf sie auf den Rücken.

»Wie oft genau muss ich dir noch sagen, dass dein Zorn dich aus der Deckung lockt und angreifbar macht?«

Sie stemmte sich auf die Ellbogen hoch. »Du hast mich angegrabscht!«, warf sie ihm vor. »Schon wieder!«

Er beugte sich nach unten, bis sie Nase an Nase waren. »Ja, das habe ich. Und ich habe jede Sekunde genossen.«

Ihre Faust schoss vor in Richtung auf sein Gesicht. Doch er fing ihre Hand ab, seine Finger streiften ihre. »Wenn du natürlich lernen würdest, deinen Zorn zu zügeln, würde ich nie auch nur in deine Nähe kommen.« Er hob ihre Finger an seine Lippen und küsste sie sanft. »Aber bis diese Zeit gekommen ist, gehört dein Hintern wohl mir.«

Sie fletschte die Zähne, und er versuchte gar nicht erst, sein Lächeln zu verbergen. Wie konnte er auch, wo er doch wusste, wie sehr es sie ärgerte? »Ich glaube, wir haben für heute genug geübt. Ich zumindest. Und der Drache bekommt jetzt einen Spähtrupp zum Abendessen. Aber morgen werde ich wieder hier sein. Sei bereit, Annwyl die Blutrünstige. Es wird nicht leichter werden!«

Fearghus betrat den Raum, den er inzwischen als ihr Zimmer ansah, duckte sich aber sofort, als ein Buch nach seinem Kopf geschleudert wurde. Sie hatte ganz eindeutig auf ihn gewartet. Und sie war nicht gut gelaunt.

»Er ist derjenige, der mir helfen soll?«, brüllte sie ihn an.

»Hast du gerade ein Buch nach mir geworfen? In meiner eigenen Höhle?«

»Ja! *Und ich würde es noch mal werfen!*«

Fearghus kratzte sich verwirrt am Kopf. Er hatte noch nie einen Menschen getroffen, der mutig genug war – oder dumm genug, je nach Betrachtungsweise –, ihn herauszufordern. »Aber«, krächzte er verblüfft, »ich bin ein Drache!«

»Und ich habe Titten. Das macht mir gar nichts aus!«

»Was ist eigentlich los mit dir?«

»Dieser … dieser …«

»Ritter?«

»Bastard!«

»Ich oder der Ritter?«

»Ihr beide!«

Sein Zorn kroch ihm das Rückgrat hinauf und legte sich in seinen Nacken. Er schloss kurz die Augen und atmete tief durch. Sie machte ihn wütend, und Fearghus der Zerstörer wurde *niemals* wütend. »Ich komme wieder, wenn du dich beruhigt hast.« Er wandte sich zum Gehen, doch sie ergriff ihn am Schwanz … und zog!

»He! Lass mich nicht einfach stehen!«

Hätte Annwyl sich selbst ohrfeigen können, hätte sie es getan. Nichts konnte schlimmer sein als zuzusehen, wie sich der Drache ganz langsam zu ihr umdrehte. Sie hatte ihn eindeutig verärgert. *Richtig* verärgert. Und als er genauso langsam auf sie zukam, wusste Annwyl, dass sie womöglich gleich ihre Vorfahren sehen würde, die sie zu Hause willkommen hießen. Doch ganz gleich: Annwyl hatte nicht vor, zurückzuweichen. Sie würde sich nicht vor irgendeinem gefährlich griesgrämigen Drachen ducken. Natürlich ließ sie sich dann doch von ihm rückwärts gegen die Höhlenwand drängen. Aber sie hatte keine Wahl – er ging einfach immer weiter.

Annwyl dachte kurz daran, in Panik zu verfallen, aber das schien ihr ungefähr so nützlich wie sich selbst zu ohrfeigen. Stattdessen nahm sie die Schultern zurück und sah direkt in die dunklen Augen des Drachen.

»Ich habe keine Angst vor dir, nur damit du's weißt!« Beeindruckend. Sie klang fast, als meinte sie es auch so.

»Ach ja?« Sein Schwanz schnellte hervor, und die gefährlich scharfe Spitze krachte in die Höhlenwand direkt neben ihrem Kopf. Ihr Körper versteifte sich, als Steinsplitter die Seite ihres Gesichts trafen. Er stützte die Spitze eines seiner Flügel an ihrer anderen Seite an die Wand und hielt sie so in Schach. Er beugte sich dicht zu ihr vor, die geblähten Nüstern seiner Schnauze berührten fast ihr Gesicht. »Du solltest aber Angst vor mir haben, meine Schöne. Ich kann dich hier und jetzt in Asche verwandeln.«

Die Bestie hatte nicht unrecht, aber jetzt nützte es nichts mehr, einen Rückzieher zu machen. »Dann tu's doch, wenn du's willst.«

Der Blick des Drachen glitt über die gesamte Länge ihres Körpers. Dann atmete er tief ein, die Augen geschlossen, als schnuppere er an einer wirklich guten Mahlzeit ... *Na, das ist jetzt aber kein tröstlicher Gedanke.*

»*Niemand* hat je etwas nach mir geworfen«, brachte er schließlich heraus, als sich seine dunklen Augen wieder auf sie richteten.

»Tja, du hast es verdient. Du hättest mich vor ihm warnen müssen.«

Fearghus machte einen Schritt rückwärts. Ihr wurde bewusst, dass sie die ganze Zeit den Atem angehalten hatte. Sie ließ ihn entweichen, als die Bestie noch einen Schritt von ihr zurücktrat. Sie nahm an, er habe beschlossen, sie nicht zu fressen ... zumindest heute nicht. »War es wirklich so schlimm, Annwyl?« Seine Wut schien verflogen. Sie fragte sich, wie er das machte. Seinen Zorn zu zügeln. Sie beneidete ihn um diese Fähigkeit.

»Ja. War es.«

»Aber hast du etwas gelernt?«

Verdammter Drache mit seinen verfluchten Lebensweisheiten. »Das ist unerheblich.«

»Annwyl?«

»Na gut. Vielleicht ein bisschen.« Er lachte leise, und Annwyl lächelte wider Willen zurück. »Ich war immer besser als alle, mit denen ich je gekämpft habe.« Nicht, dass sie eine Wahl gehabt hätte. Ihr Vater wusste, dass sie das Kämpfen zu lehren der einzige Weg war, wie sie ihre Kindheit überleben konnte. Ihr Bruder hatte mehr als einmal versucht, sie zu töten, und sie hatte eine Tendenz, Dinge zu sagen, die manche Männer dazu brachten, sie tot sehen zu wollen. Sie nahm allerdings an, dass keiner der Männer – ihr Vater eingeschlossen – erwartet hatte, dass sie eine so gute und brutale Kämpferin werden würde. »Aber dein Ritter: Bei ihm hatte ich das Gefühl, nicht einmal einen zehnjährigen Jungen abwehren zu können.«

Fearghus seufzte. »Warte ab. Er … äh … tut, worum ich ihn gebeten habe.« Sie wollte nicht abwarten. Oder dem Ritter eine Chance geben. Sie fand ihn … beunruhigend. Und das Gefühl mochte sie gar nicht. Und sie hasste ihn dafür, dass er diese Gefühle in ihr auslöste. Sie hasste ihn sehr.

»Sicher?«

»Auf jeden Fall.« Er musterte sie. »Alles klar?« Sie zuckte die Achseln. »Annwyl. Antworte mir.« Ihr Götter, konnte der autoritär sein! Er schrie nicht. Das musste er gar nicht. Und es hatte nichts mit seiner Größe zu tun. Es schickte einen köstlichen kleinen Schauder durch ihren ganzen Körper.

Bei den Göttern, Annwyl! Reiß dich zusammen!

»Ja. Alles klar.« Sie starrte ihn böse an, auch als ihre Wut verraucht war. »Aber ich werde nicht nett sein!«

Der Drache sah sie von oben bis unten an. »Ich glaube nicht, dass ihn das groß kümmern wird.«

Sie verdrehte die Augen. »Vermutlich nicht.« Sie trat von dem Drachen zurück. »Männer sind abscheulich.«

Fearghus konnte nicht fassen, wie wütend sie ihn machte. Er wurde nie wütend. Verärgert? Definitiv. Streng? Absolut. Aber die Beherrschung verlieren? Das tat er einfach nicht. Nie. Bis sie kam. Und es war auch nicht hilfreich, dass sie, wenn sie wütend wurde, diesen Geruch abgab … Moschus vielleicht. Etwas, das ihn ansprach. Er hatte es schon einmal gerochen, als er sie so höllisch geärgert hatte wie nun der Ritter. Er hatte große Mühe gehabt, diesen Geruch zu ignorieren. Doch diesmal gab er nach und genoss ihren Geruch. Ließ ihn durch seine Adern pulsieren. Er weckte alle möglichen Bilder in ihm. Dinge, die er mit ihr tun könnte. Dinge, die sie mit ihm tun könnte. Es war nicht gerade förderlich für seine Entschlossenheit.

Er sah ihr nach. Sah, wie sich ihr festes Hinterteil in den Ledergamaschen bewegte. Er konnte nicht anders. Er versetzte diesem Hinterteil einen Klaps mit seinem Schwanz.

»He!« Sie wirbelte herum und sah den Drachen böse an. »Wofür war das denn?«

Dafür, dass du den tollsten Hintern hast, den ich je gesehen habe. Nein, das sollte er besser nicht sagen.

»Um dich daran zu erinnern, dass du in meiner Höhle bist. Vergiss das nicht.«

Sie hätte wütend sein sollen, grinste aber stattdessen. *Interessant.* »Ich werde es mir merken.«

Sie starrten einander an. Und wenn Fearghus in seiner menschlichen Gestalt gesteckt hätte, hätte er sie geküsst und alles andere getan, was er sich vorstellen konnte. Doch das konnte er nicht tun. Er *würde* es nicht tun. Keine Beziehungen mit Menschen. Er hatte seine Entscheidung getroffen. Dabei würde er bleiben. Egal, wie sehr er saugen wollte an diesen … *Verdammt!* Er musste gehen, bevor er noch etwas Unangemessenes tat. Etwas, das Spaß machte. Aber unangemessen war. »Ist sonst noch was?«

»Nein.«

Gut. Fearghus ging zum Ausgang.

»Aber …«

Fearghus zuckte zusammen und sah zu ihr zurück. »Aber?«

»Na ja, jetzt, wo« – sie räusperte sich –, »wir all das geklärt haben, hatte ich gehofft, wir könnten reden.«

»Reden?« Das lenkte ihn gründlich davon ab, an irgendetwas an ihr lutschen zu wollen. »Worüber?«

»Über alles.«

Hätte Fearghus Augenbrauen gehabt, er hätte sie hochgezogen. Von dem Ritter, den sie für einen Menschen hielt, konnte sie nicht schnell genug wegkommen. Aber sie wollte hier sitzen und mit dem Drachen plaudern, der noch Augenblicke zuvor gedroht hatte, sie zu Asche zu verglühen. Ein seltsames Mädchen.

Vorsichtig drehte er sich um und setzte sich auf die Hinterbeine, sein Kopf kratzte an der Decke. »Na gut … ich denke, das kann ich.«

»Gut!« Eifrig sprang sie auf den Tisch und setzte sich mit überkreuzten Beinen. »Soll ich anfangen?«

»Das wäre vielleicht besser.«

»Wie du wünschst.« Sie verfiel in Schweigen, während sie nachdachte, und er starrte auf ihre Brüste. Sie hatte die Bandagen abgenommen, und er konnte die Konturen ihrer perfekt gerundeten Hügel unter dem Baumwollhemd sehen. *Ihr Götter, Fearghus! Reiß dich zusammen!*

»Ich weiß etwas. Wie alt bist du?«

»Zweihundertachtundsechzig.«

»Jahre?«

»Aye.«

»Dann sind Drachen also unsterblich?«

»Nein.«

»Aber die Legenden sagen, ihr seid es.«

»Sie irren sich.« Sie forderte ihn auf fortzufahren. Er war es nicht gewohnt, so viel zu reden. »Die ersten Drachen, die Ältesten, waren unsterblich. Aber ein Paar bat die Götter, ihnen Kinder zu schenken. Die Götter willigten ein, aber der Preis war, dass sie ihre Unsterblichkeit verloren. Unsere Linie stammt von ihnen ab.«

Annwyl starrte ihn mit offenem Mund an. »Das ist die süßeste Geschichte, die ich je gehört habe.«

»Wirklich?« Das Mädchen las zu viele Bücher.

»Ja. Sie ist romantisch. Sie gaben ihre Unsterblichkeit auf, um zusammen zu sein und eine Familie zu gründen.«

Fearghus zuckte die Achseln. »Diese Geschichte wird den Drachenkindern erzählt. Ich bin mir fast sicher, dass mehr dahintersteckt.«

»Bist du immer so zynisch?«

»Ja.«

»Also bist du nicht unsterblich, aber deine Gattung lebt eindeutig eine lange Zeit.«

»Ja. Ungefähr 800 Jahre.«

»Also bist du, verglichen mit anderen Drachen, noch ein ziemliches Baby.«

Fearghus grunzte. »Wenn du das Bedürfnis hast, es so auszudrücken.«

»Geschwister?«

»Ja.«

»Wie viele?«

Fearghus seufzte und machte sich auf eine zweifellos lange und unangenehme Nacht gefasst. Er sehnte sich fast nach der Zeit, als sie bewusstlos und dem Tode nahe gewesen war. »Zu viele. Und du?«

Stirnrunzelnd fragte sie: »Sollte das ein Witz sein?«

Uups. Er hatte eigentlich nur höflich sein wollen. Natürlich war er im Höflichsein noch nie besonders gut gewesen. »Nein. Ich habe mich nur gefragt, ob es da noch jemanden gibt außer der Dämonenausgeburt, die du Verwandtschaft nennst.«

»Leider nein. Oder zumindest niemanden, den mein Vater anerkannt hätte.« Sie stützte die Ellbogen auf ihre Knie und legte das Kinn in die Hände. »Stehst du deiner Familie nahe?«

»Nur einer Schwester. Die anderen sehe ich nur zu Familienfesten. Und das auch nur ungern.«

»Drachen haben Familienfeste? Sind das einfache Zusammenkünfte oder sind dabei Jungfrauenopfer erforderlich?« Fearghus lachte bellend auf, und das Mädchen lächelte. »Siehst du? Ich hab dich zum Lachen gebracht.«

»Das hast du.«

Vielleicht würde der Abend doch nicht ganz so unangenehm werden.

5

Brastias, General des Aufstands der Dunklen Ebenen und Annwyls Stellvertreter, lehnte sich auf dem harten Holzstuhl zurück und rieb sich die müden Augen. Sie musste tot sein. Es konnte nicht anders sein. Annwyl wäre nie so lange verschwunden, ohne eine Nachricht zu schicken. Er hatte bereits Fährtenleser ausgesandt, um sie zu finden, doch sie kamen mit leeren Händen zurück; ihre Spur verlor sich irgendwo in der Nähe der Finsteren Schlucht, einem verwunschenen Ort, den die meisten Männer nicht zu betreten wagten.

Natürlich war Annwyl nicht wie die meisten Männer. Sie nahm oft Risiken auf sich, wo andere flohen. Sie war und blieb der mutigste Krieger, den Brastias kannte, und er hatte im Lauf der Jahre viele Männer kennengelernt, die er für mutig hielt.

Doch Annwyl konnte tollkühn sein und ihr Zorn … eindrucksvoll.

Und dennoch dankte Brastias den Göttern seit zwei Jahren täglich für sein Glück. Aus einer Laune heraus hatten sie ein schwer bewaffnetes Gespann angegriffen, das von der Insel Garbhán kam. Seine Fracht war Annwyl gewesen. Gekleidet in ein weißes Brautkleid und an das Pferd gekettet, das sie ritt, war ihr Schicksal, die unfreiwillige Braut irgendeines Adligen in Madron zu werden. Und ausgehend davon, wie schwer bewaffnet ihr Zug war, war sie außerdem gefährlich unzufrieden darüber. Als der Angriff begann, befreite einer seiner Männer Annwyl und sagte ihr, sie solle fliehen. Sie tat es nicht. Stattdessen nahm sie ein Schwert und kämpfte. Kämpfte, genau genommen, wie ein von den Göttern des Hasses und der Rache gesandter Dämon. Ihre Wut war ein mächtiger, unvergesslicher Anblick. Als das Mädchen fertig war, stand sie zwischen den kopflosen Überresten derer, die sie getötet hatte. Ihr weißes Kleid war vollkommen mit Blut bedeckt. An diesem Tag hatten die Männer ihr den Namen Annwyl die Blutrünstige gegeben, und so sehr sie ihn hasste: der Name blieb.

Sie kehrten mit ihr zu ihrem Lager zurück, aber niemand wusste, was mit ihr anzufangen war. Die Frauen im Lager mieden sie. Sie machte ihnen Angst, und sie erwies sich als vollkommen nutzlos in allen häuslichen Belangen. Doch sie besaß Informationen über ihren Bruder. Sie wusste, wo man angreifen konnte und wann. Sie kannte seine Stärken und Schwächen. Und sie wollte nichts mehr als ihn zu vernichten. Bald brachte sie ihnen die finanzielle Unterstützung anderer Regionen ein. Niemand wollte Lorcan länger als nötig an der Macht sehen. Wenn seine Schwester ihn aufhalten konnte, wollten sie ihr die Treue halten. Sie schützte ihre Grenzen, und die Rebellionstruppen wuchsen.

Schließlich übernahm Annwyl die Führung, und Brastias überließ sie ihr dankbar. Sie verdiente die Loyalität und das Vertrauen der Männer, und nach nunmehr zwei Jahren waren sie bereit, ihr in die Tiefen der Hölle zu folgen, wenn sie sie darum bitten würde.

Doch wenn sie tot war … Brastias wollte nicht einmal daran denken. Sie hatten ihren Leichnam nicht gefunden. Vielleicht konnten sie sie immer noch retten.

»General.« Brastias' Blick wandte sich zum Eingang seines Zeltes. Danelin, der nächste in der Befehlskette, stand abwartend da. »Hier ist eine Hexe, die dich sehen will.«

Brastias nickte kurz. Sie wollte vermutlich Annwyl sehen, oder wenn es in seiner Welt auch nur ein kleines bisschen Glück gab, konnte sie ihm vielleicht sagen, wo er seine vermisste Anführerin finden konnte.

Eine groß gewachsene Frau trat ein. Eine verblüffende Schönheit, aber tragischerweise als Hexe gekennzeichnet. Er hoffte ehrlich, dass eine besondere Hölle auf Männer wie Lorcan wartete.

Sie kam auf ihn zu. Beinahe schwebend. Er wusste, dass er sie schon gesehen hatte. Die Leute hielten sie für eine talentierte Hexe mit Heilkräften. Aber er hatte keine Zeit für Magie oder Hexen. Auch nicht für schöne. Er hatte einen Aufstand zu gewinnen.

»Ja, Lady?«

»Du bist General Brastias?«

»Aye.«

Die Hexe warf einen Blick auf Danelin und weigerte sich, vor ihm zu sprechen. »Geh, Danelin. Ich rufe dich, wenn du gebraucht wirst.«

Danelin ging und schloss die Zeltklappe hinter sich. Die Frau stand vor ihm. Sie sagte nichts. Sie starrte nur.

»Also, worum geht es, Frau?« Sie hob eine feine Augenbraue, und er hatte das Gefühl, dass sie bis in seine Seele sah.

»Ich habe Nachricht von Annwyl von den Dunklen Ebenen.«

Brastias stand hastig auf und griff die Frau an den Armen; sie war fast so groß wie er. »Sag mir, Hexe. Wo ist sie?«

Sie starrte ihn an. »Nimm deine Hände weg, oder ich sorge dafür, dass du keine mehr hast.« Brastias atmete tief durch und ließ sie los. »Sie ist am Leben und in Sicherheit. Aber sie muss sich noch erholen. Vor Ablauf von zwei Wochen wird sie nicht zurück sein.«

Brastias stieß einen Seufzer überwältigender Erleichterung aus, während er sich schwer auf seinen Stuhl fallen ließ. »Den Göttern sei Dank. Ich dachte, wir hätten sie verloren.«

»Das hattet ihr auch fast. Doch anscheinend lächeln die Götter auf sie herab.«

»Kann ich sie sehen?«

Die Frau sah ihn aufmerksam an. »Nein. Aber ich werde ihr ausrichten, was du ihr zu sagen hast.«

»Gib mir einen Moment Zeit, ich muss etwas aufschreiben.« Er schnappte sich einen Federkiel und Papier und schrieb Annwyl einen kurzen, sachlichen Brief. Er faltete ihn, brachte sein Siegel an und reichte ihn der Hexe. »Überbringe ihr das und meine Liebe.«

»Dann bist du also ihr Mann?«, fragte sie vorsichtig.

Brastias lachte. Er hatte seinen Kopf gern sicher auf seinen Schultern sitzen. Wenn man Annwyls Mann wurde, setzte man das aufs Spiel.

»Annwyl hat keinen Mann, weil kein Mann ihrer würdig ist. Das schließt mich mit ein. So ist sie zu der Schwester geworden, die ich vor vielen Jahren in Lorcans Kerkern verloren habe.«

Die Frau nickte und ging zurück zum Eingang von Brastias' Zelt. Bevor sie ging, hielt sie inne. »Sie bittet euch«, sprach die Hexe leise, ohne sich umzudrehen, »die Hoffnung nicht aufzugeben.«

»Solange sie lebt, werden wir das nicht tun.«

Dann war sie fort. Brastias schloss erleichtert die Augen. Annwyl war nicht tot. Seine Hoffnung kehrte zurück.

Morfyd landete weich auf dem Gelände der Schlucht. Anders als ihr Bruder hatte sie gelernt, sich als Drache lautlos zu bewegen.

Sicher zurück auf festem Boden, schüttelte sie sich, um die Feuchtigkeit loszuwerden, die ihre Flügel auf dem Flug aufgenommen hatten. Sie sprach die alten Zauberworte, die sie in ihre menschliche Gestalt zurückverwandelten. Mit schnellen Bewegungen hob sie die Kleider auf, die sie zuvor versteckt hatte, und kleidete sich an. Ihr Körper zitterte vor

Kälte, und sie wollte nichts mehr, als sich vor ein Feuer zu setzen, um ihre menschliche Gestalt zu wärmen.

Sie hatte länger gebraucht als sie vorgehabt hatte. Doch wenn Fearghus sich unbedingt in den Geschwisterkrieg einmischen wollte, wollte sie es die Königin jetzt wissen lassen. Wenn sie es später herausfand, würde das nur schlimmer für ihn werden. Natürlich schien die Königin nicht allzu interessiert, doch Bercelak war es, und das konnte ein Problem für sie beide werden.

Aber zunächst wollte sie Annwyl die Nachricht des Generals bringen. Sie hatte das Menschenmädchen lieb gewonnen, mit ihren plötzlichen Wutausbrüchen und ihrer Neigung, auf dem Fußboden zu landen. Und Annwyl hatte ohne Frage ihren schweigsamen und verschrobenen älteren Bruder bezaubert.

Fearghus mochte eigentlich niemanden. Ob Mensch oder Drache. Unter seinesgleichen hielt man ihn für grob und taktlos. Unter den Menschen fürchtete man den schwarzen Drachen, der ganze Dörfer vernichtete. Natürlich bauschten die Menschen die Wahrheit immer auf. Er hatte nur ein Dorf vernichtet, als ihr König es zu einem Turnierereignis gemacht hatte, ihn zu töten.

Morfyd legte sich einen Umhang um ihr Hexengewand und machte sich auf den Weg in die Höhle ihres Bruders. Wie immer, wenn sie in Menschengestalt war, zog sie sich die Kapuze ihres Umhangs über den Kopf, um ihre weiße Mähne zu verstecken. Sie war nicht wegen ihres Alters weiß. Wie ihre Mutter war sie als weißer Drache geboren worden. Weiße Drachen waren selten und wurden oft mit Kräften geboren, die weit über die anderer Drachen hinausgingen. Doch sie hatte immer noch einiges vor sich, bevor sie auch nur daran denken konnte, sich mit den Fähigkeiten ihrer Mutter zu messen.

Sie betrat die Höhle ihres Bruders und ging weit hinein bis zum Gemach des Mädchens. Er hatte diesen Bereich der Höhle praktisch zum Schlafzimmer des Mädchens gemacht.

Sehr raffiniert, Fearghus.

Als sie sich ihrem Ziel näherte, hörte sie Annwyl sprechen und ihren Bruder … lachen?

Morfyd blieb stehen. Vielleicht hatte sie sich verhört. Vielleicht war sie endgültig verrückt geworden. Morfyd schob sich zentimeterweise näher an das Gemach heran und wartete.

»Also gut, ich habe wirklich einmal versucht, ihn in Brand zu stecken, da war ich zwölf. Aber ich versichere dir, dass ich mich später deswegen ganz schrecklich gefühlt habe!«

»Und wie lange hat dieses schreckliche Gefühl angehalten?«

»Bis er die Hunde auf mich gehetzt hat.«

Sie hörte ihren Bruder kichern. Das Geräusch ließ sie zusammenzucken.

»Kann ich dich um einen Gefallen bitten?«

»Noch einen? Was willst du jetzt wieder, Frau? Mein Gold? Meine Höhle?«

»Nein, nein, nein. Nichts dergleichen. Und es hört sich vielleicht komisch an …«

»… im Gegensatz zu deiner Pferdemistgeschichte.«

»*Aber …*«

»Aber?«

»Darf ich deine Hörner anfassen?«

Morfyd blinzelte und sah sich um, halb in der Erwartung, ihre drei anderen Brüder hinter sich zu entdecken, als Beweis, dass dies nichts weiter als ein Scherz war. Konnte sie wirklich das gehört haben, was sie dachte, eben gehört zu haben?

»Tut mir leid. Kannst du das wiederholen? Denn ich glaube, ich habe gerade eben Hirnfieber bekommen.«

Sie hörte das Mädchen sehr undamenhaft schnauben. »Ich habe noch nie vorher einen Drachen berührt. Deine Hörner sehen so schön aus, und ich würde nur gern …«

»Also gut. Stopp. Bevor du etwas sagst, das uns beide in Verlegenheit bringt.« Sie hörte, dass ihr Bruder sich bewegte. Morfyd begriff, dass er den Kopf senkte, damit das Mädchen ihn erreichen konnte.

Morfyd konnte die Unwissenheit nicht ertragen. So leise sie konnte, spähte sie um die Ecke und sah in das Zimmer des Mädchens. Was sie sah, versetzte sie in Erstaunen, ganz einfach weil es tatsächlich Fearghus war.

Das Mädchen stand auf Zehenspitzen und Fearghus erlaubte Annwyl, sich an ihn zu lehnen, als sie den Arm ausstreckte und mit ihrer starken, von Kämpfen zernarbten Hand über sein Horn strich, wobei sich ihre gebräunte Haut von seiner schimmernden Schwärze abhob. Ihre andere Hand bewegte sich seinen Hals entlang und griff in die schwarze Mähne, die darüberfloss.

»Ich wusste nicht, dass Drachen Haare haben. Es ist wie eine Pferdemähne.«

»Es ist *nicht* wie eine Pferdemähne!«, blaffte Fearghus. Zu Morfyds Überraschung wich Annwyl nicht vor ihrem Bruder zurück und hastete durch den Raum. Stattdessen lachte sie und lehnte sich enger an seinen Körper.

»Kein Grund, gereizt zu sein. Ich meinte nur, dass deine Art eigentlich als Lasttiere für uns Menschen gedacht war. Genau wie Pferde. Und Zentauren.«

»Oh, ist das alles? In dem Fall muss ich mich entschuldigen, Lady Annwyl. Ich dachte, du hättest etwas Beleidigendes gesagt.«

Morfyd trat von Annwyls Kammer zurück. Ihr Bruder machte Witze? Nun, vielleicht war die Zeit für sie gekommen, vollkommen den Verstand zu verlieren, wenn man bedachte, aus was für einer Familie sie stammte. Drachen taten so etwas gelegentlich.

Sie sah auf den Brief hinab, den sie in der Hand hielt. Er konnte bis morgen warten.

Lautlos wandte sie sich um, um sich etwas Beruhigendes zu trinken zu holen. Oder zumindest ein starkes Bier. Sie brauchte etwas zum Einschlafen, denn das Letzte, was sie gesehen hatte, bevor sie sich von der Kammer abwandte, würde sie andernfalls stundenlang wach halten und heimsuchen. Das Bild von Annwyl, der Blutrünstigen, dem berüchtigten Schrecken der Dunklen Ebenen, die liebevoll mit der Hand Fearghus' Schnauze streichelte … und Fearghus der Zerstörer, der es zuließ.

Fearghus sah Annwyl beim Schlafen zu. Sie hatten bis weit in die Nacht geredet. Und sie war an seine Seite gelehnt eingeschlafen, eine Handvoll Haare um ihre Finger geschlungen. Als sie begann, zu Boden zu rutschen, hob er sie hoch, legte sie auf ihr Bett und deckte sie mit einem der Felle zu.

Seine Zuneigung für diesen Menschen wuchs mit jedem Tag. Manchmal mit jeder Minute. Und es war nicht nur ihre Schönheit, sondern ihr vollkommener Mangel an Furcht vor allem und jedem außer ihrem Bruder. Sie fürchtete nicht den Tod. Sie fürchtete nicht den Kampf. Und, was am wichtigsten war: Sie fürchtete Fearghus nicht. Sie berührte ihn. Fuhr mit ihren Händen über seine Schuppen und durch seine Mähne.

Aber es war der Moment, als er sie mit dem Fell zudeckte und sie im Schlaf seinen Namen seufzte, als er sein Herz verlor.

6

Lorcan schleuderte den Tisch quer durch den Raum und zerquetschte damit beinahe einen seiner Soldaten. Er brüllte vor Wut. Sieben Tage, und sie hatten noch immer weder das verfluchte Mädchen noch irgendeinen seiner Männer gefunden.

Er schnappte sich zwei schwere Holzstühle und schleuderte sie hinterher. Seine Wachen stoben auseinander und rannten in Sicherheit. Doch es gab keine Sicherheit vor seiner Raserei. Eine Raserei, mit der es nur eine einzige andere aufnehmen konnte.

»Findet sie! Findet das Miststück!« Mehrere seiner Männer starrten ihn mit leerem Blick an. *»Jetzt!«* Die Männer rannten davon.

Lorcan lehnte seine brennende Stirn an den kühlen Stein seiner Burgmauer.

»Mylord?« Lorcan atmete tief durch und sah seinen Berater an. Hefaidd-Hen war immer noch der Einzige, der mutig genug war, sich ihm während einer seiner Rasereien zu nähern. »Vielleicht entgeht uns das Offensichtliche.«

»Und das wäre?« Lorcan wandte sich langsam um, seine Wut bis zu einem gewissen Grad gezügelt.

»Vielleicht ist deine Schwester in die Finstere Schlucht geflohen.«

»Meine Schwester ist schwach und dumm, aber sie ist nicht verrückt. Niemand geht in die Finstere Schlucht. Denn niemand kommt je von dort wieder. Sie weiß das nur zu gut.«

Hefaidd-Hen richtete beunruhigend milchigblaue Augen auf seinen Herrn, und Lorcan schauderte innerlich. »Sie ist vielleicht nicht freiwillig dort hingegangen, doch das heißt nicht, dass sie nicht dort ist.«

»Dann wäre sie also schon tot?«

»Nein. Alle Zeichen sagen mir, dass sie noch lebt.«

Lorcan schnaubte. Er hätte es besser wissen müssen als sich Hoffnungen zu machen.

»Wie lautet in diesem Fall dein Rat, Zauberer?«

Hefaidd-Hen lächelte, wenn man das so nennen konnte. »Lass mich ein paar deiner Männer mitnehmen und selbst zur Finsteren Schlucht gehen. Ich werde sehen, ob ich sie finde.«

»Ich kann es mir nicht leisten, dich zu verlieren, Hefaidd-Hen. Auch wenn es bedeutet, sie zu vernichten. Ich brauche dich während dieser Rebellenangriffe. Jeden Tag kommen mehr Truppen an, um mit ihr zu kämpfen.«

»Und solange sie am Leben ist, werden sie weiter kommen.«

»Ich sagte nein.« Lorcan, sein Zorn verraucht, setzte sich schwer auf einen der Stühle, die er noch nicht geworfen hatte. »Aber schick ein paar von meinen Kriegern. Sorge dafür, dass sie wissen, dass sie in die Finstere Schlucht gehen sollen, oder andernfalls wird das, was sich dort versteckt, die geringste ihrer Sorgen sein.«

Hefaidd-Hen verneigte sich tief. »Wie du wünschst, Mylord.«

Dann verabschiedete sich der Zauberer, und Lorcan begann wieder zu atmen. Er dachte an seine widerliche kleine Schwester und genoss die Vorfreude auf das Vergnügen, das er empfinden würde, wenn er ihren Kopf auf einem Spieß vor seine Burgmauern pflanzte.

»Ich werde dich kriegen, Miststück«, knurrte er leise, in der Hoffnung, dass seine Worte den Weg zu ihr finden würden, wo immer sie war. Er wollte, dass sie wusste, dass er anstelle seines Vaters das Land regieren würde. Er wollte, dass sie wusste, wie sehr er sie hasste.

Er brüllte erneut, als seine Wut verzehnfacht zurückkehrte. Er brüllte und brüllte, bis er wusste, dass sie ihn hörte, wo immer sie war.

Annwyl sprang nackt aus dem Bett auf. Ihr Schwert, das sie immer in Reichweite auf dem Boden hatte, fest in der Hand. Die Präsenz ihres Bruders umgab sie. Sie spürte ihn nahe bei sich. Sie wirbelte herum, in der Erwartung, ihn hinter sich stehen zu sehen.

»Ist alles in Ordnung?«

Annwyl knurrte überrascht, als sie die Stimme hörte. Ohne nachzudenken, aus reinem Instinkt, wirbelte sie noch einmal herum und schleuderte ihr Schwert durch den Raum. Der einzige Grund, warum die Klinge nicht in Morfyds Stirn schoss, war, dass die Hexe sich zu schnell bewegte. Mit einem heiseren Aufschrei fiel sie zu Boden.

»Bei allen Göttern, Morfyd!« Annwyl, der jetzt bewusst wurde, wo sie war und dass sie eigentlich in Sicherheit war, rannte zu der Frau. »Bist du verletzt?«

Die Hexe ergriff die Hand des Mädchens und ließ sich von Annwyl aufhelfen. »Nein. Nein, mir geht es gut.«

»Morfyd, es tut mir so leid!«

»Ist schon gut.« Morfyd ließ sich schwer auf einen der Stühle sinken. »Ich habe dich erschreckt.«

Annwyl kniete sich neben Morfyd. Sie schaffte es nicht, die Hand der Frau loszulassen. »Ich dachte, er wäre hier«, flüsterte sie.

Morfyd runzelte die Stirn. »Du dachtest, wer wäre hier?«

»Mein Bruder. Ich habe ihn hier gespürt, Morfyd. Genauso sicher, wie du jetzt hier sitzt.«

»Du hast nur geträumt. Er kann dir hier nichts tun. Fearghus würde das niemals zulassen.«

Die Hexe sprach natürlich die Wahrheit. Sie vertraute dem

Drachen ihr Leben an, mehr als jedem ihrer eigenen Soldaten. Sogar mehr als Brastias.

»Danke für dein Verständnis.« Annwyl stand auf, ging zurück zu ihrem Bett und wickelte sich eine der Felldecken um ihren zitternden, nackten Körper. »Und für deine schnelle Reaktion. Ich weiß nicht, was ich getan hätte, wenn ich …«

»Das hast du aber nicht. Also vergessen wir das am besten sofort wieder. Hier.« Morfyd gab ihr ein Pergament. Annwyl sah Brastias' Siegel und lächelte.

»Dann hast du ihn also gesehen?«

»Aye. Er schien ehrlich erleichtert, dass du noch lebst.«

Annwyl setzte sich aufs Bett. »Und meine Männer?«

»Sie haben noch Hoffnung.«

Annwyl nickte. »Danke, dass du das für mich getan hast.«

Morfyd stand auf. »Keine Ursache. Ich hole dir etwas zu essen, während du den Brief liest.«

Kaum war die Hexe gegangen, entfernte Annwyl vorsichtig das Siegel und faltete das Pergament auf.

Annwyl,

Wir warten auf deine Rückkehr.

Immer dein, in Leben, Tod und Krieg.

Brastias

Annwyl las den Brief noch einmal und drückte ihn dann an ihre Brust. Ihre Armee wartete. Sie musste bald zurückkehren.

Fearghus beobachtete, wie seine Schwester mehrere Stücke Obst nahm. Ihr menschlicher Körper schien zittriger als gewöhnlich. »Ist alles in Ordnung?«

»Das verrückte Miststück hat ein Schwert nach meinem Kopf geworfen.«

Er musterte seine Schwester. »Was hast du zu ihr gesagt?«

Morfyd wirbelte herum und starrte ihn böse an, während

das Obst in alle Richtungen flog. »Was ich ... Wie kommst du darauf ... Wie kannst du es wagen ...« Morfyd unterbrach sich und riss sich zusammen. »*Ich* habe *gar* nichts getan, Bruder. Sie hatte einen Albtraum von Lorcan oder so etwas. Ich bin zufällig zur falschen Zeit hereingekommen.«

»Oder so etwas?«

Morfyd zuckte die Achseln, während sie sich hinkniete, um das verstreute Obst aufzusammeln. »Es kann sehr gut sein, dass er über ihre Träume Kontakt zu ihr aufnimmt.«

»Ich dachte, du hättest Schutzzauber um die Höhle aufgebaut?«

»Das habe ich auch«, blaffte sie zurück. »Das heißt aber nicht, dass er keinen Zauberer gefunden hat, der sie umgehen könnte.«

Fearghus ging zu seiner Schwester hinüber. Er ragte in seiner menschlichen Gestalt über ihr auf, angekleidet und bereit, sein Training mit Annwyl zu beginnen. »Niemand sollte in der Lage sein, an deinen Schutzzaubern vorbeizukommen, Schwester. Und wenn es die Königin höchstpersönlich ist. Ich will, dass Annwyl sicher ist. Verstanden?«

Morfyds Augen verengten sich, als sie ihren Bruder musterte. »Warum bist du so angezogen?« Ihr Stirnrunzeln verstärkte sich. »Und warum bist du überhaupt ein Mensch?«

Verdammt. »Ich muss in die Stadt.«

»In die Stadt? Wozu?«

»Vorräte. Und jetzt mach weiter mit deinen Zaubern. Bitte.«

Er stürmte davon, bevor sie ihm noch mehr Fragen stellen konnte, die ihn zwingen würden, sie weiter anzulügen.

Annwyl fiel. Dann landete sie. Ihr Rücken traf hart auf den Boden, danach ihr Kopf. Dort lag sie. Unfähig, sich zu rühren. Plötzlich schob sich sein Gesicht in ihr Blickfeld.

»Tut mir leid.«

Das tat es nicht. Ihm tat überhaupt nichts leid. Sie hatte ein paar wirklich gute Schläge angebracht, und er konterte, indem er sie voll auf ihre Rückseite warf ... und zwar hart.

Sie brauchte einige Augenblicke, um wieder zu Atem zu kommen; dann hielt er ihr die Hand hin, um ihr aufzuhelfen. Sie schlug seine Hand weg und stemmte sich mühsam selbst hoch, bis sie auf dem harten Boden kniete.

Sie starrte ihn finster an.

»Wofür dieser Blick? Es ist nicht meine Schuld, dass du nicht schnell genug warst.«

Annwyl schlug ihn ins Gesicht. »War das schnell genug?«, fuhr sie ihn an.

Jetzt blickte er finster, während er sich die leicht verletzte Nase hielt.

Annwyl kam auf die Beine, doch der Krampf in ihrem Nacken und den Schultern zwang sie sofort wieder zu Boden. Sie ächzte vor Schmerzen, und der Ritter sah sie an.

»Was ist los?«

»Nichts.«

»Lügnerin.« Er ging um sie herum und legte ihr die Hände auf die Schultern. Seine Berührung schickte Stromschläge durch ihren Körper. Annwyl versuchte, seine Hände wegzuschieben, aber er ignorierte sie.

»Stell dich nicht so an.«

Seine starken Hände glitten über ihre Schultern und fanden rasch den Punkt an ihrer Halswurzel, wo die Muskeln sich zu festen Knoten ballten. »Ihr Götter, Mädchen! Da ist ja ein riesiger Knoten!« Sein Daumen drückte ihr ins Fleisch, und Annwyl zuckte zusammen.

»He! Das tut weh!«

»Tut mir leid.«

»Tut es dir nicht!« Sie stand auf und versuchte, sich von ihm loszumachen, doch er zog sie zurück.

»Musst du so schwierig sein? Wenn du mir einen Moment Zeit gibst, kann ich das in Ordnung bringen.«

Annwyl knirschte mit den Zähnen.

Der Ritter lachte in sich hinein, während seine Hände die Muskeln an ihren Schultern massierten. Annwyl biss sich auf die Unterlippe und verkniff sich gerade noch ein Stöhnen. Der Mann hatte die unglaublichsten Hände, die sie je erlebt hatte. Sie schloss die Augen und versuchte, sich auf etwas zu konzentrieren – irgendetwas! –, das sie von dem Gefühl seiner Berührung ablenkte.

Die Muskeln lösten sich unter seinen Fingern, und sie merkte, wie sie sich entspannte … widerwillig.

»Du kennst meinen Namen immer noch nicht, weißt du das?«

»Und ich will ihn immer noch nicht wissen.« Wenn sie mit Fearghus die Höhle verließ, wollte sie diesen Mann nie wiedersehen. Zumindest redete sie sich das ein.

»Was für ein schwieriges Mädchen.«

»Ich bin wohl kaum ein Mädchen!«

»Oh. Entschuldige. Ist dir alte Jungfer lieber?«

Annwyl ballte ihre Hände zu harten Fäusten.

»Der Knoten ist schon wieder da. Ist nur noch schlimmer geworden.« *Was für eine Überraschung.*

Der Ritter nahm ihren Arm und massierte ihn bis ganz unten. An ihrer geballten Faust hielt er an. »Locker lassen.«

Sie sah ihn böse an, antwortete aber nicht. Er schlug ihr auf den Handrücken. »Au!«

»Ich sagte locker lassen, Frau!«

Sie öffnete ihre Hand, und er begann, sanft jeden Finger zu massieren.

»Du magst mich nicht, oder?«

»Nein.«

»Magst du den Drachen?«

»Natürlich mag ich den Drachen.«

»Was meinst du mit ›natürlich‹? Niemand mag Drachen.«

»Warum bist du dann hier?« Er öffnete den Mund zu einer Antwort, hielt aber abrupt inne. Annwyl nickte wissend: »Ich verstehe.«

»Was verstehst du?«

»Ich weiß, was los ist.«

»Ach ja?«

»Du kannst mich nicht täuschen.« Sie deutete auf das Wappen auf seinem Waffenrock. »Diese Armee wurde seit über zwanzig Jahren nicht mehr gesehen.«

Der Ritter sah auf sein Wappen hinab, als sähe er es zum ersten Mal. Annwyl sah zu, wie ihm eine widerspenstige Strähne schwarzen Haares über das Auge fiel. Sie sehnte sich danach, dieses Haar zu berühren. Sehnte sich danach, zu spüren, wie es über ihre nackte Haut glitt. *Ich bin vollkommen durchgedreht!*

»Tatsächlich?« Er klang so unschuldig, oder versuchte es zumindest.

»Ja. Tatsächlich. Wo hast du es überhaupt gefunden? In irgendeiner Burg, die du ausgeraubt hast? Oder in der Höhle des Drachen? Von wegen Ritter! Du bist ein Söldner! Eine käufliche Klinge! Der Niedrigste der Niedrigen!«

Der Ritter stieß einen tiefen Seufzer aus und wandte den Blick ab. Ha! Sie hatte ihn ertappt.

Er liebte die totale Unfähigkeit der Menschen, etwas zu sehen, selbst wenn sie es direkt vor der Nase hatten. Er wusste auch, was der Grund dafür war. Ihre Logik. Wie konnte sich so etwas Großes wie ein Drache in einen Menschen verwandeln? Menschen verstanden nichts von alter Magie und wie mächtig sie sein konnte.

Einen Augenblick hatte er wirklich geglaubt, Annwyl hätte es herausgefunden. Trotzdem war er immer noch dankbar, dass es nicht so war. Er wusste, dass er sie nicht belügen sollte, und am Anfang hatte er das auch wirklich nicht vorgehabt. Er vertraute ihr jetzt mehr als jedem anderen, doch ihre Reaktion auf ihn als menschliches männliches Wesen brachte ihn vollkommen durcheinander.

Sie wollte den Ritter, aber sie hasste den Ritter. Sie mochte den Drachen, schien ihm aber – was wenig überraschte – keine anderen Gefühle als allgemeine Freundlichkeit entgegenzubringen.

Annwyl blieb das komplexeste Wesen, dem er je begegnet war. Und wenn er nicht gerade auf ihre Brust oder ihren Hintern starrte, fand er sie intelligent, reizend und extrem lustig. Es machte einfach Freude, sie um sich zu haben. Doch nur der Drache schien das Glück zu haben, diese Seite von ihr zu sehen. Wenn er als der Ritter zu ihr kam, war sie mürrisch, übellaunig und rundheraus unverschämt. Er hatte sie trotzdem gern um sich, aber das lag wahrscheinlich daran, dass er es mochte, wie sie roch, wenn sie wütend wurde. Ein ganz spezieller Geruch, der ihn jedes Mal, wenn er einen Hauch davon erhaschte, zwang, gegen seine Erektion anzukämpfen.

Annwyl, was ich alles mit dir anstellen könnte …

Er musste sich konzentrieren. Jetzt. In diesem Augenblick. Oder es würde damit enden, dass er etwas sehr Dummes tat.

Er räusperte sich und ließ ihren Arm los. »Besser?«

»Ja.«

»Und …?«

»Und was?«

Er hob eine Augenbraue, und Annwyl zog ein grimmiges Gesicht. »Danke.«

»Na, war das jetzt so schwer?«

Sie wandte sich ab, und er erhaschte noch einen Blick auf dieses hübsche Hinterteil. Er gab ihr einen Klaps mit der Handfläche. Annwyl blieb stehen. Knirschte mit den Zähnen. Tat aber nichts.

Er näherte sich ihr von hinten. »Gut«, flüsterte er ihr ins Ohr. »Du wirst besser. Du würdest mich am liebsten zu Brei schlagen, aber du bist in der Lage, dich zu beherrschen. Sehr schön.« Er wollte sie so sehr berühren, doch er bekämpfte diesen Wunsch, so gut er konnte. Er hatte keine Ahnung gehabt, dass ein menschlicher Körper so schwer zu kontrollieren war.

»So«, bellte er barsch. »Fangen wir wieder an.«

»Also.« Morfyd stellte eine Schüssel Eintopf vor Annwyl hin. »Erzähl mir von deinem Brastias.«

Annwyl blickte finster. »Er ist nicht *mein* Brastias. Im Moment ist er der Brastias von keiner Frau.« Annwyls finsterer Blick verwandelte sich schnell in ein Grinsen. »Interessiert?«

»Was?« Morfyd zuckte zusammen. »Nein!«

»Ah, dann bist du also nur neugierig.«

»Ach, vergiss, dass ich gefragt habe.«

Annwyl tauchte den Löffel in den deftigen Eintopf. Nach ihrem langen Tag mit dem Ritter verlangte ihr Körper nach Nahrung.

»Ist es schwierig, mit all diesen Männern zu leben? Den ganzen Tag? Täglich?«

Annwyl trank etwas von Morfyds Wein. Sie wusste, dass die Gefahr einer Infektion vorüber war, doch der Wein schmeckte trotzdem unglaublich köstlich.

»Überhaupt nicht.«

»Wirklich?«

»Absolut. Wenn dich einer der Männer unangemessen berührt, schlägst du ihm den Arm direkt am Schultergelenk ab. Dann, während er verblutet, schlägst du ihm das Gesicht zu Brei, und du wirst feststellen, dass die anderen Männer dich in Ruhe lassen.«

Morfyd starrte Annwyl mit großen Augen an.

»Was denn?«

Morfyd räusperte sich. »Nichts.«

Annwyl hörte Fearghus kommen; die Höhle erzitterte unter jedem seiner mächtigen Schritte. Sie sah nicht von ihrer Mahlzeit auf, bis er den Raum betrat. »Drachenfürst.«

»Lady Annwyl.«

»Ich hatte mich schon gefragt, wann du kommen und mich besuchen würdest.«

Der Drache würdigte Morfyd kaum eines Blickes. »Musst du nicht irgendwohin, Morfyd?«

»Nein.«

Der Drache stieß ihren Stuhl mit einer seiner Krallen an. Sie starrte ihn böse an, stand aber auf. »Na schön. Ich gehe zurück ins Dorf.«

»Gute Idee. Du musst dich um all die kranken Menschen kümmern.«

Morfyd lächelte den Drachen verächtlich an, während sie sich an Annwyl wandte. »Wir sehen uns morgen, Annwyl.«

»Ich wünsche dir eine gute Nacht.«

Annwyl aß ihren Eintopf auf, dann wandte sie sich dem Drachen zu, einen Becher Wein in der Hand.

»Also, Drachenfürst, was sind deine Pläne für den heutigen Abend?«

Er setzte sich unbeholfen zurecht, und das Ende seines tödlichen Schwanzes landete sanft in ihrem Schoß. »Tja, ich dachte, wir könnten noch mal diese Sache machen.«

»Diese Sache?« Annwyl versuchte mit aller Macht, ihr Lächeln zu unterdrücken, während sie mit der Hand über die geschuppte Spitze strich. Das äußerste Ende war geformt wie eine Pfeilspitze und genauso scharf. Sie dachte kurz darüber nach, ob der Drache sie wohl mit einem Stein schleifen musste. »Du meinst reden?«

»Ja. Ja. Wie auch immer man es nennt.«

»Du redest gern, was? Gib es zu!«

»Ich rede gern mit *dir*. Und das ist alles, was ich zugebe.«

»Na gut. Kein Grund, brummig zu werden.« Seine Schnauze kam ebenfalls näher. Ohne auch nur darüber nachzudenken, streichelte sie mit der Hand darüber. Und der Drache ließ es zu. »Also, erzähl mir mehr von deiner Familie.«

»Langweilen dich meine Familiengeschichten nicht?«

»Überhaupt nicht.« Sie beugte sich vor und sah ihn an, die Hand wieder auf seiner Schwanzspitze. »Ich warte.«

Fearghus seufzte. »Also gut, einmal haben wir unserem kleinsten Bruder den Kopf rasiert.«

Annwyl lachte schallend auf.

7

Annwyl knallte auf den Boden. Schon wieder. Sie musste zugeben, langsam hatte sie genug davon, die Welt liegend von unten zu sehen.

Sie verzog das Gesicht, als der Schmerz ihr durch den Kopf schoss. Der Ritter hatte sie mit der Rückseite seiner Hand getroffen; das Schwert, das er hielt, verstärkte den Schlag noch.

»Ich glaube, du hast mir die Nase gebrochen!«

»Möglich.« Er stand über ihr und starrte ihr ins Gesicht. Plötzlich verfluchte sie sich im Stillen dafür, dass sie für ihr Training ihr Hemd ausgezogen hatte, denn die felsige Erde grub sich ihr in den blanken Rücken, wo die Binden ihn nicht bedeckten. »Nein. Ich habe sie nur ein bisschen ausgerenkt.«

Annwyl wollte aufstehen, doch er drückte sie wieder nach unten. »Beruhige dich.« Er warf sein Schwert beiseite und setzte sich rittlings auf ihre Hüften. Sie sah ihn aus schmalen Augenschlitzen an, als er sich mit der unteren Hälfte seines Körpers auf ihre setzte.

Er beugte sich vor und nahm ihre Nase zwischen seine großen Hände. »Das könnte jetzt ein bisschen wehtun.«

Mit einem »Plopp« renkte er ihre Nase wieder ein.

»Au!« Sie schlug ihn auf die Schulter.

»Sei kein Baby«, mahnte er sie mit einem Lächeln. »Also, wenn ich schon mal hier unten bin: Hast du noch andere Schmerzen oder Beschwerden, bei denen ich dir helfen kann?«

Annwyl wollte, dass er von ihr herunterging, da sie nicht wollte, dass er von ihr herunterging. Sie wollte, dass er seine Hände über ihren Körper gleiten ließ. Sie wollte, dass er sie küsste. Sie wollte diesen Mann in sich spüren. Und der Gedanke daran jagte ihr ziemliche Angst ein.

»Geh runter von mir!«

»Du kennst das Zauberwort.«

Annwyl verdrehte die Augen. »Bitte«, presste sie zwischen zusammengebissenen Zähnen hervor. Der Mann stellte das bisschen Geduld, das sie besaß, permanent auf die Probe.

»Na, na! Das kannst du doch besser. Ein bisschen netter bitte. Vielleicht könntest du es auch ernst meinen.«

»Ach, komm schon!«

»Es sei denn …«

»Es sei denn?«

»Es sei denn, du willst gar nicht, dass ich gehe.« Er lehnte sich zu ihr herab. »Es sei denn, du willst, dass ich genau hier bleibe.«

Bastard, anscheinend konnte er ihre Gedanken lesen. Allein, ihn auf sich zu haben, brachte ihr Blut in Wallung. Und sie spürte ein höchst merkwürdiges Pochen zwischen ihren Schenkeln. Nicht unangenehm, aber eindeutig beunruhigend.

»Also?«, setzte er nach.

Doch sie konnte ihm nicht antworten. Sie konnte nicht sprechen. Wenn sie es doch täte, fürchtete sie sich davor, was aus ihrem Mund kommen mochte. Stattdessen starrte sie in diese schwarzen Augen und fragte sich, ob sein Schweiß salzig auf ihrer Zunge schmecken würde.

Er ließ mehr von seinem Gewicht auf ihre Hüften sinken, und sie biss die Zähne zusammen, um nicht laut aufzustöhnen. »Antworte mir, Annwyl.«

Sie schluckte und brachte sich irgendwie unter Kontrolle. Verdammt, sie war eine Kriegerin! Die Anführerin eines der härtesten Aufstände der Geschichte, und doch ließ sie zu, dass irgendein Ritter sie vollkommen verwirrte.

»Nimm deinen Hintern von mir … bitte.«

Er starrte sie verblüfft an, dann warf er den Kopf zurück und lachte. Er sprang auf, griff sie am Arm und zog sie zu sich hoch. »Du amüsierst mich wirklich immer wieder.«

»Es freut mich, dass ich so unterhaltsam bin.« Sie hob rasch ihr Hemd auf, das am Flusslauf lag, und zog es sich über den Kopf. Sie brauchte etwas, um die harten Spitzen ihrer Nippel zu verstecken. Die Stoffstreifen waren dabei keine große Hilfe. »Ich glaube, meine Nase hat für heute genug durchgemacht. Abgesehen davon wird es langsam spät. Ich muss gehen.«

Er hielt sie am Handgelenk fest. »Bist du sicher?«

»Ich habe es doch gesagt, oder?«

»Das habe ich nicht gefragt.«

»Ich habe keine Zeit für so was.« Sie fand es schrecklich, wie verzweifelt sie klang, wie ihr ganzer Körper auf seine Berührung reagierte. Wie er danach schrie, er möge jeden Zentimeter ihrer Haut erkunden.

»Geh nicht.« Seine Stimme war sanft. Lockend.

»Einer von uns muss gehen.«

Er lächelte sie an. »Warum?«

Ihr Blick wanderte die ganze Länge seiner Gestalt entlang, nahm die Breite seiner Schultern wahr, die Muskeln, die sich unter seinem Kettenhemd wölbten. »Vertrau mir.«

Er kam näher. Er hielt immer noch ihren Arm fest, doch seine Finger begannen, sich über ihre Haut zu bewegen. Wanderten ihren Arm hinauf. Ihre Brüste wurden fest, ihre Nippel schmerzhaft hart. Ihr Atem ging schneller. Sie wollte diesen Mann. Bei den Göttern, und wie sie ihn wollte! Mehr als alles zuvor ihn ihrem Leben. Und er wusste es. Sie erkannte es an der Art, wie er sie ansah. Die Art, wie er näher kam und sein Körper beinahe ihren berührte.

»Ich muss *wirklich* gehen.«

Er senkte den Kopf, den Blick auf ihre Lippen gerichtet. »Wirklich? Bist du sicher?«

Sie sah zu, wie seine Lippen näher kamen, um sich mit ihren zu treffen.

Er hatte eindeutig den Verstand verloren. Und er machte das Mädchen dafür verantwortlich. Anfangs hatte er nicht vorgehabt, irgendetwas anderes zu tun als sie auszubilden. Doch so wie diese grünen Augen zu ihm hinaufstarrten und dieser Körper danach schrie, genommen zu werden – mal ehrlich, was sollte ein armer Drache da tun?

Sie küssen natürlich. Zumindest war das der Plan, als er seinen Kopf senkte, um sie zu kosten, aber er fühlte einen harten Klaps, als eine Hand sein Gesicht traf.

»Moment mal!« Annwyl machte sich von ihm los, indem sie sein Gesicht mit der Hand wegschob.

Überrascht wich er zurück.

»Was genau glaubst du eigentlich, was du da tust?« Sie strahlte Wut aus, allerdings nicht ihre übliche Wut. Es schien etwas ganz anderes zu sein.

»Wie bitte?«

»Du hast mich genau verstanden.« Sie schubste ihn an den Schultern von sich. »Was glaubst du …« Schubs. »Was du da …« Schubs. »*Tust?*« Stoß.

Er knallte mit dem Rücken gegen einen Baum und knirschte mit den Zähnen. Ließ er sich hier ernsthaft von einem Menschen in seiner eigenen Schlucht herumschubsen? Während er ihr zusah, wie sie unter ihrem Hemd ihre Brustbinden ordnete, um sicherzustellen, dass ihre Brüste nicht herausrutschten, wurde ihm bewusst, dass die Antwort »Ja« war. Ja, er ließ sich von einem Menschen herumschubsen. Aber nicht von irgendeinem Menschen. Von Annwyl.

»Ich bin nicht irgendeine Hure, die du einfach schnappen und nehmen kannst, wie es dir einfällt!«

Er holte tief Luft. »Ich weiß.«

Annwyl blinzelte, überrascht von seiner Antwort. »Ähm … also … dann sind wir uns ja einig.«

Er lächelte. »Das sind wir.«

»Na dann … gut. Und jetzt … geh weg.«

»Wenn es das ist, was du willst.«

»Ja. Ja. Das ist es, was ich will.« Sie machte eine abweisende Handbewegung, während sie von ihm wegging.

»Natürlich würde ein Abschiedskuss dafür sorgen, dass ich noch ein bisschen schneller gehe«, rief er ihr nach.

Annwyl blieb stehen, und bis ans Ende der Zeiten würde er schwören, dass er sie fauchen hörte.

Warum musste er sie unbedingt foltern? Was wollte er? Warum ging der Mann nicht einfach weg? Annwyl drehte sich ruckartig um und erwartete, ihn an den Baum gelehnt zu sehen, wo sie ihn stehen gelassen hatte. Doch er stand direkt hinter ihr. Dieser Mann bewegte sich schneller als der Blitz. Erschrocken stolperte sie rückwärts und fiel beinahe hin, doch er schlang ihr einen Arm um die Hüfte und fing sie auf. Sie spürte sengende Hitze auf ihrer Haut, wo er sie hielt, und der Atem blieb ihr in der Kehle stecken, als er sich vorbeugte und sie dabei immer noch in seinem Arm hielt.

»Geht es dir gut?« Seine tiefe Stimme glitt samtig über ihre Haut. Neckend. Ließ ihren Körper vor Verlangen nach ihm schmerzen.

»Es würde mir besser gehen, wenn du mich losließest.«

»Und mir würde es besser gehen, wenn du mich küsstest. Wie wäre es mit einem Geschäft?« Wieder fauchte sie wütend, und er grinste sie an. »Ich mag dieses Geräusch.«

»Lass mich los!«

»Küss mich!«

»Wie wäre es, wenn ich dich einfach durchbohrte?«

»Ich glaube, dafür bräuchtest du ein Schwert.«

Ihr wurde bewusst, dass sie ihr Schwert am Boden zu ihren Füßen liegen gelassen hatte. *Dumm, Annwyl, dumm!*

Sein Lächeln wurde weicher, während er auf ihr Gesicht herabsah. »Küss mich einfach.« Es war mehr ein Flehen als ein Befehl. Und so sehr ihr rationaler Verstand dagegen wetterte: Sie wollte ihn küssen.

Ganz leicht hob sie den Kopf, während er seinen senkte. Sie trafen sich irgendwo in der Mitte, und als seine Lippen ihre berührten, schoss Hitze durch sie hindurch wie ein Pfeil. Hitze und … Wiedererkennen? Ihre Hände griffen nach oben zu seinen Schultern, während sich ihr Mund öffnete und seine Zunge hereinglitt. Er strich mit starken, trockenen Finger über ihre bloße Haut, ließ sie mühelos unter ihre Brustbinden gleiten und berührte sanft ihre Brüste. Die Reaktion ihres Körpers war ein Aufbäumen, und Annwyl wurde klar, dass sie nur Augenblicke davon entfernt war, diesen Mann alles mit sich tun zu lassen, was er wollte. *Alles.*

Sie stemmte sich gegen seine Schultern, während sie ihren Körper aus seinen Armen wand. Sie machte sich frei von ihm, und sie standen einander gegenüber und starrten sich an, beide nach Luft schnappend. Ihre Nippel waren jetzt schmerzhaft hart, genauso, schätzte sie, wie die Erektion, die verzweifelt versuchte, sich durch die Kettenhose des Ritters zu schieben.

»Also, du hast es versprochen. Geh.«

»Bist du sicher?« Er machte einen Schritt auf sie zu, und sie sprang zurück.

»Das fragst du mich andauernd!« Da war wieder diese Verzweiflung in ihrer Stimme.

Der Ritter grinste. »Ich hoffe jedes Mal, dass du mir eine andere Antwort geben wirst.«

»Das werde ich nicht. Geh jetzt!«

Er nickte und holte tief Luft. »Wie ich versprochen habe.«

Er ging. Als Annwyl sicher sein konnte, dass er wirklich fort war, ging sie zurück zum Fluss und setzte sich mitten hinein, ließ das kalte Wasser an sich vorüberströmen. Nach ein paar Minuten steckte sie auch den Kopf hinein.

Fearghus tauchte in seinen See. Immer noch in Menschengestalt, so wie die wütende Erektion, die er im Moment hatte. Dieses Mädchen musste ihn unbedingt wahnsinnig machen! Ob sie es zugeben wollte oder nicht, ihr Körper rief nach ihm. Laut. Und was genau glaubte er eigentlich, was er da tat? Warum zur Hölle hatte er sie geküsst? Einen Menschen, rief er sich verzweifelt ins Gedächtnis. Nur einen Menschen! Eine umwerfende, großbrüstige Menschenfrau.

Er knirschte mit den Zähnen. Er wusste wirklich nicht, wie viel er noch ertragen konnte. Doch er musste dagegen ankämpfen. Er musste ihr widerstehen. Allein um seines Geisteszustandes willen.

Als Fearghus sich aus dem Wasser hochzog, hatte er wieder seine Drachengestalt angenommen. Er schüttelte das Wasser von seinem Körper und den Flügeln und setzte sich ein paar Minuten, um seinen Drang unter Kontrolle zu bekommen. Seinen Drang, wieder nach draußen zu gehen und Annwyl zu finden. Sie zu finden und zu vögeln.

»Drache!« Annwyls Stimme klang durch seine Höhle und ließ seinen ganzen Körper verkrampfen.

»Verdammt!« Er bedeckte die Augen mit seiner Klaue. Diese Frau war irgendwann noch sein Tod.

»Drache!«

Annwyl ging tiefer in die Höhle als sie es je zuvor getan hatte. Sie konnte Morfyd nicht finden, und sie wollte Fearghus sehen. Jetzt. »Drache!«

»Hier.« Sie hörte seine tiefe, volle Stimme und folgte ihr. Sie fand ihn ausgestreckt neben einem unterirdischen See; sein Schwanz wirbelte durch das Wasser. »Was ist los?«

»Dein Freund muss gehen.«

»Nicht schon wieder. Was hat er jetzt wieder angestellt?«

Sie kletterte auf einen Felsblock und sah dem Drachen ins Auge. »Er ist sehr ... verwirrend.«

»Verwirrend? Ich wusste nicht, dass das ein Makel ist.«

»Das kann es schon sein.«

»Ich verstehe nicht, warum er dich so nervös macht und ich nicht. Ich kann dich in einen Feuerball verwandeln!«

Das kann er auch.

»Na ja, du bist sehr süß. Und charmant.«

»Man nennt mich Fearghus den Zerstörer!«

Sie tat es mit einer Handbewegung ab. »Und mich nennt man Annwyl die Blutrünstige. Das beeindruckt mich nicht.«

»Du bist ein wirklich seltsames Mädchen, Annwyl.«

»Wachs du mal in meiner Familie auf, mal sehen, was aus dir wird.« Sie ballte frustriert die Fäuste. Sie war noch nie zuvor in ihrem Leben so frustriert gewesen. Und alles wegen eines Mannes!

»Ich glaube, es wäre ein Fehler, ihn wegzuschicken. Er bereitet dich auf den Kampf gegen Lorcan vor. Irgendwann wirst du dich deinem Bruder stellen und ihn töten müssen.« Er klang, als hätte er langsam genug davon, sie immer wieder daran zu erinnern. Doch sie gab wieder dem Ritter die Schuld. Sie sollte den Drachen bitten, einen Feuerball nach ihm zu schleudern.

»Ich weiß.«

»Es sei denn, es gibt noch einen anderen Grund, warum du willst, dass ich ihn wegschicke?«

Annwyl dachte sorgfältig über ihre Antwort nach. Dem Drachen sagen, dass ihr Körper jedes Mal, wenn sie in der Nähe dieses Mannes war, nach ihm schrie? Ihm sagen, dass sie jedes Mal, wenn ihre Schwerter aufeinanderprallten, feucht vor Verlangen wurde? Dass sie sich fortwährend fragte, wie er aussehen würde, wenn er nackt auf ihr lag? Würde sie das vor dem Drachen zugeben?

»Nein.« Sie schüttelte den Kopf. »Kein anderer Grund.« Sie seufzte. »Nur ...«

»Nur was?«

Warum kann er nicht mehr wie du sein? »Nichts.«

Sie sah hinab auf den See, dessen Wasser von einem wunderbaren klaren Blau war, da eine sprudelnde Quelle ihn beständig neu auffüllte. Sie deutete darauf. »Macht es dir etwas aus?«

»Äh ... äh ... nein.« Er drehte seinen großen Körper herum. »Soll ich gehen?«

»Warum?« Sie glitt von dem Felsblock hinunter und ging ans Wasser. »Du hast mich doch schon nackt gesehen.« Sie ließ ihr Schwert in seiner Scheide fallen. »Es sei denn, menschliche Körper stoßen dich ab?«

»Was? Nein! Tu einfach, was immer du tun musst.«

Sie zuckte die Achseln, zog sich rasch aus und tauchte in das Wasser.

Er verstand es jetzt. Die Götter prüften ihn. Es konnte keinen anderen Grund geben, warum diese Frau nackt und mit dem Gesicht nach oben in seinem See trieb, ohne im Geringsten auf seine Anwesenheit zu achten. Die Götter hatten einen grausamen Sinn für Humor.

»Drache?« Ihm wurde bewusst, dass sie schon eine ganze

Weile mit ihm sprach. Aber er konnte nicht aufhören, ihre Brüste anzustarren. Sie waren unglaublich.

»Was?«

»Ich habe gefragt, woher du ihn kennst.«

Er riss seinen Blick von ihrer Brust los. »Wen?«

Sie runzelte die Stirn. »Störe ich dich, Drache?«

Stören war nicht das Wort, das er benutzt hätte. »Nein. Warum?«

Mit einem Achselzucken: »Ich frage mich nur. Du wirkst ein bisschen angespannt.«

Du hast ja keine Ahnung …

Sie schnappte mit beiden Händen nach seiner Schwanzspitze. Ihre Finger waren lang und stark, und er konnte sich gut vorstellen, wie diese Hände ihn zum Höhepunkt brachten.

Nein. Damit hätte ich gar nicht erst anfangen dürfen.

»Deine Schwanzspitze ist scharf wie eine Klinge und besteht auf ganzer Länge nur aus Muskeln. Benutzt du sie manchmal als Waffe?«

Er räusperte sich. Er musste sich irgendwie von ihren magischen Händen ablenken. »Ab und zu.«

»Faszinierend.«

Es war wirklich keine Hilfe, dass sie ihn dauernd berühren musste. Es war noch nie vorgekommen, dass ein Mensch ihm als Drache so nah gekommen war, geschweige denn ständig jeden Zentimeter von ihm untersucht hatte. Er grunzte. Sie versuchte wirklich, ihn zu töten.

Warum zur Hölle hatte er sich überhaupt in den Geschwisterkrieg verwickeln lassen? Er hätte einfach weiterschlafen sollen!

»Was genau stört dich an ihm?«

»Alles.« Sie sah aufs Wasser hinab. »Wie tief ist das?«

»Ich kann meinen ganzen Körper hineintauchen. Und ›alles‹ scheint mir ziemlich viel.«

»Er ist arrogant.« Sie hielt sich mit beiden Armen an seinem Schwanz fest. »Heb mich hoch!«

»Bist du verrückt? Außerdem bin *ich* arrogant.«

»Ja. Aber er ist nervtötend arrogant.« Sie hielt sich immer noch an seinem Schwanz fest. »Bitte«, bettelte sie mit einem Lächeln.

Mit einem theatralischen Seufzen hob Fearghus seinen Schwanz und das Mädchen mit ihm. Sie quiekte und lachte, dass ihm ganz warm ums Herz wurde.

»Und jetzt?«, fragte er, als sie da hing, gefährlich weit über dem See.

»Jetzt? Jetzt lasse ich los!« Und sie tat es. Er sah zu, wie sie zurück ins Wasser platschte und in den dunkelblauen Tiefen des Sees verschwand. Doch innerhalb von Sekunden hatte sie sich wieder an die Oberfläche gekämpft.

»Das« – ihr nasses Gesicht strahlte vor Begeisterung – »war verdammt großartig!«

Fearghus senkte seinen Kopf, um ihr in die Augen sehen zu können. »Warst du immer so … anders?«

Sie zuckte die Achseln. »Ich weiß nicht. Wahrscheinlich.« Sie küsste ihn sanft auf die Schnauze und schwamm davon.

Seine Klaue berührte die Stelle, wo sie ihn geküsst hatte. Sie hatte so weiche Lippen. Er knurrte leise, als er ihren nackten Körper durch den See schwimmen sah und fragte sich, wie es sich anfühlen würde, sich in sie zu vergraben, ihren Höhepunkt zu spüren, ihren weichen Mund auf seinem …

»Tut mir leid, Fearghus, störe ich?«

Er knirschte mit den Zähnen beim Klang der Stimme seiner Schwester und fragte sich, wie lange sie wohl schon dort stand. So wie er seine Schwester kannte, hätte er wetten können, dass es schon ziemlich lange war.

Fearghus ließ seinen Schwanz herabsausen, und sie sprang

gerade noch rechtzeitig aus dem Weg. »Nein«, antwortete er unschuldig. »Du störst überhaupt nicht.«

Seine Schwester starrte ihn an, und er fürchtete, sie könnte sich genau in diesem Moment verwandeln, damit ihr Schlag genug Kraft besaß, um ihn durch die Höhle zu schleudern. Er hörte genau, wie sie tonlos »Bastard« murmelte.

»Ich muss für ein paar Stunden zurück ins Dorf. Aber sag Annwyl, dass hier etwas zu essen für sie ist.« Sie wandte sich zum Gehen.

»Wie du willst.« Er schwang träge seinen Schwanz und hörte sie fluchen, als er ihre Füße traf, sodass sie stolperte und aus der Höhle taumelte. »Entschuldige!«, rief er ihr nach.

»War das Morfyd?«

Er sah Annwyl aus dem Wasser kommen. Ihr braunes Haar reichte ihr bis zu den Knien, bedeckte ihren langen, starken Körper und glücklicherweise auch ihre Brüste.

»Hier ist etwas zu essen.«

»Gut. Ich bin am Verhungern.« Sie bückte sich und nahm ihre Kleider und ihr Schwert.

»Annwyl ...«

»Ich weiß, ich weiß. Er dient einem Zweck, und ich sollte ihm einfach eine Chance geben. Richtig?«

»Eigentlich wollte ich sagen, dass du deine Kleider anziehen solltest, hier drin ist es kühl.«

»Oh.«

»Aber du solltest ihm auch eine Chance geben.«

Sie blinzelte zu ihm herauf. »Also gut, Drache.« Sie grinste. »Für dich tu ich doch alles.«

Und Fearghus' Herz setzte mehrere Schläge aus, bevor es wieder anfing zu pumpen.

»Aber er soll mich bloß nicht noch mal belästigen.«

Fearghus verzog das Gesicht. Er konnte praktisch garantieren, dass er sich das nicht verkneifen können würde.

8 »Hier.«

Annwyl sah, dass der Ritter ihr ein Schwert entgegenstreckte. »Was stimmt mit meiner Klinge nicht?«

»Nichts. Ich will, dass du damit anfängst, beide zu benutzen.«

Annwyl nahm das Schwert aus seiner Hand. Es war wunderschön gearbeitet. Das Schwert eines Adligen. Ein bisschen schwer für sie, aber sie würde sich an das Gewicht gewöhnen. Und sie hätte gewettet, dass es durch alles schneiden konnte. Sie fragte sich, woher er es haben mochte. Welcher Adlige war von seiner Hand gestorben? Sie zuckte die Achseln. Sie hatte Adlige noch nie besonders gemocht, deshalb war es eigentlich egal.

»Wie fühlt es sich an?«

»Gut.«

»Willst du ein bisschen Zeit, um dich daran zu gewöhnen?«

Sie antwortete nicht. Stattdessen holte sie mit ihrem neuen Schwert nach seinem Kopf aus. Er duckte sich, und sie parierte seinen Gegenschlag mit ihrem anderen Schwert. Er lächelte über ihren plötzlichen Angriff, und sie verspürte Stolz. Es brauchte viel, um diesen Mann zu beeindrucken.

Während der Morgen in den Mittag überging, waren das Aufeinanderprallen ihrer Klingen und ihr angestrengtes Grunzen die einzigen Geräusche in der Schlucht.

Morfyd zog sich von den Flammen zurück und knurrte böse. Egal, wie sehr sie es versuchte, sie konnte Lorcan einfach nicht sehen. Sie konnte nicht in seine Welt schauen. Vor Kurzem hatte sie gehört, er hätte sich mit einem mächtigen Zauberer zusammengetan, an dessen Namen sich keiner zu erinnern schien.

Mächtig war er allerdings. Es gab sehr wenige Menschen, die sie abwehren konnten. Sie würde Fearghus warnen müssen. Er sollte wissen, dass das Mädchen sich möglicherweise wegen mehr Sorgen machen musste als wegen ihres dämonischen Bruders.

Fearghus. Was genau war da eigentlich los zwischen ihm und diesem Mädchen? Morfyd war nicht blind. Sie sah, wie er sie anblickte. Er hatte sich eindeutig in diese Frau verliebt. Aber sie spürte noch etwas anderes. Als Annwyl kräftiger wurde, hatte Morfyd begonnen, den Großteil ihrer Zeit im benachbarten Dorf zu verbringen. Der Ausbruch eines Fiebers erforderte in letzter Zeit ihre Kunst. Doch sie spürte, dass weder Annwyl noch Fearghus ihre Tage in der Höhle verbrachten. Und wenn sie nicht in der Höhle waren, wo zur Hölle waren sie dann?

Morfyd wusste, dass ihre Neugier bald die Oberhand gewinnen würde. Denn etwas ging vor sich, und sie hatte vor, herauszufinden, was genau das war.

Annwyl sah zu, wie sich die Schatten durch die Schlucht bewegten. Sie wusste, es wurde spät. Und ihr Körper spannte sich erwartungsvoll. Sie sah es jetzt als eine Art Ritual. Sie trafen sich und trainierten stundenlang. Legten eine kurze Pause ein, um schweigend zu essen. Trainierten noch einmal mehrere Stunden lang. Und am Ende würde etwas passieren. Etwas, das normalerweise verstärkte Feuchtigkeit zwischen ihren Schenkeln auslöste.

Ihre Klingen trafen ein letztes Mal aufeinander.

»Halt!«, bellte er. Sie lächelte. Je stärker sie wurde, desto mehr schien sie ihn zu erschöpfen. Sie hatte keine Zweifel, dass er noch ein paar Stunden weitermachen konnte, aber es gefiel ihr, dass ihre Fertigkeiten sich nach und nach verbessert hatten.

Er schob sein Schwert in die Scheide und wandte sich von ihr ab. Sie bückte sich, um ihr Hemd aufzuheben und zog sich den weichen, einfachen Baumwollstoff über den Kopf. Ihre beiden Waffen steckte sie in die Scheiden zurück. Als sie aufsah, stellte sie fest, dass Stiefel vor ihr standen. Sie kämpfte darum, ihren Atem zu kontrollieren, während sie langsam an ihm hinaufblickte.

Er starrte zu ihr herab, sein Gesicht unergründlich und fast bedeckt von seinem schwarzen Haar. Er sah sie beinahe wütend an, sein Schweigen trieb sie fast zur Raserei. »Gibt es ein Problem?«, fuhr sie ihn an.

Ein leises Knurren entlud sich tief in seiner Kehle, während er die Hand ausstreckte und sie an ihrem Hemd auf die Füße zog. Dann traf sein Mund auf ihren. Annwyl kämpfte nicht gegen ihn an. Sie hatte nicht den Wunsch danach. Stattdessen legte sie einen Arm um seinen Hals, den anderen um seine Taille. Er hielt sie im Nacken, seine andere Hand glitt unter ihr Hemd. Seine rauen Finger bewegten sich über die schweißbedeckte Haut ihres Rückens, während sein Mund von ihrem einen Kuss forderte, der so verzweifelt, so leidenschaftlich war, dass sie sich sicher war, er würde sie sofort, hier und jetzt nehmen.

Stattdessen ließ er sie genauso abrupt los, wie er sie ergriffen hatte. Und sie konnte das Wimmern nicht unterdrücken, das ihrer Kehle entwich, als er den Körperkontakt aufgab. Er starrte sie noch einen Moment an, dann stürmte er davon. Einfach so. Ließ sie mit nichts zurück als dem dumpfen Schmerz zwischen ihren Beinen.

Morfyd stellte das Essen vor Annwyl hin und sah, dass das Mädchen es ignorierte. Tatsächlich hatte es seit seiner Rückkehr nicht gesprochen. Morfyd ließ den Blick über den Körper des Mädchens gleiten. Annwyl trug nur ihre Brustbinden und die Gamaschen, und zum ersten Mal bemerkte Morfyd die Blutergüsse, Schrammen und tiefen Schnitte, die ihren Körper bedeckten.

»Annwyl.« Die grünen Augen des Mädchens flackerten zu Morfyd hin. »Wo kommen diese Verletzungen her?«

»Von meinem Training.« Sie sagte das, als müsse Morfyd wissen, wovon zur Hölle sie sprach.

»Deinem Training?«

»Aye. Mit dem Ritter.«

Morfyds Augen wurden schmal. »Welcher Ritter?«

»Der, der da war, während ich mich erholt habe. Der Freund des Drachen.«

Morfyd konnte ihre Überraschung nicht verbergen und machte einen abrupten Schritt rückwärts. Ihr Bruder mit einem Ritterfreund? Nicht in diesem Leben. Und auch nicht in irgendeinem anderen Leben. Plötzlich ergab seine neue Vorliebe, als Mensch ins Dorf zu schlendern, einen Sinn.

»Ach ja. Sein Freund, der *Ritter*. Und der hat dir das angetan?«

»Das könnte man so sagen.«

Morfyd nickte. Sie musste herausfinden, was hier los war. Sofort. Die Neugier brachte sie noch um!

»Ist der Drache hier?«, fragte Annwyl hoffnungsvoll.

»Zufällig nicht, nein. Ist er nicht.« Das Mädchen wandte sich wieder der Wand zu. »Iss, Annwyl. Du musst bei Kräften bleiben. Verstanden?«

Das Mädchen nickte, machte aber keine Anstalten zu essen und starrte weiter ihre faszinierende Wand an.

Er drehte eine Runde in der Schlucht, vorbei an einem großen Felsblock, auf dem Weg zum hinteren Eingang zu seiner Höhle. Er war in der Stadt gewesen, um ein paar Dinge zu ordnen, und war den ganzen Weg gerannt, um das Mädchen aus seinem Organismus zu schwitzen. Es funktionierte nicht. Wenn er jetzt über sie stolperte, würde er sich schwer im Zaum halten müssen, um sie nicht an einen Baum zu stellen und … Also sah es wieder so aus, als wäre der kalte See seine einzige Zuflucht.

Doch als er den Fels umrundet hatte, blieb er stehen. Morfyd stand dort und wartete auf ihn. Die Augen waren zornig verengt, die Arme vor der Brust verschränkt, während ein Fuß heftig im Gras wippte.

Sie starrte ihren Bruder ein paar Augenblicke böse an. »Ich verrate es!«, bellte sie. Dann rannte sie los.

»Morfyd!« Er stürmte hinter ihr her, schnappte sie um die Taille, bevor sie ihm davonlaufen konnte. Sie schlug nach seinen Händen. Als das nicht wirkte, rammte sie ihm den Ellbogen ins Gesicht. Er ließ sie los, und sie wirbelte zu ihm herum.

Die beiden Geschwister starrten sich an. »Halt den Mund, Schwester!«

Morfyd fauchte, bevor sie sich eine Handvoll von Fearghus' Haar schnappte und daran zog.

»Du kleine …« Er verzog vor Schmerz das Gesicht, schnappte das Bein seiner Schwester und warf sie auf den Rücken. Sie ließ seine Haare jedoch nicht los; sondern boxte ihm stattdessen gegen den Kopf. *»Au!«* Er schlug ihre Hände weg. Konnte es noch lächerlicher werden? Sie waren Drachen! Die mächtigsten Killer der bekannten Welt! Was zur Hölle taten sie da?

»Hör auf! Hör einfach auf!«

Morfyd hielt inne. »Wie konntest du sie so anlügen?«

»Ich lüge nicht!«

»Bist du zu ihr hingegangen und hast gesagt: ›Ich bin's, Fearghus‹?«

»Na ja, nicht so richtig …«

»Lügner!« Sie zog sich an den Haaren ihres Bruders vom Boden hoch.

»Hör auf, so zu schreien!«

Endlich ließ sie seine Haare los. »Was hast du vor, Bruder?«

»Sie bereit machen.«

Sie hob eine Augenbraue. »Wofür genau?«

Dreckige kleine … »Das meinte ich nicht! Sie wird sich bald ihrem Bruder stellen müssen, und ich sorge dafür, dass sie bereit dafür ist. Ich werde nicht zusehen, wie sie stirbt.«

»Das ist bewundernswert, Bruder. Aber ich weiß immer noch nicht, warum du ihr nicht die Wahrheit gesagt hast. Ihr gesagt hast, wer du bist.«

»Unsere Macht der Verwandlung ist eines unserer heiligsten Geheimnisse! Glaubst du, ich würde sie irgendeinem kleinen Mädchen verraten?« Er deutete auf das zernarbte Gesicht seiner Schwester. »Du hast unser Geheimnis sogar bewahrt, während sie dir das Gesicht zerschnitten haben!« Einen Moment lang glaubte sogar Fearghus diese Entschuldigung. Morfyd dagegen …

»Ha! Das ist eine faule Ausrede, Bruder! Wenn sie gewusst hätten, was ich bin, hätten sie mich getötet oder es zumindest versucht. Und ich wollte lieber nicht enden wie der alte Terlack, mit nur einem Flügel. Außerdem bin ich sicher, sie würde dir kein Haar auf deinem großen Dickschädel krümmen. Also warum gibst du nicht einfach die Wahrheit zu?«

»Und was für eine Wahrheit wäre das?«

»Dass du Angst hast. Angst, dass du keine Chance bei ihr hast, wenn sie weiß, wer und was du bist.«

»Was meinst du damit?«

»Ich habe gesehen, wie du sie ansiehst, Bruder. Ich bin nicht blind!«

»Nein, aber du bist verrückt. Ich habe kein Interesse an irgendeinem Menschenmädchen.« Wenn er nicht aufpasste, würde er noch an seinen Lügen ersticken. Er wollte dieses Mädchen mehr als das Leben selbst. Er hatte versucht, früher wegzugehen, aber er konnte es nicht. Er musste sie einfach wieder schmecken. Und es erforderte all seine Kraft, sich davon abzuhalten, weiterzugehen, ihr nicht die Kleider vom Leib zu reißen und sich bis zum Morgen in ihr zu vergraben.

»Du hast Angst, dass sie dich keines Blickes mehr würdigt, wenn sie herausfindet, wer ihr Ritter eigentlich ist … ein Drache!« Seine Schwester stand jetzt vor ihm. Ihre blauen Augen bohrten sich in seinen Kopf. »Du begehrst sie, Bruder. Und du willst nicht, dass irgendetwas das aufs Spiel setzt.«

Fearghus sah auf seine Schwester hinab. »Bist du fertig?«

»Aye.«

»Dann hör mir gut zu, Schwester. Ich muss mich nicht vor dir rechtfertigen.« Er beugte sich zu ihr vor. »Du hältst einfach den Mund. Ich werde es ihr sagen, wenn ich so weit bin.«

»Na schön. Aber du solltest hoffen, dass es dann nicht zu spät ist, Bruder.« Sie boxte ihm gegen die Brust – und zwar fest – und ging.

Fearghus seufzte – er hatte zu viele verdammte Frauen in seinem Leben.

Annwyl begann gerade zu essen, als Morfyd wieder hereingestürmt kam. Sie hielt inne und sah die Hexe an. Sah ihr zu, wie sie vor ihr auf und ab ging. »Ist alles in Ordnung, Morfyd?«

Morfyd sah sie an, und Annwyl setzte ihren Löffel ab. Aufgrund des Ausdrucks auf Morfyds zernarbtem Gesicht wollte Annwyl sichergehen, dass sie zur Tür sprinten konnte, wenn nötig.

»Was geht da vor sich zwischen dir und diesem Ritter?«

»Was? Äh … nichts!«

Sie hatte immer gehört, es sei keine gute Idee, eine Hexe zu belügen. »Na ja, er hat mich ein paar Mal geküsst.«

»Und?«

»Und nichts.«

»Sonst ist nichts zwischen euch beiden passiert?«

»Nein.«

»Aber du willst mehr, oder?«

Annwyls Gesicht wurde heiß. Der Feueratem des Drachen hätte es nicht heißer machen können als es in diesem Moment war. »Ich … äh …«

»Annwyl.«

»Ja. Also gut. Ich will mehr.«

»Und warum ist nicht mehr passiert?«

Annwyl zuckte die Achseln.

»Hast du Angst? Ich weiß, er wäre dein Erster.«

»Nein. Ich habe keine Angst.«

»Ist es, weil du ein Kind erwarten könntest? Denn solange du diesen Wein weiterhin trinkst …«

»Nein, nein. Das ist es nicht.« Morfyd erwartete, dass sie weitersprechen würde, doch Annwyl glaubte nicht, die ganze Wahrheit aussprechen zu können. Nicht laut. »Das wirst du nie verstehen.«

»Annwyl, ich bin eine Hexe. Ich verstehe viel mehr als du jemals erfassen könntest. Sag's mir einfach, bevor du meine Nerven zerfetzt.«

Annwyl sah in diese klaren, blauen Augen und rang die Hände. »Ich …« Sie schluckte. »Ich fühle mich schuldig.«

Morfyd neigte den Kopf. Ihre Brauen zogen sich verwirrt zusammen. »Schuldig? Weshalb?«

Annwyl schloss die Augen und haspelte los, bevor sie den Mut verlor. »Ich kann mir nicht helfen, aber ich habe das Gefühl, ich betrüge den Drachen.«

Schweigen folgte ihrem Geständnis. Langsam öffnete sie die Augen und stellte fest, dass Morfyd sie immer noch anstarrte. Doch ihr zorniger, verwirrter Ausdruck war fort. Stattdessen lächelte sie. Ein Lächeln von solcher Güte, dass Annwyl spürte, wie sich ihr Herz für die zernarbte Hexe erwärmte.

»Ich will, dass du mir einen Gefallen tust, Annwyl.«

»Jeden.« Und das meinte sie ernst.

»Wenn du den Ritter willst, dann nimm ihn dir.«

Annwyl blinzelte. Das war nicht die Antwort, die sie erwartet hatte. Niemals. »Was?«

»Entschuldige. Habe ich mich nicht deutlich ausgedrückt? Ich sagte, wenn du ihn willst, dann nimm ihn dir.«

»Aber …«

»Mach dir keine Sorgen um den Drachen. Versprich es mir einfach. Wenn es das ist, was du willst, dann nimm ihn.« Sie streckte die Hand aus und strich Annwyl über die Wange. »Vertrau mir, meine Freundin.«

Annwyl sah Morfyd nach. Ihre Verwirrung wurde von Tag zu Tag größer. Von Minute zu Minute. Von Sekunde zu Sekunde.

Sie schob ihren Stuhl vom Tisch weg, stellte sich langsam auf wacklige Beine. Sie musste den Drachen sehen. Das einzig Beruhigende in ihrem Leben. Er war, was er war, und sie liebte ihn dafür.

Fearghus seufzte, den Kopf in die Klaue gestützt. Wieder einmal.

»Wie oft müssen wir das noch tun?«

»Bis ich es richtig kann.«

»Bist du nicht müde? Du hattest heute Training, oder nicht?«

»Ja. Aber wir machen nur Schwerttraining. Das hier verfeinert meine Reflexe. Und jetzt mach's noch mal.«

Fearghus seufzte wieder und schwang seinen Schwanz. Dann schwang er ihn zurück. Er hörte sie quieken, aber im Gegensatz zu vorher hörte er nicht ihren hübschen Hintern auf dem Boden auftreffen. »Annwyl?« Er drehte sich um, doch sie war verschwunden. Seine Verwirrung dauerte nur einen Augenblick. Er spürte das Gewicht auf seinem Schwanz. Langsam brachte er seinen Schwanz nach vorn und gab sich Mühe, dabei nicht zu lachen. Die Spitze hatte sich in ihrem Hemd verfangen, und dort hing sie. »Sind wir jetzt fertig?«

Ihr Gesicht nahm eine entzückende puterrote Farbe an. »Ja. Jetzt sind wir fertig.«

»Bist du sicher? Ich meine, wir können auch weitermachen, wenn du willst.«

Sie knurrte ihn an. »Du genießt das, oder, Drache?«

»Ich muss zugeben: Ja, das tue ich.«

»Runter!« Er setzte sie vorsichtig auf dem Boden auf und sah zu, wie sie sich abmühte, sich von seinem Schwanz zu befreien. Am Ende musste sie ihr Hemd ausziehen, und Fearghus holte bebend Luft. Sie trug keine Brustbinden.

Sie musste wirklich damit aufhören, sich in seiner Gegenwart auszuziehen.

»Ich müsste eigentlich schneller sein.«

»Annwyl, du bist müde. Du hattest einen langen Tag. Genau wie ich.«

Annwyl hob eine Augenbraue, während sie das Hemd wieder anzog. »Und was hast du den ganzen Tag gemacht?«

»Viele Dinge. Drachen sind vielbeschäftigte höhere Wesen.«

Annwyl feixte ihn an und verschränkte die Arme vor ihrer üppigen Brust. »Höhere Wesen, was? Das muss nett sein.«

»Du musst nicht neidisch sein. Du bist viel besser als die meisten Menschen.«

Annwyl lachte laut auf. Und Fearghus wurde klar, wie sehr er es liebte, sie lächeln zu sehen. »Na, vielen Dank, o mächtiger Drache!« Sie knickste tief.

»Na, na, Annwyl. Kein Grund zu knicksen. Ein einfaches Kopfnicken und uneingeschränkte Verehrung sind mehr als genug.«

Annwyl mochte Fearghus mit jedem Tag mehr. Irgendwann begann sie, ihn als *ihren* Drachen zu sehen. Als gehörte die riesige Bestie ihr und nur ihr allein. Das war natürlich lächerlich. Der Drache gehörte niemandem, aber sie fand das Gefühl beruhigend.

Sie lachte jetzt, wenn sie daran dachte, welche Angst sie vor ihm gehabt hatte. Angst vor ihm und seiner ganzen Gattung. Das schien Ewigkeiten her zu sein. Jetzt stellte sie fest, dass sie fast den Tag fürchtete, an dem sie gehen musste. Sie und der Drache sprachen nie davon. Sie sprachen über alles außer ihren Abschied.

Und Annwyl liebte es, mit ihrem Drachen zu sprechen. Sie liebte es, die Geschichte seiner Gattung zu hören. Die Geschichten über seine Familie. Sie liebte es, ihn zu hören. Allein schon der tiefe, grollende Klang seiner Drachenstimme beruhigte sie. Linderte die Wut, die immer direkt unter ihrer Oberfläche brodelte.

»Uneingeschränkte Verehrung? Das ist ziemlich viel verlangt!«

»Du verlangst der Welt auch viel ab.«

Annwyl kicherte, während sie vor dem Drachen niederkniete und ihm ihre Hand entgegenstreckte.

»Ich dachte, du würdest vor keinem Mann knien.«

»Du bist ein Drache. Und mach dir bloß keine Hoffnungen. Ich will nur deine Kralle sehen.«

»Ständig stehe ich auf dem Prüfstand«, grummelte er verstimmt, legte aber dennoch eine seiner Krallen in ihre Handfläche. Kohlschwarz und glatt, die Spitze scharf und ziemlich tödlich. Sie schloss ihre Hand darüber und bestaunte die Tatsache, dass ihre langen Finger sie kaum umschließen konnten.

»Wie ist es?«

»Was? Ein Drache zu sein?«

»Nein.« Sie lächelte, als sie die Kralle losließ. »Fliegen?«

Er lachte. »Schön.«

»Schön? Nur schön? Mehr hast du nicht zu bieten?«

»Na ja, ich fliege schon fast mein ganzes Leben, deshalb ist es für mich nicht so interessant wie es für dich scheinen mag.«

»Du nimmst deine Gaben für selbstverständlich hin, Drache.«

»Du auch.«

»Und was für Gaben habe ich genau? Die Fähigkeit, dass mein eigener Bruder versucht, mich zu töten?«

»Die Fähigkeit, abgebrühte Krieger dafür zu begeistern, dir in den Kampf zu folgen. Ich kenne wenige, die so eine Gabe haben.«

Annwyl zuckte die Achseln. »Sie waren verzweifelt. Niemand sonst weiß viel über meinen Bruder.«

»Wenn sie verzweifelt wären, hätten sie dich mit einer Schleife um den Kopf zu deinem Bruder zurückgeschickt.«

Annwyl lächelte den Drachen an. Er besaß die verblüffende Fähigkeit, ihr das Gefühl zu geben, dass sie die ganze Welt besiegen könne. Und nach einem langen Tag, an dem sie unzählige Male auf den Rücken geworfen worden und gesagt bekommen hatte, ihre Wut werde sie noch eines Tages umbringen, war es schön, in die Höhle zurückzukommen und von dem Drachen das Gefühl vermittelt zu bekommen, etwas wert zu sein.

Sie setzte sich auf seine Vordertatze und lehnte sich mit dem Rücken an seinen Unterarm. Sie atmete tief und zufrieden aus und spürte, wie ihr schmerzender Körper sich zu entspannen begann. Sie legte die Hände hinter den Kopf und sah hinaus in die dunkle Höhle, erstaunt über die Größe des Heims des Drachen.

Mit mildem Sarkasmus fragte er: »Na, bequem?«

Sie rutschte mit ihrem Hintern auf seinen Schuppen herum. »Ja. Es ist ziemlich bequem, danke!« Sie ließ sich von seinem leisen Lachen überspülen, und ihr Körper entspannte sich noch mehr.

»Annwyl?«

»Aye?«

»Hast du die Narben auf deinem Rücken von deinem Bruder?«

Annwyl musste nicht einmal hinsehen, um zu wissen, von welchen Narben er sprach. Sie hatte am ganzen Körper Narben von Kämpfen. Doch die, von denen der Drache sprach, waren Narben von brutalen Peitschenhieben, die ihren ganzen Rücken bedeckten. Diese Narben gehörten schon länger zu ihr, als sie sich erinnern konnte.

»Nein.« Annwyl räusperte sich und gestand dem Drachen etwas, das sie noch nie vorher vor jemandem zugegeben hatte. »Die habe ich von meinem Vater.« Sie hasste diesen Mann immer noch. Obwohl er schon seit so vielen Jahren tot war, hasste sie ihn immer noch. Sie senkte die Arme und legte die Hände in den Schoß. »Mein Bruder hat dieselben Narben. Eines der wenigen Dinge, die wir gemeinsam haben.«

Annwyl war sich zunächst gar nicht bewusst, dass sie ihre

Hände ineinander verkrampfte. So fest, dass ihre Knöchel weiß hervortraten. Dann legte der Drache zwei seiner Krallen darauf, und ihr wurde klar, dass nur ihr Vater je diese Gefühle in ihr ausgelöst hatte. Sie schloss die Augen und zwang sich, nicht zu weinen. Wegen diesem Bastard hatte sie genug Tränen vergossen. Mehr würden es nicht werden.

Sie öffnete die Augen, als der Drache sich ausstreckte und seine Vorderbeine verschränkte. Er rückte sie so zurecht, dass sie in seiner Armbeuge saß, während seine Klauen sie sicher bargen. Er senkte den Kopf, bis er über ihren ausgestreckten Beinen lag. Sie starrte ihn einige lange Augenblicke an. Seine Augen schlossen sich; er rührte sich nicht mehr. Ihr wurde klar, dass er wollte, dass sie sich sicher fühlte. Und das tat sie. Er gab ihr seine Stärke, seine Macht, seinen Schutz. Sie fürchtete die rasiermesserscharfen Krallen nicht, die so dicht neben ihrem Körper lagen, oder den mächtigen Kopf mit all seinen gefährlichen Zähnen. Sie fürchtete Fearghus den Zerstörer nicht im Geringsten. Sie staunte über dieses Gefühl. Das Gefühl, sicher zu sein. Es kam ihr seltsam vor, weder Furcht noch Zorn zu spüren. Das Gefühl war genauso neu für sie wie ihr Verlangen nach dem Ritter. Und, das musste sie zugeben: sie mochte beide. Dass zwei verschiedene Wesen so gegensätzliche Emotionen in ihr auslösen konnten, erschütterte sie tief. Egal, was passierte, beide – Drache und Mann – würden sich immer einen Platz in ihrem Herzen teilen.

Annwyl streckte die Hand aus und fuhr leicht mit den Fingerspitzen über die Schuppen an seiner Schnauze. Sie ließ ihre Hand dort liegen, während sie die Augen schloss und sich zurücklehnte.

Sie hatte keine Ahnung, wie lange sie so blieben, doch als sie schließlich ein Gähnen nicht länger unterdrücken konnte, ergriff Fearghus das Wort. »Du gehst am besten zu Bett, Lady Annwyl.«

»Aye.« Annwyl zog ihre Beine unter dem Drachen hervor, und schüttelte sie beim Aufstehen aus, weil sie eingeschlafen waren. »Dieser verfluchte Ritter, mit dem du mich da zusammengesteckt hast, ist ein ziemlich strenger Aufseher.« Der Kopf des Drachen war immer noch gesenkt, also beugte sie sich nieder und küsste ihn auf seine schwarze Schnauze. »Gute Nacht, Drachenfürst. Und danke.«

»Wofür?«

Sie lächelte. »Für gar nichts. Was genau das war, was ich brauchte.«

Annwyl ging an ihm vorbei und zurück in ihre Kammer. Im Gehen konnte sie es sich nicht verkneifen, mit der Hand über seine ledrigen Flügel und die Schuppen seines Körpers zu streichen.

Fearghus schloss die Augen, als ihre Hand über seinen Körper strich. Etwas, das sie inzwischen fast jeden Abend tat, bevor sie zu Bett ging. Wenn er auch nicht erwartet hatte, dass sie ihn küsste. Es forderte all seine Kraft, sich nicht hier und jetzt zu verwandeln. Ihren Kuss zu erwidern, wie er es tun wollte. Alles zu tun, was er konnte, um ihr den Schmerz über einen grausamen Vater und einen sadistischen Bruder zu nehmen.

Seine Schwester hatte natürlich recht. *Unmögliches Gör.* Er sehnte sich nach dem Mädchen. Sehnte sich danach, sie sich zu Eigen zu machen. Aber der Grund, warum sie sich so wohl mit ihm fühlte, war, weil er kein Mann war. Von Männern hatte sie nur Schmerz und Missbrauch erfahren. Doch ein Drache beschützte sie. Kümmerte sich um sie. Rettete ihr Leben.

Er stellte sich vor, dass sie seine menschliche Haut so berührte wie sie seine Schuppen berührte. Dass sie mit ihren Händen seinen Körper entlangfuhr, wenn seine Haut von der Verwandlung noch empfindlich war.

Sein gesamter Körper erschauerte bei dem Gedanken, und er machte sich auf den Weg zu seinem See. Das kalte und erfrischende Wasser war jetzt genau das Richtige.

Hefaidd-Hen starrte wütend in die Flammen und fragte sich, was zum Teufel da los war. Er hatte vorher eigentlich nie große Energie darauf verschwendet, in die Düstere Schlucht zu sehen. Es war ihm immer egal gewesen. Doch sein untrüglicher Instinkt sagte ihm, er könne das Mädchen dort finden. Und er musste das Mädchen finden.

Nicht für Lorcan. Es hätte ihn nicht weniger kümmern können, ob der Dummkopf je seine kostbare Rache bekam. Ihm schien, das Mädchen hatte mehr Grund, seinen Bruder tot sehen zu wollen. Doch Hefaidd-Hen brauchte das Mädchen aus anderen Gründen. Er musste den Aufstand aufhalten, und sie war der Schlüssel dazu.

Denn er hatte Pläne. Wichtige Pläne, für die er Lorcan benötigte. Das Mädchen dagegen wäre nie dumm genug, ihm zu vertrauen. Er würde sie nie zu einer Verbündeten machen können. Lorcan dagegen, so versunken in seiner Raserei, merkte nicht einmal, dass jemand wie Hefaidd-Hen seine Zeit niemals mit solch unbedeutenden Kämpfen verschwendet hätte. Es sei denn, er wollte etwas als Gegenleistung.

Also musste das Mädchen aus dem Weg geschafft werden. Jeden Tag zog sie mehr und mehr Loyalitäten von den anderen Königreichen auf ihre Seite. Was als armselige und eher erfolglose Rebellion begonnen hatte, war inzwischen in den tüchtigen Händen des Mädchens zu etwas viel Tödlicherem und Entscheidenderem geworden.

Lorcan bestand darauf, sie lebend zu bekommen, damit er selbst das Vergnügen haben konnte, ihr den Kopf abzuschlagen. Und Hefaidd-Hen würde tun, was er konnte, um den Narren bei Laune zu halten. Zumindest für den Moment.

Und wenn das Mädchen zuerst sterben musste, dann musste sie eben sterben.

Hefaidd-Hen sah wieder in die Flammen und runzelte die Stirn. Er konnte immer noch nichts sehen. Was konnte wohl stark genug sein, um ihn abzuschirmen? Es musste mächtige alte Magie sein, denn es gab nur wenige, die es mit ihm aufnehmen konnten.

Wer oder was auch immer die Kleine beschützte, musste ebenfalls sterben.

All diese kleinen Ablenkungen hielten ihn von seinen Plänen ab. Und bald würde seine Geduld ein Ende haben, vor allem mit Lorcan. Ihm war nicht bewusst gewesen, dass jemand so unsympathisch sein konnte. Doch dieser Mann war es. Niemals froh. Niemals zufrieden. Jedes Versagen wurde mit brutaler und unkontrollierbarer Wut beantwortet.

Hefaidd-Hen fragte sich, wie lange es noch dauern würde, bis er seine Geduld mit diesem mickrigen Mann verlieren würde. Er hatte das Gefühl, dass er es bald erfahren würde.

9

»Wenn du ihn willst, dann nimm ihn dir.« Das klang mehr nach einem Befehl als nach sonst irgendwas. Und Annwyl fühlte sich genötigt zu gehorchen. Sie lächelte über ihre eigene Dummheit. Sie wollte diesen Mann. So oder so würde nichts, was diese Hexe sagte, daran etwas ändern.

Annwyl erreichte den Fluss, wo sie und der Ritter sich immer zum Üben trafen. Sie blieb abrupt stehen und sog den Anblick der breiten Schultern und des Rückens, der sich zu den schmalen Hüften hin verjüngte, in sich auf. Er kauerte am Wasser, sein Körper straff und gespannt unter seinem Kettenhemd. Auch ohne dass er sich umdrehte, wusste sie, dass er schön war.

Er spürte ihre Gegenwart und blickte über seine Schulter. »Na hallo, hübsche Lady!« Er strich sich das dichte goldblonde Haar aus dem Gesicht und sah sie anzüglich an. Ganz offen. Versuchte nicht einmal, seine Lust zu verstecken.

»Wer zum Teufel bist du?« Angesichts der Tatsache, dass fast alle die Finstere Schlucht fürchteten, schien es hier in letzter Zeit eine ganze Menge Besucher zu geben, sie eingeschlossen.

»Gwenvael ist mein Name. Und du bist …?«

»Dein schlimmster Feind, solange du mir nicht sagst, was du hier zu suchen hast, Ritter.«

Sie warf einen Blick auf seinen Waffenrock und bemerkte, dass dieser dieselbe Farbe hatte und dasselbe Wappen trug wie der ihres Ritters. Anscheinend noch ein Söldner.

Gwenvael richtete sich zu voller Größe auf, und Annwyl hielt ihr Schwert fester, bereit, es zu ziehen, wenn nötig. Er war riesig. Und sie hatte keinen Zweifel, dass ihr Ritter und dieser Mann Brüder waren.

»Ich bin hier, um den Drachen zu sehen.«

Ihre Augen wurden schmal. »Warum?«

»Sieh an, wir sind wehrhaft!«

»Ja. Das sind *wir*. Und jetzt beantworte meine Frage!«

»Ich habe eine Nachricht für ihn. Von der Familie.«

»Ach ja? Dann gib sie mir. Ich sorge dafür, dass er sie bekommt.« Sie streckte die Hand aus.

Der Ritter lächelte. »Um genau zu sein, ist die Nachricht in meinem Kopf, meine Süße.« Er nahm ihre Hand und hob sie an seine Lippen. Annwyl sah zu, wie er sanft ihre Fingerspitzen küsste, während er ihr unverwandt in die Augen sah. Sie ließ es ihn beenden, dann kniff sie seine Nase zwischen Daumen und Zeigefinger ein. Sie drehte, bis er vor Schmerzen aufschrie.

»Nicht anfassen! Ich mag es nicht, wenn man mich anfasst!«

»Das habe ich gemerkt.«

»Sag, dass es dir leidtut, oder ich reiße sie dir ab!«

»Tut mir leid! Tut mir leid!«

Sie ließ ihn los. Er rieb sich die Nase und zog einen Schmollmund. Sie konnte sich ein Lächeln nicht verkneifen. So niedlich. Und so charmant. Natürlich hätte sie ihm trotzdem nicht einmal ihr totes Pferd anvertraut.

Seine Schwester hatte etwas vor. Das spürte er. Er kannte sie jetzt seit über zweihundert Jahren, und sie ärgerte ihn schon ihr ganzes Leben lang sinn- und pausenlos. Aber jetzt erzählte sie ihm gar nichts. Sie war immer noch zu wütend über die Entdeckung seines Doppellebens.

Doch sie konnte niemals so wütend auf ihn sein wie er selbst es war. Der gestrige Tag hatte das Fass zum Überlaufen gebracht. Er hatte nicht die Absicht gehabt, Annwyl anzurühren, ganz zu schweigen davon, sie zu küssen. Er hatte sich sogar zum Gehen gewandt. Aber wieder einmal konnte er nicht anders. Und als sie seinen Kuss erwiderte …

Doch heute würde alles anders sein. Heute würde er seinen menschlichen Körper unter Kontrolle halten. Heute würde er sie nicht berühren. Er würde sie nicht einmal ansehen. Heute würde er sich der Tatsache stellen, dass sie ein Mensch und er ein Drache war.

Fearghus seufzte. Wann war eigentlich alles so schwierig geworden? *Als du sie unbedingt retten musstest, du Idiot.* Inzwischen war ihm klar, dass er niemals hätte nach draußen gehen und helfen sollen. Er hätte die Menschen ihren Krieg allein ausfechten lassen sollen, wie sie es seit Jahrhunderten taten. Seit er sich eingemischt hatte, wurde alles schwierig. Kompliziert. Jetzt wohnten seine Schwester und ein Menschenmädchen bei ihm. Wer würde als Nächstes erscheinen, um ihn in den Wahnsinn zu treiben?

Als er auf die beiden stieß, bemerkte er – zu spät –, dass er daran nicht hätte denken sollen. Sie saßen am Fluss. Sein unverkennbarer Charme tropfte ihm aus allen Poren, während sie laut über irgendetwas lachte, das er gerade gesagt hatte. Sie sah fast aus, als würde sie flirten.

Brutale Eifersucht stieg in ihm auf und erstickte ihn beinahe. Er würde den kleinen Bastard erwürgen! Ihn ohne den Rest seines Schwanzes zurück zu ihrer Mutter schicken.

Er trat zwischen den Bäumen hervor, und Gwenvael sah zu ihm auf. »Oh! Sei gegrüßt, großer Bruder!«

Er knirschte mit den Zähnen. Hatte der kleine Bastard ihr alles erzählt? Anders als der Rest ihrer Sippe glaubte Gwenvael nicht an Diskretion. Man brauchte nicht lange, um herauszufinden, dass man, wenn man Gwenvael eine direkte Frage über Drachen oder auch alles andere stellte, eine direkte Antwort von ihm bekam.

»Ich bin hier, um den Drachen zu sehen.« Er zwinkerte

Fearghus zu. Und Fearghus konnte kaum das beinahe überwältigende Bedürfnis unterdrücken, dem Jungen den Kopf abzureißen und ihn auf direktem Weg aus seiner Schlucht zu kicken.

»Ach ja?«, presste Fearghus zwischen zusammengebissenen Zähnen hervor.

»O ja! Wichtige Familienangelegenheiten führen mich hierher.«

»Tja, warum gehst du dann nicht Morfyd suchen? Ich bin sicher, sie ist in der Höhle. Sie kann dir helfen.«

»Wirklich? Meinst du?« Der kleine Bastard hatte vor diebischer Freude fast Schaum vor dem Mund. Er hatte Fearghus genau da, wo er ihn haben wollte, und das wussten sie beide.

»Da bin ich mir sicher.«

»Also gut. Dann gehe ich wohl besser und suche sie.«

Gwenvaels Grinsen blendete ihn praktisch. Doch als der Bastard Annwyls Hand in seine nahm und sie küsste, wurde Fearghus klar, dass er diesen wertlosen kleinen Streuner definitiv umbringen musste.

»Ich dachte, wir hätten das geklärt, Ritter«, schalt sie ihn lächelnd.

»Das haben wir. Aber ich konnte nicht anders, Mylady.«

Gwenvael stand auf und ging auf Fearghus zu. »Wir sehen uns später, Bruder.«

Die beiden Brüder starrten sich an, bis Gwenvael außer Sicht war.

Fearghus wandte sich zurück zu Annwyl, die inzwischen aufgestanden war und sich den Schmutz von ihrer Hinterseite strich. »Du hast nie erwähnt, dass du einen Bruder hast. Ihr zwei seht euch sehr ähnlich.«

»Was hast du mit ihm gemacht?«

Sie sah überrascht auf und verstand fast sofort, was er sagen wollte. »Alles, was ich will.«

Er funkelte sie böse an. Sie funkelte böse zurück. Er trat auf sie zu, schob die Hände unter ihre Arme, hob sie hoch und drückte sie mit dem Rücken gegen einen Baum. Er konnte den Geruch seines Bruders noch an ihr riechen, und er wollte, dass dieser Geruch verschwand. Wenn sie nach einem männlichen Wesen roch, dann nach *ihm* und sonst niemandem.

»Du musst dich von ihm fernhalten.«

»Versuch nicht, mir zu sagen, was ich tun soll! Ich gehorche keinem Mann!«

Er hob sie noch höher, bis sie auf Augenhöhe waren. »Du wirst tun, was ich dir sage!«

Der Ausdruck auf ihrem Gesicht. Der Duft des Verlangens, der auf seine Sinne einprasselte. Die Fülle ihrer Lippen. Nichts davon bewegte ihn. Es war das, was sie als Nächstes sagte, was den größten Schaden anrichtete.

»Zwing mich doch!«

Das konnte nicht das sein, was Morfyd meinte. Sie musste etwas anderes gemeint haben. Etwas weniger … Gefährliches. Oder zumindest etwas weniger Dummes.

Aber Annwyl forderte ihn heraus. Nicht mit einem Schwert oder Knüppel. Damit konnte sie umgehen. Sie forderte *ihn* heraus. War sie verrückt geworden? War sie schließlich so verrückt geworden wie ihr Bruder?

Sie starrte in diese schönen dunklen Augen, von denen eines fast ganz von der üblichen widerspenstigen Haarsträhne verdeckt war, und ihr wurde klar, dass sie womöglich ausnahmsweise einmal einer Situation nicht gewachsen war. Nicht einmal ihre Füße standen auf festem Boden. Er hob sie hoch, als wöge sie nicht mehr als ein Kleinkind. Und, was noch schlimmer war: Sie kannte immer noch nicht den Namen dieses Mannes.

Bei allen Göttern, Frau! Was hast du getan?

Aber jetzt würde sie nicht kneifen. Sie musste an ihren Stolz denken. Zumindest sagte sie sich das immer wieder.

Er beugte sich zu ihr vor. Sein Mund streifte ihre Wange. Sein heißer Atem kitzelte sie im Ohr.

»Eine Kampfansage? Frau, willst du mich umbringen?«

Annwyl runzelte verwirrt die Stirn. Was meinte er? »Meinst du den Drachen? Er würde dir nichts tun.«

Er fuhr mit der Zunge an ihrem Kiefer entlang. »Du glaubst, du beherrschst den Drachen, stimmt's?«

Annwyl musste sich zwingen, sich zu konzentrieren. Seine Zunge auf ihrer Haut ließ sie nach mehr lechzen. Mehr von seinen Berührungen. Mehr von ihm. »Ich kann ihn nicht kontrollieren.« Annwyl unterdrückte ein Stöhnen, als er sie gegen den Baum drückte. Sein Körper, hart und fest gegen ihren gepresst, war jetzt das Einzige, was sie über dem Boden hielt.

»Warum glaubst du dann …« – er küsste ihr Schlüsselbein – »dass du ihn davon abhalten kannst …« – er küsste ihren Hals – »mir etwas anzutun?« Er knabberte an ihrem Ohrläppchen.

»Er mag eine Bestie sein, Ritter, aber eine ehrbare. Ich würde ihm mein Leben anvertrauen, eher als jedem menschlichen Wesen.«

Seine Hände hielten inne. Sein Körper hörte auf, sich zu bewegen. Seine Lippen ruhten sanft an ihrem Ohr. Hatte sie ihn beleidigt? Sie wollte nicht, dass er aufhörte, aber sie würde ihn auch niemals bitten. Also wartete sie.

»Dir bedeutet ein Drache etwas?«

»Ja, dieser Drache bedeutet mir etwas, Ritter. Er ist mein Freund.«

»Und ich?«

»Du? Ich habe keine Ahnung. Aber ich würde uns nicht direkt Freunde nennen.«

Er ließ sie los und ließ sie zu Boden fallen wie einen Sack Kartoffeln. »Warum bist du dann jetzt mit mir hier, Annwyl?«

»Ich habe nicht gesagt, dass ich dich nicht will. Ich habe nur gesagt, ich bin mir nicht sicher, ob du mir etwas bedeutest.«

Er trat zurück und sah sie lange an. »Ehrliches Mädchen«, brachte er schließlich heraus.

»Man kann meine Familie vieles nennen, Ritter, aber nicht Lügner.«

»In Ordnung.«

Annwyl mühte sich ab, den verwirrenden Mann zu verstehen. Sie spürte, er wollte etwas von ihr, aber sie hatte keine Ahnung, was. Und ihre Frustration war zu groß, um es herausfinden zu wollen. Mit einem schweren Seufzen schob sie sich an ihm vorbei.

»Wir sind noch nicht fertig.«

Sie hielt mitten im Schritt inne, verärgert über seinen Tonfall. Verärgert über ihn. »Nicht?« Sie wandte sich ihm zu, die Arme vor der Brust verschränkt.

»Nein. Ich warte immer noch.« Er kam auf sie zu, und sie fühlte sich wie ein gejagtes Reh im Wald.

»Du wartest? Worauf?«

»Auf dein Versprechen.« Er trat vor sie, und das wenige Licht, das die beiden Sonnen in die stark bewaldete Schlucht des Drachen warfen, wurde durch den riesigen Körper des Mannes abgeschirmt. Sie stand jetzt im Schatten.

»Versprechen?«

»Dein Versprechen, dich von Gwenvael fernzuhalten.«

Jetzt war sie wirklich verärgert. Gwenvael scherte sie nicht im Geringsten. Das war ein mutwilliger kleiner Wichtigtuer. Aber sie verstand auch, wie Geschwister sich gegenseitig in den Wahnsinn treiben konnten. »Ich habe nicht vor, solch ein Versprechen abzugeben.« Sie sah, wie sich sein Kiefer anspannte und hatte das plötzliche Bedürfnis, niederträchtig zu sein. *Sehr* niederträchtig. »Um ehrlich zu sein, geht mir der Mann nicht mehr aus dem Kopf. Sag mir«, sie legte den Kopf schief, während sie hinauf in das dunkle, schöne Gesicht des Ritters sah: »Hat er schon eine Frau?«

»Du stellst mich auf die Probe, Weib.«

»Und du drängst mich. Ich rate dir dringend, das nicht zu tun.«

»Sonst … was?«

Sie schenkte ihm dasselbe Lächeln, das sie feindlichen Soldaten im Kampf schenkte. Sie übte es nicht, aber sie wusste, was es bewirkte. Männer erbleichten bei diesem Ausdruck. Die meisten rannten davon. Alle starben. Ihr Ritter zuckte nicht einmal mit der Wimper.

»Sonst mache ich deinen Bruder zu einem sehr glücklichen Mann. Er scheint mir mehr als bereit dazu.«

Mit einem wilden Knurren schnappte er ihre Arme und hielt sie hinter ihrem Rücken fest. Er zog sie an sich, und sie spürte die intensive Hitze seines Körpers. Die Wut. Und die Lust. »Du spielst ein gefährliches Spiel, Lady Annwyl.«

Sie hätte zurückweichen können. Vermutlich hätte sie es tun sollen, doch Annwyl war schon immer waghalsig gewesen. Tollkühn. Und dieser Mann … dieser Mann weckte etwas Niederes und Wildes in ihr. Etwas, das sie nicht kontrollieren konnte.

»Nur ein Mann hat mich je beherrscht. Jetzt verrotten seine Gebeine in der Erde. Und seit seinem Tod gehorche ich keinem Mann. Und besonders nicht dir.«

Der Ritter stöhnte schmerzlich auf, bevor er seine Lippen auf ihre presste. Und für Annwyl gab es kein Zurück mehr.

Fearghus wollte stärker sein. Er wollte ihr ihr Schwert reichen und mit dem täglichen Training beginnen. Stattdessen riss er ihr die Schwerter vom Rücken und warf sie auf den Boden der Schlucht.

Annwyl die Blutrünstige war noch gefährlicher als allgemein bekannt war. Sie nahm keine Gefangenen – ob im Krieg oder in der Liebe. Ihre Reaktion auf seinen Kuss war ebenso verzweifelt und fordernd, wie er sich fühlte. Doch er musste sich ermahnen, dass sie noch Jungfrau war. So sehr er sich einen Felsblock suchen und sie darüberlegen wollte – er konnte nicht. Er wollte nicht, dass ihre erste Erfahrung eine schmerzliche Erinnerung würde, die sie in Zukunft zusammenzucken ließ.

Er kämpfte um Beherrschung, zog sich von ihr zurück und ließ sie keuchend und verärgert zurück.

»Zieh deine Kleider aus«, befahl er, während er zurücktrat. Sie runzelte verwirrt die Stirn. »Ich reiße sie dir vom Leib, wenn ich es selbst mache. Zieh sie aus.«

Annwyl starrte ihn an, ihr ganzer Körper angespannt. Einen Augenblick lang dachte er, sie könnte ihre Meinung geändert haben. Ihr Blick zuckte zu dem Weg hinüber, der zurück in die Höhle führte. Doch dann zog sie sich das Hemd über den Kopf. Gefolgt von den Binden. Sie ließ die Hose über ihre Hüften und langen Beine gleiten und als Häufchen zu ihren Füßen liegen. Zusammen mit ihren Stiefeln kickte sie sie zur Seite. Vollkommen nackt stand sie vor ihm. Er studierte jeden Zentimeter ihres Körpers. Jede Narbe. Jede Sommersprosse. Sie war so schön. Und sein.

»Du starrst mich an, Ritter.«

»Ja, das tue ich. Du bist schön.«

Plötzlich erschien sie hilflos und schüchtern. Ihr Blick wich Richtung Boden aus, und sie sah aus, als könnte sie jeden Moment weglaufen.

»Hat dir das noch nie jemand gesagt?«

»Doch. Normalerweise, wenn sie etwas von meinem Bruder oder mir wollten. Sie haben es nie ernst gemeint.«

Und plötzlich sah er die Frau hinter der Kriegerin. Eine Frau, die unter bösen Männern aufgewachsen war, es aber trotzdem irgendwie geschafft hatte, sich ihre Seele zu bewahren. Eine Frau, die für die Freiheit von Menschen kämpfte, die sie nicht kannte, und die jeden Tag ihr Leben riskierte, um sie gegen ihre eigene Sippe zu verteidigen. Eine Frau, die mühelos einen Drachen ihren Freund nannte. Und ob sie es wusste oder nicht: Sie gehörte ihm. Seine Frau. Seine Kriegerin. Sein Leben. Er würde alles tun, um sie zu beschützen. Alles, um sie zu behalten.

Er streckte die Hand aus und schob ihr das lange Haar von der Schulter. Sanft fuhr er mit dem Finger ihren Oberkörper entlang, über ihre Brust, und umkreiste den Nippel. Er sah, wie er hart wurde unter seiner Berührung. Hörte, wie ihr Atem schwer und schnell wurde. Sie roch nach Verlangen und dem Wald. Und bald würde sie nach ihm riechen.

Sein Arm schlang sich um ihre Taille, und er zog sie unsanft an sich. Sein Mund nahm ihren gefangen, während seine Hände über ihren Rücken und ihren Hintern wanderten. Ihre starken Hände griffen in sein Haar. Ihre Zunge kostete seine.

Er trennte sich nur so lange von ihr, um sich seine eigenen Kleider und Waffen vom Leib zu reißen, dann hielt er sie wieder in seinen Armen. Fearghus knabberte an der weichen Haut an ihrem Hals und hörte sie knurren. Der Laut ging ihm durch und durch und stellte seine Herrschaft über seinen eigenen Körper auf die Probe. Er senkte sie sanft ins Gras der Schlucht und legte sich neben sie.

Annwyl liebte es, wie sich sein Körper anfühlte. Seine Hüften passten sich sanft ihren an. Seine Hände waren rau und so groß, dass sie ihre vollen Brüste umfassen konnten. Seine Haut war fest und glatt. Ihre Finger genossen es, über seinen Körper zu gleiten, durch sein langes, dichtes Haar.

Als er langsam seine Zunge über ihre Brust nach unten wandern ließ, fürchtete sie, aus der Haut fahren zu müssen. Doch seine Hände hielten sie fest, erdeten sie, während sie über ihren Rücken glitten, bis sie ihren Hintern umschlossen. Seine Zunge glitt zwischen ihre Schenkel, und ihr Körper bäumte sich auf. Doch als seine Zähne über sie raspelten, entrang sich ihrer Kehle ein wildes Stöhnen.

Annwyl hatte immer geglaubt, dagegen gefeit zu sein. Dieses Verlangen würde sie nie in die Falle locken, so wie die wenigen Frauen, die sie im Lauf der Jahre kennengelernt hatte. Doch jetzt wurde ihr klar, dass ihr Körper sich in ein betrügerisches Wesen verwandelt hatte. Im Kampf reagierte er auf jeden ihrer Befehle. Tat Dinge, die sie nie für möglich gehalten hatte. Besaß eine Kraft, von der sie selbst nichts gewusst hatte.

Aber jetzt ignorierte ihr Körper sie vollkommen. Er reagierte auf etwas ganz anderes. Und bis er bekam, was er brauchte, würde er auf nichts reagieren, was sie dachte oder wollte. Er würde nur seinem Verlangen folgen. Seinen Bedürfnissen. Und im Augenblick bedeutete das, dass ihr Körper nur auf den Mann über ihr reagieren würde.

Er liebte ihren Geschmack. Ihren Duft. Alles an ihr machte ihn lebendig. Machte ihn menschlicher als er es je zuvor gewesen war. Sie keuchte; ihr Körper war angespannt und wand sich, fürchtete sich vor diesem neuen Gefühl. Diese neuen Empfindungen, die sie nie zuvor gehabt hatte. Aber als sie ihren Griff in seinen Haaren verstärkte und die Strähnen um ihre Finger wand, wurde ihm bewusst, wie sehr er sie brauchte. Wie viel er zu riskieren bereit war, um diese Zeit mit ihr zu teilen.

Er ließ seine Zunge langsam zwischen ihren Schenkeln kreisen, während er einen Finger in sie gleiten ließ. Ihr ganzer Körper bäumte sich auf, und er lächelte, als er sie immer weiter leckte, während er sie langsam mit seiner Hand streichelte. Sie stöhnte laut, und er fragte sich, wie viel er davon noch aushalten konnte, bevor er in ihr sein durfte. Doch ihr Körper bäumte sich noch einmal auf, und die Muskeln ihres Geschlechts zogen sich um seinen Finger zusammen. Sie schnappte hörbar nach Luft und griff fester in sein Haar, als sie kam und ihre Säfte an ihren Schenkeln hinabrannen.

Er leckte sie sauber, als die Krämpfe vorübergingen und bewegte sich langsam an ihrem Körper nach oben, wobei er unterwegs jede Narbe küsste und leckte.

Seine Lippen erreichten ihren Mund, und er keuchte überrascht, als er feststellte, wie hungrig sie nach ihm war. Fearghus hatte sie nicht gesättigt, sondern sie vielmehr dazu gebracht, noch mehr zu wollen. Ihre Leidenschaft verstärkte seine.

Er legte sich zwischen ihre Schenkel, seine Männlichkeit drückte gegen sie. Sie japste in sein Ohr, ihr Körper bewegte sich unter seinem, bereitete sich für ihn vor, ihre Beine öffneten sich weiter. Fearghus küsste sie am Hals entlang und hinauf zu ihrem Ohrläppchen. Er leckte das empfindliche Stück Haut, dann biss er hinein.

Sie schrie überrascht auf, und in diesem Moment stieß er zu, durchbrach ihre Jungfernhaut und füllte sie vollkommen aus, vergrub sich tief in ihr.

Sie schlang die Arme um ihn, und Fearghus wartete, bis sie sich an seine Größe gewöhnt hatte, bis es angenehm für sie war, ihn in sich zu haben. Innerhalb von Sekunden begann sie, ihn am Hals und Kiefer entlangzuküssen. Er küsste sie wieder. Und während er langsam ihren Mund erkundete, begann er, in sie zu stoßen. Er genoss es, wie sie sich anfühlte, wie ihr Körper sich unter seinem bewegte. Er wollte ihr nicht wehtun, deshalb ließ er sich Zeit, hielt seine eigene Befriedigung zurück, damit sie zuerst kommen konnte.

Dann hörte er sie etwas an seiner Kehle murmeln. »Was?«, fragte er sanft und zuckte bei ihrer Antwort verblüfft zusammen.

»Fester.«

Sie konnte nicht fassen, dass sie das Wort einmal gesagt hatte, ganz zu schweigen von zweimal. Doch sie war immer eine Frau gewesen, die wusste, was sie wollte. Und sie wollte, dass er sich heftiger in ihr bewegte. Sie wusste es zu schätzen, dass er sich Zeit ließ, behutsam war, doch sie war über den schwersten Teil hinweg. Er hatte gekonnt ihre Jungfernhaut durchbrochen, und jetzt wollte sie weitermachen.

Er zögerte. »Hast du gerade ›fester‹ gesagt?«

»Ja.« Sie wand sich. »Das war wohl unhöflich.« Ein Vorwurf, den man ihr mehr als einmal hingeschleudert hatte.

Er leckte die Kuhle an ihrem Hals. »Überhaupt nicht.«

Er stieß in sie, und Annwyl spürte, wie jeder einzelne Nerv in ihrem Körper zum Leben erwachte. Er zog sich zurück und stieß noch einmal zu. Sie schloss die Augen und ließ sich von ihrer Lust überspülen.

Während er sich in ihr bewegte, ließ sie ihre Hände seinen Rücken hinabgleiten. Als die Hitze von ihren Lenden ihr Rückgrat hinaufströmte, grub sie ihre Fingernägel in seinen Rücken, während ihr ganzer Körper sich anspannte und ihr der Atem stockte. Als das erste Zucken sie durchfuhr, rissen ihre Nägel über seine Haut, und sie schrie auf, während ihr Körper sich gegen seinen aufbäumte.

Er stieß noch einmal in sie; sein ganzer Körper bebte, als er in ihr kam.

Annwyl lehnte ihre Stirn an seinen Hals. Sie schloss die Augen und lauschte seinem Atem. Sein Herz schlug gegen ihre Brust, während sein warmer Körper sie umschloss. Ehe sie es sich versah, war Annwyl eingeschlafen.

Er spürte Annwyls gleichmäßigen Atem auf seiner erhitzten Haut, als sie an ihn gelehnt einschlief. Er lächelte, während er sich mit ihr zusammen ins Gras sinken ließ. Er strich ihr das lange Haar aus dem Gesicht und sah auf sie hinab. Kein Stirnrunzeln. Keine Sorgen. Es sah aus, als schliefe sie traumlos.

Er wiegte sie in den Armen und küsste ihre schweißbedeckte Stirn. Dann schloss er die Augen. Wenn sie aufwachten, würde er ihr die Wahrheit sagen. Die ganze Wahrheit.

Ob diese verrückte kleine Kriegsherrin sie hören wollte oder nicht.

10

Annwyl wachte auf und bemerkte, dass die Schatten länger wurden und sie selbst nackt in den Armen des Ritters lag. Sie wandte den Kopf und sah ihm in die Augen. Er beobachtete sie schweigend. Und sie nahm an, dass er das schon eine ganze Weile tat.

Er begann zu sprechen, und Annwyl unterbrach ihn: »Nicht.« Sie löste sich von ihm, hob ihre Kleider auf und ging davon. »Wir sehen uns morgen.«

Wir sehen uns morgen? Fearghus setzte sich auf und sah ihr nach. Sie sah nicht einmal zu ihm zurück, während sie ging und dabei ihre Kleider überzog. Sie würdigte ihn keines Blickes. Sie ließ ihn nicht einmal reden.

Fearghus ballte die Fäuste, Wut durchströmte ihn. Er musste jemandem etwas zuleide tun. Etwas zerstören.

Fearghus' Augen wurden schmal. Gwenvael.

Grollend stand er auf. Er musste seinen Bruder finden. Er hatte das Bedürfnis, irgendetwas zusammenzutreten, und Gwenvael war dafür gut geeignet.

Gwenvael saß auf einem der Stühle in Annwyls Gemach, die Füße auf dem Tisch. Er hatte seine Aufgabe erfüllt. Er hatte Morfyd die Nachricht überbracht. Und sie würde dafür sorgen, dass Fearghus sie bekam. Jetzt konnte er spielen. Und er hätte all sein Gold verwettet, dass Annwyl ziemlich unterhaltsam sein konnte. Süß. Unschuldig. Und sein Bruder war verrückt nach ihr.

Er machte ihm keinen Vorwurf. Sie war ein schönes Mädchen. Groß. Zernarbt. Ein bisschen gemein. Das hatte er an Frauen schon immer gemocht. Er liebte es, wenn sie gemein waren. Aber das war nicht das eigentlich Interessante. Es war die Tatsache, dass der »Lass mich in Ruhe«-Fearghus schließlich doch noch gefallen war. Und er war unsanft gefallen, wie es aussah. Er hatte gedacht, sein Bruder würde ihm die Eingeweide herausreißen, als er ihn mit Annwyl sprechen sah.

Absolut nichts machte ihm mehr Spaß als wenn er Fearghus wahnsinnig machen konnte. Gut, Fearghus mochte der Erstgeborene sein, doch Gwenvael hatte immer schon das Gefühl gehabt, sein besonderes Geburtsrecht sei es, seine Geschwister zu quälen. Und Fearghus war immer seine größte Herausforderung gewesen und damit sein Liebling. Hauptsächlich, weil Fearghus so ein typischer Drache war. Er bewegte sich niemals schneller als nötig. Er regte sich nie auf oder wurde ernsthaft zornig. Er machte sich niemals Sorgen. Und er schien sich nie um irgendetwas anderes zu scheren als um seine Privatsphäre und seine Ruhe.

Dann kam der Mensch daher. Als Gwenvael hörte, dass Fearghus eine Menschenfrau gerettet hatte, war er schockiert gewesen. Als er herausfand, dass es Annwyl die Blutrünstige war, die berüchtigte Schwester des Schlächters der Insel Garbhán, wurde er neugierig. Und jetzt, wo er seinen Bruder verzweifelt vor Verlangen gesehen hatte … nun, jetzt wurde das Ganze noch viel interessanter.

Abgesehen davon, dachte er mit finsterem Blick, *schulde ich ihm immer noch etwas für meinen Schwanz.*

Er hörte sie schon aus meilenweiter Entfernung kommen. Die Frau trampelte wie ein Elefant.

Annwyl stürmte in die Kammer und blieb stehen, sobald sie ihn sah.

»Ich habe mich schon gefragt, wo du bist.«

»Was willst du, Gwenvael?« Sie war nicht in derselben Stimmung wie ein paar Stunden zuvor. Er unterdrückte ein Lächeln. Er konnte seinen Bruder überall an ihr riechen. Anscheinend hatte Fearghus endlich aufgehört, sich wie ein Trottel zu benehmen.

»Ich bin nur vorbeigekommen, um dich zu sehen. Ist dagegen etwas einzuwenden?«

Sie seufzte schwer und stapfte durch den Raum. Sie blieb vor einer großen Holztruhe stehen. »Wo kommt die her?« Auf sein Achselzucken hin lächelte sie. »Fearghus.« Sie sagte es so leise, dass er sie kaum hören konnte. Annwyl kniete sich hin und öffnete die Truhe. Darin waren Kleider, aber sie sah nur den Dolch, der obenauf lag.

Er fragte sich, welchem toten Edelmann sein Bruder diesen kleinen Gegenstand aus der Hand gewunden hatte. Gwenvael sah ihr zu, wie sie die Klinge untersuchte und langweilte sich. Zeit, ein bisschen Spaß zu haben.

»Und, wo ist mein Bruder?«

»Ich habe keine Ahnung.« Sie prüfte das Gewicht der Klinge.

»Ich hoffe, du entwickelst keine … na ja, Gefühle für ihn. Das wäre ein Fehler.«

»Ach ja? Und warum?« Sie umschloss den Schaft des Dolches mit einer Hand, während sie die Schärfe der Klinge mit der anderen prüfte.

»Ich glaube einfach nicht, dass er eine Frau wie dich schätzen könnte.«

»Und du?«

Gwenvael schenkte ihr sein spezielles Lächeln, das ihm schon mehr Vergnügen verschafft hatte, als er zugeben wollte. »Ich bin nicht mein Bruder, Mylady.«

Da sprang sie auf.

In Sekunden war sie durch den Raum geflogen und hob ihn vom Stuhl. Sie knallte ihn mit dem Gesicht nach unten auf den Tisch, das Knie in seinem Rücken, um ihn festzuhalten. Die Spitze ihrer Klinge grub sich in die Haut an seinem Hals. Als Mensch konnte ihn die Klinge mühelos töten.

Sie beugte sich über ihn und sprach ruhig. »Ich weiß nicht, was zwischen dir und deinem Bruder vor sich geht. Und ich will es auch gar nicht wissen. Aber ich werde nicht der Knochen zwischen euch zwei Hunden sein. Also geh mir aus den Augen. Ich bin nicht in Stimmung.«

Damit hob sie ihn vom Tisch und schob ihn aus dem Raum.

Die verrückte Schlampe hatte mehr Kraft als er geahnt hatte, wurde ihm bewusst, als sie ihn stolpernd von sich stieß. Er fiel, schlitterte über den Höhlenboden und kam zu einem abrupten Halt, als ein großer Stiefel gegen seinen Kopf krachte.

Er sah auf und lächelte tapfer. »Oh, hallo, Bruder!«

Mit einem Knurren zog Fearghus ihn am Nacken vom Boden hoch.

Morfyd streckte den Arm aus und riss eine Aoureganwurzel aus. Sie sammelte Substanzen für einen Zauber, der ihr vielleicht helfen konnte, die Schutzbarrieren um Lorcan zu zerstören. Aber das Geschrei war einfach zu störend. Und als ihr kleiner Bruder im wahrsten Sinne des Wortes über ihren Kopf hinwegflog und nicht weit von ihr entfernt unsanft auf dem Boden landete, beschloss sie, dass es Zeit war, etwas zu sagen.

»Fearghus!« Sie trat vor ihren näher kommenden Bruder hin und legte ihre Hand auf seine Brust. »Lass ihn in Ruhe.«

»Lass mich ihn einfach umbringen. Bitte!«

Morfyd biss sich auf die Lippen, um nicht zu lachen. Nach all diesen Jahren kamen ihre Brüder immer noch nicht miteinander aus.

»Nein. Sie wird es dir nie verzeihen, wenn du ihn umbringst. Sie verübelt dir immer noch die Sache mit seinem Schwanz.« Bis heute erinnerte sie sich, wie ihre drei anderen Brüder mit Gwenvaels Schwanzspitze gespielt hatten und ihre Mutter getobt hatte wie nie zuvor. Es war damals lustig gewesen und war es auch heute noch.

»Ich hasse ihn, Morfyd! Ich hasse ihn!«

»Ich weiß.« Sie tätschelte ihrem Bruder die Schulter. »Aber er ist die Last, die wir alle tragen müssen. Unser Kummer.«

»Wisst ihr was?« Gwenvael sprang auf und ließ seine Wut heraus. »Ihr seid alle Mistkerle! Und ich hoffe, dass ihr alle in der Hölle schmoren werdet!«

»Halt dich einfach von ihr fern, du kleiner Spinner!«

»Was ist los, großer Bruder? Kommst du mit deiner Frau nicht zurecht?«

Morfyd konnte gerade noch zur Seite springen, um dem Feuerball auszuweichen, den Fearghus entfesselte. Gwenvael traf er allerdings voll an der Brust und schleuderte ihn zurück in die Bäume.

»Sorg dafür, dass er mir nicht mehr unter die Augen kommt, Schwester!«

»Fearghus …«

»Nein!«

Sie hatte ihren Bruder noch nie so wütend gesehen. Und sie hatte das deutliche Gefühl, dass es sehr wenig mit Gwenvaels Gegenwart zu tun hatte – ausnahmsweise.

»Warte!« Sie holte Fearghus ein und griff nach seinem Arm. »Gwenvael hat eine Nachricht gebracht.«

Fearghus blieb stehen. »Von wem?«

Sie schmunzelte. »Was glaubst du wohl? Und er ist nicht glücklich. Er will nicht, dass wir uns in diesen Geschwisterkrieg einmischen.«

Fearghus sah seine Schwester an. »Und das bedeutet *was* für mich?«

Sie seufzte. »Wir können ihn nicht einfach ignorieren.«

»Ich kann und ich werde. Du kannst tun, was immer du tun musst, Schwester.«

Er riss seinen Arm los und ging zurück in seine Höhle. Sie machte sich nicht die Mühe, ihm nachzugehen. Es hätte nichts gebracht. Sobald sie die Nachricht von Gwenvael erhalten hatte, war ihr klar gewesen, dass dies nur Fearghus' Entschluss festigen würde. Er hatte es noch nie gemocht, wenn ihm jemand sagte, was er tun sollte … egal, wer.

Sie hörte Gwenvael stöhnen und ging dem Geräusch nach. Dann hielt sie inne. Sie schnüffelte in der Luft und sah sich um. Sie spürte eine Gegenwart. Etwas Tödliches und Böses.

Sie musste schnell sein. Sie begann einen Zauber in ihrer alten Sprache zu sprechen, und bald bedeckten Flammen ihren Körper. Flammen, die nicht brannten. Sie schrieb Sigillen in die Luft, und mit einem Brüllen, das die Schlucht erschütterte, schickte sie die Flammen los.

Als die Flammen außer Sicht waren, machte sie sich wieder auf den Weg zu Gwenvael. Sie würde die Wunden ihres kleinen Bruders versorgen und hoffen, dass Fearghus sie nicht am nächsten Tag wieder aufreißen würde.

Hefaidd-Hen wurde rückwärts von seinem Stuhl und quer durch den Raum geschleudert und krachte an die gegenüberliegende Wand. Er fiel zu Boden und blieb liegen. Sein Kopf fühlte sich an, als würde er aufplatzen, durch seinen Körper schoss der Schmerz wie Blitze. Er hätte tot sein müssen. Und wäre er ein gewöhnlicher Zauberer, dann wäre er das auch gewesen.

Zwei seiner drei Gefolgsleute waren augenblicklich an seiner Seite. »Meister?« Er schlug ihre Hände weg und setzte sich auf. Fassungslos schnappte er nach Luft.

Es war also Morfyd. Die Drachenhexe. Das erklärte einiges.

Er lächelte, wenn auch unter Schmerzen, und sah zu, wie seine Lehrlinge ängstlich vor ihm zurückwichen.

Fearghus verwandelte sich zurück in den Drachen, bevor er zu seinem See zurückkehrte. Er war froh darum, denn Annwyl wartete auf ihn. Sie saß auf einem der großen Felsblöcke, die hoch genug waren, dass sie sich Auge in Auge gegenübersitzen konnten. Ihre nassen Haare sagten ihm, dass sie gebadet hatte. Vermutlich hatte sie versucht, ihn von sich abzuwaschen, seinen Geruch von ihrem Körper zu entfernen. Das zerriss ihm mehr das Herz als er zugeben konnte.

Doch als sie ihn sah und lächelte, war er vollkommen verwirrt. Es war das wärmste Lächeln, das er je gesehen hatte, und sie schien absolut erleichtert durch seine Gegenwart.

Solange er existierte, würde er dieses Mädchen niemals verstehen.

»Fearghus. Ich habe mich schon gefragt, wo du bist.«

»Ist alles in Ordnung?«

Sie seufzte. »Ich denke schon.«

Diese Frau brachte ihn noch um. Langsam. Stück für Stück.

Er setzte sich neben sie, und sie ergriff sofort eine Handvoll von seinem Haar. »Also gut, Annwyl. Was ist los?«

»Der Ritter.«

Fearghus versteifte sich. »Ja?«

»Ich habe heute meine Jungfräulichkeit an ihn verloren.«

Fearghus riss so schnell den Kopf herum, dass er das Mädchen, das seine Hand immer noch in seinem Haar hatte, von dem Felsblock herunterzog. »He!«

»Oh. Entschuldige.« Er hätte nie gedacht, dass sie es ihm sagen würde. Dass sie es überhaupt jemandem sagen würde.

Die Art, wie sie nur eine Stunde zuvor fortgegangen war, hatte ihn glauben lassen, sie würde das Geheimnis mit ins Grab nehmen. »Geht es dir gut?«

»Mein Hintern tut weh.«

»Was?«

»Weil du mich eben über den Stein geschleift hast. Du hast ganz schön schmutzige Gedanken, Drache!«

Daraufhin lachte Fearghus. »Tut mir leid.«

Sie ließ sich zum Boden hinab, hielt sich aber immer noch an seinen Haaren fest. Sie lehnte sich an ihn, und Fearghus konnte nicht fassen, wie warm ihr Körper sich an seinem anfühlte.

»Was brauche ich, um dich zu besteigen?«

»Was?«

»Für den Kampf! Also ehrlich, Fearghus!«

»Oh, das. Halt dich einfach an meinen Haaren fest und klettere.«

»Tut dir das nicht weh?«

»Nein.«

Sie griff zwei Handvoll von seinen Haaren und zog sich hoch, bis sie auf seinem Rücken saß. Sie saß tief auf seinen Schultern, rittlings über seinem Hals.

»Kein Sattel?«

»Ich bin doch kein Pferd!«

»Kein Grund, gereizt zu sein! Ich frage ja nur.«

Sie presste ihre Schenkel eng an seinen Hals, und er fragte sich, wie viel die Götter ihn noch erdulden lassen würden, bevor er vollends den Verstand verlor.

»Hat er … dir wehgetan?« Fearghus musste es wissen. Musste wissen, was sie fühlte, was sie dachte. Dem Ritter würde sie es nicht sagen. Also würde sie es vielleicht dem Drachen sagen.

»Nein.«

»Ich kann dir nicht helfen, wenn du nicht mit mir redest, Annwyl.« Ja, er würde zur Hölle fahren, und dieses Mädchen würde diejenige sein, die ihn dorthin schickte. Eine besondere Hölle für böse Drachen, die schöne Frauen belogen.

Sie seufzte tief, während sie mit ihren starken Fingern seine Mähne kämmte. Er bekämpfte den Drang, wie eine Katze zu schnurren. »Ich weiß nicht, was ich will.«

»Willst du ihn?«

»O ja. Ich will ihn. Ich will ihn *wirklich*. Aber …«

»Aber …?«

Annwyl hätte leicht den Rest ihres Lebens genau hier verbringen können. Direkt auf dieser riesigen Bestie, rittlings auf diesem Hals. Die Hände in dieser schwarzen Mähne vergraben. Sie fragte sich, wie es wohl wäre, mit Fearghus in den Kampf zu reiten. Seinen starken Körper durch den tiefblauen Himmel der Dunklen Ebenen schweben zu spüren.

Aber wäre sie glücklich? Konnte sie ihr Leben als Anführerin und Frau aufgeben, um den Rest ihrer Tage hier in dieser Höhle mit diesem Drachen zu verbringen? Mit ihrem Drachen?

Der Ritter hatte ihr eine neue Tür geöffnet. Sie hatte nie jemandem genug vertraut, um ihn so nahe an sich heranzulassen. Er hatte nicht Liebe mit ihr gemacht, wie sie es die Küchenmädchen hatte nennen hören. Was sie getan hatten, war viel ursprünglicher. Viel tiefer.

Konnte sie das aufgeben, um bei ihrem Drachen zu bleiben und nichts weiter als mit ihm befreundet zu sein? Denn mehr konnte ihr der Drache nicht anbieten, und es war nicht einmal sicher, dass er ihr überhaupt so viel anbieten wollte.

Und obwohl der Ritter ihr unübertreffliches Vergnügen bereitet hatte, war es der Drache, mit dem sie reden wollte, wenn sie in den Armen des Ritters erwachte.

Vielleicht hatte ihr Vater recht gehabt. Vielleicht gab sie sich wirklich große Mühe, alles kompliziert zu machen.

»Annwyl?«

Ihr wurde bewusst, dass der Drache auf eine Antwort wartete, aber sie hatte keine anzubieten.

Annwyl stellte sich auf den Rücken des Drachen und reckte sich. »Ich will nicht mehr darüber reden.«

»Worüber willst du dann reden?«

Aus einer Laune heraus machte sie einen Handstand.

»Was machst du eigentlich da hinten?«

»Nichts, was dir Sorgen machen müsste, Drache.« Sie balancierte ihren Körper aus und bewegte sich über den Rücken des Drachen, Zentimeter um Zentimeter, nur mit den Händen. »Erzähl mir mehr von deiner Familie.«

Fearghus streckte sich aus, und Annwyl stieß ein überraschtes Quieken aus, als sie das Gleichgewicht verlor und hart auf seinem Rücken landete. Der Drache ignorierte sie und legte seinen riesigen Kopf auf seine Arme. »Einmal habe ich meinem Bruder die Schwanzspitze abgeschnitten.«

Annwyl setzte sich lachend auf und fragte sich, wie zum Teufel sie sich entscheiden sollte.

II Hysterisches Gelächter. Warum hörte er ständig hysterisches Gelächter? Fearghus öffnete ein Auge und sah seine beiden Geschwister. Sie lachten so sehr, dass sie sich praktisch aneinander festhalten mussten. Dafür weckten sie ihn aus seinem tiefen Schlaf?

»Was?!« Er war momentan wirklich nicht in Stimmung für so etwas. Und definitiv nicht für *ihn*.

Gwenvael brachte eine erstickte Antwort zustande: »Sie hat dir die Haare geflochten, Bruder!«

»Wie die Mähne eines Pferdes!«, fügte seine Schwester hinzu.

Er knurrte, und Gwenvael riss seine Schwester aus dem Weg, bevor der Strom weißer Flammen sie beide traf.

Natürlich dämpfte das ihr Gelächter nicht im Geringsten.

»Wenn du so empfindest, dann solltest du ihm das sagen.« Morfyd warf Annwyl zwei Äpfel zu. »Aber du kannst dich nicht den ganzen Tag hier drin verstecken.«

»Ich weiß.« Annwyl sah ihre Freundin an. »Ich weiß nur nicht, was ich sagen soll.«

»Alles, was sich richtig anfühlt.«

Annwyl nickte und verließ den Raum. Als sie die Höhle des Drachen verließ, kam sie an Gwenvael vorbei. »Wie geht es deinem Hals, Gwenvael?«

Er blickte finster, sagte aber nichts. Wenngleich sie bemerkte, dass er sich so weit wie möglich von ihr fernhielt.

Sie unterdrückte ein Lächeln und ging nach draußen, um ihren Ritter zu suchen.

Sie war so verwirrt. Und sie war dieses Gefühl nicht gewöhnt. Normalerweise traf sie täglich Entscheidungen über

Leben und Tod. Auch schon bevor sie die Führung der Revolte übernommen hatte, hatte sie ihr Leben und den Zorn ihres Bruders riskiert, um unschuldigen Menschen zu helfen, die in den Kerkern der Insel Garbhán gefangen waren. Doch ihre Gefühle gegenüber zwei Männern machten sie total unbrauchbar.

Aber sie würde mit dem Ritter sprechen. Ihm sagen, was sie fühlte. Und es höchstwahrscheinlich beenden. Ihr Herz gehörte ihm nicht, wenn auch ihr betrügerischer Körper es tat.

Sie fand ihn am Flussufer kauernd, ähnlich wie Gwenvael am Tag zuvor. Anders als Gwenvael schickte der Anblick seines Körpers jedoch einen Schauer durch sie hindurch, der ihr den Atem nahm.

Sie zwang sich, zu ihm hinüberzugehen. Sich dem Mann zu stellen und ihm genau zu sagen, was sie dachte. Sie wusste, dass er ihre Gegenwart spürte; sein ganzer Körper spannte sich, als sie sich näherte. Wartend. Auf sie wartend. Sie stand eine ganze Weile hinter ihm. Keiner von beiden sprach. Annwyl kauerte sich hin, ihr Körper nah an seinem.

Bevor ihr bewusst wurde, was sie da tat, legte sie den Arm um ihn und küsste die Seite seines starken Halses. Unter ihrer Berührung entspannte sich plötzlich sein ganzer Körper, und er wandte den Kopf, um sie anzusehen. Er gab ihr die perfekte Gelegenheit, etwas zu sagen. Ihm die Wahrheit zu sagen. Aber sie konnte nicht aufhören, seine vollen Lippen anzusehen und sich zu fragen, wie es wohl wäre, ihn noch einmal in sich zu spüren.

Sie küsste ihn, und sein Knurren setzte ihren Körper in Brand. Jemanden zu wollen war eine Sache. Zu wissen, dass er einen genauso wollte, war etwas ganz anderes.

Morgen, dachte sie, als er ihr das Hemd vom Leib riss. *Morgen sage ich ihm alles.*

Morgen. Morgen sage ich ihr alles. Nur ein Anflug von Schuldgefühlen piekte ihn in seinem Herzen, als Annwyl ihm gierig sein Kettenhemd über den Kopf zog. Morfyd hatte ihn an diesem Morgen überzeugt, dass er Annwyl endlich die Wahrheit sagen sollte. Ihr sagen sollte, dass ihr Drache und ihr Ritter ein und derselbe waren.

Er war auch fest entschlossen gewesen, es zu tun. Er hatte sie hinter sich stehen gespürt und hatte seine Rede gut vorbereitet. Dann waren plötzlich ihre Arme um ihn und ihre Lippen an seinem Hals. Mit diesen einfachen Bewegungen verschwand alle Logik, und alles, woran er noch denken konnte, war, seinen Kopf zwischen ihren Schenkeln zu vergraben.

Es schien, als wären sie beide innerhalb von Sekunden nackt. Fearghus leckte sich ihren Körper entlang nach unten; er liebte das Gefühl ihrer Hände auf seiner Haut und in seinen Haaren. Er machte es sich zwischen ihren Schenkeln bequem, ihre Beine auf seinen Schultern, und glitt mit der Zunge zwischen ihre Schenkel. Er staunte, wie feucht sie schon war, wie eindeutig sie ihn wollte. Mit der Zungenspitze wagte er sich in sie vor, und sie wölbte sich vom Boden hoch. Sie schmeckte so gut, fühlte sich so gut an. Während er langsam mit der Zunge über ihren Kitzler fuhr, wurde ihm bewusst, dass sie alles war, was er wollte, und noch viel mehr.

Er konnte sie nicht aufgeben. Er würde sie nicht gehen lassen. Es musste einen Weg geben, sie zu halten. Ihr zu beweisen, dass sie füreinander bestimmt waren. Und er würde absolut alles dafür riskieren.

Lorcan sah seinen Berater an. »Entschuldige. Könntest du das bitte wiederholen?«

Hefaidd-Hen sprach mit seiner üblichen Bedächtigkeit: »Deine Schwester wird von einem Drachen beschützt, Mylord. Vielleicht auch von zweien. Die Vision war nicht klar.«

»Ich verstehe nicht. Wie kann es sein, dass sie von einem Drachen *beschützt* wird? Die Menschen hier werden von Drachen *gefressen*! *Ich bin verwirrt!*«, brüllte er.

»Ich kann die Beziehung nicht erklären, Lord Lorcan. Ich kann dir nur meine Vision erzählen.«

Lorcan rieb sich den Kopf. »Ist es zu viel verlangt, wenn ich die kleine Schlampe tot sehen will? *Ist es das?*« Hefaidd-Hen hatte schon vor langer Zeit gelernt, gewisse Fragen nicht zu beantworten. »Ich will doch nur, dass sie einen schmerzhaften, furchtbaren Tod erleidet. Und dass ihr Kopf auf einem Spieß vor meiner Festung steckt. Mehr will ich doch nicht!«

»Das können wir immer noch schaffen.«

»Gegen einen Drachen kämpfen ... oder zwei? Ich denke nicht, Hefaidd-Hen. Ich möchte es lieber vermeiden, dass mein letzter Anblick Flammen sind.«

»Vertrau mir, Herr. Ich kann einen Weg finden, deine Schwester zu bekommen und alles, was du wünschst.«

»Wie?«

»Indem ich das tue, was ich am besten kann.«

Lorcan sah seinen Berater an, und eine grausame Kälte überlief ihn. Dessen kalte blaue Augen starrten zurück und verrieten ihm rein gar nichts über den Mann dahinter. Doch Hefaidd-Hen hatte sich in der Vergangenheit wieder und wieder bewiesen. So sehr seine bloße Gegenwart Lorcan beunruhigte: Er konnte nicht bestreiten, dass dieser Mann ein mächtiger Verbündeter war.

»Du hast drei Tage. Danach, Hefaidd-Hen, werde ich langsam zornig.«

»Ich verstehe.« Hefaidd-Hen schenkte Lorcan ein sehr sonderbares Lächeln, bevor er sich tief verneigte und lautlos ging.

Morfyd musste ins Dorf. Eine Frau, die sie betreute, würde in den nächsten Tagen ihr Kind gebären, und alle Zeichen sagten ihr, dass es keine leichte Geburt werden würde. Sie hatte Fearghus schon vorgewarnt, dass sie möglicherweise ab und zu fort sein würde, aber Annwyls Körper heilte gut. Sie brauchte Morfyds Pflege nicht länger.

Als sie die Höhle verließ, begegnete ihr Annwyl, die gerade hereinkam. Das Mädchen hatte ihre Schwerter in einer Hand. Die andere Hand hielt ihr zerrissenes Hemd und ihre Brustbinden vor ihre üppigen Brüste. Die Augenbrauen hatte sie zu einem finsteren Blick verzogen, und sie sah Morfyd nicht einmal an, als sie an ihr vorbeiging.

»Na, wie ist die Aussprache gelaufen?«, rief Morfyd über ihre Schulter.

»*Sei still.*«

Morfyd lachte, während sie hinaus in die Schlucht zur Lichtung ging, von wo sie abfliegen konnte. Sie kam um eine Ecke und traf auf ihren Bruder, der Kettenhemd und Schwert in seiner großen Hand trug und auf den verborgenen Eingang seiner Höhle zusteuerte. Sie sah ihm nach, als er vorüberging und bemerkte die langen Kratzer auf seinem Rücken.

»Und, wie ist die Aussprache gelaufen?«, rief Morfyd ihm nach.

»*Sei still.*«

Morfyd schüttelte den Kopf. Wenn Liebe einen immer so armselig machte, dann wollte sie nichts damit zu tun haben.

Brastias zog die Kapuze seines Umhangs über sein Gesicht. Wieder einmal fragte er sich, wie lange es noch dauern würde, bis Lorcan den ersten Schritt machte. Er konnte es fühlen. Spürte es kommen. Sogar bevor seine Spione ihm gesagt hatten, er solle anfangen, seine Männer vorzubereiten, wusste er, dass sich etwas geändert hatte. Lorcans Truppen waren bereit für einen Kampf auf der Insel Garbhán. Und er spürte, dass ein Vorstoß von Lorcan selbst kommen würde, doch er wusste nicht, wann oder wie.

Er wünschte, er hätte Annwyl sehen können. Es mit ihr besprechen. Sie kannte ihren Bruder besser als jeder andere. Sie hätte genau gewusst, wie und wann Lorcans Truppen zuschlagen würden. Stattdessen konnte er nichts anderes tun als auf mehr Informationen zu warten und zu hoffen, dass sie genug Zeit haben würden, um zu reagieren.

Die Tür der vollbesetzten Schenke wurde aufgerissen, und wieder drehte er sich um, um zu sehen, wer hereinkam. Drei Stunden hatte er schon mit Warten verschwendet. Darauf wartend, sie zu sehen.

Danelin brachte ihm noch ein Ale herüber und setzte sich ihm gegenüber. »Wie lange noch?«

»Bis sie kommt.«

Brastias wollte nicht so schroff sein, aber ihm gefiel es genauso wenig wie Danelin, draußen zu sein. Er wäre lieber zurück im Lager; in Sicherheit, mit einer Menge von Soldaten um sich herum. Doch er musste wissen, wie es Annwyl erging. Es war schon Tage her, seit die Hexe namens Morfyd dieses erste und einzige Mal zu ihm gekommen war. Er hoffte, sie würde mehr Nachrichten von Annwyl bringen. Doch sie kam niemals wieder. Als er nun hörte, dass sie im Dorf war, um eine der Frauen zu besuchen, die kurz vor der Niederkunft stand, beschloss er, selbst zu ihr zu gehen. Er hatte gehört, sie käme später am Abend immer in der Schenke vorbei, um etwas zu essen oder zu trinken. Also wartete er und machte sich Sorgen. Nicht über sie oder gar über Annwyl. Sondern über den Aufstand.

Ihm war klar, dass der Aufstand bald enden würde. Die Anspannung wuchs mit jedem Tag. Viele der Dörfer in der Umgebung leerten sich. Alle bis auf dieses. Viele Familien der

Aufständischen lebten hier. Ihre Frauen und Kinder. Er dachte darüber nach, den Befehl zu geben, sie alle in die Zitadelle von Ó Donnchadha überzusiedeln, wo sie hoffentlich am sichersten waren. Er wusste, dass die Frauen niemals freiwillig ihre Männer verlassen würden.

Während er über den Sinn dieses Umzugs nachdachte, sah er sie. Wie hätte er sie auch übersehen können? Sie war größer als Annwyl, fast so groß wie er selbst. Ein grauer Umhang verbarg ihre Hexengewänder. Sie fand einen Tisch im hinteren Teil des Raums und bestellte Essen. Als das Schenkmädchen wieder weg war, ging Brastias zu ihrem Tisch hinüber.

»Erinnerst du dich an mich?«

Funkelnde blaue Augen wandten sich ihm zu. Ihre Augen waren mandelförmig, fast wie die einer Katze. »Wie könnte ich dich vergessen, so unwiderstehlich wie du bist?«

Brastias lächelte, als er sich ihr gegenübersetzte. »Wie geht es ihr?«

»Besser. Sie wird jeden Tag stärker.«

»Wie lange dauert es noch, bis sie zu uns zurückkehrt?«

Die Hexe blinzelte. »Da bin ich mir nicht sicher.«

»Was meinst du mit nicht sicher?«

»Was glaubst du, was ich meine?«

Die Unbestimmtheit der Hexe stellte ihm die Nackenhaare auf. Das gefiel ihm ganz und gar nicht. »Ist sie in Sicherheit?«

Auf diese Beleidigung hin zischte die Hexe: »Natürlich ist sie das! Sicherer als sie es bei dir wäre!«

Brastias sah sie zornig an. »Ach ja? Und wie ist das möglich, wenn du hier bist und sie dort, wo auch immer du sie gelassen hast? Allein?«

Vielleicht war es der Blick ihrer blauen Augen oder die Art, wie sie schwieg, aber plötzlich wurde es ihm klar. »Sie ist nicht allein, oder?« Als die Hexe nicht antwortete, nahm er ihre Hand. Sie entriss sie ihm, als wäre er glühend heiß.

Rasch stand sie auf. »Ich garantiere dir, dass sie sicher ist. Und sie wird bald zu euch zurückkommen. Du kannst mich von Zeit zu Zeit im Dorf finden, falls du ihr eine *echte* Nachricht überbringen willst.« Sie warf ein paar Kupfermünzen auf den Tisch und stürmte hinaus.

»Was zum Teufel ist passiert?«

Brastias sah zu Danelin auf. Er schüttelte den Kopf. »Ich weiß es nicht. Aber irgendetwas geht vor sich.«

Danelin setzte sich, als das Schenkmädchen das Essen der Hexe auf den Tisch stellte und die Münzen einsammelte, die sie dagelassen hatte. »Was?«

»Ich glaube nicht, dass sich die Hexe um sie kümmert. Es ist jemand anderes.«

»Wer?«

»Ich weiß nicht.«

»Glaubst du, sie ist in Sicherheit?«

Brastias dachte einen Moment nach, hörte auf sein Bauchgefühl. »Ja. Ich glaube schon.«

Das schien Danelin zu überraschen. »Warum hast du dann diesen Gesichtsausdruck?«

»Hast du gesehen, wie sie von hier weggerannt ist? Als hätte ich die Pest oder so etwas.«

»Wer? Die Hexe?«

»Aye.«

»Und das stört dich, weil …?«

»Na ja … es ist unhöflich.«

»Hmhm.«

Brastias knurrte seinen Stellvertreter an: »Ach, halt den Mund!«

Fearghus blätterte mit einer seiner Krallen die Seite seines Buchs um. Er hatte sich bisher nie die Mühe gemacht, die Geschichte von seinem Großvater Ailean zu lesen. Doch Ailean verbrachte den Großteil seines Lebens als Mensch. Und in letzter Zeit begann Fearghus, darüber nachzudenken, wie das wohl war.

Völlig versunken in das Kapitel über Ailean und drei Schenkmädchen, merkte er erst, dass Annwyl sich neben ihn gesetzt hatte, als sie sich neben seinem Flügel an seine Seite drückte. Sie hatte Wein, Käse, Brot und ein Buch dabei. Sie sagte kein Wort, begann einfach zu lesen und gelegentlich zu trinken oder zu essen.

Fearghus beobachtete sie. »Was tust du da?«

»Wonach sieht es denn aus?«

»Wird heute Abend nicht geredet?«

Sie lächelte sanft. »Nein, heute Abend nicht.«

»Gut.«

Heute Abend wollte er auch nicht reden. Er wollte einfach sein Buch lesen und es genießen, dass Annwyl an seiner Seite war.

Er wusste nicht, wann er sich in sie verliebt hatte. Es mochte gewesen sein, als er sie vor seiner Höhle zum ersten Mal sah, wie sie um ihr Leben kämpfte. Oder als sie ihn am Schwanz zog. Oder möglicherweise, als sie nackt in seinem See schwamm. Letztendlich war es nicht wichtig. Es war nicht wichtig, wann er sich in sie verliebt hatte. Alles, was er wusste, war, dass er sie jetzt liebte. Und sie lieben würde, bis seine Vorfahren ihn nach Hause riefen.

Er dachte an die zu kurze Lebensspanne der Menschen. Oder zumindest die seiner Annwyl. Selbst wenn sie den Geschwisterkrieg überlebte, würde sie immer noch nicht so lange leben wie Fearghus. Der Gedanke, ohne sie leben zu müssen, durchbohrte ihm das Herz wie eine Lanze. Ein sehr egoistischer Teil von ihm wünschte, er könne sie verlassen. Sie ihr Menschenleben mit irgendeinem Mann leben lassen. Doch wenn er sie ansah, wurde ihm klar, dass das nicht möglich war. Sie tauchte ihren Zeigefinger in den Weinkelch, lehnte den Kopf zurück und ließ den Wein in ihren offenen Mund tropfen. Er schüttelte den Kopf über die unverhohlene Albernheit dieser Frau. Trotzdem konnte er nicht anders als daran zu denken, wie dieser Mund seinen ganzen Körper erkundete. Wie dieser Finger über seinen Schwanz strich und die Flüssigkeit von seiner Eichel wischte.

Annwyl steckte den Finger in den Mund und lutschte ihn sauber. Unwillkürlich entschlüpfte ihm ein leises Stöhnen, und sie drehte sich zu ihm um. Ahnungslos zwinkerte sie ihm zu und wandte sich dann wieder ihrem Buch zu.

Es gab eine einzige Sache, die er tun konnte, doch damit setzte er zu viel aufs Spiel und konnte alles verlieren. Er schüttelte noch einmal den Kopf. Nein. Die Königin würde sein letzter Ausweg sein. Sie war *immer* sein letzter Ausweg.

Die Luft bewegte sich vor ihr, als die Klinge an ihrer Kehle vorbeifegte. Lachend tänzelte sie ein paar Schritte rückwärts und schwang ihre beiden Schwerter. Er griff an und sie parierte den Hieb, während sie ihr Bein herumschwang und auf seinen Unterleib zielte. Er stoppte sie, indem er ihren Knöchel packte, ihr Bein hochriss und sie umwarf. Sie landete mit dem Gesicht nach unten, zwang sich aber wieder hoch, bevor er sie erwischte.

Eigentlich musste Annwyl sich selbst die Schuld hierfür geben. Ihm zuzurufen »Wenn du mich kriegst, kannst du mich haben«, bevor ihre Schwerter aufeinanderprallten, war rückblickend wohl keine gute Idee gewesen. Sie sollte wirklich aufhören, den Mann herauszufordern, aber sie musste auch zugeben, dass sie nichts gegen einen guten Kampf hatte.

Ihr Vater hatte ihr immer vorgeworfen, alles kompliziert zu machen. Vielleicht hatte er recht. Wenn sie den Ritter wollte, hätte sie ihn sich mühelos nehmen können. Von dem Moment an, als sie an jenem Morgen zu ihm gegangen war, war er mehr als bereit gewesen. Sie wusste es, und er sprach kein Wort darüber. Doch jetzt wurde ihr klar, dass sie diese Herausforderung mochte. Sie ließ ihn gerne dafür arbeiten. Und das tat er auch.

Er schlug ihr eines ihrer Schwerter aus der Hand, und sie holte zu einem Rückhandschlag aus, was den großen Ochsen zwang, von ihr wegzutaumeln. Sie versuchte an ihm vorbeizukommen, aber er streckte einen seiner langen Arme aus und schnappte sie. Sie wehrte sich, doch sein eisenharter Griff hielt sie fest. Er zog ihren strampelnden Körper mit einem Arm an seine Brust. Mit dem anderen verdrehte er ihr das Handgelenk, bis sie ihr Schwert fallen ließ.

»Anscheinend habe ich dich, Mylady!«

»Mistkerl!«

»Jetzt, schätze ich, kann ich dich wohl haben.«

»Lass mich los!«

»Du hast einen Handel gemacht, Mylady.«

Annwyl knurrte frustriert; sie liebte das Gefühl seines Armes um sich und wie sich sein harter Körper gegen ihren Rücken drückte.

Er drängte sie an einen Baum, immer noch mit dem Rücken zu ihm. Dann beugte er sich zu ihr vor und flüsterte ihr ins Ohr: »Ich würde ungern glauben müssen, dass die zukünftige Herrscherin der Dunklen Ebenen ihre Versprechen nicht hält.«

Dann riss er ihr die Gamaschen vom Leib.

Stunden verbrachte er damit, den Zauber zu weben, der Annwyl mit ihren Drachen aus ihrem schützenden Kokon direkt in *sein* Versteck ziehen würde. Tage verbrachte er damit, all die dafür notwendigen Zutaten zu sammeln. Er musste sogar einen seiner Lieblingsgehilfen opfern, der – was ihm tragischerweise zum Verhängnis wurde– noch Jungfrau war.

Doch das Jungfrauenblut öffnete die Tür zwischen Zeit und Raum. Und dann sah er sie. Vollkommen nackt und rittlings auf einem Mann. Sie ritt ihn, als wäre er ihr Lieblingshengst; ihre Hüften rieben an seinem Körper. Hefaidd-Hen sah sie von hinten, und er konnte sehen, wie sich ihre Muskeln anspannten, während sie dem Höhepunkt immer näher kam. Er sah den Schweiß auf ihrer gebräunten Haut schimmern, das schweißnasse Haar umhüllte ihre arbeitenden Muskeln. Er konnte ihr Stöhnen und ihre Lustschreie hören. Hefaidd-Hens Finger näherten sich ihr, kurz davor, ihre Haut zu berühren. Sie war beinahe sein. Doch da platzte Lorcan herein. Genau genommen stürmte er herein. Er drängte sich zwischen Hefaidd-Hens Gehilfen hindurch und verlangte dessen augenblickliche Reaktion auf seine Anwesenheit.

Die Konzentration war gebrochen, die Tür knallte zu, und das Mädchen entglitt seinem Griff. Er brüllte vor Zorn.

Und Hefaidd-Hen richtete all seine Wut auf den Schlächter von Garbhán.

Fearghus zog Annwyls nackten, verschwitzten Körper schützend an sich und setzte sich auf.

»Warte. Hör nicht auf!« Er hatte das sture, fordernde, unersättliche Weib vorher noch nie so kurz davor gebracht zu betteln, aber er musste sie ignorieren. Etwas stimmte nicht.

Die Energie umgab ihn. Eine Präsenz. Nichts Menschliches. Er sah sich um und schnüffelte.

»Was? Was ist los?« Sie griff nach ihrem Schwert, aber er hielt sie zurück.

Sie waren wieder allein in seiner Schlucht. Doch eine

dunkle Vorahnung bemächtigte sich seiner Seele. Die Dinge waren dabei, sich zu verändern. Für immer.

Er sah Annwyl an. Sie erwiderte seinen Blick, ein leichtes Lächeln auf den Lippen. »Alles in Ordnung, Ritter?«

Er antwortete ihr nicht. Stattdessen küsste er sie aufs Schlüsselbein und streckte sich wieder aus, seine harte, fordernde Männlichkeit immer noch in ihr. »Bring zu Ende, was du angefangen hast, Frau.«

Ihr Lächeln wurde breiter. »Mit Vergnügen, Ritter.«

Lorcan öffnete langsam die Augen. Der grausame Schmerz in seinem Kopf ließ ihn wünschen, er wäre tot. Schon allein das gedämpfte Licht einer nahen Feuerstelle ließ ihm ein Stöhnen entschlüpfen. Er konnte sich nicht daran erinnern, was passiert war. Nicht deutlich. Doch das Geräusch lauten Atems in dem Raum ließ ihn erahnen, dass etwas ganz und gar nicht stimmte.

»Ah, Mylord. Es freut mich zu sehen, dass du endlich wieder zu Bewusstsein kommst.« Die Stimme klang vertraut, doch er konnte sie nicht recht einordnen. Er versuchte, sich mit den Armen hochzustemmen, aber etwas Starkes und Großes klatschte ihm auf den Rücken und zwang ihn wieder zu Boden.

»Nein, nein. Bleib unten. Ich will, dass du dich ausruhst, bevor du versuchst aufzustehen.« Die Stimme seufzte schwer. »Es tut mir so leid, Mylord, dass es notwendig war, so derb mit dir umzugehen. Aber ich glaube, es ist Zeit, dass wir einige Dinge klarstellen, hmmm?«

Lorcan versuchte nicht noch einmal aufzustehen. Was auch immer es war, das ihn niederdrückte, es ruhte weiterhin auf seinem Rücken und hielt ihn fest. Doch er drehte langsam den Kopf, um zu sehen, was da zu ihm sprach.

Bei seinem Anblick versuchte er augenblicklich fortzukriechen, doch es ließ ihn nicht los. »Na, na! Es besteht kein Grund, sich vor mir zu fürchten. Ich bin dein Verbündeter. So, wie ich es immer war.« Lorcan würgte, und seine Mahlzeit von vor ein paar Stunden ergoss sich schwallartig auf den Boden.

»Na, das ist ja reizend. Ihr Menschen. Geratet immer so schnell in Panik. Es wundert mich, dass überhaupt noch welche von euch leben.«

Lorcan schloss fest die Augen und weigerte sich, länger hinzusehen. Er konnte nicht. Nicht, solange er noch die Hoffnung hatte, seinen Verstand zu behalten.

»Dies kann eine sehr lohnende Beziehung für uns beide sein, Lorcan. Solange du verstehst, dass du mir gehörst. Körper. Seele. Und das kleine bisschen Verstand. Ich werde dir deine Schwester geben, aber im Gegenzug wirst du mir ebenfalls geben, was ich will. Solange du damit einverstanden bist, wirst du ein sehr langes Leben haben. Aber wenn nicht …« Es drückte gegen seinen Rücken, und Lorcan wusste, dass jeden Moment seine Rippen brechen würden. Doch es hörte auf, bevor es so weit war. »Verstehst du, Lorcan?«

Zum ersten Mal seit dem Tod seines Vaters zitterte Lorcan vor Angst. »Ja, ja. Ich verstehe.« Tränen rannen über sein Gesicht, und ihm wurde bewusst, dass ihm auch das seit dem Tod seines Vaters nicht mehr passiert war.

»Gut. Gut. Ich mag es, wenn die Dinge klar und deutlich sind. Es liegt einfach in meiner Natur.« Beinahe liebevoll tätschelte es ihm den Rücken. »Wir haben so viele Pläne zu schmieden. Bald wird es viel Blutvergießen geben. Aber du ruhst dich jetzt aus, mein Kleiner. Du wirst deine Schwester früh genug bekommen.«

Lorcan weinte lautlos und betete um Vergessen.

Annwyl sah zur Höhlendecke hinauf, die Hände hinter dem Kopf verschränkt. Der gleichmäßige Atem des Drachen bewegte seine Schuppen sanft unter ihr. Er hatte sie auf seinen Rücken klettern und sie dort hinlegen lassen. Er beschwerte sich nicht, und sie genoss den Augenblick. Seine Mähne fiel über seine Schuppen und fühlte sich seidig an unter ihrer nackten Haut. Sie trug nichts als ihre frisch reparierten Ledergamaschen und ihre Brustbinden. Wieder einmal hatte sie den Tag eng umschlungen mit dem Ritter verbracht. Sie hatten seit Tagen kaum noch trainiert. Stattdessen tollten sie in der Schlucht herum wie zwei läufige Hunde. Aber sie konnte nicht anders. Der Mann tat Dinge mit ihrem Körper; ließ sie Dinge fühlen; führte sie in Höhen, die sie nie für möglich gehalten hätte. Und jeden Abend, wenn die Schatten länger wurden, verließ sie ihn und kehrte zu ihrem Drachen zurück. Schade, dass sie nicht die nächsten tausend Jahre so leben konnte.

»Wie war euer Training heute?« Seine tiefe Stimme grollte durch seinen Körper und ließ ihre Haut vibrieren.

»Gut«, log sie. Sie hatte seit zwei Tagen kein Schwert berührt – zumindest keines aus Metall.

»Schön.«

»Drache?«

»Ja?«

»Hattest du je eine Frau?«

»Was?«

»Ich meine ein Weibchen. Eine Gefährtin. Wie immer deine Art sie nennt.«

»Oh.« Sein Körper bewegte sich ein wenig unter ihr. »Nein, ich hatte keine Gefährtin. Warum?«

»Nur so eine Frage.«

»Was ist los, Annwyl? Was beschäftigt dich?«

Jetzt nichts mehr. Tatsächlich fühlte sie sich erleichtert.

»Annwyl?«

Sie drehte sich um, den Kopf auf die Arme gelegt. »Mir geht es gut, Drache. Ich bin nur neugierig.« Sie schloss die Augen. Sie hatte sich in ihrem ganzen Leben noch nie so sicher gefühlt. So friedlich. Jetzt wurde ihr bewusst, dass es keinen Mann gab, der ihr dieses Gefühl geben konnte.

Sie lächelte. *Das kann auch nur mir passieren: sich in einen Drachen zu verlieben.*

Fearghus liebte es, ihren Körper an seinem zu spüren. Die Tatsache, dass sie sich bei ihm sicher genug fühlte, um auf seinem Rücken ausgestreckt einzuschlafen. Ihm war nicht bewusst gewesen, wie viel ihm dieses Gefühl bedeutete. Wie viel ihm dieses Mädchen bedeutete.

Er hätte auch nicht gedacht, dass seine Gefühle für Annwyl noch stärker werden konnten als sie schon waren, doch er hatte sich geirrt. Sie waren stärker und wurden es mit jedem Tag mehr.

Am Tag lag er als Mensch bei ihr, und jede Nacht besuchte sie ihn am See, und sie redeten stundenlang. Sie verwirrte ihn immer noch, aber er hätte ihre gemeinsame Zeit nicht gegen alles Gold der Welt eingetauscht.

Doch immer noch fürchtete er den Tag, an dem er ihr die Wahrheit sagen musste. Ihr sagen musste, dass er sie belogen hatte. Würde sie ihn hassen? Würde sie ihm je vergeben? Er wusste es nicht. Und er wollte auch nicht zu viel darüber nachdenken. Denn in diesen Momenten drehte sich ihm der Magen um, und ein plötzliches Gefühl der Panik setzte ein. Er hatte gedacht, nur Menschen könnten Panik empfinden. Es ärgerte ihn, dass er sich auch darin geirrt hatte.

Nein, dachte er, als Annwyl ihren Griff in seiner Mähne verstärkte und leise im Schlaf seufzte, *ich werde sie nicht kampflos aufgeben. Niemals.*

12

Es war eine schwere Geburt gewesen, aber sowohl das Kind als auch die Mutter hatten überlebt. Außerdem hatte Morfyd ein bisschen Abstand gebraucht, um ihrem Bruder und seiner Menschenfrau ein bisschen Zeit allein miteinander zu geben. Natürlich weigerte sich Gwenvael zu gehen, bevor er eine Antwort von Fearghus hatte, aber sie hatte es geschafft, ihn zu bestechen, damit er dem Liebespaar fernblieb. Sie hätte gedacht, es wäre ihrem kleinen Bruder peinlich, Geld von seiner Schwester anzunehmen. Aber sie hatte schnell festgestellt, wie sehr sie sich in diesem Punkt getäuscht hatte.

Die Finstere Schlucht lag nur ein paar Wegstunden entfernt, doch sie wollte noch nicht zurück. Sie wusste nie, wo oder wann sie über Fearghus und Annwyl stolpern würde, während sie »dabei waren«, wie Gwenvael es so eloquent ausgedrückt hatte. Die späte Stunde und ein rascher Blick um sich herum versicherten ihr, dass sie allein war.

Morfyd zog rasch ihre Gewänder aus und tauchte nackt in den See. Sie genoss das kalte Wasser auf ihrem menschlichen Körper. Sie wusste nicht warum, aber ihre Art liebte das Wasser. Sie hatte Fearghus ein bisschen beneidet, als er seine Höhle gefunden hatte. Eine Höhle mit eigenem Süßwassersee. Das war himmlisch.

»Sie kann nicht weit gekommen sein. Geh du da lang. Ich schaue beim See nach.« Morfyd erstarrte. Sie hörte männliche Stimmen und wusste, dass sie sie suchten. Sie schwamm zum Ufer und hatte sich gerade aus dem Wasser gezogen, als ein Mann aus den Büschen stolperte. Hoch aufgerichtet stand sie da, bereit, ihn zu Asche zu verbrennen, als er sich aufrichtete und sich zu ihr umwandte.

»Brastias?«

»Morfyd. Gut. Wir haben …« Brastias unterbrach sich. Offensichtlich war ihm gerade bewusst geworden, dass sie nackt war und er sah sie wie versteinert an. Sie wartete, aber er starrte weiter. Seine hellen Augen schienen nicht in der Lage, den Blick abzuwenden. Mit einem grollenden Ächzen stieß er hervor: »Verdammt, Frau!«

»Brastias?« Sie schnippte mit den Fingern. »Brastias!«

»Äh …« Er riss sich aus seiner Trance und wandte sich ab. »Tut mir leid. Tut mir leid. Ich wollte nicht … ich … äh …«

Morfyd raffte ihre Gewänder vom Boden auf. »Was ist los? Was willst du?«

»Du musst eine Nachricht überbringen an … ähm … ähm … äh …«

»Annwyl?«

»Ja genau, das war's.«

Morfyd wollte lachen, doch das plötzliche Bewusstsein ihres eigenen nackten Körpers erstickte den Laut in ihrer Kehle. Sie zog ihre Kleider an. »Du kannst«, sie räusperte sich, »dich jetzt wieder umdrehen.«

Brastias sah sie über seine Schulter hinweg an. »Es tut mir sehr leid. Ich hatte gehört, du hättest eben das Dorf verlassen. Ich wusste nicht, dass du hier … äh … badest.«

Morfyd strich sich die nassen Haare aus dem Gesicht. »Keine Ursache. Wirklich. Reden wir einfach nicht mehr davon. *Nie wieder*. Also, du sagtest, du hättest eine Botschaft für Annwyl?«

»Ja.« Er drehte sich langsam zu ihr um. »Wir haben Nachricht erhalten, dass Lorcan dieses Dorf in drei Tagen angreifen will. Wir werden die Frauen und Kinder in die Zitadelle von Ó Donnchadha umsiedeln. Wir denken, dass sie dort sicher sind … Ich wusste nicht, dass deine Haare weiß sind!«

Morfyd riss den Kopf hoch, ihr Blick bohrte sich in Brastias' Augen.

»Äh … ich meine«, fuhr er eilig fort, »wir glauben, Lorcan wird selbst angreifen. Ich habe ihn schon ziemlich lange nicht mehr im Kampf gesehen, aber ich weiß, dass Annwyl auf diese Chance wartet. Du musst ihr das unbedingt ausrichten.«

»Das werde ich.«

»Egal, was passiert, wir werden kämpfen, um dieses Dorf zu beschützen. Wenn sie also noch nicht bereit ist …«

»Sie ist bereit.«

»Sag ihr, wir werden weitermachen, bis wir von ihr hören.«

Morfyd nickte. »Ich sage es ihr.«

»Danke.« Brastias sah sie noch einen Augenblick an, dann wandte er sich rasch ab und stieß mit Danelin zusammen, der gerade zwischen den Bäumen hervorkam. Er wirbelte Danelin herum, und bevor dieser noch ein Wort sagen konnte, schob er ihn zurück in den Wald und fort vom See.

Morfyd barg das Gesicht in den Händen. »Na, großartig!«

Fearghus ging an seiner Schatzkammer vorbei zu seinem See. Er hielt inne und machte ein paar Schritte rückwärts. Gwenvael saß auf seinem Haufen an Reichtümern, als gehörten sie ihm.

»Was tust du da?«

»Ich warte auf dich. Du weichst mir aus!«

»Als ob du es wert wärest, dass man dir ausweicht.«

»Tja, ich hatte die Wahl: Entweder hier sitzen oder auf Annwyl. Aber sie würde mir wehtun. Ob mir das etwas ausmachen würde, weiß ich natürlich nicht.«

Immer noch schweißgebadet von seinem letzten Zusammentreffen mit Annwyl, konnte Fearghus sie immer noch überall an seinem Körper riechen, sie immer noch auf seinen Lippen schmecken. Deshalb hatte er nicht vor, sich von seinem idiotischen Bruder ärgern zu lassen. »Was willst du?«

»Ich warte darauf, dass du mir eine Antwort mitgibst.«

»Es gibt keine Nachricht. Es geht sie alle nichts an.«

»Hältst du es wirklich für so einfach? Glaubst du wirklich, du musst dich nicht an dieselben Regeln halten wie wir anderen?«

Fearghus schnaubte. »Nach welchen Regeln richtest du dich denn, kleiner Bruder?«

Gwenvael grinste. »An die, die mich am Leben und gesund erhalten.«

»Dann geh zurück. Sag ihnen, was du willst. Aber wenn Annwyl geht, um gegen ihren Bruder zu kämpfen, werde ich an ihrer Seite sein.«

Gwenvael seufzte. »Sie könnte dich nie lieben, Bruder. Sie ist ein Mensch. Ich würde es wirklich ungern sehen, dass du deine Familie für ein Mädchen aufgibst, das, sobald sie die Wahrheit herausfindet, ganz schnell ganz weit vor dir davonlaufen wird.«

Fearghus knirschte mit den Zähnen und schluckte sein Bedürfnis herunter, Gwenvael in die Luft zu jagen, wo er saß. Er wagte sich nicht näher an ihn heran. Andernfalls hätte er sich womöglich verwandelt und dem kleinen Bastard die Eingeweide herausgerissen. »Geh mir aus den Augen, Junge. Bevor ich ihnen deinen Kopf als Geschenk zurückschicke.« Fearghus steuerte auf seinen See zu.

»Sag nicht, ich hätte dich nicht gewarnt!«, schrie Gwenvael hinter ihm her.

Annwyl lehnte ihre Stirn an die Schnauze des Drachen. »Du bist sehr still heute Abend. Was ist los?«

»Nichts.«

Sie wusste, dass er log. Er hatte in der letzten Stunde kaum zwei Worte gesprochen. »Habe ich etwas falsch gemacht?«

»Nein. Natürlich nicht. Es sind nur Familienprobleme. Es hat nichts mit dir zu tun.«

»Diese Botschaft, die Gwenvael gebracht hat – sie wollen nicht, dass du dich in meinen Krieg einmischst, nicht wahr?«

Der Drache seufzte schwer. »Was sie wollen, ist mir egal.«

»Ich will mich nicht zwischen dich und deine Sippe stellen. Du hast mir das Leben gerettet, du schuldest mir nichts weiter.«

Er zog seinen majestätischen Kopf von ihr zurück. »Hier geht es nicht um Schulden, Annwyl. Ich kämpfe an deiner Seite, weil ich das so entschieden habe.«

Er ging weg von ihr. Rastlos wie er war, stand er diese Nacht nie lange still. Außerdem spürte sie seine Sorge und seinen Ärger. Und sie wusste, dass es sich irgendwie um sie drehte, aber nicht, was sie getan hatte. Es sei denn, natürlich … »Geht es um den Ritter?«

Der Drache blieb stehen, drehte sich aber nicht zu ihr um. »Wenn ich dich bitten würde, dich nicht mehr mit ihm zu treffen, würdest du es dann tun?«

Annwyl schloss die Augen. Am Ende stand nun also doch die Frage, die sie so lange schon gefürchtet hatte. Doch sie hatte nur eine Antwort für den Drachen. Nur eine Antwort, die keine Lüge war.

»Ja.«

»Warum?«

»Weil du mich darum bittest. Und ich bin dir – und nur dir – treu ergeben. Ich werde dir immer treu sein, Fearghus.«

»Weil ich dir das Leben gerettet habe?«

»Nein. Dafür schulde ich dir mein Leben. Wenn du mich mit einer Flammenkugel treffen wolltest, würde ich nicht versuchen, dich davon abzuhalten. Mein Leben gehört dir, du kannst es mir nehmen. Aber meine Treue nicht. Die muss man sich verdienen. Und das hast du getan.«

»Wie?«

»Du hast mir ein Gefühl der Sicherheit vermittelt, wie sonst keiner es tat.«

Annwyl schlenderte langsam zu ihm hinüber. Als sie vor ihm stand, legte sie ihre Hand auf seine Schnauze. Er schloss die Augen unter ihrer Berührung. »Dafür wirst du immer meine Treue haben.«

Sie ging um den Drachen herum und streckte ihre Arme so weit um seinen Hals wie sie konnte. Sie umarmte ihn, und wie immer ließ er sie gewähren. »Gute Nacht, mein Freund.«

»Gute Nacht, Annwyl.«

Sie ging zurück in ihr Gemach, konnte es sich aber nicht verkneifen, mit ihrer Hand über seine ledrigen Flügel und über die Schuppen seines Körpers zu streichen. Wie sie es jede Nacht tat.

Fearghus sah ihr nicht nach, wie er es sonst oft tat. Seine Gefühle waren ein einziges Durcheinander. Der Mann, den er tagsüber spielte, wetterte gegen die Tatsache, dass sie ihn so leicht aufgab. Der Drache zerbrach sich in größter Verwirrung den Kopf, weil sie bereit war, etwas für ihn aufzugeben, was sie eindeutig begehrte. Doch nicht ein einziges Mal hatte sie Liebe erwähnt. Nur Treue. Natürlich hatte er selbst auch nicht von Liebe gesprochen.

Diese kleine Menschenfrau schaffte es, ihn total durcheinanderzubringen, und er war sich nicht sicher, ob er ihr das jemals verzeihen konnte.

Sie sah zu, wie die Soldaten lautlos in die Schlucht strömten. Sie konnte ihre Angst riechen. Sie wollten nicht in der Finsteren Schlucht sein, kein vernünftiger Mensch hätte das gewollt. Also musste ihre Alternative noch viel schlimmer sein. Und als sie ihre Rüstungen erkannte, war ihr klar, dass es auch so war. Es waren Lorcans Männer. Er schickte sie in die Schlucht ihres Bruders. Schickte sie, um Annwyl zu finden.

Sie ließ sie weiter hereinkommen, sich von den Truppen entfernen, die möglicherweise in Sicherheit vor der Schlucht warteten. Sie wartete und beobachtete. Als die Zeit reif war, trat sie hinter sie und räusperte sich. Die Männer blieben stehen. Zuerst drehten sie sich nicht um. Aus Furcht, was sie sehen würden. Doch sie wartete; sie wusste, dass ihre menschliche Neugier die Oberhand gewinnen würde. Und so war es. Als sie ihre Augen sah, stieß Morfyd einen Feuerstrom aus, der sie zu Asche verglühte, bevor sie schreien konnten.

Gwenvael erschien an ihrer Seite; seine goldenen Schuppen glänzten hell im Mondlicht. Er schnüffelte und betrachtete die noch rauchenden Überreste der Soldaten.

Dann lächelte er seiner Schwester zu. »Abendessen!«

Es ging schon seit Tagen so. Die beiden waren pausenlos »dabei«. Wie zwei Tiere in der Paarungszeit. Gwenvael schüttelte angewidert den Kopf. Er wusste, was Lust war. Um genau zu sein, wusste er sie sehr zu schätzen. Aber Liebe? Ein rein menschliches Gefühl. Und obwohl er es genoss, sich als Mensch in der Stadt zu amüsieren, hatte er nicht vor, sein Leben zu einem Kuddelmuddel zu machen, wie sie es alle zu tun schienen.

Natürlich hätte er auch nie gedacht, dass Fearghus dem Zerstörer so etwas passieren könnte. Wenn es eines gab, worauf er bei seinem großen, wenig geselligen Bruder zählen konnte, dann war das seine anscheinend angeborene Fähigkeit, für niemanden etwas zu empfinden.

Ihm jetzt zuzusehen, wie er so ein schmächtiges Mädchen anbetete, ließ Gwenvael an all seinen Überzeugungen zweifeln.

Er hob den Kopf und studierte den Himmel. Einen Moment lang meinte er, das Schlagen von weiten Lederschwingen gehört zu haben. Doch als er den Himmel absuchte, sah er nichts. Er verwarf den Gedanken und ging seine Schwester suchen. Die Soldaten von voriger Nacht lagen ihm schwer im Magen, und er brauchte eine ihrer lindernden Mixturen.

Sie hatte einfach immer die Tendenz, ihr Essen zu sehr durchzugaren.

Annwyl folgte den Würgegeräuschen. Sie fand Morfyd am Fluss. Die Arme hatte sie um Gwenvaels Schultern gelegt, während dieser sich ins Wasser erbrach.

»Alles in Ordnung mit ihm?«

Morfyd zuckte die Achseln. »Er hat zu viel gegessen. Aber es wird schon gehen. Und ich habe eine Nachricht für dich von« – sie räusperte sich – »Brastias.«

Annwyl runzelte die Stirn. War Morfyd eben rot geworden? »Was für eine Nachricht?«

»Dein Bruder plant, das nächstgelegene Dorf in drei Tagen anzugreifen. Vielleicht auch schon früher. Ich habe versucht, es dir schon gestern Nacht zu sagen, aber du hast tief und fest geschlafen.«

Annwyl zuckte mit den Achseln. »Na gut. Danke.« Sie hatte bereits vorgehabt, in den nächsten ein bis zwei Tagen zu ihren Soldaten zurückzukehren.

»Ist das alles, was dein Bruder verdient? Ein Achselzucken und ein Dankeschön?«

»Um genau zu sein: ja«, blaffte Annwyl unwillkürlich. »Ich habe auch noch andere Dinge im Kopf. Oh …« Sie winkte mit der Hand. »Ich komme später noch mal wieder.« Annwyl wandte sich zum Gehen, aber Morfyd hielt sie zurück.

»Warte, Annwyl. Was ist los?«

»Ich kann nicht so weitermachen.«

Morfyd ließ Gwenvael fallen, der mit dem Kopf voraus in den Fluss fiel. Annwyl grinste, während Gwenvael die Frau verfluchte.

Morfyd ging zu Annwyl hinüber und sah sie an. »Wie kannst du nicht weitermachen?«

»Meine Tage mit dem Ritter. Meine Nächte mit dem Drachen. Es wird langsam unmöglich.«

»Annwyl, sprich mit ihm.«

»Das habe ich versucht. Ich kann nicht denken, wenn ich in seiner Nähe bin. Er kann diese Sache mit seiner Zunge …«

»Annwyl! Ich meine den Drachen. Sprich mit dem Drachen.«

»Das habe ich letzte Nacht auch versucht, aber … Ich glaube, er ist mich langsam leid. Und was, wenn er lacht?«

»Das hat er bisher auch nicht getan. Und er wird es auch nicht.« Morfyd lächelte. »Vertrau mir.«

»Aber …«

»Nein. Ich will es nicht hören. Sag dem großen Mistkerl einfach, was du fühlst. Was du für *ihn* fühlst. Er muss es hören. Und du musst es sagen.«

»Aber der Ritter …«

»Mach dir keine Sorgen um ihn. Sprich mit dem Drachen. Der Ritter kann warten.«

Annwyl holte tief Luft. Sie musste etwas tun. Bald würde sie sich ihrem Bruder stellen müssen, und höchstwahrscheinlich dem Tod. Sie wollte nicht mit dem Wissen ins Grab gehen, dass ihre Schwäche sie von dem Einen abhielt, was ihr wirklich wichtig war. Sie nickte und ging zurück in die Höhle. Zurück zu ihrem Drachen.

Fearghus folgte den Würgegeräuschen. Er fand seinen vornübergebeugten Bruder und Morfyd, die ihm auf den Rücken klopfte.

»Was ist los mit ihm?«

»Er hat gestern Abend zu viele Soldaten gegessen.«

»Soldaten? Hier?«

Morfyd nickte. »Lorcans Männer. Keine Sorge. Ich habe mich um sie gekümmert.«

»Aber das bedeutet, sie wissen, dass Annwyl hier ist.«

Morfyd schüttelte den Kopf, während sie Gwenvael den Schweiß von der Stirn tupfte. »Nicht unbedingt. Es sah eher so aus, als erkundeten sie das Gebiet. Du weißt schon, ein Spähtrupp.« Morfyd sah zu ihrem Bruder auf und runzelte die Stirn. »Warum bist du hier?«

»Was meinst du damit?«

»Ich habe gerade Annwyl zu dir geschickt. Sie will mit dir reden.«

»Mit mir reden?« Er deutete auf sich selbst. »Oder mit mir?« Er deutete auf seine Höhle.

Morfyd lachte und wollte gerade antworten, als sie innehielt und auf einen Punkt hinter ihm starrte.

Fearghus drehte sich um. »Was machst *du* denn hier?«

Briec, der Nächstgeborene nach Fearghus, lehnte an einem Baum und beobachtete seine Geschwister schweigend. Er war nackt, frisch verwandelt, und seine lange Silbermähne ergoss sich über seinen Rücken und fiel ihm über Gesicht und Schultern.

»Als keine Antwort von dir oder Morfyd kam und unser Kleiner nicht wiederkam …«

Fearghus schüttelte den Kopf. »Nicht das schon wieder.« Er wollte es nicht hören. Er wollte Annwyl finden. Hören, was sie zu sagen hatte. Und egal, was sie sagte, er würde ihr die Wahrheit sagen. Ihr alles erzählen. Er konnte nicht so weitermachen.

»Ich habe dir doch gesagt, du sollst ihn nicht ignorieren«, schalt Morfyd, während sie einem sehr grünen Gwenvael auf die Beine half.

»Geh zurück zu dem alten Mistkerl und sag ihm, er soll sich aus meinem Leben heraushalten!«

Briec schüttelte den Kopf. »Ich kann nicht.«

Fearghus blickte finster. »Was meinst du damit, du kannst nicht?«

»Ich meine, ich kann nicht ... weil er schon hier ist. Er wartet in deiner Höhle auf dich.«

Bevor Fearghus reagieren konnte, griff Morfyds Hand plötzlich nach seinem Arm und riss ihm fast die Haut ab. »Ihr Götter, Fearghus! Annwyl!«

»Drache!«, rief Annwyl, bevor sie überhaupt in seinem Teil der Höhle war. »Drache! Bist du hier?«

Sie marschierte in den Hauptraum des Drachen, die Worte, die sie ihm sagen musste, auf den Lippen. »Fearghus, ich ...« Sie hielt inne.

Obwohl der Drache, den sie jetzt vor sich sah, dieselbe Größe und Farbe hatte wie Fearghus, war die schwarze Mähne von diesem hier mit silbernen und weißen Strähnen durchzogen und seine Schuppen glänzten kaum. Eindeutig ein älterer Drache.

Und er war definitiv nicht Fearghus.

Sie blieb stehen und starrte ihn an. Der alte Drache starrte zurück.

»Du.«

Der freundliche Blick, den sie immer in Fearghus' Augen sah, flackerte nicht in denen dieses Drachen. Und in diesem Bruchteil einer Sekunde wusste sie, dass er sie tot sehen wollte.

Sie rannte los, und die Flammen des Drachen verfehlten sie nur knapp. Er holte wieder tief Luft, und Annwyl warf sich hinter einen großen Felsblock. Flammen explodierten überall um sie herum, während sie sich niederkauerte. Die Flammen wurden von dem Felsblock abgelenkt, aber ihre Hitze jagte ihr einen größeren Schrecken ein als alles, was sie kannte. Er konnte sie mit einem Streich töten. Sie ignorierte die aufsteigende Panik und zog ihr Schwert.

Nach einer Weile brachen die Flammen ab, und sie hörte, wie der Drache auf den Felsblock zustampfte. Sie hielt den Atem an und wartete. Er blieb stehen, und sie warf genau in dem Moment einen Blick über den Fels, als er, ihrem Geruch folgend, seine Schnauze um die Ecke streckte.

Sie wartete, bis der Kopf der Bestie nahe genug war, dann hieb sie ihm über die Schnauze. Drachenblut spritzte auf ihren Arm, und der Drache brüllte vor Schmerz und Wut, während sie hinauslief, weg von der Bestie. Er stürmte ihr nach. Annwyl wusste: Um zu überleben musste sie sich auf ihren Instinkt verlassen. Sie schlängelte sich zwischen anderen Felsblöcken hindurch und spielte so die Größe und das Gewicht der Bestie gegen sie aus. Wenn der Drache stehen blieb, um Feuer nach ihr zu spucken, versteckte sie sich hinter einem Felsblock oder einer Steinwand. Doch so konnte sie nicht mehr lange weitermachen. Sie musste den Drachen töten, bevor er sie tötete. Dieses Mal blieb sie länger als sonst hinter dem Felsblock, und diesmal kam der Drache, wie sie es irgendwie vorhergesehen hatte, von oben.

Als er lautlos den Kopf senkte, um an sie heranzukommen, sprang sie auf den Felsblock und auf seine Schnauze. Verblüfft ließ er ihr die Zeit, die sie brauchte, um über seinen Kopf zu laufen, seinen Hals hinab und über seinen Rücken, bis sie seinen Schwanz erreichte. Sie wusste, er konnte ihn als Waffe benutzen, deshalb bewegte sie sich schnell. Sie hielt die Spitze mit ihrem Fuß unten und hieb ihr Schwert zwischen ihren Fuß und die Stelle, wo die Schuppen am kleinsten und weichsten waren. Wo Fearghus einmal seinem Bruder den Schwanz abgeschnitten hatte.

Sie spießte den Schwanz auf, indem sie ihre Klinge in den Boden rammte. Das Gebrüll des Drachen erschütterte die Höhle, und Annwyl wusste, sie hatte nur Sekunden, bevor er sich losreißen würde. Also zog sie ihr zweites Schwert und rannte unter den Drachen.

Sie konnte nur beten, dass der Schwachpunkt eines Drachen derselbe war wie der eines Menschen: die Leiste. Sie legte sich flach auf den Rücken und schob sich mithilfe ihrer Beine ganz unter ihn. Sie musste schnell handeln. Wenn er erst gemerkt hatte, dass sie dort war, musste er sich nur hinlegen.

Wie sie gehofft hatte, bedeckten die harten Schuppen, die den Rest seines Körpers bedeckten, nicht seine Leistengegend. Sein Glied war schützend innerhalb des Körpers versteckt, zum Glück nicht zu sehen und nicht in der Nähe ihres Gesichts. Sie hatte bereits mehr von diesem Drachen gesehen als sie je wollte. Sie hob ihr Schwert und setzte es am fleischigen Unterbauch der Bestie an, machte sich bereit, die Klinge hineinzustoßen. Sie hoffte, das würde ihr die Zeit verschaffen, um aus der Höhle und wenn nötig aus der Schlucht gelangen zu können.

»Annwyl! Nein!«

Annwyl erstarrte. Blut zeigte sich, wo die Spitze ihrer Klinge ruhte, aber sie drückte nicht stärker zu. Der Drache über ihr hielt den Atem an. Er konnte sich jetzt nicht hinsetzen. Natürlich konnte er sie zerquetschen, aber dabei hätte er sich selbst aufgespießt.

»Annwyl, Liebes. Gib mir deine Hand.«

Annwyl warf einen Blick hinüber und sah die glänzenden schwarzen Krallen ihres Drachen. Schwer atmend lag sie da, während ein Kampf in ihr tobte, zwischen der Kriegerin, die bereit war, den tödlichen Schlag auszuführen und Annwyl, der Frau, die wusste, dass dieser Drache Fearghus' Vater war.

»Fearghus?«

»Annwyl. Vertrau mir.«

Annwyl sah wieder zu dem blutenden Untier über ihr. Wenn der alte Drache sie jetzt tötete, wusste sie so sicher wie sie ihren eigenen Namen kannte, dass Fearghus ihn töten würde. Das würde die alte Bestie nicht riskieren. Sie beschloss, dem einzigen Wesen zu vertrauen, dem sie schon die ganze Zeit vertraut hatte.

Sie hielt sich an seiner Kralle fest und ließ sich von ihm unter dem großen Drachen herausziehen. Er schob sie hinter sich zu Morfyd und Gwenvael und stellte sich schützend zwischen sie alle und ihren Vater.

13

Nie zuvor war jemand so kurz davor gewesen, Bercelak zu töten. Und wenn er sie nicht aufgehalten hätte, hätte Annwyl ihn tatsächlich getötet. Sie hatte den einen empfindlichen Punkt bei einem Drachen gefunden. Die eine Stelle, die keine Schuppen schützten.

Als die vier hereinstürmten, war Annwyl mit ihrem langen Körper gerade unter den des Drachen geschlüpft. Fearghus rief ihren Namen, doch der Blutrausch hatte sie fest im Griff und sie konnte ihn nicht hören. Also verwandelte er sich, und mit ihm seine Stimme, die beinahe die Wände zum Einsturz brachte, als er sie rief.

Ein Teil von ihm wollte sie gar nicht aufhalten, so wütend war er auf seinen Vater. Doch er wusste, wenn Annwyl ihn tötete, gäbe es kein Zurück für die Königin. Sie würde Himmel und Hölle in Bewegung setzen, um Annwyl zu vernichten, und er würde dasselbe tun, um sie zu schützen. Doch beim Klang seiner Stimme hörte sie auf. Abrupt. Er war sich nicht sicher gewesen, ob sie diese Art von Selbstkontrolle besaß. Aber wie immer erstaunte Annwyl ihn auch diesmal.

»Du Hurensohn!« Fearghus' Wut schüttelte die Wände seiner Höhle; er hätte den alten Mistkerl am liebsten totgeschlagen.

Sein Vater hielt sich die Klaue über seine verletzte Schnauze, während er verzweifelt versuchte, seinen Schwanz von dem Schwert zu befreien, das ihn am Boden festhielt. »Hast du gesehen, was diese verrückte Schlampe mir angetan hat?«

»Ich hätte zulassen sollen, dass sie dich umbringt!«

»Ich habe dir eindeutige Befehle gegeben …«

»Ich muss mich nicht vor dir rechtfertigen! Raus hier! *Sofort!*«

»Welche Bindung hast du zu dieser Menschenfrau?« Die klugen Augen seines Vaters sahen seinen Sohn prüfend an, seine Nüstern zuckten. »Ich rieche sie überall an dir.«

»Ich sagte: *Geh!*«

Sein Vater drehte sich um und sah Annwyl an. »Was hat er dir erzählt, kleine Menschenfrau, damit du die Beine für ihn breit machst?«

Fearghus spuckte einen Feuerball, der seinen Vater quer durch die Höhle schleuderte und ihm einen Teil seines Schwanzes abriss, da, wo die Klinge ihn aufgespießt hatte.

»Fearghus, nein!«, schrie Morfyd hinter ihm. Doch er warf nur einen kurzen Blick auf seine Schwester. Seine Wut hatte ihn jetzt fest im Griff. Seine Raserei machte ihn blind für alles. Bis er Annwyl hörte.

»Fearghus?« Sie rief nicht. Sie schrie nicht. Sie sagte es so leise, dass der Rest seiner Familie sie vermutlich gar nicht hörte. Aber *er* hörte sie.

Annwyl steckte ihr Schwert in die Scheide zurück und lauschte dem Streit zwischen Vater und Sohn. Es erinnerte sie beinahe an Lorcan und ihren Vater, doch sie bezweifelte, dass der Kampf damit enden würde, dass Fearghus weinte und sich in eine Ecke duckte.

Die kalten Augen des alten Drachen wandten sich ihr zu. Sie machte sich von Morfyd los, bereit, sich dem alten Mistkerl zu stellen, als ihr etwas ins Auge fiel. Das leuchtende Rot eines Waffenrocks, der zerfetzt am Eingang des Raumes lag. Sie ging hinüber, während der Familienzank weiterging. Sie kauerte sich neben den Stoff und fand außerdem eine Kettenhose, ein Kettenhemd und Lederstiefel. Alles zerrissen und zerfetzt. Einen Augenblick sorgte sie sich, dass ihr Ritter womöglich zum Futter für den alten Drachen geworden war, aber sie konnte kein Blut entdecken, und der Stoff schien auseinandergerissen.

Sie sah zu Fearghus auf, der eben seinen Vater quer durch den Raum geschleudert hatte. Was hatte der alte Mistkerl zu ihr gesagt? *Was hat er dir erzählt, kleine Menschenfrau, damit du die Beine für ihn breit machst?* In diesem Augenblick rief Morfyd nach Fearghus, und der Drache riss wütend den Kopf herum. Das ließ seine Mähne zur anderen Seite fliegen, und eine widerspenstige Haarsträhne fiel ihm übers Auge. Annwyl starrte ihn an. Wie konnte es sein, dass sie das nie zuvor bemerkt hatte? Diese schwarzen Haare, die sie so sehr liebte, sowohl bei ihrem Ritter als auch bei ihrem Drachen. Die Haare, die sie immer durch ihre Finger gleiten ließ, wenn sie mit dem Drachen sprach oder leidenschaftlich umklammerte, wenn sie ihren Ritter ritt.

»Fearghus?«

Er wollte sich eben auf seinen gefallenen Vater stürzen, doch ihre Stimme hielt ihn auf. Er sah sie an. Ihre Blicke trafen sich. Und Annwyl überlief es kalt. Ihr Blick irrte zu Morfyd, doch die Frau sah sie nicht an. Gwenvael, wandte seinen ganzen Körper ab, obwohl er immer noch ein bisschen grünlich aussah. Die Augen waren niedergeschlagen. Aber da war noch jemand. Sie sah auf und stellte fest, dass ein silberhaariger nackter Mann sie ansah. Er grüßte grinsend. Dann zwinkerte er.

Annwyl stand auf und ging zu Fearghus hinüber. Sie stellte sich vor ihn. »Fearghus?«

»Ich kann alles erklären …«

»Kannst du das, Junge?« Beim Klang der Stimme seines Vaters schloss Fearghus die Augen. Der alte Drache hatte seine gewaltige Masse hochgehievt und stand hinter seinem Sohn.

In diesem Augenblick spürte Annwyl es. Sie hatte es so

lange im Zaum gehalten, dass sie vergessen hatte, wie gut es sich anfühlte, sich darin einzuhüllen wie in einen warmen Mantel mitten im Winter. Sie zog ihr Schwert, und die Wut breitete sich in ihren Gliedern aus.

Fearghus riss bei dem Laut überrascht die Augen auf. »Annwyl.« Sie ging um ihn herum und sah ihm dabei fest in die Augen. Er drehte seinen Körper mit. Er wartete darauf. Wartete auf den Schlag. Und er würde ihn annehmen. Dessen war sie sich sicher.

»Lässt du dich so von einem Menschen behandeln, Fearghus?«, bellte sein Vater angewidert. Annwyl stand jetzt zwischen den beiden Drachen. Noch immer sah sie Fearghus fest in die Augen, ihre Schwertspitze zeigte nach unten, den Schaft hielt sie mit beiden Händen. Sie hielt die Waffe so fest, dass ihre gebräunten Fingerknöchel durch die Anstrengung weiß hervortraten.

»Du hast mich belogen.«

»Ja.«

»Warum?«

»Ich dachte, du würdest es nicht verstehen.«

»Töte sie einfach, Fearghus. Töte sie und bring es hinter dich«, seufzte sein Vater schwer.

»Sag mir, Fearghus.« Sie hob das Schwert hoch in die Luft, während ihr Zorn durch ihre Adern pulsierte. »Verstehst du das?«

Sie wirbelte auf dem Absatz herum, weg von Fearghus, und unter Aufbietung aller Wut, die in ihr war, rammte sie die Klinge dem alten Drachen in die Klaue, zwischen die Krallen, wo die Schuppen am dünnsten waren, und nagelte sie – und ihn – damit auf den harten Boden.

Der Drache riss den Kopf zurück, und sein Gebrüll war höchstwahrscheinlich noch Hunderte von Wegstunden entfernt zu hören.

Annwyl wandte sich zu ihrem Geliebten um. »Fahr zur Hölle, Fearghus.«

Sie ging davon und überließ es den Drachen, sich um ihren verwundeten Vater zu kümmern.

14

Seine Geschwister standen schweigend da, verblüfft durch den Schmerzensschrei ihres Vaters. Doch Fearghus beobachtete Annwyl. Er sah sie zum Ausgang gehen. Er sah, wie sie Briec, seinen silberhaarigen Bruder bemerkte, der sie anstarrte. Sie blieb stehen und starrte zurück. Als er sie anlächelte, versetzte sie ihm eine Ohrfeige, die die menschliche Gestalt des Drachen gegen Gwenvael schleuderte.

Er sah seinen jüngeren Bruder an. »Geh mit ihr.«

»Bist du verrückt geworden?«, protestierte Gwenvael, während er Briec auf die Beine half. »Sie ist wahnsinnig! Ich gehe nirgendwohin!«

Fearghus knurrte leise und sorgte dafür, dass seine Reißzähne dabei zu sehen waren. Gwenvael zuckte zurück und folgte ihr murrend.

»Sieh zu, dass sie gut aufgehoben ist!«, rief er seinem Bruder nach. Er sah Morfyd an, die sich endlich aus ihrer Überraschung befreit hatte und sich jetzt um ihren Vater kümmerte.

»Wie schlimm ist es?«

Morfyd sah ihren Bruder mit weit aufgerissenen Augen an. »Sie hat den Höhlenboden glatt durchbohrt! Ich glaube, es ist Stein.« Sie gab sich keine Mühe, die Bewunderung in ihrer Stimme zu verbergen.

»Nein. Hier ist auch Erde.«

»Na, jedenfalls müssen wir es herausstemmen. Es steckt fest.« Er schnaubte seinen Vater höhnisch an. »Er wird's überleben. Ich gehe ihr nach.«

»Was?« Seine Schwester stellte sich ihm in den Weg. »Fearghus, tu das nicht! Sie ist wütend. *Sehr* wütend. Sie hat deinen Vater durchbohrt … zweimal. Lass ihr ein bisschen Zeit, sich zu beruhigen.«

»Ich habe sie belogen, Morfyd. Sie hat jedes Recht, wütend zu sein. Außerdem war nicht ich es, den sie verletzt hat.«

»Nein, du gehst nirgendwohin, nicht bevor du mir mit ihm geholfen hast.« Sie ging zurück zu Bercelak. »Ich schaffe das nicht allein.«

Fearghus schüttelte den Kopf. Seine Schwester brauchte seine Hilfe nicht. Doch sie wollte Annwyl zumindest ein paar Minuten geben, um ihren Zorn zu besänftigen. Vielleicht keine schlechte Idee, wenn er einen Augenblick länger darüber nachdachte.

Er sah seinem Vater zu, wie er sich abmühte, seine Klaue vom Höhlenboden zu befreien, was er nicht schaffte, ohne die Wunde aufzureißen. Der Mistkerl steckte tatsächlich fest, bis er und Morfyd ihm halfen. Fearghus lächelte ein bisschen über das Leiden seines Vaters und die Frau, die es verursacht hatte.

Ich liebe diese Frau wirklich.

»Halt dich fern von mir, Gwenvael!«

»Ich wäre lieber auch nicht hier, aber mein Bruder hat mir keine Wahl gelassen.« Gwenvael hatte Mühe, mit ihr Schritt zu halten. Sein Magen drohte immer noch, den Rest der Soldaten wieder loszuwerden, die er in der Nacht davor gefressen hatte, und sie hatte sehr lange Beine. Sie rannte nicht, sie stakste eher. Und er wusste, wenn er ihr zu nahe kam, würde er enden wie Briec. Oder schlimmer noch – wie sein Vater.

Endlich verstand er, was sein Bruder in dieser Frau sah. Drachenfrauen waren gefährlich, aber sehr berechnend. Und manchmal sehr kühl. Für sie ging es nur um die Politik. Für Annwyl jedoch nicht. Ihr war Politik vollkommen egal. Sie funktionierte nach Instinkt und Gefühl. Ihr Instinkt hielt sie am Leben. Ihre Gefühle machten eine tödliche Waffe aus ihr. Wie konnte Fearghus sich nicht in sie verlieben? Wenn Gwenvael über sich selbst nachdachte, musste er zugeben, dass er sich womöglich selbst ein bisschen in sie verliebt hatte.

Sie brauchte nicht lange, bis sie den Rand von Fearghus' Schlucht erreicht hatte. Er folgte ihr hinaus, knallte aber plötzlich gegen ihren Rücken. Er hatte gedacht, sobald sie freies Feld erreicht hatte, würde sie loslaufen, zurück zu ihren Soldaten. Doch als er aufsah, sah er, was sie gestoppt hatte.

Zwei Bataillone Soldaten warteten auf sie. Sie trugen Lorcans Farben und waren eindeutig fest entschlossen, sie lebend zu ihrem Anführer zurückzubringen, damit er seine Rache bekam. Mindestens zehn Männer hatten Netze, um die Frau einzufangen.

»Ich habe keine Waffen«, murmelte sie tonlos, als sie einen Schritt rückwärts zu Gwenvael machte.

»Doch, hast du.« Er warf ihr sein Schwert zu. Annwyl starrte die Waffe an. Und Gwenvael wurde schnell klar, dass das Mädchen zu lange bei Fearghus in Sicherheit gelebt hatte. Nun, das machte nichts. Er wusste genau, wie er Annwyl die Blutrünstige zurückholen würde. »Und vergiss nicht, Annwyl. Mein Bruder hat dich belogen. Hat dich zur Närrin gemacht. Und genau in diesem Moment lacht er vermutlich gerade herzhaft mit dem alten Drachen darüber. Also« – er schob sie in Richtung von mehreren näher kommenden Männern – »geh und hol sie dir.« Er sah zu, wie das Mädchen wutentbrannt brüllend dem ersten Mann, der ihr zu nahe kam, den Kopf abschlug. Dann drehte sie sich um und erschlug einen zweiten. Gwenvael schauderte. Ihr Name passte gut zu ihr.

Gwenvael sah Soldaten auf sich zukommen. Er verwandelte sich, was das Mädchen zwang, zur Seite zu springen, um nicht von seinem Drachenkörper zerquetscht zu werden.

»Drache!« Er erwartete, dass sie davonlaufen würden. Das hatten sie vorher immer getan. Doch nicht diese Soldaten.

Und ihm wurde plötzlich klar, dass Annwyl nicht die Einzige gewesen war, auf die sie gewartet hatten. Sie hatten auch einen Drachen erwartet.

Annwyl rammte ihr Schwert einem weiteren Soldaten in den Bauch und schlitzte ihn auf. Sie riss sein Schwert aus der Scheide an seiner Seite, ignorierte die Eingeweide, die vor ihr auf den Boden fielen und wandte sich dem nächsten Angreifer zu. Sie wollten sie mit diesen Netzen fangen, aber sie wusste, was das bedeutete. Das hieß zurückzukehren zu ihrem Bruder und zu den Qualen, die er für sie geplant hatte. Der Gedanke ließ sie bis ins Mark schaudern und spornte ihre Schnelligkeit und Niedertracht an.

Sie begann, indem sie zunächst einmal Arme abhackte. Alle Arme, die Netze hielten. Als sie einen weiteren Arm abtrennte und dem Mann den Kopf abhackte, bemerkte sie schnell, dass ihr Training mit Fearghus ihr zugutekam. Sie bewegte sich inzwischen schneller. Ihre Attacken waren gezielter, tödlicher. Einen Moment lang vergaß sie, wie wütend sie auf ihn war. Doch dann erinnerte sie sich und hieb einen Mann vor Wut praktisch in zwei Teile.

Sie hörte Gwenvaels wütendes Gebrüll, wandte sich um und sah, dass eine Gruppe Männer versuchte, den Drachen zu überwältigen. Sie hatten Seile um seinen Hals gewickelt, und mindestens dreißig Männer versuchten, die Bestie zu Boden zu ziehen. Er vernichtete ein paar von ihnen mit seinem Feueratem, doch sie erinnerte sich, dass es Gwenvael in seiner menschlichen Gestalt ziemlich übel gewesen war. Jetzt wurde ihr klar, dass dieselbe Übelkeit auch den Drachen beeinträchtigte. Noch ein paar Sekunden, und die Soldaten hatten ihn.

Sie rannte zu ihm und schlug im Vorbeigehen noch einem Soldaten den Kopf ab. Sie kam rutschend unter dem Hals des Drachen zum Stehen und hieb auf die Seile ein, die ihn festhielten, schnitt so viele entzwei, wie sie konnte. Gwenvael richtete sich auf, als ein Teil des Drucks nachließ, und zerrte die Männer mit sich, die die letzten paar Seile festhielten. Als sie näher kamen, weidete Annwyl mehrere von ihnen aus und schlug einige Köpfe ab.

»Feuer!«

Annwyl kreuzte ihre Klingen vor sich, als Bogenschützen einen Pfeilhagel abschossen. Doch sie erreichten sie nicht, denn weiße Flammen zerstörten sie mitten im Flug. Ein silberner Drache erschien über dem Kampfplatz und seine Flamme vernichtete fast ein ganzes Bataillon. Ein weißer Drache schwebte herab und schnappte einen Wagen mit Soldaten, die er herumschleuderte wie Spielzeug. Dann sah Annwyl ihn.

Er landete neben seinem goldenen Bruder und vernichtete die letzten Männer, die noch Seile hielten.

»Nimm sie mit!«, bellte er den jetzt befreiten Gwenvael an.

»Was ist mit euch?«

»Wir kommen zurecht. Bring sie weg von hier!«

Eine weitere Gruppe Männer griff Annwyl an. Sie machte ihre Klingen bereit, wurde aber urplötzlich mit festem Griff um die Taille gefasst und in die Luft gehoben. Sie sah, wie der Boden sich unter ihr entfernte.

»Du Mistkerl! Lass mich runter!«

»Niemals, meine Schöne.« Die goldene Klaue hielt sie fester. »Wenn du verletzt wirst, bringt er mich um. Und jetzt sei still. Ich versuche, mich nicht zu übergeben.«

Fearghus sah zu, wie Briec und Morfyd Flammenbahnen entfesselten, die alles in ihrem Sog vernichteten. Eine kleine Gruppe von Männern, ungefähr zwanzig, rannte mit gezückten Schwertern auf ihn zu. Angewidert spie Fearghus einen Feuerball und beobachtete mit ein wenig Befriedigung, wie die Männer sich wanden und schrien.

Er sah, wie eine andere Gruppe zu entkommen versuchte. »Briec! Töte sie! Lass keinen am Leben!«

Briec folgte, und Fearghus spazierte zwischen den Überresten hindurch und trat auf jeden Mann, von dem er dachte, er könne noch leben. Morfyd landete vor ihm.

Er nickte zu der leeren Stelle hinüber, wo Gwenvael anfangs gestanden hatte, und zu den Seilen, die dort lagen. »Scheint so, als hätten sie auch mich erwartet.«

Seine Schwester nickte. »Scheint so.«

Fearghus knurrte. »Das gefällt mir gar nicht, Schwester.«

»Das merke ich.«

»Und du hast immer noch keine Ahnung, wer Lorcan hilft?«

»Es ist Hefaidd-Hen.« Fearghus sah dem verwundeten Bercelak zu, der vorsichtig vor ihm landete und darauf achtete, seine verletzte Klaue nicht noch mehr zu schädigen.

»Hefaidd-Hen? *Der* Hefaidd-Hen?«

»Na, das ist ja ganz toll«, zischte Morfyd, während Briec weiter über ihnen kreiste und Flammen spie.

»Und wann wolltest du uns das sagen?«

»Gar nicht. Das Mädchen hätte überhaupt nicht hier sein sollen! Und ihr hättet ihr nicht helfen sollen.«

»Warum sollte Hefaidd-Hen Lorcan helfen?«, warf Morfyd ein, bevor Fearghus seinem Vater an die Gurgel gehen konnte.

»Woher soll ich das wissen? Und was interessiert mich das? Das sind menschliche Belange, nicht meine.«

»Es sollte dich interessieren, weil Hefaidd-Hen ein Drache ist«, blaffte Morfyd wütend.

»Wenn er Lorcans Loyalität gewinnt, dann hat er auch dessen Truppen, die sich zweifellos verdreifachen würden, wenn er sich erst die Loyalität der anderen Gebiete gesichert hat.«

»Und wenn er seine Truppen hat, rückt er gegen die Königin vor«, fasste Morfyd kurz zusammen.

Fearghus sah, wie seinem Vater die Folgen von Hefaidd-Hens Einmischung für sie alle bewusst wurden.

»Das würde er nicht wagen.« Wenn es eines gab, dessen sich Fearghus schon immer sicher gewesen war, dann waren das die Gefühle seines Vaters für die Königin. Er hatte keine Zweifel daran, dass diese kleine Enthüllung alles ändern würde.

»Dieser Drache begehrt Macht mehr als alles andere«, erinnerte er Bercelak. »Und alles, was er je wollte, ist der Thron der Königin.«

»Es liegt viel Macht in ihrem Blut«, fügte Morfyd hinzu. »Wenn er sie übernimmt …«

»Das wird nicht passieren.«

»Dann hoffst du am besten, dass Annwyl Lorcan besiegt, Vater. Wenn sie es allerdings nicht tut, sollten wir uns auf einen Krieg vorbereiten. Denn kein Drache wird mehr sicher sein.«

Fearghus beobachtete, wie Bercelak mit alledem kämpfte. Der alte Drache hasste es, sich zu irren. Vor allem, wenn seine eigenen Kinder ihn auf den Irrtum hinwiesen. Aber in seinem Herzen wusste Bercelak, wie recht sie hatten. Und Fearghus wusste, dass Bercelak tun würde, was das Beste für die Königin war, so wie er es schon immer getan hatte.

Sein Vater hob den Kopf. »Briec und ich werden zur Königin zurückkehren. Und ihr zwei sorgt dafür, dass das Mädchen gewinnt – mir ist egal, was ihr dafür tun müsst.«

»Wenn sie uns in ihre Nähe lässt, Vater«, schalt ihn Morfyd mutig. »Sie denkt im Moment wahrscheinlich nur daran, dass du versucht hast, sie umzubringen und ihr die Sache mit Fearghus gesagt hast, bevor er selbst die Gelegenheit dazu hatte.«

Briec landete nun auch hinter seinem Vater. Er warf seine Silbermähne zurück. »Trotzdem hat sie Gwenvael gerettet. Ich habe sie gesehen. Sie ist ein tapferes Mädchen ... für einen Menschen.«

»Das weiß ich«, blaffte Fearghus. Er sah seinen Vater an. »Ich weiß nur nicht, wie ich das wieder in Ordnung bringen soll.«

»Tja, du solltest besser einen Weg finden, *Junge.* Benutze deinen Charme, den du ihrer Meinung nach ja zu besitzen scheinst. Schließlich hast du sie mindestens einmal aufs Kreuz gelegt.«

Morfyd schob sich zwischen Fearghus und ihren Vater, bevor er den alten Mistkerl umbringen konnte. »Fearghus!«

»Lass mich ihn einfach umbringen! Ich flehe dich an!«

»Vater, geh jetzt!«

Der Drache verlor keine Zeit; er stieg in die Lüfte auf. Briec nickte seinen Geschwistern kurz zu und folgte ihm.

»Ehrlich, Fearghus! Du musst aufhören, mich zu bitten, dich unsere Familie umbringen zu lassen!«

Fearghus schüttelte den Kopf. »Sie gehen mir alle immer so auf die Nerven!«

Morfyd schenkte ihm ein Lächeln, das bestimmt jeden Menschen in Angst und Schrecken versetzt hätte. »Ich weiß. Aber das tun die meisten Familien. Sich gegenseitig auf die Nerven gehen.« Sie trat zurück. »Ich muss etwas erledigen, Fearghus. Und du musst zu Annwyl gehen.«

Fearghus sah zu seinen großen Klauen hinab und seufzte. »Sie hasst mich.«

»Ja, ich glaube, das tut sie.«

»*Wie soll mir das bitte helfen?*«, brüllte er.

»Ich will dich nicht anlügen, Bruder. Aber ich weiß auch, dass sie dich liebt. Da bin ich mir sicher. Sie hat ihr Leben riskiert, um Gwenvael zu retten.«

»Ja, das hat sie.«

»Und jetzt ist sie mit ihm allein.« Fearghus sah seine Schwester an. »Sie ist allein mit dem großen, goldenen, charmanten Gwenvael. Und er hat jetzt vermutlich das Gefühl, in ihrer Schuld zu stehen, weil sie ihm das Leben gerettet hat.«

Fearghus wusste, was seine Schwester da tat. Wusste, dass sie versuchte, ihn zu manipulieren. Das änderte aber nichts an der Tatsache, dass es funktionierte.

Er stieg in die Lüfte auf und fragte sich nur flüchtig, was wohl dieses »Etwas« war, das seine Schwester jetzt zu erledigen hatte. Aber er dachte an Gwenvael, der mit Annwyl allein war, und vergaß seine Schwester vollkommen.

Annwyls Hintern traf hart auf dem Boden auf. Der Stoß setzte sich von ihrem Rückgrat bis zu den Zähnen fort. Doch sie wusste, dass er sie aus der Perspektive eines Drachen sanft auf dem Boden abgesetzt hatte.

Sie hörte ihn hinter sich landen und spürte, wie ihr Menschenhände unter die Arme griffen und sie auf die Beine hoben. »Das war doch nicht zu hart, oder?«

»Nein. Eine Landung wie auf Watte.« Sie machte sich von ihm los.

»Ich hätte dich direkt zu deinem Lager fliegen können.«

»Stimmt, aber dann hätte ich ein Lager voller schreiender Männer, die sich wegen eines Drachen in die Hose machen.«

»Oh. Das ist ein Argument.«

Sie wusste nicht, was sie mit diesem Gwenvael anfangen sollte. Und das nicht nur, weil er nackt und seinem Bruder sehr ähnlich war. Sondern weil er bis zu diesem Moment nie aufgehört hatte, mit ihr zu flirten, obwohl er immer eine sichere Distanz zu ihr und Fearghus gehalten hatte. Doch dieser Gwenvael wirkte fast süß, wenn er seine arrogante Prahlerei abstellte.

»Also, du kannst gehen.« Sie winkte ihn fort, in der Hoffnung, er würde gehen. Sie wollte allein sein. Sie wollte wütend sein. *Richtig* wütend.

»Ja. Ich wollte nur sagen ... na ja, danke, dass du mich gerettet hast.«

Das hatte sie wohl. Aber warum? Im Moment hasste sie alle Drachen. Vor allem große schwarze. Musste Instinkt gewesen sein. Sie musste alles beschützen, was gegen Lorcan oder seine Männer kämpfte.

»Bitte.« Sie bemerkte, dass er sich zu ihr vorbeugte. Sein Blick war auf ihren Mund gerichtet, seine Lippen leicht geöffnet. Sie klatschte ihm die Hand ins Gesicht, wie sie es bei seinem Bruder getan hatte. »Was tust du da?«

»Ich wollte dir einen Kuss geben ...«

»Denk nicht mal dran, Gwenvael! Ich bin nicht in Stimmung.«

Der Drache nickte weise. »Du liebst ihn noch.«

»Nein, Gwenvael. Ich liebe gar nichts. Und ich glaube nicht, dass ich *jemals* wieder irgendetwas lieben werde!« Vor diesem plötzlichen Wutausbruch wich er einen Schritt zurück. *»Und jetzt geh mir aus den Augen!«*

Sie stampfte in Richtung Lager davon und ihre Wut war so groß, dass sie praktisch mit Händen zu greifen war.

15

Brastias entließ die anderen Leutnants. Als er mit Danelin allein war, stellte er ihm die Frage, die ihn schon den ganzen Tag quälte: »Neuigkeiten von Lorcan?«

Danelin schüttelte den Kopf. »Nein. Ich mache mir Sorgen.«

»Dieser Mistkerl wird bald ausrücken. Ich kann es spüren.«

»Hast du die Hexe wiedergesehen? Weißt du, ob Annwyl immer noch zurückkommen will?« Bei der bloßen Erwähnung von Morfyd fühlte Brastias, wie sich sein ganzer Körper spannte. »Ich weiß nicht«, knurrte er barsch.

»Was, wenn sie sich noch nicht ganz erholt hat? Sie nützt uns nichts, wenn sie nicht kämpfen kann.«

Brastias verließ das Zelt, Danelin neben sich. »Ich will, dass die Männer sich bereithalten. Wenn Lorcan anrückt, will ich nicht, dass wir überrascht werden. Egal, von was.«

»Ich verstehe.«

Die beiden Männer traten zur Seite, als eine Frau sich an ihnen vorbeidrängte und auf Annwyls Zelt zusteuerte.

Brastias blieb stehen. »War das …?«

»Ich … glaube schon.«

Brastias und Danelin folgten ihr. Sie fanden Annwyl in dem Moment, als sie einen Stuhl durchs Zelt schleuderte.

»*Verlogenes, hinterhältiges Schwein!*«

Danelin warf Brastias einen Blick zu, drehte sich um und rannte davon.

»Annwyl?«

Annwyls grüne Augen richteten sich auf ihn, und er wünschte, er wäre wie Danelin davongerannt. Als er noch eine Chance dazu gehabt hatte. »Brastias. Mein Freund.« *Oh, oh, das konnte nichts Gutes bedeuten.* »Lügst du mich an?«

»Äh ... nein.«

»Siehst du? *Das ist eine Lüge!*«

»Annwyl, beruhige dich. Erzähl mir, was passiert ist.«

»Passiert? Nichts. Nichts ist passiert. Alles ist in allerbester Ordnung. Perfekt. Besser als perfekt.«

Brastias wollte das Gespräch eben fortsetzen und vermutlich sein Leben aufs Spiel setzen, als er die Schreie der Männer vor dem Zelt hörte.

»Lorcan.« Er rannte hinaus und krachte in Danelin, der sich nicht rühren konnte. Er stand wie versteinert. Vor Angst. Angst vor dem riesenhaften schwarzen Drachen, der mitten in ihrem Lager landete.

»Bei allen Göttern!«

Der Drache sah sich zwischen den umstehenden Soldaten um, hatte aber noch niemanden zur Hölle geschickt.

»Annwyl!«

»O ihr Götter! Er ... spricht!« Danelin sah aus, als würde er sich jeden Moment in die Hose machen.

Doch die Angst um Annwyl hielt Brastias in Bewegung. Er zog sein Schwert und war fest entschlossen, die Kreatur herauszufordern, als Annwyl aus dem Zelt gestürmt kam. Er ergriff ihren Arm mit – wie er dachte – festem Griff, um sie aufzuhalten, doch in ihrer furchtbaren Wut befreite sie sich mühelos und stapfte los, um sich dem Drachen zu stellen.

Die Männer sahen, wie Annwyl die Blutrünstige sich vor dem Gegenstand ihrer schlimmsten Albträume aufbaute. Zu verschreckt um zu kämpfen, aber in zu großer Angst um ihre Anführerin, um davonzulaufen.

Und dann sah Brastias, wie das Mädchen etwas tat, das er niemals vergessen würde.

Sie trat die Bestie. Direkt gegen das Knie.

Brastias und Danelin wechselten Blicke.

»Tja, du warst schon immer der Meinung, sie sei verrückt«, sagte Brastias.

»Ich hätte nicht gedacht, dass ich recht habe.«

»Du verlogenes Schwein!«, kreischte Annwyl zu dem Drachen hinauf.

»Lass es mich erklären!«

»Fahr zur Hölle!«

»Annwyl.«

»Nein!« Sie steuerte wieder auf ihr Zelt zu. »Lass mich in Ruhe, Drache! Ich will dich oder deine Familie nie wiedersehen. *Niemals!*«

Danelin warf einen Blick zu Brastias hinüber. »Familie?«

»Frag nicht.«

Der Drache sah Annwyl schweigend nach. Er begann, einen Zauber zu sprechen, und Flammen umgaben ihn. Das war der Moment, als Brastias sich fragte, ob er an diesem Tag sterben würde. Die Flammen loderten höher, hüllten die Bestie ein, doch schließlich erstarben sie, und zurück blieb ein sehr großer, sehr nackter Mann.

Mit einem Knurren folgte er Annwyl und verschwand hinter ihr im Zelt.

»Dann können sie also ihre Gestalt verändern?«, fragte Danelin ruhig.

»Scheint so.«

»Sollen wir ihm nachgehen?«

Brastias sah Danelin an. Er brauchte eine Weile, aber schließlich verstand er, was er da eben gesehen hatte. Einen Streit zwischen Liebenden. Das musste er Annwyl überlassen.

»Äh … ich glaube nicht. Wir müssen die Soldaten vorbereiten. Und ich glaube, das sollten wir irgendwo außerhalb des Lagers tun.«

Er warf einen Blick auf das Zelt, dann schüttelte er den

Kopf und ging davon. Ein wie Espenlaub zitternder Danelin folgte ihm wortlos.

»Warum willst du nicht mit mir reden?«

»Du willst reden? Na schön! Wie geht's deinem Vater?«

»Was meinst du wohl? Du hast ihm in den Fuß gestochen!«

»Ich hätte auf sein Herz gezielt, aber ich war mir nicht sicher, ob er überhaupt eines hat! Hat irgendwer von euch denn eines?«

»Annwyl, ich konnte dir nicht die Wahrheit sagen.«

»Warum?«

»Ich … äh …« Er hatte nicht gewusst, dass das hier so schwierig werden würde. Machte er Witze? Natürlich hatte er gewusst, dass es so schwierig werden würde!

»Ich warte.« Er hatte langsam das Gefühl, dass er einer von sehr Wenigen war, die von sich behaupten konnten, sie je so wütend gemacht zu haben. Komisch, dass ihm das im Augenblick gar keine so gute Sache zu sein schien.

»Ich wollte es dir sagen. Ich schwöre es!«

»Ach ja? Du *wolltest* es mir sagen?« Ihre Worte trieften vor Sarkasmus, ihre Bitterkeit erfüllte das Zelt. Er konnte ihr keinen Vorwurf machen. Er hatte es so gewollt.

»Ja, Annwyl, das wollte ich. Heute. Mein Vater war nur schneller.«

»Und warum hast du es mir nicht vorher gesagt?«

Er ging quer durch das Zelt auf sie zu. Sie machte einen Schritt rückwärts und zog ihr Schwert. »Alles ist anders.«

Er stand jetzt vor ihr, ihre Klinge an seiner Kehle. »Ich konnte nicht aufhören, an dich zu denken, Annwyl. Ich wollte dich, mehr als alles andere. Und ich wusste nicht, wie ich dir die Wahrheit sagen sollte, ohne dich zu verlieren. Du hast dem Drachen vertraut, aber den Mann hast du wirklich gehasst. Ich wollte sicher sein, das du alles an mir akzeptierst. Heute dachte ich, das könntest du vielleicht.«

Er machte noch einen Schritt vorwärts und spürte, wie die Spitze der Klinge leicht durch seine Haut stach. Ein Tropfen Blut rann ihm über den Hals auf die Brust. Annwyls Atem ging rasch und keuchend, während sie ihm unverwandt in die Augen sah. »Du könnest mich jetzt töten. Mühelos. Wenn es das ist, was du willst.« Er bewegte sich noch ein Stückchen. Noch ein bisschen, und die Klinge würde ihm die Kehle aufschlitzen und ihn töten. »Willst du das, Annwyl?«

Sie starrte ihn lange an. »Ja, Fearghus«, stieß sie hervor. »Genau das.«

Nicht die Antwort, auf die er gehofft hatte, aber er wurde schnell von dem Schmerz in seinem Knie abgelenkt, wo sie ihn getreten hatte.

Er stieß einen Schmerzensschrei aus, während sie ihn wegstieß und sich in sichere Entfernung ans andere Ende des Zeltes, neben ihr Bett, zurückzog. »Dein Glück, dass ich dir mein Leben schulde, Mistkerl.«

Annwyl wusste, dass ihre Wut jeden Moment ausbrechen konnte. Am liebsten hätte sie den verlogenen Mistkerl durchbohrt. Sie wollte ihn den Schmerz spüren lassen, den sie erlitten hatte, als ihr die Wahrheit bewusst geworden war. Fearghus hatte gewusst, dass sie wenig Ahnung von Drachen hatte, bis auf die Tatsache, dass man sie fürchten musste. Sie hatte keine Ahnung, dass sie sich in Menschen verwandeln konnten. Als Menschen leben konnten. Und, ausgehend davon, was sie in letzter Zeit überall in seiner Schlucht getan hatten, sich auch als Menschen paaren.

Sie fühlte sich wie eine Närrin. Eine Hure und eine Närrin. Und sie hasste ihn dafür, dass sie sich so fühlte. Also: ja. Sie wollte ihn tot sehen. Sein Blut auf ihrem Schwert sehen.

Und obwohl er ihr die perfekte Gelegenheit gab, schaffte sie es nicht. In diesem Augenblick hasste sie sich für diese Schwäche.

Er rieb sich das Knie und sah sie an. »Du musst dich beruhigen, damit wir darüber reden können.«

»Ich hasse dich!«

Er stand zu voller Größe aufgerichtet da und hatte sich von dem Tritt bereits erholt. Offensichtlich war er als Mensch nicht so einfach zu töten. Jeder andere Mann hätte von diesem geübten Tritt ein zerschmettertes Knie davongetragen.

»Kannst du mir nicht noch eine Chance geben?«

»Nein.« Das schien ihn zu verwirren.

»Kannst du es nicht einmal versuchen?«

»Nein.«

»Kannst du mir sagen, dass du nichts für mich empfindest?«

»Ich empfand etwas für den Drachen, der mich gerettet hat. Der sich um mich gekümmert hat.«

»Und für den Mann?«

Sie schüttelte den Kopf. »Ich weiß nicht, was ich für ihn empfunden habe … für dich … ist ja auch egal.«

Zum ersten Mal log sie. Sie wusste genau, was sie für den Mann empfand. Lust. Rein, schlicht und ziemlich köstlich. Doch das konnte sie ihm nicht sagen. Das konnte sie jetzt auf keinen Fall vor ihm zugeben. Obwohl sie ihre Arme vor der Brust verschränken musste, um ihre Nippel zu verstecken, die hart wurden, oder trotz dieses verfluchten verwirrenden Pulsierens zwischen ihren Schenkeln. Nein, nichts davon konnte sie je vor ihm zugeben.

Doch als sie zu ihm aufsah, wurde ihr klar, dass er es bereits wusste. Allein durch den Ausdruck auf seinem hübschen Gesicht.

Fearghus kam wieder auf sie zu, bis er vor ihr stand. *Mutiger*

Mann, dachte sie bitter. Er sah auf sie herab, dann senkte er den Kopf, bis seine Stirn an ihrer ruhte. Er versuchte nicht, sie zu küssen oder anzufassen. Er lehnte sich nur an sie. Und es fühlte sich wunderschön an.

Sie stand stocksteif und fragte sich, was genau er vorhatte, bis sie ihn flüstern hörte: »Es tut mir so leid, Annwyl. Bitte. Bitte verzeih mir.«

Nein, er würde da nicht mit einer einfachen Entschuldigung wieder herauskommen. Nicht in einer Million Jahre. Auch nicht mit einer Entschuldigung, die so süß und aufrichtig war wie diese.

»Nichts, was du jemals sagen oder tun könntest, würde mich dazu bringen, dir zu verzeihen«, flüsterte sie zurück.

Er trat von ihr zurück und sah sie an. Sie fragte sich, was er wohl dachte, aber das Lächeln, das sich auf seinem Gesicht ausbreitete, hatte sie nicht erwartet.

»War das eine Kampfansage, Lady Annwyl?«

Ihr Gesicht wurde heiß, und sie stieß sich von ihm weg. »Das war es ganz sicher nicht!« Sie rannte ihm davon und huschte um den Tisch herum. Er stand auf der anderen Seite, die Hände auf das harte Holz gelegt.

»Es klang wie eine Kampfansage.«

»Es war *keine* Kampfansage, sondern eine Feststellung der Tatsachen. Ich werde dir nie verzeihen.«

»Kampfansage.«

»Hör auf damit!« Sie versuchte, den Blick abzuwenden, aber sie sah immer nur seinen herrlichen nackten Körper. Doch als sie hinauf in seine Augen sah, sah sie ihn. Seine Seele. Und er sah sie an.

Sie ging wieder um den Tisch herum, und er folgte ihr langsam; jeder Muskel in Bewegung in Vorfreude auf die Jagd.

Er sah sie an, und sie ertappte sich dabei, wie sie seine langen schwarzen Wimpern bestaunte.

»Ich wette, ich kann dich dazu bringen, mir zu vergeben.«

Zur Hölle mit ihm. Sie hasste ihn. Sie hasste ihn mit jeder Faser ihres Seins. Aber ihr verfluchter verräterischer Körper reagierte wie niemals zuvor. Sie zwang sich weiterhin, sich von ihm zu entfernen, doch es wurde schwerer und schwerer. Vor allem, wenn ihr Körper nur den Holztisch besteigen wollte, der sie trennte, um sich von Fearghus besteigen zu lassen.

»Ich werde das nicht tun.« Das hätte vermutlich viel überzeugender geklungen, wenn sie nicht gekeucht hätte, während sie es sagte.

»Was tun?«

»Hör auf!«

»Hör auf womit?«

»Du weißt, die meisten Männer versuchen, mich *nicht* so wütend zu machen.«

Er blieb stehen; der Blick seiner dunklen Augen brannte bis in ihre Seele. »Ich bin nicht die meisten Männer. Ich bin überhaupt kein Mann.«

Da stürmte Annwyl zur Zeltöffnung, doch er hielt sie fest, bevor sie auch nur auf Armeslänge herankam.

Er zog sie zu sich, ihren Rücken gegen seine Brust. Er riss ihr das Schwert aus der Hand und schleuderte es durchs Zelt. Er beugte sich dicht an ihr Ohr, während die Hand an ihrer Taille unter ihr Hemd rutschte. »Verzeih mir, Annwyl.«

»Nein.«

Seine freie Hand schob ihr langes Haar aus dem Weg. Seine Finger streiften die Haut an ihrer Kehle und ließen ihren ganzen Körper erbeben. Ihr verfluchter, heimtückischer Körper. Dann war sein heißer Mund an ihrem Hals und seine Zunge glitt seitlich daran entlang. Die Hand unter dem Hemd suchte gezielt nach ihren Brustbinden, glitt darunter, schob sie aus dem Weg.

Es fühlte sich an, als wären ihr Kopf und ihr Körper vollkommen voneinander getrennt. Ihr Kopf schrie ihr zu, sich loszureißen. Sagte ihr, sie solle ihn dazu bringen, damit aufzuhören. Während ihr Körper ihren Kopf ignorierte. Stattdessen tat er Dinge wie ihre Arme auszustrecken, damit sie ihre Finger in seinen Haaren vergraben konnte. Gleichzeitig streckte er sich, damit sich Fearghus' Finger auf ihren geschwollenen Brüsten noch wundervoller anfühlten. Sie hasste ihren Körper. Hasste seine Schwäche. Offenbar dachte ihr Körper nur an ihr unmittelbares Vergnügen und nicht daran, was all das später bedeuten würde. Nein, nur ihr armer Kopf dachte daran.

Er ergriff mit seinen beiden großen Händen ihre Nippel, während er sanft an der Haut an ihrer Kehle knabberte. Er knabberte ein wenig fester, und Annwyl bemerkte mit Schrecken, dass sie dies mit einem Stöhnen belohnte.

»Verzeih mir, Annwyl«, sagte er wieder; seine Stimme ein dunkles, heiseres Flüstern an ihrem Ohr.

Sie wusste, dass sie es einfach sagen und es hinter sich bringen sollte. Aber sie wollte, dass er sie dazu zwang, es zu sagen, und er hatte noch einen langen Weg vor sich, bis das passierte.

»Niemals.«

Keine Frau hatte je diese Gefühle in ihm geweckt, ob Drache oder Mensch. Doch Annwyl war anders als die anderen. Sie war kein Drache. Sie war kein Mensch. Sie war mehr. Sie war sein.

Er zog ihr das Hemd vom Körper und riss die Binden von ihrem Rücken. Er drehte sie um, sein Blick fiel sofort auf diese Brüste, die er so liebte. Er zog sie eng an sich, senkte den Kopf und sog mit dem Mund einen Nippel ein.

Sie stöhnte und lehnte sich zurück, beide Hände in seinem Haar. Er glitt mit der Zunge wieder und wieder über den bereits harten Nippel, erregte ihn. Erregte sie. Ihr Griff in seinem Haar wurde fester.

»Sag es, Annwyl«, forderte er mit dem Mund an ihrer heißen Haut. »Sag, dass du mir verzeihst.«

»Nein.«

Er knallte sie gegen den Holztisch und riss ihr die Hose vom Körper. Sie stieß ein überraschtes, hungriges Keuchen aus, und er lehnte sich an sie, fuhr mit der Zunge ihren Hals hinauf, bis er ihren Mund erreichte. Er strich mit der Zunge ihre volle Unterlippe entlang. Sie reckte sich zu ihm herauf, nahm seinen Mund in einem glühenden Kuss gefangen. Seine Zunge glitt über ihre Zähne, an der Innenseite ihres Mundes entlang.

Er fuhr mit der Hand an ihrem Körper hinunter und zwischen ihre Beine. Ihr Kopf fiel zurück, als er seine Finger in sie schob und langsam hinein- und herausbewegte.

»Sag es, Frau!«

»Fahr zur Hölle!«

Er zuckte verdutzt zurück. Sie sah zu ihm auf, der Blick herausfordernd und voller Lust.

»Du willst es so, oder?«

Er hielt sie mit dem Körper an den Tisch gepresst, während sein Blick im Raum herumwanderte. Als Anführerin eines Aufstands bekam sie das Beste, was sie besaßen. Das bedeutete, dass sie ein richtiges Bett hatte. Es hatte einen soliden Holzrahmen, war zwar nicht sehr breit, aber lang genug für ihre Größe. Es würde vollauf genügen.

Innerhalb von Sekunden sah er das, was er brauchte, auf dem Boden liegen – bequem neben dem Bett.

»Dann komm.«

Er hielt ihre Handgelenke mit einer Hand fest, trat zurück und zog sie hoch.

Sie sah ihn misstrauisch an, als er sie zum Bett zerrte. Doch als er nach unten griff und ein langes Stück Seil aufhob, mit dem jemand Knoten geübt hatte, brach sie in Lachen aus und begann gleichzeitig, sich zu wehren.

»Nicht in diesem Leben, Drache!«

»Du hast damit angefangen.«

»Nein, habe ich nicht!«

Er grinste sie lüstern an und hielt sie fest. Ihr Strampeln ignorierend, hob er sie aufs Bett und warf sie mit dem Gesicht nach unten auf die Felldecken. Sein gut platziertes Knie hielt sie unten.

»Du Mistkerl! Lass mich los!«

»Nein«, imitierte er ihre vorherige schlichte Antwort, während er ihre Handgelenke mit dem Seil fesselte und das Ende des Seils an den Holzrahmen band.

»Fearghus, mach mich los! Sofort!«

Er ignorierte sie, kauerte sich stattdessen neben das Bett und ließ seine Hand über die ganze Länge ihres Körpers gleiten. Sie schloss die Augen und stöhnte bebend auf.

»Sag mir, was ich hören will, Annwyl. Sag es mir, und ich lasse dich gehen.«

»Nein!«

Als Antwort schlug er ihr auf den Hintern.

Annwyl erstarrte. Die Augen schreckgeweitet. Hatte er ihr eben auf den Po gehauen? Wie zur Antwort klatschte er auf die andere Hinterbacke.

Sie sah ihn wütend an. »Bist. Du. Wahnsinnig. Geworden?«

Er lächelte sie an, und sie konnte nicht fassen, wie schön er war. »Verzeih mir einfach. Es sei denn natürlich, du willst, dass ich …« Er hob seine Hand über ihren Hintern. Annwyl knurrte. Wie konnte sie ihn hassen und gleichzeitig begehren? Wie konnte sie sich total betrogen fühlen und sich trotzdem so wohlfühlen wie nie zuvor?

Fearghus küsste sie, nahm ihr den Atem, als er mit der Hand über ihren Hintern strich. Er ließ zwei seiner Finger in sie gleiten. Ihr Körper war schon so feucht und für ihn bereit und leistete absolut keinen Widerstand.

Er begann wieder, langsam seine Finger hinein- und herauszubewegen, was sie sich auf dem Bett winden ließ. Sie schloss die Augen und stöhnte. Der Mann musste irgendeinen Zauber über sie gesprochen haben. Nichts, absolut nichts, konnte sich von allein so gut anfühlen. Ihr Körper spannte sich, als Hitze sich in ihrer Leiste ausbreitete und das Rückgrat hinaufströmte.

Dann hörte er auf.

Annwyl riss die Augen auf und stöhnte frustriert. »Wage es nicht, jetzt aufzuhören!«

Er sah ihren Mund an. »Dann sag es. Sag, dass du mir verzeihst.«

Sie wollte, dass er es zu Ende brachte. Wollte, dass er ihr Vergnügen bereitete, wie nur er es konnte. Doch so leicht gab sie niemals nach. Unfähig zu sprechen, aus Furcht, sie würde anfangen zu betteln, schüttelte sie den Kopf.

Er strich ihr sanft das wirre Haar aus dem Gesicht und sah sie an. Ihr Blick strich kühn über seinen Körper und blieb an seiner Erektion hängen. Er knurrte als Antwort und stand auf. Über ihr aufragend, setzte Fearghus sein Knie aufs Bett und beugte sich vor, bis sich seine geschwollene Männlichkeit direkt vor ihrem Mund befand. Ohne eine Sekunde nachzudenken, nahm sie ihn in den Mund, so weit sie konnte, bis die Eichel hinten in ihrer Kehle anstieß. Sie begann, ihn tief einzusaugen, während ihre Zunge an seiner Unterseite entlangglitt.

Seine Augen schlossen sich, und er knurrte ihren Namen.

Ihr Mund war eindeutig ein Geschenk der Götter. Es konnte keine andere Erklärung geben für etwas, das sich so wundervoll anfühlte. Er verlor sich ein paar Minuten lang, während sie ihn lutschte und leckte. Bevor er in ihrem Mund kam, zog er sich zurück, auch wenn er es sich auf ihr kleines enttäuschtes Stöhnen hin beinahe anders überlegt hätte. Doch er wollte tief in ihr vergraben kommen.

Keuchend stellte er sich auf und kam fast bei ihrem bloßen Anblick. Ausgestreckt auf dem Bett und an den Handgelenken gefesselt, vibrierte ihr Körper vor Verlangen nach ihm. Er konnte nicht länger warten, ob sie nun nachgab oder nicht. Er musste sie haben.

Er kniete sich zwischen ihre Beine, schob sie hoch und unter sie, sodass er einen köstlichen Blick auf ihren Hintern hatte.

Er drang von hinten in sie ein und biss die Zähne zusammen, als ihr Kopf nach vorn fiel und sie ein heiseres Keuchen ausstieß. Er schob sich langsam hinein, ließ sich Zeit, ignorierte ihre Bitten und harschen Befehle. Er wartete, bis sein Glied tief in ihr eingeschlossen war, dann beugte er sich vor.

»Sag es mir, Annwyl«, keuchte er in ihr Ohr. »Sag mir, dass du mir verzeihst.«

»Nein.«

Er grub die Zähne in die Haut ihres Rückens, und sie bäumte sich unter ihm auf. Er ließ seine Hand an ihrem Körper entlanggleiten, bis sie auf ihrem Hintern lag, dann versetzte er ihr noch einen Klaps.

»Warum tust du das ständig?«

»Weil es jetzt lustig wird. Abgesehen davon gefällt dir das doch, Mädchen.«

»Das ist nicht wahr!«

»Lügnerin.« Seine Hand klatschte auf die feste Hinterbacke, und er knurrte. »Jetzt sag mir, dass du mir verzeihst.«

Sie nahm sich einen Moment Zeit, um zu Atem zu kommen. »Warum? Warum ist dir das so wichtig?«

Fearghus blinzelte. *Bei den Göttern, sie weiß es nicht.*

Er strich mit der Hand ihren Rücken entlang und küsste ihren Nacken. »Weil ich dich liebe.«

Annwyls gesamter Körper zuckte zusammen, als er diese Erklärung flüsterte. Ihr Drache liebte sie. Mehr wollte sie nicht wissen. Mehr musste sie nicht wissen.

Sie warf den Kopf zurück und sah ihn an. Sah die Wahrheit in seinen Augen. »Binde mich los, Fearghus.« Er beugte sich vor und machte ihre Fesseln los. Sobald sie frei war, zog sie sich von ihm zurück. Ein Stöhnen entrang sich seinen Lippen, als er aus ihr herausrutschte. Sie drehte ihren Körper, sodass sie einander zugewandt waren.

Annwyl sah Fearghus an, mit der Hand strich sie über seine Wange und seinen kantigen Kiefer entlang. Dann knurrte sie und boxte ihn gegen die Brust. »Du Idiot!«

»Au!«

»Warum hast du mir das nicht vorher gesagt? *Du machst mich wahnsinnig!*« Sie boxte ihm gegen die Schulter.

»Hör auf, mich zu schlagen!«

Sie stand auf, stürmte von ihm fort in die Mitte des Zeltes und verschränkte die Arme vor der Brust. »Ich dachte, ich würde vollends verrückt werden. Deinetwegen!«

»Bist du fertig?«

Annwyl hörte auf, hin und her zu tigern und wandte sich Fearghus langsam zu. Er saß zurückgelehnt auf dem Bett, die langen Beine auf dem Boden, seine Erektion auf Anschlag. »Wie bitte?«

Er lächelte, während sein glühender Blick sie abtastete. »Ich habe gefragt, ob du fertig bist. Ich meine, du kannst den ganzen Tag darüber schwadronieren, wie unrecht ich dir getan habe, wenn du willst. Oder du kannst hier rüberkommen und es mich wiedergutmachen lassen.«

Annwyl biss sich auf die Lippen, um ihr Lächeln zurückzuhalten. *Dreister Mistkerl.* »Ich bin sehr verletzt, weißt du? Am Boden zerstört. Vielleicht erhole ich mich nie wieder davon.«

»Komm zu mir, Annwyl.« Er streckte die Hand nach ihr aus, und ein hinreißendes Lächeln breitete sich über sein wunderschönes Gesicht. »Schwing deinen hübschen Hintern zu mir rüber.«

Annwyl verdrehte die Augen, ging aber trotzdem. Sie nahm die ihr dargebotene Hand. Fearghus drückte sie, während er sie sanft von sich wegdrehte. Er fasste ihre Hüften und zog sie zu sich heran, senkte ihren Körper, bis seine heiße Männlichkeit langsam von hinten in sie eindrang. Sie keuchte, als er sie ganz langsam auf sich setzte. Er ließ sich Zeit.

Sobald sie ihn vollkommen umschloss, ließ er seine Hände zu ihren Brüsten gleiten. Er nahm die Nippel fest zwischen seine schwieligen Finger, während er seine Stirn an ihrem Rücken rieb und die Nase in ihren Nacken schmiegte. Annwyl stöhnte und fragte sich, wie sie je hatte glauben können, sie könne das hier aufgeben. *Ihn* aufgeben. Ihr wurde bewusst, dass sie sich darüber keine Sorgen mehr zu machen brauchte. Sie hatte sie beide. Der Drache und der Ritter waren ein und derselbe. Und er liebte sie.

Er knabberte an ihrem Nacken und hielt sie an ihren Hüften fest. Langsam bewegte er sie auf sich auf und ab. Immer wieder – bis Annwyl sicher war, sie würde den Verstand verlieren. Seine Zunge glitt in ihrem Nacken auf und ab; seine Haare fielen ihr über die Schultern und strichen über ihre empfindlichen Brüste.

Annwyl legte ihre Hände über seine. Sie hielt sie fest, grub ihre Nägel in seine Haut. »Bei den Göttern, Fearghus! Du machst mich verrückt!«

Er lachte leise an ihrem Nacken. »Zu langsam?« Sie brachte nur ein Nicken zustande. »Dann sag mir, was ich hören will.«

Sie keuchte, als seine Hände sie fester umschlossen. Dann schüttelte sie den Kopf. Sie hatte keine Ahnung, wovon er sprach. »Sag mir, dass du mir verzeihst, Annwyl. Vergib mir, und ich vögle dich, bis du schreist.«

Zum Teufel, sie hatte ihm schon hundertmal verziehen. Zumindest in Gedanken. Doch es auszusprechen, genau in diesem Augenblick, wo sie nicht einmal geradeaus schauen konnte – das war die wahre Herausforderung.

»Äh … ja.«

»Ja was?«

Sie stöhnte. Sie war so kurz davor. So kurz. »Verziehen.«

»Was verziehen?«

Was für ein unglaublicher Mistkerl! »Dir.«

»Sag es, Annwyl. Sag es, denn ich kann noch stundenlang so weitermachen.«

Stunden? Sie konnte keine fünf Sekunden länger ertragen, von Stunden ganz zu schweigen. Sie zwang sich, sich zu konzentrieren, indem sie dieselben Fähigkeiten nutzte wie im Kampf.

»Ich verzeihe dir, Fearghus. Ich verzeihe dir.«

Plötzlich hob er sie von sich herunter und warf sie wieder aufs Bett. Er schob ihre Knöchel bis neben die Ohren hoch und drang tief und hart in sie ein. Sie hielt sich mit beiden Händen am Kopfende fest und stöhnte Fearghus' Namen. So dicht davor, wie sie war, brauchte es nicht viel mehr, um ihr den Rest zu geben, und das Stöhnen wurde zu einem Schrei, als sie um ihn herum detonierte. Holz splitterte in ihren Händen; das Kopfteil wurde zum Opfer ihres Aktes.

Sein Höhepunkt folgte kurz darauf; ein wildes Aufstöhnen entrang sich ihm, als ihre Muskeln ihn fest umschlossen im

Versuch, auch noch den letzten Tropfen aus seinem Körper zu pressen.

Sie blieben ineinander verschlungen liegen. Keiner von beiden rührte sich oder sprach. Schließlich zog er sich aus ihr zurück und senkte sanft ihre Beine ab. Er streckte sich neben ihr auf dem Bett aus, damit sie sich an ihn schmiegen konnte.

Annwyl lächelte, als er ihre Stirn küsste.

»Was nun, Drache?«

Er strich ihr mit der Hand über die Wange. Wie kurz hatte er davorgestanden, sie zu verlieren. Das Einzige, was er je gewollt hatte. »Ich glaube, wir haben einen Krieg zu gewinnen.«

Annwyl schüttelte den Kopf. »Nein. Ich will nicht … Ich wollte nicht …«

Er küsste sie auf den Mund, und sie hörte auf zu stammeln. »Ich weiß. Ich will es. Um genau zu sein, wurde es mir befohlen.« Er grinste. »Abgesehen davon will ich dich zu gern gegen deinen Bruder kämpfen sehen.«

»Bist du sicher?«

»Ich bin sicher.« Er streckte die Hand aus und zog die Felldecken vom Boden über ihre ineinander verschlungenen Körper. Sie schmiegte sich dicht an ihn und vergrub die Nase an seinem Hals, während er ihr mit den Händen über den Rücken strich.

Er würde ihr helfen, diesen Krieg zu gewinnen. Nicht für seinen Vater oder die Königin. Sondern für sie. Für seine Annwyl. Für die Liebe seines Lebens.

16

Annwyl riss die Augen auf, als sich eine Hand über ihren Mund legte. Doch als sie Morfyds blaue Augen sah, entspannte sie sich. Morfyd machte ein paar Schritte zurück und bedeutete Annwyl, ihr zu folgen, dann schlüpfte sie lautlos aus dem Zelt.

Annwyl versuchte, sich unter dem großen, besitzergreifenden Arm hervorzuwinden, der sich um ihre Taille geschlungen hatte. Aber er hielt sie fester, und Fearghus schmiegte sich an ihren Rücken. »Wo willst du denn hin?«

Lächelnd streichelte sie die Hand an ihrer Taille. Allein seine tiefe, grollende Stimme in ihrem Rücken machte sie feucht und bereit für ihn. »Kann man als Mädchen nicht einfach ein bisschen Zeit für sich haben? Ich bin gleich wieder da.«

Seine Zähne knabberten an ihrer Schulter. »Das will ich dir auch geraten haben.

Sie krabbelte aus dem Bett, nahm sich eine Felldecke und trat aus dem Zelt. Sie bog um eine Ecke und sah Morfyd ungeduldig auf sie warten.

»Was ist los?« Sie mochte Morfyd, aber eigentlich wollte sie zurück ins Bett, Fearghus' Arme fest um sie geschlungen, wollte ihn in sich spüren, hart und bereit.

»Du musst mit mir kommen.«

»Was? Wohin?«

»Ich kann es dir jetzt nicht erklären. Hier.« Sie reichte Annwyl ihre Kleider. Sie hatte keine Ahnung, wann Morfyd die geholt hatte. Ebenso wenig verstand sie ihre Heimlichtuerei.

»Morfyd, was ist los?«

»Du musst mir vertrauen, aber wir müssen los, bevor Fearghus nach dir sucht.«

Annwyl zog ihre Kleider an und beobachtete Morfyd dabei. »Du auch, oder?«

»Ich auch was?«

»Du und Fearghus. Ich habe es vorher nie bemerkt, aber du siehst ihm ein bisschen ähnlich.«

»Er ist mein Bruder.«

»Eine große Familie.« Annwyl zog ihre Stiefel an, zog sich den Wappenrock über den Kopf und schnallte sich den Gürtel um. Als sie fertig angezogen war, stemmte sie die Hände in die Hüften und hob eine Augenbraue. »Was nun, Drachenfürstin?«

Morfyd beobachtete, wie Annwyl zu ihren Leutnants sprach. Sie hatte wahrhaft eine Seite von Annwyl gesehen, die diese Männer nicht kannten. Die verwundete Kriegerin, die um ihr Leben rang. Die Frau, die ihren Bruder liebte. Und die Kriegerin, die zu ihrer Freundin geworden war.

Doch jetzt erkannte sie, warum diese Männer ihr folgten. Annwyl strahlte Stärke und Entschlossenheit aus. Sie war mehr als die Anführerin des Aufstands. Sie war seine Seele.

»Zieht heute Nacht aus. Wir haben Nachricht erhalten, dass Lorcan morgen bei Aufgang der zwei Sonnen das Dorf angreifen wird. Wir dürfen ihn nicht durchkommen lassen, sonst rückt er zur Zitadelle von Ó Donnchadha vor, und dort sind unsere Frauen und Kinder. Tötet jeden, der Lorcans Farben trägt. Keine Überlebenden. Keine Gefangenen.«

»Und du?«, fragte Brastias.

»Ich gehe mit Morfyd. Jetzt. Aber ich werde bis zum Morgen zurück sein. Morgen werde ich mich meinem Bruder stellen.«

»Und was ist mit …« Die Männer traten verlegen von einem Fuß auf den anderen, ohne Annwyl in die Augen zu sehen.

Sie grinste. »Und was mit meinem Drachen ist?« Morfyd blinzelte überrascht. Annwyl versuchte nicht einmal, ihre Beziehung zu Fearghus zu verbergen.

Brastias räusperte sich. »Ja, Annwyl. Was ist mit deinem Drachen?«

»Lasst ihn schlafen. Wenn er aufwacht, sagt ihm, dass ich bis Sonnenaufgang zurück sein werde. Nicht allzu schwierig, oder?«

»Und sind wir in seiner Nähe sicher?«

Annwyl seufzte bei der Frage entnervt auf, aber Morfyd antwortete für sie. »Ja. Ihr seid in seiner Nähe sicher. Aber wenn ihr ihm von Annwyl erzählt, würde ich nicht herumstehen. Ich rate euch dringend, ihm schnell aus dem Weg zu gehen. Sehr schnell.«

Annwyl und ihre Männer starrten Morfyd an. Sie zuckte die Achseln über Annwyls hochgezogene Augenbrauen. »Er ist mein Bruder. Ich kenne ihn gut.«

Die Männer traten alle gleichzeitig einen Schritt von ihr zurück. Alle bis auf Brastias, der sie anstarrte. Ihr wurde bewusst, dass sie keine Ahnung gehabt hatten, dass auch sie ein Drache war. »Keine Sorge. Auch in meiner Nähe seid ihr sicher.« Sie lächelte, aber nur Brastias und Annwyl lächelten zurück.

»Also gut. Wir gehen dann.« Annwyl trat von dem großen Tisch mit den ausgebreiteten Landkarten zurück, an den sie sich gelehnt hatte. »Wir sehen uns alle bei Tagesanbruch.«

Morfyd verließ das Zelt und Annwyl folgte ihr. Brastias' Stimme hielt sie auf.

»Annwyl.« Die beiden Frauen sahen ihn an. Er wagte noch ein Lächeln in Morfyds Richtung, bevor er sich an Annwyl wandte: »Was ist mit deinen Waffen?«

»Nein.« Morfyd schüttelte den Kopf. »Keine Waffen, Annwyl.«

Annwyl sah Brastias an und zuckte die Achseln. »Keine Waffen.«

»Dann sei bitte vorsichtig.«

Annwyl nickte und folgte Morfyd, die sie weg vom Lager zu der Lichtung führte, wo sie zuvor gelandet war.

Das Mädchen trat zurück, als Morfyd sich verwandelte und Flügel und Mähne schüttelte. »Bereit, Lady Annwyl?«

Annwyl hielt sich an der weißen Mähne fest und schwang sich geübt auf Morfyds Rücken. »Aye, Drachenfürstin. Ich bin bereit.«

»Ich verstehe unseren Bruder einfach nicht. Eine Menschenfrau.« Briec seufzte tief, was Gwenvael dazu brachte, genervt die Augen zu verdrehen.

»Du weißt gar nichts, Briec. Sie ist anders.«

»Meinst du nicht eigentlich verrückt, kleiner Bruder?«

Gwenvael sah Morfyds weiße, schuppige Gestalt auf sie zuschießen. Er stand auf. Sowohl er als auch Briec hatten schon ihre menschliche Gestalt angenommen und sich angezogen.

»Du bist nur sauer, weil sie dich geschlagen hat.« Gwenvael sah seinen Bruder an. »Und zwar ordentlich.«

Briec stand auf. Er war ein klein wenig größer als Gwenvael – wenn auch immer noch kleiner als Fearghus –, aber es machte genauso viel Spaß, ihn zu ärgern wie seinen älteren Bruder. »Ich habe zugelassen, dass sie mich schlägt.«

»Das musstest du. Sonst hätte sie dich auf der Stelle getötet.«

Morfyd vollführte eine ihrer lautlosen Landungen und wartete geduldig, bis Annwyl abgestiegen war. Sie verwandelte sich in ihre menschliche Gestalt, und Annwyl legte ihr eine Felldecke um die Schultern.

Er eilte die Treppe hinunter, um sie zu begrüßen. »Lady Annwyl!«

»Gwenvael.«

»Geht's dir besser?«

Sie konnte das Lächeln und das Erröten ihrer Wangen nicht verbergen. Jetzt wusste er, was er immer vermutet hatte: Sein Bruder war ein sehr, sehr mutiger Drache. »Viel besser, danke.«

»Gut.«

Briec trat neben ihn, die Arme vor der Brust verschränkt. »Mylady.« Er nickte ihr kühl zu, und Annwyl sah von Gwenvael zu Morfyd und wieder zurück.

»Tut mir leid, kenne ich dich?«

Briec blinzelte überrascht. »Ich bin Briec der Mächtige!«

Annwyl musterte Gwenvaels Bruder von Kopf bis Fuß. »Wirklich?«, bemerkte sie schließlich. »Hast *du* dir diesen Namen gegeben?«

Gwenvael und Morfyd schluckten ihr Lachen hinunter, bevor Morfyd das Mädchen fort und die Treppe hinaufzog. »Komm, Annwyl. Wir haben nicht viel Zeit.«

Briec lächelte ihnen höhnisch nach. »Ich hoffe, die Königin isst ihr Knochenmark zum Nachtisch.«

Gwenvael blickte finster. Wenn die beiden Feindinnen wurden – Annwyl und die Königin –, stand in den Sternen, wer von beiden als Gewinnerin hervorgehen würde. Sie waren gleichermaßen Furcht einflößende Frauen.

Gwenvael trabte die Treppe hinauf, Briec folgte dicht hinter ihm. »Denk daran, Briec. Sie hätte Vater fast umgebracht. Wir können also nur hoffen, dass sie miteinander zurechtkommen.«

Annwyl dachte, sie würden lange Strecken über Land reisen. Sie hatte falsch gedacht. Stattdessen ging Morfyd direkt nach oben. Höher und höher, bis sie den Gipfel des Berges Devenallt knapp oberhalb der Wolken erreichten. Dort befand sich der Hof der berüchtigten Drachenkönigin. Sie galt allgemein als Mythos, doch wie Fearghus stellte sie sich als nur allzu real heraus. Und Annwyl hatte keine Ahnung gehabt, dass eine ganze Gemeinschaft von Drachen immer so in der Nähe gewesen war. Sie hielten ihr Leben wahrhaftig vor den Menschen geheim. Und jetzt war Annwyl hier. Ein ganz gewöhnliches Mädchen, das jetzt durch die majestätischen Hallen des Hofes der Königin ging.

Als sie mit Morfyd die Haupthalle betrat, verstummten alle Gespräche. Die Drachen wandten sich ihr ausnahmslos zu. Sie musterten sie. Sorgfältig. Annwyl fühlte sich nackt und allein. Sie wünschte, Fearghus wäre bei ihr, doch sie wusste, dass er sie niemals hätte herkommen lassen. Er hätte es nicht aufs Spiel gesetzt – er hätte *sie* nicht aufs Spiel gesetzt. Der Gedanke zauberte ein Lächeln auf ihr Gesicht, und sie bemerkte Fearghus' Vater nicht, bis sie praktisch gegen den alten Mistkerl stieß. Immer noch in Drachengestalt, Klaue und Schwanz frisch bandagiert. Seine verletzte Schnauze war mit einer Salbe beschmiert, vermutlich, um die Blutung zu stoppen.

Er blickte sie finster und mit kalten Augen von oben herab an, und Annwyl verspürte wieder diesen Wunsch zu fliehen. Aber die Befriedigung würde sie dem alten Mistkerl nicht verschaffen.

»Wie geht's der Klaue?«, rief sie zu ihm hinauf. Morfyd schnappte nach Luft und nahm sie am Arm, zerrte sie eine weitere Treppe hinauf und in eine weitere Halle.

»Bitte versuche, dich nicht umbringen zu lassen, Annwyl. Fearghus würde mir das nie verzeihen.«

»Ich werde es mir merken.« Als sie die nächste Halle betraten, stockte auch hier wieder jegliche Drachenkonversation. Schweigend sahen ihr alle nach.

»Sie starren mich alle an.«

»Ja. Es ist Hunderte von Jahren her, seit das letzte Mal ein Mensch hier war.«

»Du meinst, ein Mensch, der nicht als Mahlzeit hierher gebracht wurde?« Morfyd zuckte die Achseln, sagte aber nichts weiter.

»Verstehe.«

Ein Drache kam auf Annwyl zu, und Morfyd zischte ihn an: »Bleib, wo du bist, Kesslene.«

»Ich wollte das hübsche Ding nur sehen«, verkündete der Drache der versammelten Mannschaft.

»He!«, blaffte Annwyl. Den Letzten, der sie als »Ding« bezeichnet hatte – Lorcan –, plante sie bald umzubringen.

Morfyd hielt Annwyl in Bewegung, obwohl der große Drache mit ihnen Schritt hielt. »Halt dich zurück, Kesslene. Abgesehen davon ist sie mit Fearghus zusammen. Und du erinnerst dich daran, was er mit dir gemacht hat, als du das letzte Mal sein Missfallen erregt hast.« Morfyd nahm diesmal eine Treppe nach unten, und der Drache Kesslene hörte auf, ihnen zu folgen, wenn er auch noch nicht ganz fertig war.

»Mit Fearghus? Wirklich? Und warum hat er sie dann nicht in Besitz genommen?«

»Mich in Besitz genommen?«

»Darüber kannst du dir später Gedanken machen, Annwyl.« Nach mehreren Minuten hielten sie vor einer weiteren Treppe an.

»Ihr Drachen habt wirklich eine Schwäche für Treppen.«

»Diese Treppe hoch und dann rein. Du weißt, was du zu tun hast.«

Annwyl nickte kurz, holte tief Luft, ging die Treppe hinauf und in das Gemach der Königin.

Die große Königin schwang mit einer Kopfbewegung ihre weiße Mähne aus den Augen und blätterte eine Seite in dem

Buch um, das sie gerade las. Dabei klirrte leise die Kette, die an ihrem Halsband hing, und sie lächelte. Dann stieg ihr ein vertrauter Geruch in die Nase. Sie schnüffelte.

»Fearghus?« Sie schloss das Buch und drehte sich um, wobei die Kette wieder klirrte. Doch es war nicht Fearghus, der vor ihr stand, sondern eine winzige Frau. *Wie süß.* Bercelak schickte ihr etwas Kleines zum Knabbern.

»Und wer bist du?« Sie plauderte immer gern ein wenig mit ihren Mahlzeiten, bevor sie sie ausweidete. Man wusste nie, was man dabei erfahren konnte.

Die Menschenfrau antwortete nicht. Sie starrte sie nur an. Eine typische Reaktion, wenn Menschen sie sahen. Sie war viel größer als die meisten Drachen.

Sie schnippte mit den Krallen. »Hallo?«

Es erwachte zum Leben und räusperte sich. »Ähm … ich bin Annwyl.«

»Annwyl. Annwyl. Ich kenne keine Annwyl. Du bist also mein Abendessen?«

»Nein.« Es machte einen Schritt rückwärts. »Nein. Ich bin kein Abendessen. Reden wir nie wieder davon. Ich bin Annwyl von den Dunklen Ebenen.« Die Königin starrte es an.

»Annwyl von der Insel Garbhán?« Immer noch nichts. Es seufzte.

»Annwyl die Blutrünstige.«

»*Du* bist Annwyl die Blutrünstige?«

Es sah ein wenig niedergeschlagen drein. »Ja.«

»Du bist furchtbar winzig für Annwyl die Blutrünstige!«

»Ich bin größer als die meisten Männer.«

»Das beeindruckt mich überhaupt nicht.«

Morfyd hätte sie warnen sollen. Sie hätte ihr sagen sollen, dass sie es mit einem so großen und imposanten Wesen zu tun bekommen würde. Wie konnte der Drache vor ihr etwas anderes sein als eine Königin?

Sie erinnerte Annwyl an Morfyd. Ihre Schuppen waren strahlend weiß. Ihre Mähne hatte die Farbe frisch gefallenen Schnees. Doch sie war so groß und breit wie Fearghus, wenn nicht noch ein bisschen größer.

»Ist Fearghus hier? Ich rieche ihn.«

Annwyl wünschte jetzt, sie hätte ein Bad genommen, bevor sie das Lager verließ, aber es war keine Zeit gewesen.

»Äh … nein, er ist nicht hier.« Sie räusperte sich. »Das bin ich … was Ihr … äh … riecht.«

Ein intensiver Blick aus blauen Augen richtete sich auf sie, und die Königin beugte sich vor, um sie besser sehen zu können.

»Du? Er war bei dir? Einer Menschenfrau? Wozu?«

Annwyl lag eine wirklich unfeine Bemerkung auf der Zunge. Eine, in der das Wort »lutschen« vorkam. Doch sie hielt ihre Zunge im Zaum und zügelte ihre Impulse. Es war nicht leicht.

»Er liebt mich.«

»Ach, wirklich?« Die Königin setzte sich auf, und zum ersten Mal bemerkte Annwyl, dass sie ein Halsband trug, mit einer Kette daran. Die Kette führte zu einer Steinwand und war dort sicher mit einem dicken Metallring befestigt. Sie runzelte die Stirn, hatte aber nicht viel Zeit, darüber nachzudenken, denn die Königin bewegte sich näher an sie heran.

»Ob er das tut oder nicht, geht mich nichts an. Aber warum bist *du* hier?«

»Ich muss in ein paar Stunden gegen Lorcan von der Insel Garbhán kämpfen …«

»Ich befasse mich nicht mit den Problemen der Menschen.«

»Aber mein Problem ist kein Mensch, Mylady. Es ist Hefaidd-Hen.«

»Ah, ja. Bercelak hat mir von seinem Bündnis mit deinem Bruder erzählt.«

»Morfyd sagte, Ihr könntet mir eine Art Schutz geben. Er wird mit Sicherheit Hefaidd-Hen gegen mich einsetzen.«

»Hast du Angst vor dem Tod, Menschenfrau?«

Annwyl schüttelte den Kopf. »Nein, Mylady. Das war nie meine Sorge. Ich mache mir Sorgen, dass ich nicht in der Lage sein werde, meinen Bruder zu töten, bevor ich sterbe. Das war immer meine größte Angst. Ich weiß, wozu er fähig ist. Er wird alle vernichten, die sich ihm entgegenstellen, und Hefaidd-Hen wird ihm dabei helfen. Ich brauche nur lange genug Schutz vor Hefaidd-Hen, bis ich meinen Bruder getötet habe. Danach ist mir egal, was mit mir passiert.«

»Und was ist mit Fearghus?«

»Fearghus sagte, er werde mit mir kämpfen.«

»Dann setzt du also sowohl sein Leben als auch deines aufs Spiel?«

»Mein Leben ist verwirkt, Mylady. Alles, was mich jetzt interessiert, ist meinen Bruder zu töten. Er muss heute sterben, damit mein Volk frei ist. Und ich glaube ehrlich, dass ich die Einzige bin, die das schaffen könnte. Fearghus kann auf sich selbst aufpassen.«

»Aber wenn du stirbst, was ist dann mit Fearghus?«

Annwyl zuckte die Achseln; diese Fragen waren ihr unangenehm. »Er wird eine andere finden, denke ich. Ich weiß nicht.«

Die Königin schnaubte. »Du hast absolut keine Ahnung von Drachen, oder?«

»Ich habe nie das Gegenteil behauptet.«

»Und wenn Fearghus stirbt und du überlebst? Was dann?«

Annwyls Gesichtsmuskeln spannten sich. Der Gedanke,

dass Fearghus etwas – irgendetwas – passieren könnte, brachte ihre Wut direkt unter der Oberfläche zum Brodeln. Mit leiser Stimme, den Zorn kaum zurückhaltend, antwortete sie: »Ihr solltet beten, dass das nie passiert, Mylady. Denn wenn er stirbt und ich überlebe, werde ich diese Welt mit meiner Wut in Stücke reißen. Und niemand wird sicher sein. Das verspreche ich Euch.«

Die Königin sah Annwyl lange an. »Du bist ein interessantes … Ding. Ich glaube, ich verstehe, was mein Sohn in dir sieht.«

Annwyl schluckte. »Sohn?«

»Hast du das nicht gewusst?« Annwyl schüttelte langsam den Kopf. »Ja. Ich denke, alle meine Kinder sind wenig beeindruckt von ihrem Rang unter den Drachen.«

»Ja. Offensichtlich sind sie das.«

Daraufhin lächelte die Königin, und Annwyl musste sich zurückhalten, um nicht aus dem Raum zu rennen. Ihr Lächeln entblößte eine furchterregende Zahnreihe – es sah aus, als wären es Hunderte. Hauptsächlich Reißzähne. Die Drachenkönigin ging auf die andere Seite der Höhle und griff in eine kleine Nische. Sie wühlte darin herum und holte einen kleinen, glänzenden Gegenstand heraus. Sie ging zu Annwyl hinüber und hielt ihr das Objekt hin.

Annwyl nahm es aus der weißen Klaue. Sie untersuchte es genau. Eine Halskette, gefertigt aus starkem, aber extrem dünnem, silberfarbenem Metall, das zu einem komplizierten Muster gebogen war, indem die dünnen Drähte um- und durcheinanderwirbelten.

»Zieh dein Hemd aus und leg es an. Es muss direkt auf der Haut aufliegen.«

Annwyl folgte der Anweisung der Königin, zog rasch ihren Wappenrock und das Hemd aus und legte die Kette direkt an ihren Halsansatz. Sie lag flach auf ihrem Schlüsselbein und dem oberen Teil ihrer Brust auf, während zwei dünne Stränge um ihren Hals verliefen und im Nacken geschlossen wurden. Sie zog sich schnell wieder an, erpicht darauf, dort wegzukommen, da der Tagesanbruch und damit der Kampf für ihr Volk näher rückte. Sie betete, dass es keine weiteren Fragen mehr gäbe.

»Na, wie passt es?«

Annwyl nickte. »Gut. Und das wird mich vor Hefaidd-Hen schützen?«

»Nein. Das wird dir nicht helfen.« Annwyl seufzte entnervt. Warum sollte sie dann ihre Zeit damit verschwenden, Schmuckstücke anzulegen? Doch bevor sie diese Frage stellen konnte, legte die Königin den Kopf schief. »Das wird dir nicht gegen Hefaidd-Hen helfen, aber dies hier.«

Annwyl sah auf und sah die Königin eine Flammenkugel entfesseln, die sie aus dem Raum schleuderte.

Morfyd und ihre drei Geschwister warteten vor dem Gemach der Königin. Éibhear, der jüngste Bruder, hüpfte aufgeregt um sie herum. »Wann gehen wir? Wann? Wann?«

Briec sah ihn ruhig an. »Wenn du diese Frage noch einmal stellst, rasieren wir dir den Kopf … noch einmal.«

Éibhear versank in mürrisches Schweigen, während Morfyd sich fragte, was das Mädchen so lange da drin tat. Sie riskierte Fearghus' Zorn, indem sie Annwyl hierher zur Königin gebracht hatte. Die Chancen standen gut, dass das Mädchen nicht überleben würde. Aber sie musste es riskieren, und Annwyl hatte ihr zugestimmt. In den mehr als zweihundert Jahren ihres Lebens hatte sie nie einen mutigeren Menschen kennengelernt. Einen, der bereit war, sich der Königin der Drachen zu stellen. Und Morfyd hatte sie gewarnt. Gewarnt, dass die Königin keine Sympathie für Menschen aufbrachte. Annwyl hatte gelacht. Nicht abschätzig – aber nachdem sie sich gegen Bercelak gewehrt hatte, klang fehlende Sympathie in ihren Ohren nicht besonders beängstigend. Also ging sie allein hinein, um sich dem einen Wesen zu stellen, das sie schützen oder sie auf der Stelle in Asche verwandeln konnte.

Morfyd hatte immer noch keine Ahnung, welches von beidem die Königin wählen würde. Sie hatte vor langer Zeit die Versuche aufgegeben, ihre Launen erraten zu wollen. Jetzt konnte sie nur hoffen, dass ihre Vorliebe für Fearghus das Mädchen am Leben erhielt.

Die Geschwister hörten auf zu reden. Sie hörten es alle. Das unverwechselbare Geräusch von Luft, die in Lungen gesogen wurde. Sie wandten sich einander zu, gerade als der Feuerball aus dem Gemach geflogen kam. Er traf die Wand und krachte auf den Boden.

»O ihr Götter! Annwyl!« Morfyd und Gwenvael hasteten zu Annwyl hinüber, die sich auf dem Boden wälzte, um die Flamme zu ersticken. Doch bis sie bei ihr waren, war die Flamme verschwunden.

Nein. Das war nicht richtig. Sie verschwand nicht. Sie drang *in* sie ein. Ihre Haut saugte die Flamme auf. Annwyl jedoch schrie weiter und wälzte sich herum, ohne zu ahnen, dass das Feuer fort war.

Morfyd hielt sie fest. »Annwyl! Annwyl! Schon gut!«

Nach einer Weile hörte Annwyl auf. Sie rollte sich zu einer Kugel zusammen und atmete tief und hastig, zitterte am ganzen Körper. Sie warteten. Schweigend. Warteten, dass es aufhörte. Doch die Stimme der Königin rief aus dem Gemach: »Es ist noch nicht vorbei, meine Lieben!«

In diesem Moment begann Annwyl wieder zu schreien. Nicht vor Angst oder Panik. Sondern vor purem, unbändigem Schmerz. »Macht das weg! *Macht das weg!*« Sie riss sich den Wappenrock und ihr Kettenhemd vom Leib und grub mit den Fingern in die Haut an ihrer Kehle und ihrem Hals. *»Macht das weg!«*

Morfyd belegte das Mädchen mit einem Zauber, der sie auf der Stelle bewusstlos machte. Annwyl fiel zurück, und Morfyd untersuchte sie.

»Was sind das hier für Male?«, fragte Gwenvael neben ihr.

»Ich weiß es nicht.« Morfyd fuhr mit den Händen über die Haut und spürte etwas direkt darunter. Etwas war ins Fleisch des Mädchens eingebettet. Etwas, von dem sie wusste, dass es ein paar Stunden zuvor noch nicht dagewesen war. Innerhalb von Sekunden nahmen die Male eine tiefbraune Farbe an, und Morfyd schnappte nach Luft. »Die Kette von Beathag!«

Gwenvael blieb vor Ehrfurcht der Mund offen stehen. »*Die* hat sie ihr gegeben?«

Briec schnaubte angewidert. »Der einzige Grund, warum sie sie dieser Frau gegeben hat, ist Fearghus.«

»Tja, sie hat dich nie gemocht«, murmelte Gwenvael.

»Tolle Brüste!«, bemerkte Éibhear beiläufig.

»Würdest du dich bitte zusammenreißen!«, herrschte Morfyd ihren übergroßen kleinen Bruder an. Sie hob das Mädchen hoch. »Hilf mir, ihr die Kleider wieder anzuziehen. Wir müssen sie schnell hier rausbringen, die anderen dürfen sie nicht sehen.« Der Drachenhof würde noch früh genug von dem Geschenk der Königin erfahren.

Ihr Kettenhemd war verbrannt. Ihr Haar war dunkler, die goldenen Strähnen darin leuchtender. Und ihre Haut sah aus, als hätte sie mehrere Tage unter den heißen Wüstensonnen von Alsandair verbracht. Aber davon abgesehen lebte Annwyl.

Sie zogen sie rasch an und stellten sie auf die Beine; Gwenvael nahm einen Arm, Briec den anderen. Morfyd murmelte einen Gegenzauber und Annwyl wachte auf, immer noch schreiend.

»Annwyl!« Sie hatte einen Heilzauber auf ihre Brust gelegt, um den Schmerz zu stoppen. Sie hielt das Gesicht des Mädchens mit beiden Händen und rief noch einmal ihren Namen.

Endlich hörte Annwyl auf zu schreien. Sie sah sich um.

»Besser?«

Annwyls Blick richtete sich auf sie, und ihre berüchtigte Wut brach aus ihr heraus. *»Was hat diese Schlampe mit mir gemacht?«*

»Das habe ich gehört!« Die Geschwister zuckten zusammen und begannen, Annwyl die Treppe hinabzuzerren, während sie ihre wütenden Proteste ignorierten. Doch als sie schauderte und unkontrolliert zu zittern begann, blieben sie stehen.

Morfyd strich dem Mädchen die Haare aus dem Gesicht. »Alles in Ordnung, Annwyl?«

Nach einer Weile nickte Annwyl. Ihr Götter, das Mädchen hatte Kraft. Sogar mehr als manche Drachen besaßen.

»Das wird schon wieder. Lasst mir nur ein bisschen …« Annwyls Blick richtete sich auf Éibhear. »Deine Haare sind blau.«

»Ich bin ein blauer Drache«, verkündete der mit seinem üblichen Stolz. Morfyd verdrehte die Augen. Éibhear liebte seine blauen Haare sehr.

Annwyl sah Morfyd an. »Noch ein Bruder?«

Morfyd zuckte die Achseln, während sie eine weitere Treppe hinaufgingen, an deren oberem Ende sie Bercelak trafen.

Er sah auf Annwyl hinab. »Dann hat sie also überlebt?«

»Sieht so aus, Vater«, antwortete Morfyd ein wenig selbstzufrieden.

Annwyl, die immer noch von Gwenvael und Briec gestützt wurde, hob den Kopf und sah Bercelak mit anklagenden, schmalen Augen an. »Warum ist die Königin in ihrem Gemach angekettet?«

Morfyd schloss in purer Verlegenheit die Augen. *Nur das nicht …*

Bercelaks Beziehung mit ihrer Mutter brachte all ihre Kinder fortwährend entweder in Verlegenheit oder ging ihnen schlicht auf die Nerven. Hätte Morfyd nicht mit Sicherheit gewusst, dass sie einander mehr als alles andere liebten, hätte sie sich schon vor langer Zeit aus purem Ekel von dem Klan getrennt.

Ihr Vater grinste. »Hat sie sich beschwert?« Morfyd und Briec tauschten beschämte Blicke, während Gwenvael und Éibhear ihr Lachen unterdrückten.

Annwyl schüttelte den Kopf. »Nein.«

»Warum kümmert es dich dann, was zwischen mir und meiner Gefährtin vor sich geht?«

Annwyl sah ihn nachdenklich an, dann dämmerte es ihr. »Oh, bei allen Göttern!«

»Zeit zu gehen!« Morfyd setzte sich wieder in Bewegung. »Die Sonnen werden bald aufgehen.«

»Ja. Ihr solltet euch alle auf den Weg machen.«

Morfyd blieb stehen und sah ihren Vater an. »Wir alle?« Sie hatte ihre Brüder bereits überredet, Fearghus zu helfen, aber sie hatten es ohne Bercelaks Wissen tun wollen. Jetzt schien es, als würde ihrem Vater endlich die Gefahr bewusst, die davon ausging, wenn Lorcan und Hefaidd-Hen diese Schlacht und vielleicht den Geschwisterkrieg gewannen.

»Aye. Ihr könnt euren Bruder nicht allein gegen ein paar Menschen kämpfen lassen. Ihr müsst alle mit ihm gehen. Ich werde hier bei der Königin bleiben.«

»Da gehe ich jede Wette ein«, murmelte Annwyl tonlos.

Die Geschwister tauschten Blicke, als Bercelak sie in Richtung Ausgang schob. »Geht jetzt. Sofort. Ihr habt nicht viel Zeit.«

»Wartet!« Morfyd sah ihre jüngere Schwester Keita in menschlicher Gestalt auf sie zulaufen. Sie trug ein wunderschönes Kleid, das ihr vermutlich irgendein Adliger geschenkt hatte, der sie für eine süße Maid gehalten hatte, bevor er sie ins Bett mitgenommen hatte und dort eines Besseren belehrt worden war. Na ja, vielleicht hatten sie auch ein Adliger, sein Bruder und sein Cousin ins Bett mitgenommen. Alle gleichzeitig. *Schlampe.* »Tut mir leid, ich bin zu spät!«

»Was machst *du* denn hier?«

»Papa hat mich gebeten zu kommen.« Sie schüttelte ihre langen roten Haare, bevor sie zu Bercelak hinauflächelte, der zurücklächelte und ihr auf die Schulter klopfte.

»›Papa hat mich gebeten zu kommen‹«, äffte Morfyd sie böse nach. Ihre Schwester grinste sie höhnisch an, und sie hatte gute Lust, Papas kleiner Prinzessin ins Gesicht zu treten, doch Annwyls Stimme hielt sie zurück.

»Wie viele seid ihr eigentlich genau in eurer Familie?«

»Zu viele«, antworteten die Geschwister im Chor.

17

Danelin hatte die ersten neun Jahre seines Lebens in den Kerkern der Insel Garbhán verbracht. Er hatte gegen die Soldaten der Insel gekämpft, seit er zwölf war. Und er hatte gelernt, nichts außer den Zorn der Geschwister zu fürchten, den jeder halbwegs intelligente Mensch fürchtete.

Bis zu dem Tag, an dem der schwarze Drache mitten in ihrem Lager landete. Zum ersten Mal erfuhr er, was wahre Angst bedeutete. Er sah die schwarzen Krallen der Bestie auf dem Boden aufsetzen. Sah zu, wie der mächtige, gehörnte Kopf sich langsam drehte, als er die Soldaten um sich herum beobachtete. Hörte ihn Annwyls Namen brüllen. Er dachte, solch eine Angst würde er nie wieder erleben.

Das stellte sich als Irrtum heraus.

Jetzt vor einem Drachen zu stehen, der sich in einen Menschen verwandelt hatte, und ihm zu erklären, dass seine Geliebte gegangen war – aber »keine Sorge, sie wird früh genug wieder hier sein« –, machte ihn mit einer ganz neuen Welt der Angst bekannt. Vor allem, weil der Drache nackt vor ihm und Brastias stand, die riesigen Arme vor seiner riesigen Brust verschränkt, die riesigen Beine fest in den Boden gestemmt und, was ihn am meisten beunruhigte: mit schwarzem Rauch, der sich aus seinen Nasenlöchern kräuselte.

Glücklicherweise hatten sie die Soldaten schon vorausgeschickt. Doch die zwei Sonnen gingen auf, und er brauchte Brastias im Dorf. Jemand musste sie anführen, da sie in Wahrheit keine Ahnung hatten, wann Annwyl zurückkommen würde. Auch wenn er und Brastias nicht vorhatten, dem Drachen das zu sagen. Jetzt wurde ihnen natürlich auch bewusst, dass sie dem Drachen nichts von Annwyl hätten sagen sollen, solange sein großer Körper den Ausgang blockierte. Er stand zwischen ihnen und dem Weg aus dem Zelt.

Und der Drache rührte sich nicht.

»Das heißt, ihr habt sie einfach gehen lassen?«

Danelin tauschte Blicke mit Brastias.

Brastias hob eine Augenbraue. »Vielleicht hast du Annwyl die Blutrünstige nie wirklich kennengelernt, aber man sagt ihr nicht, wo sie hingehen darf oder nicht. Man sieht einfach zu, dass man ihr nicht im Weg steht.«

Danelin zwang sich, sich nicht zu ducken, als der Drache missmutig knurrte.

Er beobachtete die zwei Menschen, die ihn anstarrten. Brastias sah verärgert aus. Der Junge sah aus, als würde er jede Sekunde anfangen zu schreien. Er wusste, dass er seinen Zorn über Annwyl nicht an diesen beiden Männern auslassen sollte, aber sie waren hier und Annwyl nicht.

Das Letzte, woran er sich erinnerte, war, wie dieser wundervolle Körper mit dem geflüsterten Versprechen aus dem Bett glitt schnell wiederzukommen. Mehrere Stunden später wachte er von dem Geräusch von Annwyls abrückenden Soldaten auf. Außerdem entdeckte er, dass sein Bett kalt und seine Frau nirgends zu sehen war. Ein Gefühl, das ihm, wie er feststellte, gar nicht behagte.

Bis er seine menschliche Gestalt aus dem Bett gequält hatte, waren die meisten Soldaten fort – bis auf Brastias und den Jungen. Er trieb sie in einem der Vorratszelte in die Enge und weigerte sich, sie gehen zu lassen. Ihre anmaßende Einstellung zu Annwyls Verschwinden mit seiner Schwester verstärkte seine Wut nur noch. Wohin Morfyd sie gebracht hatte, konnte er nur raten. Aber wenn er richtiglag, würde seine Schwester dafür bezahlen.

»Wir sind nicht für sie verantwortlich, Drache. Genauso wenig wie du.«

Er musste zugeben, dass Brastias sich als sehr viel mutiger erwies als er gedacht hatte. Der Junge jedoch sah nicht aus, als könne er noch viel mehr ertragen. Aber er war noch nicht fertig mit ihnen. Bald würde er anfangen damit zu drohen, ihnen Körperteile auszureißen, doch eine Hand auf seiner nackten Schulter hielt ihn zurück.

»Da seid ihr ja alle«, lächelte Annwyl. »Alles in Ordnung?«

Fearghus blickte finster. »Nein. Nichts ist in Ordnung. Wo zum Teufel warst du?«

»Diskutiert wird später. Jetzt wird gekämpft.« Auf ihre Kopfbewegung hin verließen Brastias und der Junge eilig das Zelt. »Ich hoffe, du hast ihnen keine Angst gemacht.«

»Annwyl.« Er nahm ihren Arm. »Was ist los?« Er sah ihr ins Gesicht und fragte sich, was daran anders war. Die zwei Sonnen hatten gerade begonnen aufzugehen und im Zelt war es immer noch dunkel, deshalb konnte er nicht allzu deutlich sehen, doch er wusste, dass sich etwas verändert hatte.

»Später. Im Augenblick brauchen mich meine Leute, Fearghus.« Sie stellte sich auf die Zehenspitzen und küsste ihn leicht. »Vertrau mir.«

Er rieb seinen Kopf an ihrer Wange und atmete ihren Duft ein. »Versuche, dich nicht umbringen zu lassen, Annwyl.«

Sie lachte. »Warum sagt ihr mir das alle ständig?«

Er küsste sie lang und intensiv, bis sie sich von ihm losmachte. Es gefiel ihm, dass es sie einige Anstrengung zu kosten schien.

»Wir … äh … gehen besser.« Sie sah noch einen Augenblick auf seine Lippen, dann trat sie mit einem tiefen Seufzen von ihm zurück und verließ das Zelt.

Er folgte ihr, nur um verblüfft festzustellen, dass dort seine Geschwister auf ihn warteten. *Alle* seine Geschwister.

»Ihr zwei habt ja lange gebraucht«, fuhr Briec sie an.

»Was genau habt ihr beiden da drin eigentlich gemacht?«, grinste Gwenvael.

»Großer Bruder!« Keita breitete die Flügel weit aus und drängte damit Morfyd ab.

Morfyd hieb ihre Klaue auf den Boden, dass die Erde bebte. »Wenn du das noch einmal machst, Keita, dann reiße ich dich hier und jetzt in Stücke!«

»Lasst uns gehen! Lasst uns gehen! Lasst uns gehen!« Éibhear stieg in die Luft und umkreiste die Gruppe. »Na los! Sonst verpassen wir noch die besten Opfer!«

Fearghus warf Annwyl einen wütenden Blick zu. Sie trat achselzuckend einen Schritt von ihm zurück. »Sie wollten helfen.«

»Wenn wir mit deinem Bruder fertig sind, werden wir darüber aber noch reden!«

»Versprochen, versprochen.« Annwyl grinste ihn an, während sie sich rasch ihre Schwerter auf den Rücken schnallte, Lederhandschuhe überzog und ihre Haare mit einem langen Lederstreifen zurückband.

Fearghus trat in die Mitte des Lagers und verwandelte sich, wobei er sich größte Mühe gab, seine sich kabbelnde Sippe zu ignorieren. Er schüttelte seine Mähne und wandte sich an Annwyl, die ihre Schwerter auf dem Rücken befestigte.

»Lady Annwyl?«

Annwyl hatte ihre Waffen festgemacht. »Drachenfürst?«

»Ich denke, es ist Zeit, dass wir dich zur Königin machen.«

Annwyl nickte kurz … und lächelte.

Brastias wälzte sich zur Seite und wich dem Kriegshammer aus, der auf seinen Kopf zielte. Er stand auf, hob seine Axt mit Schwung von unten und zerteilte den Mann vom Schritt bis zum Hals.

»Hinter dir!« Brastias drehte sich nicht um, sondern schwang seine Axt hinter sich nach oben. Er hackte einem Soldaten den Schwertarm ab, dann drehte er sich um, um dem Mann den Rest zu geben. Während er seine Axt aus der Leiche des Mannes zog, sah er zu Danelin hinüber, der die Warnung gerufen hatte.

»Wo ist sie, Brastias?«, schrie der Krieger über den Kampflärm hinweg.

»Sie wird kommen.«

»Na ja, sie und diese Drachen sollten besser schnell hier sein!«

»Warum?«

Danelin deutete zum Himmel hinauf, und Brastias wandte sich um, um zu sehen, warum das Blut aus dem Gesicht seines Leutnants wich. Es war nicht nur die Tatsache, dass es ein Drache war. Oder dass Lorcan auf ihm ritt. Sondern die Tatsache, dass sie nicht allein waren. Acht weitere Drachen flogen mit ihnen, für den Kampf gerüstet.

Brastias schauderte. Die Lage wurde zusehends schwieriger.

Während sie zum Kampf flogen, gab Fearghus genaue Anweisungen, während Annwyl sich an seinem Rücken festklammerte. »Lorcan gehört Annwyl. Hefaidd-Hen ist für mich. Ihr tötet alle anderen, die Lorcans Farben tragen. Verstanden?«

»Warte. Ist das alles? Hat unser Bruder keine weisen Worte für uns, bevor wir in den Kampf ziehen?«, wollte Gwenvael sarkastisch wissen.

»Doch, die habe ich: Lasst euch nicht umbringen.« Morfyd und Keita lachten und segelten davon. Ihre drei Brüder folgten ihnen.

»Und Annwyl: Denk daran, was ich dir gesagt habe.«

»Ich soll meine rechte Seite schützen?«

»Nein.«

»Mit der Linken antäuschen?«

»Nein.«

»Hübscher Hintern?«

»Nein!« Sein ärgerliches Knurren entlockte seiner Frau nur ein honigsüßes Kichern.

»Ich soll meine Wut unter Kontrolle halten, mein Herz?«

»Herablassende Kuh!«

18 Der Feuerball verpasste sie knapp, und sie klammerte sich verzweifelt an Fearghus' Hals und Haare, während er mitten im Kampf herumwirbelte und abtauchte. Ein paar quälende Augenblicke lang stand ihre Welt auf dem Kopf, und sie war sich sicher, dass sie sich jeden Augenblick würde übergeben müssen, als der Drache sich zu ihrem Glück wieder umdrehte. Egal, was er dazu sagte: Sie würde ihm einen Sattel besorgen!

Als sie sich dem Boden näherten, erblickte sie Brastias. »Dort! Lass mich dort runter!«

Fearghus sank tiefer, pflügte durch einen Trupp berittener Soldaten und kam schlitternd vor einem verblüfften Brastias zum Stehen.

Annwyl glitt vom Rücken des Drachen. Sie zog beide Schwerter und wandte sich zu ihrem geliebten Drachen um.

Die beiden sahen sich an.

»Bleib gesund, Lady Annwyl.«

»Bleib am Leben, Drachenfürst.«

Fearghus entfaltete seine mächtigen Schwingen und schwang sich in die Luft, um sich der Schlacht anzuschließen, die bereits zwischen den anderen Drachen und seinen Geschwistern tobte.

»Wir sind froh, dass du hier bist.« Brastias stand jetzt neben ihr, voller Blut, von dem sie glaubte, dass es größtenteils nicht von ihm selbst stammte.

»Tut mir leid, dass ich so lange gebraucht habe, mein Freund.« Sie wog ihre Klingen. Wie immer fühlten sie sich gut in ihren Händen an. Sie war bereit.

»Wo ist er, Brastias?«

»Da oben.« Er deutete auf einen Bergrücken, wo sie die

Kampfschreie von Männern hören konnte. Doch zwischen ihr und ihrem Bruder befand sich eine Batterie von Soldaten, die alle nach ihrem Blut schrien.

Ein Soldat rannte auf sie zu; der Blutdurst hatte Besitz von ihm ergriffen. Sie hieb ihre beiden Schwerter zusammen und trat zur Seite, als der Kopf des Mannes von seinem Körper abgetrennt wurde.

Annwyl lächelte Brastias an. »Vielleicht solltest du das von hier an mir überlassen.«

Sie fragte sich, was er in ihrem Gesicht las, als sie ihn ansah, denn er erbleichte sichtlich und wich vor ihr zurück. »Wie immer, Annwyl. Sie sind alle dein.«

Annwyl lächelte und ging zum Angriff über, tötete alles, was ihr im Weg stand und nicht die Farben ihrer Armee trug.

Ein Blitz traf Fearghus direkt in die Brust. Mit einem Brüllen flog er zurück. Hefaidd-Hen und seine Blitzdrachen. Violette Bestien aus den Nordlanden mit unglaublichen Kräften, doch er hatte die stechenden Schmerzen bereits satt, die ihre Blitze verursachten. Außerdem wusste er, dass sie seine Haare versengten.

Er sah Gwenvael hinter dem Drachen auftauchen. Also griff er noch einmal an, um ihn abzulenken und konnte gerade noch dem Blitz entkommen, den das Biest losschickte. Als der Drache sich zurücklehnte, um noch einen zu schleudern, nahm Gwenvael seinen Hals zwischen die Kiefer und hielt ihn fest. Fearghus kam im Sturzflug heran und rammte dem Biest seine Klauen in Weichteile und Bauch und riss sie auf. Der Drache brüllte vor Schmerz, während sich seine Eingeweide über dem Schlachtfeld verteilten. Und als sie ihn losließen, fiel er zu Boden und erschlug dabei ein paar von Lorcans Männern.

Die zwei Brüder sahen sich an. Nie kamen sie so gut miteinander aus als wenn sie gemeinsam eine Schlacht fochten. Und Fearghus gab endlich vor sich selbst zu, dass es ihm Freude machte, dass seine Familie heute mit ihm kämpfte.

Die beiden Brüder trennten sich, und Fearghus gesellte sich zu Morfyd, um ihr zu helfen. Doch als sie zwei Drachen erledigte – einen mit Flammen und den anderen mit einem Zauber –, war er sich nicht mehr sicher, warum er sich Sorgen um sie gemacht hatte.

Dann sah er Éibhear an sich vorbeipurzeln. Er schnappte seinen Bruder am Arm, bevor der auf die Erde fallen konnte, während er den feindlichen Drachen mit seiner Flamme traf und zurückschlug.

»Éibhear! Bist du in Ordnung?«, fragte er in der alten Sprache der Drachen.

»Aye, Bruder. Dieses Miststück hat mich nur überrumpelt, das ist alles.«

»Tja, dann achte darauf, was hinter dir los ist, Kleiner! Ich würde es mir ewig anhören müssen, wenn dir etwas passiert. Du bist ihr Liebling.«

Éibhear stieg wieder in die Luft und jagte der Drachenfrau nach, die gerade versucht hatte, ihn zu töten.

»Morfyd!« Fearghus flog zu seiner Schwester. »Hefaidd-Hen. Wo ist er?«

Seine Schwester schloss die Augen und versuchte, die Fühler ihrer Magie auszustrecken und den Drachen zu finden. Plötzlich riss sie die Augen auf und sah ihren Bruder an.

»Was ist los?«

»Annwyl.«

Annwyl riss eine Schneise in die Truppen ihres Bruders. Die meisten von ihnen köpfte sie, wie es ihre Art war. Sie verlor nur Zeit mit Armen und Beinen, wenn der Kopf nicht bequem erreichbar war. Und diese Gliedmaßen hackte sie nur ab, um den Feind lange genug zu bremsen, damit sie den Kopf abschlagen konnte.

Ein Soldat warf sich auf sie. Sie parierte seinen Schlag, hieb ihm mit ihrem anderen Schwert den halben Schädel weg und ließ die Schreie des Mannes verstummen. Sie drehte sich um, als ein weiterer Soldat hoffte, sich von hinten anschleichen zu können. Sie schlitzte ihm den Bauch auf, was sie ebenfalls gerne tat. Vor allem, wenn ihre Klinge die Gedärme löste.

Mit einem Lächeln wurde ihr bewusst, dass sie ihren Namen ehrlich verdiente. Sie war tatsächlich Annwyl die Blutrünstige. Und stolz darauf. Doch sie wurde es müde, ihre Zeit an diese Männer zu verschwenden. Sie wollte ihren Bruder. *Seinen* Kopf wollte sie. Und bei den Göttern, sie würde ihn bekommen.

Sie schlachtete zwei weitere Soldaten ab, die dumm genug waren, ihr in den Weg zu geraten, dann stürmte sie den Bergkamm hinauf und schrie dabei nach Lorcan. Oben kam sie in dem nassen Gras rutschend zum Halten. Lorcan wartete auf sie. Mit seinem Drachen.

Sie warf einen Blick hinter sich und sah, dass weitere seiner Soldaten ihr den Fluchtweg abschnitten.

Annwyl sah ihren Bruder böse an. »Na, Angst, dich mir allein zu stellen, Lorcan?« Er sah ihr nicht einmal in die Augen. »Kannst du mir nicht antworten, Bruder?«

»Du kannst deine Fragen an mich richten, Lady Annwyl.«

Der Sprecher konnte nur Hefaidd-Hen sein. Anders als bei Fearghus und seiner Sippe sah sie in dieser Bestie keine Schönheit. Keine Anmut oder Eleganz. Nur einen kaltblütigen Mörder. Sein Drachenkörper schien fast wie ein Skelett. Seine Farbe war ein widerwärtiges Madenweiß. Seine Drachenaugen waren von einem blassen, wässrigen Blau. Allein sein Anblick verursachte ihr eine Gänsehaut.

»Bist du jetzt der Herrscher der Dunklen Ebenen, Hefaidd-Hen?«

»Ich bin lediglich Lorcans Berater.«

»Und was war dein Rat an meinen Bruder?«

»Dass er seine Zeit nicht damit verschwenden soll, dich zu töten. Das sollte er mir überlassen.«

Annwyl unterdrückte ihre Panik. Die Königin hatte ihr ein Geschenk gemacht, das ihr helfen sollte, Hefaidd-Hen zu bekämpfen. Sie hatte keine Ahnung, was ihre Flammen bewirkt haben sollten, doch sie betete, dass die Königin ihr wirklich geholfen hatte. Sie betete inbrünstig. Denn obwohl sie Brastias' Rufe an seine Männer hörte und hören konnte, wie sie kämpften, um die Linie von Soldaten zu durchbrechen, die sie von ihr trennte, wusste sie es doch. Sie wusste, als Hefaidd-Hen sich zurücklehnte, um eine Lunge voll Luft einzusaugen, dass sie niemals rechtzeitig bei ihr sein würden.

Sie sah ihren Bruder an. »Egal, was passiert: Wir sind noch nicht miteinander fertig, Bruder.«

Fearghus flog so schnell er konnte; Morfyd tat ihr Bestes, um mitzuhalten und rief seinen Namen. Er ignorierte sie. Morfyd sah den Hinterhalt. Ein Hinterhalt, allein für Annwyl. So stark sie jetzt auch war: Sie würde niemals allein mit Hefaidd-Hen fertig werden. Sie konnte nicht gegen ihn gewinnen. Er war nicht nur ein Drache, sondern auch ein Zauberer. Seine Flamme würde, genau wie manchmal auch die von Morfyd, mit alter Magie getränkt sein.

Doch als Fearghus nun dem Bergrücken näher kam, auf dem seine Frau stand, konnte er sehen, dass er nicht rechtzeitig dort sein würde. Egal, wie schnell er flog. Egal, was er tat. Er würde sie verlieren.

Brastias konnte die feindlichen Soldaten nicht aus dem Weg räumen und es auf den Bergrücken hinauf schaffen, bevor das widerliche Biest eine Flamme spie, die seine Anführerin komplett in weiß glühendes Feuer hüllte. Und zwar keine normale Flamme wie die, die er ihren Drachenliebhaber hatte spucken sehen. Es war etwas anderes. Und scheinbar eine Verschwendung von Magie, wenn man bedachte, dass sie nur ein Mädchen war.

Doch als die Flamme und der Rauch sich verzogen, stand sie immer noch da. Die Augen fest zugekniffen, das Gesicht abgewandt. Alles war, wie es sein sollte. Sogar ihr Kettenhemd und ihr Wappenrock.

Brastias blieb stehen. Das war nicht möglich. Eigentlich hätte nichts von ihr übrig sein dürfen. Nicht einmal Asche.

Er sah den Drachen verwirrt zurückweichen, als Annwyl langsam die Augen öffnete und sich umsah. Sie erwartete höchstwahrscheinlich, von ihren Vorfahren umgeben zu sein, die sie in der nächsten Welt willkommen hießen. Stattdessen richtete sich ihr Blick auf einen verblüfften und ein kleines bisschen beunruhigten Brastias.

Sie grinste ihn an und wackelte mit den Augenbrauen. »Sie ist wirklich irre«, flüsterte er, als sie sich umdrehte und den Drachen ansah.

»Hast du mich verfehlt?«, fragte sie honigsüß.

Der Drache sah aus, als wolle er antworten, doch er kam nicht dazu. Fearghus schoss herab und riss ihn nach oben, die schöne Morfyd direkt hinter sich.

Brastias warf sich wieder ins Schlachtgetümmel, allerdings nicht ohne gehört zu haben, wie Annwyl sich an Lorcan wandte: »Dann bleiben wohl nur noch wir beide übrig, was, Bruder?«

Lorcan lächelte. Die Lage hatte sich zu seinen Gunsten gewendet. Er wusste, dass er Hefaidd-Hen nicht allein besiegen konnte. Er hatte schon vorher Drachen getötet. Doch Hefaidd-Hen war kein gewöhnlicher Drache. Er war etwas ganz anderes. Unnatürlich. Böse. Schrecklich. Doch nun, als Hefaidd-Hen fort war, um gegen seine eigene Art zu kämpfen, konnte Lorcan endlich tun, was er schon seit dem Tag tun wollte, als diese kleine Schlampe Teil seines Lebens geworden war.

Er würde seine einzige Schwester töten.

Lorcan hob sein Schwert und griff an.

Annwyl parierte den Schlag und schlitzte ihrem Bruder den Rücken auf, als er an ihr vorbeikam. Doch ihre Klinge berührte ihn kaum. Er wirbelte wieder zu ihr herum.

»Du bist schnell geworden, kleine Schwester.« Er grinste sie offen anzüglich an. »Hat der Drache dir das beigebracht, bevor er dich auf die Knie zwang?«

Die Geschwister belauerten sich gegenseitig. Sie bewegten sich langsam, vorsichtig. Warteten, dass der andere den nächsten Schritt tat.

Annwyl wusste genau, was ihr Bruder vorhatte. Er köderte sie. Und es hätte funktioniert ... vor ein paar Wochen.

»Er hat mir vieles beigebracht, Bruder. Allerdings glaube ich, dass du es bist, der zur Hure eines Drachen geworden ist. Hat dich Hefaidd-Hen zum Stöhnen gebracht, als er dich nahm?«

Lorcan begann zu knurren, doch es wurde rasch zu einem ausgewachsenen Brüllen. Er griff an. Ein direkter Stoß in Richtung ihres Bauches. Annwyl parierte ihn mit einer Klinge und schlitzte seine Körpermitte mit der anderen auf. Dann tänzelte sie rückwärts von ihm weg.

Ihr Bruder sah nach unten auf das Blut, das unter seiner Rüstung heraussickerte. Annwyl wusste, dass es nur eine leichte Verletzung war. Doch Lorcans Schock kam daher, dass wenige vor ihr so dicht davor gewesen waren, ihn zu treffen. In diesem Augenblick wusste sie, dass sie ihn hatte, wo sie ihn haben wollte.

Seine Wut brach aus ihm heraus und umschloss sie. Sie wusste, dass sie Angst bekommen sollte. Oder wütend werden. Nichts davon fühlte sie. Seine Wut beruhigte sie. Besänftigte sie. Sie wusste, dass sie die Kontrolle hatte, während er in seiner eigenen Raserei erstickte.

Sie blieb in der Defensive, ließ ihn auf sich zukommen. Er griff erneut an; diesmal zielte er auf ihren Hals. Sie parierte die Klinge und warf sich mit ihrem Körper gegen ihn. Lorcan stolperte rückwärts. Er richtete sich jedoch schnell wieder auf und traf Annwyl mit einem brutalen Hieb. Ihr Körper flog mehrere Fuß weit, bevor er auf dem Boden landete. Doch ihr Drache hatte sie beim Training auch schon so getroffen, deshalb spürte sie Lorcans Faust kaum. Sie war schon wieder auf den Beinen, bevor er sie erreicht hatte.

Nach den Kämpfen mit Fearghus erschienen ihr Lorcans Bewegungen langsam und ungelenk. Nicht wie die flüssigen Bewegungen ihres Drachen. Plötzlich verstand sie nicht mehr, was sie all diese Jahre so gefürchtet hatte. Zum Teufel, sie hatte sich Bercelak dem Großen gestellt und ihn fast getötet. War ihr Bruder wirklich eine so große Herausforderung?

Sie merkte, wie sie immer ruhiger wurde. Sah seine Bewegungen voraus, lange, bevor er sie ausführte. Außerdem sah sie seine Wut in seinem ganzen Körper brennen. Er wollte sie so dringend tot sehen, dass seine Angriffe schlampiger wurden. Bald war er voller Blut. Und es war nicht ihres.

Fearghus schleppte Hefaidd-Hen hoch hinauf zu den Sonnen, seine Krallen in seinen weichen weißen Bauch gegraben. Er besaß nicht mehr die schützenden Schuppen ihrer Art.

Was hat dieser Drache sich angetan?

Hefaidd-Hen spie einen Zauber aus, und ein beinahe unerträglicher Schmerz durchlief Fearghus' Körper. Ein Schmerz, der von innen kam. Jetzt sah er, dass die Bestie Teile von sich selbst opferte für die Magie, die durch ihre Adern floss. Die Magie, die Hefaidd-Hen nun gegen ihn richtete. Doch Fearghus würde den Mistkerl nicht loslassen. Er würde nur wieder Annwyl verfolgen. Das konnte er nicht riskieren. Also hielt er seine Krallen weiterhin tief in Hefaidd-Hens Fleisch vergraben und hielt ihn fest.

Eine erneute Schmerzwelle brandete durch Fearghus' Körper. Er brüllte. Doch sein Brüllen konnte sich nicht mit Hefaidd-Hens gellendem Schrei messen. Er öffnete die Augen und sah, dass Morfyd sich an Hefaidd-Hens Rücken festhielt. Ihre Klauen gruben sich tief in das weiße Fleisch, während sie einen Zauber sprach, der die Bestie in Brand setzte. Und ohne Schuppen hatte er keinerlei Schutz vor den schrecklichen Flammen, die Morfyd auf ihn abschoss.

»Jetzt, Fearghus! Jetzt!«

Fearghus grub seine Krallen noch tiefer in Hefaidd-Hens Unterleib und riss ihn von den Eingeweiden bis zur Kehle auf.

Hefaidd-Hen schrie. Ein Schrei der Überraschung und des äußersten Schmerzes. Fearghus und Morfyd ließen seinen Körper los. Die widernatürliche Bestie stürzte der Erde entgegen, während sie vergeblich versuchte, ihre Eingeweide im Körper zu halten und das Feuer zu löschen, das sie einhüllte. Morfyd spie der sich entfernenden Gestalt noch einen Zauber hinterher, und Hefaidd-Hen zerbarst in Stücke.

Fearghus sah seine Schwester an. »Das war ein bisschen viel, findest du nicht?«

Sie zuckte unschuldig die Achseln. »Ich gehe gern auf Nummer sicher.«

Annwyl sah eine Lücke in seiner Deckung und ergriff die Gelegenheit. Sie machte einen Ausfallschritt und versenkte ihre Klinge in seinen Oberschenkel. Lorcan brüllte vor Schmerzen auf; er schlug ihr ins Gesicht, und seine behandschuhte Hand riss ihr die Wange auf. Sie ging bäuchlings zu Boden, und er schwang sich auf ihren Rücken, beide Hände an ihrer Kehle. Seine Wut hatte die Kontrolle übernommen, doch sie hätte nie gedacht, dass er seine bloßen Hände benutzen würde, um sie zu töten. Sie hatte nur Sekunden, bevor ihr schwarz vor Augen wurde. Sie zog ihren Dolch und holte nach hinten aus. Schreiend taumelte er von ihr fort.

Annwyl sprang auf, bevor Lorcan sich erholen konnte, wandte sich um und sah ihren Bruder, der sich die Hand vors Gesicht hielt, während das Blut zwischen seinen Fingern hindurchströmte. Sie hatte ihn am Auge getroffen. Rasch, weil sie ihm keine Zeit lassen wollte, sie erneut anzugreifen, lief sie um ihn herum, während er auf dem Boden kniete und sich das blutende Auge hielt. Ihr Vater hatte ihr immer gesagt: Wenn du die Beine eines Mannes zerstörst, hast du den ganzen Mann vernichtet. Daran erinnerte sie sich nun und zerschnitt die Bänder an der Hinterseite von Lorcans Füßen. Sie ignorierte seine Schreie, die sich um das Zehnfache steigerten. Im Bewusstsein, dass er nicht gehen oder laufen konnte, trat sie ihm in den Rücken und warf ihn damit zu Boden.

Annwyl setzte sich rittlings auf ihn, genau wie er es bei ihr getan hatte. Sie schnappte sich das Lederband, das sie benutzte, um ihre Haare zurückzubinden, schlug die Hände ihres Bruders aus dem Weg und wickelte es um seine Kehle. Sie zog die Enden fest und achtete nicht auf seine fuchtelnden Arme, sondern hielt den Zug aufrecht.

Er würde keinen heldenhaften Tod haben. Sie würde ihm nicht den Kopf abschlagen, während er noch atmete, wie sie es mit jedem anderen Krieger getan hätte. Er verdiente solche Höflichkeit nicht. Stattdessen biss sie die Zähne zusammen und zog.

Bald verlangsamten sich seine Bewegungen, und verzweifelte, leidende Geräusche stiegen tief aus seiner Kehle. Sie wartete, bis er ohnmächtig war, und brach ihm dann mit einem festen Ruck das Genick.

Sie ließ ihn los, und sein lebloser Körper fiel zu Boden. Ihr wurde bewusst, dass sie weniger Zeit gebraucht hatte als sie gedacht hatte, um ihren eigenen Bruder tatsächlich zu töten.

»Annwyl.«

Annwyl riss ihren Blick vom Leichnam ihres Bruders los und sah zu der über ihr aufragenden Gestalt ihres Drachengeliebten auf.

»Du musst die Schlacht wenden.«

Sie blickte über das Schlachtfeld und sah, dass ihre Männer und die von Lorcan sich festgefahren hatten. Beide Seiten kämpften gleich gut. Keine Partei gab auch nur im Geringsten Boden preis.

Sie nickte und nahm ihr Schwert auf. »Du hast recht.«

Brastias hob seine Axt, um einen weiteren Mann in zwei Hälften zu spalten, als er ihre Stimme hörte. Klar und fest donnerte sie über das Schlachtfeld und das Land.

»Hört mich an!«

Auf ihren Befehl hörten sie alle auf zu kämpfen und konzentrierten ihre Aufmerksamkeit auf sie. Selbst die Feinde hielten inne. Sie stand auf dem Rücken des schwarzen Drachen, als wäre sie dafür geboren worden.

»Ich bin die Herrin über die Dunklen Ebenen! Ich führe diese Soldaten an! Und jetzt gehört die Insel Garbhán *mir*!« Mit diesem abschließenden Schrei hob sie den Kopf ihres Bruders hoch in die Luft.

Ihre Männer schrien ihren Namen, und Brastias wandte sich wieder dem Soldaten vor sich zu. »Wo waren wir stehen geblieben?«, fragte er, bevor er den Mann in zwei Hälften zerteilte.

19

Fearghus sank tief in die Metallwanne, die jemand in Annwyls Zelt gestellt hatte. Er ließ seinen menschlichen Körper mit den schmerzenden Muskeln von dem heißen Wasser einhüllen. Er wäre lieber zurück an seinem See gewesen, doch für den Augenblick genügte das hier. Abgesehen davon würde er noch früh genug nach Hause kommen.

»Annwyl?« Morfyd betrat das Zelt und blieb beim Anblick ihres Bruders abrupt stehen. »Oh, du.«

»Ja, ich.«

»Wo ist Annwyl?«

»Immer noch beim Feiern mit ihren Männern, nehme ich an.« Er schloss die Augen und lehnte sich in der Wanne zurück. »Ist die Familie wieder weg?«

»Alle bis auf Gwenvael. Er amüsiert sich mit den Lagermädchen, schätze ich.«

»Das sollte auch besser das Einzige sein, womit er sich amüsiert«, knurrte Fearghus.

Morfyd kicherte. »Er hat es versucht, aber ich habe gehört, dass Annwyl damit umgehen konnte.«

»Hat er noch seinen Kopf?«

»Momentan ja.«

»Schwester, ich muss dich etwas fragen.«

»Ja?«

»Wie hat Annwyl die Flammen überlebt? Hefaidd-Hens Flammen?«

»Äh … na ja, weißt du … ähm …«

Fearghus sprang aus der Wanne, ergriff seine Schwester bei den Armen und zog sie vollends ins Zelt hinein. *»Du hast Annwyl allein zu ihr geschickt, oder?«*

»Es war ein Risiko, das sie einzugehen bereit war!« Morfyd riss ihre Arme von ihrem Bruder los und stieß ihn von sich.

»Aber kein Risiko, das *ich* einzugehen bereit war! Nicht auf Kosten ihres Lebens!« Fearghus gab ihr auch einen Stoß.

»Ich fühle mich nicht schuldig für das, was ich getan habe. Ich musste sie beschützen, und die Familie war einverstanden.«

»*Ich* war *nicht* einverstanden!«

»Dich haben wir auch nicht gefragt!« Sie boxte ihren Bruder gegen die Brust.

»Aber Annwyl gehört mir!« Er gab seiner Schwester eine Ohrfeige und schubste sie.

Morfyd stolperte rückwärts und blickte finster. »Nein. Tut sie nicht.« Sie grinste ihn an. »Du hast sie noch nicht in Besitz genommen.« Das ließ Fearghus zusammenzucken. Seine Schwester sprach die Wahrheit. Bis er die Zeremonie der Inbesitznahme vollzogen hatte, war Annwyl als Frau ungebunden. »Du hast sie nicht als die Deine gekennzeichnet. Also gehört sie niemandem. Obwohl die Art, wie Gwenvael sie in letzter Zeit ansieht ... man kann nie wissen.«

Die Geschwister knurrten einander an. Dann nahm Fearghus seine Schwester in den Schwitzkasten.

»Au! Lass mich los, du übergeschnappter Blödmann!«

Er grub seine Knöchel in ihren Scheitel. »Du bist wirklich die lästigste kleine ...«

»Annwyl, ich ...« Fearghus blickte auf, als Brastias das Zelt betrat. Doch der warf nur einen Blick auf die Geschwister, drehte sich auf dem Absatz um und ging wieder hinaus.

Fearghus ließ seine Schwester los und schubste sie von sich weg, damit sie ihm keinen kräftigen Tritt verpassen konnte.

»Wenn ihr irgendetwas passiert wäre ...«

»Ist es aber nicht. Und vielleicht hast du es nicht bemerkt, aber es hat ihr das Leben gerettet!«

Damit zog Morfyd ihr Gewand zurecht, strich sich das weiße Haar aus dem Gesicht, streckte ihrem Bruder die Zunge heraus und ging.

Fearghus knurrte, und Rauch kräuselte sich aus seinen Nasenlöchern. »Zicke!«

Annwyl war auf dem Weg zurück zu ihrem Zelt. Sie war es langsam müde geworden, Gwenvaels Hand alle zehn Sekunden von ihrem Schenkel zu schieben. Am Ende hatte sie einfach seine Finger zurückgebogen, bis sie hörte, wie einer von ihnen ein befriedigendes »Knack« von sich gab. Es ärgerte ihn unwahrscheinlich, doch nach dem vergangenen Tag machte sie sich seinetwegen nun wirklich keine Sorgen.

Sie ging an Reihen von Männern vorüber, die feierten und schlemmten. Es war noch so viel zu tun, doch sie ließ den Männern ihren Spaß. Sie hatten es sich verdient. Und sie würden sich noch viel mehr verdienen. Annwyl wusste, dass sie die Insel Garbhán angreifen musste und die Festung in Besitz nehmen, bevor sie wahrhaftig Königin sein konnte. Es ärgerte sie maßlos, dass sie zu einem Ort würde zurückkehren müssen, den sie so sehr verachtete, doch der Sitz der Macht der Dunklen Ebenen war nun einmal Garbhán. Sie hatte keine Wahl. Und wenn sie dort fertig war, würde sie noch jeden Einzelnen besiegen müssen, der ihrem Bruder möglicherweise immer noch die Treue hielt. Ja, sie hatte viel zu tun. Doch heute Abend würde sie feiern. Der heutige Abend war etwas Besonderes.

Sie verlangsamte ihren Schritt, blieb stehen und sah zum Eingang des Lagers. Dort stand er. Der Kopf ihres Bruders auf einem Spieß. Sie lächelte mit einem überwältigenden Gefühl der Befriedigung.

»Äh … Annwyl?« Sie sah sich um und sah Danelin vor sich stehen. »Du machst den Männern Angst.«

Annwyl sah zu ihren Soldaten hinüber. Sie hatten aufgehört zu essen und beobachteten, wie sie die Überreste ihres Bruders anstarrte. Und sie schienen in der Tat ein bisschen verängstigt.

»Entschuldigung.« Er wollte an ihr vorbeigehen, doch sie hielt ihn auf. »Gute Arbeit heute, Danelin.«

Er lächelte stolz, nickte und ging weiter.

Als sie sich dem Zelt näherte, merkte Annwyl, dass keine Soldaten es bewachten. Das konnte nur eines bedeuten.

Als sie eintrat, sah sie ihn lässig auf einem Sessel mit hoher Lehne fläzen. Eine Felldecke aus dem Bett war um seinen langen, muskulösen Körper gehüllt. Seine frisch gewaschenen langen schwarzen Haare bedeckten teilweise sein Gesicht und die Brust. Ihr stockte der Atem. Sie wurde schon bei seinem bloßen Anblick feucht.

»Drachenfürst.«

»Königin Annwyl.«

Dies war das erste Mal, dass sie ihn sah, seit der Kampf sich gewendet hatte. Er war gegangen, um seiner Familie zu helfen, die feindlichen Drachen zu erledigen; sie selbst, um so viele von Lorcans Männern zu töten wie ihre Soldaten in die Finger bekommen konnten. Doch Krieg und Sex waren jetzt eins für sie geworden. Wahrscheinlich für immer. Sie hieb eine Schneise durch eine Armee aus Männern und wusste dabei, dass sie, je schneller sie ihre Aufgabe erledigte, desto schneller zu Fearghus zurückkehren konnte.

»Ein Bad wartet auf dich.« Sie warf einen Blick hinüber zu der riesigen Wanne. Da sie immer noch das Blut ihres Bruders in den Haaren hatte, war ein Bad vielleicht eine gute Idee.

Sie ging zur Mitte ihres Zeltes und nahm rasch die Schwerter ab, die auf ihrem Rücken hingen.

»Langsam.«

Sie sah zu Fearghus auf. Er beobachtete sie scharf mit seinen schönen schwarzen Augen. Ihr Schoß zog sich zusammen, und es brauchte all ihre Kraft, dass sie sich nicht auf ihn warf. Stattdessen zog sie langsam ihren Wappenrock aus. Streifte ihre Stiefel und ihr Kettenhemd ab. Wickelte die Binden von ihren Brüsten und schlüpfte aus dem Stück Stoff, das ihr Geschlecht verbarg. Als sie fertig war, stand sie nur da. Sein Blick schweifte träge über sie. Betrachtete nicht nur ihren Körper, sondern jede Wunde, die sie nach dem Kampf nun an sich trug.

Er deutete mit einem raschen Blick seiner Augen auf die Badewanne. Sie glitt hinein und schauderte.

»Kalt?«

»Ein bisschen.«

Die Felldecke abwerfend, stand er langsam auf und ging auf sie zu. Sie betrachtete seinen Körper, als er neben der Wanne stehen blieb. Unter all diesen langen, harten Muskeln lagen das Herz und die Seele eines Drachen. *Ihres* Drachen. Sie leckte sich die Lippen; sie konnte nur daran denken, seinen Schwanz noch einmal in ihren Mund zu nehmen.

Fearghus kauerte sich neben sie. Er legte seine Hand in der Wanne zwischen ihre Schenkel. Sie hoffte, dass er sie berühren würde, doch er tat es nicht. Seine Hand blieb einfach dort liegen, bis sie bemerkte, dass das Wasser schön warm wurde. Diese Drachenmagie hatte wirklich etwas für sich.

»Entspann dich«, überredete er sie sanft. Und genau das tat sie, lehnte sich in der Wanne zurück und legte ihren Kopf auf den Rand.

Fearghus goss Wasser über ihr Haar und seifte ihren Schopf ein. Er wusch das Blut und den Schweiß des Tages aus ihren Haaren und schließlich auch von ihrem ganzen Körper.

»Bequem?«

»Ja.«
»Entspannt?«
»Sehr.«
»Gut.«

Dann schrie Annwyl auf, als Fearghus ihren Kopf unter Wasser tauchte. Er hielt sie mehrere lange Sekunden dort, während sie kämpfte, um ihren Kopf von diesem Stück Stahl, das er Arm nannte, zu befreien. Schließlich ließ er sie los, und sie kam hustend und spuckend wieder zurück an die Luft.

»Was in aller ...«

Er nahm sie an den Schultern und hob sie mühelos aus der Wanne. »Hör mir gut zu, Frau. Gehe nie wieder ohne mich zu meiner Familie! *Nie wieder!* Du wirst nie wieder, und ich *meine* nie wieder, dein Leben so aufs Spiel setzen! Haben wir uns verstanden?«

Annwyl riss sich von ihm los und machte mehrere taumelnde Schritte rückwärts. »Nein! Wir haben uns nicht verstanden!« Sie drehte sich zu ihm um. »Ich habe getan, was ich tun musste. Und ich würde es wieder tun! Und ich habe keine Angst vor deiner Familie!«

»Annwyl«, warnte er sie mit zusammengebissenen Zähnen.

»Nein! Ich will nichts davon hören!« Heftig strich sie sich die widerspenstigen, nassen Strähnen braunen Haares aus den Augen. »Hast du überhaupt eine Ahnung, was ich heute durchgemacht habe? Innerhalb von nur einem Tag stand ich in der Flamme der Drachen ... *zweimal*!«

»Aber ich ...«

»Still!« In erschrecktem Schweigen stand er da. »Ich musste mich außerdem diesem kaltherzigen Miststück stellen, die du deine Mutter nennst! Ich habe meinem eigenen Bruder den Kopf abgeschlagen! Und ich musste *deinem* Bru-

der die Hand brechen, weil er nicht aufhören wollte mich anzufassen!«

Fearghus begann zu grinsen, und sie stoppte ihre Tirade. »Was?«

»Du hast ihm die Hand gebrochen?« Widerwillig fing er an zu lachen.

»Na ja, es war mehr sein Finger. Aber dem Theater nach, das er gemacht hat, hätte man meinen können, ich hätte ihm den ganzen Arm gebrochen.«

Fearghus lachte. Sehr. Und am Ende lächelte auch Annwyl.

Was zum Teufel sollte er tun? Er liebte diese Frau. Liebte alles an ihr. Wollte sie als seine Gefährtin. Doch sie musste ein Königreich führen. Verbündete gewinnen. Feinde vernichten. Er sah schon die Furcht in den Augen der Männer. Sie hatten ihren »Tanz« mit der Drachenflamme erlebt. Einen Tanz, den sie überlebt hatte. Und sie wussten alle, dass sie ihn zu ihrem Liebhaber gemacht hatte. Seine Gegenwart würde nur ihre Sicherheit aufs Spiel setzen.

»Was denkst du gerade, Drache?«

Er schüttelte den Kopf und ging auf sie zu. »Nichts«, flüsterte er, während er ihr den Arm um die Taille legte.

»Immer noch ein Lügner, wie ich sehe.« Sie machte sich von ihm los.

Er seufzte. »Was, Annwyl?«

»Du hast vor zu gehen, nicht wahr?«

Woher sie solche Dinge wusste, würde ihm für immer ein Rätsel bleiben. »Schau, du musst ein Königreich …«

»Blödsinn!«

»Was?«

»Er hat mir gesagt, dass du mir mit irgendwelchem noblen Blödsinn ankommen würdest, von wegen ich müsste mein

Königreich verteidigen und niemand könnte uns beide als Paar billigen.«

»Gwenvael«, knurrte er zornig. »Annwyl, es ist zu deinem …«

»Du hast zwei Möglichkeiten, Drache«, unterbrach sie ihn ruhig.

Er verschränkte die Arme vor der Brust. »Ach ja?«

»Ja. Die hast du.«

»Und die wären?«

»Nimm mich jetzt in Besitz. Oder lass mich für immer gehen.«

Er würde seinen Bruder für seine große Klappe umbringen.

»Du weißt nicht einmal, was das bedeutet.«

»Doch, das weiß ich.«

Er wollte sie in Besitz nehmen. Sie sich zu Eigen machen. Doch er hatte vor, abzuwarten, bis sie ihre Herrschaft gesichert hatte. Und wenn sie ihn danach immer noch wollte … »Nein, weißt du nicht.«

»Ich weiß, dass ich nicht mein Leben damit verschwenden werde, auf dich zu warten.« Das saß. Mehr als er zugeben wollte.

»Darum bitte ich dich auch nicht.«

»Ach? Wirklich nicht?«

»Nein.«

»Dann kann ich mir also auf der Stelle irgendeinen Mann nehmen und dir würde es nichts ausmachen?«

»Wenn du das wünschst.« Er hätte gewettet, dass eine Lüge von dieser Größe ihn umbringen würde.

»Tja, irgendein Mann würde mir nicht genügen«, sinnierte sie. »Aber ich glaube, Gwenvael ist noch hier.«

Sie schnappte sich eine Felldecke und steuerte auf den Zelteingang zu. Fearghus ergriff ihren Arm und schwang sie herum. »Das ist nicht lustig!«, knurrte er.

»Fearghus, gib es einfach zu. Du würdest jeden anderen Mann oder Drachen töten, der in meine Nähe kommt.«

Er wollte Nein sagen. Er wünschte, es wäre die Wahrheit. Doch sie wussten es beide besser.

»Das stimmt.«

Sie lehnte sich an ihn. Ihre Brüste an seinem Unterarm. Er schloss die Augen, als ihre Hand seine Brust hinabwanderte, über seine Hüften und schließlich sein Glied umschloss. Sie fuhr mit den Fingern über die Adern und Furchen, ihr Daumen umkreiste ihn. »Dann nimm mich in Besitz.«

»Nein.«

Wütend ließ sie los, was sich inzwischen zu einer ordentlichen Erektion ausgewachsen hatte. »Warum?«

»Weil jeder wissen würde, dass du mir gehörst. Dass deine Liebe und Treue einem Drachen gehören.«

»Und?«

»Könntest du nicht wenigstens so *tun*, als ob du Angst hättest?«

»Das Einzige, was ich gefürchtet habe, steckt jetzt als Kopf auf einer Lanze vor meinem Lager. Jetzt ist es meine größte Angst, den Rest meines Lebens ohne dich leben zu müssen.«

Fearghus starrte Annwyl an. Gerade an diesem Morgen hatte diese Frau mutig der Flamme der Königin standgehalten. Einer Flamme, durchtränkt mit der ältesten aller Magien. Und bis zu ihrem Tod würde Annwyl immun gegen das Feuer jedes Drachen sein. Doch er kannte seine Mutter gut genug, um zu wissen, dass sie es dem Mädchen nicht leicht gemacht hatte. Annwyls Rücken und Seite waren vollständig mit dunklen Blutergüssen übersät. Die alte Hexe hatte sie vermutlich direkt aus ihrer Kammer geschleudert.

Sein Blick glitt kurz über das Mal, das sich deutlich auf ihrer Brust abzeichnete; es hatte sich in die gebräunte Haut oberhalb ihrer Brüste eingebrannt. Sie trug jetzt auch die Kette von Beathag. Und das für den Rest ihres Lebens. Sie würde immer da sein, direkt unter ihrer Haut. Einer der mächtigsten von den Göttern geschaffenen Gegenstände, die ein Drache einem Menschen schenken konnte. Die Kette von Beathag konnte das Leben ihrer Trägerin verlängern, doch nur, wenn ihr Herz rein und ihre Liebe wahr blieb. Ihre Liebe zu dem Drachen. Andernfalls würde es einen glühenden und schmerzhaften Tod bedeuten, der Tage andauerte.

Er berührte das Mal, und Annwyl zuckte zusammen; die Haut war noch empfindlich. Annwyl liebte ihn. Sie hätte nicht überlebt, wenn es nicht so wäre.

Dennoch konnte er sich davon nicht von seinem Plan abbringen lassen. Er würde Annwyl keinem Risiko aussetzen, bis sie ihre Herrschaft gesichert hatte. Natürlich bedeutete das nicht, dass Annwyl es ihm leicht machen würde.

»Annwyl …«

»Ich habe langsam genug davon … und von dir!« Sie riss ihren Arm von ihm los und machte mehrere lange Schritte zu dem Holztisch in der Mitte ihres Zeltes. Schon jetzt bewegte sie sich wie eine Königin. Die Menschen hatten Glück, sie als ihre Herrscherin zu bekommen.

»Nimm mich jetzt in Besitz, Drache!« Sie verschränkte die Arme vor ihrer Brust; die Felldecke verhüllte sie kaum. »Oder geh. Und komm nie wieder.«

Er wusste, was er tun sollte. Er sollte für immer aus ihrem Leben verschwinden. Er sollte sie irgendeinem netten Menschenjungen überlassen. Irgendeinem netten Menschenjungen, den er würde töten müssen, wenn er die Frau anrührte, die er liebte.

Mit einem Seufzen ging Fearghus zu ihr hinüber und stellte sich vor sie. »Du bist verrückt, Annwyl die Blutrünstige.«

»Welche andere Frau könnte sonst mit dir mithalten, Fearghus der Zerstörer?«

Fearghus beugte sich hinab und küsste Annwyl auf den Kopf, um nicht zu lachen. »Du bist eine merkwürdige Frau, Königin Annwyl.« Er rieb seine Wange an ihrer.

»Das hat man mir schon öfter gesagt.« Seine Hände glitten unter die Felldecke, an ihren Hüften entlang, über ihren Rücken, ihren Hintern. Er hörte sie einatmen, als sie sich an ihn lehnte. »Lass mich nicht warten, Drache. Nimm mich jetzt in Besitz oder lass mich für immer gehen.«

»Bist du sicher, Annwyl? Wenn das erst einmal passiert ist, gibt es keinen Weg zurück.«

»Ich habe meine Entscheidung getroffen, Drache.« Sie ließ die Felldecke zu Boden fallen. »Aber sei du dir sicher, dass *du* es willst. Tu mir keinen Gefallen.«

Er nahm sie an der Taille und setzte sie sanft auf den Holztisch. Er küsste ihre Stirn, dann ihren Hals, während er ihre Unterarme mit den Händen umschloss. Er beugte sich vor und küsste ihren sinnlichen Mund, und sein Griff um ihre Arme wurde fester.

Annwyl sah Fearghus an und fragte sich, was er da tat. Er stand ganz still, hielt ihre Unterarme fest, als fürchte er, sie könne davonlaufen. Doch das würde nicht passieren. Sie wollte es – und ihn – mehr als alles andere. Doch vielleicht hatte er beschlossen, dass er sie einfach nicht wollte. Dass er sein langes Leben lieber mit einem Drachen als Gefährtin verbringen wollte.

Gwenvael hatte sie auf diesen Gedanken gebracht, der Teufel sollte ihn holen. Je betrunkener der Drache wurde, desto deutlicher wurde ihr, wie wichtig ihm sein mürrischer großer Bruder in Wirklichkeit war. Selbst als er versuchte, seine Hand auf ihren Hintern zu legen. Dann hatte Morfyd es bestätigt. Die zwei hatten sich zu beiden Seiten von Annwyl gesetzt und ihr erklärt, dass sie, wenn sie ihren Bruder wollte, ihn am besten dazu bringen musste, sie noch diese Nacht in Besitz zu nehmen. Andernfalls würde er gehen und glauben, er täte es aus den richtigen Gründen.

Doch vielleicht irrten sie sich. Vielleicht wollte er sie gar nicht. Nicht für längere Zeit zumindest.

Annwyl verzog das Gesicht. Der Griff um ihre Arme war nicht fester geworden, dennoch riss der Schmerz an ihrer Haut. Ihre Fäuste lagen an seiner Brust, und sie spürte seinen tiefen, gleichmäßigen Atem, während ihre Qualen schlimmer wurden. Der Schmerz erinnerte sie an den, wenn sie sich die Hand über einer offenen Flamme verbrannt hatte oder einem siedenden Topf zu nahe gekommen war. Er ging durch ihre Haut direkt ins Fleisch und in die Knochen darunter.

Sie versuchte, einen Schmerzensschrei zu unterdrücken, doch sie konnte es einfach nicht. Es schmerzte zu sehr. Sie ließ ihren Kopf gegen seine Brust fallen und betete, es möge aufhören, als ein warmer Ruck durch ihren Körper ging. Ihre Nippel wurden hart. Ihr Geschlecht wurde feucht. Ihr Atem ging schwer und keuchend. Sie stöhnte, als sich ihr ganzer Körper verkrampfte. Fearghus' Erektion drückte gegen sie, als Antwort auf den Ruf ihres Körpers.

Annwyl keuchte, als ein weiterer Hitzestoß durch ihren Körper schoss. Ihr Geschlecht krampfte sich zusammen. Ihre Knie wurden weich. Sie kam. Sie wusste nicht, wie oder warum, aber sie kam. Und als die dritte Hitzewelle durch ihren Körper spülte, schrie sie auf. Sie kam heftig, ihre Zähne gruben sich in seine Brust.

Dann küsste Fearghus sie. Sein Mund forderte den ihren grob, seine Zunge marterte ihre mit kräftigen Stößen.

Der Schmerz in ihren Armen ebbte ab, und ihre Krämpfe hörten auf. Fearghus ließ sie los, und sie sah an ihren Unterarmen hinab, sah verbrannte Haut an beiden. Der bleibende Nachschmerz warf die Frage in ihr auf, ob sie je heilen würden.

»Das ist, damit jeder Drache weiß, dass du mir gehörst.« Er küsste sie noch einmal, während er sie mit dem Rücken auf den Tisch legte. »Und das« – er küsste ihre Brüste, ihr Dekolleté, ihren Bauch – »das ist für mich.« Er senkte seinen Kopf zwischen ihre Beine, seine Zunge glitt über die Innenseite ihres Schenkels. Sie biss die Zähne zusammen, als ein brennender Schmerz sich in diesem Bereich ausbreitete. Er tat dasselbe mit dem anderen Schenkel, und sie krallte sich am Tisch fest, ihre Finger gruben sich ins Holz. Er pustete über die beiden Stellen, und der Schmerz strömte noch einmal hindurch. Annwyl biss sich auf die Lippen, um nicht zu schreien, doch ihr entschlüpfte ein leises Stöhnen und ihr Körper bebte. Dann bohrte sich seine Zunge zwischen ihre Schenkel, ersetzte den Schmerz durch ein süßes, tiefes Behagen. Ihr Rücken wölbte sich vom Tisch, doch er nahm ihre Beine und hielt sie fest, während seine Zunge in das geschwollene, hungrige Fleisch eintauchte und darumkreiste.

Sie vergaß den Schmerz, als Fearghus' begabte Zunge sie immer weiterstreichelte und sie dem Höhepunkt näher und näher brachte. Ihre Hände ballten sich zu Fäusten, ihr Stöhnen erfüllte das Zelt. Bald begann sie zu beben, als ihr Höhepunkt über sie hinwegspülte und ein lauter Schrei aus ihrem erhitzten Körper brach.

Fearghus zog sie sanft an sich, hob sie vom Tisch und drückte ihren immer noch zitternden Körper gegen seinen.

Fearghus flüsterte ihr leise ins Ohr: »Geht es dir gut?«

Ihre Arme schmerzten. Die Innenseiten ihrer Schenkel waren wund. Und Brandmale würden für immer ihren Körper verunzieren. Ja, Annwyl ging es ausgezeichnet.

Sie befeuchtete ihre Lippen und holte tief Luft. »Ist das alles, Drache?«

Schwer atmend, sein Glied heiß und fordernd an sie gepresst, knurrte er: »Noch nicht einmal annähernd.«

»Gut. Ich war schon enttäuscht.«

Fearghus' Kopf rieb an ihrem, während er tief einatmete. »Du riechst immer so gut, Annwyl.«

»Ach ja?« Zumindest hoffte sie, dass sie das sagte. Sie war sich nicht ganz sicher. Fearghus, der langsam seinen Kopf an ihrem rieb, während seine langen Haare über ihren nackten Körper strichen, lenkte sie völlig ab. Eine unschuldige Bewegung, und doch machte sie ihre Knie weich und ließ ihre Nippel schmerzlich hart werden.

»Du erstaunst mich, Frau.«

»Dann bring es zu Ende«, schnurrte sie, als sie ihm die Arme um den Hals schlang und dabei den sengenden Schmerz ignorierte, den diese Bewegung in ihren Unterarmen hervorrief. »Und lass mich nie wieder los, ich gehöre dir.«

Anscheinend brauchte er keine weitere Aufforderung. Er drehte sie um, sodass sie auf dem Bauch auf dem Holztisch lag, und ließ seine Hände ihren Rücken hinabgleiten. Seine Lippen folgten dicht dahinter. Abwechselnd knabberte und saugte er an ihrer Haut. Er leckte alle Wunden, die sie hatte, säuberte sie mit seiner Zunge. Sie wollte ihm befehlen, weiterzumachen, doch sie wusste, dass er sie dann nur umso länger warten lassen würde. Also legte sie ihre Hände flach auf den Tisch und fragte sich, wann sie zu so einer läufigen Hündin geworden war. In der Nähe ihres Drachen hatte sie jegliche Kontrolle verloren.

Fearghus fragte sich, wie lange es dauern würde, bis sie begann, Befehle zu bellen. Er grinste mit den Lippen an ihrer Haut. Annwyl war unbestritten die forderndste Frau, die er je kennengelernt hatte. Und jeden Tag überraschte sie ihn aufs Neue. Den schlimmsten Teil der Inbesitznahme hatte sie bereits hinter sich, und das Brandmarken war nichts für schwache Nerven.

Um ehrlich zu sein, hatte er am Anfang des Vorgangs gedacht, dass sie ihn anflehen würde aufzuhören. Dass sie beim ersten Kontakt der Hitze mit ihrer Haut in Panik geraten und davonlaufen würde. Doch er hätte wissen müssen, dass sie bleiben würde. Sie hatte die Zähne zusammengebissen und sich der Aufgabe gestellt.

Aber er hätte nie erwartet, dass sie zum Höhepunkt kommen würde. Ihr ganzer Körper hatte unter dessen Wucht gebebt, und sie hatte ihm eine blutende Wunde in die Brust gebissen.

Die Inbesitznahme lief immer unterschiedlich ab – nach all den Jahren war die berüchtigte Inbesitznahme seiner Eltern noch heute Gesprächsstoff am Hof –, doch er wusste, was er von seiner Annwyl brauchte. Und wie immer würde er es sich mit Vergnügen von ihr holen.

Er schob ihre Beine auseinander und drang gewandt von hinten in sie ein. Er war sich nicht sicher, aber er meinte, sie murmeln zu hören: »Wurde ja auch Zeit.« So feucht und eng, wie sie bereits war, hatte er das Gefühl, er könnte womöglich schon kommen, bevor er den ersten Stoß beendet hatte. Nach keiner anderen Frau hatte er sich je so gesehnt. Keine hatte diesen Hunger in ihm ausgelöst. Er ließ sein Glied in ihr ruhen und wartete. Und wartete. Sie hielt etwa zehn Sekunden durch, bis sie sich rückwärts gegen ihn schob.

Er schlug ihr auf den Hintern.

»He!«

»Dies ist meine Inbesitznahme, Weib! Nicht deine. Wenn du das noch mal versuchst, hören wir auf … für immer.« Er log natürlich. Auf gar keinen Fall würde er je aufhören, sie zu nehmen. Sie auf jede nur erdenkliche Art zu vögeln. Doch er liebte ihr wütendes Knurren, wenn er sie neckte. Es machte ihn härter.

Um ganz sicherzugehen – und eigentlich nur, weil er es wollte – schlug er ihr noch einmal auf den Hintern. Sie warf ihm über ihre Schulter hinweg einen wütenden Blick zu, doch sie konnte den Schwall Feuchtigkeit oder die Art, wie ihre Muskeln seine Männlichkeit umklammerten, nicht verbergen.

Sie wollte ihn. Brauchte ihn. Und das war gut so. Denn in dieser Nacht würde er sie so in Besitz nehmen, dass sie es nie vergessen würde.

Sie wusste jetzt, dass nur *ein* männliches Wesen sie je hätte in Besitz nehmen können. Nur *ein* Drache war stark genug, um sie für sich und nur für sich allein in Besitz zu nehmen. Jeden anderen Mann hätte sie tot auf den Hochzeitslaken zurückgelassen. Doch ihr Fearghus war mutig genug, sie zu nehmen. Mutig genug, ihr sein Zeichen ins Fleisch zu brennen. Und mutig genug, sie auf den Hintern zu schlagen.

Er versuchte nie, sie zu zähmen. Er liebte alles an ihr, auch ihren Zorn, und er versuchte nie, ihn zu ändern oder loszuwerden. Fearghus nahm ihn an, wie er alles an ihr annahm.

Er passte perfekt zu ihr, und eines Tages würden sie die Insel Garbhán zusammen regieren.

Fearghus bewegte sich in ihr. Langsam. Ließ sich Zeit. Ließ sie danach hungern. Sie verfluchte ihn, doch es klang verdächtig nach einem Stöhnen. Aber bei den Göttern, es fühlte sich so gut an. Und sie konnte nicht aufhören zu stöhnen. Zu keuchen. Seinen Namen zu sagen. Seinen Namen zu schreien.

Er legte seinen langen, harten Körper auf sie und küsste ihre Schultern, ihren Rücken, ihren Hals. Seine Hände glitten unter ihren Körper und griffen nach ihren Brüsten, drückten ihre Nippel. Sie neigte ihren Kopf zurück, und er küsste sie.

Er stand auf, hob mit einer Hand ihre Brust vom Tisch, während die andere langsam ihren Weg hinab zu ihrem tropfenden Geschlecht fand. Er massierte sie dort, mied aber ihren Kitzler. Und sie dachte kurz daran, dass sie ihn möglicherweise würde *umbringen müssen*.

Sie brauchte Erlösung. Und sie brauchte sie jetzt.

Sie lehnte sich rückwärts an ihn, ihre Arme schlangen sich um seinen Hals, während er hungrig an ihrer Kehle knabberte. Wieder ignorierte sie den Schmerz in ihren Unterarmen, als seine schwarzen Haare über ihre Wunden kratzten. Es war ihr egal. Denn genau in diesem Augenblick fühlte sich der Schmerz gut an.

»Bring es zu Ende, Fearghus«, flehte sie verzweifelt. »Jetzt.«

»Sag mir zuerst, was ich hören will, Annwyl. Sag es mir.«

Irgendwie wusste sie genau, was er wollte. Was er *brauchte*. Und sie würde es nicht hinauszögern, es ihm zu sagen. »Ich liebe dich, Fearghus. Ich liebe dich und ich gehöre dir. Es wird keinen anderen geben. Niemals.« Als wäre das je eine Option gewesen.

»Und ich gehöre dir, Annwyl. Für immer.«

»Ja. Das ist toll«, bellte sie geringschätzig. »Und jetzt bring es zu Ende.« Er lachte – sie nahm an, über die Verzweiflung in ihrer Stimme. Sein Glied glitt sanft in ihr hin und her, während seine Finger ihren Kitzler berührten und den angeschwollenen Knopf fest streichelten. Ihre Finger gruben sich in Fearghus' Haar, hielten die seidigen Strähnen umklammert, als die Hitzewelle sich in ihrem unteren Rücken ausbreitete. Sie stöhnte verzweifelt, als ihr Körper zu zittern begann. Hitze schoss ihr Rückgrat hinauf, und ihr Kitzler pochte unkontrolliert. Das Stöhnen wurde zu einem Schrei, als der Höhepunkt sich in ihrem Körper ausbreitete. Er vögelte sie durch ihren Orgasmus hindurch, doch als ihre Schreie verebbten, ließ er zu, dass er selbst mit einem Aufheulen kam und in ihr explodierte.

Die beiden lagen mit dem Oberkörper auf dem Tisch, und winzige Zuckungen erschütterten ihre Körper. Bis Annwyl zu ihm nach hinten sah.

»Fearghus?« Er sah aus, als würde er schlafen. Die Augen geschlossen, sein Atem gleichmäßig und tief.

»Aye?«, antwortete er schließlich, ohne die Augen zu öffnen.

»War es das also jetzt?«

Er lächelte. »Ja, Annwyl. Das war's.«

Sie blickte durch das Zelt zu der Badewanne hinüber, dann zu ihm zurück. »Diese Wanne ist ganz schön weit weg.«

Er öffnete die Augen und sah hinüber. »Aye. Das ist sie.«

»Glaubst du, wir können es schaffen?«

»Überlass das mir, Frau.« Er holte tief Luft, legte einen Arm um ihre Taille und hob sie hoch. Er ging hinüber zur Badewanne, trug sie mit Leichtigkeit, seine Männlichkeit immer noch in ihr vergraben. Mit der freien Hand kippte er die Wanne aus, und das benutzte Wasser ergoss sich über den Boden.

»Schau mal. Hab ich von Morfyd gelernt.«

Er sprach einen Zauber in einer Sprache, die Annwyl nie zuvor gehört hatte. Innerhalb von Sekunden füllte sich die Wanne mit dampfendem Wasser.

»Hübscher Trick!«

»Fand ich auch.« Fearghus stieg in die Wanne, Annwyl immer noch fest in den Armen. Er ließ sich ins heiße Wasser sinken und lehnte sich zurück. »Natürlich habe ich damit vielleicht gerade irgendwo eine Dürre verursacht.«

»Das lässt sich nicht ändern.«

»Egoistisches Biest.«

Er küsste ihren Hals, leckte ihr Ohr, während seine Hände langsam über ihre Haut wanderten. Er steckte immer noch tief in ihr.

»Weißt du, Fearghus, du kannst mich jetzt loslassen.«

»Ich weiß«, murmelte er an ihrem Hals. Doch sein Körper schien seine eigenen Vorstellungen zu haben, und seine Hände erregten sie weiter, während sein Glied, inzwischen wieder hart, als Reaktion auf ihr Stöhnen wuchs.

Annwyl lächelte. Dies würde eine lange Nacht werden.

Annwyl zwang sich, die Augen zu öffnen. Den Schatten nach zu urteilen, die über den Boden aus festgestampfter Erde krochen, war der Großteil des Tages schon vergangen. Das Mittagessen hatte sie vermutlich verpasst.

Sie streckte nicht die Hand nach Fearghus aus. Es hatte keinen Sinn. Er war weg. Sie wusste nicht, wann er gegangen war, doch sobald sie wach war, spürte sie seine Abwesenheit.

Der Drache hatte die ganze Nacht ihren Körper in Besitz genommen. Ein paar Mal war sie wach geworden und hatte festgestellt, dass er in ihr war und Liebe mit ihr machte, bis sie zum Höhepunkt kam. Einmal dachte sie, sie hätte geträumt, dass sie ihn nahm, nur um aufzuwachen und festzustellen, dass sie auf ihm saß und ihn ritt, bis er in ihr explodierte. Doch das letzte Mal, als er zu ihr kam, wusste sie, dass etwas anders war. Er bewegte sich langsam und sanft in ihr. Er ließ sich Zeit und schenkte ihr die süßeste Erfahrung, die sie je gehabt hatte.

Da wusste sie, dass er sie verlassen würde, wenn der Morgen dämmerte. Tragischerweise hatte sie recht gehabt.

Annwyl zwang sich in eine sitzende Position hoch; die Felldecke rutschte bis auf ihre Hüften. Ihr tat alles weh. Und sie meinte wirklich *alles*. Wunden von der Schlacht übersäten ihren Körper. Und ihre Muskeln und ihre Haut schmerzten von Fearghus' Inbesitznahme.

Als sie daran dachte, sah sie auf ihre Unterarme hinab und erstarrte.

»Brastias!«

Ein paar Sekunden später schritt ihr Hauptfeldherr in ihr Zelt und wandte die Augen von ihren nackten Brüsten ab, die zu bedecken sie sich nicht die Mühe machte. »Ist Morfyd noch hier?«

»Aye.«

»Hol sie her.«

Er stellte keine Fragen, er ging einfach. Ein paar Minuten später kam Morfyd herein. Sie sah den Blick in Annwyls Gesicht und war augenblicklich besorgt. »Was ist los?«

»Dein Bruder ist weg.«

Morfyd nickte. »Ja. Ich habe ihn heute Morgen gesehen.«

»Warum?«

»Er sagte, du müsstest das allein tun. Du seist diejenige, die über diese Menschen herrschen wird. Es läge an dir, ihre Loyalität zu verdienen. Er könne ihnen nur Furcht bringen.«

Natürlich hatte er recht. *Der Mistkerl.*

Annwyl deutete auf die Male auf ihrer Brust. Der Schmerz, den sie erlitt, ließ sie hoffen, dass sie irgendeine nützliche Bedeutung hatten und nicht einfach nur da waren, weil die Königin ein bisschen Spaß haben wollte. »Du hast mir nie eine direkte Antwort hierzu gegeben.«

»Das ist die Kette von Beathag. Sie ist jetzt ein Teil von dir, wie deine Haut. Die Male werden nie wieder weggehen. Und sie hat dein Leben um fünf- … vielleicht sechshundert Jahre verlängert. Vielleicht ein bisschen mehr oder weniger. Das ist immer schwer zu sagen.«

Annwyl starrte ihre Freundin an. »Oh.« Nun, das war vielleicht ein paar Minuten qualvolle Schmerzen wert.

Sie räusperte sich und streckte ihre Arme vor. »Und die hier?«

Morfyd nahm Annwyls Unterarme in die Hände und betrachtete sie. Sie lächelte. »Fearghus hat dich letzte Nacht in Besitz genommen, wie ich sehe.« Morfyd hatte eindeutig in der vergangenen Nacht woanders geschlafen, denn jeder innerhalb einer Wegstunde um das Lager musste ihre erschöpfenden Vereinigungen gehört haben.

»Ja. Und was ist das nun?«

Morfyd zuckte die Achseln. »Er hat dich gebrandmarkt.«

Annwyl sah wieder auf die Wunden. In der letzten Nacht waren es nur Bereiche mit verbrannter Haut gewesen. Sie hatte angenommen, dass vernarbte Haut zurückbleiben würde, wenn sie verheilt waren. Doch jetzt sah sie etwas anderes. Sie sah ein Drachenbrandzeichen auf jedem ihrer Unterarme. Die Linien waren dunkel, die Drachen klar gezeichnet. Leicht zu erkennen. Ein Drache anders als der andere, beide um ihre Unterarme gewunden. Abgesehen davon war die Haut ihrer Unterarme gesund und hell.

»Er hat dich *wirklich* gebrandmarkt«, fügte Morfyd hinzu.

»Was meinst du damit?«

»Ich habe einfach noch nie so ein … Dunkles gesehen. Außer das von meiner Mutter. Diese Linien sind kohlschwarz.«

»Er sagte, es wäre deutlich, dass meine Liebe und Loyalität einem Drachen gehören. Dein Bruder hat es ernst gemeint.« Annwyl blinzelte, als sie sich an die ganze Inbesitznahme der letzten Nacht erinnerte. Sie hob die Felldecke über ihren Beinen an und seufzte. »Also ehrlich!«

Morfyd spähte über die Decke und lachte schnaubend beim Anblick von Annwyls Schenkeln. Drachen, größer als die auf ihren Unterarmen, und deutlich in ihr Fleisch eingebrannt. »Er ähnelt Bercelak mehr als irgendwem von uns klar war«, lachte Morfyd.

»Tja, ich werde jedenfalls keine Kette tragen. Das überlasse ich der Königin.«

Morfyd lehnte sich zurück, und ihr Lächeln ließ erkennen, was für eine schöne Frau sie war, trotz der Narbe. »Wenn du willst, könnte ich Stulpen machen lassen, die die Male auf deinen Armen verdecken. Wenn du dich unsicher fühlst.«

Annwyl schüttelte den Kopf. »Nein. Was sind schon ein paar mehr Narben, Brandzeichen, Verbrennungen? Abgesehen davon werde ich meine Treue deinem Bruder gegenüber vor keinem Mann verstecken.« Sie stand auf und steuerte auf die Badewanne zu. »Und wenn einer von ihnen es wagt, mich eine Drachenhure zu nennen, schlage ich ihm den Kopf ab.« Sie blieb stehen und deutete auf die Wanne. »Also, kannst du diesen Trick mit dem Wasser machen?«

20

Brastias suchte die Festung nach ihr ab. Immer wieder verschwand sie einfach. Und wenn sie eines ihrer Verstecke gefunden hatten, suchte sie sich einfach ein anderes.

Ein Jahr war vergangen, seit Annwyl ihren Bruder geköpft und seinen Platz als Herrscher von Garbhán und den Dunklen Ebenen eingenommen hatte. Sechs Monate lang hatte sie Aufstände genauso schnell niedergeschlagen wie sie sich gebildet hatten. Sie schmiedete mit benachbarten Königreichen Bündnisse, die es fast ein Jahrhundert lang nicht gegeben hatte.

Doch als die Kämpfe endeten und Annwyls Königreich friedlich wurde, schien sie zunehmend unglücklich. Schnell wurde ihm bewusst, dass sie eine Herrscherin für Kriegszeiten war. Ihre Herrschaft geboren aus Blut und Kämpfen um Land. Das war alles, was sie kannte.

Doch Brastias wusste auch, dass sie mit Fearghus an ihrer Seite sehr viel weniger rastlos gewesen wäre. Doch der Drache kam nie zu ihr. Und sie kehrte nie in die Finstere Schlucht zurück, um ihn zu suchen.

Morfyd dagegen blieb als Ratgeberin an ihrer Seite. Mit beinahe zweihundertfünfzig Jahren Wissen in ihrem schönen Körper half sie Annwyl bei den Entscheidungen um Frieden und Politik. Brastias tat, was er konnte, doch es war Morfyd, die Annwyl davon abhielt, Adligen aus einer Laune heraus die Köpfe abzuschlagen. Ein erstaunlicher Drache war sie.

Er war gerade an einem unbenutzten Schlafzimmer vorbeigekommen, als er ein Geräusch hinter der Tür hörte. Das Geräusch einer Buchseite, die umgeblättert wurde.

Brastias ging zurück und schob die schwere Eichentür auf. Er fand sie lesend an einem Fenster; eine einsame Kerze war die einzige Lichtquelle im Raum.

»Annwyl?«

»Was denn?« Ihr schnippischer Tonfall verstärkte sich mit jedem Monat, der verstrich.

»Wir brauchen dich in der Haupthalle.«

»Warum?«

»Delegationen sind hier, um dir ihren Tribut zu bringen.«

»Schon wieder?« Sie klang so genervt, dass er ihr beinahe die Wahrheit gesagt hätte. »Kannst du das nicht machen, Brastias?«

»Ich herrsche nicht über dieses Land.«

»Na schön!« Sie warf ihr Buch durch den Raum und stürmte an ihm vorbei. Als sie außer Reichweite für einen Boxhieb war, seufzte er vor Erleichterung tonlos auf und folgte ihr.

Er zuckte zusammen, als er sah, was sie trug. Lederhose, Lederstiefel und eines von diesen verfluchten ärmellosen Kettenhemden, die sie unbedingt tragen musste. Ihre gebrandmarkten Unterarme waren für den ganzen Hofstaat sichtbar. Er dachte daran, sie zu bitten, sie mit Stulpen zu verdecken, doch er hing an seiner Kehle und wollte sie auch auf keinen Fall durchtrennen lassen.

Er dachte an den bevorstehenden Abend und hoffte, dass Morfyd ihren Plan sorgfältig durchdacht hatte.

Annwyl stolzierte in den Thronsaal. Einige der Adligen begannen, sich zu verneigen, schienen sich dann aber daran zu erinnern, wie sehr Annwyl das hasste und bremsten sich. Wäre sie nicht so genervt von der ganzen Prozedur gewesen, hätte sie gelacht. Aber sie *war* genervt. Sehr, sehr genervt.

Annwyl warf sich auf den Steinsessel mit der hohen Lehne,

den ihr Bruder und Vater einst als Thron benutzt hatten. Sie hasste ihn. Und sie benutzte ihn nur für Gelegenheiten wie diese.

»Lady Annwyl …«, begann Morfyd, doch Annwyl unterbrach sie. »Können wir das einfach hinter uns bringen?«

Morfyd nickte. »Wie du willst.«

Delegationen von den benachbarten Königreichen begannen, vor sie zu treten. Sie brachten ihren Tribut an Edelmetallen oder Schmuck. Oder überreichten etwas, das in ihrem Land viel bedeutete. Doch Annwyl bemerkte langsam noch etwas anderes. Jeder zweite Adlige, der vor sie trat, brachte ihr einen Sohn. Einen starken, vor Männlichkeit strotzenden, unverheirateten Mann. Als das Haus von Arranz drei Söhne präsentierte; einer von ihnen ein Junge von nicht mehr als zehn und zwei Jahren, hatte sie genug.

»Entschuldigt mich.« Sie stand auf und ging hinüber zu Morfyd. »Kann ich dich mal kurz sprechen?«

Sie gab dem Drachen keine Chance zu antworten, sondern nahm ihren Arm und zerrte sie aus dem Thronsaal in einen Bedienstetenflur.

»Was soll das?«, wollte Annwyl wissen.

»Was glaubst du wohl? Und lass mich los!«

Annwyl erinnerte sich im Stillen daran, dass Morfyd *wirklich* ein Drache war. Sie konnte auf der Stelle beschließen, sich zu verwandeln und die ganze Festung mitreißen.

»Ich will das nicht.«

»Niemand sagt, dass du einen von ihnen als Gefährten nehmen sollst. Aber du solltest zumindest so aussehen, als dächtest du darüber nach. Wenn sie glauben, einer ihrer Söhne hätte eine Chance, dein Gemahl zu werden, haben wir ein bisschen mehr Verhandlungsmacht.«

»Verhandlungsmacht wofür?«

»Getreide aus Kerezik. Bauholz aus Madron. Die Liste ist

lang. Hörst du nicht zu bei unseren täglichen Beratungen über die Lage in deinen Ländern?«

»Natürlich nicht. Sie sind todlangweilig.«

»Nicht alles kann mit Blutvergießen zu tun haben, Annwyl.«

»Kannst du mich nicht holen kommen, wenn es Blutvergießen gibt? Ansonsten kannst du mich einfach in Ruhe lesen lassen.« Morfyd nahm Annwyl bei den Schultern und schubste sie nicht allzu sanft zurück in den Thronsaal.

Widerwillig kehrte Annwyl zu ihrem Thron zurück und ließ die unangenehme Prozession weitergehen.

Irgendwann hörte sie auf, überhaupt einen von ihnen anzusehen. Sie setzte sich seitwärts in ihren großen Sessel, die Beine über die Armlehnen geworfen. Sie reagierte höflich auf jeden Gesandten, doch sie konnte ihren Verdruss über die ganze Prozedur nicht länger verbergen.

Doch als der Erbe des Hauses Madron mit seiner Entourage hereinstolzierte, wusste sie, dass sie nun wirklich langsam mit ihrer Geduld am Ende war.

Der Ratgeber von Madron machte die Ankündigung. »Lady Annwyl von der Insel Garbhán, das Volk von Madron bringt Euch seinen Dank und unsterbliche Treue.«

Annwyl warf Brastias und Morfyd finstere Blicke zu, die sich in einer Ecke zusammendrängten und sie beobachteten. Sie wussten beide, was sie von Hamish Madron hielt. Und wie Hamish Madron für sie fühlte.

Hamish trat vor. »Lady Annwyl. Es ist so lange her, seit wir uns das letzte Mal gesehen haben.«

»Lord Hamish.« Sie wedelte mit der Hand und betete, dass die Tortur bald vorüber sein möge.

»Vielleicht, Lady, könnten wir, wenn du hier fertig bist, zusammen zu Abend essen und über die Zukunft unserer Reiche sprechen.«

Annwyl grinste über den plötzlichen panischen Ausdruck auf Brastias' Gesicht. Sie wusste, was ihr alter Freund befürchtete, und sie gab ihm mit Freuden genau das, was er erwartete.

»Nein.«

Eine längere Pause folgte, als die Abgesandten von Madron ihre kurze, aber direkte Antwort verarbeiteten.

Hamish drängelte. »Es tut mir leid, Mylady. Gibt es etwas anderes, das heute Abend deine Aufmerksamkeit fordert?«

»Nein. Ich mag dich einfach nicht.« Brastias verdrehte verzweifelt die Augen. Armer Kerl, er hatte keine Ahnung, dass die Folter erst begonnen hatte. »Du warst bereit, mich zu zwingen, dich zu heiraten. Du hast Glück, dass ich dich deine Ländereien und deinen Kopf behalten ließ.« Hamish starrte sie wütend an. »Abgesehen davon, Lord Hamish, würde jeder Versuch, mich zu verführen, um meine Krone zu bekommen, nur dazu führen, dass mein Drache dich zur Strecke bringt und tötet. Und ich würde es ihm erlauben.«

Hamish wurde sehr bleich und machte sich nicht die Mühe, seine Abscheu zu verbergen. »Dann sind die Gerüchte also wahr? Du hast dich mit einem Drachen gepaart.«

»Sehr richtig. Aber wenn es dich stört, Lord Hamish … bitte, tu dir keinen Zwang an und stoß mich von meinem Thron.«

Rhiannon landete und sah zu, wie die Männer um ihr Leben rannten. Daran sah sie sich eigentlich nie satt. Die Panik in ihren winzig kleinen Gesichtern. Der Klang ihrer Schreie, wenn sie in alle Richtungen davonwuselten. Sie hätte gelacht oder vielleicht ein paar von den Köstlichkeiten eingesammelt, doch sie hatte einen Auftrag.

Dieses kleine Menschenmädchen musste von ihrem wertvollen Thron herunterkommen und zu ihrem Sohn zurückkehren. Eine noch längere Trennung, und es würde Krieg geben. Sie hatte es schon bereut, dass sie vor Kurzem darauf bestanden hatte, dass Fearghus an den Hof kam. Es hatte Kesslene das Leben gekostet. Es hatte mit einer kleinen, wenn auch zugegebenermaßen groben Bemerkung über Fearghus' Wahl seiner Gefährtin begonnen. Es hätte zu einem Duell zwischen den beiden führen sollen. Doch diesmal gab es kein Duell. Keine Warnung. Fearghus hatte ihm ruhig befohlen, sich zu entschuldigen. Kesslene hatte laut darüber nachgedacht, ob es ihm selbst wohl auch gefallen würde, es mit dem Mädchen zu treiben. Und Fearghus hatte dem Drachen ohne das geringste Zögern das Genick gebrochen. Alle Geschäftigkeit am Hof setzte aus. Zugegeben, es war nicht das erste Mal, dass es an ihrem Hof einen brutalen Todesfall gab. Die meisten waren auf Bercelaks Wutanfälle zurückzuführen oder darauf, dass Teile von Gwenvael irgendwo waren, wo sie nicht hingehörten. Doch dies war das erste Mal, dass Fearghus das Problem verursacht hatte. Und dann hatte Fearghus alle und jeden in der Halle aufgefordert, seinen rechtmäßigen Platz in seinem Clan infrage zu stellen. Nachdem sie gesehen hatten, wie er mit Kesslene umgegangen war, trat kein Drache vor. Nicht einmal seine eigene Sippe wollte sich ihm nähern.

Später sprach Rhiannon mit ihren Kindern und fragte sie nach ihrem Bruder. Seine Geschwister drückten ihre Sorge über die Traurigkeit ihres Bruders aus. Ein Wort, das sie im Zusammenhang mit Fearghus nie benutzt hätte. Er war nicht so überschwänglich wie Éibhear, so lebhaft wie Gwenvael oder so anmaßend wie Briec. Er war nicht einmal ungeschliffen und griesgrämig wie ihr Bercelak. Stattdessen lebte er still und ruhig. Er regte sich nur auf, wenn er keine Zeit für sich hatte. Er hatte den Hof früher als alle anderen verlassen, weil er den Lärm nicht ertragen konnte und seine Geschwister, die ihn andauernd piesackten. Und sie hatte ihn mit ihren Segenswünschen gehen lassen. Sie rühmte sich, all ihre Jungen zu verstehen. Sie verstand sie besser als irgendeinem von ihnen bewusst war. Sie wusste, dass er allein sein musste. Und auch wenn er einmal als König den Thron bestieg, würde er derselbe bleiben. Nichts würde das ändern. Oder ihn.

Dann war dieses geschwätzige kleine Menschenmädchen dahergekommen. Wegen dieses Mädchens wussten die Leute jetzt, dass Drachen sich in Menschen verwandeln konnten. Ihr süßer kleiner Éibhear, auf den sie immer so große Hoffnungen gesetzt hatte, sprach nur noch von einer lebenslangen Verbindung mit einer Menschenfrau. Einer Menschenfrau! Und ihre eigene Tochter, Erbin ihrer Magie und Macht, *diente* sogar der Menschenfrau auf Garbhán.

Am Anfang war Rhiannon überzeugt gewesen, dass dieses Mädchen ihren Sohn mit ihrer weiblichen List verführt hatte – und eindeutig auch den Rest ihrer Familie. Zumindest hatte sie das gedacht, bevor sie sie kennengelernt hatte. Doch ihr war schnell klar geworden, dass das Mädchen absolut keine nennenswerte weibliche List besaß. Eine harte Kriegerin, die den Tod riskierte, damit sie all ihre winzigen Menschenfreunde schützen konnte. Rhiannon hatte in dem Moment, als Annwyl ihre Flamme ertrug, sogar aufgehört, sie als »Es« zu bezeichnen. Sie hatte natürlich geschrien, aber hauptsächlich, weil der Schmerz unerträglich war. Doch als der Prozess ihren Körper erst verändert hatte, war das Mädchen losgegangen, um ihren Bruder zu köpfen, zur Herrscherin der gesamten Dunklen Ebenen und der Insel Garbhán zu werden und sich noch mit einem Drachen zu vereinigen. *Alles an einem Tag.*

Das beeindruckte Rhiannon immer noch. Aber jetzt hatte sie einen unglücklichen Sohn, und sie gab dem Mädchen die Schuld dafür. Ein Jahr war vergangen. Die Frau hatte mit ihrer winzigen, aber mächtigen Faust jeglichen Aufstand niedergeschlagen, und jetzt musste sie zu ihrem Gefährten zurückkehren. Er hatte sie in Besitz genommen, also gehörte sie ihm. Wenn das Mädchen seine Meinung geändert hatte … nun, es war in ihrem Interesse, ihre Meinung *nicht* zu ändern.

Rhiannons Angebot für Annwyl war einfach. »Kehr sofort zu Fearghus zurück oder erleide meinen Zorn.«

Sie stolzierte durch die Festung, ihre Kinder im Schlepptau, während Keita verzweifelt versuchte, die Nacktheit ihrer Mutter mit einem Umhang zu verhüllen. Ihre Kinder waren ein wenig früher angekommen und bereits angezogen. Sie lebten mehr unter den Menschen als sie, und sie vergaß oft, welche Pein den Menschen ihre eigenen Körper bereiteten. Vor dem Thronsaal hielt sie kurz inne, um den Umhang anzulegen, aber beim Klang von Annwyls Stimme blieb sie stehen und hielt ihre Kinder zurück.

»Dann sind die Gerüchte also wahr?«, blaffte eine männliche Stimme angewidert. »Du hast dich mit einem Drachen gepaart.«

»Sehr richtig. Aber wenn es dich stört, Lord Hamish … bitte, tu dir keinen Zwang an und stoß mich von meinem Thron.«

Rhiannon wechselte Blicke mit ihren Kindern. Anscheinend unterschätzte sie die winzige Menschenfrau immer noch.

Annwyl schwang ihre Beine von der Armlehne ihres Steinsessels und stellte sich in voller Größe auf. Sie sah in die Augen von jedem Einzelnen der Oberhäupter der Adelsgeschlechter vor ihr. Sie war die Spielchen und das Verstellen langsam leid. Da nun alle Häuser anwesend waren, war die Zeit gekommen, um sicherzustellen, dass jeder ihre Herrschaft und sie verstand.

»Vielleicht ist dieser Moment gut geeignet, um allen die Lage zu verdeutlichen. So gibt es keine Missverständnisse. Ja, die Gerüchte sind wahr. Mein Gefährte ist Fearghus der Zerstörer, der Schwarze Drache der Dunklen Ebenen. Er ist mein Gefährte und mein Gemahl. Mit ihm werde ich herrschen. Ich verstehe, wenn jemand unter euch ein Problem damit hat. Und bitte, tut euch keinen Zwang an und stoßt mich vom Thron.« Sie senkte die Stimme zu einem Flüstern, doch es durchschnitt den stillen Saal wie ein Schrei: »Bitte.«

Sie wartete. Als keiner vortrat, wandte sie ihnen den Rücken zu. Doch ein Flackern in Danelins Blick warnte sie. Sie hatten manche Schlacht zusammen durchgestanden, und manchmal war alles, wofür man Zeit hatte, ein Blick oder ein Wort. Sie wusste genau, was er ihr sagen wollte, und sie bewegte sich mit ihrer üblichen Schnelligkeit und Brutalität.

Annwyl zog den edelsteinbesetzten Dolch, den Fearghus ihr vor so langer Zeit geschenkt hatte, aus ihrem Stiefel und schleuderte ihn, nur ihren Oberkörper drehend, hinter sich. Die Klinge spießte die Kehle eines Angehörigen des Hauses von Adhamhan auf, der sie im Namen seines Volkes hatte töten wollen. Ein schwerer Mann in voller Rüstung, aber er trug keinen Helm, und Annwyls Dolch bohrte sich direkt in seinen Hals. Sein schwerer Körper krachte zu Boden, was alle außer Annwyl und ihre Soldaten zusammenzucken ließ.

Annwyl sah ihn einen langen Augenblick an, ließ die Situation bei allen Anwesenden ins Bewusstsein einsinken. Dann blickte sie in die Gesichter der Adligen. »Sonst noch jemand?« Niemand rührte sich. »Ich denke, dann wäre jetzt alles geklärt.«

Sie setzte sich wieder auf den Thron und sah Hamish nach, der in den hinteren Teil des Saales hastete. Dann warf sie Danelin einen Blick zu. »Sind wir jetzt fertig?«

Er beugte sich dicht zu ihrem Ohr, damit nur Annwyl ihn hören konnte.

»Da waren noch drei andere, aber ich glaube, sie sind um ihr Leben gerannt.«

»Das liegt mir schwer auf der Seele, Danelin«, murmelte sie gedämpft.

Er hob eine Augenbraue. »Das sehe ich, Annwyl.« Alle Soldaten ihrer ursprünglichen Truppe mit Brastias nannten sie weiterhin nur bei ihrem Namen, ohne den formellen Titel, und sie wollte es auch gar nicht anders.

»Annwyl die Blutrünstige!« Eine Stimme erklang durch den Saal und erschreckte Annwyl und Danelin genauso wie den ganzen Hofstaat. »Du sprichst von deinem Gefährten, und doch bist du nicht bei ihm.«

Annwyls Augen wurden schmal, als ihre Wut durch ihre Adern zu fließen begann. Es musste sich auch in ihrem Blick abzeichnen; Danelin trat einen Schritt von ihr zurück, die Hand am Schwert, während Brastias und ihre Soldaten näher rückten. Ob sie sich Sorgen um sie oder wegen ihr machten, wusste sie nicht.

Sie starrte die Frau an, die in der breiten Holztür des Saales stand. Sie war von Kopf bis Fuß in einen hellblauen Umhang eingehüllt und die größte Frau, der Annwyl je begegnet war.

»Ich weiß nicht, was Euch das angeht, Mylady.« Annwyl überlegte, ob sie sie langsam oder einfach direkt töten sollte.

Die Frau trat vor, ihr Umhang wirbelte um ihre nackten Füße. »Ich bin weit gereist, um mich mit dir zu treffen, Lady Annwyl, aber ich verschwende nicht gern meine Zeit oder Worte.«

»Genauso wenig wie ich. Also solltet Ihr mir vielleicht sagen, worum es geht, bevor ich die Geduld verliere.«

Annwyl spürte eine Hand auf ihrer Schulter und sah zu

Morfyd auf, die neben ihr stand. »Annwyl, ich möchte dir Königin Rhiannon aus dem Haus Gwalchmai fab Gwyar vorstellen.« Annwyl zuckte zusammen. Was für ein hässlicher Familienname. Sie hätte es schrecklich gefunden, so zu heißen. »Meine Mutter.«

Das Gefühl, in einem Mauseloch verschwinden zu wollen, kann überwältigend sein, doch Annwyl bekämpfte es. Die Königin stand vor ihr. Als Mensch. Sie schob die Kapuze ihres Umhangs zurück. Schneeweißes Haar ergoss sich über ihre Schultern, und ein Ausdruck heftiger Unzufriedenheit breitete sich auf ihrem Gesicht aus. Sie schien nicht einmal das Luftschnappen zu bemerken, das durch den Hofstaat ging, als sie das Mal ihrer eigenen Inbesitznahme sahen: ein schwarzes Drachenbrandzeichen, das sich von ihrem Kiefer ihren Hals entlangzog und unter ihrem Umhang verschwand.

Doch jetzt verstand Annwyl, warum Rhiannons Kinder alle schön waren. Als Mensch war Rhiannon absolut atemberaubend.

Annwyl sah diejenigen an, die Rhiannon begleiteten. Eine schöne rothaarige Frau, die so unschuldig und süß aussah wie Daddys kleines Mädchen. Und drei Männer, die eindeutig Brüder waren. Alle auf ihre Art ziemlich gut aussehend. Der mit den silbernen Haaren sah aus, als erschiene er nur unter Protest vor ihr. Der mit den goldenen Haaren starrte sie offen lüstern an. Und der Blauhaarige grinste so fröhlich, dass sie nicht anders konnte als kurz zurückzulächeln.

»Worum es geht, *Mylady*, ist, dass es an der Zeit ist, dass du deinen rechtmäßigen Platz an der Seite meines Sohnes einnimmst.«

Annwyl holte tief und zitternd Luft. Die Kuh hatte ihr gerade befohlen, zu Fearghus zurückzukehren. *Befohlen.* Ihre Hände ballten sich zu Fäusten, als die Wut in ihr aufstieg. Sie konnte ihre Gefühle jetzt im Zaum halten, doch das machte sie nur noch tödlicher. Gwenvael musste es gesehen haben. Er schloss resigniert die Augen.

»Und vielleicht, *Mylady*, solltet Ihr Euch um Eure eigenen Angelegenheiten kümmern.« Morfyds Finger gruben sich wie eine Warnung tief in ihre Schulter. Eine Warnung, die sie ignorierte. »Was zwischen mir und Fearghus passiert, ist unsere Sache. Nicht Eure. Daran solltet Ihr denken.«

Sie bemerkte, wie Rhiannons Kinder verzweifelt versuchten, ihre Aufmerksamkeit auf sich zu lenken, während Morfyd gefährlich kurz davorstand, ihr den Arm auszureißen.

»Vielleicht vergisst du, wer ich bin.«

»Ich vergesse gar nichts. Wie geht es übrigens dem Schwanz Eures Gefährten, Mylady?«

An diesem Punkt warf Morfyd resigniert die Arme in die Luft und trat zurück an Brastias' Seite, während Rhiannons Söhne zusammenzuckten und die schöne Rothaarige ihr Gesicht in den Händen barg.

Rhiannon lächelte. Ein beunruhigender Anblick, gelinde gesagt. Anders als bei ihren Kindern glichen ihre menschlichen Zähne trotzdem Reißzähnen. »Weißt du, Lady Annwyl, jede Frau, die stark genug ist, um einen so mächtigen Drachen wie Bercelak den Großen zu durchbohren, sollte stark genug sein, um zu fordern, was ihr gehört.«

Interessanter Zug von der Königin. Annwyl hatte eigentlich erwartet, sie würde ihr den Kopf abreißen. Zumindest hatte sie erwartet, dass sie es versuchen würde. »Ich weiß Eure Sorge zu schätzen, Mylady. Aber ich bin ratlos, warum Euer Sohn nicht selbst gekommen ist.«

Und mich vor dieser verdammten Sippe rettet!

»Er fürchtet törichterweise, dass er ein großes Risiko für deine Sicherheit sein könnte. Ich weiß jetzt, dass da nichts zu befürchten ist. Du bist eine tödliche Gegnerin. Ich bezweifle, dass irgendwer hier deinen Zorn herausfordern würde. Ich weiß, dass ich es nicht tun würde.«

Annwyl fragte sich einen Augenblick lang, ob Rhiannon das nur wegen den Adligen sagte. Doch sie bezweifelte, dass der Drache sich darum Gedanken machte. Die Frau war gefährlich ehrlich – Freund oder Feind. »Aber da mein Sohn so ein …«

»Trottel?«, bot Gwenvael an.

»Heimtückische Harpye?«, konterte Briec.

»… besorgter Gefährte ist …«, zischte ihre Mutter zwischen zusammengebissenen Zähnen und brachte beide mit einem Blick zum Schweigen, »… habe ich ein Geschenk für dich.«

Annwyl wappnete sich. Die Königin mochte ehrlich sein, aber Annwyl nahm trotzdem nicht alles, was sie sagte, für bare Münze. Das »Geschenk« konnte dafür sorgen, dass sie blutüberströmt und ohne Augen endete. »Tatsächlich?«

»Ich biete dir meine Loyalität an und die Loyalität aller Drachen der Dunklen Ebenen.«

Annwyl war sich nicht sicher, was das für sie bedeuten sollte. »Oh. Das ist sehr … ähm … lieb.«

Morfyd kehrte an ihre Seite zurück, beugte sich vor und flüsterte ihr so laut ins Ohr, dass alle es hören konnten: »Für den Fall, dass du es nicht wusstest, das bedeutet, wenn irgendwer je versucht, dich oder deinen Thron anzugreifen, lädt er den Zorn des gesamten Drachenreiches der Dunklen Ebenen und all unserer Verbündeten auf sich. Das ist vor ungefähr tausend Jahren einmal passiert. Als die Drachen fertig waren, stand im ganzen Land kein Stein mehr auf dem anderen.«

Ein Ruck ging durch Annwyls Körper, während einige Menschen im Saal begannen, sich in Richtung Ausgang zu schieben. Und Hamish konnte nicht schnell genug rennen. Sie fragte sich, was er ursprünglich vorgehabt hatte.

Annwyl sah Fearghus' Mutter an. »Ihr schenkt mir diese Loyalität? Einem Menschen?«

»Ja.«

»Wegen Fearghus?«

»Nein. Ich schenke meinen Kindern gar nichts. Man muss sich alles verdienen. Und du hast es dir verdient. Du warst sehr gut. Ohne uns. Und ohne Fearghus.« Sie seufzte gelangweilt. »Kurz gesagt, du hast mich beeindruckt, Annwyl die Blutrünstige. Und ich bin nicht leicht zu beeindrucken.«

»Ich … äh … danke.« Ausnahmsweise fiel Annwyl nichts ein, was sie hätte sagen können.

Rhiannon wedelte wegwerfend mit der Hand. »Ja, ja.« Sie wandte sich ab. »Aber mein Sohn wartet, also setzt du vielleicht am besten dein Hinterteil in Bewegung.« Rhiannon steuerte auf den Ausgang zu. »Ich muss gehen. Bercelak wartet auch, und er ist so ungeduldig.«

»Müsst Ihr zurück an Eure Kette, Mylady?« Morfyd und Keita husteten überrascht, während die Brüder einfach verblüfft schienen.

Rhiannon warf Annwyl einen Blick über die Schulter zu und lächelte auf die sinnlichste Art, die Annwyl je gesehen hatte. »Neidisch?« Dann war sie fort.

Gwenvael trat vor. Zum ersten Mal sah Annwyl ihn wütend werden. »Frau, bist du wahnsinnig geworden?«

»Warum fragen mich das immer alle?«

»Tja, du musst sie wirklich beeindruckt haben«, fügte Keita hinzu. »Ich war mir sicher, dass sie dir die Kehle zerfetzen würde.« Annwyl erinnerte sich gut an die weißen Krallen der Königin. »Ich dachte die ganze Zeit: Was werden wir Fearghus sagen? Dann dachte ich: *Wer* wird es Fearghus sagen? Dann dachte ich: Wir lassen es Morfyd machen.«

Mit einem bösartigen Zischen erwiderte diese: »Wie bitte?«

»Würdet ihr alle bitte aufhören!« Annwyl wischte ihre Hände an ihrer Hose ab und sah auf ihre Knie hinab. Sie wusste, was sie tun musste. Sie blickte zu den Drachen auf. »Ich brauche ein Transportmittel.«

Gwenvael lächelte. Erleichterung schien sich in seinem ganzen Körper auszubreiten. Er hätte es nie zugegeben, aber Annwyl wusste, dass dem Drachen viel an seinem Bruder lag. »Das dachte ich mir. Ich kann dich hinfliegen.«

Annwyl hob eine Augenbraue. »Hältst du das wirklich für eine gute Idee?«

Gwenvael zuckte die Achseln. »Gutes Argument. Briec wird dich hinfliegen.«

»Das werde ich nicht! Auf keinen Fall lasse ich zu, dass sie nach mir riecht, wenn sie zu ihm zurückkommt. Ich *mag* meinen Schwanz!«

»Ich fliege sie hin!«, bot Éibhear fröhlich an.

»Nein!«, fuhren ihn seine beiden Brüder an.

»Ehrlich. Ihr drei seid solche Idioten!« Keita machte Annwyl ein Zeichen. »Lass uns gehen, Schwester. *Ich* werde dich hinfliegen. Ich habe gewisse … äh … Pläne mit ein paar Soldaten in der Nähe der Schlucht.«

Annwyl schüttelte den Kopf, während Morfyd angewidert schnaubte. »Ähm … na gut.« Sie sah über ihre Schulter. »Brastias.«

»Ja, Annwyl?« Er stand neben Morfyd und versuchte verzweifelt, nicht zu lächeln, scheiterte aber kläglich.

»Ich muss mich um etwas kümmern, Brastias. Meinst du, du und Morfyd könnt euch um diese Sache mit dem Getreide und dem Bauholz kümmern, bis ich wiederkomme?«

»Natürlich.« Er grinste. »Aber wir sagen dir sofort Bescheid, wenn es irgendwelches Blutvergießen gibt.«

Annwyl sah ihn an. »Mehr verlange ich gar nicht.«

Fearghus streckte sich an seinem See aus, das Kinn in eine Klaue gestützt, während sein Schwanz Wirbelmuster in dem blauen Wasser machte. Er seufzte. Ein Jahr war es her, seit er sie am Morgen nach dem finalen Kampf mit ihrem Bruder verlassen hatte. Ein Jahr, seit er sie das letzte Mal in den Armen gehalten hatte. Ein Jahr, seit er sie geküsst hatte. Ein Jahr, seit er seinen Kopf zwischen ihren Schenkeln vergraben hatte. Ein Jahr, seit sie ihm ins Gesicht geschlagen hatte.

Wieder seufzte er. Er vermisste sie wirklich. Er hätte nicht gedacht, dass er etwas oder jemanden so sehr vermissen konnte. Er wollte zu ihr gehen. Wollte seinen rechtmäßigen Platz an ihrer Seite einnehmen. Doch er fürchtete um ihre Sicherheit. Und was noch wichtiger war: Wollte sie ihn überhaupt noch? Was, wenn sie jemand anderen gefunden hatte? Einen Menschen? Jemanden, der nicht beim Husten versehentlich einen Feuerball auf sie schleudern konnte?

Hatte sie ihn schon vergessen? Liebte sie ihn noch? Und wann war er eigentlich so unsicher geworden?

Er setzte sich auf. *Das ist doch lächerlich.* Er würde zur Insel Garbhán gehen. Er würde sich seine Frau holen. Sie gehörte ihm. Er hatte sie in Besitz genommen, und nichts würde etwas daran ändern.

Abgesehen davon hielt er es nicht mehr aus. Alles in seiner Höhle erinnerte ihn an Annwyl. Er konnte sie beinahe riechen. Konnte fast spüren, wie sie seinen Drachenrücken hinauflief, auf seinen Kopf kletterte und ihren Körper über ihn beugte, damit sie ihm in die Augen sehen konnte.

»Hast du mich vermisst?«

»Annwyl?«

Fearghus schreckte hoch, und Annwyl fiel rückwärts und rollte seinen Rücken und Schwanz hinab. Mit einem »Uff!« traf sie auf dem Boden auf.

Er wirbelte herum und starrte sie an; er wollte nicht glauben, dass sie wirklich in seiner Höhle war. Während sie sich aufrappelte, verwandelte er sich.

»Na, das war ja eine Begrüßung … oh!«

Er schnappte sie und ließ sich mit ihr zu Boden fallen, wobei er mit den Armen ihren Kopf und Rücken schützte. Kaum hatte er sie auf dem Boden, küsste er sie. Die Erwiderung ihres Körpers kam unmittelbar und heftig wie immer. Dann hielt er ihre Arme über ihrem Kopf fest und ihren Körper mit seinem. *»Wo zum Teufel warst du so lange?«*

»Wo *ich* war? Wo warst *du*?!«

»Hier! Ich hab auf dich gewartet!«

Sie versuchte, ihre Arme seinem Griff zu entreißen, doch er hielt sie fest. Er würde sie jetzt nicht entkommen lassen. »Du hast mich verlassen, Fearghus. Ich bin aufgewacht und du warst weg. Was hätte ich da denken sollen?«

»Dass ich dich schützen wollte.«

»Ja. Das hat mir deine Schwester gesagt. Aber warum hast du es mir nicht selbst gesagt?«

»Hättest du mich gehen lassen?«

»Nimm dich nicht wichtiger als du bist.«

Er starrte sie an … unverwandt. Sie starrte zurück.

»Wenn du das denkst, warum bist du dann jetzt hier, Annwyl?«

»Deine Mutter ist zu mir gekommen«, presste sie zwischen zusammengebissenen Zähnen hervor.

Fearghus hielt inne. »Was?«

»Ich sagte, deine Mutter war bei mir. Sie hat mir gesagt, es sei Zeit, meinen Platz an deiner Seite einzunehmen.«

Seine Mutter befahl Annwyl zurück zu ihm. Das konnte nicht gut sein. Fearghus hatte Angst zu fragen, aber er musste es wissen. »Was hast du ihr gesagt, Annwyl?«

»Ich habe ihr gesagt, sie soll sich um ihre eigenen Angelegenheiten kümmern.«

»Ihr Götter, Frau!« Fearghus ließ sie los, damit er seine Hände benutzen konnte, um sie sich verzweifelt vors Gesicht zu halten, während er sich auf die Hacken zurücksetzte. »Bist du wahnsinnig?«

Annwyl wand sich unter ihm hervor. »Warum fragen mich das ständig alle?«

»Was noch?« Er sah sie an. »Was hast du ihr noch gesagt?«

Sie zuckte die Achseln. »Mal sehen … also, ich habe sie gefragt, wie es Bercelaks Schwanz geht.«

Fearghus barg wieder den Kopf in den Händen. »Bist du dir so sicher, dass sie dich nicht umbringen wird?«

»O nein. Überhaupt nicht. Ich dachte, sie würde mich auf der Stelle töten.« Sie sagte das so nonchalant, dass er wusste, dass sie absolut ehrlich zu ihm war.

»Und doch hast du …«

»Ich kann's nicht leiden, wenn man mich herumkommandiert, Fearghus. Das solltest du doch wissen.«

»Na ja, sie hat dich offensichtlich nicht umgebracht. Was hat sie also gesagt?«

Wieder das Achselzucken. »Sie hat mir die Loyalität aller Drachen versprochen.« Fearghus starrte Annwyl an, nicht sicher, ob er sie richtig verstanden hatte. Seine Mutter versprach einem Menschen die Loyalität aller Drachen? Befand er sich auf einer anderen Existenzebene? Hatten die Götter beschlossen, seinem Verstand Streiche zu spielen? *Was in aller Welt …*

»Dann sagte sie, sie müsse gehen, und ich habe sie gefragt, ob sie zu ihrer Kette zurückgeht.«

Das Geschenk seiner Mutter völlig vergessend, versuchte er, streng zu schauen, lachte aber stattdessen. »Sag mir, dass du lügst. Bitte.«

Annwyl grinste ihn an. »Ich wünschte, das könnte ich. Aber es ist mir einfach so rausgerutscht.«

Fearghus grinste zurück. Wie konnte er auch nicht? Er liebte die schwierigste Frau, der er je begegnet war, und er konnte sich sein Leben nicht ohne sie vorstellen. Er musterte sie langsam. Ein bisschen schmaler und ein bisschen dunkler; er nahm an, von der Zeit, die sie im Kampf und unter den zwei Sonnen verbracht hatte. Sie hatte immer noch eine dünne Narbe auf der Wange von der behandschuhten Hand ihres Bruders. Und seine Brandzeichen zeichneten sich klar und triumphierend auf ihren Unterarmen ab. Ah, Annwyl. Immer noch schön. Und immer noch sein.

»Das ist ein sehr raffinierter Waffenrock, den du da trägst, mein Liebling.«

Annwyl sah an ihrem ärmellosen Kettenhemd hinab. »Das habe ich extra machen lassen. Ich mag es, wenn ich die Arme frei und es bequem habe. Das macht es leichter, Köpfe abzuschlagen.«

Fearghus nickte. »Hast du mich vermisst?«

Annwyl lehnte sich zurück, die Handflächen auf den Höhlenboden gestützt. Ihren Körper ausgestreckt. Ihn neckend. Ihn verführend. Nach all dieser Zeit wollte er sie immer noch so sehr, dass er kaum atmen konnte. »Eigentlich nicht.«

Er neigte den Kopf zur Seite. »Sag mir, dass du mich vermisst hast, Annwyl.«

Annwyl sah ihm unverwandt in die Augen. »Nein.«

Er hob eine Augenbraue. »Sag es mir jetzt, Frau!«

Sie sah auf seinen Mund. »Zwing mich doch.«

»Eine Kampfansage, *Königin* Annwyl?«

»Keine Kampfansage, der du gerecht werden könntest, Drachen*prinz*.«

Mit einem Knurren, von dem er wusste, dass nur Annwyl es spielerisch finden würde, ergriff er ihren Knöchel und zog ihren Körper über den Höhlenboden zu sich hin.

»He!«

Er riss ihr die Waffen herunter und zerrte ihr zuerst das Kettenhemd vom Leib und dann ihre Hose, wobei er nur kurz innehielt, um die Brandzeichen auf der Innenseite ihrer Schenkel zu lecken.

Annwyl drückte gegen seine Brust. »Weißt du, ich sollte dich wirklich windelweich ...« Er ließ sie nicht ausreden. Stattdessen drückte er sie nach unten, streckte sich auf ihr aus und verschloss ihren Mund mit einem brutalen Kuss. Sie stemmte sich gegen seine Schultern, während sich ihre Beine um seine Taille legten. Immer noch seine Annwyl: sie musste immer bis zum bitteren Ende kämpfen, während sie ihn nach Strich und Faden ausnahm. Er packte ihre Handgelenke und hielt ihre Arme wieder über ihrem Kopf fest. Sie knurrte als Antwort, während sie seine Zunge tief in ihren Mund einsaugte. Er legte sich zwischen ihre Schenkel und versenkte sich in sie. Feucht und bereit, zitterte ihr Körper vor kaum gezügelter Lust. Ihr Stöhnen und ihre Schreie erklangen verzweifelt an seinen Lippen. Ihre Hüften wölbten sich ihm entgegen, und er stieß hart in sie.

Sie war zu lange von ihm getrennt gewesen. Zu viele Nächte, die er allein verbracht und sich gefragt hatte, ob sie in Sicherheit war. Ob sie glücklich war. Ob sie ihn vermisste. Eine zu lange Zeit für sie beide, und das würde er nie wieder zulassen.

Also nahm er sie in Besitz. Noch einmal. Und er sorgte dafür, dass sie es auch merkte.

Annwyl schlang ihre Beine um seine Taille und fragte sich, wie sie es so lange ausgehalten hatte, ohne ihn in sich zu spüren. Ohne dass er sie vollkommen ausfüllte und sie an nichts anderes als an ihn denken ließ. Und nichts weiter wollte als ihn. Ein brutaler Akt , aber einer, den sie verstand. Er nahm sie in Besitz. Noch einmal. Und sie hätte es auch niemals anders gewollt. Sie brauchte es genauso wie er. Um zu wissen, dass sie ihm gehörte. Und dass er ihr gehörte.

Sie versuchte, ihre Arme aus seinem stählernen Griff zu befreien und wusste, dass er niemals loslassen würde. Sie wollte ihn berühren. Seine Haut unter ihren Fingern spüren. Doch den Kampf liebte sie genauso. Er würde keinen Zentimeter nachgeben. Ihr niemals irgendetwas durchgehen lassen. Sie würde immer seine Herausforderung sein, und er würde ihr immer mit seiner üblichen ungedämpften Kraft begegnen.

Annwyl presste sich an ihn. Jeder harte Stoß brachte sie dem Höhepunkt näher. Er küsste ihr Gesicht. Ihr Kinn. Ihren Hals. Doch als er seine Zähne in die Haut unter ihrem Schlüsselbein grub, gab er ihr den Rest. Die Erlösung. Sie schrie auf. Ein Kampfschrei. Doch er machte weiter. Hörte nicht auf, bis er ihr ein paar Minuten später einen weiteren Schrei entlockt hatte. Und diesmal kam er mit ihr. Sein Aufbrüllen übertönte beinahe ihres.

Fearghus ließ ihre Arme los und legte seinen Kopf an ihre Brust. Sie brachte ein müdes Lächeln heraus, als sie sich an ihn schmiegte. »Also gut. Ich habe dich ein bisschen vermisst«, gab sie schließlich zu.

Er lachte, und sie schloss die Augen und das Gefühl seiner tiefen Stimme rollte durch ihren Körper. Sie war in Sicherheit. Zu Hause.

»Nein, nein, Annwyl! Hör bitte auf! Du erstickst mich ja mit deinem ganzen Gefühl!«, lachte er, während seine Hände sanft ihren schweißbedeckten Körper liebkosten. »Und nur damit du es weißt: Ich habe dich auch vermisst.«

»Warum bist du mich dann nicht holen gekommen?«

Fearghus hörte den Schmerz in ihrer Stimme und hasste sich selbst dafür, dass er der Verursacher war. »Weil ich ein Idiot bin, Annwyl. Deshalb.«

»Solange wir uns verstehen …«

Er lächelte. »Das tun wir.«

»Also, … gut.« Er umarmte sie fest und leckte die Seite ihrer Brust. Sie seufzte leise, und Fearghus wusste, dass er nie wieder ohne dieses Geräusch sein wollte.

»Und warum ist überhaupt deine Mutter zu mir gekommen, Fearghus?«

»Ich glaube, ich habe ihr ein bisschen Sorgen gemacht.«

»Oh? Und wie das?«

Er zuckte die Achseln. »Na ja, weißt du …«

»Du hast allen eine Höllenangst eingejagt, oder?«

»Nur ein bisschen.«

Annwyl hielt ihn fester. »Närrische höhere Wesen.«

Er sah in das Gesicht seiner Gefährtin, in diese schönen grünen Augen. »Du solltest Angst haben. Ich bin ein Drache, Annwyl. Ein geborener Jäger und Mörder. Der Urtypus des Zerstörers.«

Annwyl brach in Lachen aus. »Du bist so süß, wenn du versuchst, Furcht einflößend auszusehen.« Sie kniff ihm mit Daumen und Zeigefinger in die Nase.

»Was zum Teufel soll ich nur mit dir machen, Weib?«

Sie fuhr mit der Hand an seinem Kiefer entlang. »Regiere mit mir, Fearghus.«

»Was?«

»Regiere mit mir.«

»Du willst, dass ich mit dir nach Garbhán komme?« Und natürlich würde er das tun. Er hätte alles aufgegeben, um bei ihr zu sein. Er hatte nicht vor, sie je wieder gehen zu lassen. Er wollte nur, dass sie es sagte.

Annwyl wandte den Blick ab und sah zum See hinüber. Er konnte es in ihrem Gesicht erkennen. Sie hatte bereits einen Plan; sie musste nur überlegen, wie sie ihn dazu brachte zuzustimmmen. »Das ist eine Möglichkeit.«

»Und eine andere Möglichkeit ist …«

»Wir regieren die Dunklen Ebenen von hier aus.«

»Nein.«

»Warum? Es ist perfekt!«

»Annwyl, ich glaube, die Adligen würden sich hier nicht wohlfühlen.« Und er wollte sie nicht in der Nähe seiner Höhle haben.

Doch Annwyl schnaubte angewidert. »Ich will diese Leute nicht hier haben!«, schnauzte sie ihn an, offensichtlich verärgert, dass er es auch nur vorschlug. »Bei uns! Wage bloß nicht, das anzubieten!«

»Was meinst du dann?«

»Die Insel Garbhán ist nicht mein Zuhause, Fearghus. Dies hier ist mein Zuhause. Du bist mein Zuhause.«

Er dachte an den Teil seiner Höhle, den er zu ihrem Zuhause gemacht hatte. Er hatte ihn mit allem ausgestattet, wovon er dachte, dass ein Mensch es brauchen oder wollen könnte, und hatte dann das größte Bücherregal und das größte Bett hinzugefügt, das er finden konnte. Damals hatte er sich ständig gefragt, warum er es überhaupt versuchte. Er hatte immer gedacht, eine Königin müsse ihren Hofstaat bei sich haben. Andererseits würde Annwyl niemals eine normale Königin sein.

»Ich habe so eine Ahnung, Frau, dass du das alles schon geplant hast.«

Ihre Augen sprühten vor Begeisterung, als sie sich aufsetzte und sich von ihm losmachte. »Ich habe mir das alles schon genau überlegt. Die Soldaten können Schutzwälle außerhalb der Schlucht aufbauen. So wären wir geschützt. Und natürlich werde ich nur meine besten und vertrautesten Männer einsetzen. Morfyd und Brastias können sich um das Tagesgeschäft auf Garbhán kümmern. Das ist sowieso alles todlangweilig. Es geht die ganze Zeit nur um Bauholz und

Getreide und … igitt! Es interessiert mich einfach beim besten Willen nicht.« Er schüttelte den Kopf und grinste, als sie fortfuhr: »Deine Familie und die anderen Drachen werden sich hier sicherer fühlen, wenn sie es wagen, uns zu besuchen. Und wenn es irgendeinen Vorstoß auf unseren Thron gibt, kann Morfyd uns Bescheid sagen. Und jetzt, wo deine Mutter auf unserer Seite ist, können wir alle niederschlagen, die uns in die Quere kommen. Wir zerquetschen sie wie Ameisen!«

Den letzten Teil sprach sie zu Ende als erzähle sie ihm von einem schönen Kleid, das sie fertigen ließ oder von neuen Pferden, die sie kaufte. Nicht dass sie tatsächlich über ein Bündnis sprach, das es in den Dunklen Ebenen seit mehr als tausend Jahren nicht mehr zwischen Menschen und Drachen gegeben hatte. Ein Bündnis, das sie eindeutig zu nutzen beabsichtigte.

Er starrte sie an, nicht sicher, was er sagen sollte.

»Komm schon, Fearghus. Du kannst mir nicht sagen, dass es nicht verflucht genial ist!«

Er lachte. »Ja, Annwyl. Es ist verflucht genial.« Fearghus beugte sich vor und rieb seine Nase an ihrem Hals, während seine Finger ihre harten Nippel streichelten.

Sie kicherte und schob sein Gesicht weg. »Das ist keine Antwort, Drache!«

»Oh, du wolltest wirklich eine Antwort? Ich dachte, du hättest dich schon entschieden.«

Sie zuckte die Achseln, ein alles andere als unschuldiges Lächeln auf den Lippen. »Das stimmt. Ich wollte nur höflich sein.«

Er starrte sie an, dann schüttelte er den Kopf. »Nein.«

»Was meinst du mit Nein?«

Er streckte sich neben ihr aus, seine Hände hinter dem Kopf verschränkt. »Ich meine Nein. Ich glaube nicht.«

Annwyl schubste ihn. »Warum nicht?«

Jetzt zuckte er die Achseln. »Mir ist einfach nicht danach.«

Annwyl verschränkte die Arme vor ihrem prachtvollen Busen, der ihm nie aus dem Kopf gegangen war. »Wirklich?«

»Annwyl, ich lebe schon seit deutlich mehr als hundert Jahren allein. Ich bin daran gewöhnt, für mich zu sein. Ich denke, das braucht ein bisschen … Überzeugungsarbeit deinerseits.«

»Überzeugungsarbeit?« Sie hob eine Augenbraue. »Wie viel Überzeugungsarbeit?«

»Na ja, ich bin ein sturer Drache. Sehr stur. Wir sprechen hier von Stunden, wenn nicht Tagen an Überzeugungsarbeit … oder auch Jahren.« Er sah ihr in die grünen Augen. »Vielleicht ein ganzes Leben.«

Annwyl streckte sich auf seiner Brust aus, den Kopf auf einen Arm gestützt. »Dann fange ich wohl besser gleich damit an.«

»Ja, das wäre wohl besser, Weib.«

Annwyl küsste ihn. Und Fearghus ließ sie nie wieder los.

Bercelak und Rhiannon

I

»Du hast nach mir verlangt, Königin Addiena?«

Die Königin sah nicht einmal von ihrem Buch auf. »Fällt es dir so schwer, mich Mutter zu nennen?«

Genau genommen … ja. »Du hast nach mir verlangt, *Mutter*?«

Seufzend legte die Königin ihr Buch nieder und sah ihre älteste Tochter an. »Wie ich diesen Hohn liebe.«

Rhiannon, Erstgeborene der Drachenkönigin, Erstgeborene Tochter, Weiße Drachenhexe und zukünftige Erbin des Throns der Königin, setzte sich auf ihre Hinterbeine. Sie strich sich die langen weißen Haare aus den Augen und starrte ihre rothaarige und rot geschuppte Mutter an. »Können wir es einfach hinter uns bringen? Ich habe noch was zu tun.«

»Ach ja? Was denn?«

Verdammt. Sie hatte eigentlich gar nichts zu tun; sie wollte nur nicht hier sein. Rhiannon und ihre Mutter hatten sich noch nie verstanden. Hatten nie gelernt, sich gegenseitig zu tolerieren. Es ging sogar eine Geschichte am Hof der Königin herum, dass die frisch geschlüpfte Rhiannon ihre Mutter in den Hals gebissen hatte, als diese versuchte, ihre neue Tochter zu herzen. Doch Rhiannon glaubte das keine Sekunde. Natürlich konnte sie sich vorstellen, dass sie ihre Mutter gebissen hatte, aber sie glaubte nicht, dass ihre Mutter versucht hatte, sie zu herzen.

»Was ich zu tun habe ist meine Sache. Können wir das Ganze hier einfach beschleunigen?«

»Na schön.« Ihre Mutter rückte etwas vor, und Rhiannons ganzer Körper spannte sich, als sie sich näherte, vor allem, als sie sah, dass sich der Wächter der Königin ihr ebenfalls näherte. »Ich habe eine Entscheidung getroffen.«

Rhiannons Augen wurden schmal. »Worüber?«

»Über dich. Es ist Zeit, dass wir dir einen Gefährten suchen. Dass du in Besitz genommen wirst. Und ich habe deinen Gefährten bereits ausgesucht. Einen meiner besten Krieger. Bercelak der Große.«

Mit einem schnaubenden Lachen sah Rhiannon ihre Mutter an. »Bercelak der Große? Meinst du nicht eher Bercelak der Rachsüchtige? Und diese Eidechse von niederer Geburt ist dein auserwählter Gefährte für mich?« Sie lachte lauter. »Du bist verrückt geworden!«

Die blauen Augen ihrer Mutter glitzerten gefährlich in der schummrigen Kammer. »Er ist derjenige, den ich ausgesucht habe. Er ist derjenige, der dich in Besitz nehmen wird.«

Rhiannons Lachen erstarb unter dem kühlen Blick ihrer Mutter. »Was? Warum?«

Als der rote Drache sie nur anstarrte, explodierte Rhiannon. *»Du gefühlloses, hinterlistiges Miststück!«*

Ihr Inneres schrie, wenn sie an Bercelak den Rachsüchtigen dachte. Er war ein Kriegsherr ihrer Mutter und als gefährlich, gemein und überhaupt unangenehm berüchtigt. In all den Jahren, die sie ihn kannte, hatte sie ihn nie jemanden anlächeln sehen … bis auf sie. Und das auch nur einmal. Ständig beobachtete er sie, ignorierte die Standesregeln, bis sie ihm irgendwann in aller Ehrlichkeit gesagt hatte, er solle aufhören sie anzustarren wie ein Pferd, das an einem Spieß briet, oder sie würde ihm die Hörner vom Kopf reißen. Er hatte sie daraufhin nur angelächelt. Das war das erste und einzige Mal gewesen. Als sie ihm gedroht hatte. Das wertete sie nicht als ein gutes Zeichen.

Damals hatte sie befürchtet, sie würde sich vor einer erzwungenen Inbesitznahme schützen müssen. Sie waren selten, aber sie kamen vor. Dann hatten die Drachenkriege begonnen. Ein Kampf, Drache gegen Drache, im Streben nach

Macht. Als bester Kämpfer ihrer Mutter führte Bercelak diesen Krieg an, und seither hatte sie ihn nicht mehr gesehen.

Doch die Kriege waren vorbei, die Herrschaft ihrer Mutter gesichert. Und anscheinend hatte ihre Mutter vor, ihn für seinen treuen Dienst zu belohnen – mit *ihr*.

»Ich habe darüber nachgedacht. Wir werden nächsten Mond eine Zeremonie abhalten, um eure Verbindung zu feiern. Du wirst da sein. Du wirst hübsch aussehen. Und du wirst ihn dich nehmen lassen.«

»Ich weiß, warum du das machst. Ich weiß, was du vorhast.« Sie hasste die Verzweiflung in ihrer Stimme. Sie hasste ihre Mutter.

Als die Königin sie nur ansah, fuhr Rhiannon fort: »Du fürchtest, dass ich dir deinen Thron nehmen werde, bevor du bereit bist, ihn aufzugeben. Du hast Angst, wenn ich mich mit jemandem verbinde, der dir nicht loyal ist, kann ich alles haben … und du nichts. Deshalb lieferst du mich diesem Stück Dreck aus!«

»Na, na, Rhiannon. Wie schrecklich, dass du so über deine liebende Mutter denkst!«

Sie sagte es so flapsig, dass Rhiannon wusste, dass sie recht hatte. Ihre Mutter fürchtete sie. Fürchtete die Loyalität, die sie sich unter den anderen Drachen am Hof aufgebaut hatte. Sie fürchtete ihre magischen Fähigkeiten, die zwar noch schwach waren, aber zunehmend – und überraschend – stark wurden.

Ihre Mutter fürchtete *sie*. Und dafür war diese Hexe bereit, Rhiannon auszuliefern wie eine menschliche Sklavin.

In blinder Wut schlug Rhiannon mit einer ihrer Klauen nach ihrer Mutter, aber deren verfluchte Wachen, die das Leben der Königin schützten, als wäre es ihr eigenes, waren schon da, als ihr Unterarm kaum ihre Seite verlassen hatte. Sie schubsten sie zurück. Sie! Eine *Prinzessin*!

»Das kannst du nicht mit mir machen, du alte Schlampe!«, schrie sie, unfähig, sich noch länger zu beherrschen. Die Verletzung und der Schmerz nagten an ihr wie ein Parasit. »Ich werde dir den Thron abnehmen ... ich werde dir deine Macht und deinen Schatz abnehmen! Und ich werde dich verrotten lassen!«

Kalte, kristallblaue Augen sahen sie an, und sie wusste, hier würde sie niemals Mitgefühl finden. »Das wirst du bereuen, kleine Schlampe.«

»Fahr zur Hölle!«

Rhiannon machte mehrere Schritte rückwärts, bis sie ein gutes Stück von ihrer Mutter und deren geisteskranken Wächtern entfernt war. Dann drehte sie sich um und stürmte davon.

Sie würde gar nichts bereuen. Aber sie würde dafür sorgen, dass ihre Mutter alles bereute.

Bercelak der Große, Drachenkrieger des Throns der Drachenkönigin, Neuntgeborener Sohn von Ailean dem Verruchten, Oberster Befehlshaber der Heere der Drachenkönigin und so weiter und so weiter, marschierte durch den Ort, an dem er geboren war. Anders als bei den meisten Drachen war sein erstes Zuhause keine Höhle gewesen – sondern ein Schloss.

Er stolzierte durch die Hallen und nickte seinen vielen Geschwistern im Vorbeigehen grüßend zu. Mit ihm waren es fünfzehn. Einige hatten Gefährten. Andere nicht. Manche hatten bereits eigenen Nachwuchs. Bevor er das Haus seines Vaters betrat, musste er sich in menschliche Gestalt verwandeln und menschliche Kleidung anziehen. Sein Vater Ailean bestand darauf. Aus ihnen allen unbekannten Gründen liebte es ihr Vater, Mensch zu sein. Nicht nur zeitweise, wie einige seiner Art, manchmal auch Bercelak selbst – sondern die ganze

Zeit. Er verwandelte sich nur in einen Drachen zurück, wenn er kämpfen oder schnell irgendwohin fliegen wollte.

Bis heute hatte Bercelak keine Ahnung, wie seine Mutter, eine schöne Drachendame von königlichem Blut, den alten Mistkerl ertragen konnte. Er war laut, grob und unhöflich. Mit ihm aufzuwachsen war für alle seine männlichen Geschwister ein Graus gewesen. Den weiblichen erging es viel besser, doch wenn sie volljährig wurden, stellten sie fest, dass einen Verruchten als Vater zu haben nicht gerade günstig war, wenn die Zeit kam, sich einen Gefährten zu suchen. Überall, wo sie hinkamen, eilte ihnen der Ruf ihres Vaters voraus.

Jetzt musste Bercelak vor den alten Mistkerl treten und wusste nicht einmal, warum. Ailean hatte nach ihm verlangt, indem er vier von Bercelaks Brüdern schickte, um ihn zurückzubringen. Da er seine eigenen Geschwister nicht töten wollte, hatte Bercelak schließlich zugestimmt, zur Burg zurückzukehren. Aber er wollte es schnell hinter sich bringen, damit er wieder nach Hause gehen konnte. Jetzt, wo die Kriege vorüber waren, hatte er Pläne zu schmieden, und sein Vater hielt ihn auf.

Er stürmte ins Arbeitszimmer seines Vaters, verzog das Gesicht und wandte sich ab. »Meinst du, du könntest lange genug von meiner Mutter heruntergehen, um mir zu sagen, warum du nach mir geschickt hast?«

»Seit wann bist du denn so verklemmt, Junge?« Bercelak hörte, wie seine Mutter seinem Vater einen Klaps versetzte, was sie anscheinend öfter tat, dann hörte er, wie sie vom Schreibtisch glitt, auf den Ailean sie geworfen hatte, und ihre Kleider wieder anzog. Für Ailean behielt seine Mutter ihre menschliche Gestalt. Bercelak verstand einfach nicht, warum.

»Zieh dich an!«, hörte er seine Mutter zischen und schüttelte den Kopf. Der Mistkerl lebte dafür, ihn in Verlegenheit zu bringen. Und er machte seine Sache gut.

Die Hand seiner Mutter legte sich auf seine Schulter. »Mein Sohn.«

Er drehte sich um und sah hinab in ihr schönes Gesicht. »Mutter.« Er küsste sie auf die Wange. »Ich freue mich, dich zu sehen.«

Einer ihrer Mundwinkel verzog sich nach oben. »Wirklich? Ich muss zugeben, dass man das dir am wenigstens von allen meinen Kindern anmerkt.«

»Junge.« Sein Vater, der endlich seine Hose angezogen hatte, lehnte am Schreibtisch. Warum bestand der alte Mistkerl nur immer darauf, ihn so zu nennen? Das würde ihm immer ein Rätsel bleiben. Er war kein Mensch und er war kein *Junge*. Dennoch nannte ihn sein Vater öfter als alle seine Brüder so. Wahrscheinlich, weil er wusste, dass es ihn zur Weißglut brachte.

»Vater. Du hast nach mir geschickt?«

»Aye. Ich habe heute Nachricht von der Königin erhalten.«

Seine Mutter versteifte sich neben ihm. Das tat sie immer, wenn die Königin erwähnt wurde.

»Worüber?«

»Prinzessin Rhiannon.«

Sein Herz blieb stehen. »Was ist mit ihr?« Obwohl er Angst hatte zu fragen. Die bittere Beziehung zwischen Mutter und Tochter hatte schon fast legendäre Ausmaße angenommen. Und Rhiannon war gerade einmal hundertfünfundzwanzig Winter alt. Ihr Götter, konnte es sein, dass die Königin ihr am Ende doch etwas angetan hatte?

»Du sollst sie haben.«

Bercelak sah finster drein, was sogar ihn selbst erstaunte, denn er sah sowieso fast immer finster drein. Doch das hier ließ ihn noch finsterer blicken.

»Was soll das heißen?«, fragte seine Mutter, bevor er es tun konnte. »Er soll sie haben?«

»Das heißt, dass die Königin will, dass du dich mit ihrer Tochter verbindest.«

»*Nur über meine …*«

»Shalin«, schnitt ihr Ailean das Wort ab. »Das ist nicht deine Entscheidung. Es ist die des Jungen.«

»Ja, aber …«

»Ich weiß, was du von Addiena hältst, Shalin. Aber noch einmal: Es ist Bercelaks Entscheidung. Nicht deine. Nicht meine. Noch die der Königin.« Silberne Augen richteten sich auf ihn. »Wenn du sie nicht willst, sag es mir jetzt, und ich sage es der Königin. Ich habe sie schon seit Jahrhunderten nicht mehr gesehen, aber ich bin sicher, ich kann immer noch ziemlich« – sein Vater grinste – »überzeugend sein.«

Shalin schnaubte und wandte sich ab, doch sein Vater fuhr fort: »Aber ich wollte dir die Möglichkeit offenlassen. Wie entscheidest du dich?«

Er musste keine Entscheidung treffen. Er hatte sie schon vor langer Zeit an dem Tag getroffen, als er das weiße Drachenmädchen zum ersten Mal gesehen hatte. Er war kaum fünfzig Winter alt gewesen und sie schon zweiundfünfzig. Ein *älterer* Drache. Er war vorher nie bei Hof gewesen und hatte diesmal seine Mutter begleitet. Seinen ersten Fehltritt machte er, sobald er den Thronsaal der Königin betrat. Er trampelte auf den schneeweißen Schwanz einer Prinzessin. Ihre Wut war unmittelbar, und ohne auf eine Entschuldigung zu warten, zielte sie mit eben dieser Schwanzspitze direkt in sein Auge.

Was wenige wussten, aber schließlich doch erfuhren, war, dass alle Kinder von Ailean … nun ja … *anders* als andere junge Drachen aufwuchsen. Bercelak konnte sich an keinen Tag erinnern, an dem sein Vater nicht irgendwo aus einer dunklen Ecke gesprungen wäre, ihn am Schwanz gepackt und durch den Raum geschleudert hätte. Nicht, um ihn zu misshandeln – auch wenn er das damit tat –, sondern weil er wollte, dass die Reflexe seiner Nachkömmlinge besser waren als die aller anderen. Und zu Bercelaks Verdruss funktionierte es. Während andere Drachenkrieger in Schlachten unvorbereitet getroffen wurden oder vor Angst davonliefen, hatte Bercelak niemals mit der Wimper gezuckt, niemals Angst gehabt und war definitiv niemals davongelaufen. Nicht einmal. Im Gegenteil: Er hatte alles und jeden, was ihm im Weg stand, vernichtet, bis sie ihm schließlich den Titel des Heeresbefehlshabers der Königin gegeben hatten. Der höchste Rang, auf den ein Drachenkrieger von niederer Geburt wie er hoffen konnte.

Als er also an jenem Tag diese rasiermesserscharfe Schwanzspitze auf sein Gesicht zukommen sah, reagierte er, wie er es bei jedem aus seiner Sippe getan hätte: Er schnappte sich den Schwanz und schwenkte ihn, sodass die Prinzessin und Erbin des Throns der Königin quer durch den Thronsaal und direkt an ihrer Mutter vorbeiflog.

Als ihn die Wachen der Königin festhielten, war er sich sicher, dass er an diesem Tag sterben würde. Doch die Königin … sie hatte andere Pläne. Und um ehrlich zu sein, schien es ihr auch egal zu sein, wie er ihre Tochter behandelt hatte.

Aber ihm war es nicht egal. Danach versuchte er alles, um Rhiannon dazu zu bringen, ihm zu verzeihen. Ihr näherzukommen. Doch immer wenn sie ihn sah, verdrehte sie die Augen und ging in die entgegengesetzte Richtung. Wenn er versuchte, mit ihr zu sprechen, gähnte sie ihm ins Gesicht und ließ ihn stehen.

Irgendwann hatte er sie dann in Ruhe gelassen. Aber er hatte nie aufgegeben, sie zu wollen. Und das hatte sich nicht geändert. Das würde sich niemals ändern.

»Ich nehme sie.«

Seine Mutter umklammerte seinen Arm. »Bercelak …«

»Ist schon gut, Mutter. Ich weiß, was ich tue.« Er sah seinen Vater an. »Ich nehme sie.«

Ailean grinste. Dieses breite Grinsen mit den vielen Zähnen, das Bercelak so unendlich ärgerte. »Irgendwie wusste ich, dass du das sagen würdest. Sie wird bei deiner Höhle auf dich warten.«

Bercelak und Shalin tauschten Blicke. Er war sich sicher gewesen, dass er sie selbst holen musste. Schließlich war sie Prinzessin Rhiannon. Und das ließ sie keinen je vergessen.

Bercelak neigte den Kopf zur Seite. »Ach ja?«

Rhiannon stieg in die Luft, sobald sie den Berg Devenallt verlassen hatte. Sie flog und flog – wild entschlossen, es vor Anbruch der Nacht bis zu ihrer Höhle zu schaffen. Sie hatte vieles zu durchdenken, denn ihre Mutter würde vermutlich auf der Stelle irgendeinen Gegenangriff planen. Doch ihre Höhle war eine Festung. Mit der Hilfe von Zauberern, die ihr die Treue hielten, hatte sie magische und physische Sicherheitsmaßnahmen um ihre Höhle eingerichtet, die ihre Mutter auf keinen Fall je durchbrechen konnte.

Sie flog an Wäldern und Städten vorbei, an Burgen und Bauernhöfen. Wenige sahen sie. Diejenigen, die es taten, schrien entsetzt und rannten davon. Ihr Götter, sie musste wirklich wütend sein. Sie ging nicht einmal tiefer, um sich aus einem der Dörfer einen schnellen Imbiss zu schnappen oder sich einfach an ihren Schreien zu ergötzen.

Sie steuerte aufs offene Meer zu und bewegte sich schnell, da sie mit dem Wind flog. Sie näherte sich dem großen Berg, als sie es spürte. Ein kleines Kribbeln im Magen. Sie wusste, dass es ihre Mutter war, und sprach sofort einen Zauber, um stärkere Barrieren um ihren Körper zu ziehen. Doch bevor sie sie aufgebaut hatte, durchzuckte sie die Macht der Götter wie ein Blitz … und dann fiel sie.

Verzweifelt versuchte sie, mit den Flügeln zu schlagen, doch nichts passierte. Dann sah sie an sich selbst hinab – und schrie entsetzt auf.

Ein Mensch. Ihre Mutter hatte sie in ihre Menschengestalt verwandelt. Und sie konnte sich nicht zurückverwandeln!

Sekunden, bevor sie auf dem Boden aufschlug, hatte sie einen letzten Gedanken …

Oh, Mist.

Bercelak starrte den nackten Frauenkörper an, der zusammengesunken vor seiner Höhle lag. Weiße Haare, durchzogen von Blut und Schmutz, bedeckten sie bis auf das komische kleine Brandzeichen auf ihrer nackten Schulter.

Er beugte sich vor und beschnüffelte sie. Nein … sie war nicht als Mensch geboren. Vielmehr war sie ein Drache in menschlicher Gestalt.

Tja … da geht es hin, das Abendessen.

Er schubste sie mit der Schnauze und drehte sie auf den Rücken. Als er ihr Gesicht sah, blieb ihm zum zweiten Mal an diesem Tag das Herz stehen.

Rhiannon. Prinzessin Rhiannon. *Seine* Rhiannon.

Er betrachtete sie genauer. Sie war blutverschmiert und verletzt. Er sah zum Himmel hinauf, und ihm wurde klar, dass sie von dort herabgefallen war. Kein Wunder, dass die Königin gesagt hatte, Rhiannon würde bei seiner Höhle auf ihn warten. Hier hatte sie ihre Tochter hingeworfen.

Das kann nichts Gutes bedeuten.

Doch das war nicht wichtig. Er hatte sie endlich. Er hatte seine Rhiannon. Und er hatte vor, sie zu behalten … für immer.

Kreischen. *Wo kommt dieses Kreischen her?*

Rhiannon bewegte sich, und das Kreischen wurde entschieden schlimmer, doch ihr wurde auch klar, dass es in ihrem eigenen Kopf war.

Sie legte ihre Klauen an die Stirn, in der Hoffnung, den Schmerz zurückdrängen zu können … nur dass sich etwas nicht richtig anfühlte. Ihr Kopf fühlte sich anders an. Genauso wie ihre Klauen.

Durch bloße Willenskraft öffnete sie die Augen und starrte ihre Krallen an. Nur dass das nicht ihre mächtigen weißen Krallen waren, die sie so stolz scharf hielt. Das waren – sie runzelte verwirrt die Stirn –, das waren Fingernägel. Menschliche. Genau wie die Klaue, an der diese nutzlosen winzigen Nägel saßen. Nicht ihre mächtige Klaue, sondern die Klaue eines Menschen. Eine … eine *Hand*.

Sie sah an sich hinab, und ihr wurde bewusst, dass sie nicht geträumt hatte. Ein Mensch. Ihre Mutter hatte sie in einen Menschen verwandelt.

Sie hatte selbst oft menschliche Gestalt angenommen, aber nur, um die Menschen um sich herum zu täuschen … na ja, und um zu sehen, ob ihre menschliche Gestalt auch nur annähernd attraktiv war. Ansonsten hatte sie ihr Leben immer als Drache verbracht und diejenigen, die das nicht taten, nie verstanden. Warum jemand ein Mensch sein wollte, ging über ihren Verstand … Und verdammt noch mal, ihr Verstand war *brillant*!

Im Bewusstsein, dass sie sich beruhigen musste, holte Rhiannon tief Luft und ließ sie langsam wieder entweichen. Als ihr Kopf wieder klar war und das Kreischen nachgelassen hatte, sprach sie den Zauber, der sie zurückverwandeln sollte. Helle Farben der Magie sprühten von ihrem menschlichen Körper … und nichts weiter. Absolut gar nichts.

»Sie hat dir deine Kräfte genommen.«

Rhiannon drehte den Kopf und sah hinüber zu dem schwarzen Drachen, der sie beobachtete.

»Bercelak«, schnaubte sie abfällig. Natürlich, wo sonst hätte ihre Mutter sie fallen lassen sollen als vor die Füße des einzigen Drachen, den Rhiannon nie sehen wollte?

Ich hasse diese Schlampe!

»Rhiannon.«

Knurrend zwang sie ihren menschlichen Körper, sich aufzusetzen. »Du wirst mich … du Nichtswürdiger … bei meinem Titel nennen! Für dich bin ich immer noch *Prinzessin* Rhiannon!«

Er starrte sie einen Moment mit diesem typischen finsteren Blick an – besaß er überhaupt einen anderen Gesichtsausdruck? –, dann schnaubte er. »Du magst vielleicht Prinzessin sein. Aber im Moment bist du eine ohne Kräfte und Klauen.« Er stand auf und machte einige Schritte auf sie zu. »Du bist menschlich. Keine Flügel. Keine Chance, mir zu entkommen. Zum Glück habe ich dich erkannt, sonst hätte ich dich vielleicht zu einer leckeren Mahlzeit gemacht, mit ein bisschen Petersilie. Und Kartoffeln.«

Er machte zwei weitere Schritte auf sie zu, und Rhiannon ignorierte den Schmerz in ihrem Kopf und bewegte sich rückwärts.

»All diese weiche Haut und diese zerbrechlichen Knochen«, sagte er ziemlich schmachtend. »Wir können dich so wehrlos nicht in diese grausame Welt hinausgehen lassen, Prinzessin. Ich muss mich um dich kümmern. Dich beschützen. Genau wie ich es heute tun musste. Wenn ich nicht die Fähigkeiten besäße, die mir meine Mutter vermittelt hat und die ich auf dem Schlachtfeld gelernt habe, hätte ich dich vielleicht nicht heilen können.«

»Ich brauche nichts von dir, Bercelak, Sohn eines Verruchten.«

Er blieb stehen und seine kalten schwarzen Augen sahen ihr unverwandt ins Gesicht. »Da ich genau weiß, dass deine Mutter sich einmal mit meinem Vater vergnügt hat, entschuldige bitte, wenn ich nicht ehrlich beleidigt bin.« Er hob eine Augenbraue. »Wir sind nicht verwandt, oder?«

»Du …« Fassungslos, dass jemand es wagte, so mit ihr zu sprechen, zwang sich Rhiannon auf die Füße. Das Kreischen in ihrem Kopf wurde schlimmer, aber es war ihr egal. Sie würde sich von diesem arroganten Mistkerl nicht so behandeln lassen. Niemand … absolut *niemand* behandelte sie so.

»Hör mir gut zu, Nichtswürdiger, glaub bloß nicht auch nur für eine Sekunde, dass ich dir nicht das Herz aus deiner wertlosen Haut schneiden und es auf meinem Kopf tragen werde – wie einen Hut!«

Bercelak spie einen Zauber. Flammen explodierten um den Drachen herum und verblassten wieder. Zurück blieb nur seine menschliche Gestalt. Und, oh … bei den dunklen Göttern des Feuers … was für eine menschliche Gestalt! Rabenschwarzes Haar reichte ihm bis über den Rücken und umspielte seine schmalen Hüften. Weil er ein Kampfdrache war, war sein Haar kürzer als das der Könige, die er schützte. Außerdem hatte er Narben. Sehr viele Narben, manche davon an äußerst interessanten Stellen. Eine brutale Narbe saß direkt an seinem Auge. Oh, und seine Augen … schwarz wie seine Haare. Düster und unergründlich starrten sie sie wütend unter schwarzen Brauen hervor an. Aber sein Körper … sie hatte menschliche Körper nie allzu anziehend gefunden. Vor allem nicht die männlichen. Bis jetzt. All diese Muskeln und diese breiten, starken Schultern. Alles an ihm war perfekt. Sein Gesicht, sein Körper. Seine Narben.

Sie starrte ihn an, als er auf sie zumarschierte und sie mit dem Rücken gegen die Höhlenwand drückte. Sie zuckte zusammen, als die Felsen ihr in die weiche menschliche Haut stachen, die sie langsam verabscheute. Sie fühlte sich schwach, wehrlos.

Wie können die Menschen nur so leben?

»Sag mir, Prinzessin, glaubst du wirklich, jemand wird hierher kommen, um dich vor mir zu retten? Ich bin alles, was du hast. Selbst deine Mutter hat dich verlassen.«

»Sie hat mich schon vor sehr langer Zeit verlassen.«

Es schien, als würde daraufhin sein üblicherweise harter Gesichtsausdruck etwas weicher. »Ich weiß. Das hat dir wehgetan.«

Sie lachte kurz und herzlos auf. »Nichts tut mir weh, Nichtswürdiger. Absolut nichts.«

»Wie ist das möglich?« Und aus irgendeinem Grund klang er, als wäre ihm ihre Antwort wirklich wichtig.

»Wenn du aufhörst, etwas zu fühlen, findest du das gar nicht mehr so unmöglich.«

Eine große Hand legte sich an ihre Wange. »Ich habe nicht den Wunsch, dir wehzutun, Prinzessin. Aber ich will, dass du fühlst. Ich will, dass du alles fühlst, wenn du bei mir bist.«

Sie verdrehte die Augen. »O bitte, Nichtswürdiger. Versuch bloß nicht, mich zu verführen!« Indem sie ihm beide Hände gegen die Brust stemmte, schob sie ihn weg und bewegte sich von der Wand weg. »Ich bin kein Kind mehr. Ich wurde von den Besten verführt.« Sie sah an ihm auf und ab. »Von solchen mit *königlichem* Blut. Und ich muss dir leider sagen, dass es dir da an einigem fehlt.«

Er lehnte sich rückwärts an die Stelle, die sie eben verlassen hatte, die Arme vor seiner prachtvollen Brust verschränkt. »Stört dich mein Mangel an königlichem Blut wirklich?«

»Nein. Er beleidigt mich«, antwortete sie ehrlich. »Bist du

das Beste, was meine Mutter zu bieten hat? Ich bin nicht irgendein Stück Abfall, das sie ihrem Lieblingskampfhund hinwerfen kann. Ich bin von königlichem Blut. Die Tochter eines Königs. Um ganz ehrlich zu sein, verdiene ich etwas Besseres als *dich*. Und jetzt, Nichtswürdiger, wirst du mich zum nächsten Ausgang begleiten.«

Er bewegte sich so schnell, dass sie nicht einmal die Gelegenheit hatte aufzuspringen, geschweige denn davonzulaufen. Seine Hände glitten um ihren Hals und hielten sie fest. Sie dachte, er würde versuchen, das Leben aus ihr herauszupressen – leider wäre das nicht das erste Mal, dass ihr das passierte. Stattdessen ragte er über ihr auf und sah herab in ihr Gesicht. Der Blick aus seinen schwarzen Augen bohrte sich in ihre.

»Wenn ich fertig bin«, sagte seine tiefe Stimme leise, während sein Gesicht immer noch so ungemein … griesgrämig aussah, »wirst du dir kein Leben mehr ohne mich vorstellen können. Du wirst dich nach mir verzehren, wirst mich begehren, wie du nie zuvor in deinem Leben etwas begehrt hast. Du wirst mich vermissen, wenn ich nicht bei dir bin und nach mir verlangen, wenn ich direkt neben dir stehe. Kein anderer Mann wird je wieder gut genug sein. Kein anderer Mann wird es wert sein, diesen Körper zu nehmen und ihm und dir Vergnügen zu bereiten, das du dir höchstens in deinen Träumen ausmalen konntest. Und wenn du kommst und meinen Namen schreist und mich anflehst, dich als mein Eigen bei mir zu behalten, werde ich dich in Besitz nehmen. Und dein Herz und deine Seele werden nur mir gehören. Aber bis dahin, Prinzessin, wirst du nirgendwo hingehen.«

Dann ließ er sie los und ging davon.

Sie wartete, bis er weit genug weg war, dass er sie nicht mehr treffen konnte und sagte: »Ach ja? Du und welche Armee?«

Er blieb stehen und sah sie über seine Schulter hinweg an. Unfähig, seinen Blick zu erwidern, rieb sie sich mit einer Hand die Augen und seufzte. »Das kam jetzt irgendwie ganz falsch raus.«

2 Bercelak ließ den Kuhkadaver auf den Boden fallen und sah ihn nachdenklich an. Wäre Rhiannon ein Drache gewesen, hätte er ihn einfach verbrannt und sie hätten ihn gefressen. Doch da sie ein Mensch war, würde er sich vorerst anpassen müssen. Zumindest bis sie ihre Kräfte zurückbekam.

Also benutzte er vorsichtig seine Krallen, um das Fell des Tieres zu entfernen und warf es beiseite. Dann hängte er das Tier an einem Bratspieß über die Feuerstelle. Er wählte ein paar seiner besten und wertvollsten Kräuter – die er aus den Wüsten von Alsandair bekommen hatte – und würzte das garende Fleisch.

Mit einem Seufzen setzte er sich, um in die Flammen zu sehen und nachzudenken.

Prinzessin Rhiannon war eindeutig so gemein wie er sie in Erinnerung hatte, und das machte sie nur noch begehrenswerter. Das überraschte ihn nicht. Drachenmänner mochten ihre Frauen gern gefährlich. Es machte die Paarung so viel interessanter und intensiver. Aber natürlich ging es ihm langsam auf die Nerven, dass sie ihn ständig »Nichtswürdiger« nannte.

Niemand musste ihn an seinen Vater erinnern.

Die anderen Drachenkrieger, mit denen er kämpfte, verstanden nie, warum Bercelak im Kampf niemals zuckte. Niemals Anzeichen von Furcht oder Panik zeigte. Wenn sie gelebt hätten wie er, hätten sie das auch nicht getan. Aber bis man mitten in der Nacht mit dem Ruf »Wir werden angegriffen!« geweckt und von seinem wohlmeinenden, aber eindeutig wahnsinnigen Vater aus dem Bett geworfen worden war, wusste man nicht, was Angst war.

Seine Mutter war von königlicher Geburt. Sein Vater … nicht so ganz. Was bedeutete, dass keiner Bercelak irgendetwas geschenkt hatte. Er musste sich alles erarbeiten, was er hatte, und er hatte dabei nur eines im Kopf: kristallblaue Augen, lange, weiße Haare und ein Fauchen, das eine Armee von Dämonen in die Flucht schlagen konnte.

Seit dem Tag, an dem er ihr begegnet war – als ihn diese wunderschönen blauen Augen mit so viel Hass angesehen hatten –, wusste er, dass er sie haben musste.

»Ich will seinen Kopf!«, hatte sie gekreischt. Und eine Minute lang hatte er geglaubt, sie würde ihn bekommen.

Doch dann hatte er gehört: »Ach, lasst ihn in Ruhe. Meine Tochter reagiert über wie immer.«

Ein großer, schöner roter Drache kam auf ihn zu. »Er hat es nicht mit Absicht gemacht, Rhiannon.«

Seine Mutter verneigte sich, aber er starrte die Königin weiter an. Und er wusste, dass es die Königin war. Allein wie sie sich bewegte und ihre Haltung verrieten ihm das. Ehrfurcht erfüllte ihn.

Sie hatte ihren Wachen bedeutet, ihn loszulassen, dann hatte sie gelächelt und dabei ihre Reißzähne gezeigt. »Shalins Sohn.«

Sobald er frei war, verneigte er sich sofort. »Ja, meine Königin. Bercelak der Schwarze, Sohn von Ailean.«

»Ja. Du siehst ihm sehr ähnlich. So gut aussehend.« Eine rote Klaue mit pechschwarzen Krallen liebkoste seinen Kiefer. Er spürte, wie sich seine Mutter neben ihm versteifte, und wusste, dass es mehr ihret- als seinetwegen war. Seit Jahren hörte Bercelak schon, dass die Königin einmal im Bett seines Vaters gewesen war und ihn nie vergessen hatte. Und dass sie ihm nicht vergeben hatte. Denn am nächsten Morgen hatte er die damals noch zukünftige Königin verlassen, um sich mit Bercelaks Mutter und ehemaligen Freundin der Königin, Shalin, zu treffen. Die, wenn man der Geschichte Glauben schenken durfte, eine Axt nach seinem Vater geworfen hatte, als Ailean zu ihr kam.

Bis zu diesem Tag hatte Bercelak keine dieser Geschichten geglaubt. Sein Vater, der von niederer Geburt war, mit einer Drachenprinzessin? Nicht sehr wahrscheinlich, hatte er immer gedacht. Und dennoch … ein Blick auf die Drachendame vor ihm, und er fragte sich, ob all die Geschichten vielleicht doch wahr waren. Denn sie sah ihn mit etwas im Blick an, was er nicht benennen konnte. Vielleicht auch mit etwas, das er nicht benennen wollte. Mit fünfzig Wintern war er viel zu jung für solch tiefsinnige Gedanken …

»Sag mir, Sohn des Ailean, was ist dein Lebenstraum? Zauberer? Krieger? Schwertmacher? Woran denkst du, wenn du nachts wach liegst?«

Er antwortete ehrlich, unfähig, diese dunkelblauen Augen anzulügen. »Von Ruhm und Reichtum. Von Macht.«

»Ich verstehe. Du magst aussehen wie dein Vater, aber dessen Ambitionen waren nie so groß.« Sie warf seiner Mutter einen Blick zu, doch erst Jahre später verstand er, was dieser Blick bedeutete. Dann wandte sie sich ab und ging.

»Du wirst hierbleiben, Sohn des Ailean«, warf die Königin beiläufig über ihre Schulter zurück. »Du wirst dich üben und zu einem meiner Streitdrachen werden. Du wirst diesen Thron schützen und mich und alle anderen, die ich für wert erachte.«

Dann war sie fort. Die Treppe zu ihren Privatgemächern hinaufgegangen.

Ihre Tochter stampfte mit dem Fuß auf und starrte ihn empört an, bevor sie wütend davonmarschierte.

Als die Geschäftigkeit am Hof wieder einsetzte, hörte er seine Mutter vor sich hinmurmeln: »Ich hasse diese Schlampe wirklich von ganzem Herzen!«

Dennoch – seine Mutter ließ ihn dort, als sie nach Hause zurückkehrte. Sie hatte keine Wahl. Danach behandelte ihn die Tochter der Königin wie Schmutz unter ihren Krallen. Und je mehr sie das tat, desto sicherer wusste er, dass er alles tun würde, um sie zu gewinnen. Je gemeiner sie war, desto tödlicher wurde er. Bald war sein Name, Bercelak der Rachsüchtige, überall bekannt, und er hatte die Soldaten in den Krieg gegen die Blitzdrachen geführt … gegen die Unzivilisierten. Unzivilisiert waren sie vielleicht tatsächlich, aber auch würdige Gegner. Der Krieg hatte Jahrzehnte gedauert, aber als der Rauch sich verzogen hatte, stand Königin Addienas Thron sicher, und sie schmückte ihn mit seinem neuen Titel: Bercelak der Große. Dagegen war nichts einzuwenden. Er hatte ihn sich verdient und genug Narben zum Beweis dafür.

Jetzt trug er die aufwendige Rüstung des Obersten Feldherrn, des Anführers der Drachenkrieger und Besten Kämpfers der Königin. Er hatte die Aufmerksamkeit aller Frauen, von denen von niedrigster Geburt bis hin zu einigen aus den wichtigsten Königshäusern. Und obwohl er Spaß an dieser Bandbreite fand, wusste er, dass es nur eine gab, die er fürs Leben wollte.

»Ich muss essen. Ich bin am Verhungern!«

Aus seinen Träumereien gerissen, sah er die Prinzessin an und blickte finster.

»Du hast dich angezogen.« Sie trug ein hellblaues Kleid, das sie sich aus seiner Schatzkammer geholt haben musste. Es bedeckte sie von den Schultern bis zu den Füßen. Obwohl die Farbe des Kleides ihre Augen betonte, sah er sie gerne nackt. Andererseits … diese appetitlichen vollen Brüste und den hinreißenden Hintern vor seinen Blicken zu verbergen, war vermutlich das Beste. Zumindest im Moment.

»Diese Haut ist so empfindlich …« Sie schüttelte den

Kopf. »Ich weiß nicht, wie sie das aushalten. So schutzlos zu sein. Tiere im Wald haben wenigstens Reißzähne oder Klauen oder zumindest gute Instinkte. Menschen haben nichts dergleichen!«

Er zuckte die Achseln. »Manche schon. Sie sind unterschiedlich.«

»Du magst sie?« Sie klang nicht hochmütig, nur neugierig.

»Eigentlich nicht. Ich finde sie hinterhältig und schmerzhaft nervtötend. Obwohl sie mit der richtigen Würze *sehr* lecker sein können.«

Sie nickte zustimmend. »Da hast du recht.«

Natürlich hatte er nur gescherzt.

Mit einem kurzen Kopfschütteln sagte er: »Na so was, Prinzessin, warst du gerade einer Meinung mit mir?«

Verblüfft blinzelte sie. »Äh … nein. Nein, natürlich nicht.« Sie wandte sich von ihm ab und ging zu einem Felsblock hinüber. Sie setzte sich darauf und sah ihn mit hoch erhobenem Kopf an. »Ich bin hungrig. Ich erwarte Essen.«

Er musste mit ihr reden. Sie würde sich sicherlich nicht von einer Veränderung ihrer derzeitigen Umstände lange entmutigen lassen. »Dann setzt du mal besser deinen Hintern in Bewegung. Kartoffeln und Gemüse sind da drüben. Hier ist ein Topf, um sie darin zu kochen, und frisches Wasser. Viel Glück.«

Ihr blieb der Mund offen stehen. »Du … du erwartest, dass ich Essen koche?«

»Ich habe den schweren Teil erledigt. Ich bin zum Bauernhof gegangen, habe den kleinen Bauern erschreckt und ihm seine Kuh weggenommen. Dann habe ich das Fell abgezogen – der Kuh, nicht dem Bauern –, sie auf den Spieß gesteckt, und jetzt überwache ich den Braten. Du kannst also zumindest ein bisschen Gemüse kochen. Wir werden wie Menschen essen. Mit Tellern und Besteck … und einem Tisch.«

»Aber ich kann nicht kochen!«

»Dann lernst du es wohl besser, Prinzessin. Ich will ja nicht, dass du verhungerst.«

Sie *hasste* ihn. Unhöflicher, arroganter, nichtswürdiger Drache!

War das von jetzt an ihr Leben? Gefangen in diesem menschlichen Körper, gezwungen, für einen wütend dreinblickenden Proleten Essen zu kochen?

Hätte ihre Mutter sie nicht einfach umbringen können? Wäre das nicht netter gewesen?

»Ich sehe nicht, dass sich dieser hübsche Hintern bewegt, Prinzessin.«

Sie starrte ihn wütend an, drauf und dran, ihm zu sagen, er solle sich zur Hölle scheren, als ihr Magen knurrte. Bei den Göttern! Was war *das* denn für ein Geräusch? Musste sie sterben?

Sie sah auf ihren Bauch hinab, die Hände darüber verkrampft, und zum ersten Mal in ihrem ganzen Leben hörte sie Bercelak lachen. Und was noch erschütternder war … sie mochte diesen Klang irgendwie!

»Du hast nur Hunger, Rhiannon«, sagte er freundlich. »Tu, was ich dir sage, und wir werden bald essen. Versprochen.«

Verdrossen aufstöhnend rutschte sie von dem Felsblock und ging hinüber zur Feuerstelle. Wie er gesagt hatte, lagen Kartoffeln und anderes Gemüse neben einem großen Topf voll Wasser. Eine weitere Schüssel mit Wasser stand daneben. Sie kauerte sich nieder und musterte das Essen vor sich. Tatsächlich betrachtete sie das Essen ungefähr fünf Minuten lang, bis sie hörte, wie der Nichtswürdige seinen langen Körper über sie beugte, seine Schnauze direkt hinter ihr, und sagte: »Was genau tust du da?«

Sie ignorierte den Schauer, den seine tiefe Stimme in ihrem

Körper auslöste. Verdammt, sie *musste* ihn ignorieren! »Ich überlege mir meinen Plan.«

»Zum Kartoffelkochen brauchst du einen Plan?«

»Alles im Leben braucht einen Plan, Nichtswürdiger. Ich tue nicht einfach wahllos irgendwas und hoffe, dass alles gut wird.«

»Aber wo ist der Reiz dabei? Der Spaß?«

»Spaß?« Sie sah ihn über ihre Schulter an. »Wann hast *du* jemals Spaß?«

»Ich habe Spaß!«, schnappte er beleidigt. »Falls es dich interessiert: Ich bin eine sehr spaßige Person.«

»Ach ja?« Sie drehte sich zu ihm um. »Und was machst du zum Spaß?«

»Viele Dinge.«

»Haben die meisten dieser Dinge etwas damit zu tun, etwas umzubringen?«

»Gelegentlich«, grummelte er.

»Eben.«

»Und was machst du zum Spaß?«

Sie zuckte die Achseln. »Ich genieße es, wenn die Leute aus dem Dorf in der Nähe meiner Höhle um ihr Leben rennen.« Sie grinste. »Dieses ganze Geschrei.«

Er schüttelte den Kopf, und die Spitze seiner Schnauze rieb an ihrem menschlichen Körper. »Das ist immerhin mal etwas.«

Der Nichtswürdige lehnte sich zurück und ging wieder zu dem Kadaver hinüber. Sie musste zugeben, zumindest vor sich selbst, dass der Braten köstlich roch. Und verdammt noch mal: er auch.

»Ich muss sagen, Prinzessin, ich bin überrascht, dass du dich immer noch nicht zurückverwandeln konntest.«

Sie zuckte die Achseln. »Meine Fähigkeiten waren immer schon schwächer als die meiner Mutter.«

»Das kommt mir komisch vor. Weiße Drachen sind bekannt für ihre Kräfte.«

»Tja, anscheinend bin ich die Ausnahme von dieser Regel.« Sie musterte eine Kartoffel. Komisch aussehendes Gemüse. »Meine Magie war immer schwächer, und ich bin viel kleiner als die meisten Drachen. Einer der Zauberer, der mich ausgebildet hat, nannte mich den Kümmerling des Wurfs.«

»Das war gemein von ihm. Ich kann ihn für dich töten, wenn du willst.«

Rhiannon konnte ein überraschtes Lächeln kaum unterdrücken. Niemand hatte ihr je angeboten, jemanden für sie zu töten – zumindest keiner, dem sie geglaubt hatte. Aber sie glaubte Bercelak. »Nein, nein. Das ist nicht nötig. Er hat nur die Wahrheit gesagt.«

»Tja, es gibt einen Unterschied dazwischen, die Wahrheit zu sagen, und einfach ein echter Mistkerl zu sein.«

»Weißt du, du bist nicht …« Sie unterbrach sich unvermittelt, aber die schwarzen Augen des Drachen richteten sich sofort auf sie.

»Was bin ich nicht?«

»Na ja … du bist nicht ganz, was ich erwartet hatte.«

»Und was hattest du erwartet?«

»Um es mit deinen Worten zu sagen … einen echten Mistkerl, denke ich.« Definitiv keinen, der ihr Essen kochte. Und er hatte sie nicht ein einziges Mal angeschrien. Sie hatte ihn wirklich … brutaler erwartet. Brutal und tödlich, und dass er nicht zufrieden war, bis sie weinte … was sie niemals tun würde.

»Das kann ich durchaus sein … im Kampf. Wenn ich zu Hause bin, halte ich das nicht für nötig.«

Während sie die Kartoffel quetschte, um zu sehen, ob sie saftig wie Obst war, murmelte sie: »Es gibt Leute, die sagen, du seist grausam. Herzlos. Und das sagen nicht nur unsere Feinde.«

»Und wer sagt solche Dinge?«

»Du willst wohl, dass ich dir das sage, damit du hingehen kannst und sie zur Strecke bringen? Ich habe nicht vergessen, dass du Bercelak der Rachsüchtige warst, bevor du Bercelak der Große wurdest.«

»Weißt du, warum ich diesen Namen hatte?«

»Nein.« Und es sollte ihr auch egal sein, aber sie war irgendwie neugierig.

»Wegen Soaic.«

Aaah, Soaic. Sie hatte ihn einmal rangelassen. Es war nicht schlecht gewesen, aber nichts, was sie in ihr Tagebuch geschrieben hätte. Außerdem hatte er Angst vor ihr. Das hatten sie alle. Um ehrlich zu sein, war ihr Ruf nicht viel besser als der von Bercelak, und sie war noch nie neben dem Drachen aufgewacht, mit dem sie schlafen gegangen war. Sie schlichen sich immer davon, als fürchteten sie, sie würde aufwachen und sie einfach so zum Zeitvertreib umbringen.

»Aye. Soaic.« Sie zuckte die Achseln. »Er hatte viel über dich zu sagen.«

Bercelak goss eine Flüssigkeit über den bratenden Kadaver. »Das dachte ich mir schon. Kennst du die Narbe, die Soaic an seiner rechten Hinterhand hat? Die nicht einmal seine Schuppen verdecken können?«

»Aye. Die hat er aus der Schlacht von …«

»Die hat er von mir – als ich ihn von der Hüfte bis zur Klaue aufgeschlitzt habe.«

»Warum hättest du das tun sollen?« Da sie nicht wusste, was sie sonst mit der dummen Kartoffel in ihrer Hand machen sollte, warf Rhiannon sie ins Wasser.

»Hast du die vorher geputzt?«

Knurrend stand sie auf und wandte sich zu ihm um. »Hast du mir gesagt, dass ich sie zuerst putzen soll?«

»Du hast wirklich noch nie vorher selbst gekocht?«

»Ich bin nicht nur eine Prinzessin – sodass ich das nicht tun muss –, ich bin außerdem ein Drache. Die ganze Welt ist voller Vieh. Warum sollte ich Zeit damit verschwenden, irgendwas zu kochen?«

»Hast du nie Zeit mit Menschen verbracht? Überhaupt nie?«

»Nur, wenn ich mit ihnen rede, bevor ich sie fresse. Aber das mache ich nicht oft. Ich finde, wenn sie anfangen zu schluchzen, ist es schwerer, in Ruhe zu essen.«

Bei diesen Worten lachte er. Bercelak hatte nie über irgendetwas gelacht. Zumindest munkelte man das bei Hof. Aber sie hatte ihn schon zweimal zum Lachen gebracht. *Sie*. Rhiannon biss sich auf die Lippen, um nicht stolz zu lächeln.

Bercelak verwandelte sich, schnappte sich eine schwarze Hose und zog sie über.

Sie runzelte die Stirn, verwirrt, warum er Kleider anzog. Er sah ihren Ausdruck und zuckte die Achseln. »Vertrau mir, Prinzessin. Es ist viel einfacher, wenn ich angezogen bin.«

Mit einem ablehnenden Schnauben wandte sie sich von ihm ab. Rhiannon schloss die Augen und mühte sich ab, die Schönheit des Drachen zu ignorieren. Und all diese kleinen Narben von seinen Kämpfen machten ihn nur noch schöner. Noch nie hatte sie so auf ein männliches Wesen reagiert, egal ob Mensch oder Drache. Vielleicht war es wegen diesem widerspenstigen menschlichen Körper, den sie ertragen musste. Sie wusste es nicht – aber sie wusste, dass es ihr nicht gefiel.

»Du hast mir nicht gesagt, warum du Soaic angegriffen hast.«

»Er hat schlecht von meinem Vater gesprochen.« Er griff um sie herum, zog die Kartoffel aus dem kochenden Wasser und warf sie beiläufig zurück auf den Haufen. »Ich erlaube niemandem, so über meinen Vater zu reden.«

»Mir hast du es erlaubt.« Rhiannon zuckte zusammen. »Das habe ich nicht so gemeint.« *Was, wenn der Mistkerl es gar nicht gemerkt hatte?*

Er zupfte behutsam an einer ihrer Haarsträhnen. »Stimmt, aber ich hatte auch nicht vor, mich mit Soaic zu paaren.«

Sie drehte sich langsam zu ihm um. Auch wenn er sie nicht berührte, stand er doch so nah wie möglich bei ihr. Sie konnte ihn riechen, und er roch ziemlich gut. Nicht nach Parfüm wie manche Mitglieder des Königshauses. Es war auch nicht der Geruch nach Blut wie bei jenen, die weniger darauf achteten, sich zu säubern.

»Wir, Nichtswürdiger, werden uns nicht paaren.«

»Doch, das werden wir.«

»Nein. Werden wir nicht.«

»Warum nicht?« Und er schien ehrlich verwirrt. »Hast du noch nie ...«

»Bevor du diesen Satz auch nur zu Ende bringst – nein. Ich bin keine Jungfrau. Schon ziemlich lange nicht mehr. Ich überlasse das jungfräuliche Königtum den Menschen.«

»Dann verstehe ich nicht, warum du so dagegen bist, dass wir zusammen sind. Wir sind beide attraktiv und geschlechtsreif. Beide extrem intelligent. Und wir haben uns gegenseitig verdient. Also frage ich mich, wo das Problem liegt.«

Tja, wenn er es so darstellt ... »Dachtest du, ich komme freiwillig zu dir, weil meine Mutter es befiehlt?«

Er runzelte verwirrt die Stirn. »Was hat denn deine Mutter damit zu tun?«

»Ich bin nur ihretwegen hier!«

»Stimmt. Aber meinetwegen wirst du bleiben, Prinzessin.«

Sie lachte. Drachen waren von Natur aus arrogant, aber bei

den finsteren Göttern des Feuers: Gegen diesen hier wirkten die anderen unsicher und schüchtern.

»Ach ja? Und warum sollte ich?« Sie sah sich in seiner spärlich eingerichteten Höhle um, die passend war für einen Kampfdrachen, der selten zu Hause war, aber wohl kaum für eine Prinzessin. »Deine großen Reichtümer? Dein königlicher Leumund? Also ehrlich … aus welchem Grund sollte ich hierbleiben, außer weil mein menschlicher Körper nicht fliegen kann?«

Sie provozierte ihn. Das wusste sie, und doch konnte sie es sich nicht verkneifen. Und als er nicht sofort antwortete, war sie irgendwie enttäuscht. Sie hatte ehrlich gedacht, er wäre der Herausforderung gewachsen. Anders als andere am Hof ihrer Mutter. Schade, dass sie sich geirrt hatte.

»Das dachte ich mir.« Sie schnaubte noch einmal, drehte sich um und stolzierte davon. Sollte er seine blöden Kartoffeln doch selbst kochen.

Aber sie hätte ihm nicht den Rücken zuwenden sollen. Seine Hand griff in ihre Haare und zog sie zurück an seine Seite. Sie stemmte ihre Hände gegen seine breite Brust, aber er hielt sie fest, bis sie zu ihm aufsah.

Es war kein heftiges Ziehen. Oder gar brutal. Es war einfach … zwingend. Und die Götter sollten verflucht sein … es fühlte sich sogar gut an.

»Geh nicht weg, wenn ich mit dir rede«, sagte er ruhig. Keine Spur von Zorn oder Wut. Tatsächlich sah sie Erheiterung und Lust in seinen dunklen Augen. Selbst sein finsterer Blick war etwas verblasst. »Wenn du mir eine Frage stellst, musst du mir Zeit zum Antworten geben.«

»Lass mich los!«, fuhr sie ihn an.

»Nein. Nicht, bevor wir fertig sind.« Sein Blick schweifte über ihr Gesicht, während er sprach, als söge er jedes Detail in sich auf. »Also, du hast mir eine Frage gestellt. Du hast mich gefragt, was ich dir bieten könnte, damit du bei mir bleibst?«

Er zerrte an den Haarsträhnen, die er in seiner Faust hielt, und sie unterdrückte ein schmerzliches Aufstöhnen.

»Ich werde dir jemanden geben, der deiner würdig ist. Jemand, der mit einer Drachendame wie dir umgehen kann. Ich fürchte deinen Zorn nicht. Ich fürchte deine spitze Zunge nicht. Um genau zu sein, mag ich dich gemein. Je gemeiner, desto besser.«

Sie öffnete den Mund, um etwas zu sagen, aber ein weiteres Reißen an ihren Haaren ließ sie stattdessen knurren. »Außer«, fuhr er fort, »wenn wir uns paaren. Dann wirst du dich mir ausliefern – voll und ganz. Du wirst mich alles mit diesem Körper machen lassen, was ich will – ob in Menschen- oder in Drachengestalt. Denn wir werden mit beidem spielen, Prinzessin. Wir werden eine Menge spielen.« Diesmal grinste er. Ein breites Grinsen, das schöne weiße Vorder- und Reißzähne erkennen ließ und das hübscheste menschliche Gesicht, das sie je gesehen hatte. Augenblicklich wurden ihre Nippel unter ihrem Gewand hart, und eine plötzliche heiße Feuchtigkeit breitete sich zwischen ihren Schenkeln aus. »Das soll nicht heißen, dass du dich nicht ab und zu wehren sollst. Es macht mir nichts aus, wenn ein paar meiner Kampfnarben von dir stammen. Aber am Ende, sozusagen, wirst du dich mir unterwerfen. Freiwillig. Gerne. Und mit einem Lächeln auf diesem wunderschönen Gesicht. Und wenn du als Königin regierst, werde ich an deiner Seite sein. Dein Gemahl. Dein Kampfdrache. Ich werde den Thron und dich mit einem Grimm schützen, den keiner je vorher erlebt hat. Du wirst mein Zeichen gut sichtbar und mit purem Stolz tragen. Gemeinsam werden wir Söhne und Töchter hervorbringen, die uns stolz machen und unsere Blutlinie fortsetzen. Wir werden ein Paar sein, das man fürchtet. Von dem nur flüsternd gesprochen wird. Und wenn wir unsere Vorfahren in der nächsten Welt wiedersehen, werden wir die Ewigkeit zusammen verbringen und jene in Angst und Schrecken versetzen, die vor uns kamen.«

Seine andere Hand wanderte herauf, streichelte sanft ihre Wange, glitt dann an ihrem Kiefer und ihrem Hals hinab, bis sie unter ihr Gewand glitt und fest, aber zart ihre Brust hielt. »Das werden wir tun, Prinzessin. Und deshalb wirst du bleiben.« Sie keuchte, als seine Hand ihre Brust drückte, seine Finger mit ihren empfindlichen Nippeln spielten.

»Denn letzten Endes wirst du mich lieben. Das verspreche ich dir.«

Sein Mund schwebte dicht vor ihrem, und sie hob ihr Kinn ein wenig, in der Erwartung, dass er sie küssen würde. Seine Lippen streiften ihre, dann sagte er: »Also, lass mich dir zeigen, wie man Kartoffeln kocht, damit wir essen können.«

Er ließ sie los. Einfach so. Sie starrte ihn empört an, als er neben dem Topf mit dem kochenden Wasser niederkniete. »Siehst du«, sagte er ruhig, »als Erstes musst du die Kartoffel sauber machen, bevor du sie klein schneidest.«

Und zum ersten Mal in Prinzessin Rhiannons Leben wusste sie nicht, ob sie töten oder weinen sollte. Im Augenblick war sie sich sicher, dass es womöglich beides sein konnte.

3 Mit einem zufriedenen Seufzen schob Rhiannon den leeren Teller von sich und lehnte sich mit dem Rücken gegen den Felsblock. »Also gut«, sagte sie, während sie das Fett von ihren Fingern leckte, »das war toll.«

Bercelak lächelte wieder, und sie war verblüfft, dass sein Gesicht keine Risse bekam. In mehr als siebzig Jahren hatte der Drache, soweit sie wusste, niemanden und nichts je angelächelt. Egal, welche Belohnungen oder Schätze ihre Mutter ihm geschenkt hatte oder ob andere etwas Lustiges gesagt hatten. »Es freut mich, dass es dir geschmeckt hat, Prinzessin.«

»Was ich nicht ganz verstehe ist … na ja …«

»Ja?«

»Woher weißt du so viel über Menschen? Du kannst kochen wie sie. Du weißt, was sie essen sollten. Wie sie essen. Was für Geräte sie dafür benutzen.« Sie hatten auf den Tisch verzichtet, da Bercelak sich nicht mehr erinnern konnte, wo er ihn das letzte Mal hingeräumt hatte.

Während er Wein in ihren Becher nachgoss, gestand Bercelak: »Von meinem Vater.«

Sie schnappte nach Luft. »Gute Götter, dein Vater ist doch kein Mensch?«

Er schüttelte den Kopf. »Das wäre ein ziemlich guter Trick … da doch Menschen und Drachen keine Nachkommen zeugen können. Nein, Prinzessin, er ist kein Mensch. Er bevorzugt nur menschliche Gesellschaft.«

»Wirklich? Warum?«

Mit einem Achselzucken: »Ich weiß nicht. Es ist einfach so. Er findet sie interessant. Und er liebt ihre Frauen.«

Rhiannon schüttelte den Kopf und grinste. »Dein Vater hat einen ziemlichen Ruf weg.«

»Aye. Das ist wohl wahr. Und er ist verdammt stolz darauf. Es wird interessant werden, wenn ihr zwei euch kennenlernt.«

Sie sah von ihrem Becher Wein auf. »Uns kennenlernen? Warum sollten wir uns kennenlernen?«

»Ich muss dich ihm vorstellen, bevor ich dich in Besitz nehme. Er legt ziemlichen Wert auf ein paar von den alten Sitten.«

»Ich will nicht von dir in Besitz genommen werden, Nichtswürdiger.«

Er knurrte. Leise und tief in seiner Kehle. Sie ignorierte die komischen kleinen Pusteln, die sich auf ihrer menschlichen Haut ausbreiteten und betete, dass es keine seltsame menschliche Krankheit war.

»Hör auf, mich so zu nennen. Ich habe einen Namen.« Einen kurzen Augenblick klang er eher wie ein launenhafter Welpe als wie ein gefürchteter Kriegsherr.

»Na schön. Ich will nicht von dir in Besitz genommen werden, Bercelak. Aber es ist nichts Persönliches. Ich will von niemandem in Besitz genommen werden. Niemand hat einen Anspruch auf mich, und das wird auch so bleiben.«

»Aber willst du nicht jemanden in Besitz nehmen? Willst du nicht jemanden haben, mit dem du Nachkommen zeugen und den du dein nennen kannst?«

»Nein.«

»Überhaupt nicht?«

»Nein.«

»Das verstehe ich nicht. In dir brennt so viel Leidenschaft. So viel Begehren. Ich sehe es in deinen Augen. Du musst dem nachgeben, oder du wirst …« Er hörte abrupt auf zu sprechen und sah auf seinen leeren Teller hinab.

»Wie meine Mutter?« Sein Blick hob sich langsam zu ihr. »Du fürchtest, ich werde wie sie? Glaub mir, Nichtswürdiger, ich werde schon dafür sorgen, dass ich nicht werde wie sie.«

»Aber du bist es schon. So sicher, wie du jetzt als Mensch vor mir sitzt. Je mehr du dein Herz verhärtest, desto mehr entfernst du dich von allem und jedem …«

»Drachen sind fürs Alleinsein gemacht.«

»Nein, Drachen sind soziale Wesen. Wir müssen nur nicht endlos Zeit miteinander verbringen wie Menschen. Aber du … sie sagen, du gehst in deine Höhle und lässt dich jahrelang nicht am Hof oder sonst irgendwo sehen. Du siehst deine Verwandten nie. Du hast seit dem Tod deines Vaters niemanden mehr gesehen.«

Das ließ sie zusammenzucken. Das einzige Wesen, das sie von ganzem Herzen vermisste, war ihr Vater. Er hatte sie geliebt. Sich um sie gesorgt. Und sie vor ihrer Mutter beschützt. Aber jetzt, wo er fort war … hatte sie niemanden mehr. Ihre Geschwister waren kleingeistig und wollten nur den Thron und was sie sonst noch vom Schatz der Königin in die Finger bekommen konnten. Den anderen Mitgliedern des Königshauses konnte man nicht trauen. Und die alleinstehenden männlichen Drachen hatten ehrlich Angst vor ihr.

»Du bist jung, Rhiannon. Viel zu jung, um dich von allem und jedem abzuschirmen. Was deine Mutter mit dir gemacht hat, war grausam … aber vielleicht sollten wir das Gute daran sehen. Es hat dich aus deiner Höhle und in die Welt hinaus gezwungen. Die Welt, deren Königin du eines Tages sein wirst.«

Schließlich sah sie Bercelak in die Augen und fragte ganz ehrlich: »Glaubst du wirklich, ich werde lang genug leben, um eines Tages Königin zu sein?«

Bercelak lehnte sich an den Felsblock, neben dem er saß und legte seinen Arm auf das Knie seines aufgestellten Beines.

»Warum sagst du so etwas?«

»Sie will meinen Tod. Sie wollte immer schon meinen Tod. Was glaubst du, warum sie mich zu dir geschickt hat?«

Bercelak wusste nicht, ob er beleidigt oder nur erschrocken über diese Aussage sein sollte. »Was zum Teufel soll denn das heißen?«

»Sei nicht dumm, Nichtswürdiger! Sie stellt deine Loyalität auf die Probe. Wenn du mich erst in Besitz genommen hast, erwartet sie von dir, dass du mich entweder in Ketten zurück an ihren Hof schleppst oder mich umbringst.«

»Das ist nicht wahr.« Er schüttelte den Kopf. Er weigerte sich zu glauben, dass das wahr sein könnte.

»Was? Du glaubst, sie hat mich hierher geschickt, weil sie glaubt, wir würden uns verlieben? Dass wir uns in die Augen sehen und eine schöne und bedeutsame Inbesitznahme haben? Doch nicht ernsthaft! Ich bin ihr im Weg. Seit meiner Geburt bin ich ihr im Weg. Als ich jünger war, war ich nur lästig. Jetzt hasst sie mich und will meinen Tod. Und du …« Sie warf ihm einen fast mitleidigen Blick zu. »Dich sieht sie als ihr Haustier. Als ein gut ausgebildetes Streitross. Oder einen übergroßen Kampfhund. Und sie hat mich genau vor diesen Hund fallen lassen, vollkommen wehrlos, und mich allein gelassen. In der Hoffnung, dass ich sterbe.«

»Und du glaubst wirklich, ich würde dich auf Befehl deiner Mutter töten?«

»Nein.« Sie sah müde aus. Erschöpft. »Aber ich würde dir schon zutrauen, dass du versuchst, mich zu brechen.«

»Du bist kein Pferd, Rhiannon!«

»Das weiß ich.«

»Warum denkst du so etwas dann überhaupt?«

Sie atmete tief aus. »Dein Ruf eilt dir voraus, Bercelak.«

Sein finsterer Blick wurde noch finsterer. »Und was zum Teufel soll *das* nun wieder heißen?«

»Gerüchte darüber, was du mit Frauen machst, wenn du sie erst einmal hier hast, machen schon seit Jahren bei Hof die Runde. Ich höre alles.«

Er hob eine Augenbraue, jetzt erst richtig interessiert. »Ach? Und was erzählt man sich so?«

»Vergiss es. Diese Unterhaltung wird langsam unangenehm.«

»Ich vergesse gar nichts, Prinzessin. Sag mir, was du gehört hast. Dann sage ich dir, ob es wahr ist.«

»Na schön.« Sie sah ihm direkt in die Augen, und er bewunderte, wie sie nie vor einem Kampf zurückschreckte. »Banallan die Goldene sagt, du hättest sie tagelang angekettet.«

Bercelak grinste. Er konnte nicht anders. »Das stimmt.«

Rhiannons Körper zuckte ganz leicht, und ihre Brauen zogen sich zu einem grausamen Blick zusammen.

»Aber sie wurde nicht dazu gezwungen, falls dir das Sorgen macht. Wenn ich mich recht erinnere, hat sie jede Sekunde davon genossen … und zwar ungemein.«

Sie verdrehte die Augen und schnaubte angewidert.

»Was sonst noch, Prinzessin? Was macht dir sonst noch Sorgen?«

»Derowen die Silberne.«

Jetzt musste er wirklich in seinem Gedächtnis kramen. Derowen die Silberne? Ihr Götter, es war Ewigkeiten her, seit er das letzte Mal mit einer Silbernen zusammen gewesen war. »Oh. Meinst du die Tochter vom alten Gobrien?«

»Ja. *Die* Silberne.«

Gute Güte, was war das für ein Ton in ihrer Stimme? »Ja, ich erinnere mich. Was ist mit ihr?«

»Einer der Wächter meiner Mutter sagt, dass er sie aus einer Viertelwegstunde Entfernung schreien hören konnte.«

»Aye. Sie war ganz schön laut. Amüsant … aber laut.«

»Er sagte, sie klang, als hätte sie Schmerzen.«

»Na ja, es gibt Schmerz … und Schmerz.« Er grinste über ihren Gesichtsausdruck. »Sonst noch etwas?«

»Ich habe gehört, was du mit den Argraff-Zwillingen gemacht hast.«

»Ja. Aber ich hatte nur eine. Mein Bruder hatte die andere. Frag mich nicht, welche. Sie sehen exakt gleich aus. Wahrscheinlich aus demselben Ei.«

Sie sah ihn entsetzt an. »Ihr Götter! Du bist genauso schlimm wie dein Vater!«

Darüber lachte Bercelak herzlich. Er hatte in seinem ganzen Leben noch nicht so viel gelacht. Normalerweise war er ernst und erbittert, hatte immer viel im Kopf, und jetzt hatte er zum ersten Mal das Gefühl, sich entspannen zu können. »Nicht in einer Million Zeitalter. Es gibt im ganzen Universum nicht genug Drachen, um es mit ihm aufzunehmen. Nein, ich müsste noch Menschen, Elfen und, wie man munkelt, Zentauren dazunehmen.«

»Für mich ist dieses Gespräch beendet.« Sie stand auf, aber er streckte die Hand aus und ergriff sie am Handgelenk.

»Sag mir, Prinzessin, was macht dir wirklich Sorgen?«

»Nichts. Aber wenn du glaubst, du kannst mich hier anketten und in irgend so einen gebrochenen Drachen verwandeln, der dir auf Abruf zur Verfügung steht, bist du so geisteskrank wie meine Mutter. Ich beuge mich keinem Mann, Nichtswürdiger.«

»Ich habe nicht vor, dich zu brechen, Rhiannon. Ich mag dich so gemein.« Den letzten Teil knurrte er, und ihr Atem ging schneller. Genauso schnell wuchs der Wunsch in ihr, von ihm fortzukommen. Sie versuchte, ihm ihren Arm zu entreißen, aber er ließ nicht los.

Bercelak setzte sich auf, sodass er vor ihr kniete. »Vielleicht ist es an der Zeit, ein paar Regeln aufzustellen.«

»Regeln?«

»Aye.« Er zog an ihr, bis sie widerwillig vor ihm kniete. »Damit du dich wohlerfühlst.«

Sie sah ihn aus schmalen Augen an, aber sie entspannte sich wirklich ein winziges bisschen. »Also gut.«

»Wenn es irgendetwas gibt, was du nicht willst, wenn wir zusammen sind … sag Nein.«

Sie starrte ihn lange an, dann schüttelte sie den Kopf. »Das ist alles?«

»Das ist alles.«

»Ich muss nur Nein sagen?«

»Aye. Du sagst Nein … und ich höre auf.«

»Das kommt mir ziemlich merkwürdig vor.«

»Warum?« Er beugte sich vor und küsste sanft ihren Hals.

»Ich … ich weiß nicht. Es ist einfach so.«

Er küsste einen Punkt unter ihrem Ohr. »Lass es mich dir so erklären: Wenn du ›Tu das nicht‹ sagst, dann tue ich es. Wenn du ›Hör auf‹ sagst, dann höre ich nicht auf. Wenn du wirklich willst, dass ich aufhöre, musst du ›Nein‹ sagen.« Während er sie an ihrem linken Handgelenk festhielt, schlang er ihr den anderen Arm um die Taille und zog sie näher zu sich. »Du kannst mich anflehen, Rhiannon. Bitten und betteln, dass ich aufhöre, und ich werde es nicht tun. Denn zwischen uns wird es nur ein Wort geben, das mich aufhalten wird. Und das ist Nein. Verstehst du jetzt?«

Ihr Körper schmiegte sich an ihn, ihr Kopf neigte sich, damit er besser an ihren Hals herankam. »Aye. Ich verstehe.«

»Gut.« Er gab ihr einen Klaps auf den Hintern. »Dann solltest du jetzt ins Bett gehen.«

Sie brauchte einen Augenblick, aber plötzlich machte sie sich von ihm los. »Was?«

»Ins Bett, Liebling. Du siehst erschöpft aus. Ich habe dir einen Platz hergerichtet, die Höhle entlang und dann links.

Es gibt ein Bett und alles. Bis du dich in einen Drachen zurückverwandeln kannst: keine nackten Böden für dich.«

So schwer es auch war – er schob sie von sich weg, stand auf und zog sie mit sich hoch. »Übrigens, morgen reisen wir nach Kerezik.«

Ein wenig benommen zog sie sich hoch. »Warum?«

Das wollte er nicht beantworten, zumindest nicht ehrlich, also strich er ihr mit der Hand über die Wange. »Ist alles in Ordnung? Du siehst ein bisschen … au!«

Sie hatte ihn geboxt. Direkt ins Gesicht. Und die Frau hatte einen rechten Haken, der den Kiefer eines starken Mannes zerschmettern konnte.

»Wofür zum Teufel war das denn jetzt?«

»Du spielst mit der falschen Frau, Nichtswürdiger«, fauchte sie. Sie ging davon, ihre Gewänder wirbelten um sie herum. »Hältst du mich für eine von diesen dummen Schlampen die du vorher hier hattest? Glaubst du wirklich, du kannst mit mir spielen?«

Er rieb sich den Kiefer, während er sie ansah. »Ich weiß nicht, wovon du sprichst.«

»Lügner! Du weißt genau, wovon ich spreche. Du hoffst, du kannst mich feucht und willig machen, damit ich um deine Zuneigung betteln komme wie ein Hund nach Futter!«

Verdammt. Sie hatte so recht damit. Genau das hoffte er.

Er trat auf sie zu. »Rhiannon …«

»Nein. Sag nichts«, knurrte sie.

Seine Augen verengten sich. Warum war sie so wütend? Wütender als er erwartet hatte, da sie ihn sofort durchschaut hatte.

Natürlich konnte es sein …

»Bist du schon feucht für mich, Rhiannon?«

Sie fuhr zu ihm herum wie eine wütende Schlange. *»Was?«*

»Du hast mich schon verstanden, Prinzessin.« Er ging auf

sie zu, und sie stolperte auf der Stelle rückwärts vor ihm davon. »Wenn ich jetzt in dieser Sekunde meine Hand zwischen deine Schenkel lege, ist es dort dann trocken wie die Wüsten von Alsandair oder nass und willig wie der Fluss Kennis?«

Sie krachte gegen die entgegengesetzte Wand, und Bercelak legte sofort seine Hände zu beiden Seiten neben ihren Kopf und schnitt ihr damit jeden Ausweg ab. Sie sah eingesperrt aus. Wie ein wildes Tier, das gleich zuschnappen wird.

»Vielleicht sollte ich es herausfinden.«

»Geh weg von mir, Nichtswürdiger!«

»Na, na, Rhiannon«, ermahnte er sie sanft, während er eine Hand benutzte, um ihr den Gürtel wegzureißen, der ihr Kleid zusammenhielt, »du weißt, dass das nicht die richtigen Worte sind.«

Sie war herrlich nackt darunter. Bercelak legte seine Hand auf ihre Brust und drückte sie, bevor er sie ihren Körper hinabbewegte, an ihren Hüften vorbei, um seine Finger zwischen ihre bebenden Schenkel gleiten zu lassen.

»Warte.«

»Immer noch nicht richtig«, murmelte er leise, unfähig, den Blick von seiner Hand abzuwenden, die zwischen ihren Beinen verschwand. Sobald zwei seiner Finger in sie glitten, stießen sie beide ein leises Stöhnen aus.

So feucht und heiß. Wie ein Vulkan. Allein der Gedanke daran, seine Männlichkeit mehrere Tage oder Jahre dort zu vergraben, ließ ihn zittern wie einen Jungen.

Er ließ zwei Finger in sie gleiten, und sie stöhnte als Antwort mit geschlossenen Augen, während ihre Zähne in ihre Unterlippe bissen. Er lehnte sich dicht an sie, küsste ihren Hals und konnte nicht anders als zu murmeln: »Mein, Rhiannon, du bist mein.«

Und in diesem Moment spürte er, wie sie ihm ihre Klauen durchs Gesicht zog.

Er riss seine Hand aus ihr und taumelte rückwärts. Er konnte fühlen und riechen, wie ihm das Blut über die Wange lief.

»Ich gehöre niemandem, Nichtswürdiger. Und wenn du hoffst, mich mit diesem Spiel in die Falle zu locken, dann irrst du dich leider.«

Er wischte sich nicht einmal das Blut von der Wange, während er sie anstarrte. Während sie sich gegenseitig anstarrten. Ihre Blicke hatten sich in einem wortlosen Kampf ineinander verschränkt.

»Wovon redest du da?«

»Wenn du mich zu einer Inbesitznahme zwingst, kann ich mich mit den Ältesten gegen dich wehren. Das wissen wir beide.« Aye. Das wusste er. »Aber wenn ich mich freiwillig von dir nehmen lasse ... vögeln lasse ... habe ich sehr wenig Argumentationsspielraum, richtig?«

Sie raffte ihr Gewand zusammen und legte den Gürtel wieder an. »Du wirst dich mehr anstrengen müssen, Bercelak der Rachsüchtige, wenn du je die Hoffnung hast, *mich* in Besitz zu nehmen.«

Rhiannon ging an ihm vorbei und ihre Schulter streifte seine, als sie hinausmarschierte. »Ich werde mich von niemandem in Besitz nehmen lassen, Nichtswürdiger«, sagte sie über ihre Schulter hinweg. »Und am allerwenigsten von dir.«

Sie verschwand um die Ecke, und obwohl sein Ding so hart war, dass es schmerzte, konnte er sich ein Lächeln nicht verkneifen. Denn was sie immer noch nicht begriffen hatte ... sie hatte die ganze Zeit nicht Nein gesagt.

Als sie weit genug von ihm entfernt war, blieb Rhiannon stehen und glitt an der Wand hinab. Sie sah ihre Hand an. Für einige Sekunden hatte sie sich wieder in eine Klaue verwandelt. Vielversprechend. Vielleicht würde sie es schaffen, den

Zauber rückgängig zu machen. Doch darüber konnte sie sich im Moment keine Gedanken machen. Nicht, wenn ständig Gedanken an einen schwarzäugigen Drachen in ihrem Kopf kreisten. Allein mit seinen Fingern hatte er es geschafft, dass sie sich … komplett fühlte. Für diese wenigen Sekunden war sie sein gewesen.

Götter, konnte sie noch schwächer sein? Was für eine Königin würde sie sein, wenn sie sich nicht einmal das Gesindel vom Leib halten konnte?

Doch war es wirklich so einfach? Sie hatte Bercelak in den wenigen Stunden, die sie bei ihm war, mehr durchgehen lassen als jedem anderen Drachen, dem sie je begegnet war. Und, das musste sie zugeben, es war nicht allein, weil ihre Mutter sie in diesen schwachen menschlichen Körper gesteckt hatte. Nein, es war schlimmer. Sie mochte Bercelaks Berührung. Sie mochte es, seine Hände auf sich zu spüren. Tatsächlich begann sie, ihn zu mögen.

Und dafür *hasste* sie ihn abgrundtief.

4 Rhiannon verbrachte die Stunde vor Tagesanbruch in dem Versuch, das, was auch immer ihre Mutter mit ihr angestellt hatte, rückgängig zu machen, damit sie sich wieder in einen Drachen zurückverwandeln konnte. Ohne Erfolg.

Sie vermisste ihr Drachen-Ich. Sie vermisste ihre Flügel und ihre Krallen. Sie vermisste es, ein Pferd als schnelle Mahlzeit einnehmen zu können.

Aber was am wichtigsten war: Sie fühlte sich in diesem menschlichen Körper unsicher. Sie piekte in ihre Haut und es schmerzte. Sie grub ihren Fingernagel in ihren Unterarm und es blutete. Bei den Göttern! *Wie leben diese Menschen bloß damit?*

Und dann war da noch Bercelak. Sie war sich in der Nacht sicher gewesen, dass er zu ihr kommen würde. Dass er kommen würde, um sie in Besitz zu nehmen. Und sie wäre auch vorbereitet gewesen. Bereit, ihn als Mensch herauszufordern. Bereit zu sterben, wenn er als Drache gekommen wäre. Doch er kam überhaupt nicht. Und sie am Ende auch nicht.

Er sollte sich zum Teufel scheren! Nie hatte es ein männliches Wesen, *irgendein* männliches Wesen geschafft, dass sie sich so … so … bedürftig fühlte. Und sie hungerte nicht nach Essen oder Sicherheit oder sonst etwas Wichtigem. Sondern nach Sex. Sie wollte endlich geritten werden von diesem Mistkerl, und sie hasste ihn dafür, dass sie sich so fühlte. Vor allem, weil es immer so bequem gewesen war, überhaupt nichts zu fühlen.

»Bist du bereit?«

Sie wandte den Blick von den beiden frühmorgendlichen Sonnen zu dem Drachen, der neben ihr stand. Sie standen am Eingang seiner Höhle, Meilen über der Erde. Wenn sie jetzt von hier hinunterfiel, würde sie sterben. Vielleicht hatte ihre Mutter darauf gehofft. Dass ihre menschliche Gestalt zerschmettert und Bercelak gezwungen sein würde, sich um die Überreste zu kümmern.

»Ich warte immer noch darauf, dass du mir erklärst, warum wir nach Kerezik gehen.«

Sie zog am Ausschnitt des Kleides, das sie trug. Es war keineswegs hochgeschlossen. Um genau zu sein, endete der Ausschnitt gefährlich tief über ihren Brüsten. Ein klein wenig tiefer, und man hätte ihre Nippel gesehen. Sie hasste es, Kleidung zu tragen, aber sie fühlte sich furchtbar nackt ohne sie, und doch hatte sie das Gefühl zu ersticken, wenn sie sie anhatte.

»Eigentlich gehen wir in das Tal zwischen den großen Bergen von Kerezik.«

»Faszinierend. Ich warte immer noch auf den Grund.«

Er sah sie an, und seine Schuppen verdeckten kaum die Stelle, wo sie ihm die Haut aufgerissen hatte. Sie gab sich keine Mühe, ihr Grinsen darüber zu verbergen.

»Und du wirst weiter warten«, knurrte er. »Jetzt steig auf, Drachenprinzessin. Oder ich bringe dich in meiner Klaue dorthin.«

Ohne ein weiteres Wort schwang sie sich auf seinen Rücken. »Ich bin nicht mehr auf dem Rücken eines anderen Drachen geritten, seit ich ein Baby war. Das könnte lustig werden.«

Um das zu betonen, fuhr sie mit ihren Händen durch seine Haare, bevor sie sich festhielt. Sie hörte sein unterdrücktes Stöhnen und biss sich auf die Lippen, um nicht zu lachen. Drachen ertrugen einfach nicht viel Spott.

Ohne ein weiteres Wort stieg Bercelak in die Luft und steuerte auf Kerezik zu … und auf das, was auch immer dort war.

»Und meine Mutter kennst du ja.«

Rhiannon konnte ihr Knurren kaum zurückhalten, als Bercelak sie seiner ganzen Sippe vorstellte. Eine extrem große, gut aussehende Brut, die an diesem Tag wohl alle das Bedürfnis verspürt hatten, Menschengestalt anzunehmen. Sogar Bercelak hatte eine Garnitur Kleidung dabei. Kettenhemd und -hose und einen dunkelblauen Wappenrock mit dem Wappen von Menschen, die die Armee der Königin schon vor langer Zeit vernichtet hatte.

Er stellte sie seiner ganzen Verwandtschaft als die Frau vor, die er in Besitz nehmen wollte.

Der Mistkerl!

Seine Mutter neigte kurz den Kopf, aber sie sah den Hass in den Augen der Frau. »Prinzessin.«

»Gebieterin.«

Goldene Augen wandten sich Bercelak zu. »Kann ich dich einen Augenblick sprechen, mein Sohn?«

»Natürlich.« Er nickte ihr zu. »Ich bin gleich zurück.«

»Wie du willst«, brummelte Rhiannon und wünschte, sie hätte ihm am Abend zuvor die Kehle zerfetzt.

Jemand, sie hatte keine Ahnung wer, drückte ihr einen Becher Wein in die Hand, während sie sich an einen langen Esstisch lehnte, der schon für ein Festmahl gedeckt war.

»Ich bin Maelona.«

»Ich erinnere mich«, seufzte Rhiannon, unfähig, ihren Verdruss über ihre momentane Lage zu verbergen.

»Bercelaks jüngste Schwester.«

Rhiannon bekämpfte den Drang zu sagen: »Na und?«

»Ich bin auch eine Hexe.«

Jetzt sah Rhiannon die Frau überrascht an. Sie war ein zierlicher grüner Drache mit Bercelaks schwarzen Augen und als Mensch besonders hübsch mit ihrem dunkelgrünen Haar.

Vermutlich glitzerte sie wie Smaragde, wenn sie ein Drache war. Sie lehnte sich neben Rhiannon an den Tisch.

»Eine Hexe? Ich? Meine Fähigkeiten sind …« Rhiannon zuckte die Achseln. »Schwach.« Peinlicherweise.

»Wirklich?« Noch eine Schwester, Ghleanna oder so ähnlich, lehnte sich auf Rhiannons anderer Seite an den Tisch. »Das überrascht mich. Ein weißer Drache ohne jede Magie? Da stimmt doch was nicht.«

Stimmte im Moment überhaupt irgendetwas?

»Vielleicht.«

»Hast du dich je gefragt warum?«

»Warum was?«

»Warum dir anscheinend die Magie fehlt?«

»Nein. Ich bin einfach davon ausgegangen, dass ich so geboren wurde.«

Ghleanna, ein schwarzer Drache und einige Jahrzehnte älter als Bercelak, hob eine glänzende schwarze Augenbraue. »Vielleicht.«

»Was soll das heißen?« Rhiannon hatte keine Geduld für Wortspiele mit den niederen Klassen.

Statt die Frage zu beantworten, stellte Ghleanna selbst eine. »Du weißt aber schon, dass deine Mutter etwas mit unserem Vater hatte … lange vor unser aller Geburt natürlich.«

»Ghleanna!«, mahnte ihre jüngere Schwester.

»Was denn? Das ist doch wohl kein Geheimnis!«

»Ist es nicht.« Rhiannon nippte an ihrem Wein. »Wenn ich es richtig verstehe, gibt es in einem gewissen Alter wenige, die nichts mit eurem Vater hatten.«

»Das ist wohl wahr«, lachte Ghleanna. »Mein Vater kann gut mit Frauen. Das liegt ihm im Blut.«

»Und das habt ihr alle geerbt, nehme ich an?«

»Ein paar von unseren Brüdern. Und eine unserer Schwestern.«

»Und Bercelak.«

Beide Schwestern spuckten ihren Wein aus.

Rhiannon blickte mit hochgezogener Augenbraue zwischen den Schwestern hin und her. »Hab ich etwas Falsches gesagt?«

»Bercelak wer?«, wollte Ghleanna wissen, während sie sich das Kinn abwischte.

»*Unser* Bercelak?«, fragte Maelona überrascht.

»Na ja … schon.«

»Er ist *überhaupt nicht* wie Vater.«

»Vater ist sehr jovial und fröhlich«, erklärte Maelona. »Wohingegen Bercelak sehr … ähm …«

»… mürrisch und unglaublich launisch ist?«

»Das ist nicht fair, Schwester.« Maelona sah Rhiannon an. »Er war immer nett zu mir.«

»Zu mir war er auch immer nett«, unterbrach Ghleanna sie. »Aber er ist trotzdem nicht unbedingt eine Stimmungskanone. Ich glaube nicht, dass ich ihn je lächeln gesehen habe.«

»Mutter sagt, er hätte früher gelächelt … du weißt schon … bis Vater …«, sie zuckte die Achseln, »na ja … du weißt schon.«

Ghleanna nahm noch einen Schluck Wein. »Vaters Art, uns zu erziehen, unterscheidet sich von den meisten.«

»Man lernt auf jeden Fall, wachsam zu sein. Ich bin im Kampf noch nie gefangen genommen oder verletzt worden.«

»Aye. Das stimmt.«

Neugierig, wie ihre Reaktionen ausfallen würden, gab Rhiannon zu: »Mich lächelt er an.«

Beide Schwestern erstarrten bei Rhiannons Worten. Dann wandten sie sich ihr langsam zu.

»Er hat gelächelt? Dich angelächelt?«, fragte Ghleanna leise.

»Aye. Gestern ein paar Mal. Und einmal vor vielen Jahren.«

Ghleannas Augen wurden schmal. »Bist du sicher, dass es Bercelak war?«

»Das werde ich ja wohl wissen. Ich wurde in letzter Zeit nur von einem schwarzen Drachen gefangen gehalten.«

Maelona schüttelte verwundert den Kopf. »Das ist faszinierend. Ich bin mir nicht sicher, ob einer von uns ihn jemals hat lächeln sehen.«

»Ich dachte, er wäre körperlich nicht in der Lage dazu.«

Bei Ghleannas Worten runzelte Rhiannon die Stirn. »Tja, das ist er aber«, fuhr sie sie an.

Warte. Was tat sie da? Warum hatte sie das Bedürfnis, den Mistkerl zu verteidigen? Götter! Sie war erbärmlich!

Mit einem Knurren entfernte sich Rhiannon von den beiden Frauen und ließ sie miteinander flüsternd stehen.

Bercelak nahm die Hände seiner Mutter. »Bitte. Vertrau mir.«

»Dir vertraue ich, Sohn.« Die goldenen Augen seiner Mutter schweiften zu der Frau seiner Träume. »*Sie* ist es, der ich nicht traue.«

Sie entzog ihm eine Hand, und ihre kühlen Finger glitten behutsam über den Kiefer ihres Sohnes. Genau dort, wo Rhiannon ihn am Vorabend gekratzt hatte. Es heilte zwar gut, schmerzte aber immer noch ein bisschen. »Was ist das? Hat sie dir das angetan?«

»Ich habe sie geärgert.«

»Soll so dein Leben aussehen? Beten, dass du die Wahnsinnige nicht ärgerst, weil du fürchtest, sie könnte dich im Schlaf umbringen?«

Bercelak sah seine Mutter in gespielter Überraschung an. »Aber Mutter! Ich bin entsetzt über deine Worte!«

»Du klingst wie dein Vater.« Sie stellte sich auf die Zehenspitzen, um seine Wunde besser sehen zu können. »Ich werde es nicht dulden, dass sie dir wehtut, mein Sohn. Vorher bringe ich diese Schlampe um.«

»Warst du nicht diejenige, die versucht hat, Vater die Kehle durchzuschneiden, bevor er dich in Besitz genommen hat?«

»Er hatte es verdient. Du aber nicht.«

»Woher willst du das wissen?«

»Ich kenne meinen Sohn. Ich kenne alle meine Kleinen.« Und sie beschützte sie alle. Selbst vor ihrem verrückten Vater. »Können wir dir nicht jemand anderen finden? Jemand … Netteren?«

»Ich will keine Nettere, ich will Rhiannon.«

Sie beobachteten beide, wie Rhiannon durch den Raum ging, einen Becher Wein in der Hand. Ein großer Hund rannte zu ihr, und sie kauerte sich neben ihn. Sie fuhr ihm mit einer Hand übers Fell, dann beugte sie sich vor und schnüffelte an ihm.

»Rhiannon?«, rief er sie leise. Sie warf ihm über die Schulter einen Blick zu. »Nein.«

»Nein was?«

»Er ist ein Haustier. Keine Leckerei.«

Sie runzelte die Stirn. »Ein Haustier?« Sie seufzte laut und gereizt auf, stand auf und ging um das Tier herum.

Er lächelte über ihre Verwirrung wegen der menschlichen Lebensweise und hörte seine Mutter nach Luft schnappen.

»Was?«, fragte er und sah auf ihr schönes Gesicht hinab.

»Sie hat dich zum Lächeln gebracht.«

»Aye. Rhiannon bringt mich immer zum Lächeln.«

Shalin ließ ihren Kopf an die Brust ihres Sohnes sinken. »Ihr dunklen Götter, ich habe dich für immer verloren.«

Bercelak verdrehte die Augen. »Ich glaube, Mutter, das ist jetzt ein bisschen extrem.«

Während sie ihren Wein trank, sah sich Rhiannon in dem Saal um, in dem sie stand. Bercelak hatte sie nicht in irgendeine Bergfestung gebracht, um seine Familie kennenzulernen. Ailean hatte eine Burg für seine Familie. Eine prächtige Burg, die sich in ein Tal zwischen den Taaffe-Bergen von Kerezik schmiegte. Doch das schien ihr eine merkwürdige Lebensweise für Drachen. Der einzige Weg, wie man das Gebäude betreten konnte, war, menschliche Gestalt anzunehmen. Niemand passte in Drachenform durch die Türen.

Rhiannon hatte viele Geschichten über Bercelaks Vater, Ailean den Verruchten, gehört. Tatsächlich füllten Einzelheiten über seine vielen, vielen, *vielen* Lieben und Eroberungen Bände um Bände von Büchern, die ihr eigener Vater sie nie hatte lesen lassen. Sie hatte immer gehört, dass er es vorzog, unter den Menschen zu leben, aber das Ausmaß wurde ihr erst jetzt klar.

Er hatte sogar menschliche Diener, die keine Angst vor den Drachen zu haben schienen, denen sie dienten.

Merkwürdig.

»Sieh an, sieh an!«, dröhnte eine Stimme hinter ihr. »Die Frau meines Sohnes.« Bevor Rhiannon eine Chance hatte, diese Aussage zu bestreiten, gab ihr eine große Hand zur Begrüßung einen Klaps auf den Rücken. Sie taumelte vorwärts und zum Glück direkt in Bercelaks Arme; sonst hätte sie mit dem Gesicht nach unten auf dem Marmorboden geendet.

Bercelak half ihr, sich zu fangen. »Alles in Ordnung?«

»Aye.«

»Zerbrechliches kleines Ding, was?«

Knurrend drehte sich Rhiannon zu der Stimme um, aber sie erstarrte auf der Stelle und starrte ihn an.

Bei den dunklen Göttern des Feuers, er ist umwerfend!

Das musste Ailean sein. Er war sehr ähnlich gebaut wie Bercelak und seine Brüder, aber er hatte blaue, von den weißen Strähnen des Alters durchzogene Haare, die ihm über den Rücken flossen und den Boden streiften. Sein scharfer Blick aus silbernen Augen erwiderte den ihren neugierig, während sündhaft volle Lippen sich zu einem Grinsen verzogen, das ihr die Knie weich werden ließ. Das erklärte, warum seine Nachkömmlinge so schön waren – ihr Vater war es auch, und sogar noch viel mehr.

Kein Wunder, dass ihre Mutter einen Abstecher ins Bett dieses Drachen gemacht hatte. Er musste mindestens in seinem fünf- oder sechshundertsten Winter sein, und dennoch war er stark, mächtig und immer noch tödlich attraktiv.

Als sie nichts sagte und ihn nur anstarrte, stupste Bercelak sie an der Schulter.

»Sag etwas«, fauchte er fast mit zusammengebissenen Zähnen.

Also sagte sie etwas. Zu seinem Vater. »Du bist absolut umwerfend.«

Ailean grinste und sah seinen Sohn an. »Tja, zumindest wissen wir jetzt, dass sie einen verdammt guten Geschmack hat.«

»Entschuldige uns.«

Dann zerrte Bercelak sie aus dem Raum, aber sie starrte weiterhin Ailean an, bis die Tür, die vor ihr zugeknallt wurde, ihr die Sicht versperrte.

Dies war nicht das erste Mal, dass eine Frau, mit der er intim war, seinen Vater mit solch begeistertem Interesse anstarrte. Vorher war ihm das immer egal gewesen. Aber dies war Rhiannon … *seine* Rhiannon. Und im Moment erstickte er fast an seiner Eifersucht.

Er drehte sie um, damit sie ihn ansah, und hielt sie mit beiden Händen an den Oberarmen fest. »Ging es vielleicht noch offensichtlicher?«

Sie blinzelte verwirrt. »Was offensichtlicher?«

»Deine offenkundige Bewunderung für meinen Vater!«

»Na ja, selbst du wirst zugeben müssen, dass er verdammt gut aussieht!«

Er musste hier überhaupt nichts zugeben.

Sie zuckte zusammen. »Oooh! Also, so habe ich das nicht gemeint. Was ich meine, ist … ich verstehe plötzlich meine Mutter ein bisschen besser.« Sie packte die Arme, die sie festhielten. »Wenn er so als Mensch aussieht, wie, bei den dunklen Göttern, sieht dann seine Drachengestalt aus? Sie muss überwältigend sein!«

Mehr konnte er nicht ertragen. Sie so über seinen Vater reden zu hören, erfüllte ihn mit einem Besitzbedürfnis, das er vorher noch bei keiner Frau gehabt hatte.

Sein Griff um ihre Arme wurde fester, als er sie an die gegenüberliegende Wand drückte. Sie hatte nur Zeit zu keuchen, bevor sein Mund den ihren bedeckte. Sie wehrte sich, versuchte, ihm ihre Arme zu entreißen, aber er weigerte sich, sie loszulassen. Stattdessen neigte er seinen Kopf zur Seite, um einen besseren Angriffswinkel zu haben, und schob seine Zunge zwischen ihre Lippen und in ihren warmen Mund.

Er spürte, wie sie ihr Bein bewegte, und um zu verhindern, dass sie ihm ihr Knie in die Weichteile rammte, schob Bercelak seine Hüften vor und hielt so ihren Unterleib mit dem seinen in Schach.

Sie keuchte wieder, und sein Verstand sagte ihm, er sollte sie loslassen. Doch ihre Hüften kippten ein winziges Stück nach vorn und drückten sich gegen seine schnell wachsende Erektion. Er hielt inne, besorgt, er könne sie falsch verstanden haben, doch dann strich ihre Zunge sanft über seine.

Das war alles, was er brauchte. Er ließ ihre Arme los, damit er seine Hände in ihren Haaren vergraben konnte und ihren

Kopf stillhalten für seinen Kuss. Ihre jetzt freien Arme schlangen sich um seinen Hals und zogen ihn näher. Ihre in ihrer Sinnlichkeit fast explosive Reaktion, ließ ihm vor Begierde die Knie zittern. Unkontrolliert drückte Bercelak seine Hüften gegen ihre. Sie stöhnte in seinen Mund, und seine Hüften stießen noch einmal zu, entschlossen, sie beide zum Höhepunkt zu bringen.

Doch ein Hämmern an der Tür hielt ihn auf.

»He! Bruder!« Er konnte seine Brüder auf der anderen Seite der Tür hysterisch lachen hören. »Vater bittet um deine Anwesenheit bei Tisch, o mächtiger Kampfdrache, Verteidiger des Throns der Königin!«

»... und Verteidiger der Tochter der Königin!«, johlte eine seiner Schwestern noch.

Er wollte sich von ihr lösen, doch Rhiannon klammerte sich mit einem Griff, der nahe an der Schmerzgrenze lag, an seinen Hals.

»Nein. Hör nicht auf«, japste sie.

Ihr Götter, er hatte das verwöhnte kleine Gör zum Betteln gebracht. Nun, das verschaffte ihm ein hübsches Stück Hoffnung, das er am Vorabend noch nicht gehabt hatte.

»Tut mir leid, Prinzessin«, keuchte er. Er fragte sich, ob sie eine Ahnung hatte, dass kein weibliches Wesen, ob Drache oder Mensch, ihn je so erregt hatte. »Meine Familie wartet. Und falls du kein Publikum hierfür haben willst, schlage ich vor, dass wir gehen.«

Er löste sich von ihr und nahm seine Hände langsam von ihrem Körper. Was hätte er darum gegeben, ihr dieses Kleid vom Leib reißen zu können und sie zu nehmen, bis die zwei Sonnen aufgingen ... in ein paar Wochen. Das hätte er auch getan, wenn er sie nur für eine Nacht oder ein paar Tage gewollt hätte. Doch bei diesem Spiel ging es um den Rest ihres Lebens. Wer hat, dem wird gegeben.

Sein Herz gehörte dieser Drachenlady, ob sie wollte oder nicht.

Und sie wird verdammt gut daran tun, es zu wollen.

5

»Und wie geht es deiner Mutter?«

Der gesamte Tisch erstarrte; alle Blicke waren nicht auf Ailean oder Rhiannon gerichtet, sondern auf Bercelaks Mutter Shalin, die die Frage gestellt hatte.

Rhiannon räusperte sich. »Ihr geht es gut. Wenn ich auch jeden Abend für ihren Tod bete, Gebieterin.«

Das brachte ihr die volle Aufmerksamkeit aller ein.

»Können wir also davon ausgehen, dass du deiner Mutter nicht sehr nahestehst?«, fragte Ghleanna, während sie virtuos mit dem Besteck hantierte, um das versengte Fleisch auf ihrem Teller zu essen. Rhiannon war fast am Verhungern und wünschte, sie könnte das Fleisch auf ihrem Teller einfach mit den Fingern essen, doch der Anstand verlangte, dass sie dem Beispiel derer folgte, in deren Höhle sie sich befand.

»Sie verabscheut den Boden unter meinen Füßen. Aber die Abneigung ist gegenseitig.«

»Sie fürchtet deine Macht«, bemerkte Maelona, die Rhiannon netterweise zeigte, welches Besteck sie benutzen musste, ohne dass es die anderen merkten.

Mit einem dankbaren kleinen Nicken folgte Rhiannon ihrem Beispiel. »Meine Macht ist nichts im Vergleich zu ihrer. Und das weiß sie auch.« Sie zerschnitt das Fleisch auf ihrem Teller; das Wasser lief ihr schon im Mund zusammen.

»Das ist nicht richtig«, sagte Shalin sanft. »Du hast viel Macht. Viel mehr als deine Mutter. Die Magie ist überall um dich herum. Ich kann sie sehen.«

Rhiannon kaute ihr Essen. Sie stellte fest, dass ihr dieses gekochte Fleisch fast genauso gut schmeckte wie das rohe Zeug, das sie normalerweise aß.

Ausgenommen … das Geschrei vermisste sie wirklich dabei. Wenn auch nicht das Schluchzen.

Als sie geschluckt hatte, sagte Rhiannon: »Ich habe gerade mit deinen Töchtern darüber gesprochen. Ich hatte viele Lehrer, Gebieterin. Und sie alle fanden, ich sei eine ziemliche Enttäuschung.«

Ghleanna schwenkte ihren Weinbecher. Ein Knie hatte sie hochgezogen und darauf die Hand mit dem Becher gestützt. »Ich habe ein bisschen darüber nachgedacht, seit wir darüber gesprochen haben, Prinzessin. Und ich glaube, sie haben dich angelogen.«

Rhiannon sah zu der Frau auf, die ihr gegenübersaß. Ghleanna verschwendete keine Zeit mit Kleidern oder sonstigem weiblich-menschlichem Schnickschnack. Sie trug eine schwarze Hose, ein schwarzes Hemd und hohe, schwarze Stiefel. Ihr dickes Haar war kurz geschnitten, was Rhiannon vorher noch nie an einem Drachen gesehen hatte.

»Warum sagst du das?«

»Du bist ein weißer Drache. Die Macht, die du hast, wurde in dir geboren. Wie bei den wilden Kyvwich-Hexen aus dem Norden oder bei den Nolwenn-Hexen aus den Wüstengebieten. Deine Macht fließt durch deine Adern, und deine Mutter kann nichts tun, um dir das für immer wegzunehmen.«

Rhiannon schluckte noch ein Stück Rind. »Und warum fehlt es mir dann so an den nötigen Fähigkeiten? Warum kann ich so wenig tun?«

»Ich habe eine Weile gebraucht, aber ich glaube, ich habe es herausgefunden. Wenn du trainiert hast, warst du immer Drache, oder?«

»Natürlich.«

»Dann haben sie es wegen deiner Schuppen nie gesehen.«

»Was gesehen?«

Ghleanna deutete auf Rhiannons Schulter, die nackt war, wo das Kleid heruntergerutscht war. »Dieses Brandzeichen, das du trägst.«

Mit einem Blick nach unten zuckte Rhiannon die Achseln. »Aye. Alle meine Geschwister haben dieses Mal. Um ehrlich zu sein, hatte ich ganz vergessen, dass es da ist.«

»Nun, es ist dieses Mal, das dich von deiner wahren Stärke fernhält, Prinzessin. Und ich würde meinen Schatz verwetten, dass deine Mutter das wusste, als sie es dir zugefügt hat.«

Stirnrunzelnd sah Rhiannon auf das Mal an ihrer Schulter hinab.

Bercelak hätte dem Gespräch der Frauen mehr Aufmerksamkeit schenken sollen. Stattdessen schickte er seinen beiden jüngsten und ein paar von seinen älteren Brüdern drohende Blicke zu, wenn sie Rhiannon lüstern ansahen.

Dann schnappte seine kleinste Schwester erschrocken nach Luft, und er drehte sich rechtzeitig um, um zu sehen, wie seine Frau ihr Messer an das kleine Brandzeichen an ihrer Schulter hob.

»Rhiannon!« Doch es war zu spät. Sie hatte die Spitze schon in das Fleisch um das Mal gestochen und daruntergegraben und schnippte jetzt ein Stück Haut und Muskel weg.

Seine Sippe schnappte nach Luft und redete durcheinander, während er vom Tisch aufsprang und sofort zu ihr hinüberging.

Sie starrte auf die Wunde hinab, aus der Blut strömte. »Ich fühle nichts.«

Bercelak kauerte sich neben sie, nahm eine Serviette vom Tisch und drückte sie auf die Wunde. »Nichts? Du spürst keinen Schmerz?«

»Oh, Schmerzen schon. Große Schmerzen. Aber sonst nichts.«

Er mühte sich ab, ihre Worte zu verstehen, scheiterte aber kläglich. »Wovon redest du?«

Sie nahm ihm das Tuch ab und stand auf. Sie drückte es gegen ihren Arm und ging vom Tisch weg. Seine ganze Familie beobachtete sie.

»Es hat sich nichts verändert.« Sie drehte sich zu ihnen um. »Seid ihr sicher, was dieses Zeichen angeht?«

»Es war eine Vermutung«, antwortete Ghleanna mit schreckgeweiteten Augen.

»Eine Vermutung? Es wäre nett gewesen, das zu wissen, bevor ich es mir aus dem Arm geschnitten habe!«

»Du verrückte Kuh! Woher hätten wir wissen sollen, dass du das tun würdest?«

»Was hattet ihr denn erwartet? Ihr sagt mir …« Rhiannon hörte abrupt auf zu reden.

Bercelak stand auf, als ihre blauen Augen seine suchten. »Götter, Bercelak. Es tut weh. Es tut weh«, flüsterte sie. Dann wurden ihre Arme hochgerissen, und ihr Körper hob sich vom Boden.

»Rhiannon!« Er wollte zu ihr, doch zwei seiner Schwestern hielten ihn fest.

»Lasst mich los!«

»Nein, Bruder. Lass sie«, befahl Ghleanna dicht an seinem Ohr. »Du kannst ihr nicht helfen.«

Bercelak sah, wie die Magie seiner Gattung durch Rhiannons Körper spülte, sich um ihre Gliedmaßen wand, ihr durch Brust und Bauch schnitt und wie Regenwasser aus ihr floss.

»Tut etwas!«, brüllte er, nicht bereit, mit anzusehen, wie sie sich vor Schmerzen wand. »Wir können sie doch nicht so leiden lassen!«

»Wir können nichts tun, nur warten, bis die Götter mit ihr fertig sind«, flüsterte Maelona.

Sobald Maelona die Worte gesagt hatte, stieg Rhiannons

Körper langsam zur Decke auf. In fasziniertem Schweigen sahen er und seine Familie zu, wie sie immer höher stieg.

Dann … fiel sie. Als hätte einer der Götter mit seinen mächtigen Klauen zugeschlagen. Doch die Kraft dahinter war so groß, dass Rhiannons Körper durch den Boden des großen Saals schlug und aus ihrer Sicht verschwand.

»Götter!«

»Der Kerker! Sie ist im Kerker!«

»Wir haben einen Kerker?«

Bercelaks Vater führte sie in die selten benutzten unteren Stockwerke der Burg. Spinnweben hingen überall, und sie hörten die Geräusche von kleinen, verängstigten Tieren, die durch die feuchtkalten Gänge huschten. Sie fanden sie genau dort, wo sie sie vermutet hatten.

Bercelak rannte zu ihr. »Rhiannon?« Ghleanna und Maelona knieten sich neben sie.

Über Rhiannons Körper gebeugt, stieß Maelona ein tiefes Seufzen aus. »Sie atmet.«

Wütend, und weil er seine Wut an sonst niemandem auslassen konnte, stieß Bercelak Ghleanna an der Schulter. »Warum musstest du ihr das sagen?«

Knurrend stieß Ghleanna ihn zurück. »Woher sollte ich wissen, dass sie so etwas verflucht Blödes tut?«

»Hört auf!«

Sie sahen beide nach unten und stellten fest, dass Rhiannon die Augen geöffnet hatte und sie ansah. »Hört auf zu streiten.«

»Rhiannon, geht es dir gut?«

Sie blinzelte. »Mein Kopf tut ein bisschen weh.« Sie leckte sich die Lippen, und Bercelak hasste sich dafür, dass er sie schon wieder küssen wollte, statt sich um sie zu kümmern. »Und jeder einzelne Teil meines Körpers steht in Flammen.«

»Das ist nicht verwunderlich«, sagte Ghleanna. »Wenn so viel Magie durch dich strömt, Prinzessin, kannst du davon ausgehen, dass es wehtut.«

Rhiannon richtete ihre blauen Augen auf Bercelaks Schwester. »Auch das wäre wirklich gut zu wissen gewesen, *bevor ich das getan habe!*«, beendete sie ihren Satz mit einem Brüllen.

Kopfschüttelnd schob Bercelak vorsichtig seine Arme unter Rhiannons Hals und Knie und hob sie hoch, während er aufstand. »Jetzt bringen wir dich mal wieder nach oben, Prinzessin.«

»Ich habe immer noch Hunger, Nichtswürdiger«, murmelte sie.

Doch bevor er ihr etwas zu essen versprechen konnte, schnarchte sie schon.

Rhiannon gähnte und streckte sich. Sie fühlte sich unglaublich gut. Voller Macht und Leben. Sie konnte Dinge hören … Dinge sehen, die sie vorher nicht gekannt hatte. Sie konnte tatsächlich sehen, wie Ranken aus Magie um sie herumwirbelten.

Sie sah zu, wie eine kleine, rosafarbene sich drehte und drehte und drehte. Rhiannon wandte sich um und folgte ihr mit den Blicken, bis ihr bewusst wurde, dass Bercelak neben ihr im Bett lag. Er war wach, hatte den Kopf auf einen Arm gestützt und beobachtete sie mit einer Wärme, die sie in höchste Alarmbereitschaft versetzte.

Dann merkte sie, dass sie beide, bis auf die dünne Tierhaut, die sie bedeckte, völlig nackt waren. Als Drache hätte das nichts zu bedeuten gehabt. Aber in menschlicher Gestalt …

»Au!«, schrie er auf, als ihre Faust seine harte Brust traf.

»Warum sind wir zusammen im Bett? Was hast du getan?«

Sie wollte ihn noch einmal schlagen, aber er packte ihre Handgelenke und drückte sie zurück aufs Bett.

»Hör auf mich zu schlagen!«

»Geh runter von mir!«

»Nicht, solange du dich nicht beruhigt hast!«

Es war allerdings ziemlich schwierig, sich zu beruhigen, wenn Bercelaks warmer, schwerer Körper direkt auf ihrem lag. Ein Teil von ihr wollte nichts weiter als ihre Beine für ihn zu öffnen. All diese Magie, die durch sie hindurchströmte, hatte nichts weiter bewirkt, als ihren überwältigenden Wunsch zu verstärken, sich von diesem Drachen vögeln zu lassen … heftig, lang und absolut gnadenlos.

Aye. Genau das wollte sie.

Götter! Was habe ich mir da angetan?

»Beruhige dich, Rhiannon, dann lasse ich dich los.«

Er sprach ruhig, besänftigend. Als versuche er, eine leckere Stute zu sich zu locken, bevor er sie zu seinem Imbiss machte.

Rhiannon konnte nicht anders als sich zu fügen. Als Mensch war sie immer noch so schwach im Vergleich zu ihm.

Tief durchatmend, zwang sie sich durch schiere Willenskraft, sich zu entspannen. Es funktionierte, doch statt sie loszulassen, sah Bercelak ihr ins Gesicht. Vor allem auf den Mund.

»Bercelak?«

»Hmmm?«

»Lass mich los.«

»Bist du sicher?« Und er sah sie mit solch verzweifelter Sehnsucht an, dass sie lächelte.

»Aye. Ich bin sicher.«

Mit einem gestöhnten resignierten Seufzen ließ er ihre Handgelenke los und rollte sich auf den Rücken. Sie musste sich immer noch auf die Lippen beißen, um beim Anblick seiner Erektion, die mit dem Bettzeug ein hübsches Zelt bildete, nicht zu lachen.

»Du bist zu grausam zu mir«, ächzte er.

»Warum? Weil ich dir nicht deinen abscheulichen Willen lasse?«

»Ja. Genau deshalb.«

Er klang so verletzt, dass Rhiannons Lächeln zu einem brutalen Grinsen wurde. »Armes Ding. Was musst du leiden!«

»Mach dich nicht lustig über mich, Weib!« Sein Arm glitt um ihre Hüfte und zog sie zu sich, sodass sie an seiner Brust ruhte. »Du genießt es anscheinend, mich zu necken, dabei habe ich mir solche Sorgen um dich gemacht.«

Er hatte sich Sorgen um sie gemacht? »Ehrlich?«

»Aye, Rhiannon. Ich hatte Angst, ich hätte dich verloren. Vor allem, als du durch den Boden gekracht bist … es ist Marmor, weißt du? Dicker, unnachgiebiger Marmor.«

Sie blinzelte. »Oh. Ich … ich nehme an, die Götter haben mich beschützt.«

»Anscheinend.« Er schwieg einen Augenblick, dann sprach er weiter: »Kannst du dich jetzt zurückverwandeln?«

Sie forschte in ihrem Inneren, doch ein paar Sekunden später wusste sie es. »Nein, kann ich nicht.«

»Aber vielleicht bald.«

»Vielleicht.« Oder vielleicht steckte sie auch für immer in diesem schwachen Körper fest, bis ihre Vorfahren sie zu sich riefen. Doch ein Blick auf ihren menschlichen Körper, und sie würden sie höchstwahrscheinlich sofort wieder angewidert fortschicken.

»Mach dir keine Sorgen, Rhiannon. Ich verspreche, dass wir das in Ordnung bringen. Du wirst bald lernen, die Magie zu beherrschen, die durch dich fließt, und dann kann dich nichts mehr aufhalten.«

»Du scheinst dir so sicher zu sein.«

»Weil ich es weiß. Und jetzt«, er küsste ihre Stirn, dann ihre Wange und bewegte sich weiter ihren Körper hinab, »lass uns nicht länger reden.«

Sie stemmte sich gegen seine Brust, doch selbst sie musste zugeben, dass es ein sehr halbherziger Versuch war. Doch was konnte sie tun? Vor allem, wenn er unter ihrem Kinn knabberte und seine Hände über ihren Körper streiften.

»Bercelak«, keuchte sie, »Stopp.«

Er lachte, bevor sich sein Mund über einem harten Nippel schloss und sog. Plötzlich fielen ihr seine »Regeln« wieder ein, und ihr wurde klar, dass er nicht aufhören würde. Wenn sie wollte, dass er aufhörte, würde sie »Nein« sagen müssen.

Sie sagte: »Tu das nicht.«

Ein tiefes Stöhnen hallte aus seinem Mund durch ihre Brust, während eine seiner großen Hände an der Rückseite ihres Beins nach oben glitt und sich zwischen ihre Schenkel legte. Einer von Bercelaks langen Fingern glitt in sie, und Rhiannon hörte sich selbst wimmern. Götter, diese Bestie ließ sie winseln wie einen schwachen Menschen!

Dennoch, es fühlte sich so verdammt gut an. Seine Finger machten ihren Körper rasend. Seine Zunge und Lippen spielten mit ihren Nippeln.

Rhiannon wollte die Erlösung. Am liebsten sofort. Doch sie würde niemals darum bitten. Also sagte sie stattdessen: »Bercelak … das dürfen wir nicht!«

So lag sie flach auf dem Rücken, während Bercelaks harter Körper schwer auf ihr lag und sie in die Matratze drückte.

Oh, sie genoss seine Regeln. Sie war zwar zugegebenermaßen liederlich, aber sie musste sich nicht so verhalten. Stattdessen konnte sie so tun, als läge das alles außerhalb ihrer Kontrolle, während er ihr in Wahrheit die Macht überließ. Woher wusste er, dass all das sie in einen Feuerball verwandeln würde? Woher kannte er sie so gut? Sie hatte nie Zeit mit ihm verbracht. Hatte kaum mit ihm gesprochen, außer wenn ihre Mutter in der Nähe war und sie nicht wollte, dass diese sie eine Zicke nannte.

Oder lag es daran, dass sie einfach nur gut zusammenpassten? Drachen glaubten, dass ihr wahrer Gefährte irgendwo »da draußen« auf sie wartete. Derjenige, der für sie bestimmt war, bis ihre Vorfahren sie nach Hause riefen.

Konnte ihr wahrer Gefährte wirklich dieser herrische, launische, arrogante Mistkerl sein?

Er bewegte sich an ihrem Körper entlang nach unten, folgte seiner Zunge, bis seine breiten Schultern ihre Schenkel auseinanderschoben und er sein Gesicht zwischen sie schob.

Für den Moment beantwortete sie ihre eigene Frage laut. Um genau zu sein, schrie sie ihre Antwort. *»Ja! Ihr Götter, ja!«*

Sie vor Lust laut aufschreien zu hören, brachte Bercelak beinahe um den Verstand. Er griff ihre Schenkel fester und vergrub sich tiefer in ihr. Sie stöhnte und bäumte sich unter ihm auf, ihre Hände gruben sich in seine Haare.

Ihr Götter, sie schmeckte gut. Und sie roch sogar noch besser.

Dies war die Rhiannon, von der er immer gewusst hatte, dass sie existierte. Die, von der er wusste, dass sie für immer die Seine sein würde. Er hatte warten wollen, bis sie zurück in seiner Höhle waren, bevor er sie nahm, denn er hatte keine Zweifel daran, dass er *niemals* bis zu ihrer Inbesitznahme würde warten können. Was aufgrund ihrer königlichen Abstammung bei Vollmond geschehen musste … und dieser war noch vier sehr lange Tage entfernt.

Dennoch hatte er nie vorgehabt, es hier zu tun, im Haus seines Vaters. Aber er konnte nicht anders. Vor allem, da sie ihn anstachelte. Dieses »Das dürfen wir nicht« brachte ihn fast um. Sie wusste genau, wie sie ihn locken musste. Sie verstand ihn besser als irgendwer sonst; sie hatte es nur noch nicht bemerkt. Doch das würde sie. Bald würde sie alles verstehen.

Sie würde erkennen, dass sie einzeln stark waren – aber zusammen waren sie nicht zu stoppen.

Eine von ihren Händen ließ seine Haare los und klammerte sich ans Kopfteil des Bettes. Sie wand sich unter ihm, konnte ihre Hüften nicht bewegen, weil er ihren Unterleib aufs Bett drückte, während seine Zunge sie auf den Höhepunkt zu peinigte.

»Bercelak.« Sie flüsterte seinen Namen, und sein ganzer Körper verkrampfte sich. »Götter, Bercelak …« Ihr war vermutlich nicht einmal bewusst, dass sie es laut gesagt hatte, doch mehr musste er nicht hören.

Er schloss seinen Mund über ihrem Kitzler und saugte. Rhiannons ganzer Körper bäumte sich auf, und sie stieß ein durchdringendes Stöhnen aus. Er spürte, wie ihre Zehen sich einrollten und wieder entspannten, wo sie auf seinen Schultern auflagen, und er fürchtete, sie würde das Kopfteil zerbrechen, so wie sie sich daran festklammerte.

Schließlich kam sie zur Ruhe, und Bercelak bewegte sich ihren Körper entlang wieder nach oben, bis er über ihr lag. Er griff nach ihren beiden Händen – nachdem er eine von ihnen vom Kopfende gelöst hatte und die andere aus seinen Haaren – und hielt sie über ihrem Kopf fest.

Dann wartete er.

Nach ein paar Sekunden öffneten sich Rhiannons Augen langsam, und er lächelte in ihr Gesicht hinab.

»Fühlst du dich besser?«

Mit einem verruchten Lächeln, von dem er hoffte, er würde es die meiste Zeit, die sie zusammen waren, auf ihrem Gesicht halten können, nickte sie. »Aye.«

»Gut.« Sein Griff um ihre Handgelenke wurde fester und drückte sie auf die Matratze. Fragend hob sie eine Augenbraue.

»Jetzt bin ich dran«, antwortete er, stieß tief und hart in sie und ließ sich von ihrem herrlichen überraschten Aufschrei überspülen.

6 Irgendwann lichtete sich der Nebel in ihrem Verstand, und sie konnte wieder klarsehen. Doch bis dahin war es zu spät.

Sie spürte, wie sein Glied ohne Vorwarnung, ohne lange Vorrede in sie stieß – und es fühlte sich wundervoll an. Das bedeutete auch, dass sie wenige Gründe hatte, um sich gegen sein Recht zu wehren, sie in Besitz zu nehmen. Wenn er seine Absichten nicht von Anfang an deutlich gemacht hätte, hätte sie ihn benutzen können, bis die zwei Sonnen verkohlten und die Ozeane austrockneten, und er hätte sie trotzdem nicht ohne ihre Zustimmung haben können. Doch sie kannte seine Absichten, er hatte sie ohne jegliche Gewalt genommen … und sie hatte es zugelassen.

Die Drachenältesten würden auf diese Weise wenig Geduld aufbringen, wenn sie seine Inbesitznahme verweigern wollte.

Zur Hölle mit ihm!

»Rhiannon«, flüsterte er an ihrem Ohr, und ihr ganzer Körper schmolz dahin. »Ich werde dich vögeln, Rhiannon. Ich werde dafür sorgen, dass du noch mal kommst.« Darauf verdrehte sie die Augen und spürte sein Lächeln an ihrer Wange. »So wird es immer mit uns sein, weißt du? Immer.«

Das bezweifelte sie, doch dann begann er, sich zu bewegen, und sie dachte an nicht mehr viel außer daran, wie gut er sich in ihr anfühlte.

Bercelak hielt ihre Arme fest, doch ihre Beine waren frei. Sie schlang sie um seine Taille, ihre Fersen gruben sich in seinen Hintern. Er knurrte und küsste sie, während seine Hüften sich immer wieder an sie drängten und er immer und immer wieder in sie stieß.

Ihre Zunge traf auf seine, und sie schrie vor Lust auf. Erstaunlich, dass sie nach dem, was sie eben erlebt hatte, mehr wollte. So viel mehr.

Während er ihre Wange küsste, ihr Kinn und ihre Kehle leckte, trieb Bercelak sie auf einen weiteren wahnsinnigen Höhepunkt zu. Sie versuchte, ihm ihre Hände zu entziehen, aber er packte sie fester und drückte sie tiefer in die Matratze.

Er wird mich nicht loslassen, dachte sie bei sich, und in diesem Moment legte sich wieder sein Mund auf ihre Brust und saugte fest an ihrem Nippel.

Ihr Höhepunkt kam mit brutaler Schnelligkeit und schoss durch Rhiannons ganzen Körper, wie die Magie es getan hatte, nur diesmal ohne Schmerz. Reines Vergnügen. Grandioses Vergnügen.

Sie keuchte und versuchte, sich zu konzentrieren, und ihr wurde bewusst, dass Bercelak in ihr gekommen war und jetzt erschöpft auf ihr lag.

Das war der Augenblick, in dem sie zugeben musste – zumindest vor sich selbst –, dass es sich gar nicht so schlecht anfühlte, ihn dort zu haben.

»Rhiannon?« Es fühlte sich wie Ewigkeiten an, bis er genug Energie aufbringen konnte, um das zu sagen. Doch als sie ihm nicht antwortete, begann Bercelak, sich ernsthafte Gedanken zu machen. In Sorge, dass er sie versehentlich verletzt haben könnte, stützte er sich auf einen Ellbogen und sah auf sie hinab.

»Rhiannon?«, sagte er noch einmal, diesmal lauter.

»Hmmmmmm?«

Sie klang satt.

Bercelak musste lächeln. Es fühlte sich schön an zu lächeln. »Geht's dir gut?«

Langsam öffneten sich ihre Augen und sie sah ihn verwundert an. Dann, genauso schnell, zogen sich ihre Augenbrauen zu einem finsteren Blick zusammen. »Das ändert gar nichts, Nichtswürdiger!«

Bercelak lachte laut auf, und das fühlte sich sogar noch besser an als zu lächeln. »Tut mir leid, Prinzessin. Das ändert *alles*. Und das wissen wir beide.«

Knurrend versuchte sie, sich von ihm loszumachen, doch er hielt sie an der Taille fest.

»Du gehst nirgendwohin.«

»Lass mich los!«

»Nein. Ich will zuerst reden.«

»Reden?« Diese Vorstellung schien sie zu entsetzen.

»Aye. Reden. Sichergehen, dass wir ein paar Dinge geklärt haben.«

Sie lehnte sich zurück, sah ihn aber weiterhin misstrauisch an. »Was geklärt haben?«

»Der nächste Vollmond ist in vier Tagen. Dann werde ich dich in Besitz nehmen.«

»Warte …«

»Nein. Ich werde nicht warten, Rhiannon. Du gehörst mir, wie ich dir gehöre. Nichts wird daran etwas ändern.«

Wütend machte sie sich von ihm los und krabbelte übers Bett. »Das ist nicht fair! Es war die Magie … sie verändert …«

Er schüttelte den Kopf. »Versuch's mit etwas anderem, Prinzessin. Ich nehme dir nicht ab, dass die Magie dich als Einzigen von allen Drachen Dinge tun lässt, die du nicht tun willst.«

»Aber …«

Frustriert bellte er: »Nein! Keine Ausflüchte mehr! Keine Widerrede!« Er zog sich hoch und kam auf allen Vieren auf sie zu.

Mit aufgerissenen Augen wich Rhiannon vor ihm zurück. Das Bett war groß, aber nicht *so* groß.

Ihr hinteres Bein glitt vom Bett, sodass sie fast auf den Boden gefallen wäre. Doch Bercelak hielt sie am Handgelenk fest.

»Warte …«

Er ignorierte ihre Bitte und riss sie zu sich aufs Bett.

Als er sich auf sie legte, fauchte sie: »Ich werde dich nie lieben, Nichtswürdiger! Niemals!«

Sein Herz setzte aus. Er wollte ihre Liebe. Er brauchte sie sogar. Es ging nicht darum, ein Mitglied des Königshauses zur Gefährtin zu nehmen. Es ging um Rhiannon, und nur um Rhiannon. Er liebte sie, seit er sie zum ersten Mal gesehen hatte, und – das hatte er sich schon vor Jahren eingestanden – er würde sie immer lieben. Keine Frau würde ihr jemals gleichkommen. Und jetzt, wo er tatsächlich in ihr gewesen war, tatsächlich ihre Lustschreie gehört und ihre Leidenschaft gespürt hatte, wollte er keine andere Frau in seinen Armen haben. Nur Rhiannon. Immer Rhiannon.

Doch nach dem zu urteilen, was er von seiner Rhiannon wusste, würde kein »vernünftiger« Mann je in ihrem Bett leben … ihr Bett besitzen. Also schob er die Seite an sich beiseite, die sich um sie kümmern wollte – die sie zum Lachen bringen und sie lächeln sehen wollte. Er würde diese Seite verdrängen, bis er Rhiannon in Besitz genommen hatte. Und selbst wenn er den nächsten Vollmond dadurch verpasste, würde er sie erst in Besitz nehmen, wenn sie ihn liebte. Nichts war schlimmer als mit jemandem zusammen zu sein, der einen nicht liebte und es auch niemals tun würde. Drachen lebten viele Jahre, und das war zu lange, um ohne einen wahren Gefährten zu leben, dem man wichtig war.

Also verdrängte er die Seite an sich, die sich sorgte, und brachte den Krieger zum Vorschein. Den gnadenlosen Kampfdrachen, der mehr Drachenkönigreiche zerstört hatte als er zählen konnte.

Er vergrub seine Hand in ihren Haaren und riss ihren Kopf zurück. Eine ihrer Hände griff nach seiner Schulter und versuchte, ihn wegzuschieben.

»Vielleicht sollten wir einander richtig verstehen, Prinzessin. Ich werde dich haben. Ich werde dich zu der Meinen machen bis ans Ende der Zeiten. Fordere mich heraus, wenn du willst, aber diesen Kampf wirst du verlieren. Ich verspreche dir, dass du verlieren wirst.«

Klare, blaue Augen starrten ihn wütend an, doch er sah auch die Hitze darin. Mit ihrem Hass kam ihre Lust. Genau wie er es erwartet hatte.

Er zog ihren Kopf noch ein wenig weiter zurück, und die Hand an seiner Schulter grub sich in seine Haut.

»Ich denke, es ist an der Zeit, dass du verstehst, wie die Dinge zwischen uns laufen werden, Prinzessin. Ich denke, es ist Zeit, dass ich es dir *zeige.*«

Bercelak hämmerte noch einmal an die Tür seines älteren Bruders. Endlich zog Addolgar die schwere Eichentür auf.

»Was denn?«

»Ich brauche deine Ketten, Bruder.«

Addolgar starrte ihn lange an. »Will ich wissen, wozu?«, fragte er schließlich.

»Nein.«

»Nur die Handfesseln, oder auch das Halsband?«

»Alles.«

Mit einem Achselzucken ging Addolgar zurück in sein Zimmer. Er hörte seinen Bruder mit seiner Gefährtin sprechen. Bercelak schüttelte den Kopf, als er sie bellen hörte: »Wo willst du mit unseren Ketten hin?«

»Es ist für einen guten Zweck«, sagte Addolgar über seine

Schulter hinweg, während er seinem Bruder die Ketten übergab. »Sie haben mir Glück gebracht, Bruder. Vielleicht funktioniert das bei dir auch.«

Er hat mich in den Schlaf gevögelt, dachte sie, als sie sich zwang, wach zu werden. Die Sonnen schienen hell durch die schmalen Fenster, und sie wusste, dass es spät am Vormittag war.

Das Letzte, woran sie sich erinnerte, war, wie er sie gebadet hatte, und zwar gegen ihre gemurmelten Proteste.

Rhiannon schüttelte den Kopf, um ihren erschöpften Kopf freizubekommen, doch der Klang von schweren Ketten ließ sie erstarren. Sie wollte ihre Kehle berühren, doch ihre Hände ließen sich kaum bewegen. Sie drehte den Kopf und sah die metallenen Handfesseln, die ihre Handgelenke festhielten; die Kette festgezogen, damit ihre Arme sich nicht zu weit vom Kopfende des Bettes weg verirren konnten. Sie konnte das Halsband, das sie trug, weder sehen noch berühren, aber sie spürte es nur zu gut. Schweres Metall, das ihr auf die Schultern drückte. Selbst ihre Füße waren gefesselt und die Ketten sicher am Fußende des Bettes befestigt.

»*Mistkerl!*«

»Oh, gut! Du bist wach.«

»Mach mich los! *Sofort!*«

Er lächelte, was sie wenig tröstete. »Ich glaube nicht. Ich hab dich gern zu meiner Verfügung. Willig, feucht und bereit, sobald ich will.«

Sie hätte ihn angespuckt, wenn er näher gewesen wäre. Vor allem, als sie spürte, dass ihr Körper so augenblicklich reagierte. Ihre Nippel standen vor, und Feuchtigkeit breitete sich zwischen ihren Schenkeln aus. Er sah es ebenfalls, und sein Grinsen wurde noch breiter.

Sie kämpfte wieder gegen die Ketten an. »Ich schreie um Hilfe!«

»Ich würde mir keine Mühe geben. Denk daran, wessen Familie dies ist. Die von Ailean dem Verruchten. Irgendwie hat er es geschafft, meine Mutter zu umwerben, die, wie man mir erzählt hat, vor ihrer Inbesitznahme mehr als einmal versucht hat, ihn umzubringen. Also habe ich ernsthafte Zweifel, ob er das hier für eine besonders extreme Form der Brautwerbung halten wird.«

»Ich bin eine Prinzessin«, wandte sie ein, »du kannst mich nicht behandeln …«

»Du bist eine Prinzessin«, unterbrach er sie. »Eine schöne Prinzessin, die mir gehört.«

Er kam schließlich doch zu ihr herüber, und sie starrte den menschlichen Körper vor sich angestrengt an. *Götter, warum musste er so schön sein?*

»Sag mir, dass du mir gehörst, Rhiannon, dann lasse ich dich frei.«

Wütend und erregt gleichzeitig, wandte Rhiannon ihr Gesicht ab.

»Sag es mir, Rhiannon.« Seine Finger glitten an ihrer Wade hinauf, neckten ihre Haut allein mit den Fingerspitzen. »Sag es mir« – Finger glitten zwischen ihre Schenkel, sanfte Küsse folgten –, »oder ich werde dich dazu zwingen müssen … irgendwie.«

Sie erbebte, und zu ihrer Schande musste sie sich eingestehen, dass es nicht vor Angst oder Wut war. Es war Lust. Ihre Schwäche machte sie krank. Wie konnte sie je hoffen, Königin zu werden, wenn sie nicht einmal zu diesem Mistkerl Nein sagen konnte?

Seine Lippen wurden von seiner Zunge ersetzt, die über ihren Schoß wanderte und dann über ihren Bauch.

»So einfache Worte, Rhiannon. ›Ich gehöre dir, Bercelak.‹ Sag es, dann haben wir es hinter uns.«

Als sie den Kopf drehte, kniff ihr das Halsband ein wenig

ins Fleisch. Sie schloss entsetzt die Augen, als ihr bewusst wurde, wie sehr es ihr gefiel.

»Das werde ich nicht«, presste sie heraus, während seine Zunge mit der äußersten Spitze ihres Nippels spielte. »Ich werde es nicht sagen!«

»Na schön. Dann werden wir es wohl auf die harte Tour machen müssen.« Er zog sich von ihr zurück, und sie fragte sich kurz, was die »harte Tour« war. Sie konnte sich nicht vorstellen, dass Bercelak ihr wehtun würde. Zumindest nicht ohne ein bisschen anständiges Betteln. Er streckte sich neben ihr aus, den Kopf in ihrem Schoß. Sie sah mit zusammengekniffenen Augen zu, wie er sie küsste und seine Zunge vorschob und damit fast unmerklich über ihren Kitzler strich.

Sie stöhnte, schloss die Augen, und ihr ganzer Körper spannte sich. Dann hörte er auf, zog sich zurück und pustete sie an. Ganz sanft.

Ihre Augen sprangen auf, und er schenkte ihr dieses umwerfende Lächeln. Für jemanden, der selten lächelte, tat er das plötzlich ziemlich oft. Ihretwegen?

»Gib mir, was ich will, Rhiannon, und ich gebe dir, was du willst.«

Sie weigerte sich zu sprechen und schüttelte den Kopf. Das Halsband, warm von der Hitze ihres Körpers, fühlte sich wunderbar auf ihrer Haut an.

»Wie du willst.« Er beugte sich nach unten und begann wieder, sie zu erregen. Knurrend wandte sie den Kopf ab, nur um seine geschwollene Männlichkeit direkt vor ihren Augen auf und ab tanzen zu sehen. Bercelak hielt ihn fest in der Hand und streichelte ihn langsam.

Sie konnte ein Knurren des Begehrens nicht unterdrücken, und Bercelaks Mund hörte auf, sich zu bewegen. Er hob den Kopf und sah sie an. Lange sahen sie sich in die Augen, dann leckte sich Rhiannon die Lippen.

Bercelak stöhnte und knurrte gleichzeitig, während er sich auf die Knie hochschob. Er kam auf sie zu. Jetzt sah sie nicht mehr ihn an, sondern sein Glied.

Bercelak kniete sich rittlings über ihre Brust, schob die Hand in ihren Nacken und hob sanft ihren Kopf an. Sie öffnete ihren Mund, und er schob sich in sie. Sie schlossen beide mit einem Aufseufzen die Augen, während Rhiannon ihn lutschte. Sie liebte es, wie sein ganzer Körper bebte, als sie Besitz von ihm ergriff.

»Ihr Götter, Rhiannon«, flüsterte er. »Ihr Götter, fühlt sich das gut an.«

Sie dachte daran, ihn zu quälen, wie er sie gequält hatte, aber sie wollte nicht. Sie hatte ihn gern im Mund. Sie mochte es, ihn auf sich zu spüren. Sie verspürte keine Angst, keine Scheu, und sie fragte sich, wann er beweisen würde, was für ein Mistkerl er war. Also saugte sie und leckte.

Sein Griff in ihrem Haar wurde fester; er hielt ihren Kopf still, und sein Glied bewegte sich in ihrem Mund, während er sich dem Höhepunkt näherte. Schließlich stieß er ein letztes Mal in sie. Sie würgte fast, als sein Samen ihren Mund füllte und bis ans hintere Ende ihrer Kehle explodierte. Doch sie schluckte ihn und saugte weiter, bis er sich von ihr zurückzog und aufs Bett fallen ließ. Selbstzufrieden leckte sie sich noch einmal die Lippen und sah ihm zu, wie er keuchend und mit einem leichten Schweißfilm bedeckt neben ihr lag.

Jetzt würde er ihr nicht mehr widerstehen können. Jetzt würde er ihr diese Ketten vom Leib reißen und sie vögeln, bis sie beide ohnmächtig wurden.

Darauf wartete sie. Und wartete.

Endlich stieß Bercelak einen tiefen, befriedigten Seufzer aus, dann lehnte er sich im Bett zurück, die Hände hinter dem Kopf, die Beine an den Knöcheln verschränkt. Seine Beine ruhten jetzt neben ihrem Kopf.

Er sah zur Decke hinauf. »Also, was hättest du lieber, Rhiannon? Zuerst ein männliches Junges? Oder ein weibliches?«

Sie riss verärgert die Augen auf. »Wa-was?«

»Als dein erstes. Männlich oder weiblich? Mir gefällt der Gedanke an ein Mädchen. Ich habe mir immer eine Tochter gewünscht.« Er lächelte sie an, und es war das wärmste Lächeln, das sie je gesehen hatte. »Und ich will, dass sie aussieht wie du.« Dann kehrte sein Blick an die Decke zurück, als könne er ihre ganze Zukunft sehen – ihre ganze *gemeinsame* Zukunft–, die sich vor seinem inneren Auge abspielte. »Aber ein männlicher Nachkomme wäre auch nett, meinst du nicht? Er könnte sich um seine jüngeren Geschwister kümmern. Ich glaube nicht, dass wir so viele haben müssen wie meine Eltern. Fünfzehn ist übertrieben, aber … definitiv mehr als zwei oder drei, was meinst du?«

Unfähig, ihn weiter anzusehen, ohne zu schreien, starrte Rhiannon aus dem Fenster und erörterte, was es nützen würde, sich von dem Felsvorsprung zu stürzen – natürlich *nachdem* er sie losgebunden hatte.

Mit einem mitleidigen Augenrollen seufzte Rhiannon, doch es klang eher wie ein Schluchzen.

7 Am Ende band er ihre Arme und Beine los und gestand ihr genug Kette zu, dass sie den Nachttopf und die Badewanne erreichen konnte. Ansonsten ließ er sie den ganzen restlichen Tag und bis weit in die Nacht hinein am Bett angekettet.

Rhiannon wünschte sich ehrlich, sie könnte sagen, dass sie ihn hasste. Ihn zu hassen hätte alles so einfach gemacht. Sie hätte ihm versprochen, was immer er verlangte, gewartet, bis er sie losband, und dann hätte sie ihm seine momentan menschliche Kehle mit einem gezackten Stück Glas durchgeschnitten – oder sie ganz einfach mit ihren Zähnen zerfetzt. Je nachdem, was sich ergeben hätte.

Doch sie hasste ihn nicht. Und sie hasste sich selbst dafür, dass sie ihn nicht hasste.

Erbärmliches Weibsstück.

Sie riss noch einmal an ihrer Kette. Als Bercelak beschlossen hatte, sie eine Weile allein zu lassen, war ihm schnell klar geworden, dass das Kopfende des Bettes ihrer Kraft und Wut keine zwei Sekunden standhalten würde. Deshalb hatte er die Kette um eine Säule gewickelt und sie abgeschlossen. Mit einem nervtötend glücklichen Lächeln hatte er sie mit dem Versprechen, bald wiederzukommen, auf die Wange geküsst und war gegangen.

Das war jetzt fast eine Stunde her, und er war immer noch nicht zurück. Ein leises Klopfen an der Tür veranlasste sie, ein Tierfell vom Boden aufzuheben und es sich um den Körper zu wickeln, denn diese menschlichen Diener reagierten immer so dramatisch auf jede Art von Nacktheit. Warum sie gegenüber jedem, den sie nicht begehrten, auf diese Art reagierten – sie hatte keine Ahnung.

»Komm rein.« Es war ohnehin egal, denn sie selbst würde sowieso in nächster Zeit nicht kommen.

Die Tür ging auf, und Ghleanna und Shalin traten ein. Ghleanna hatte ein Tablett mit Essen dabei, dessen Duft Rhiannons Magen knurren ließ, und ihre Mutter folgte mit einem Becher und einer Karaffe.

Rhiannon betete, es möge Wein sein, den sie da trug, denn sie brauchte etwas, um ihr Gehirn zu betäuben, bevor sie noch anfing, aus Spaß Dinge um sich herum zu zerstören.

»Wir dachten, du könntest vielleicht hungrig sein.«

»Noch lieber wäre mir der Schlüssel.«

Die beiden Frauen sahen sich an, doch es überraschte nicht, dass es Ghleanna war, die sprach: »Du hast den Verstand verloren, Prinzessin, wenn du glaubst, dass wir uns in dieser Sache zwischen dich und meinen Bruder stellen.«

»Na schön!«

Sie drehte sich um, wobei die Kette sich um ihren Hals wickelte, und stolzierte durch den Raum zurück.

»Na, na«, beschwichtigte Bercelaks Mutter. »Kein Grund, wütend zu werden. Alles wird gut. Das verspreche ich.«

»Dein Sohn ist unzumutbar.«

»Mein Sohn ist verliebt.«

Auf Shalins Worte hin wirbelte Rhiannon herum, doch die Kette, die sich eng um ihre Kehle gewickelt hatte, riss ihr den Kopf zurück.

»Ack!«

Bercelak beobachtete, wie einer seiner jüngeren Brüder ohnmächtig wurde und auf den Boden fiel. Der ganze Wein ... er hätte es besser wissen müssen. Der Wein seines Vaters konnte einen Elefanten töten.

Die Hand seines Vaters klatschte auf seinen Rücken. Jeder andere, selbst ein Drache, wäre hingefallen. Doch alle Kinder von Ailean hatten gelernt, sich einen stabilen Rücken und eine gute Balance zuzulegen.

»Keine Sorge, Sohn. Du wirst sie schon noch brechen.«

Bercelak verdrehte die Augen. »Ich will sie nicht brechen. Wenn ich das wollte, hätte ich eine von diesen faden Hofdamen gewählt.«

»Aber du hast sie doch gar nicht gewählt«, fühlte sich sein Bruder Caerwyn bemüßigt zu sagen.

»Ihre Mutter hat sie mir vielleicht vorgeworfen, aber ich hatte Rhiannon schon viel länger erwählt. Alles, was ich getan habe, jede Schlacht, die ich gewonnen habe, jeder Rang, den ich mir verdient habe, war für sie. Um ihrer würdig zu sein.«

»Du *bist* ihrer würdig.« Sein Vater setzte sich auf einen Stuhl und legte die Beine auf den Tisch. »Du bist mein Sohn.«

»Oh, ja. *Das* ist natürlich hilfreich.«

Seine Brüder und zwei seiner trinkfesten Schwestern lachten zustimmend, doch sein Vater sah seine Brut verwirrt an.

»Was soll das heißen?«

»Komm schon. Du kannst mir nicht erzählen, dass du das nicht weißt. Dein Name klebt an uns wie der Gestank an einem räudigen Hund!«

»Alle Welt kennt dich, Vater«, schaltete sich eine seiner Schwestern ein. »Und was sie von dir wissen, ist nichts Gutes.«

Sein Vater, sonst immer jovial und lächelnd, sah plötzlich wütend aus. »Du willst also sagen ...«

»Dass du peinlich bist? Ja.« Bercelak wollte nicht grausam sein, aber er fragte sich, ob seine Zeit mit Rhiannon nicht ein klein wenig leichter gewesen wäre, wenn sein Vater nicht in den ganzen Dunklen Ebenen als Ailean der Verruchte bekannt gewesen wäre.

»Ich bin immer noch dein Vater, *Junge*! Also pass auf, wie

du mit mir redest! Es ist nicht meine Schuld, wenn du das kleine Miststück nicht unter Kontrolle bekommst. Wenn du mehr wie ich wärst, wäre das vielleicht kein Problem.«

Hätten seine Geschwister ihn nicht festgehalten – Bercelak hätte den alten Drachen in der Luft zerrissen.

»Oh, ich habe zweimal versucht, ihn umzubringen. Einmal hätte ich es auch fast geschafft.« Rhiannon sah zu, wie Bercelaks zierliche Mutter sich mit dem Daumen quer über die Kehle fuhr. »Hab ihm von hier bis hier die Kehle aufgeschlitzt. Aber er hat sich in einen Drachen verwandelt, bevor ich ihm den Rest geben konnte. Seine Schuppen haben ihn davor bewahrt zu verbluten.«

Rhiannon sah zu Ghleanna hinüber, die gelangweilt und unbeeindruckt aussah. »Das ist aber eine hübsche Geschichte, Herrin.«

»Nein, ist es nicht. Aber ich will damit sagen, dass die Männer in dieser Familie sich keine schüchternen und zurückhaltenden Gefährtinnen suchen. Je mehr du gegen meinen Sohn ankämpfst, desto mehr will er dich. Nachdem ich Ailean die Kehle aufgeschlitzt hatte, hat er mich einen Monat später in Besitz genommen.«

»Habt Ihr …« Rhiannon wandte den Kopf unter Shalins festem Blick.

»Habe ich was?«

»Na ja … habt Ihr es je bereut, mit ihm zusammen zu sein?«

Shalin lehnte sich in ihrem Sessel zurück, ein sanftes Lächeln auf den Lippen. »Nein. Ich habe es nie bereut, mit ihm zusammen zu sein, und ich kann mir nicht einmal ein Leben ohne ihn vorstellen. Allerdings bereue ich, wie schwer sein Ruf unsere Kinder trifft.«

Ghleanna schnaubte und sah dabei zum Fenster hinaus.

»Das ist ein wenig untertrieben.« Sie sah Rhiannon an. »Meinen Brüdern hat der Ruf unseres Vaters genützt, den weiblichen Nachkommen aber nicht. Ich habe mehr Drachen halb totgeschlagen als mir lieb ist, weil sie dachten, ich sei eine Art Hure, die sie behandeln können, wie es ihnen gefällt.«

»Und jetzt geht sie gar nicht mehr aus.«

»Ich lasse mich nicht wie Dreck behandeln, Mutter. Ich liebe meinen Vater, von ganzem Herzen sogar, aber es vergeht kein Tag, an dem ich vergessen könnte, dass ich die Tochter von Ailean dem Verruchten bin.«

»Dein Vater hat immer nur das Beste für seine Kinder getan, Ghleanna. Dich eingeschlossen. Unter uns: Du bist eines seiner Lieblingskinder. Es würde ihn schmerzen, wenn er wüsste, dass du so von ihm denkst.«

»Und es schmerzt mich, allein zu sein. Dennoch müssen wir damit leben.«

Wäre sie nicht an Ort und Stelle festgekettet gewesen, hätte Rhiannon Mutter und Tochter allein gelassen, damit sie diese Diskussion unter sich zu Ende führen konnten. Und sei es aus dem einzigen Grund, dass sie ein bisschen eifersüchtig war. Ein großes bisschen eifersüchtig. Ihre Auseinandersetzungen mit ihrer Mutter waren ganz anders. Wenn ihr Vater sie nicht beschützt hätte, hätte Addiena sie vermutlich schon vor langer Zeit getötet. Deshalb schickte sie zu jedem Neumond ein Gebet an die Götter zu Ehren ihres Vaters. Denn er hatte sie mehr als alle anderen geliebt.

Und jetzt wollte Shalin sie glauben machen, dass Bercelak sie liebte. Konnte er das? Konnte das irgendjemand? Es war nicht gerade leicht, mit ihr auszukommen.

Bercelaks Mutter streckte die Hand aus und nahm die Hand ihrer Tochter. »Wir sind für dich da, Liebling. Wenn du mich lässt, kann ich dir helfen«, sagte sie zu Ghleanna.

Ghleanna schüttelte den Kopf und sah aus dem Fenster,

doch ihr Griff um die Hand ihrer Mutter wurde fester. Sie wurden aus ihrem stillen Moment gerissen, als die Zimmertür aufflog und Bercelak eintrat.

Rhiannon stand auf, als sie sein Gesicht sah. »Ihr Götter, was ist mit dir passiert?«

»Nichts«, grummelte er, während er durch den Raum stapfte. »Nur eine kleine Diskussion mit meinem Vater.«

»Du hast mir versprochen, dass du dich nicht mehr mit ihm schlägst!«, sagte seine Mutter anklagend und stand auf, damit sie ihren sehr groß gewachsenen Sohn besser ansehen konnte.

»Hab ich auch nicht. Ich habe mit jemand anderem gestritten und er hat beschlossen, es zu beenden.«

Rhiannon hob die Hand und berührte den schwarzblauen Fleck um Bercelaks Auge. Er zuckte zusammen und wandte sich so schnell zu ihr um, dass sie ihre Hand zurückriss und sich von ihm entfernte.

»Ähm … wir gehen dann besser«, sagte Shalin und zog sich hastig zurück. »Komm, Ghleanna.«

Rhiannon hörte Mutter und Tochter gehen, und es kostete sie ihre ganze Überwindung, sie nicht zurückzurufen.

»Rhiannon?«

»Sie ist sehr lieb, deine Mutter.«

»Ich weiß.«

»Sie hat mir Essen und Wein gebracht. Hat dafür gesorgt, dass das Halsband nicht zu eng sitzt.« Ihr Götter, sie faselte.

»Rhiannon …«

»Ghleanna kann richtig mit ihrer Mutter reden. Das muss schön sein.«

»Rhiannon.« Er drehte sie um, damit sie ihn ansah. »Hör auf.«

»Hör auf womit?«

»Mir auszuweichen.«

»Das tue ich gar nicht.« Und doch sah sie ihm nicht in die Augen. Also ehrlich … wie sollte sie bloß ein Königreich regieren?

Bercelaks große Hand fasste sie unters Kinn und hob ihr Gesicht an.

»Was ist los?«

»Nichts.«

»Warum siehst du mich dann so an?«

Schließlich hielt sie es nicht länger aus. Ihre Hand hob sich, und sie fuhr sanft mit den Fingern über sein verletztes Auge. Er starrte sie in argwöhnischer Betroffenheit an, doch sie konnte nicht anders.

»Bist du sicher, dass es dir gut geht?«

Ihr Götter!

Was hatte der Mistkerl mit ihr gemacht?

Das musste irgendein Trick sein. Irgendein grandioser Trick, den sie meinte, aus Spaß mit ihm machen zu können. Doch ihr Blick sah so ehrlich aus, und ihre Finger an seinem Gesicht waren sanft und so behutsam.

Ihr Götter, war sie wirklich um sein Wohl besorgt? Um seine Gesundheit? Das musste ein Fortschritt sein. Andererseits sah sie über sich selbst entsetzt aus, weil sie überhaupt gefragt hatte.

»Das wird schon wieder. Ich habe schon Schlimmeres eingesteckt. Wenn man in dieser Familie aufwächst, lernt man, mit Überraschungsangriffen fertig zu werden.«

Sie zog ihre Hand weg. »Gut. Ja, sehr gut.«

Rhiannon versuchte, sich abzuwenden, aber er zog sie wieder zu sich herum. »Wolltest du mich nicht begrüßen?«

»Dich begrüßen?«

Er nickte und beugte sich herab, bis seine Lippen über ihren schwebten. »Jedes Mal, wenn ich von der Verteidigung deines Throns zurückkomme, solltest du mich auf diese Art begrüßen, damit der ganze Hof weiß, dass dir etwas an mir liegt.«

»Mir liegt nichts …« Doch er unterbrach ihre Lüge mit einem Kuss.

Ihr Götter, für jemanden, der nicht viel Zeit als Mensch verbrachte, wusste Rhiannon wirklich, wie man wie einer küsste. Ihre warme Zunge streichelte seine, ihr kehliges Stöhnen ließ seine Selbstkontrolle langsam bröckeln.

Irgendwie riss er sich von ihr los, und Rhiannon sah in unendlicher Frustration zu ihm auf. *»Was ist denn jetzt wieder?«*

Bercelak zog die dünne Silberkette, die er um den Hals trug, unter seinem Hemd hervor. Der Schlüssel zu Rhiannons Fesseln hing daran. Er schloss das Halsband auf, während sie ihn mit zusammengekniffenen Augen ansah.

»Was soll das? Was hast du vor?«

Er nahm ihre Hand und zog sie mit sich aufs Bett. »Einer meiner Brüder hat mir gesagt, er habe Nachricht von einem seiner Freunde bei Hof erhalten …« Ihr Götter, wie sollte er ihr das sagen? Er sah in Rhiannons hellblaue Augen. Sie sahen ihn abwartend an. Nein. Es würde keine feinfühligen Worte für seine Frau geben. Sie verdiente nichts als die absolute Wahrheit.

»Bei Hof gehen Gerüchte um, Rhiannon.«

»Gerüchte? Was für Gerüchte?«

»Einige behaupten, deine Mutter will dich töten.«

Sie zuckte die Achseln. »Das wusste ich schon.«

Rhiannon sagte das so lässig. Während seine Sippe nicht in einer Million Leben glauben würde, dass Shalin sie je in irgendeiner Form verletzen könnte, war es für Rhiannon normal, dass ihre Mutter das durchaus tun würde.

»Du gehst viel besser damit um, als ich das getan habe.« Eigentlich war das der Grund für sein blaues Auge gewesen.

Sein Bruder hatte ihm die Nachricht überbracht. Er hatte ihn einen Lügner genannt. Sie hatten sich geschubst und gestoßen, sie hatten geschrien, und dann hatte die Schlägerei begonnen. So lange, bis ihr Vater, der keine Kämpfe unter seinen Sprösslingen duldete, eingegriffen hatte. Mit einem Schlag hatte Ailean Bercelaks Raserei beendet und mit einer deftigen Ohrfeige seinen jüngeren Sohn gebändigt.

»Was gibt es damit umzugehen? So ist mein Leben. Immer schon. Mein Vater hat mich vor langer Zeit gewarnt, dass das kommen würde. Deshalb hat er dafür gesorgt, dass ich gut ausgebildet bin.«

»Ausgebildet?«

»Aye. Ob als Mensch oder Drache: Ich kann mit Schwert, Keule, Dolch, Bogen und Peitsche umgehen. Außerdem kenne ich viele Formen des Nahkampfs.« Sie lächelte, und er sah, wie Stolz in ihren Augen aufleuchtete. »Und mit Flammen kann ich Dinge tun, die sogar dich in Staunen versetzen würden.«

Er fragte sich, ob ihr überhaupt bewusst war, dass er immer noch ihre Hände hielt, während sie sprachen. »Sogar mich in Staunen versetzen, was?«

»Na ja ... als Kampfdrache musst du viele erstaunliche Dinge gesehen haben.«

Indem er mit dem Daumen über ihre Knöchel streichelte, sagte er: »Nichts, was so erstaunlich wäre wie du, Rhiannon.«

Erschrocken räusperte sie sich und wandte den Blick ab. »Und was soll das ändern?«

»Maelona kennt eine Hexe, die dir vielleicht helfen kann, jetzt, wo du deine vollen Kräfte hast. Morgen werden wir gemeinsam zu ihr gehen.«

»Ich brauche keinen Babysitter, Bercelak. Ich glaube, ich kann auch allein mit einer Hexe reden.«

»Sie ist ein sehr alter Drache, Rhiannon, der sich nicht mehr in einen Menschen verwandelt. Und ich werde dich keiner Gefahr aussetzen.« Alte Drachen konnten ein wenig labil sein. Wenn man sie am falschen Tag erwischte, rissen sie einem ohne Weiteres die Schuppen vom Leib. Und was sie Menschen antaten …

Seufzend nickte sie. »Na gut.«

»Wir brechen morgen früh auf.« Bercelak ließ endlich ihre Hände los, damit er das Fell von ihren Schultern schieben konnte. »Für heute Abend habe ich andere Pläne.«

Sie versuchte, ihr Lächeln zu verbergen, doch es gelang ihr nicht sehr gut. »Und ich frage mich, was das wohl für Pläne sein können.«

8 »Und auch noch ein weißer Drache. Habe schon eine ganze Weile keinen mehr von deiner Sorte gesehen.«

Rhiannon seufzte schwer, hauptsächlich aus Langeweile, während Bercelak vor ihr stand und versuchte, die alte Ziege davon zu überzeugen, ihnen zu helfen.

Donnfhlaidh, ein *alter* brauner Drache – *Ich wusste nicht einmal, dass es die überhaupt noch gibt* –, ließ sie nun schon fast eine halbe Stunde warten.

»Herrin«, versuchte es Bercelak noch einmal mit einer Geduld, die Rhiannon inzwischen wohlvertraut war, »wir brauchen wirklich deine Hilfe.«

»Sie kann sich also nicht mehr in einen Drachen zurückverwandeln?«

»Nein.«

»Tja, da kann ich ihr nicht weiterhelfen.«

»Na schön!« Rhiannon war mit ihrer Geduld am Ende. Sie stürmte um Bercelak herum. »Wenn du mir nicht hilfst, finde ich eben jemand anderen, der es tut!«, schrie sie zu ihr hinauf.

Der alte Drache gackerte hysterisch. »Ihr Götter, Bercelak! Weißt du überhaupt, was du dir mit der da antust?«

Rhiannon, der gleichgültig war, dass sie keine schützenden Schuppen hatte, knurrte und stürmte vorwärts. Doch etwas hielt sie hinten am Kleid fest, und als sie sich umdrehte, sah sie, dass es Bercelaks Schwanzspitze war, die sich in den dicken Stoff eingehakt hatte. Sie sah wütend zu ihm auf und er zwinkerte.

Sie sollte ihn wirklich hassen; nur sah er so majestätisch aus in der vollen Kampfrüstung, die er trug, um die alte Drachenhexe zu beeindrucken. Der metallene Brustharnisch, der dazu diente, nicht nur die Brust des Drachen, sondern auch seinen verwundbaren Bauch während des Kampfes zu schützen, leuchtete im Schein der Feuerstelle. Der von Bercelak trug ein aufwendiges Motiv von vergangenen Schlachten. Die Details der Arbeit zeigten seinen Rang. Und dann waren da noch die Narben, die einen Großteil seines Körpers bedeckten …

Ihr Götter! Was hatte er mit ihr gemacht? Wann war sie zu einem dieser liebeskranken Weibchen geworden? Wie konnte sie das zulassen?

»Herrin, ich bitte dich noch einmal … wirst du uns helfen?«

»Ich kann den Zauber ihrer Mutter nicht ändern, Bercelak. Entweder muss die Königin sterben, oder deine Geliebte wird ihn selbst umkehren müssen.«

»Und wie kann ich das?« Rhiannon seufzte dramatisch.

»Versuch's damit.« Die alte Hexe warf ihr ein Buch zu. Da es von Drachen geschrieben war, war es riesig, und da Bercelaks Schwanz sie immer noch festhielt, konnte sie sich nur ducken, als es auf ihren Kopf zuflog. Doch eine schwarze Klaue streckte sich aus und fing das Buch in der Luft ab.

»Ah, ich danke dir, Herrin.«

»Behaltet es. Bald werde ich nichts von alledem mehr brauchen.« Die Drachenhexe drehte sich langsam um und ging tiefer in ihre Höhle hinein, doch über die Schulter warf sie ihnen noch zu: »Ihr wisst schon, dass ihr gut zusammenpasst, oder? Du, Prinzessin, gibst ihm die Möglichkeit, nett zu sein und nicht nur ein Mörder. Und Bercelak erlaubt dir, eine echte Zicke zu sein, wann immer du willst.«

»Aye«, fuhr sie fort, und ihre Stimme wurde von den Höhlenwänden zurückgeworfen, als sie in der Dunkelheit verschwand. »Ihr zwei passt perfekt zusammen. Und eines Tages … eines Tages werden eure Kinder *alles* verändern.«

Bercelak sah seiner Schwester und seiner Mutter dabei zu, wie sie sich gemeinsam mit Rhiannon bemühten, den Zauber zu finden, der den Einfluss der Königin brechen würde.

Sie saßen schon seit Stunden daran, und er konnte erkennen, dass die Geduld seiner Frau zu schwinden begann.

Als sie vor Frust buchstäblich aufbrüllte und den Tisch erzittern ließ, an dem sie alle arbeiteten, wusste er, dass sie dringend eine Pause brauchte.

»Es ist sinnlos!«

»Komm, Rhiannon.« Er nahm sie am Handgelenk und zog sie zum Ausgang. »Mutter? Kommst du zurecht?«

»Geht nur.« Seine Mutter sah nicht einmal auf, als sie sie wegscheuchte. Abgesehen von einem anderen Bruder war seine Mutter die einzige Gelehrte des Clans. Alte Texte zu entziffern war etwas, das sie gerne machte. »Ich komme zurecht.«

Bercelak nutzte die Antwort zu seinen Gunsten und zerrte Rhiannon aus dem Schloss und in Richtung Wald.

»Wo gehen wir hin?«

»Du bist gefährlich angespannt, mein Liebling. Ich fürchte um die Sicherheit meiner Familie.«

Sie grub ihre Hacken in den weichen Boden, und er drehte sich zu ihr um. »Was?«

»Sag das nicht noch mal.«

»Ich weiß, dass du meiner Familie nie etwas tun würdest, Rhiannon.«

»Nicht das. Nenn mich nie wieder ›Liebling‹. Nichts dergleichen.«

»Du bist unglaublich, Prinzessin.« Er ging weiter und riss sie dabei mit. »Du diskutierst über die verrücktesten Sachen.«

»Ich denke nicht. Ich brauche keine geschmacklosen Kosenamen von dir.«

»Oh, hättest du sie lieber von einem anderen?«

»Es gibt keinen anderen.«

Abermals blieb er stehen und sah sie an. »Und das wird auch so bleiben, Prinzessin. Es wird nur mich geben. Es wird nur dich geben.«

Kopfschüttelnd antwortete sie: »Ich verstehe dich nicht, Bercelak. Um ehrlich zu sein, könntest du jede haben, ob von niederer Geburt oder königlich. Willst du wirklich so unbedingt der Gemahl einer Königin sein?«

»Ich will nicht ›jede‹, Rhiannon. Ich will nur dich. Seit ich dich zum ersten Mal gesehen habe, wollte ich nur dich. Das hat sich nie geändert. Das wird sich auch nie ändern. Ob du die Thronfolge deiner Mutter antrittst oder sie einem deiner Geschwister überlässt – es wird meine Gefühle für dich nicht ändern … und ich denke, das weißt du. Ich denke, davor hast du Angst.«

Sie entzog ihm ihren Arm und machte einige Schritte von ihm weg. »Ich werde vielleicht nie wieder Drache sein. Vielleicht bleibe ich für immer in diesem schwachen Menschenkörper gefangen. Vielleicht werde ich auch niemals Königin. Vielleicht werde ich nie regieren. Und eines Tages musst du vielleicht zwischen meiner Mutter und mir wählen. Eines Tages wird sie dich *zwingen* zu wählen.«

»Es gibt keine Wahl. Es wirst immer du sein, Rhiannon. Du wirst immer meine erste und einzige Wahl sein. Dein Wohlergehen ist alles, was mir wichtig ist. Mensch oder Drache, Königin oder von niederer Geburt: Ich werde es zu meiner Lebensaufgabe machen, dich und die Kinder, die wir haben werden, zu schützen. Ich werde nicht zulassen, dass etwas unserer Familie schadet. Und ich werde definitiv nicht zulassen, dass *dir* etwas schadet.«

Er nahm wieder ihre Hand und hob sie an seinen Mund, um ihre Fingerknöchel zu küssen.

»Mein Herz gehört dir, Rhiannon. Es wird immer dir gehören.«

Mit einem finsteren Blick wandte sie den Kopf ab, dann sah sie zu Boden.

Er wusste, dass sie ihn wieder zurückweisen würde. Diese Angst vor ihren Gefühlen würde sie davonlaufen lassen, doch er war bereit, auf sie zu warten. Er hatte keine Wahl. Keine andere Frau würde ihm je genügen.

Dann, zu seinem Schrecken, streckte sie langsam ihre freie Hand nach ihm aus, den Blick immer noch zu Boden gerichtet. Er nahm sie und zog leicht dran. Sie bebte kurz, dann schmiegte sie sich an ihn. Ihre Arme schlangen sich um seine Hüften, ihr Kopf ruhte an seiner Brust.

Er schloss die Augen und schickte ein stilles Gebet zu den Drachengöttern, die ihn im Kampf und im Leben beschützten.

Große Hände strichen ihr über den Rücken. Er sprach nicht. Er triumphierte nicht. Er hielt sie lediglich fest und ließ sie ein Teil von sich sein.

Sie ließ seine Kraft durch sich fließen. Er schenkte sie ihr gerne, ohne Reue und ohne etwas dafür zu verlangen.

Als die Stille zu viel für sie wurde, fragte sie: »Wohin wolltest du mich mitnehmen?«

»Komm. Ich zeige es dir.«

Sanft löste er ihre Arme von seinem Körper, nahm sie besitzergreifend an der Hand und führte sie weiter vom Schloss weg. Nach einigen Minuten hörte sie das Geräusch von rauschendem Wasser, und ihr Herz schlug schneller. Bald kamen sie zu einem Fluss, dessen Wasser für einen Menschen nicht zu wild war, um darin zu baden.

»Wasser«, seufzte sie. »Es ist Ewigkeiten her, seit ich in etwas anderem als einer Wanne gebadet habe.«

»Ich weiß. Ich wollte schon gestern mit dir herkommen, aber die Kette hat mich abgelenkt.«

Sie lächelte, während Bercelak hinter sie trat. Es überraschte sie nicht, als seine Hände um sie herumgriffen und begannen, ihr Mieder aufzuschnüren. »Weißt du, Bercelak, meine Hände funktionieren ganz gut.«

»Da bin ich sicher. Aber eines wird Kriegern aller Rassen beigebracht: wie man Knoten bindet und löst.«

Er machte kurzen Prozess mit dem Band, das ihr Mieder zusammenhielt, und bald glitten seine Hände über ihre entblößten Brüste.

Rhiannon seufzte wieder und lehnte sich rückwärts an Bercelaks harten Körper.

»Weißt du, Prinzessin, ich glaube, dass du so angespannt bist, macht es so schwer, den Zauber deiner Mutter zu vertreiben.«

»Ach ja? Und wo kommt diese Angespanntheit her? Vielleicht daher, dass mich ein Irrer stundenlang in einem Schlafzimmer angekettet hat?«

»Nein. Das ist nicht der Grund.«

Sie grinste. Er war wirklich irre. Und offensichtlich gehörte er ganz ihr.

»Ich denke, daran sollten wir heute arbeiten. Dich zu entspannen.«

Das Kleid glitt von ihrem Körper und bis auf ihre Füße hinab.

»Ach ja?«

»Aye. Ich will dich entspannt und ruhig. Wahrscheinlich wird die Magie dann einfach so aus dir herausfließen.«

Sie musste seine Fähigkeit, aus Zentaurenmist Gold zu spinnen, einfach bewundern.

Weiche Lippen küssten ihren Hals. Starke Zähne knabberten an der Haut unter ihrem Ohr. Große, schwielige Hände kneteten ihre Brüste, bevor sie an ihrem Körper hinabglitten und in sanften Kreisen über ihre Haut strichen.

»Eines Tages, Rhiannon, wirst du wieder Drache sein. Ich werde nicht ruhen, bis wir dich wieder ganz gemacht haben.«

Sie befreite sich aus seinen Armen und lächelte in sein hübsches Gesicht. »Darüber machen wir uns später Gedanken. Hier wartet ein Fluss auf uns.« Diesmal nahm sie seine Hand und zog ihn ans Ufer. Sie streifte ihm sein Hemd ab und öffnete seine Hose. Er schleuderte seine Stiefel von den Füßen, während sie seine Hose herunterzog. Sie neckte seine fast schmerzhafte Erektion mit der Nasenspitze und er stöhnte.

»Du bist wirklich böse.«

Sie lachte. Bercelak war das einzige lebende Wesen, das ihr einfiel, das sie dazu brachte, *mit ihm* zu lachen statt *über ihn*.

Mit den Händen fuhr sie über seine kräftigen Schenkel und stand auf. Dann beugte sie sich vor und küsste seine nackte Brust. Bercelak seufzte und murmelte ihren Namen. Seine Arme umschlangen sie wieder und zogen sie an sich. Sie musste zugeben: Das Gefühl seiner nackten menschlichen Haut auf ihrer gefiel ihr wirklich.

Rhiannon strich ihm mit den Händen über den unteren Rücken und den Hintern. Ihre Finger gruben sich fest in seine Pobacken. Leise lachend drückte er sie an den Schultern von sich weg.

»Du spielst nicht fair, Prinzessin.«

»Ich wusste nicht, dass ich das soll.«

»Das ist ein Argument.« Er hob sie mühelos hoch und warf sie sich über die Schulter. »Ich hoffe ehrlich, dass du mit diesem menschlichen Körper schwimmen kannst.«

»Ich kann es lernen.«

Sie schwammen eine ganze Weile. Rhiannon erregte ihn weiter, quälte ihn. Sie schien es zu genießen. Sie lächelte sogar. Er liebte es, sie lächeln zu sehen.

Als sie in dem kalten, klaren Wasser von hinten herankam und ihn fest mit den Händen umschloss, hatte er genug. Er zerrte sie aus dem Wasser und zwischen die Bäume. Dort legte er sie auf den Boden und streckte sich neben ihr aus.

»Es wird Zeit, dass ich dir beibringe, wer hier das Sagen hat.«

»Das wäre dann wohl ich.«

»Bist du dir da so sicher?«

Sie streckte eine Hand aus und umschloss fest sein Glied. Bercelak stöhnte, sein Kopf fiel nach vorn und rieb sich an ihr.

»Ja«, murmelte sie selbstzufrieden. »Ich bin mir sicher.«

Doch dieses Spiel konnten zwei spielen.

Während sie ihn langsam streichelte, ließ er seine Hand zu ihrem Geschlecht gleiten. Er steckte einen einzelnen Finger in sie, und sie bäumte sich unter seiner Hand auf.

Grinsend sah er zu, wie sie sich auf die Lippe biss und ihre Hüften gegen seine Hand stemmte.

»Willst du mehr?«

Sie nickte, und ein leises Wimmern entwich ihrer Kehle.

Er schob noch einen Finger in sie, und sie schrie auf. Er vögelte sie weiter mit der Hand, während sein Mund sich um ihre Brust schloss und seine Zunge mit ihrem Nippel spielte.

Rhiannons Griff um sein steinhartes Glied wurde etwas unbeständiger, war nicht annähernd so anmutig wie vorher, doch sie ließ ihn nicht los. Sie streichelte ihn mit einer Hand und grub die andere in seine Haare, umklammerte seinen Hinterkopf und zog ihn näher zu sich.

Sie berührten und streichelten sich weiter und trieben sich

gegenseitig zum Höhepunkt. Als ihre Beine zu zittern begannen, stieß Bercelak fester zu und streichelte ihren Kitzler mit dem Daumen. Ihr Griff wurde fester, er berührte sie weiter, bis sie zusammen kamen, sich windend und aneinander reibend.

Als sie sich schließlich losließen, sah er ihr in die Augen, und gleichzeitig sagten sie: »Du bist absolut verrückt nach mir!«

Sie brach in befreiendes Gelächter aus, doch er hielt ihr den Mund zu; sein Körper spannte sich beim Geruch nach Menschenfleisch in der Nähe.

Rhiannons blaue Augen sahen ihn an, doch sie sagte nichts und wehrte sich nicht.

Sie warteten, und er war nicht überrascht, als menschliche Soldaten in ihr Blickfeld traten. Zum Glück waren sie so tief zwischen den Bäumen verborgen, dass keiner der Männer sie sehen konnte.

Es waren ziemlich viele – mindestens ein Bataillon –, und sie hatten zwei große Katapulte dabei, die mit langen, dicken Spießen ausgestattet waren. Perfekt, um einen Drachen zu töten. Es war nicht das erste Mal, dass Menschen zum Haus seiner Eltern kamen und hofften, zum Spaß einen seiner Art zu fangen oder zu töten. Es würde auch nicht das letzte Mal sein.

Sich zu Rhiannon vorbeugend, flüsterte er ihr ins Ohr: »Sie sind gekommen, um uns zu jagen. Du musst zurück zum Schloss. Hol meinen Vater. Und meine Brüder und Schwestern.«

Auch diesmal widersprach sie nicht. Nickte nur mit dem Kopf und strich ihm mit der Hand über die Wange.

»Warte, bis ich sie ablenke – dann lauf los. Verstanden?«

Sie nickte wieder.

Er küsste sie auf die Stirn und stand auf. Als er etwas von

ihr entfernt war, verwandelte er sich, warf Bäume dabei um und erschreckte die Soldaten.

Sie griffen sofort an, aber er nahm sich dennoch einen Augenblick Zeit, um sicherzugehen, dass sie seinem Befehl folgte. Das tat sie. Er sah ihre lange, schmale Gestalt zwischen den Bäumen hindurchhuschen. In dem Wissen, dass seine Familie sie beschützen würde, wandte er seine Aufmerksamkeit wieder den vorrückenden Soldaten zu.

Rhiannon hatte den Wald gerade verlassen, als sich dicke Arme um sie legten und sie rückwärts an einen großen, gepanzerten Körper zogen.

»Hab dich!«

Sie waren zu viert, und sie war nackt und konnte sich nicht verwandeln. Nein. Nicht gut.

»Du bist bereit, mit einem Drachen herumzuhuren. Dann nehme ich an, dass du auch uns nehmen wirst, was?«

Derjenige, der sie festhielt, warf sie zu Boden. Sie trat um sich und traf einen in die Weichteile. Als er sich krümmte, rammte sie ihm die Faust an den Kiefer. Sie fühlte Knochen unter ihren Knöcheln splittern. Ihr Vater wäre stolz auf sie gewesen.

Der Soldat stolperte weg von ihr und starrte sie an, als Rhiannon sich aufrappelte.

»Götter, sie hat ihm den Kiefer gebrochen!«, sagte einer von ihnen voller Ehrfurcht.

Sie verabscheute sie ehrlich. Menschen. Widerliche, scheußliche Kreaturen, die fürchterlich stanken und eine allgemeine Abneigung gegen das Baden zu haben schienen.

Die drei noch unverletzten Männer standen jetzt um sie herum. Umzingelten sie. Doch bevor sie sich rühren konnten, zog ein Brüllen vom Flussufer ihre ganze Aufmerksamkeit auf sich.

Rhiannon drehte sich in dem Moment um, als ein Mensch ein Breitschwert in Bercelaks Rücken drehte. Andere hatten ihm Seile um Schnauze und Hals geworfen.

»Nein.« Sie wusste nicht, dass sie es laut aussprach, bis sie schrie: *»Nein!«*

Doch bevor sie zum Schloss zurücklaufen und Hilfe holen konnte, griffen die Männer, die sie umzingelt hatten, an. Einer rammte ihr die Faust in den Magen, ein weiterer hielt sie an den Haaren fest. Doch derjenige, der ihr ins Gesicht schlug, machte sie am zornigsten. Wut durchströmte sie, und sie brüllte.

Menschen. *Menschen* behandelten sie so!

»Sieh sie dir an!«, schrie einer von diesen dummen kleinen Menschen, und Rhiannon wandte sich ihnen zu. Sie brauchte einen Moment, um sich bewusst zu werden, dass sie jetzt auf sie *hinabsah*. Und mit einem schnellen Blick auf sich selbst erkannte sie, dass sie wieder ein Drache war.

Grinsend beobachtete sie die Männer, die eben noch so bereit gewesen waren, sie zu schlagen und zu vergewaltigen, und die jetzt um ihr Leben rannten. Einen davon schnappte sie sich und biss ihn in der Mitte durch. Einen zweiten schleuderte sie mit einem Rückhandschlag in die Bäume und freute sich an dem Geräusch seines brechenden Rückgrats, als er gegen einen kräftigen Baumstamm krachte. Doch den, der sie geschlagen hatte … ihn nahm sie mit ihrer Klaue hoch und genoss seine Schreie, als sie ihn zu Brei zerquetschte.

Als sie fertig war, machte sie sich auf den Weg zu Bercelak, um ihm zu helfen, jetzt, wo sie es tatsächlich konnte. Doch sobald sie aus den Bäumen brach, schrien sie Warnungen, und plötzlich wickelten sich Seile um ihren Hals.

»Ein Paar«, schrie einer von ihnen. »Ein Brutpaar! Bringt sie lebend zurück!«

9 *Bringt sie lebend zurück?* Tja, das war inakzeptabel. Niemand brachte sie oder Bercelak irgendwohin.
Doch die Seile um ihren Hals schnitten ihr so in die Kehle, dass sie kein Feuer spucken konnte. Wer immer sie geschickt hatte, wusste, wie man Drachen jagte.

Doch Rhiannon hatte andere Talente.

Die Macht, die nun schon so lange in ihr vergraben gelegen hatte, stieg in ihrem Körper empor, und sie nutzte sie voll aus.

Sie schnalzte mit den Krallen ihrer rechten Klaue, und die Reihe von Männern neben ihr flog rückwärts. Mit einem Schnippen ihrer Klaue setzte sie eine weitere Reihe von Soldaten in Brand, ohne überhaupt ihr Maul öffnen oder einen Zauber laut aussprechen zu müssen.

Die Männer verwirrte ihre Fähigkeit, ihnen Schaden zuzufügen, ohne viel mehr zu tun als in ihre Richtung zu *denken*, und das verschaffte ihr die Gelegenheit, an den Seilen zu ziehen, die sie festhielten. Dabei zerrte sie die Soldaten zu sich heran, und als sie nah genug waren, trat sie auf sie und genoss die kleinen matschigen Geräusche, die sie dabei machten.

Während sie denen, die sie ins Visier genommen hatten, den Rest gab, vernichtete Bercelak die anderen. Das Breitschwert steckte immer noch in seinem Rücken, aber er schien es nicht mehr zu bemerken oder sich darum zu kümmern.

Nachdem sie sich das Seil von der Kehle gerissen hatte, erledigte sie die wenigen Soldaten, die vor ihr davonliefen, mit ihrer Flamme. Um vor Bercelak anzugeben, ließ sie sie um die Bäume peitschen. Die Flamme machte einen Bogen um die Männer, bis sie vor ihnen war und sie in Feuer einhüllte.

Sie sah zu Bercelak hinüber und lächelte. »Nicht schlecht, was?«

»Hatte ich dir nicht gesagt, du sollst zum Schloss zurücklaufen? Habe ich mich nicht deutlich genug ausgedrückt?«

Er war wütend, was sie in die Defensive drängte. »Ich habe getan, was nötig war. Und ich würde es wieder tun. Und ich schulde dir, Nichtswürdiger, keinerlei Erklärung, egal, was ich tue!«

»Ach so?«, bellte er, während er sich abmühte, das Breitschwert zu erreichen, das in seinem Rücken steckte, »dann kann ich mich also nicht darauf verlassen, dass du einfache Anweisungen befolgst? Das willst du mir damit ja wohl sagen!«

»Was ich dir sagen will … oh!« Sie eilte um ihn herum und riss ihm ohne das geringste Mitleid den Stahl aus dem Rücken.

Sein schmerzerfülltes Gebrüll gellte durch das ganze Tal.

Sie schleuderte die Waffe zu Boden. »Was ich dir sagen will, ist: Ich habe getan, was ich für richtig hielt. Ich werde immer tun, was ich für richtig halte. Auch dich beschützen, wenn ich es für notwendig halte!«

»Ich brauche deinen Schutz nicht!«

»Und ich brauche dich nicht!«

Sie ging um ihn herum und wollte das Tal verlassen, doch sein Schwanz hakte sich in ihren ein und riss sie zurück.

»Rhiannon, warte.«

»Nein!« Doch solange ihre Schwänze ineinander verkeilt waren, konnte sie nicht gehen. Und Bercelak ließ sie nicht los. »Lass mich los, Nichtswürdiger!«

»Hör auf, mich so zu nennen!«

»Dann hör auf, dich so zu benehmen!«

Beide hatten sich jetzt geduckt, die Schwänze ineinander verhakt, und umkreisten einander. Beide waren in Sekunden bereit zum Angriff.

»Du machst alles so kompliziert, Prinzessin!«

»Nein, tu ich nicht! Du musst mich nicht wie ein kleines Kind behandeln, Bercelak. Ich muss nicht ständig beschützt werden! Ich kann nicht Königin sein, wenn du dauernd eingreifst und mir sagst, was ich tun soll.«

Er blieb stehen. »Ich habe nur versucht, dich zu beschützen. Es ist meine Aufgabe, für deine Sicherheit zu sorgen.«

»Nein, ist es nicht! Wenn ich je Königin bin, werde ich dafür Wachen haben. Sie werden mich vor Feinden schützen. Aber ich werde nicht mit ihnen ins Bett gehen.«

Seine schwarzen Augen richteten sich auf ihr Gesicht. »Das will ich dir auch nicht geraten haben.«

Endlich kicherte sie. »Das hatte ich auch nicht vor.«

»Gut«, grummelte er, während er einige Schritte auf sie zu machte. »Ich würde all diese Wachen wirklich ungern ohne Grund umbringen müssen.«

Rhiannon grinste und bewegte sich um ihn herum, während sich ihre Körper einander immer mehr näherten. »Ich werde immer auf deinen Rat hören, Bercelak. Aber du musst mir zutrauen, dass ich die Entscheidungen treffe, die ich für nötig halte.«

Er sah ihren Körper an, antwortete aber nicht.

»Bercelak?«

»Was?«

»Ich hätte eigentlich gern eine Antwort.«

Er richtete den Blick wieder auf ihr Gesicht. »Eine Antwort worauf?«

»Deine Aufmerksamkeit scheint mir nachzulassen.«

»Eigentlich nicht.« Sein Blick wanderte wieder über ihre Drachengestalt. »Du bist ein Drache, Rhiannon.«

»Aye, Bercelak. Das bin ich.«

»Dann komm zu mir. Ich habe vor, dich als Drache zu nehmen.«

Sie wusste, wie dieses Spiel gespielt wurde, auch wenn sie bisher niemanden für würdig gehalten hatte. Bis jetzt.

Mit einem Kopfschütteln, bei dem ihr weißes Haar um sie fiel, entgegnete sie: »Du wirst mich erst fangen müssen, Nichtswürdiger.«

Dann stieg sie in die Abenddämmerung auf, ihren Liebhaber dicht auf den Fersen.

Es war ihr Schrei, der ihn am nächsten Morgen weckte. Bercelak rappelte sich auf und sah sich in der Umgebung nach weiteren Soldaten um. Doch alles, was er sah, war eine kreischende Rhiannon.

Eine kreischende *menschliche* Rhiannon.

»Sieh mich an! Was ist passiert?«

Er hatte keine Ahnung. Als sie schließlich ausgelaugt gewesen waren, nachdem sie eine Menge anderer Verwendungsmöglichkeiten für ihre Schwänze gefunden hatten, hatte die Erschöpfung des Tages und der Nacht sie schließlich eingeholt und es war fast schon eine Ohnmacht, die sie umfangen hatte, und kein Schlaf.

Doch während sie schliefen, hatte Rhiannon der Drache eingerollt an seine Seite geschmiegt gelegen, und ihr leises Knurren im Schlaf hatte ihn zufriedener gemacht als er es je zuvor gewesen war.

Dennoch stand sie jetzt im grellen Licht der zwei Sonnen vor ihm. Als Mensch. Es war ihm nicht wichtig, ob Rhiannon Mensch oder Drache war. Solange sie ihm gehörte. Doch er wusste, dass es sie störte und das bedeutete, dass er es in Ordnung bringen musste.

»Rhiannon …«

»Sieh dir diese spindeldürren Dinger an!« Ihre Arme wedelten wild über ihrem Kopf. »Und all diese weiche, nutzlose Haut!«

Wenn sie versuchen wollte, ihn heiß zu machen, dann schaffte sie das ganz gut.

Sie drehte sich um und deutete auf ihren Hintern. »Und ich mag mich irren, aber ich glaube, dieses Ding ist noch größer als es für einen Menschen meiner Größe normal wäre. *Wie kann das angehen?«*

Rasch verwandelte sich Bercelak. »Rhiannon, beruhige …«

»*Sag mir nicht, ich soll mich beruhigen!* Das hat mir diese Schlampe angetan, und sie wird dafür bezahlen!«

Sie stürmte davon, und Bercelak hatte alle Mühe, mit ihr Schritt zu halten. Jede andere, davon war er überzeugt, hätte nur große Reden darüber gehalten, die Königin herauszufordern. Doch Rhiannon traute er alles zu, vor allem, wenn sie so wütend war. Doch konnte er sie jetzt nicht vor ihre Mutter treten lassen. Ganz zu schweigen von den Wachen, die der Königin nie von der Seite wichen. Rhiannon war immer noch ein Mensch – und würde das auch offenbar bleiben, solange der Zauber ungebrochen war –, und ihre Kräfte waren nicht annähernd so stark wie als Drache. Und da er in all den Jahrzehnten, die er sich an ihrem Hof aufgehalten hatte, nie erlebt hatte, dass die Königin menschliche Gestalt annahm, bezweifelte er, dass sie es jetzt tun würde, wenn ihre Tochter sie herausforderte. In Wahrheit war er sich relativ sicher, dass nichts die Königin dazu bringen konnte, sich in einen Menschen zu verwandeln, solange Rhiannon noch atmete.

»Ich wünschte, du würdest mal für eine Sekunde Ruhe geben, damit wir reden können.«

»Reden? Worüber?«

»Darüber, was wir als Nächstes tun müssen.«

»Abgesehen davon, meine Mutter umzubringen? Ich habe keine Ahnung!«

Bercelak nahm ihren Arm, zog sie heran und drehte sie zu

sich um. »Das geht uns beide an, Rhiannon. Dich und mich. Was dich verletzt, betrifft mich auf dieselbe Art.«

»Du verstehst das nicht.«

Er umschloss auch ihren anderen Arm sanft und zog sie an sich. »Dann erkläre es mir.«

Rhiannon holte tief Luft und sah zu Boden. »Sie wusste, wie sehr mich das verletzen würde. Wie sehr kein Drache zu sein an mir ... an mir zehren würde, bis nichts mehr von mir übrig ist.« Sie sah zu ihm auf. »Ich weiß, dass du es nicht siehst. Ich weiß, dass du die wahren Absichten meiner Mutter nicht siehst. Du hattest schon immer Scheuklappen an, wenn es um sie ging. Aber sie wird nicht eher zufrieden sein, als bis sie mich vernichtet hat, Bercelak. Bis rein gar nichts mehr von mir übrig ist. Deine Familie ... sie lieben einander. Deine Mutter beschützt euch alle, und dein Vater ... er würde eher sterben, bevor er zulässt, dass irgendeinem von euch etwas passiert. So etwas gibt es bei meiner Mutter und meinen Geschwistern aber nicht. So etwas hatte ich nie und werde es auch nie haben.«

Sie holte tief Luft und entzog sich seinem Griff. »Sie wird dich vor die Wahl stellen, Bercelak. Ich weiß, dass du es dir nicht vorstellen kannst. Aber glaube es mir.«

Mit einem langen traurigen Blick auf ihn, der ihm das Herz zerriss, wandte sie sich ab und ging. Zurück ins Schloss und in die Sicherheit seiner Sippe.

Rhiannon saß auf dem schrägen Fenstersims vor ihrem Zimmer und starrte hinaus über die Festungsmauern von Aileans Schloss und Ländereien, während die zwei Sonnen verblassten, um der Nacht zu weichen. Das Einzige, was sie von einem Sturz abhielt, war ihr fester Halt mit den Füßen.

Sie überlegte, was sie als Nächstes tun sollte. Fragte sich, wo dieser spezielle Weg sie hinführen würde. Sie wusste jetzt, dass sie Bercelak liebte. Sie wusste es, weil sie ihr Leben für ihn riskiert hatte und weil sein verletzter Blick ihr das Herz in ihrer schwachen menschlichen Brust zerrissen hatte. Sie liebte ihn, aber sie konnte ihm nur Schmerz verursachen. Ihre Mutter würde schon dafür sorgen.

Götter, wie sie diese Frau hasste. Ihre eigene Mutter. Egal, was die Menschen dachten: Drachen waren nicht die gottlosen Kreaturen, für die sie ihre Art hielten. Sie liebten, sie verzweifelten. Sie fühlten Freude und Schmerz. Sie empfanden all die Dinge, von denen Menschen dachten, nur *ihre* Art könne sie spüren.

Mehr als achtzig Jahre lang hatte Rhiannon ihr Herz ausgeschaltet. Sie erlaubte sich selbst kaum Gefühle, und dennoch hatte ihre Mutter einen Weg gefunden, sie zu verletzen. Wenn das auch eigentlich nicht überraschend war, denn nur eine Mutter wusste, wie sie ihre Kinder verletzen oder stärken konnte. Wo Bercelaks Mutter immer ein freundliches Wort oder eine sanfte Berührung für ihre gesetzlose Brut hatte, hatte Addiena nur Spott und Klagen für ihre.

Rhiannon war nicht bewusst gewesen, wie sehr ihr die Liebe ihrer Mutter gefehlt hatte, bis sie hierhergekommen war. Bis sie sah, wie Bercelaks Familie miteinander umging.

Ein Teil von ihr wollte sie hassen. Hassen dafür, dass sie die Hoffnung in ihr weckten, sich eines Tages so sicher fühlen zu können wie sie alle. Dass sie eines Tages eine Familie haben würde, die stritt und schrie und sich auch sonst gegenseitig fast zu Tode nervte, die sich aber trotzdem liebte und gegenseitig beschützte, als sei es ihr Recht.

Aber nein … das würde sie niemals haben. Dieses Leben würde sie niemals haben.

Sie seufzte und dachte gerade darüber nach, wieder hineinzugehen, als Maelona schrie: »Spring nicht!« Rhiannon erschreckte und spürte, wie ihr Körper auf dem glatten Untergrund rutschte, als sie das Gleichgewicht verlor. Sie glitt ab, ihre Hände tasteten nach etwas, woran sie sich festhalten konnte. Ihr menschlicher Körper würde diesen Sturz niemals überleben, und sie hatte keine Ahnung, wie sie ohne Flügel abbremsen sollte.

Ihre Beine rutschten über die Kante, und sie glitt ins Leere.

Bercelak lehnte sich im Lieblingssessel seines Vaters zurück und nahm den Kelch Wein, den seine Mutter ihm anbot. Er warf ihr einen Blick zu und sie lächelte.

»Keine Sorge. Der ist nicht von deinem Vater. Er ist von mir.«

Nickend nahm er einen großen Schluck.

Ihre Hand strich über sein Gesicht und legte sich unter sein Kinn. Das tat sie oft und gerne.

»Mutter?«

»Hmmm?«

»Hast du es je bereut, mit meinem Vater zusammen zu sein?«

»Warum fragen mich das ständig alle?«

»Wie bitte?«

»Nichts.« Sie setzte sich an den Tisch ihm gegenüber und fuhr sich mit den Händen durch ihr goldenes Haar. »Das ist nicht leicht zu beantworten, mein Sohn. Zumindest dir nicht.«

»Warum?«

»Weil du nicht so leicht abzuspeisen bist wie deine restliche Sippe.« Sie zuckte leicht die Achseln. »Weißt du, es gibt Opfer, die alle Gefährten füreinander bringen müssen. Und man tut es gern, weil man sie liebt.«

»Du magst es nicht, so viel Zeit als Mensch zu verbringen, oder?«

Sie schwieg lange, dann sagte sie: »Ich vermisse meine Höhle. Ich vermisse meine Ungestörtheit. Ich habe gelernt, diesen Körper zu ertragen, weil …« Sie lächelte sanft, und ihr Sohn hob die Hände.

»Ich verstehe.« Wenn es eines gab, was er und der Rest des Universums über seinen Vater wussten, dann, dass der Mistkerl einer Frau Freude bereiten konnte. Doch Ailean hatte besonderen Spaß daran, den Körper einer menschlichen Frau zu erkunden. »Dann hast du also viel aufgegeben.«

»Nein. Ich habe meine Höhle noch. Ich gehe dorthin, wenn dein Vater im Krieg oder auf Reisen ist. Wenn ich allein bin, bin ich immer Drache, und ich genieße es. Aber nichts, absolut nichts macht mir so viel Freude wie dein Vater.«

»Er ist laut und unausstehlich.«

»Er ist urkomisch und leidenschaftlich und *dein* Vater.«

»Leider.«

Die Hand seiner Mutter, die hart auf den Eichentisch niederfuhr, ließ Bercelak zusammenzucken, obwohl er sonst niemals zusammenzuckte.

»Dein Vater liebt dich, du Rotzlöffel. Er würde sterben, um dich zu schützen und will nur, dass du glücklich bist. Ich habe nie einen Drachen so stolz gesehen wie deinen Vater an dem Tag, als du ihn zum ersten Mal mit deinem finsteren Blick angesehen hast. Schon damals wusste er, dass du etwas Besonderes bist. Anders. Also glaub bloß keine Sekunde, dass du ihn nicht ernst nehmen musst, und glaub auf gar keinen Fall, du könntest ihn vor mir schlecht machen. Das werde ich nicht dulden!«

Bercelak neigte den Kopf. »Es tut mir leid.«

Er hörte seine Mutter tief einatmen. Dann noch einmal. Schließlich sagte sie: »Schon gut. Ich weiß, dass du frustriert bist und nicht weißt, was du tun sollst. Aber ich weiß, du wirst das Richtige tun.«

»Ich hoffe, du hast recht.«

Die Tür zum Studierzimmer ging auf und sein Vater kam herein, hielt aber inne, sobald er die beiden so ernst dreinblicken sah.

»Oh, Entschuldigung. Ich … ähm … unterbreche doch nichts, was mir unangenehm sein könnte, oder?«

Shalin lachte. »Nein, du alter Bär. Tust du nicht. Ich unterhalte mich nur mit unserem Jungen.«

Ailean nickte. »Gut. Gut.« Er ging zu seiner Gefährtin hinüber, sprach aber zu seinem Sohn. »Übrigens gute Arbeit mit den Soldaten da draußen.«

»Danke, Vater.«

»Deine Frau hat ihre Sache auch gut gemacht. Ich bin beeindruckt, dass sie keine fade Prinzessin ist.«

»Sie hat mich beschützt.«

»Gut. Gut.« Sein Vater hob seine Mutter hoch, setzte sich in den Sessel und zog sie auf seinen Schoß, wo er sie fest umschlang, wie er das immer tat. »Ich mag sie, wenn dir das etwas bedeutet. Sie ist ein bisschen ungehobelt, aber ich denke, das liegt daran, dass sie keine Wahl hatte mit dieser Hexe von einer Mutter, mit der sie geschlagen ist.«

»Da bin ich deiner Meinung«, antwortete Bercelak ernst. »Ich weiß nur nicht, wie ich sie glücklich machen soll.«

»Das wirst du noch rechtzeitig lernen. Vielleicht willst du ja nachsehen, ob sie auf dem Boden aufgeschlagen ist oder nicht. Ich habe sie gerade vom Sims unter ihrem Fenster rutschen sehen.«

Bercelaks Kopf ruckte hoch. *»Was?«*

Eine starke Hand schnappte sie am Handgelenk. »Hab dich!«

Rhiannon sah zu Ghleanna auf, die zu ihr herablächelte. »Fast hätten wir dich verloren.«

»Deine Schwester hat mich zu Tode erschreckt!«

Ghleanna hievte Rhiannon mit Leichtigkeit zurück durch ihr Zimmerfenster. »Die ist schreckhaft wie ein Reh. Sie dachte, du würdest dich zu Tode stürzen.«

»*So* menschlich bin ich nun doch noch nicht geworden.«

»Freut mich sehr, das zu hören.«

Maelona zuckte die Achseln. »Tut mir leid. Ich hatte eine Panikattacke.«

»Davon hat sie viele«, scherzte ihre Schwester.

»Nein, das stimmt nicht! Ich hab sie nur da draußen sitzen sehen und mir Sorgen gemacht.«

Die Tür wurde aufgetreten und krachte gegen die Wand, als Bercelak mit großen Schritten hereinkam. *»Warum hast du über dem Abgrund gehangen?«*

Mit einem Seitenblick auf Ghleanna sagte Rhiannon mit falschem Ernst: »Ich konnte nicht mehr. Ich habe beschlossen, alledem ein Ende zu machen.«

Er runzelte verwirrt die Stirn. »Was?«

Ghleanna packte Maelona und zog sie aus dem Raum. »Wir lassen euch einfach allein damit, in Ordnung?«

Die Tür schloss sich und Rhiannon sah Bercelak an. »Glaubst du wirklich, ich würde etwas Dummes tun? Hast du so eine geringe Meinung von mir?«

»Mein Vater sagte nur, er hätte dich vom Gebäude herunterfallen sehen.«

»Wenn er mich gesehen hat, warum hat er dann nicht geholfen?«

Bercelak schnaubte. »Mein Vater? Hast du eine Ahnung, wie oft der alte Mistkerl mich schon vom Dach geworfen hat, als ich ein Mensch war? Für ihn ist das eine Mut- und Geschwindigkeitsprobe.«

»Dein Vater ist …«

»Furcht einflößend? Schrecklich? Gestört?«

»Interessant.«

Bercelak verdrehte die Augen und schüttelte kurz den Kopf. »Vergiss ihn.« Seine Stimme wurde unglaublich tief, während seine schwarzen Augen sie unverwandt ansahen. »Komm zu mir, Rhiannon.«

Während sie ums Bett herumging, sodass es zwischen ihnen stand, murmelte sie: »Warum sollte ich?«

»Weil ich es dir befehle.«

Rhiannon lachte laut auf. »Als wenn *das* etwas zu sagen hätte!«

Er nahm das Halsband hoch, das immer noch am Kopfende festgekettet war, und hielt es ihr hin. »Ich sehe schon, heute Abend wird es wieder die harte Tour.«

»Dann musst du mir das Ding erst mal anlegen, Nichtswürdiger. Und ich glaube nicht, dass du das schaffst.«

Er grinste, offensichtlich nur zu gern bereit, die Herausforderung anzunehmen, doch stattdessen ließ ihn ein weiteres Klopfen an der Tür fluchen.

»Was denn?«

Einer von Bercelaks Brüdern drückte die Tür auf und sah herein. »Wir brauchen dich unten, Bruder.«

»Was ist denn los?«

»Die Wachen der Königin sind hier und wollen mit dir reden.«

Rhiannon blieb ruhig, sie war nicht bereit, auf diese Nachricht zu reagieren, doch sie sah, wie die Farbe aus Bercelaks Gesicht wich. Es war nicht Angst um sich selbst, sondern um sie, die diese Reaktion hervorrief.

»Sag ihnen, dass ich sofort unten bin.«

Sein Bruder nickte und ging.

Bercelak wandte sich Rhiannon zu. »Komm zu mir, Rhiannon.«

Diesmal tat sie es ohne zu fragen, und er legte seine Arme

um sie und drückte sie an sich. »Bleib hier, bis jemand von meiner Familie dich holen kommt.«

Sie nickte und spürte, wie seine Lippen über ihre Stirn strichen.

Dann ließ er sie los und war fort.

10

Der Vollmond war gekommen und wieder gegangen, und immer noch war Bercelak nicht zu ihr zurückgekehrt.

Sie wusste, dass er vorgehabt hatte, sie in der Nacht des Vollmonds in Besitz zu nehmen, wie es Sitte war, aber sie hatte die Nacht allein in ihrem Zimmer verbracht, auf die Festungsmauern hinausgestarrt und zu den Drachengöttern für die Sicherheit ihres Geliebten gebetet.

Seine Familie hatte getan, was sie konnte, um sie bei Laune zu halten, doch selbst sie konnte sehen, wie sie begannen, sich Sorgen zu machen, als die Tage vergingen. Selbst sein Vater sah langsam ernst aus.

Jetzt saß sie in ihrem Speisesaal und hatte ein Buch im Schoß, ohne zu lesen, während sie mit leerem Blick durch den Raum sah. Bercelaks Familie beschäftigte sich damit, Waffen zu schärfen, zu lesen, zu reden oder mit kleinen Flammenstößen Dinge in Brand zu setzen. Dennoch blieben sie immer in ihrer Nähe und beschützten sie, wie sie es zweifellos Bercelak versprochen hatten, bevor er ging.

Shalin saß nicht weit von ihr und studierte das Buch, das die alte Drachenhexe ihnen gegeben hatte, doch soweit Rhiannon wusste, hatte sie immer noch keinen Weg gefunden, den Zauber der Königin rückgängig zu machen. Obwohl Shalin der Meinung war, sie hätte den Zauber gefunden, den Rhiannons Mutter gewirkt hatte. Im Moment sah es aus, als würde Rhiannon Addiena womöglich töten müssen, um den Zauber zu brechen … als hätte sie auch nur die Spur einer Chance dazu. Nicht, solange sie Mensch und ihre Mutter von ihren verdammten Wachen umgeben war.

Ein Teil von ihr hatte die Hoffnung aufgegeben, dass sie je

wieder fähig sein würde, sich in einen Drachen zu verwandeln. Doch diese Sorge verblasste gegen ihre Angst davor, was Bercelak passiert sein konnte.

»Lord Bercelak ist zurück!«, schrie einer der menschlichen Diener aus dem Hof herauf.

Rhiannon stand so schnell auf, dass sie ihren Stuhl umwarf und ihr das Buch vom Schoß fiel, das sie vollkommen vergessen hatte. Sie schob sich an Bercelaks Familie vorbei, die geschlossen auf die Tür des Speisesaals zusteuerte. In seiner Drachengestalt befreite sich Bercelak von seiner Kampfrüstung, die laut scheppernd zu Boden fiel. Er stieg darüber hinweg und verwandelte sich beim Gehen in seine menschliche Gestalt.

Ihre Knie wurden weich, als sie sah, dass er lebte und anscheinend unverletzt war. Doch sie sah seinen Blick. Etwas stimmte nicht, und sie konnte nur raten, was es war.

Der nackte Bercelak nahm auf der Treppe, die zum Saal hinaufführte, zwei Stufen auf einmal. Mit nur einem kurzen Nicken in Richtung seiner Mutter nahm er Rhiannon fest an der Hand und zerrte sie zur Treppe. Sie warf einen Blick zurück auf seine verwirrte Familie und folgte ihm, ohne eine andere Wahl zu haben. Er führte sie die Treppe hinauf und zurück in ihr Zimmer. Dort angekommen, schloss er die Tür hinter ihnen.

Im Zimmer ließ er sie los und schritt zum Fenster. Er stellte sich dorthin, wo sie Nacht um Nacht gestanden und auf seine Rückkehr gewartet hatte. Sie hatte sogar auf einem Stuhl geschlafen, weil sie es nicht über sich brachte, ohne ihn ins Bett zurückzukehren.

Er verschränkte die Hände hinter dem Rücken, die Beine breit gespreizt.

Mehrere Minuten sagte Bercelak nichts, und sie wartete und starrte seinen menschlichen Körper an. Nie zuvor hatte sie seine Muskeln so fest und angespannt gesehen, nicht einmal, wenn er sie vögelte.

Schließlich sagte er: »Du hattest recht. Was deine Mutter angeht. Und anscheinend auch, was meinen Ruf unter den meisten an ihrem Hof angeht.«

Sie sagte immer noch nichts und ließ es ihn auf seine eigene Art sagen.

»Sie will, dass ich dich breche, und dann … da bin ich mir sicher … wird sie mir befehlen, dich zu töten. Um meine Treue zu beweisen. Und«, brachte er mühsam heraus, »sie scheint zu denken, dass ich das tun werde.«

Bercelak räusperte sich, dann sprach er weiter. »Das Erste, was sie mich gefragt hat, war, ob ich dich schon in Besitz genommen habe, und als ich Nein sagte, schien sie erleichtert. Sie weiß, es wäre für jeden Drachen schwer, seine Gefährtin zu töten. Deshalb brachte sie immer neue Entschuldigungen vor, um mich dortzubehalten, damit der Vollmond vorübergeht. Soweit ich den Hofklatsch mitbekommen habe, dachte sie, der Sturz würde dich töten.« Er sah sie über seine Schulter an, und Rhiannon sah die Liebe und den Schmerz in diesen schönen schwarzen Augen. Mit einem sanften Lächeln sagte er: »Sie hat deinen Überlebenswillen unterschätzt, denke ich.«

Er drehte sich um und sah wieder aus dem Fenster. »Sie will, dass ich dich innerhalb von drei Tagen zurück an den Hof bringe. Gebrochen und in Ketten. Ich denke, dann wird sie von mir erwarten, dass ich dich töte.«

Rhiannon ging zu Bercelak hinüber. Sie strich mit den Händen über seine starken Schultern und seinen Rücken und genoss das Gefühl seiner Haut und Muskeln. Sich vorbeugend, küsste sie ihn zwischen den Schulterblättern. Seufzend schlang sie ihm dann die Arme um die Hüften und lehnte sich an ihn.

»Ich werde morgen zurückgehen. Einer deiner Brüder kann …«

Bercelak drehte sich so schnell um, dass sie fast auf den Hintern fiel.

»Du wirst nichts dergleichen tun!« Er packte sie an den Oberarmen und zog sie fest an sich. »Du wirst hier bei meiner Familie bleiben und sonst gar nichts! Ich kümmere mich um deine Mutter.«

»Nein! Sie wird deine Familie vernichten, nur um an mich heranzukommen, und das werde ich nicht zulassen.«

Bercelak hob sie hoch, sodass sie sich auf die Zehenspitzen stellen musste und neigte sich zu ihr vor. »Wer hat gesagt, dass ich dir die Wahl lasse, Prinzessin?«

»Wer sagt, dass du das musst, Nichtswürdiger?«, knurrte sie zurück. »Das ist mein Problem, um das ich mich selbst kümmern muss. Nicht deines. Und definitiv nicht das deiner Familie!«

»Es sei denn, wir beschließen, dass es unser Problem ist.«

Verblüfft durch die plötzliche Anwesenheit eines Dritten, wich das Paar auseinander und sah Ailean an. Der stand in der offenen Tür und lehnte sich lässig in den Rahmen, die Arme vor der massigen Brust verschränkt.

»Keiner von euch beiden wird sich dieser alten Hexe allein stellen.«

»Das ist nicht dein Problem, Vater.«

Bercelak brauchte all seine Selbstbeherrschung, um seine Wut zu zügeln. Sie war von Tag zu Tag gewachsen, vor allem, während er für dieses Miststück von Königin den ahnungslosen Trottel gespielt hatte. Alles, was ihn antrieb, war der Gedanke, zurück zu seiner Rhiannon zu kommen und dafür zu sorgen, dass sie sicher war.

Als sein Vater ihn jetzt ansah und sich benahm, als sei das

alles irgendein sinnloser Zeitvertreib, wusste er nicht, wie lange er noch durchhalten würde, bevor er ausrastete.

»Du bist mein Sohn«, sagte er ruhig. »Das macht es zu meinem Problem.«

»Um genau zu sein«, unterbrach Rhiannon, »ist sie das Problem von keinem von euch beiden. Sie ist mein Problem. Und ich werde mich um sie kümmern.«

»Den Teufel wirst du!«

»Schrei mich nicht an!«

»Du tust, was ich dir sage!«

»Den Teufel werde ich!«

Die Flammenzunge kam so schnell, dass sie fast nicht mehr rechtzeitig ausweichen konnte. Doch Bercelak sprang zurück, die Arme um Rhiannon geschlungen, und die Flamme krachte in die Wand hinter ihnen.

»Was zum Teufel tust du da?«, schrie Bercelak, dessen Selbstbeherrschung jetzt dahin war, seinen Vater an.

»Ich habe langsam die Nase voll von euch, und zwar von euch beiden!«, schrie Ailean zurück, was Bercelak verblüfft schweigen ließ. Sein Vater schrie *nie*. Das musste er gar nicht. Er fand es viel wirkungsvoller, Leute zu verhöhnen als zu schreien. Nur ein Wesen brachte ihn sonst zum Schreien – Bercelaks Mutter.

»Ich sage es euch wirklich ungern, aber das hier hat sehr wenig mit einem von euch beiden zu tun. Natürlich«, er deutete auf Rhiannon, »will sie dich tatsächlich tot sehen. Aber das hätte sie jederzeit erledigen können. Und so sehr, wie ihr Hofstaat sie fürchtet, würde niemand es hinterfragen. Und dich«, jetzt deutete er auf Bercelak, »benutzt sie nicht, um an ihre Tochter heranzukommen. Sie benutzt dich, um an mich heranzukommen. Und idiotisch wie du bist, bist du voll darauf hereingefallen. Ich sage dir schon seit Jahren, dass du mit dieser Schlampe vorsichtig sein sollst, und du weigerst dich, auf mich zu hören. Jetzt hat sie einen Weg gefunden. Und sie weiß, wenn sie dir etwas tut, wenn sie dich vernichtet, vernichtet sie mich. Denn so sehr es mich schmerzt, das zugeben zu müssen, aber du bist *mein* Sohn.«

Ailean holte tief Luft und schloss kurz die Augen. Er ließ sie wieder herausströmen, und sein silberner Blick konzentrierte sich wieder auf Bercelaks Gesicht.

»Sie hat recht. Ob du zu ihr gehst oder ob Rhiannon geht, ob du sie tötest oder nicht, sie werden herkommen und den Rest von uns umbringen. Und ich habe nicht vor, einen meiner Sprösslinge an diese miese Schlampe oder an sonst jemanden zu verlieren. Habe ich mich klar ausgedrückt?«

Rhiannon öffnete den Mund, um etwas zu sagen, doch Bercelak hielt ihn ihr mit einer Hand zu, während er sie mit der anderen festhielt. Er nickte seinem Vater zu. »Aye. Das hast du.«

»Gut. Also, ihr habt noch diese Nacht. Vögelt, bis ihr beide wund seid, aber wenn die zwei Sonnen aufgehen, entscheiden wir, wie wir mit der ganzen Sache umgehen. Gemeinsam. Als Familie. Du hast ein paar der gemeinsten, beängstigendsten, kampfbereitesten Köpfe zu deiner Verfügung, *Junge.* Nutze sie.« Er wandte sich um und ging zur Tür. »Ich lasse etwas zu essen heraufbringen. Wir sehen uns morgen früh.«

Die Tür schloss sich krachend hinter ihm.

Rhiannon zog Bercelaks Hand von ihrem Mund. »Also, das war jetzt … interessant.«

Bercelaks Augen wurden schmal, als er von oben auf Rhiannons Kopf sah.

Rhiannon starrte Bercelak wütend an. »Warum hast du mir das wieder angelegt?«

Bercelak befühlte das Halsband um ihre Kehle, und sie schlug seine Hand weg. Wie konnte er es wagen!

»Ich will nicht, dass du etwas Dummes tust. Ich will nicht morgen früh aufwachen und feststellen, dass du weg bist. Losgezogen, um dich dieser Schlampe zu opfern.«

Sie zog an der Kette, doch sie war so stark wie die Säule, um die Bercelak sie geschlungen hatte. »Das ist doch lächerlich! Mach mich los!«

»Du hast den Befehl meines Vaters gehört. Wir sollen vögeln.« Er schnappte sie um die Taille und warf sie aufs Bett. »Wir sollten ihm besser gehorchen. Du hast gesehen, wie wütend er war.«

»Du Sohn einer ...«

»Ah, ah, ah! Pass auf, was du sagst!« Er nahm sie an den Hüften und drehte sie auf den Bauch. Sie hörte, wie er scharf einatmete, spürte, wie seine Finger sich um ihren Körper schlossen. »Ich denke schon seit Tagen an diesen Hintern.«

Seine flache Hand klatschte auf ihr Hinterteil, und sie erstarrte. Gute Götter! Ein gewöhnlicher Drache hatte ihr soeben auf den Hintern gehauen.

Und es hatte ihr gefallen!

Wie zum Beweis ging Bercelaks breite Handfläche auf ihrer anderen Backe nieder.

Sie trat aus, versuchte, dem Mistkerl ins Gemächt zu treten, doch er hielt ihre Beine mit seinen eigenen auf der Matratze fest.

»Ich kann nicht fassen, dass du versucht hast, mich zu treten! Deinen Herrn und Gebieter!«

»Meinen ... oh, du geistesgestörter Mistkerl!«

Ein weiterer Schlag traf ihren Hintern, und sie kreischte. Sie kreischte wie irgendein schwacher Mensch!

»Sei nett zu mir, Prinzessin!«

»Geh runter von mir!«

»Interessant. Ich höre immer noch nicht das richtige Wort. Ich frage mich, warum?« Seine Hand glitt unter ihren Körper, und sein Zeigefinger schob sich in sie. Sie biss sich auf die Lippen, um nicht zu stöhnen, doch Bercelak lachte trotzdem.

»Na sowas, Prinzessin! Du bist tropfnass!« Zähne knabberten an ihrer Hinterseite. »Dann nehme ich an, du magst es, wenn ich dir auf den Hintern haue.«

»Das tue ich nicht!«

Ein weiterer Schlag prallte von ihren Backen ab, und unwillkürlich stöhnte sie.

»O ja, Rhiannon«, flüsterte er ihr ins Ohr. »Ich liebe es, wenn du so stöhnst.«

»Lass mich los!«

»Noch nicht, Prinzessin. Ich glaube nicht, dass du schon annähernd nass genug bist.« Seine Hand kehrte zwischen ihre Schenkel zurück, und Rhiannon wand sich, als seine Finger mit ihrem Kitzler spielten.

Seine Finger kreisten und kreisten und kreisten. Noch eine Berührung, und sie würde kommen – doch in diesem Moment zog er seine Hand zurück.

»Nein!«

»Oh. Du willst, dass ich aufhöre?«

»Nein!« Sie holte tief Luft. »Ich meine … hör nicht auf.«

»Also gut.« Er schlug ihr wieder auf den Hintern.

»*Au!* Das habe ich nicht gemeint!«

»Das hast nicht du zu entscheiden, Prinzessin. Dein Spaß, genauso wie deine Sicherheit, ist meine Sache. Wenn wir dich erst einmal zur Königin gemacht haben, wirst du größere Sorgen haben. Wie zum Beispiel sicherzustellen, dass das Drachenreich vor Feinden sicher ist. Und du musst die Ältesten unter Kontrolle halten. Du wirst mit den Königen anderer Rassen verhandeln und die vernichten, die es wagen, deine Herrschaft infrage zu stellen.« Er beugte sich zu ihr vor und seine Zunge schnippte an ihr Ohr, während sein Finger sich wieder daranmachte, ihren Kitzler zu liebkosen. »Aber wenn du zu unserem Schlafplatz kommst, wenn du nachts neben mir liegst – dann wirst du mir gehören. Die Sorgen deines Tages werden vor der Tür bleiben, denn du wirst dich mir überlassen, und ich werde dich vor Vergnügen schreien lassen, bis der ganze Berg Devenallt glaubt, ich bringe dich um.

Verstehst du mich, Prinzessin?«

Sie nickte, nicht in der Lage zu sprechen, während sie verzweifelt nach dem Höhepunkt gierte, den er ihr ganz knapp verweigerte.

»Das ist keine klare Antwort, Prinzessin.«

Noch ein Schlag auf ihren Hintern ließ sie ins Kissen schreien: *»Ja! Ich verstehe, verdammt! Ja!«*

Er sagte nichts weiter, während er sie auf den Rücken drehte und sein Gesicht zwischen ihren Schenkeln vergrub. Sobald seine Zunge ihren Kitzler berührte, schrie Rhiannon auf. Ihr ganzer Körper bebte unter der Wucht ihres Orgasmus. Doch Bercelak hörte nicht auf. Er brachte sie wieder und wieder so weit, bis sie sicher war, sie würde vor Vergnügen sterben. Dann war er über ihr, sein hartes, pochendes Glied schob sich in sie.

Er stieß in sie und sorgte dafür – sie wusste, dass es Absicht war –, dass ihr wunder Hintern über die Tierhäute rieb, die ihr Bett bedeckten. Er vögelte sie mit mächtigen, kräftigen Stößen, bis sie vor Lust schluchzte. Dann brüllte Bercelak, als er tief in ihr kam.

»Sohn?«

Bercelak öffnete mühsam die Augen. Seine Mutter stand am Fuß des Bettes und sah viel zu süß aus, um je eine Nacht – ganz zu schweigen von Hunderten von Jahren – im Bett seines Vaters verbracht zu haben.

»Aye?«

»Wir warten unten auf euch beide.« Sie lächelte, als Rhiannon sich neben ihm regte. »Ich glaube, wir haben einen Plan.«

II

Bercelak, in seiner besten Drachenrüstung, führte eine immer noch menschliche Rhiannon vor ihre Mutter, während Königin Addiena sie in selbstgefälligem Schweigen beobachtete. Wie immer waren ihre Drachenwächter in der Nähe und beobachteten das Paar aufmerksam.

Ein Halsband und Fesseln um ihre Handgelenke und Fußknöchel, die durch eine Silberkette verbunden waren, die er fest in seiner Klaue hielt, machten sie fast bewegungsunfähig.

Bercelak verneigte sich tief vor der Königin und widerstand dem Drang, Rhiannon anzusehen. Die Familie hatte entschieden, dass jeglicher Augenkontakt zwischen dem Liebespaar eine schlechte Idee wäre. Sie sagten, die Gefühle des Paares füreinander seien zu deutlich zu sehen, um sie vor Addiena zu verbergen.

»Meine Königin. Ich präsentiere dir Prinzessin Rhiannon.«

»Aaaaah«, seufzte die Königin und sah ihre eigene Tochter kalt an. »Ich wusste, du würdest der Richtige für sie sein, Bercelak. Sieh an, sie hat endlich gelernt, wo ihr Platz ist.«

»Keine Frau kommt in mein Bett, Eure Majestät, ohne zu lernen, dass ich der Herr bin.«

Rhiannons Kopf sank noch tiefer, und er wusste, dass sie ihr Bestes tat, um nicht zu lachen. *Verrücktes Weib*, dachte er mit einem verborgenen Lächeln.

»Gut. Gut.« Sie kam dichter an das Paar heran. »Ich wusste, du würdest mich nie enttäuschen, Feldherr.«

Die Königin schlängelte näher – und es *war* ein »Schlängeln«, wie Bercelak bemerkte –, was dazu führte, dass Rhiannons Körper sich anspannte.

»Wir haben viel zu besprechen, du und ich, Bercelak.«

»Natürlich, meine Königin. Doch zuerst – wie es die Tradition will – habe ich meinen Vater mitgebracht, damit er die … Familie meiner zukünftigen Gefährtin kennenlernt.« Ihr Götter, er hätte fast »Opfer« gesagt.

Bei diesen Worten riss Addiena den Kopf hoch, und ihr Blick fand Ailean augenblicklich. In Menschengestalt trug der ältere Drache einen üppigen blauen Umhang, der ihn von Kopf bis Fuß bedeckte und zu seiner Haarfarbe passte.

Als die alte Hexe ihn erst einmal gesehen hatte, konnte sie den Blick nicht mehr abwenden. Sie war gebannt von ihm, und jetzt ging Bercelak auf, dass sein Vater recht gehabt hatte: All dies hatte wenig mit ihm und Rhiannon zu tun: Es ging nur um die Liebe, die ein Drache für einen anderen empfand.

Er verstand dieses Gefühl. Er empfand es für Rhiannon. Der einzige Unterschied: Rhiannon erwiderte diese Liebe. Ailean liebte nur Bercelaks Mutter, was der Grund dafür war, dass Addiena sie alle hasste.

Rhiannon spähte unter ihren Haaren hervor und sah, wie ihre Mutter um sie herumging und Ailean gegenübertrat.

»Ailean.«

Mit einem leichten Neigen des Kopfes erwiderte er: »Meine Königin.«

»Na, na, Ailean. Ist dieser Titel notwendig zwischen alten Freunden? Ich werde immer Addiena für dich sein, ja?«

Rhiannon konnte nicht anders: Sie verdrehte die Augen, und Bercelak riss kurz an ihrer Kette, um sie daran zu erinnern, dass sie im Moment ganz Zerknirschung und Unterwerfung war. Es war allerdings nicht leicht. Vor allem, weil sie nichts weiter wollte, als ihrer Mutter ins Gesicht zu schlagen.

»Weißt du, Addiena, ich musste diese Gelegenheit ergreifen, um dich wiederzusehen. Es ist so lange her.«

Ihre Mutter schmolz förmlich bei Aileans Worten dahin, und Rhiannon war im Herzen bei ihrem lang verstorbenen Vater. Sie konnte nur hoffen, dass er in der nächsten Welt seine wahre Gefährtin fürs Leben gefunden hatte oder noch finden würde. Denn in dieser Welt hatte er das offensichtlich nicht getan.

»Du hast mir gefehlt, Addiena«, fuhr Ailean fort. Seine Stimme war wie der süßeste Honig. Leise und tief, sodass jeder, der sie hörte, nicht anders konnte, als ans Vögeln zu denken. Ans Vögeln und noch mehr Vögeln. »Ihr Götter, du bist immer noch so schön. Aber …«

»Aber? Aber was?« Und Rhiannon konnte die Verzweiflung in der Stimme ihrer Mutter hören.

»Würdest du dich für mich verwandeln? Würdest du mir noch einmal deine menschliche Gestalt zeigen? Ich habe es immer geliebt, dich als Mensch anzusehen.«

Rhiannon drehte sich nicht um, doch sie spürte die Flammen, die die Verwandlung ihrer Mutter ankündigten. Jetzt war sie genauso menschlich wie Rhiannon, was ihre Tochter erschütterte. Es mochte Jahrhunderte her sein, seit die Schlampe sich das letzte Mal in einen Menschen verwandelt hatte.

Die Wachen, ebenfalls eindeutig besorgt durch diesen plötzlichen Zwischenfall, umringten ihre Königin enger.

»Ich dachte, du würdest mich viel früher besuchen kommen, Ailean.«

»Ich weiß. Aber wenn man fünfzehn Nachkommen großziehen muss, fehlt einem die Zeit. Meine Gefährtin brauchte mich.«

Addiena knurrte, und plötzlich bewegte sich ihre Mutter in Rhiannons Blickfeld. Ihr Götter, die Alte war schön in Menschengestalt! Vielleicht sogar noch schöner als Shalin ... Wie ihre Mutter das gewurmt haben musste!

»Ach ja. Deine *Gefährtin*«, schnaubte sie. »Wie geht es der lieben Shalin?«

»Ihr geht es gut. Sie ist sehr glücklich.«

Addienas Augen verengten sich gefährlich, und Rhiannon wusste, dass sie nicht mehr viel Zeit hatten. »Ach, wirklich?«

»Aye.« Ailean trat vor die Königin. Seine großen Hände liebkosten sanft ihr Gesicht, ihren Hals; und obwohl ihre Mutter sich die größte Mühe gab, ihren wachsenden Zorn am Lodern zu halten, konnte sie offenbar die Gefühle nicht ignorieren, die diese Hände, die sie streichelten, in ihr auslösten.

Rhiannon sah schweigend zu, wie Ailean die Stirn ihrer Mutter küsste, ihre Wangen, ihre Nase, während er langsam vorwärtsging. Verloren in ihren Gefühlen für ihn, achtete Addiena nicht darauf, wohin er sie führte.

»Weißt du, Addiena, Shalin hat es immer bedauert, wie eure Freundschaft zu Ende ging.«

Freundschaft? Was für eine verdammte Freundschaft? Jetzt, wo es gerade interessant wurde!

»Das war ihre Wahl, Ailean. Woher hätte ich wissen sollen, dass sie dich für sich wollte?«

»Das ist nicht mehr wichtig, meine Liebste. Aber sie hat dir ein Geschenk geschickt.«

Während sie ihren Kopf nach hinten beugte, damit Ailean ihren Hals küssen konnte, stöhnte sie: »Geschenk? Was für ein Geschenk?«

Jetzt, wo Ailean die Frau direkt vor sie manövriert hatte, beugte Rhiannon sich vor und flüsterte: »Tja, meine Königin« –, die Kette fest in beiden Händen, schlang Rhiannon das schwere Silber um den Hals ihrer Mutter und riss sie dicht an sich – »dieses Geschenk!«

Die Wachen griffen augenblicklich an, doch Ailean verwandelte sich, und Bercelak und er stellten sich ihnen gemeinsam entgegen.

Flammen stiegen von ihrer Mutter auf, doch sie erloschen sofort wieder.

Mit beinahe demselben Zauber, den Addiena an Rhiannon verwendet hatte, hatte Shalin die Kette getränkt, sodass die Schlampe sich nicht verwandeln konnte.

Ihre Mutter wusste es auch, nach der Heftigkeit und Brutalität zu urteilen, mit der sie sich plötzlich wehrte und nach den Armen und dem Gesicht ihrer Tochter krallte.

Knurrend zog Rhiannon sie von den kämpfenden Drachen fort in eine Ecke. »Komm, Mutter, lass uns das unter vier Augen besprechen.«

Eins musste Bercelak seinem Vater lassen: Der Mann konnte den Drachengöttern ihr Gold abschwatzen, wenn er wollte. Er hatte nicht ernsthaft daran geglaubt, dass sein Vater immer noch dieselbe Wirkung auf die Königin haben würde wie einst. Doch er tat alles, was er versprochen hatte. Er hatte Addiena dazu gebracht, menschliche Gestalt anzunehmen und hatte sie dicht genug an Rhiannon heranmanövriert, dass diese die Kette benutzen konnte, die seine Mutter ihnen erst an diesem Morgen gegeben hatte.

Als seine Mutter sie am Tag zuvor mit der Ankündigung eines Plans geweckt hatte, war Bercelak ein wenig skeptisch gewesen. Wenn man seine Sippe sich selbst überließ – wer wusste schon, mit was für verrücktem Blödsinn sie daherkommen würde. Und als er den Plan hörte, hatte er gedacht: »Siehst du? Eine verrückte Sippe heißt, ein verrückter Plan.« Dennoch hatte es funktioniert. Die Verführungskünste seines Vaters galten immer noch. Den Göttern sei Dank.

Während die Wachen sich auf die drei und die Königin konzentrierten, sahen sie nicht, wie seine Geschwister in den

Thronsaal schlüpften und dabei die Schatten zu ihrem Vorteil nutzten. Kampfbereit rückten sie vor, sobald Rhiannon die Kette um den Hals der Königin geschlungen hatte.

Die Wachen der Königin, manche von ihnen seine eigenen Kameraden, dachten wirklich, sie könnten die Familie von niederer Geburt mit ihrer guten Kampfausbildung schlagen. Bercelak schnaubte bei dem Gedanken, als er einem Drachen den Kopf umdrehte, bis dessen Knochen knackten, während sein Schwanz einen weiteren Drachen, der versuchte, sich von hinten anzuschleichen, unter dem Kinn aufspießte. Wenn man mit Ailean dem Verruchten als Vater aufwuchs, war man für jeden Kampf gewappnet. Er hatte sie alle schon beim Schlüpfen gelehrt, alles und jedes zu bekämpfen, das ihnen im Weg stand. Und obwohl seine Schwestern definitiv ein bisschen netter behandelt wurden als die männlichen Nachkommen seiner Sippe, waren sie sehr viel brutaler, und Bercelak zuckte zusammen, als zwei seiner Schwestern einen Drachen zwischen sich in Stücke rissen.

Er wandte sich um und suchte nach Rhiannon. Er vertraute der Magie seiner Mutter, aber er wusste nicht, wie stark oder schwach ihre Fähigkeiten im Vergleich zu denen der Königin waren.

Schnell entdeckte er seine Gefährtin und deren Mutter in einer Ecke. Rhiannon hielt die alte Hexe immer noch mit der Kette an der Kehle fest, was bedeutete, dass sie sich immer noch nicht verwandeln konnte. Doch fünf Wachen der Königin rückten rasch vor, und Rhiannon konnte sie nicht abwehren oder mit ihrer Mutter in den Armen weglaufen. Abgesehen davon kannte er seine Rhiannon – sie würde niemals weglaufen.

Während Bercelak durch die Halle stürmte, schlug er größere Drachen beiseite, als wären sie Spielzeug. Nichts konnte ihn davon abhalten, Rhiannon zu erreichen.

Er schnappte zwei Wachen am Hals, riss sie zurück und warf sie seinen Brüdern zu, die ihm gefolgt waren. Er machte sich an die anderen beiden heran, doch plötzlich griff ihn ein kleiner Trupp Kampfdrachen an und umringte ihn geschlossen.

Verzweifelt kämpfte er und versuchte, zu Rhiannon zu gelangen. Er sah, wie die Wachen der Königin wieder vorrückten und die grimmige Entschlossenheit in ihrem Gesicht. Dann riss sie die Arme nach rechts, und an Bercelaks Ohren drang das Geräusch von brechenden Knochen. Als die Drachen sich ihr näherten, stieß Rhiannon plötzlich einen Seufzer aus. Einen kurzen Augenblick dachte er, einer von ihnen hätte sie mit seiner Schwanzspitze durchbohrt. Doch Flammen, gleißend weiße Flammen wirbelten um sie herum, und dann war Rhiannon Rhiannon die Weiße Drachenhexe. Die mächtigste Drachenhexe im Land. Und jetzt … Königin Rhiannon.

Als sich ihre Macht voll entfaltete und sie ihre Drachenform wiederhatte, hob sie den Kopf und spuckte mit einem mächtigen Brüllen eine Flammensäule, die die felsige Decke über ihr verkohlte.

Alle hörten auf zu kämpfen, und aller Augen ruhten auf ihr.

Sie trat mit ihrer Vorderklaue aus, und der schlaffe Körper ihrer Mutter flog mit gebrochenem Genick über den Saalboden und krachte gegen die gegenüberliegende Wand.

Bercelaks Glied regte sich, als Rhiannons blaue Augen ihren Hofstaat anblickten.

Rhiannon hatte sich nie zuvor so stark, so lebendig gefühlt. Macht – Macht der Götter – floss jetzt durch ihre Adern. Selbst ihre Drachengestalt war größer. All diese Jahre hatte sie gedacht, sie sei einfach winzig, ein Kümmerling. Nein.

Ihre Mutter hatte sie eindeutig kleingehalten – doch das war jetzt vorbei.

Sie starrte die Drachen ihres Hofes an. Sie war jetzt Königin. Jetzt war es an ihr zu herrschen.

Doch zuerst …

Mit einem kurzen Zauber entfesselte sie ein Feuerband, getränkt mit mächtiger alter Magie. Wie eine Schlange glitt es durch den Saal, mied Bercelak und seine ganze Familie, bis es jeden Einzelnen der Wachen der alten Königin erreicht hatte. Mit blitzartiger Präzision machte es sich über sie her und ließ nichts zurück als ein Häufchen Asche und ein paar verbrannte Schuppen.

Die anderen, diejenigen, deren Loyalität dem Thron galt und weniger Addiena selbst, sahen schreckerstarrt zu und erwarteten höchstwahrscheinlich, als Nächste dran zu sein. Doch sie hatte nicht vor, die zu töten, die dem Thron treu waren. Sie sollten nur daran denken, wem der Thron jetzt gehörte.

»Meine Mutter ist tot«, wandte sie sich an die Überlebenden. »Ich bin eure Königin. Verneigt euch jetzt vor mir und zeigt mir eure unsterbliche Loyalität oder verlasst den Berg Devenallt und die Dunklen Ebenen für immer und hofft, dass ich euch in diesem Leben nicht mehr wiedersehen werde.«

Sie dachte, es würde ein paar Momente des Abwartens geben, während die Leute sich entschieden. Doch so war es nicht. Alle zusammen verneigten sie sich vor ihr.

Alle bis auf einen.

Bercelak stand hoch aufgerichtet da und starrte sie an, ohne sich die Mühe zu machen, sein Lächeln zu verbergen. Sie bedeutete ihm, sich hinzuknien und versuchte dabei ihr Bestes, angemessen hochmütig dreinzublicken. Er grinste zurück. Also erlaubte sie sich, ihm die Zunge herauszustrecken, während die Köpfe aller Anwesenden demütig gesenkt waren.

Er lachte laut und lange und erschreckte damit alle anderen – sogar seine Familie – fast zu Tode.

Bercelak ging mit seinem Vater, jetzt in Drachengestalt, hinunter zum Zugang des Berges Devenallt. »Bist du sicher, dass du nicht eine Weile bleiben willst?«

»Nein, Junge. Deine Mutter wartet.« Er grinste. »Und ich lasse sie nicht gern warten – zumindest nicht lange.«

Kopfschüttelnd erwiderte Bercelak das Grinsen seines Vaters. »Die Götter mögen verhüten, dass du eine Frau warten lässt!«

»Nur eine Frau. Genau wie du.« Sein Vater warf einen Blick zurück in die Höhle, wie um sich zu versichern, dass sie wirklich allein waren. »Auch wenn ich nicht zu lange warten würde, Junge. Sie ist immer noch nicht in Besitz genommen, und es gab da drin einige, die sie mit gierigen Augen angesehen haben.«

»Sie ist schön, das überrascht mich also nicht. Aber ich werde sie nicht aufgeben.«

»Daran zweifle ich nicht. Man kann dein Verlangen förmlich sehen, wenn sie in der Nähe ist.«

»Das stimmt. Aber trotzdem will es die Tradition, dass ich bis zum nächsten Vollmond warte.«

»Sei nicht dumm, Junge. Sie ist Königin. Ihr beide *schafft* Traditionen. Also tu, was du willst, ja?«

Bercelak nickte zustimmend, dann holte er tief Luft und sagte: »Danke, Vater. Für all deine Hilfe heute.«

Sein Vater wedelte die Worte mit einer Klauenbewegung beiseite. »Du bist mein Sohn, Bercelak. Dank ist nicht nötig.«

»Na gut, dann sage ich es so: Ich verabscheue dich nicht mehr.«

Lachend hieb sein Vater seinem Sohn eine Klaue auf den Rücken. Jeder andere wäre mit gebrochenem Rückgrat vom Berg gepurzelt, doch Bercelak blieb aufrecht wie immer. Wenn auch nur, weil er nicht das spöttische Gelächter seines Vaters hören wollte, das ihm nach unten folgte. »Na, das ist ja mal eine gute Nachricht! Zumindest deine Mutter wird sehr glücklich sein.«

»Aber du …«

»Das interessiert mich nicht im Geringsten. Ich will nur, dass meine Kinder stark genug sind, um in diesen Zeiten zu überleben.« Der alte Drache grinste, und Bercelak sah Reihen um Reihen von Reißzähnen, die bei seiner Art immer weiterwuchsen, während sie älter wurden. »Und da du jetzt der Gemahl der Königin bist, würde ich sagen, ich habe meine Sache gut gemacht, oder etwa nicht?«

Bercelak nickte. »Aye. Das hast du.«

»Dann, mein starker Sohn … nimmst du dein tödliches Weib am besten in Besitz, oder du verlierst sie für immer.«

Mit diesen Worten stieg Ailean der Verruchte in die Lüfte und machte sich auf den Rückweg zu Bercelaks Mutter, Shalin – der Bändigerin von Ailean dem Verruchten.

Bercelak drehte sich um und ging zurück in den Thronsaal der Königin. Wenn er an anderen Drachen vorbeikam, grüßten sie ihn, doch keiner forderte ihn heraus. Stattdessen hielten sie den Blick abgewandt. Bis auf ein paar Frauen, die ihr Verlangen offen zeigten. Offensichtlich hatte die Tatsache, dass er Rhiannon noch nicht in Besitz genommen hatte, auch ihr Interesse geweckt.

Viele seiner Brüder und Schwestern warteten in der Halle auf ihn. Sie würden bleiben, bis Rhiannons Herrschaft gesichert war.

Die besten Kämpfer seiner Sippe, einschließlich Ghleanna,

waren losgegangen, um Rhiannons Geschwistern die Stirn zu bieten. Sie würden nicht warten, bis diese herkamen.

»Alles in Ordnung?«, fragte er seine verbliebenen Geschwister.

Sie nickten alle, doch Addolgar deutete die vielen Stufen hinauf, die zu dem Raum führten, der jetzt Rhiannons Schlafgemach sein würde ... *sein* Schlafgemach.

»Sie ist raufgegangen. Es ist einiges los, viele Diener sind unterwegs, seit sie raufgegangen ist.«

Bercelak nickte und blickte die lange Treppenflucht hinauf. Seltsam, er fühlte sich plötzlich ein bisschen ... nun ja: nervös. Ein Feldherr, der dem Tod viele, viele Male begegnet war, ließ sich nervös machen von einem einzelnen weißen Drachen?

Andererseits ... was, wenn sie ihre Meinung geändert hatte? Natürlich waren sie bereits ein Paar, aber sie *konnte* – theoretisch – mit den Ältesten verhandeln. Der Gedanke, dass sie ihre Meinung geändert haben könnte, ließ ihm das Blut in den Adern gefrieren. Er durfte sie jetzt nicht verlieren.

Natürlich gab es nur einen Weg, herauszufinden, was sie dachte. Und das war die direkte Konfrontation mit ihr, so, wie es sein Vater ihn bei jeder Herausforderung gelehrt hatte.

»Machst du dir Sorgen, dass sie es sich anders überlegt haben könnte?«, wollte Addolgar wissen.

»Das ist kein unvernünftiger Gedanke.«

»Aye. Vielleicht. Aber das wirst du nie erfahren, bis du ...«

»Ich weiß. Bis ich mich ihr stelle.«

»Das Schlimmste, was sie tun kann, Bruder, ist, dich in Asche zu verwandeln.«

Bercelak sah seinen Bruder an, doch der lächelte nur.

»Blödmann.«

Mit diesem letzten Wort machte sich Bercelak auf den Weg die Treppe hinauf zu seiner Zukunft.

12

Bercelak betrat das Schlafgemach der Königin, nur um es leer vorzufinden. Vollkommen leer. Was ihm seltsam vorkam. Er hatte sich vorgestellt, Addiena besäße zumindest einen Schatz, um darauf zu liegen.

Er persönlich fand es eher unbequem, auf Gold und Juwelen zu liegen.

»Ah, Mylord ... die Königin hat die Zimmer getauscht.«

Bercelak wandte sich nach dem Sprecher um, doch er sah niemanden.

»Hier unten, Mylord.«

Er senkte den Blick, und seine Augen weiteten sich überrascht. Das war kein Drache in Menschengestalt, sondern ein Mensch ... in gewisser Weise. Eigentlich war es ein Zentaur. Ein weiblicher. Ziemlich hübsch – auch wenn sie nach Pferd roch. Was ihn ein klein wenig hungrig machte.

»Und du bist ...?«

»Ich bin die Kammerfrau der Königin, Mylord.«

»Ich habe dich nie vorher gesehen.«

»Ich bleibe oft im Hintergrund ... wie du dir vorstellen kannst, Mylord.« Sie warf einen Blick auf ihr Hinterteil, das ... nun ... ein *Pferde*hinterteil war. »Es ist so sehr viel sicherer für mich.«

Mit einem wissenden Lächeln nickte Bercelak. »Ich verstehe.«

»Bitte, Mylord. Folge mir. Sie wartet auf dich.«

»Ist sie bewaffnet?«

Der Zentaur legte den Kopf schief. »Wie bitte?«

»Ach, nichts.« Er machte ihr ein Zeichen. »Geh voraus. Ich folge dir.«

Sie tat es, und er bewunderte die Schönheit von Rhiannons Dienerin. Ihr Haar und ihr Fell waren von einem dunklen Braun, doch ihre Augen waren verblüffend blau. Ihr langes Haar bedeckte ihre Brust, deshalb trug sie nichts als ihre Haut und ihr Fell. Es war ihm ein Rätsel, wie er sie nie vorher hatte bemerken können. Doch Zentauren besaßen starke Magie, vielleicht konnte sie sich also vor den scharfen Sinnen der Drachen schützen.

Sie blieb vor einem kleineren, aber immer noch riesigen Zimmer stehen. »Sie ist da drin, Mylord.«

»Danke.«

Mit einem kleinen Lächeln sagte der Zentaur: »Ich werde dafür sorgen, dass euch bis mindestens morgen früh niemand stört.«

Bercelak lachte leise und sagte noch einmal mit großer Aufrichtigkeit: »Danke.«

Dann war sie fort. Einfach so. Bercelak sah sich um, doch er konnte sie nirgends entdecken.

Interessant, aber nicht wirklich von Belang. Abgesehen davon hatte er im Moment größere Sorgen.

Mit einem tiefen Atemzug betrat Bercelak das neue Schlafgemach der Königin.

»Rhiannon?«

Er konnte sie nirgends entdecken. Doch was er sah, war das riesige Bett, das sie in einer Ecke hatte aufstellen lassen. Das brachte ihn zum Lächeln. Es schien, als hätte die Prinzessin die Vorteile eines menschlichen Körpers entdeckt.

Zum Spaß nahm er seine Menschengestalt an und ging zum Bett hinüber. »Rhiannon? Wo bist du?«

Er erreichte das Bett und sah auf die Tierhäute hinab, die es bedeckten. Er spürte, wie sein Ding hart wurde beim Gedanken daran, was er mit seiner Prinzessin in diesem Bett vorhatte. Was er Hunderte von Jahren mit ihr tun würde, wenn alles lief wie geplant.

»Rhiannon?«, rief er noch einmal.

Plötzlich warf sie sich gegen seinen Rücken, die Arme um seinen Hals geschlungen, die Beine um seine Hüfte. Sie war in Menschengestalt und herrlich nackt.

»Ha!«

Er brauchte einen Moment, dann wurde ihm klar, dass Rhiannon ihn ... nun ... *angriff*!

Grunzend hielt sie seinen Hals fest umschlossen und versuchte tatsächlich, ihn auf den Rücken zu werfen.

»Was in drei Teufels Namen tust du da?« Er war nicht wütend. Nur sehr überrascht.

»Was?«, keuchte sie, während sie ihr Bestes tat, ihn zu Boden zu werfen. »Du dachtest, diese Inbesitznahme würde einfach werden? Du wirst schon um mich kämpfen müssen!«

Die Tatsache, dass sie es nicht schaffte, ihn vom Fleck zu bekommen oder ihn auch nur zu verbiegen, schien sie zu ärgern, denn sie knurrte neben seinem Ohr. Doch dieses Geräusch ließ seine Männlichkeit nur noch härter im Takt mit seinem Herz und seiner Lust pulsieren.

Die Arme über der Brust verschränkt und die Beine gespreizt, gab er zurück: »Habe ich nicht eben für dich gekämpft?«

»Nein. Du hast für deine Königin gekämpft, die zufällig ebenfalls ich bin. Aber um Rhiannon die Drachenfrau in Besitz zu nehmen – wirst du gegen *mich* kämpfen müssen.«

»Ach wirklich?«

»Tja, du hast doch wohl nicht gedacht, ich würde mich einfach so auf den Rücken legen, oder?«

»Eigentlich hatte ich auf irgendwas auf allen Vieren gehofft.«

»Du wirst schon mehr tun müssen als hoffen, Nichtswürdiger.«

»Bist du sicher?«

»Natürlich bin ich sicher!«, sagte sie mit ihrer üblichen Portion Arroganz.

Lächelnd griff Bercelak mit einem Arm nach hinten, streckte den Unterarm über sie hinweg und griff mit seinen Fingern fest unter ihre Achsel. Dann warf er sie über seine Schulter und knallte sie aufs Bett.

»Gewonnen!« jubelte er.

Mistkerl!

Sie hätte viel raffinierter sein müssen. Sie hatte die Geschichten vergessen, die seine Geschwister ihr von Aileans Erziehungsmethoden für seine Sprösslinge erzählt hatten. Als sie sich gegen seinen Rücken warf, rührte sich der große Ochse keinen Zentimeter, obwohl sie wusste, dass er sie nicht kommen hören hatte. Sie hätte genauso gut eine Fee oder ein Staubkorn sein können, denn mehr Wirkung hatte sie nicht auf ihn.

Götter, sie liebte ihn.

Sie sah hinauf in sein lächelndes Gesicht. Ihr war der Atem weggeblieben, so hart hatte er sie aufs Bett geworfen, doch sie konnte nur sich selbst dafür verantwortlich machen.

Er kam näher, doch seine großen Füße stießen an etwas unter dem Bett, und er warf einen Blick darunter, nur um sie mit einem breiten Grinsen wieder anzusehen. Das tat er in letzter Zeit oft, und sie liebte es.

»Ich nehme an, meine Schwestern haben dir geholfen, dein Zimmer einzurichten, was, Rhiannon?«

Er griff unters Bett, und als er sich wieder aufrichtete, hielt er diese verfluchten Ketten in der Hand. »Ich bin begeistert, dass meine Familie so für mich sorgt.«

»Verdammt!« Sie versuchte, von ihm fortzukriechen, doch so stark er war, so unglaublich schnell war er auch. Er fing sie ein und knallte sie wieder aufs Bett.

»O nein, nein, mein Liebling. Du wolltest, dass ich dich in Besitz nehme, wie es sich gehört. Dann will ich dich auch in Besitz nehmen. So, dass *jeder* es weiß.«

Götter, was hatte *das* zu bedeuten?

Das Halsband schnappte um ihre Kehle zu, und sie knurrte protestierend.

»Beschwer dich nicht. Du weißt, dass du es liebst.«

Das stimmte, doch das würde sie nicht zugeben.

Als das Halsband und die Kette, die fest in Bercelaks Hand lag, sicher angebracht waren, zog er sie auf dem Bett nach oben, bis ihr Kopf fast das Kopfende berührte. Dann schloss der Mistkerl Handschellen um ihre Handgelenke und kettete ihre Arme an den Bettpfosten.

Und seine Schwestern hatten diese verfluchten Bettpfosten vorgeschlagen! *Später muss ich mich bei ihnen dafür bedanken*, dachte sie glücklich.

Sie konnte sich zwar inzwischen endlich wieder jederzeit in einen Drachen zurückverwandeln, doch andererseits: er auch. Abgesehen davon, wo blieb der Spaß dabei? Bercelak stand auf und sah sie an, wie sie dort mit gefesselten Armen lag.

Götter, die Hitze in seinem Blick machte sie feucht und gierig. Wie immer. Niemand hatte sie je so angesehen. Natürlich hatte sie auch vorher schon Lust gesehen, doch nie war diese so von Liebe durchdrungen gewesen.

Er sah ihre Beine an. »Hmmm. Ich würde mich wirklich ungern von dir treten lassen«, murmelte er vor sich hin.

»Wage es bloß nicht!«

Was natürlich bedeutete, dass er es sehr wohl wagen würde.

Bercelaks große Finger glitten an ihrem Körper entlang, als er langsam zum Fuß des Bettes ging. Er hielt kurz an, um sanft einen ihrer Nippel zwischen Daumen und Zeigefinger zu nehmen und zuzudrücken. Sie unterdrückte ihr Stöhnen gerade noch rechtzeitig, doch er sah ihre Anstrengung und grinste.

Dann bewegte er sich weiter. Als er das Ende des Bettes erreicht hatte, befestigte er eine Kette an dem hohen Bettpfosten, nahm ihren Fuß und schnallte ihn fest.

Er ging zur anderen Seite und sah sie die ganze Zeit dabei an.

»Götter, Rhiannon, du bist so schön! Ob als Drache oder als Mensch – du bist schön.«

Ähnliche Worte hatte sie in der Vergangenheit auch andere Männer sagen hören, doch nie mit solcher Leidenschaft. Und weil Bercelak nur sie wollte und nicht ihre Krone, bedeuteten diese Worte so viel mehr als alles, was je zu ihr gesagt worden war.

Als auch ihr anderer Fuß am Bettpfosten festgekettet war, lag sie ausgebreitet und offen für sein Vergnügen da. Sie konnte es nicht erwarten.

Statt sie zu nehmen, sah er sie jedoch lange an, und schließlich konnte sie das Schweigen nicht länger ertragen.

»Was? Was starrst du an?«

»Ich überlege, was ich mit dir machen werde. Ich will, dass alle wissen, dass du zu mir gehörst, Rhiannon. Jeder. Sag es mir jetzt, wenn du das nicht auch willst.«

Oooh. Das würde wehtun. Doch es würde ein kurzer Schmerz sein, und sie wollte, dass alle wussten, dass sie ihm gehörte. Sie wollte, dass Drachen von nah und fern wussten, dass sie auch nur anzusehen bedeutete, den Zorn ihres Gefährten zu riskieren.

»Keine Worte mehr, Nichtswürdiger. Verschwende keine Zeit. Tu einfach, was du vorhast, oder lass mich gehen.«

Er nickte einmal kurz, dann war er auf dem Bett, sein Mund über ihrem menschlichen Fuß. Direkt neben diesem merkwürdig geformten großen Zeh. Bercelaks erfahrene

Zunge glitt über ihren Zeh und die Oberseite ihres Fußes entlang. Und wo seine Zunge sie berührte, folgte ihr ein brutaler Schmerz, weil er sie dabei verbrannte. Die meisten Drachengefährten markierten eine Schulter oder ein Handgelenk. Manche eine Brust, oder, die mit Sinn für Humor, den Hintern. Doch Bercelak war der Sohn seines Vaters, und wenn er eine Frau nahm, wollte er, dass jeder wusste, dass er sie in Besitz genommen hatte. Familie und Fremde. Freund und Feind. Sie würden es alle wissen.

Sie biss sich auf die Lippen, um die Schmerzensschreie zu unterdrücken, die sie herausbrüllen wollte, als Bercelaks Zunge sich ihren Weg über ihren entblößten Körper suchte. Und wo seine Zunge nicht hinkam, entfesselte er eine magiegetränkte Flamme, die die Aufgabe für ihn übernahm. Doch obwohl der Schmerz schlimmer und schlimmer wurde, stieg mit ihm auch das Gefühl, das stetig ihr Rückgrat entlang und zwischen ihre Schenkel kroch.

Während sie darum kämpfte, die Schmerzensschreie zu unterdrücken, kämpfte sie genauso gegen ihre Lustschreie an. Als seine Zunge über ihren Bauch glitt, wölbte sie sich ihm entgegen und schrie ihren Höhepunkt heraus. Doch er hörte nicht auf. Nicht ihr Bercelak. Er machte weiter; seine Zunge bewegte sich ihren Körper nach oben, über ihre Rippen, um eine Brust herum und über einen Nippel. In diesem Moment überspülte sie ein zweiter Orgasmus. Trotzdem war er nicht fertig. Seine Zunge glitt über ihr Dekolleté und das Schlüsselbein, dann über ihren Hals und hielt schließlich inne, als sie über ihren Kiefer strich.

Einen Augenblick dachte sie, er würde die Zunge über ihr Gesicht ziehen, doch er wollte ihr nicht noch mehr Narben zufügen als sie sowieso schon hatte.

»Tut es weh?«, flüsterte er ihr ins Ohr.

»Aye.«

»Macht es dir etwas aus?«

»Nay.«

»Willst du, dass ich dich jetzt nehme, Prinzessin?«

Es hätte sie beleidigen sollen, dass er sie immer noch bei diesem Titel nannte, doch sie wollte, dass er sie so nannte, bis sie alt und grau waren. Sie wollte für immer seine Prinzessin sein, denn sie hatte Tausende, die sie als ihre Königin sehen würden.

»Mach weiter, Nichtswürdiger!«, befahl sie.

Und sie sah ihren Bercelak lächeln, bevor sein Mund sich heftig auf ihren legte. Er küsste sie brutal, nahm ihr den Atem und die Fähigkeit zu denken. Dann war er auf ihr. Haut an Haut. Sie schrie auf vor Schmerz, als sein Körper über ihre frischen Brandwunden rieb, doch der Laut wurde in seinem Mund erstickt. Dann war er in ihr, und sie kam sofort, bevor er den ersten Stoß beendet hatte.

Er stieß in sie, zwang sein hartes Glied wieder und wieder in ihren Körper, während Worte aus seinem Mund purzelten, und sie brauchte eine Weile, bis sie verstand, was er da immer wieder in ihr Ohr sagte.

»Ich liebe dich, Rhiannon. Ich werde dich immer lieben. Ich werde dich immer lieben.«

Bercelak kam mit einem Aufbrüllen und ergoss sich in ihren heißen, engen Körper, während auch sie noch einmal kam, diesmal seinen Namen schreiend.

Bercelak brach über ihr zusammen, schlang seine Arme um Rhiannon und hielt sie fest. Sie war jetzt die Seine, und jeder Drache würde es wissen.

Sie schnappte neben ihm nach Luft, und ihm wurde bewusst, dass er nicht so auf ihr liegen bleiben konnte. Als Drachen waren sie jetzt fast gleich groß. Doch als Mensch war sie immer noch kleiner als er – wenn auch größer als die meisten Männer.

Sich auf seine Arme stützend, schob er sich von ihr hoch, rollte sich herum und legte sich neben sie, den Kopf in die Beuge ihres immer noch gefesselten Armes gelegt.

»Ich liebe dich, Rhiannon«, flüsterte er, als könnten andere es hören.

Sie flüsterte zurück: »Ich liebe dich, Bercelak.« Er hatte so lange darauf gewartet, das zu hören … und es fühlte sich sogar noch besser an als er es sich vorgestellt hatte.

Er hob die Hand und band sie los. Er sah zu ihren Füßen hinab, als vorübergehende Erschöpfung ihn erfasste. »Meinst du, du kannst dich um die da kümmern?«

»Aye.«

Ihre Hand wedelte müde durch die Luft, und die Schellen öffneten sich und fielen von ihren Füßen ab.

»Weißt du, Liebling, deine neuen Fähigkeiten könnten unserem beiderseitigen Spaß am Fesseln in die Quere kommen.«

Sie lächelte, und ihr weißes Haar klebte ihr an der schweißbedeckten Stirn. »Nur, wenn wir es zulassen.«

Er grinste und drehte sich auf den Bauch. »Also gut, Prinzessin. Du bist dran.«

Sie sah ihn verwirrt an. »Womit bin ich dran?«

»Mich in Besitz zu nehmen. Es wäre allerdings nett, wenn du das Gesicht auslassen würdest. Ich glaube, da habe ich genug Narben, oder was meinst du?«

Sie sah ihn überrascht an. Es war nicht so, dass Frauen ihre Gefährten nicht markierten, doch es geschah selten am Anfang. Die meisten Männer mussten ihre Dominanz zeigen und taten es mit der Inbesitznahme. Jahre später, wenn alles zur Ruhe gekommen war, wurden sie dann von ihren Frauen markiert.

»Bist … bist du sicher?« Sie schien den erschrockenen Ausdruck nicht aus ihrem Gesicht verbannen zu können. Das brachte ihn zum Lächeln. Normalerweise verbarg sie ihre Überraschung sehr gut.

»Ob ich sicher bin, dass ich will, dass alle wissen, dass ich dir gehöre wie du mir gehörst? O ja, Liebling. Ich bin mir sehr sicher. Und jetzt«, er machte es sich bequem und legte den Kopf auf seine verschränkten Arme, »was hast du noch mal zu mir gesagt? Ach ja: Keine Worte mehr, Prinzessin. Verschwende keine Zeit. Tu einfach, was du vorhast, oder lass mich gehen.«

Bevor er noch ein weiteres Wort sagen konnte, setzte sich Rhiannon rittlings auf seinen Hintern, und er *wusste* einfach, dass es wehtun würde.

»Mylord.«

Bercelak öffnete mühsam die Augen und sah den Zentaur neben sich stehen. Sie beugte sich vor und flüsterte: »Es tut mir leid, dich zu wecken, Mylord. Aber deine Familie möchte dich sprechen.«

Er sah sich um, den Blick immer noch unscharf. »Ist es Morgen?«

Der Zentaur lächelte; wahrscheinlich erinnerte sie sich an ihr Versprechen vom Vorabend. »Ja, Mylord. *Später* Morgen.«

»Sag ihnen, ich bin gleich da.«

Ohne ein weiteres Wort verneigte sie sich und ging.

Rhiannon, immer noch in Menschengestalt, wie er auch, hatte sich eng an ihn geschmiegt, den Kopf fast in seiner Armbeuge vergraben. Sie schlief tief und fest und sah wunderschön dabei aus.

Er lächelte, als er sich an ihre Inbesitznahme in der Nacht zuvor erinnerte. Bei all dem Schreien und Brüllen und Knurren musste der halbe Hof geglaubt haben, sie würden einander umbringen. Er küsste sie auf die Stirn und erhob sich mühsam aus dem Bett.

Ohne auch nur darüber nachzudenken, ging er als Mensch in den Thronsaal. Er hatte fest vor, schnell wieder ins Bett zu kommen und Rhiannon zu genießen – *seine* Rhiannon –, und zwar noch vor dem Frühstück. Dann würde er den Rest des Tages und des Abends damit verbringen, sie als Drache zu nehmen.

Mehrere seiner Brüder und Ghleanna, all diejenigen, die gegangen waren, um Rhiannons Sippe aufzustöbern, warteten auf ihn.

Einer seiner jüngeren Brüder pfiff. »Götter, Bercelak. Was hat diese Frau mit dir gemacht?«

»Was ist denn?«, bellte er, breitbeinig und die Arme vor der Brust verschränkt. Er war nicht in der Stimmung für die Mätzchen seiner Geschwister, wenn die Frau seiner Träume in ihrem Schlafgemach auf ihn wartete.

Ghleanna antwortete: »Bis wir dort ankamen, waren ihre drei Brüder und ihre Schlange von Schwester schon lange fort. Man sagt, zwei ihrer Brüder seien in die Nordlande aufgebrochen.«

»Nordlande?«, spottete er. »Die Blitzdrachen werden sie bei lebendigem Leib fressen. Was noch?«

»Die Schwester und der andere Bruder sind ins Wüstenland von Alsandair gegangen. Die Drachen dort werden ihnen vielleicht helfen.«

Addolgar trat vor. »Es ist nicht sicher, dass die Blitzdrachen ihnen nicht auch helfen werden. Sie mögen Barbaren sein, aber sie sind gierig. Sie hätten nur zu gern dieses Gebiet hier.«

»Und sie werden es niemals bekommen.«

Beim Klang von Rhiannons Stimme drehten sich alle außer Bercelak um. Wenn andere anwesend waren, wandte er sich niemals von denen ab, die ihr schaden konnten. Jetzt, wo sie Königin war, war Rhiannon in größerer Gefahr als zuvor, auch wenn ihre Mutter tot war. Also warf er nur einen kurzen Blick über die Schulter. Sie stand als Mensch vor ihnen, vollkommen nackt; die Brandmale ihrer Inbesitznahme zeichneten sich pechschwarz auf ihrer Haut ab, und sie trug immer noch das Halsband und die Kette.

Bercelak hatte sie nie mehr geliebt.

»Götter, Bercelak!«, rief seine Schwester aus. »Was zum Teufel hast du getan?«

Er wusste, was sie meinte. Er hatte einen Drachen über die gesamte Länge von Rhiannons Körper eingebrannt; der Schwanz begann an der äußersten Spitze ihres Fußes und zog sich ein Bein hinauf, über ihren Bauch und den Brustkorb, quer über ihre Brust und das Schlüsselbein bis hinauf zu ihrem Hals und endete an ihrem rechten Kieferknochen.

Doch obwohl er wusste, was seine Schwester meinte, antwortete er ihr nicht. Ihre Inbesitznahme war ihre Inbesitznahme, und niemand, auch nicht seine neugierige Sippe, hatte irgendetwas dazu zu sagen.

Er sprach mit Rhiannon, ohne sich umzudrehen: »Was sollen wir tun? Folgen wir ihnen?«

»Nein. Ich schicke keine Truppen aus, um vier Drachen zurückzuholen«, stellte sie selbstbewusst fest. »Aber das heißt nicht, dass wir nicht auf sie vorbereitet sein werden. Wenn sie hierher zurückkommen, mit oder ohne Drachen aus anderen Regionen, werden wir ihnen die Schuppen vom Leib und sie selbst in Stücke reißen.«

Bercelak unterdrückte ein Lächeln, als der ganze Saal bei Rhiannons beiläufig fallen gelassenen Worten still wurde. Er wusste, dass sie es ernst meinte, doch es war die Kälte in ihrer Stimme, die die anderen erschreckte. Ihn erschreckte sie allerdings nicht. Er wusste, sie würde eine wunderbare Königin abgeben. Da hatte er keinerlei Zweifel.

»Wir haben zuerst hier ein paar Dinge zu regeln«, fuhr sie fort. »Meine Geschwister können warten, bis sie etwas Dummes tun.«

Sie schwieg, und er spürte, wie sich ihr Blick in seinen Rücken bohrte und ihr eigenes Brandmal musterte. Ein Drache war in seine menschliche Haut gebrannt und bedeckte seinen gesamten Rücken und zu seiner Belustigung auch seinen Hintern. Sein Körper spannte sich, während sein Ding hart wurde beim Gedanken, dass seine Frau ihn genauso sehr wollte wie er sie. Und er machte sich nicht die Mühe, seine Reaktion zu verbergen. Sollten sie es doch sehen. Sollten sie es doch alle sehen.

»Mein Bett wird kalt, Gefährte«, murmelte sie hinter ihm. »Lass mich nicht warten.«

Damit drehte sie sich um und ging zurück in ihr Schlafgemach. Ihre Kette zog sie hinter sich her.

Bercelak konzentrierte sich auf seine Familie. »Wir lassen sie für den Moment in Ruhe, wie sie sagte, aber wir werden vorbereitet sein, falls sie zurückkehren.«

Seine Brüder nickten, genauso seine Schwester. Sie waren jetzt alle Teil von Rhiannons Hofstaat. Nicht länger die Familie von niedriger Herkunft, sondern Mitglieder des Königshauses.

Mit einem Nicken drehte er sich um und ging wieder die Treppe hinauf. Er hörte einen der anderen Drachen, keinen von seinen Geschwistern, einem Kameraden neben sich zumurmeln, die Stimme voller Missbilligung: »Sie hat ihn schon gebrandmarkt. Sieh dir seinen Rücken an.« Der Drache schnaubte. »Tja, wir werden sehen, wer in dieser Familie die Hosen anhat.«

Bercelak ging weiter, auch als er spürte, wie seine Geschwister lautlos von dem zurücktraten, der gesprochen hatte. Als er einen der Waffenständer am Rand des Saals erreichte, schnappte er sich einen langen Spieß, drehte sich um und schleuderte ihn zielsicher.

Der Spieß fuhr durch den Hals des Drachen, riss ihn zurück und spießte ihn an der Marmorwand hinter ihm auf.

Bercelak wandte sich dem Rest des Hofstaats zu, der ihn angsterfüllt ansah. Alle bis auf seine Familie. Sie sahen auf ihre Füße hinab oder an die Decke. Denn sie wussten, wenn sie einander ansahen, würden sie in Lachen ausbrechen. Was definitiv ihre furchterregende Wirkung zerstört hätte, um die sie im Moment alle rangen.

Er lächelte, was den Hofstaat sogar noch mehr zu erschrecken schien. »Ich habe ihn nicht verstanden. Was hat er gesagt?«

Keiner antwortete. Keiner wagte es.

»Das dachte ich mir.«

Damit grinste er jene an, die zu schwach waren, ihn herauszufordern, ging zurück in sein Schlafgemach und brachte seine Gefährtin den Rest des Morgens und bis weit in den Nachmittag hinein dazu, seinen Namen zu schreien …

Epilog

195 Jahre später …

Knurrend marschierte Rhiannon zurück zur Höhle der Familie. In Devenallt stand ihr Thron, doch hier in dieser Höhle zog sie ihre Jungen groß. Und was für verzogene, verwöhnte kleine Jungen das waren!

Ohne nachzudenken, stürmte sie an ihrem Gefährten vorbei, der zusammen mit seiner Sippe damit beschäftigt war, sich Schlachtpläne anzusehen. Ihr Thron war in Gefahr, und sie würden in den Krieg ziehen. Ihre zwei Ältesten hatten bereits die Rüstung der Kampfdrachen erhalten. Sie wollte nicht, dass sie gingen, doch sie waren jetzt alt genug, um ihre eigenen Entscheidungen zu treffen.

Bercelaks Klaue hielt sie am Unterarm fest. »Was ist los?«

»Nichts.« Sie versuchte, sich von ihm loszumachen, doch sein Griff war wie ein Schraubstock.

»Lasst uns allein!«, befahl er den Drachen im Raum. Und ohne zu zögern taten sie es.

»Was ist los, Rhiannon? Sag es mir.«

Sie entriss ihm ihren Unterarm und starrte ihren Gefährten wütend an. »Deine«, und sie unterstrich dieses »Deine« mit ihrer Schwanzspitze vor seinem Gesicht, »deine Nattern von Sprösslingen haben ihm den Schwanz abgeschnitten!«

Bercelak schüttelte verwirrt den Kopf. »Wessen Schwanz abgeschnitten?«

»Gwenvaels!«, schrie sie, so wütend, dass sie kaum klarsehen konnte.

Doch statt seine Sprösslinge zu sich zu zitieren, um ihnen zu sagen, was für fürchterliche kleine Bastarde sie waren, brach er in Lachen aus.

»Ich bin sicher, er hatte es verdient!«

Ihr Schwanz schlug ihm gegen den Hals. »Das ist nicht lustig!«

»Oh, Rhiannon, mach ihn einfach wieder ganz. Du verhätschelst ihn zu sehr.«

Sie stampfte mit dem Fuß auf, dass die Höhlenwände wackelten. »Das kann ich nicht!«

»Warum nicht?«

»Als ich sie erwischt habe, habe ich sie gerade in dem Moment angebrüllt, als Fearghus ihn Briec zugeworfen hat. Er ist so erschrocken, dass er ihm durch die Hände gerutscht und in den Fluss gefallen ist … sie konnten ihn nicht finden.«

Bercelak räusperte sich und bemühte sich, ein ernstes Gesicht zu machen. »Sowas kann leicht passieren, mein Liebling.«

Sie rammte ihre Schwanzspitze gegen Bercelaks Brust, was ihn keinen Millimeter vom Fleck bewegte. »Du hast sie genauso erzogen wie dein Vater euch, *mein Liebling*. Diese kleinen Bastarde *kann* man nicht erschrecken!«

Unfähig, es noch länger zurückzuhalten, lachte Bercelak wieder laut heraus. *»Ich weiß!«*

»Oh!« Rhiannon drehte sich um und wollte davonstürmen, doch Bercelaks Unterarme schlangen sich um sie und zogen ihren Drachenkörper eng an seinen.

»Sei nicht sauer, Liebling. Bitte. Es tut mir leid.« Er versuchte tapfer, nicht zu lachen.

»Es war schrecklich, Bercelak. Überall spritzte Blut herum, und er hat den Schwanz die ganze Zeit herumgeschwungen.«

Schnaubend fing Bercelak wieder an zu lachen.

»Weißt du«, grollte sie, »du fändest das nicht so lustig, wenn es deine heißgeliebte Morfyd oder Keita wäre.«

Wie sie wusste, ernüchterte ihn das auf der Stelle. »Nein, das stimmt.«

»Tja, genauso geht es mir mit meinem Gwenvael.«

»Ich sage es dir noch einmal: Du verhätschelst ihn zu sehr.«

»Und du bist zu hart zu ihm, weil er dich an deinen Vater erinnert.«

»Von dem Moment an, als er zwanzig Winter alt war, habe ich ihn ständig mit den Küchenmädchen meines Vaters erwischt!«

»Er ist eben lebenslustig.«

»Er ist eine Hure.«

»Oh!« Sie befreite sich aus seinen Armen. »Ich bin nicht gewillt, darüber noch weiter zu diskutieren. Du verärgerst mich, Nichtswürdiger.«

Sie wandte sich ab, doch seine Stimme hielt sie auf.

»Lass mich nicht einfach stehen, Rhiannon.« Es lag keine Drohung in seiner Stimme. Nur ein köstliches Versprechen.

»Verwandle dich«, befahl er mit leisem Schnurren.

»Warum sollte ich?«

»Weil ich es dir sage.«

Sie tat ihr Bestes, um den Schauder zu verbergen, der über ihren Körper lief, und nahm menschliche Gestalt an. Innerhalb von Sekunden umschlangen sie seine menschlichen Arme von hinten, dann murmelte ihr seine tiefe Stimme ins Ohr: »Du bist viel zu angespannt, Prinzessin.«

»Du glaubst wohl, du kannst mir helfen?«

»Oh, aye. Ich weiß, dass ich das kann.«

Seine Hände auf ihren Brüsten, zog er sie rückwärts, bis sie wusste, dass sie sich direkt neben dem Tisch mit all seinen ausgeklügelten Schlachtplänen und Landkarten befanden. Und genau auf diesen warf er sie.

Er trat zwischen ihre Beine und senkte den Kopf, bis sein Mund ihre Brust umschloss.

Stöhnend lehnte sie sich zurück, die Beine um seine Mitte geschlungen, die Hände in seinem seidigen schwarzen Haar vergraben. Nach all der Zeit fühlte er sich immer noch so unglaublich gut an.

Doch sie vergaßen eine Kleinigkeit … um genau zu sein, fünf nicht ganz so kleine Kleinigkeiten …

»Ihr Götter!«, brach es aus ihrem ältesten Sohn heraus. »Könnt ihr zwei euch nicht eine abgelegene Nische suchen oder zumindest ein Bett?«

Rhiannon sah ihre Kinder am Eingang stehen. Ihr Ältester, Fearghus, legte seine Klauen vor die Augen ihrer zwei Jüngsten, Keita und Éibhear. Morfyd sah erschrocken und peinlich berührt aus, Briec gelangweilt, und Gwenvael applaudierte natürlich.

»Es ist nett, alte Drachen beim Vögeln zu sehen, oder?«, jubelte er. Und plötzlich wünschte sie, *sie* hätte ihm den Schwanz abgeschnitten.

Bercelak hob den Kopf und brüllte: »Raus, ihr kleinen Mistkerle! *Raus!*«

Morfyd konnte es nicht schnell genug gehen. Sie rannte praktisch aus dem Raum; ihr weißes Haar wehte hinter ihr her. *Ich muss wirklich versuchen, das Mädchen härter zu machen.* Briec schnaubte und ging, wobei er nach hinten griff, sich Gwenvaels verletzten Schwanz schnappte und den neugierigen kleinen Bastard, der schrie und drohte und immer noch blutete, aus dem Raum zog. Fearghus hob seine kleinen Geschwister hoch und ging nach draußen, wobei Keita versuchte, die Hand ihres Bruders wegzuschieben, damit sie besser sehen konnte, und Rhiannons süßer kleiner Éibhear immer nur wiederholte: »Was ist denn? Was hab ich verpasst? *Was ist denn?*«

Als sie endlich fort waren, richtete Bercelak seine schwarzen Augen auf sie. Augen, die auch ihr Ältester hatte.

»*Du* wolltest Nachwuchs!«

»Ich weiß. Ich wollte nur nicht *diesen* Nachwuchs. Ich persönlich mache ja deinen Vater dafür verantwortlich.«

Bercelaks Augen weiteten sich. »Wie bitte?«

In schallendes Lachen ausbrechend, rief sie aus: »So habe ich das nicht gemeint!«

»Oh, das war's Prinzessin. Das wirst du wiedergutmachen müssen.«

Damit hob er sie hoch und warf sie sich über die Schulter.

»Wo gehen wir hin?«, wollte sie wissen, immer noch lachend, während er tiefer in die Höhle hineinmarschierte.

»Was glaubst du wohl?«

Und lachend vollendeten sie gemeinsam: »Die Ketten holen!«

Dragon Dream

Roman

PIPER

Für meinen Dad,
den wildesten Drachen von allen.
Du kannst dir nicht vorstellen, wie sehr du mir fehlst.

Liebe Leserin,

wissen Sie, man bekommt nicht jeden Tag die Chance, über jemanden zu schreiben, der so wahnsinnig überheblich, so aufreizend arrogant ist, dass man sich nicht vorstellen kann, dass jemand ihn attraktiv finden könnte. Und doch gibt es für jeden Drachen eine Gefährtin. Allerdings braucht einer wie Briec der Mächtige mehr als nur irgendeine Frau, um seine Arroganz unter Kontrolle zu halten. Er braucht Talaith.

DRAGON DREAM erschien 2006 ursprünglich unter dem Titel »The Distressing Damsel« und ist eine der Geschichten, die mir besonders am Herzen liegen. Ich habe Drachen immer geliebt, aber Briec und seine gewaltige Arroganz sind etwas ganz Besonderes.

Wie Talaith bin ich dem silbernen Drachen verfallen, der nicht so recht weiß, wozu Menschen überhaupt existieren. Er ist liebenswert – wie der große Hund in Ihrem Garten, der Ihnen kein bisschen gehorcht, den Sie aber trotzdem gernhaben.

Und Talaith … nun ja, Talaith ist eine gefährliche Frau mit vielen Geheimnissen. Aber wie jeder andere Drache, der sich etwas in den Kopf gesetzt hat, wird auch Briec nicht ruhen, bis er alles über die geheimnisvolle Schöne mit der spitzen Zunge herausgefunden hat.

Dies ist der zweite Teil meiner Serie über die Drachensippe, und ich hoffe, dass er und der kleine Vorgeschmack auf Bruder Gwenvaels Geschichte Ihnen gefallen.

Prolog

»Lass mich los!«

Er starrte ein paar Augenblicke auf sie hinunter. »Du hast mir wehgetan!«

»Gut.«

»Sollte man denjenigen verletzen, der einem das Leben gerettet hat?«

Sie verdrehte die Augen. *Führe ich allen Ernstes dieses Gespräch?* »Wahrscheinlich nicht.« Er hob fragend eine dunkelsilberne Braue, und sie knurrte verärgert. »Das kannst du doch nicht ernst meinen!«

»Natürlich.«

Sie funkelte ihn wütend an, sagte aber nichts.

»Ich warte.«

Verdammt. Wenn sie nichts sagte, würde er sie noch ewig so festhalten. Und diesen Teufel so nah an ihrem spärlich bekleideten Körper zu haben, war ein extrem unbehagliches Gefühl. Schließlich fauchte sie: »Tut mir leid, wenn ich dir wehgetan habe.«

»Das war … besser. Denke ich. Aber trotzdem …«

»Trotzdem was?«

Er beugte sich zu ihr herab, und jetzt merkte Talaith, dass er sich zwischen ihre Beine gelegt hatte. Das Einzige, was sie im Moment noch trennte, war ihr sehr dünnes und abgetragenes Nachthemd.

»Ich habe nicht das Gefühl, dass du es wirklich ernst meinst.«

»Was?«

»Du sagst die Worte, aber du *meinst* sie nicht so.«

»Ach ja? Tja, aber *das* meine ich so: *Geh verdammt noch mal von mir runter!*«

I

»Komm mit!«, befahl er.

Große braune Augen blickten langsam und überrascht zu ihm auf. Dann murmelte sie, fast zu sich selbst: »Gute Götter, jetzt bewegen sich die Bäume schon von selbst.«

»Wie bitte?«

»Nichts. Ich meine nur deine ziemlich … unglaubliche Größe.«

Er sah an seinem menschlichen Körper hinab. Eigentlich fand er ihn selbst ziemlich klein, fast kümmerlich … wie die meisten Menschen. Und sie fand er geradezu winzig.

Kopfschüttelnd beschloss er, das alles später zu ergründen.

»Komm mit mir.« Er lächelte. »Ich begehre dich.«

Wie konnte es auch anders sein? Sie war schön. Eindeutig aus Alsandair: Ihre weiche braune Haut erzählte ihm von vielen Vorfahren, die unter den heißen Wüstensonnen gelebt hatten. Ihre Haare waren allerdings dunkler als bei den wenigen Wüstenmenschen, die er in seinem langen Leben gesehen hatte. Sie waren fast schwarz, ein Gewirr aus weichen, seidigen Locken, die ihr über den Rücken fielen und hinunter bis zu ihrem seiner Meinung nach unglaublichen Hintern.

»Das ist … äh … ganz reizend. Aber ich bin mir ziemlich sicher, dass mein Ehemann ein Problem damit hätte.« Sie versuchte, um ihn herumzugehen, doch er versperrte ihr den Weg.

»Ehemann?«

»Aye. Ehemann.«

»Dieser Beschränkte, der dir gefolgt ist? Ich dachte, das sei dein Diener.«

Sie schnaubte, dann senkte sie rasch den Blick. Mit ihrer kleinen Hand hielt sie sich den Mund zu und schwieg mehrere Sekunden. Schließlich sah sie wieder zu ihm auf, aber er konnte das Lachen in ihren Augen erkennen. »Ja. Das ist er. Aber er ist mein Mann. Nicht mein Diener. Obwohl, an manchen Tagen …« Er erwartete, dass sie sich für ihren Gefährten beleidigt fühlte. Das tat sie nicht. Gut. Das ließ hoffen.

»Tja, du hast etwas Besseres verdient. Du verdienst mich. Also komm mit mir.«

Ihr Lächeln entfaltete sich langsam, aber als es zu einem satten Grinsen geworden war, meinte er, seine weichen menschlichen Knie würden nachgeben. So etwas Schönes hatte er noch nie zuvor gesehen.

»Du meine Güte. Da steckt aber eine Menge Arroganz in diesem großen Körper. Wie kommst du mit diesem Kopf durch Türen?«

»Ich bin arrogant, weil ich dir mehr bieten kann als dieser Schwächling. Ist das Arroganz oder Ehrlichkeit?«

Sie schüttelte den Kopf. »Wer *bist* du?«

»Komm mit und finde es heraus.«

»Nein, nein. Ich werde heute mit keinem fremden Ritter davonlaufen. Auch wenn ich das Angebot zu schätzen weiß.«

Sie ging um ihn herum und murmelte dabei vor sich hin: »Ich werde diesen Tag in meinem Tagebuch niederschreiben müssen.«

Er konnte sie nicht gehen lassen. Er konnte jede andere Menschenfrau bekommen. Aber diese hier fand er absolut faszinierend. Vielleicht war es die Art, wie sie den Bäcker anfauchte, der sich anfänglich weigerte, sie zu bedienen. Sie war schon auf dem ganzen Markt ähnlich behandelt worden. Sie schienen sie alle zu fürchten, aber er wusste nicht recht, warum. Magie umgab sie, aber diese war ungenutzt, fast brachliegend. Ein normaler menschlicher Bauer hätte niemals von ihr wissen oder sie sehen können. Sie war auch nicht als Hexe gekennzeichnet wie seine Schwester und so viele andere Frauen mit Macht. Nichts beeinträchtigte dieses schöne Gesicht. Warum alle sie also zu hassen schienen, war ihm ein Rätsel.

»Warte.«

Sie blieb stehen und wandte sich zu ihm um. »Ja?«

»Du bist hier nicht sicher.«

»Na, das ist ja mal ein ganz neuer Ansatz!«

»Ich scherze nicht. Siehst du es nicht?« Er blickte zu den Verkäufern, die sie beobachteten. »Sie verachten dich. Sie fürchten dich.«

Er kannte diese Art von Furcht. Er sah sie jedes Mal, wenn er über eine Siedlung flog oder ein Bataillon zu dicht an seinem Territorium entdeckte. Um ganz ehrlich zu sein ... er liebte diese Furcht.

Das Lächeln schwand von ihrem Gesicht, und sie zog den abgetragenen Umhang, den sie gerade umgelegt hatte, enger um sich. Sie verdiente etwas Besseres als diese hässlichen Kleider. Dieser Körper verdiente die feinste Seide und Wolle als Hülle.

»Meinst du, das weiß ich nicht schon lange? Meinst du, du erzählst mir etwas Neues und Schockierendes?«

»Warum bleibst du dann?«

Er sah es. In ihren Augen. Eine überwältigende Müdigkeit, gepaart mit Furcht. »Weil ich keine Wahl habe.«

»Man hat immer eine Wahl.«

»Ritter wie du vielleicht. Aber ich habe nicht so viel Glück.«

Der, den sie ihren Ehemann nannte, kam aus der Dorfschenke und starrte sie beide finster an. »Komm jetzt!«, bellte er sie an.

»Aye«, rief sie zurück. Sie sah Briec an und lächelte. »Ich habe unser Gespräch genossen, Ritter. Es war nett, mit jemandem zu reden, der ...«

»... vollständige Sätze bilden kann?«

Das Grinsen kehrte zurück, und für einen Augenblick blieb

ihm buchstäblich das Herz stehen. »Nein. Es war nett, endlich jemanden zu treffen, mit dessen Arroganz es nur die Götter aufnehmen können. Wenn du mich jetzt entschuldigen würdest …« – sie beugte sich vor und flüsterte freundlich – »mein Diener wartet.«

Sie zwinkerte ihm zu und ging davon. Und er wusste, dass es egal war, an wen sie sich band, er würde sie haben … zumindest bis er genug von ihr hatte.

Sie stellte das Essen vor ihren Mann hin und wandte sich zum Gehen. Aber er hielt sie am Handgelenk fest und zerrte sie auf seinen Schoß. Sie wehrte sich nicht. Sie wusste, dass es nicht nötig war.

Seine Lippen berührten ihren Nacken, und sie schluckte ihren Widerwillen hinunter. Sie beschloss, an etwas anderes zu denken, um sich abzulenken, und sofort leuchteten ungewöhnlich veilchenblaue Augen vor ihrem inneren Auge auf. Sie hatte nicht gewusst, dass es in diesen unbedeutenden nördlichen Siedlungen Männer dieser Größe gab. Seit sechzehn Jahren lebte sie nun hier, und es kam ihr vor, als verließen alle Männer, die größer waren als sie, das Dorf, um Soldaten oder Burgwächter zu werden. Die Restlichen waren weder sehr groß noch besonders gutaussehend.

Ach, aber dieser Ritter … bei den Göttern, er war absolut umwerfend. Da er von Kopf bis Fuß in diesen teuren Umhang gehüllt war, hatte sie nur diese schönen veilchenblauen Augen und dieses Gesicht sehen können. Götter, dieses Gesicht!

Unverschämt arrogant war er außerdem. Aber er amüsierte sie. Vor allem, weil sie nicht täglich mit ihm leben musste. Wenn es so wäre, würde sie ihn womöglich im Schlaf umbringen – aber natürlich erst, wenn sie genug von ihm hatte.

Dennoch hätte sie nie mit ihm sprechen sollen. Es kamen

nicht oft Fremde durch dieses kleine Dorf, und in den letzten drei Jahren war es noch schlimmer geworden. Obwohl eine der Hauptreiserouten in der Nähe – weniger als einen Tagesmarsch entfernt – vorbeiführte, kamen die Händler und Reisenden, die früher oft gekommen waren, jetzt nicht mehr.

Die aus dem Dorf hatten in letzter Zeit angefangen, ihr die Schuld daran zu geben, dass kein Gold mehr von außen kam. Natürlich machten sie sie in letzter Zeit für *alles* verantwortlich. Eine Kuh starb ... ihre Schuld. Ein Kind bekam das Gehirnfieber ... ihre Schuld. Eine der Dorffrauen verstauchte sich den Knöchel ...

Anscheinend war alles ihre Schuld. Meine Güte, sie hatte gar nicht gewusst, dass sie solch unglaubliche Kräfte besaß.

Aye, die fehlende Freundlichkeit der Dorfbewohner machte es ihr leicht, mit dem Ritter aus fremden Landen zu sprechen, aber es war auch ein gefährliches Risiko. Er würde es nicht für nötig halten, sie zu beschützen oder die Bande ihres Ehebetts zu respektieren. Dennoch konnte sie einfach nicht anders. Er war so unglaublich lächerlich gewesen, dass sie lächeln musste. Und, die Götter wussten es, sie lächelte nicht oft.

Sie bezweifelte, dass sie ihn je wiedersehen würde, aber es würde eine hübsche Erinnerung bleiben, an der sie sich festhalten konnte.

Endlich stieß ihr Mann sie mit einem wütenden Knurren von sich.

»Elendes Miststück, was hast du mit mir gemacht?«

Sie musste sich zurückhalten, um nicht verdrießlich aufzuseufzen. Dieses Gespräch war schon vor zehn Jahren lästig gewesen, jetzt wurde es langsam unerträglich.

»Ich weiß nicht, was du meinst, mein Ehemann.«

Er stand auf und warf dabei den Stuhl um. »Verlogenes Miststück! Du hast mich verhext oder so etwas! Ich komme in deine Nähe, und …« Er knirschte mit den Zähnen und warf einen Blick hinunter in seine Leistengegend.

»Ich verstehe nicht, mein Ehemann.« Sie konnte ihren Sarkasmus kaum beherrschen. »Ich denke, viele Damen hatten das Glück zu erleben, was für ein Hengst du im Bett bist. Ich hatte angenommen, dass du lediglich meiner überdrüssig bist.«

Dann war er da, die Hand erhoben. Sie wich nicht zurück, denn genau das wollte er erreichen. Doch sie wusste, dass er es nicht zu Ende bringen würde. Er hatte sie nur ein Mal geschlagen und schnell gelernt, es nie wieder zu tun. Seit damals sah er sie an, als wäre sie ein leibhaftiger Dämon.

Genau wie jetzt.

Da er kein Risiko eingehen wollte, warf er nur den Esstisch um und stürmte hinaus in die Nacht. Morgen würde er mit gemurmelten Entschuldigungen zurückkehren, und in ein oder zwei Monaten würde es von vorn losgehen.

Seit sechzehn Jahren sah so ihr Leben aus, und es würde auch weiterhin ihr Leben sein, bis ans Ende aller Tage.

Mit einem Seufzen stellte sie den Tisch wieder auf, räumte das Durcheinander auf, aß ein wenig von ihrem eigenen Abendessen – ohne die Kräuter, die sie ins Essen ihres Mannes getan hatte –, wusch sich den Schmutz des Tages vom Körper, zog ihr weißes Nachthemd an – nachdem sie den Dolch festgemacht hatte, der an ihren Oberschenkel geschnallt war – und kroch schließlich ins Bett.

Während sie in den Schlaf hinüberglitt, dachte sie an veilchenblaue Augen und arrogante Männer in Kettenhemden.

2

Sie zerrten sie aus dem Bett, noch bevor die zwei Sonnen über den Caffyn-Bergen aufgegangen waren. Sie wehrte sich, so gut sie konnte, aber der Strick, den sie ihr um den Hals geschlungen hatten, nahm ihr die Luft und schwächte sie. Und sie fesselten ihr die Hände fest mit einem derben Seil, weil sie fürchteten, sie würde sie mit einem Zauber belegen. Sie hatte keinen, mit dem sie sie hätte belegen können, aber was sie am meisten ärgerte, war, dass sie nicht an ihren Dolch herankam, der immer noch an ihrem Oberschenkel befestigt war.

Natürlich konnte nur sie es schaffen, dass ein ganzes Dorf versuchte, sie umzubringen. *Gut gemacht, Idiotin.*

Starke Männer warfen das Ende des Stricks über einen kräftigen Ast und zogen sie langsam hoch. Sie wollten nicht, dass sie zu schnell starb. Sie wollten sie noch eine Weile hängen sehen, und es sah aus, als hätten sie einen Scheiterhaufen aufgeschichtet: für eine gute, altmodische Hexenverbrennung.

Reizend.

Der Mann, den sie ihren Ehemann nannte, schrie sie an. Er schrie, dass sie eine Hexe sei. Dass sie böse sei. Dass alle die Wahrheit über sie wüssten und dass sie dafür bezahlen würde. Hätte sie nicht um ihr Leben kämpfen müssen, hätte sie genervt die Augen verdreht.

Aber was sie wirklich maßlos ärgerte … was ihr richtig auf die Nerven ging – abgesehen davon, dass sie dabei war zu ersticken –, war, dass die Göttin, die sie vor all den Jahren hierher geschickt hatte, sie jetzt einfach sterben ließ.

Sie hatte gedacht, dieses Miststück würde sie zumindest beschützen, bis sie zu Ende gebracht hatte, was man von ihr verlangte. Wofür sie trainiert hatte, seit sie sechzehn war.

Aber Talaith, Tochter der Haldane, hatte vor langer Zeit gelernt, dass man niemandem trauen konnte. Niemand hatte sie je beschützt. Niemand hatte je etwas anderes getan als sie auszunutzen. Am Ende hatte sie gelernt, niemandem außer sich selbst zu trauen.

Natürlich hätten dir am heutigen Tag ein paar Verbündete helfen können, Talaith.

Sie hustete und wand sich in ihren Fesseln und betete, dass ihr Genick endlich einfach brechen würde. Sie wollte definitiv lieber nicht durch Verbrennen sterben. Talaith hatte Flammen noch nie für die besten Freunde einer Hexe gehalten.

Während sie sich fragte, wie sie mithilfe ihres Körpergewichts ihren eigenen Hals brechen konnte, sah sie ihn.

Er stach heraus wie eine Perle unter Säuen. Ihr arroganter, gutaussehender Ritter, immer noch in seinem Kettenhemd mit dem leuchtend roten Wappenrock darüber, aber ohne den roten Umhang, den er getragen hatte und der einen Teil seines Gesichts und seiner Haare vor ihrem Blick verborgen hatte. Sie war sich nicht sicher, ob es Einbildung war oder ob der bevorstehende Tod ihre Augen unzuverlässig machte, aber er hatte – *silberne?* – ja. Er hatte glänzend silberne Haare, die bis über seine Knie fielen. Doch es waren nicht die silbernen Haare eines alten Mannes. Diese Schönheit konnte nicht mehr als dreißig Winter alt sein. Höchstens.

Götter, und er *war* eine Schönheit. Das schönste Wesen, das Talaith je gesehen hatte. Na ja, zumindest würde sie diese Welt mit etwas Schönem als letztem Anblick verlassen.

Er ging zu einem der Dorfbewohner hinüber und deutete auf sie.

»Sie ist eine Hexe, M'lord!«, schrie eine Frau, deren Kind Talaith im Jahr zuvor nach einem giftigen Schlangenbiss gerettet hatte. »Sie ist mit Dämonen und den dunklen Göttern im Bunde!«

Sie wünschte, es wäre so. Zumindest beschützten die dunklen Götter die ihren.

Der Ritter starrte sie ein paar Wimpernschläge lang an. Wäre sie dazu in der Lage gewesen, wäre sie nicht einmal zu stolz gewesen, um Gnade zu betteln. Aber selbst wenn sie in der Lage gewesen wäre, hätte sie sich die Mühe gespart. Seine kalten veilchenblauen Augen sagten ihr, dass es sowieso nichts genützt hätte.

Hättest du ihn nur gefickt, wie du es wolltest, dann würde er sich jetzt vielleicht ein klein wenig verpflichtet fühlen, dir zu helfen. Aber du musstest ja zickig sein.

Natürlich war sie laut ihrem Ehemann immer eine Zicke.

Mit einem gelangweilten Seufzen wandte sich der Ritter zum Gehen und verschwand im nahen Wald.

Typisch. Selbst ein tapferer Ritter wollte ihr nicht helfen. Ihr Leben wurde von Tag zu Tag miserabler.

»Stirb, Hexe! Stirb!« *Na, ganz reizend.* Ihr eigener »lieber« Ehemann begann mit diesem entzückenden Sprechgesang. Der Bastard. Sie würde ihn auf der anderen Seite wiedersehen, wenn seine Zeit kam, und würde dafür sorgen, dass er bis in alle Ewigkeit Qualen erlitt.

Der Strick zog sich ein wenig enger zusammen, und sie fühlte, wie ihr noch etwas mehr von ihrem Leben entglitt, während sie immer mehr Holz auf den Scheiterhaufen stapelten.

Lustig, wie einem die Sinne Streiche spielen, wenn man so kurz vor dem Tod steht.

Hätte sie es nicht besser gewusst, hätte sie zum Beispiel schwören können, dass da ein riesiger silberner Drache aus dem Wald geschlendert kam. Ein gewaltiges, unglaubliches Wesen mit einer silbernen Haarmähne, die in der Morgensonne schimmerte und fast auf dem unter seinen Füßen bebenden Boden schleifte. Zwei wuchtige weiße Hörner saßen auf seinem Kopf, und ein langer Schwanz, dessen Spitze messerscharf aussah, schwang träge hinter ihm hin und her.

Lautlos blieb er hinter den Dorfbewohnern stehen. Sie waren so auf Talaith konzentriert, dass niemand seine Anwesenheit bemerkte. *Wer hätte gedacht, dass ich so faszinierend sein könnte, dass ich ein ganzes Dorf ablenke?* Natürlich konnte es auch sein, dass sie den Drachen nicht zur Kenntnis nahmen, weil er schlicht eine Ausgeburt von Talaiths Phantasie war. Ein Traum von einer großartigen Rettung, die niemals kommen würde.

Ihr Phantasiedrache beugte sich vor und stupste Julius den Bäcker mit der Schnauze an. Julius warf einen Blick zurück, nickte und wandte sich wieder ihr zu. Dann erstarrte er auf der Stelle … und machte in die Hose. In diesem Moment blickte seine Frau zu ihm und dann hinter ihn. Sie schrie, schnappte ihren Sohn, der gerade einen ziemlich großen Stein nach Talaith werfen wollte, und rannte los. Kurz darauf bemerkte auch der Rest der Menge ihren Phantasiedrachen, schrie und stürmte davon.

Sie runzelte die Stirn. Vielleicht hatte sie doch noch genug von ihrer Macht, um das Bild der Bestie heraufzubeschwören, aber irgendwie bezweifelte sie das.

Der Drache schoss den fliehenden Menschen ein paar Flammen hinterher, aber nichts, was ihnen ernsthaft schadete. Dann starrte er sie eine Weile an, drehte sich um und ging weg.

Unglaublich. Sogar meine Rettungsphantasien sind eine Katastrophe.

Aber während sie sich noch fragte, ob ihr Leben nach dem Tod genauso armselig sein würde wir das jetzige, schnellte der Schwanz des Drachen durch die Luft. Die Spitze durchschnitt den Strick, mit dem sie am Baum hing, und sie fiel herunter.

Sie erwartete, dass ihr Hintern jeden Moment gnadenlos auf den harten Boden treffen würde, und erstarrte überrascht, als der Schwanz sich um ihren Körper wickelte und sie festhielt.

Jetzt, wo der Strick nicht mehr so eng war, kehrten allmählich ihre Sinne zurück. Das war der Moment, in dem ihr bewusst wurde, dass sie wirklich von einem Schwanz festgehalten wurde. Einem Schwanz, der an einem riesigen Drachen hing, der lässig durch den Wald wanderte. Sie versuchte, sich aus seinem Griff zu befreien, aber der Schwanz hielt ihre Arme – mit ihren immer noch gefesselten Handgelenken – fest gegen ihren Körper gepresst. Und der Strick war immer noch eng genug, dass sie nicht um Hilfe rufen konnte.

Wen hätte sie auch rufen wollen? Ihren Ehemann? Eher nicht. Lord Hamish, den Herrscher dieser Lande? Hätte sie die Kraft gehabt, sie hätte bei diesem Gedanken laut aufgelacht.

Nein. Es sah aus, als würde sie das Frühstück eines Monsters werden.

Als der Drache eine Lichtung erreichte und sich plötzlich in die Luft erhob – Talaith immer noch in seinen Schwanz eingerollt –, hatte sie nur einen Gedanken …

Typisch.

Briec der Mächtige, Zweitältester des Hauses Gwalchmai fab Gwyar, Zweiter in der Thronfolge der Weißen Drachenkönigin, Held der Drachenkriege, Verteidiger des Throns der Drachenkönigin und, wenn man ihn fragte, der einzig Zurechnungsfähige seiner Sippe, war auf dem Weg zu einem hübschen, ruhigen Fleckchen. Irgendwo am Wasser wäre nett. Es würde mindestens zwei Tage dauern, bevor er es zurück in seine Höhle schaffte, aber er wollte sich seine Beute genau anschauen. Möglichst ohne die Schwellungen, die man davontrug, wenn man an einem Strick aufgehängt wurde.

Freilich wartete seine Schwester auf die Informationen, die er über Lord Hamish hatte, auch wenn diese mager waren.

Aber als er beschlossen hatte, in dem Dorf zu bleiben, hatte er die wenigen Informationen einem der Soldaten der Insel Garbhán weitergegeben, die außerhalb des Gebiets von Madron warteten. Eigentlich konnte Briec es nicht fassen, dass er einen »Botengang« gemacht hatte. Und dann auch noch für das Weib seines Bruders. Sie hatte ihn tatsächlich losgeschickt, um herauszufinden, ob Hamish vorhatte, gegen die Insel Garbhán vorzurücken. Soweit Briec wusste, plante Hamish gar nichts. Dennoch war es Briec *der Mächtige*, der auf diesen Dienstbotengang geschickt wurde. Er hätte diese Frau wirklich töten sollen, als er die Gelegenheit gehabt hatte. Aber sein Bruder Fearghus schien sie zu mögen. Obwohl er sich nicht um alles in der Welt vorstellen konnte, warum.

Sie war zernarbt und irre, und Briec hätte sein Leben lieber mit einem Nest voller Nattern verbracht.

Und doch hatte er seinen Bruder vorher nie so … nun ja … glücklich gesehen. Die verrückte Kuh brachte ihn zum Lächeln. Der schrullige, unfreundliche »Ich bring dich um, wenn du mich nur ansiehst«-Fearghus der Zerstörer lächelte. Es verwirrte Briec.

Briec selbst war nicht unglücklich. Aber *so* glücklich war er auch nicht. Und in letzter Zeit hatte er sich gefragt, wie man diesen Grad an Zufriedenheit erreichte. Er fragte sich, ob es mit Fearghus' menschlicher Gefährtin zu tun hatte, und ob das bei ihm auch funktionieren würde.

Als er seine dunkle Schönheit in diesem Dorf gesehen hatte, hatte Briec gedacht: *Zum Teufel, warum nicht?*

Er war früh an diesem Morgen ins Dorf zurückgekehrt, um sie zu erschnüffeln, ihren Ehemann zu töten, wenn er sich einmischte und sie mit nach Hause zu nehmen. Doch er hatte nicht erwartet, dass das ganze Dorf gerade dabei sein würde, sie hinzurichten und das Ganze zu einer Art Familientreffen zu machen.

Und sie nannten Drachen »Monster«.

Außerdem, hatte er sich gesagt, *wird sie dankbar sein, wenn du sie rettest.* Laut seinem jüngeren Bruder Gwenvael gab es nichts Gefügigeres als eine dankbare Menschenfrau.

Briec sah nach unten, wo das Glitzern der beiden Sonnen auf einem großen See seine Aufmerksamkeit auf sich lenkte. Ein perfekter Platz, um eine kleine Pause zu machen und seine neue Menschenfrau kennenzulernen.

Sie landeten am Ufer, und Briec befreite sie sofort von seinem Schwanz. Wie erwartet, rollte sie sich zu einer engen Kugel zusammen. Ihre Augen waren fest zugekniffen, der ganze Körper bebte. Drachenfurcht. Nein, Briec verstand sie nicht, aber er respektierte sie. Drachen waren Ehrfurcht gebietende Wesen, deshalb sollten Menschen vor Angst zittern. Zumindest eine Weile.

Briec gähnte und besah sich das dunkle Waldstück, das er entdeckt hatte. Es war hübsch. Schade, dass keine Höhle in der Nähe lag. Aber er hätte es auch furchtbar gefunden, umziehen zu müssen. In zweihundertzweiundsechzig Jahren hatte er ziemlich viele Schätze angesammelt. Außerdem mochte er seine Höhle.

Während er überlegte, wie lange es wohl noch dauern würde, bis die Drachenfurcht nachließ, sah Briec eine Bewegung aus dem Augenwinkel. Er drehte langsam den Kopf und sah, wie die Menschenfrau, die Hände immer noch gefesselt, hastig die Finger zwischen den Strick und ihre Kehle schob und sich krabbelnd aufrichtete. Als sie sich auf die Bäume zubewegte, schwang Briec seinen Schwanz und rammte seine Spitze direkt vor ihr in die Erde. Sie wich zurück und fiel auf ihren hinreißenden Hintern.

»Wo wollen wir denn hin, kleine Menschenfrau?«

Talaith starrte auf den Silberstachel, der vor ihr im Boden steckte. Dieser Silberstachel, der nur die Spitze des längsten Schwanzes war, den sie je gesehen hatte. Langsam sah sie über die Schulter zu dem Drachen zurück.

Bei den Göttern – er ist riesig! Sie fühlte wieder Panik in sich aufsteigen. Die Drachenfurcht. Eines der unangenehmsten Gefühle, das sie je erlebt hatte. Es grub sich tief in ihre Eingeweide und breitete sich aus, setzte ihre Gliedmaßen außer Gefecht, ihre Fähigkeit zu sprechen und zu denken. Sie wollte nur noch schreien und weinen und um ewige Dunkelheit flehen, damit sie es nicht länger mit ansehen musste.

»Atme tief und langsam«, sagte er. »Das wird dich beruhigen.«

Beruhigen? Langsam atmen? Stattdessen holte sie Luft, um ihm zu sagen, dass er sich zur Hölle scheren könne, erbrach aber stattdessen ihren spätabendlichen Imbiss über den Fuß des Drachen.

Es starrte darauf hinab und murmelte: »Das ist ja ekelhaft!«

Talaith kniff die Augen zusammen, und plötzlich fand sie ihre Stimme wieder. »Und schon fühle ich mich deutlich besser«, spottete sie.

Ah, und schau an … sie hatte auch ihre Dummheit wiedergefunden! *Du reißt gegenüber einem Drachen die Klappe auf, Talaith.* Nun ja, sie hatte ihre Zunge noch nie gut im Zaum halten können.

Obwohl es keine Lüge war. Sie fühlte sich wirklich besser. Vielleicht löste sich die Anspannung, die durch die Drachenfurcht hervorgerufen wurde, wenn man sich übergab. Sie wusste es nicht, aber als sich die veilchenblauen Augen des Drachen auf sie richteten, war sie dankbar, dass sie in der Nacht zuvor keinen allzu großen Imbiss zu sich genommen hatte.

»Hmmm. Sinn für Humor.« Er legte den Kopf schief. »Das könnte mich stören.«

Sie runzelte die Stirn, ignorierte den neckenden Tonfall dieser ach so tiefen Stimme und antwortete mit beißendem Sarkasmus: »Oh, also, das wird mir sicher schlaflose Nächte bereiten.«

Hatte sie den Verstand verloren? Was tat sie da? Ihr Mann sagte immer, sie hätte die spitzeste Zunge, der er je begegnet sei. Aber sie konnte nicht anders. An manchen Tagen war es ihre einzige Verteidigung.

»Scheint, als hätte die Drachenfurcht nachgelassen, kleine Menschenfrau.«

»Sieht so aus, riesiger Drache.« Sie zuckte zusammen, als er Reihen um Reihen von mächtigen Reißzähnen entblößte. *Gute Götter, ist das sein Lächeln?*

»Also, wir können nicht den ganzen Tag hier herumstehen und in deinem Erbrochenen marinieren.«

Sie hockte sich hin, während sich ihr Magen endlich beruhigte, und sagte: »Tut mir leid. Verdirbt dir der Geruch deine Mahlzeit?«

»Um genau zu sein, ja.«

»Tja, das ist aber … *auuuu*!«

Der Schwanz des Drachen wickelte sich wieder um ihre Taille und hob sie in die Luft. »Dann sollten wir dich vielleicht besser saubermachen, was?« Damit schleuderte der Mistkerl sie in den See.

Sie schrie, bis sie auf die Wasseroberfläche traf und unterging. Sie zwang sich, nicht in Panik zu geraten oder zu viel Seewasser zu schlucken, trat fest mit den Beinen und versuchte, zurück an die Oberfläche zu kommen. Als sie die Wasseroberfläche durchbrach, sah sie den Drachen gerade ins Wasser gleiten, sein Kopf und Körper verschwanden außer Sicht.

Er kam, um sie zu fressen! Ihr Überlebenstrieb übernahm die Führung, überwältigte jede Furcht, und sie drehte sich um und gab sich die größte Mühe, mit immer noch gefesselten Händen ans andere Ufer zu schwimmen.

Sie wusste allerdings, dass sie keine Chance hatte, und war deshalb nicht überrascht, als er sie an der Taille schnappte. Sie begann zu kämpfen, zu treten und um sich zu schlagen. Er würde sie trotzdem zum Frühstück verspeisen, aber sie würde dafür sorgen, dass es nicht zu leicht für ihn wurde.

»Beruhige dich, Frau!«

»Lass mich los!«

»*Ich sagte: Beruhige dich!*« Er riss sie an sich, und Talaith erstarrte augenblicklich. Das fühlte sich nicht wie ein Drache an.

Sie sah hinab und sah einen Arm, der um ihre Taille geschlungen war. Auch wenn das der größte Arm war, den sie in ihrem ganzen Leben je gesehen hatte, war es doch nicht der Unterarm eines Drachen. Er war menschlich.

Erschrocken darüber, was sie da festhielt, drehte Talaith den Kopf und spähte hinter sich.

»Fühlst du dich jetzt ruhiger, M'lady?«, fragte er grinsend.

Talaith holte tief Luft, als sie ihrem schönen Ritter ins Gesicht starrte. »Um genau zu sein … nein. Tue ich nicht.« Dann knurrte sie: »Nimm deine widerlichen Hände von mir!«

»Aber ich habe dich gern im Arm!«

Das war's. Sie konnte nicht mehr. Keine Sekunde länger. Das war einfach zu viel für eine einzelne Frau. Mit einem wilden Knurren schwang sie ihre gefesselten Hände zu seinem Gesicht herum. Er brüllte wütend auf, ließ sie aber los, um sich das rechte Auge zu halten. Sie ergriff die Gelegenheit und schwamm in Richtung Ufer. Sie hatte sich kaum aus dem Wasser gezogen, da stürmte er hinter ihr her.

Talaith kam bis zum Waldrand, bevor sie seine Hände, die glücklicherweise immer noch menschlich waren, auf sich spürte. Sie hielten sie fest und rissen sie zurück. Sie rutschte aus, fiel hin, ihre Knie scheuerten über felsige Erde. Sie versuchte, sich noch einmal von ihm loszureißen, aber sein fester Griff wurde nur noch fester, und dann drehte er sie um. Sie versuchte, ihn zu treten, aber er hielt sie mit seinem Körper auf dem Boden fest. Als Mensch war der Mann einfach *gewaltig*.

Er griff nach ihren gefesselten Handgelenken, schob sie über ihren Kopf und hielt sie dort fest.

»*Hör auf, dich zu wehren!*«

»*Niemals!*«

Er brüllte kurz auf, und Talaith erstarrte. Sie schloss die Augen, als die Drachenfurcht plötzlich und ziemlich unangenehm zurückkam. Doch dieses Mal hielt sie nicht an. Genauso schnell wie sie gekommen war, war sie auch wieder verschwunden.

Als sie weg war, öffnete sie die Augen und sah zu dem Drachen auf, der in seiner menschlichen Gestalt über ihr kauerte.

Oh, er ist absolut perfekt. Talaith blinzelte. *Ganz toll, Talaith. Sonst noch irgendwelche erschreckenden Gedanken über den perfekten Körper des Drachen, bevor er dich zu seiner nächsten Mahlzeit macht?*

Aber sie konnte einfach nicht anders. Er war wirklich perfekt. Seine langen, silberfarbenen Haare umrahmten ein markantes Gesicht. Ein harter, eckiger Kiefer mit hohen Wangenknochen und eine lange Nase, die eindeutig schon einmal gebrochen gewesen war. Er hatte eine volle Unterlippe, an der sie gern stundenlang gesaugt hätte, und sie wusste einfach, dass sie sich zusammen mit der dünneren Oberlippe absolut wundervoll anfühlen würde, wenn er jeden Zentimeter ihres Körpers küsste. Dazu kamen diese beunruhigenden veilchenblauen Augen, und Talaith spürte, wie sie ein gefährliches Terrain betrat.

Sie rang um Fassung. »Lass mich los!«

Er starrte ein paar Augenblicke auf sie herab. Dann nahm er seine freie Hand und befühlte die rechte Seite seines Gesichts neben dem Auge, die noch nicht einmal anschwoll. »Du hast mir wehgetan!«

»Gut.«

»Sollte man denjenigen verletzen, der einem das Leben gerettet hat?«

Sie verdrehte die Augen. *Führe ich allen Ernstes dieses Gespräch?* »Wahrscheinlich nicht.« Er hob fragend eine dunkelsilberne Braue, und sie knurrte verärgert. »Das kannst du doch nicht ernst meinen!«

»Natürlich.«

Sie funkelte ihn wütend an, sagte aber nichts.

»Ich warte.«

Verdammt. Wenn sie nichts sagte, würde er sie noch ewig so festhalten. Und diesen Teufel so nah an ihrem spärlich bekleideten Körper zu haben, war ein extrem unbehagliches Gefühl. Schließlich fauchte sie: »Tut mir leid, wenn ich dir wehgetan habe.«

»Das war ... besser. Denke ich. Aber trotzdem ...«

»Trotzdem was?«

Er beugte sich zu ihr herab, und jetzt merkte Talaith, dass er sich zwischen ihre Beine gelegt hatte. Das Einzige, was sie im Moment noch trennte, war ihr sehr dünnes und abgetragenes Nachthemd.

»Ich habe nicht das Gefühl, dass du es wirklich ernst meinst.«

»Was?«

»Du sagst die Worte, aber du *meinst* sie nicht so.«

»Ach ja? Tja, aber *das* meine ich so: *Geh verdammt noch mal von mir runter!*«

»Ja. Das meinst du ernst, das spüre ich.«

»Was willst du von mir?« Er blickte herab in ihr Gesicht, und in diesem Augenblick fühlte sie seine sehr menschliche Erektion hart und mächtig an ihrem Geschlecht pulsieren. »Oh, nicht in diesem Leben, Drache!«

»Vielleicht. Und dennoch …« Er schnüffelte. »Es riecht, als hätte dein Körper andere Vorstellungen.«

»Was du da riechst, ist Angst.«

»Nein. Ich kenne Angst. Das ist ein bisschen anders, ein wenig strenger. Nein, M'lady. Ich rieche Lust.«

»Tust du nicht!«

Er beugte sich vor, seine Nase strich an ihrem Kiefer entlang, über die Wange, die Seite ihres Halses. Er atmete noch einmal tief ein und ließ die Luft mit einem Stöhnen wieder entweichen.

»Tut mir leid, kleine Menschenfrau. Aber ich bin mir ganz sicher.«

Talaith schloss wieder die Augen. Sie hatte langsam das Gefühl, dass sie diesen Drachen bis ans Ende aller Tage anschreien konnte, und er würde trotzdem mit ihr machen, was er wollte. Also schluckte sie ihren Stolz hinunter und machte einen allerletzten Versuch.

Leise bat sie: »Bitte. Bitte geh von mir runter.«

Sofort wandelte sich der Gesichtsausdruck des Drachen von lachendem Vergnügen in tiefe Sorge. Er wich zurück und ließ ihre Handgelenke los.

Die Tränen unterdrückend, die sie niemals zulassen würde, zog sich Talaith ungelenk in eine bequemere, sitzende Position. Ihre Arme mit den immer noch gefesselten Handgelenken schlang sie eng um ihre Beine. Da entfernte der Drache endlich den Strick um ihren Hals und das Seil von ihren Handgelenken.

»Die hätte ich schon viel früher abnehmen sollen.«

Überrascht sah sie zu, wie er das Seil wegwarf, bevor er ihre Handgelenke nahm und sie sanft massierte. *Ich glaube, ich könnte so tun, als wäre das eine Entschuldigung*. Obwohl, nach dem zu urteilen, was sie so über Drachen wusste … eher unwahrscheinlich.

»Und erinnere mich daran, dass ich dir etwas auf die Kehle streiche, sonst wird die Schürfwunde bis morgen furchtbar wehtun, wenn nicht sogar schon irgendwann heute Nacht.« Er legte ihr einen Finger unters Kinn, hob ihren Kopf an und untersuchte ihren verletzten Hals gründlich. »Das könnte aber trotzdem eine Narbe geben.«

Es erstaunte sie, wie schön dieser Mann war. Von seinem extrem langen Körper, an dem sich gut definierte Muskeln unter weicher, gebräunter Haut abzeichneten, bis zu seinen überaus breiten Schultern und dem Rücken, der sich zu schmalen Hüften verjüngte: Es war die männliche Perfektion schlechthin.

Talaiths Blick wanderte weiter nach unten. Sie konnte nicht anders. Und als sie seine Erektion sah, konnte sie den Blick nicht mehr abwenden. Sie hatte nicht einmal Lust, seine kräftigen Schenkel zu studieren.

Er räusperte sich, und ihr Blick kehrte ruckartig wieder zu seinem Gesicht zurück. Sein Grinsen war wieder da, diesmal noch breiter als beim letzten Mal. Denn jetzt hatte er sie beim Starren erwischt. »Dir gefällt wohl, was du siehst.«

Das war keine Frage.

Sie hatte immer wieder gehört, dass Drachen arrogant waren, aber ihr war nicht bewusst gewesen, in welchem Ausmaß, bis sie diesen speziellen Drachen kennengelernt hatte. Und sie musste zugeben, dass er sie damit zur Weißglut brachte.

Als Antwort auf seine Feststellung zuckte sie die Achseln und log: »Ich habe schon Besseres gesehen.«

Jetzt hoben sich beide Augenbrauen vor Überraschung, aber er sagte trotzdem: »Lügnerin.«

Das war sie tatsächlich. Eine riesengroße, dreckige Lügnerin.

»Wenn dich das heute Nacht ruhig schlafen lässt, Drache.«

»Um genau zu sein, M'lady, du wärst …«

Sie unterbrach ihn, sobald ihr klar wurde, wo dieses Gespräch hinführte. »Nein, sag es nicht.«

Er nickte. »Wie du willst.«

Vorsichtig zog sie ihm ihre Hände weg und schlang die Arme wieder um ihre Knie. »Was willst du von mir, Drache? Ehrlich. Keine Spielchen mehr.«

Der Drache streckte seinen langen, prachtvollen Körper neben ihr auf dem Boden aus und legte sich auf die Seite. Er machte sich nicht die Mühe, sich zu bedecken, und sie begriff, dass er sich wahrscheinlich gar nicht bewusst war, wie nackt er in menschlichen Begriffen eigentlich war. Drachen mochten nackt herumliegen, Menschen nicht.

»Ich war noch nie mit einer Menschenfrau zusammen. Ich war mit Drachenweibchen zusammen, die zu dem Zeitpunkt in Menschengestalt waren. Aber nie mit einer richtigen Menschenfrau.«

Sie kratzte sich verwirrt am Kopf. »Warum sollten Drachen als Menschen … äh … zusammen sein?«

»Wir finden es unterhaltsam.«

Talaith nickte wissend, dann wurde ihr bewusst, was der Drache ihr da genau erzählte. Ab und an konnte sie ein klein wenig schwer von Begriff sein.

»Willst du damit sagen …« Sie räusperte sich, aber es half nicht. Es war Panik, die ihr da im Augenblick die Kehle zuschnürte. Gegen Panik konnte man nichts machen. »Du willst … mit mir ins Bett?«

»Wir können es in einem Bett tun, wenn du möchtest. Ich habe dir das alles schon gestern gesagt.«

»Nein.« Das konnte nicht sein. Nein, nein, nein.

»Warum nicht?«

Denk nach, Talaith! »Na ja, zunächst einmal bin ich an einen anderen gebunden.«

»Ach ja. An den Mann, der versucht hat, dich umzubringen.«

»Na ja …«

»Mal sehen …« Er legte sich flach auf den Rücken, die großen Hände hinter seinem arroganten, großen Kopf verschränkt. »Was waren seine genauen Worte noch mal? Ach ja: ›Tötet die Hexe. Verbrennt die Hexe.‹ Hat er nicht auch einem Kind einen ziemlich großen Stein gegeben?«

»Schon gut, schon gut.« *Mistkerl.* »Vergiss das.«

»Schon vergessen.«

»Letzten Endes bin ich ein Mensch. Und du« – sie musterte ihn von seinem schönen Kopf bis zu den Spitzen seiner riesigen Füße – »bist eindeutig *kein* Mensch.«

»Na und? Ich kann menschliche Gestalt annehmen, wie ich es hier getan habe. Und dir scheint meine Gestalt ganz gut zu gefallen.«

»Es war nur ein Blick.«

»Ja, aber er hat Bände gesprochen, M'lady.«

Talaith fuhr sich mit den Händen durch ihre nasse, wirre Lockenmähne. Sie hätte alles für einen Kamm oder eine Bürste gegeben. Sie hätte alles dafür gegeben, trocken zu sein. »Ich bin keine Lady.«

»Vielleicht. Aber du bist auch keine bloße Bäuerin.«

Sie gab sich größte Mühe, ein unbewegtes Gesicht zu machen und fragte: »Was meinst du damit?«

Er zuckte nonchalant die Achseln, während er zu den zwei Sonnen aufsah. »Ich weiß es einfach.« Er seufzte gelangweilt. »Ich will nicht mehr reden.«

Gut. Seine Stimme machte sie langsam verrückt vor Verlangen. »In Ordnung.«

Er sah zu ihr herüber. »Komm.« Er deutete auf seine pulsierende, harte Erektion, die im Moment in Richtung der Sonnen zeigte, und wenn sie sich nicht irrte ihren Namen rief. »Reite mich.«

Ja, M'lord! »Was? *Nein!*«

»Willst du den ganzen Weg zurück zu meiner Höhle so schwierig sein?«

O-oh. »Warum gehen wir zu deiner Höhle?«

»Weil du dort wohnen wirst natürlich. Du weißt schon, bis ich genug von dir habe.«

Endlich verließ sie die ganze Furcht vor dem Drachen – und die Lust auf ihn –, und Talaiths Mund blieb offen stehen, so schockiert war sie über seine pure Arroganz.

»Du ungehobelter, arroganter Mistkerl!«

»Wie bitte?«

Sie stand auf. »Du hast mich genau verstanden. Ich habe nicht sechzehn Jahre mit diesem Idiot überlebt, nur um das Spielzeug eines Monsters zu werden!«

»Ich bin kein Monster! Ich bin ein Drache. Ihr Menschen solltet uns anbeten.«

»Schade, dass es mehr Spaß macht, euch zu jagen, oder?«

Der Drache sprang auf. »Darüber würde ich an deiner Stelle keine Witze machen, kleine Menschenfrau!«

»Ich bleibe nicht bei dir.«

»Doch, das wirst du. Ob du nun mit mir schläfst oder nicht. Du wirst bleiben. Nach dem Drachengesetz gehörst du mir.«

»Ich unterliege nicht dem Drachengesetz.«

Er schnappte sie am Arm und riss sie so zu sich heran, dass Talaith auf ihre Zehenspitzen gehoben wurde.

»Jetzt, wo ich dir das Leben gerettet habe, kleine Menschenfrau, *gehört* es mir. Und das bedeutet, dass du den Gesetzen *meines* Volkes unterliegst.«

Weil sie nicht wusste, was sie dazu sagen sollte, sagte Talaith das Erste, was ihr in den Sinn kam.

»Ich hasse dich.«

Er lachte schnaubend. »Hass ist ein menschliches Gefühl. Es bedeutet mir gar nichts.«

Der Drache ließ sie los, indem er sie von sich stieß.

»Ich suche uns ein Frühstück. Versuch zu fliehen, M'lady, und ich sorge dafür, dass du es bereust, wenn ich dich finde.« Seine Augen wurden schmal. »Und ich *werde* dich finden.«

Dann stapfte er los in Richtung Wald und ließ Talaith allein.

Gut. Jetzt kann ich wenigstens in Ruhe in Panik verfallen.

Musste es wirklich so schwierig sein? Musste sein Bruder so sehr kämpfen, um seine menschliche Gefährtin dazu zu bringen, sich zu fügen? Natürlich war Briec nicht Fearghus. Sein Bruder verführte das verrückte Weib wahrscheinlich. Briec verschwendete keine Zeit mit Verführung. Warum auch? Entweder wollte sie mit ihm zusammen sein oder nicht.

Einfach. Logisch. Natürlich schienen ihm die Menschen nicht unbedingt die logischsten aller Wesen zu sein.

Er hielt an einem Baum an und legte die Hand an die raue Rinde, damit er sich dagegenlehnen konnte. Mit einem Blick nach unten ermahnte er sein Glied, sich zu benehmen. Widerspenstiges Ding. Vor allem, wenn diese spezielle Frau in der Nähe war.

Er wünschte, es wäre einfach, weil sie umwerfend war, obwohl sie ihre letzte Mahlzeit auf seine Krallen gespuckt hatte. Leider war es mehr als das. Er fand sie gemein und lustig und sehr schlau. Eine potente Mischung für seine Lust.

Trotzdem hasste sie ihn. Genau ihre Worte. Für Menschen war das anscheinend ziemlich wichtig. Genau wie die Liebe. Beide Emotionen waren Briec so fremd, dass er keines der Worte tatsächlich einmal in einem Satz benutzt hatte.

Es störte ihn, dass es ihm wichtig sein sollte, ob diese Frau ihn wollte oder nicht. Er war Briec der Mächtige. Frauen rissen sich um seine Aufmerksamkeit. Und keine hatte ihn je direkt zurückgewiesen. Wie konnte eine *Menschenfrau* es wagen, ihn zurückzuweisen! Wenn er geglaubt hätte, es würde ihr etwas ausmachen, wäre er zurückgegangen und hätte ihr ganzes Dorf zerstört. Aber er wusste es besser. Es wäre ihr egal. Sie gehörte nicht dorthin, und das wussten sie beide. Warum sie so lange dort geblieben war, würde er herausfinden. Er hatte vor, alles über diese schwierige, bösartige, wunderschöne Frau herauszufinden.

Briecs Finger gruben sich in den Baum und rissen die Rinde ab, als ein großer Hase hinter ihm vorbeiraste. Er starrte ihn ein paar Sekunden an, dann schoss er einen Feuerball ab, der ihn auf der Stelle röstete.

Es verschaffte ihm nur eine kleine Befriedigung, aber das genügte für den Moment.

3

Als Briec zum Lager zurückkam, saß die Frau zusammengekauert neben etwas Holz und versuchte verzweifelt, ein Feuer zu entfachen, indem sie zwei Steine gegeneinanderschlug. Ihr ganzer Körper bebte, und sie fluchte pausenlos.

»Was tust du da?«

Sie sah nicht einmal zu ihm auf. »Wonach sieht es denn aus?«

Sie murmelte noch mehr Flüche, die ihm fast die Ohren versengten, dann knurrte sie: »Ich versuche, ein Feuer zu machen. Ich erfriere.«

Er spuckte eine kleine Flamme auf das Feuerholz. Es erwachte flammend zum Leben, und die Frau kreischte und stolperte rückwärts von dem Lagerfeuer weg.

»Was um alles in der Welt sollte das?!«

»Du hättest das Feuer allein niemals anbekommen. Und du nützt mir nichts, wenn du krank wirst. Ihr Menschen heilt nicht sehr gut von Krankheiten.«

»Vielleicht. Aber wir heilen auch nicht sehr gut von Verbrennungen, Drache.«

Er grunzte, da er nicht zugeben wollte, dass sie recht hatte. »Anscheinend hast du dich gut von der Drachenfurcht erholt.«

Jetzt, wo sich das Feuer zu einem trägen Prasseln beruhigt hatte, kauerte sie sich daneben und wärmte sich die Hände. »Dir ist es lieber, wenn ich zittere und weine, oder?«

»Überhaupt nicht. Ich hätte allerdings nichts dagegen, wenn du ein klein bisschen weniger spitzzüngig wärst.«

»Das kann ich mir vorstellen. Aber ich glaube nicht, dass ich das schaffe.« Sie starrte ihm böse direkt in die Augen. »Zumindest nicht für *dich*.«

Gute Götter, er hatte noch nie jemanden getroffen, der bei

jeder sich bietenden Gelegenheit so unverschämt zu ihm war. Anscheinend war die Drachenfurcht, auf die sich seine Rasse so sehr verließ, nicht annähernd so mächtig wie es hieß.

Er beschloss, nicht noch einen Streit mit ihr anzufangen und ließ die drei Hasen fallen, die er gefangen hatte. Er hatte sie noch roh gelassen, da er annahm, dass sie sie selbst kochen wollte.

Sie sah hinab auf die toten Tiere, dann wieder hoch zu ihm. »Und was soll ich deiner Meinung nach damit tun?«

»Was ihr Menschen eben mit eurem Essen macht. Häuten und kochen, oder?«

Unter wütendem Gebrummel zog sie ihr unglaublich schlichtes Nachthemd hoch, und Briec bemerkte zum ersten Mal, dass an ihrem wohlgeformten Bein ein Futteral befestigt war. Ein Futteral, in dem eine sehr scharfe und gepflegte Klinge steckte.

Während sie das Häuten der Tiere in Angriff nahm, lehnte sich Briec bequem an einen Baum gegenüber von ihr.

»Hast du beim Schlafengehen immer eine Klinge an dein Bein geschnallt, M'lady?« Denn aus ihrer Kleidung schloss er, dass diese Bauern sie aus dem Bett gezerrt hatten. Warum Menschen in Kleidern schlafen gingen, würde er sowieso nie verstehen. Sie würde damit aufhören müssen, wenn sie anfingen, miteinander ins Bett zu gehen. Er wollte diesen nackten Körper an sich gepresst spüren. Er wollte verdammt sein, wenn jemals irgendein hässlicher Stoff zwischen ihnen sein sollte.

»Ja.«

»Fand dein Ehemann das nicht merkwürdig?«

»Er wusste es nicht.«

Briec, der von fast allem und jedem sehr leicht gelangweilt war, stellte fest, dass ihn diese Frau auf irrationale Weise faszinierte.

»Wie konnte er das nicht wissen?« Sie antwortete nicht,

sondern konzentrierte ihre gesamte Aufmerksamkeit auf die Hasen. Es gab nur eine Möglichkeit, wie der Mann nichts von dem Dolch wissen konnte. »Ist er nicht mit dir ins Bett gegangen?«

Ohne aufzusehen, murmelte sie: »Seit vielen Jahren nicht.«

Es ärgerte Briec maßlos, wie lächerlich froh ihn dieses kleine Eingeständnis machte. »Und wie hast du das geschafft?«

Wenn der Kerl nicht gerade blind war, konnte es auf keinen Fall sein, dass er diese Frau nicht wollte. Briec selbst wollte sie seit der Sekunde, in der er sie zum ersten Mal gesehen hatte.

»Ich verstehe deine Frage nicht.«

»Wenn ich mich recht erinnere, sprachst du davon, dass ihr zwei sechzehn Jahre zusammen wart. Das ist eine sehr lange Zeit für einen Ehemann, um nicht ...«

»Kann er nicht einfach meiner überdrüssig geworden sein?«

»Natürlich.« *Wenn er ein vollkommener und heilloser Idiot war.* »Aber die männlichen Exemplare der meisten Rassen haben trotzdem Momente, wo sie nehmen, was am einfachsten zu bekommen ist. Deshalb frage ich mich, wie ...«

Sie warf den gehäuteten Hasen auf den Boden und warf Briec einen dunklen, wütenden Blick zu. »Kräuter. Ich habe ein paar Kräuter in sein Essen getan.«

»Du hast ihn vergiftet.«

»Nein!« Sie hatte doch tatsächlich die Stirn, beleidigt zu sein, obwohl sie diejenige war, die dem Mann Kräuter ins Essen getan hatte. »Verstanden? Er ist mit vielen anderen ins Bett gegangen. Es wäre grausam gewesen, ihm das zu verweigern, aber jedes Mal, wenn er mir nahe kam, verlor er seine ... äh ...« Wieder warf sie einen Blick in seinen Schoß. Anscheinend konnte sie nicht anders als dort hinzustarren. »Na ja, du weißt schon. Mit den Kräutern und einem sehr einfachen Zauber war es überraschend einfach.«

»Wenn du ihn nicht wolltest, warum bist du dann geblieben?«

»Ich will nicht mehr darüber reden.« Sie hob den Hasen wieder auf und säuberte ihn weiter. »Es geht dich nichts an, was ich mit meinem Mann getan oder nicht getan habe.«

»Warst du mit anderen zusammen?«

»Anderen was?«

»Anderen Männern.«

Sie verdrehte die Augen. »Ich wollte schon den nicht, den ich hatte. Warum hätte ich mich mit einem anderen herumärgern sollen?«

»Weil wir im Kern alle Tiere mit Bedürfnissen sind.«

Ihr Kopf hob sich bei dieser nüchternen Feststellung. Den Bruchteil einer Sekunde lang sah er eine Hitze in ihren Augen, die ihn fast zu Asche verbrannte. Aber genauso schnell verbarg sie sie wieder. Er nahm an, sie verbarg sie schon ihr ganzes Leben. Er freute sich darauf, all die Schutzschichten abzutragen, in die sie sich gehüllt hatte.

»Ich weiß nicht, was deine Bedürfnisse sind, Drache. Und ich will es auch gar nicht wissen.«

»Wirklich nicht?« Theatralisch schnüffelte er wieder in die Luft, und sie warf ihm einen finsteren Blick zu.

»Würdest du bitte damit aufhören!«

»Das könnte ich. Aber wo bliebe dann der Spaß?«

Spaß? Hielt er das etwa für Spaß? Das war der Stoff, aus dem Albträume gewebt wurden! Horrorgeschichten, um Kindern Angst zu machen, damit sie sich benahmen. Sie hatte keinen Spaß. Verdammt.

Talaith stand auf und ging auf die Suche nach einem stabilen Stock. »Sag mir eines, Drache. Hast du vor, mich zu zwingen, mit dir zu schlafen?«

»Nein.« Er sagte es beiläufig. Als hätte sie nicht eben gefragt, ob er die Absicht hatte, sie zu vergewaltigen.

Sie kauerte sich nieder und wühlte in einem Haufen Äste und Zweige, bis sie hatte, was sie brauchte. »Dann werden du und ich nicht …«

»O doch, das werden wir.«

Den Ast fest in der Hand, stand Talaith auf und wandte sich rasch zu ihm um. »Nein. Werden wir nicht.«

Er lachte schnaubend und verdrehte die Augen. »Warum verleugnest du dich selbst?«

»Ach, tue ich das?« Seine Arroganz würde sie noch aus der Haut fahren lassen.

»Aye. Uns beiden gegenüber.«

Talaith marschierte zurück zu ihren Hasen und kauerte sich wieder beim Feuer nieder. Sie nahm eins der toten Tiere hoch und stieß brutal den Ast hindurch. Sie musste das Ende nicht einmal mit ihrem Messer zu einer Spitze schnitzen.

»Du, Drache, bist der …«

»… unglaublichste Kerl, dem du je begegnet bist.« Es war keine Frage. Es war eine Feststellung.

»Ich wollte sagen, der arroganteste Mistkerl.«

Er blinzelte. »Also, das ist grob.«

»Ich persönlich finde dich …«

»Pssst!« Er wedelte mit einer Hand.

Einen Augenblick lang dachte Talaith wirklich, sie würde aus der Haut fahren. Zähneknirschend zischte sie: »Hast du mir eben den *Mund verboten*?«

»Aye. Ich will ein Nickerchen machen, bevor wir weiterreisen.« Er lehnte sich an den Baum und schloss die Augen. »Und ich finde dein ständiges Geplapper ziemlich störend.«

Talaith sah sich verzweifelt um. *Seit wann ist alles blutrot?* Denn im Moment sah sie nicht nur rot, sondern blutrot.

»Und versuch nicht wegzurennen.« Ein Auge öffnete sich und richtete sich auf sie. »Auch wenn es vielleicht Spaß macht, dich zu jagen.« Er lächelte, als er wieder beide Augen schloss und scheinbar eindöste.

Unfähig, sich etwas anderes einfallen zu lassen, streckte Talaith ihm die Zunge heraus.

»Und streck mir nicht die Zunge heraus«, neckte er in einem leisen Singsang, »oder ich finde eine gute Verwendungsmöglichkeit dafür.«

Erschrocken schloss sie auf der Stelle den Mund und wandte sich wieder ihrem Hasen zu. Als sie Briecs leises Kichern durch die Flammen hörte, wusste sie, dass sie ihn wirklich abgrundtief hasste.

Briec schlief nur ungefähr eine Stunde. Die Sonnen waren nicht weit über den Himmel gewandert. Er sah sich in ihrem Lager um, und Panik überfiel ihn. Fort. Sie war fort. Doch dann hörte er ihr Luftschnappen und ein erschrockenes »Mist!«.

Bevor er sich rühren konnte, stolperte sie aus dem Wald und zog dabei ihr Nachthemd herunter. Er musste ihr wirklich etwas Besseres zum Anziehen besorgen als das da. So langsam hasste er es geradezu.

»Was ist los?«, wollte er wissen, während er rasch aufstand, um jeden in Stücke zu zerfetzen, der sie angerührt oder ihr wehgetan haben mochte.

Sie öffnete den Mund, um zu antworten, schloss ihn aber wieder.

»Also?«, drängte er.

Sie zuckte die Achseln. »Käfer.«

»Hast du Käfer gesagt?«

»Ja. Und sieh mich nicht so an!« Sie sah sich im Wald um. »Ich bin nicht gern« – sie schauderte – »draußen.«

Sie ging näher an das niederbrennende Feuer heran. »Ich wollte ... äh ... ein paar Dinge erledigen, als plötzlich etwas auf mir herumkrabbelte.«

Er sah sie an, und sie verschränkte zornig die Arme vor der Brust. »Ich brauche kein Urteil von dir!«

»Wie du willst.«

Ihre Laune hob sich. »Wirklich? Wie *ich* will? Dann kann ich nach Hause gehen?«

»Ja.«

Sie blinzelte überrascht, und er lächelte. »Nach Hause mit mir. Es sei denn, du willst zurück zum Strick.«

»Oh, hör auf, mir das ständig unter die Nase zu reiben!«, herrschte sie ihn an.

»Wenn ich dadurch bekomme, was ich will.«

Sie stürmte wild auf ihn zu, in ihrem schmutzigen Nachthemd und mit nackten Füßen und dieser wundervollen, ungebändigten Lockenmähne, und stach mit einem kleinen Finger nach ihm. »Ich. Hasse. Dich.«

Briec beugte sich hinab, bis sich beinahe ihre Nasen berührten. »Ist. Mir. Egal.«

Mit einem frustrierten Aufschrei wandte sie sich von ihm ab. Er konnte nicht hören, was sie murmelte, aber es war ihm auch egal.

»Na los. Ich will noch ein paar Wegstunden zwischen uns und dieses Natterngezücht bringen, bei dem du gelebt hast, bevor die Sonnen untergehen.«

»Du bestehst wirklich darauf, dass ich mit dir komme, oder?«

»Natürlich. Bei mir bist du sicherer.«

»Und wie kann ich mir da sicher sein?«

Briec ging zu ihr hinüber. Sanft berührte er ihre Schultern und sagte: »Ich verspreche dir, dass ich dir nichts tun werde.«

»Aber du wirst mich auch nicht gehen lassen.«

»Wo würdest du denn hingehen? Du bist eindeutig aus Alsandair. Das erkenne ich an deiner Hautfarbe.« Er streckte die Hand aus und liebkoste ihre Wange, was sie erschreckte. Aber er konnte nicht anders. Sie hatte die schönste braune Haut, die er je gesehen hatte. Makellos, auch wenn sie selbst vollkommen verrückt war. »Hast du Familie hier? Freunde? Irgendwen, dem du etwas bedeutest innerhalb eines Umkreises von tausend Wegstunden von hier?«

Sie versuchte, bei diesen Worten ihr Gesicht abzuwenden, aber er ließ sie nicht. »Vertrau mir. Ich sorge dafür, dass dir nichts passiert. Und wir besorgen dir zumindest mal ordentliche Kleidung.«

»Na gut.«

Er sah sie an, doch ihr Gesicht verriet nichts. Sie hatte ihre Emotionen wieder unter Kontrolle und sämtliche Gefühle verborgen. Darin war sie gut.

Briec war klar, dass er so viel aus ihr herausbekommen hatte, wie er konnte, daher ging er davon. Als er in sicherer Entfernung war, sprach er den alten Zauberspruch seines Volkes, und sein Körper verwandelte sich. Die Wandlung vom Mann zum Drachen dauerte nur Augenblicke. Sie starrte ihn mit gebührendem Entsetzen an. Das war keine Drachenfurcht mehr. Nein, sie hielt ihn ganz einfach für ein Monster. Er musste irgendwie dafür sorgen, dass sie das überwand.

Während ihm dieser letzte Gedanke durch den Kopf wirbelte, tat Briec der Mächtige etwas, wovon er nie gedacht hätte, dass er es einmal tun würde. Er kauerte sich so tief es ging auf den Boden.

»Steig auf.«

Ihre Augen weiteten sich. »Aufsteigen? Auf was?«

Briec seufzte und ärgerte sich, dass er das wirklich zulassen wollte. »Auf meinen Rücken. Halt dich an meinen Haaren fest und klettere rauf.«

»Können wir nicht zu Fuß gehen? Ein flotter Lauf ist auch immer nett.«

»Reiz mich nicht, Frau!«

Sie sah sich verzweifelt um, suchte offenbar nach einem letzten Ausweg. Doch er gewährte ihr keinen.

»Wenn du die Reise nicht in meinen Schwanz gewickelt machen willst …«

Ihr Kopf fuhr herum. »Nein!«, schrie sie auf.

»Dann steig auf.«

Nach langem Zögern ging sie schließlich zu ihm hinüber. Mit einem tiefen Seufzen hielt sie sich an seinen Haaren fest und zog sich auf seinen Rücken hinauf. Sie versuchte zunächst, sich im Damensitz zu setzen. Und er wusste auch, warum. Bis auf ihren Dolch war sie nackt unter ihrem Nachthemd.

»Das wird nicht funktionieren, kleine Menschliche. Du wirst dich schon rittlings auf mich setzen müssen.« Er hörte ihr leises verzagtes Stöhnen und unterdrückte ein Lachen. Normalerweise hätte er sich nicht so am Unbehagen eines anderen geweidet. Aber er wusste, was sie verbarg, sobald sie die Beine über seinem Rücken spreizte. Er spürte es auf seinen Schuppen, als wäre es menschliche Haut, auf der sie saß.

Die Frau war nass. Offensichtlich hatte sie nichts gegen einen ordentlichen Streit. Er natürlich auch nicht, wenn er einen würdigen Gegner fand.

Das und dieser berauschende Geruch der Lust, und Briec wusste, dass er die richtige Entscheidung getroffen hatte.

Sie gehörte ihm … bis er genug von ihr hatte.

Lächelnd breitete er seine Flügel aus und erhob sich in die Luft, während er das Gefühl dieser kleinen Menschenfrau genoss, die sich verzweifelt an seinen Rücken und seine Haare klammerte, auch wenn sie unbedingt aufschreien musste wie eine erschreckte Stute.

4 Arzhela, die Göttin des Lichts, der Liebe und der Fruchtbarkeit, blickte finster auf den gesenkten Kopf ihrer Priesterin hinab.

»Was meinst du damit, er hat sie mitgenommen?«

Sie hörte die Frau schlucken, bevor sie antwortete. »Er hat sie mitgenommen.«

»Wer hat sie mitgenommen?« Und um ganz ehrlich zu sein: Sie fürchtete die Antwort.

»Eine groteske Bestie. Ein Dämon aus der Unterwelt. Ein Schandfleck auf …«

»Reiz mich nicht, Mer'lle!«, dröhnte die Stimme der Göttin durch den Tempel, der ihr zu Ehren errichtet worden war.

Die Frau zitterte, und Arzhela ermahnte sich, dass eine verängstigte Priesterin eine nutzlose Priesterin war.

»Erzähl mir, was die Dorfbewohner gesagt haben, Mer'lle.«

»Es war ein … Drache. Ein silberner Drache, meine Göttin.«

Arzhela wandte sich von ihrer Priesterin ab und starrte die Goldstatue an, die nach ihrem Bild geformt war. Sie holte tief Luft und sandte einen stummen Ruf an ihre Brüder und Schwestern, Göttern und Göttinnen dieser Welt, nach ihrem Schützling Ausschau zu halten. Sie konnte es sich nicht leisten, Talaith jetzt zu verlieren. Sie hatte zu viel in die Menschenfrau investiert, ihre besten Priesterinnen genutzt, um sie auszubilden. Sie vorzubereiten.

Nun war endlich die Zeit gekommen, Talaith dazu aufzurufen, ihre heilige Pflicht zu tun. Arzhela hätte sie innerhalb der nächsten Woche aufgesucht. Denn nach dem kommenden Vollmond würde ein weiterer Mond folgen. In ihrem Pantheon war jetzt die Zeit der Dunkelheit und Verzweiflung. Die Zeit, in der das dunkle Böse die Priesterinnen zwingen würde, ihre

Schutzzauber um die Dörfer aufzubauen und gleichzeitig sämtliche andere Magie und Zauber auf ein Minimum zu reduzieren. Denn es war die Nacht, in der die Macht der Drachengötter uneingeschränkt über dem Land herrschen würde. Für die Brüder der Drachengötter war der Mond des Schwarzen Feuers eine mächtige und heilige Zeit, in der ihre mächtigen Hexen ihre stärkste Magie wirkten. Und eine Zeit, auf die sich einer der Drachengötter schon seit Jahrhunderten gefreut hatte. Sie wusste, dass alles, was er brauchte, sich endlich anbahnte. Alles, was er wollte, war bereit. Falls sie ihn nicht aufhalten konnte. Falls sie seine Pläne nicht vereiteln konnte. Und das bedeutete, dass sie ihren scharfzüngigen kleinen Winzling zurückhaben musste.

Und wenn es sein musste, würde sie das ganze Land auseinandernehmen, bis sie Talaith fand.

Sie brauchten länger, als Briec erwartet hatte, um zu dem nächsten sicheren Ort zu kommen, den er auf dieser Route kannte. Als er beschloss zu landen, waren beide Sonnen untergegangen, und er wusste, dass seine kleine Menschenfrau bestimmt schrecklich fror. Er hörte ihr Zähneklappern sogar über den heulenden Wind hinweg.

Seine Füße berührten festen Boden, und er versuchte, Talaith bei der Landung nicht mehr als nötig durchzurütteln. Als er über seine Schulter blickte, sah er, dass sie sich eng an seinen Rücken geklammert und das Gesicht an seinem Hals verborgen hatte. Ihre Hände waren tief in seinen Haaren vergraben, die Finger fest um dicke, silberne Strähnen geklammert. Sie sah nicht einmal auf, sondern drückte ihre Beine nur noch fester an ihn … wenn das körperlich überhaupt möglich war. Die Frau hatte bemerkenswert starke Schenkel.

Das gefiel ihm.

»Wir sind da.«

»Ist mir egal«, wütete sie an seinem Hals; ihr ganzer Körper bebte.

»Hast du vor, so zu bleiben?«

»Ja.«

»Wie lange?«

»Für immer.«

Wieso gefiel ihm das? Schnell verbannte Briec diesen lächerlichen Gedanken aus seinem Kopf. »Hör zu …«

»Nein. Ich rühre mich nicht vom Fleck. Nie mehr.«

»Wie du möchtest.«

»Du sagst das immer wieder, als würdest du es ernst meinen.«

Briec unterdrückte ein Lachen. Er erinnerte sich an etwas, das seine Schwester ihm Jahre zuvor beigebracht hatte, und zauberte rasch einen Flammenschutz um das Mädchen herum. Es war ein leichter Zauber, der nur wenige Sekunden halten würde, und er war sich sicher, dass sie es nicht einmal bemerken würde, doch ihr Körper versteifte sich und sie fragt: »Was hast du vor?«

Flammen umgaben sie, er nahm wieder seine menschliche Gestalt an und lächelte darüber, dass diese wunderschöne Frau mit gespreizten Beinen auf seinem nackten Hintern saß. Er verschränkte die Arme und legte seinen Kopf darauf, während er sich fragte, wie lange es wohl dauern würde, bis sie es bemerkte.

Fast zwei Minuten sagte sie kein Wort. Dann bewegte sie sich ein bisschen, und ihr nacktes Geschlecht – heiß und hungrig – drückte sich gegen seine Backen.

Sie keuchte entsetzt auf und setzte sich schließlich doch auf. »Was um alles …«

»Ich dachte, du wolltest dich nicht vom Fleck rühren?«

»Du durchtriebener Mistkerl! Ich wusste doch, dass ich spüre, wie du einen Zauber wirkst.«

»Nur einen kleinen. Ich bin überrascht, dass du es überhaupt bemerkt hast.«

Ihre Hände umklammerten immer noch seine langen Haare, aber er hatte genug Platz, um sich umzudrehen. Was er rasch tat, bevor sie flüchten konnte.

Briec umschlang ihre Taille und zog sie eng an sich, sodass ihr Geschlecht an seiner inzwischen mächtigen Erektion rieb.

Panisch versuchte sie, ihre Hände aus seinen Haaren zu lösen, aber das war gar nicht so einfach.

»Lass mich gehen!«, verlangte sie, während sie eine Hand zurückriss und merkte, dass sie immer noch in seinen Haare festhing.

Der Ruck ließ ihn vor Schmerz zusammenzucken, und er fuhr sie an: »Ich kann dich nicht gehen lassen. Weil du mich immer noch festhältst.« Während er das sagte und sich dabei Mühe gab, traurig und ratlos zu klingen, rieb er seine Hüften zwischen ihren Schenkeln.

Diesmal zog sie ihn absichtlich an den Haaren. *»Hör auf damit!«*

»Entschuldigung. War ein Versehen.«

»Das war es nicht!« Nach ein paar weiteren Befreiungsversuchen hielt sie ihre Hände triumphierend in die Höhe. Sie hatte sie endlich aus seinen Haaren entwirrt. Doch als sie versuchte, von seinem Schoß zu springen, verstärkte er seinen Griff um ihre Taille.

»Du wirst mich doch nicht so hier zurücklassen, oder?«

»Oh doch, ganz sicher!«

Was zur Hölle war hier los? Kein Mann – oder in diesem Fall männliches Wesen – hatte sich je so um sie bemüht. Denn das tat er. Mit jedem Blick. Jedem Wort. Jedem hinterhältigen Vorstoß. Und um ehrlich zu sein, hatte sie keine Ahnung, wie sie damit umgehen sollte.

Talaith hatte vorher nur einen Mann geliebt und diesen mit sechzehn Jahren verloren. Danach hatte man sie demjenigen übergeben, den sie jetzt »Ehemann« nannte. Seit dieser Mann wusste, dass sie seine Frau war, hatte er nie auch nur versucht, sich um sie zu bemühen. Sie hatte auch nicht das Gefühl, dass er es im Mindesten geschätzt hätte, wenn er dazu gezwungen gewesen wäre. Doch je mehr sie sich gegen den Drachen wehrte, desto mehr Spaß schien dieser zu haben.

Natürlich könnte sie sich ihm einfach überlassen und es hinter sich bringen. Aber etwas, diese innere Stimme, die sie in all den vielen, langen Jahren nie in die Irre geführt hatte, sagte ihr, dass sie nie über die Zeit hinwegkommen würde, die sie im Bett dieses Drachen verbrachte. Hatten Drachen überhaupt Betten? Würde sie mit ihm auf dem Höhlenboden schlafen müssen? Das klang alles nicht sehr bequem.

»Das ist nicht fair!«

»Was hat Fairness damit zu tun?«

»Ich bin müde und am Erfrieren. Ich kann jetzt nicht mit dir kämpfen.«

»Warum muss alles zwischen uns ein Kampf sein?«

Weil sie es genoss? Nein. Es war wahrscheinlich keine gute Idee, das zu sagen. So würde sie ihn nie loswerden. Es war zu eindeutig, dass er ihre Streitereien genauso sehr mochte.

Verzweifelt den Kopf schüttelnd, herrschte sie ihn an: »Alles zwischen uns? Was redest du da? Wir kennen uns erst seit heute Morgen!« Sie schlug ihm auf die Hände, die ihre Taille enger umfassten. »Hör auf damit!«

Talaith stemmte sich gegen seine Brust, doch seine Arme rührten sich nicht. Sie versuchte es trotzdem weiter. Und schließlich, gelangweilt von der Rangelei, wie sie annahm, ließ er sie los. Das hatte Talaith nicht erwartet; sie fiel nach hinten und landete hart auf dem Boden.

»Au!«

Er entschuldigte sich nicht einmal, setzte sich auf und sah auf sie herab. War er wütend? Es schien nicht so, da er begann, mit seiner Erektion zu reden.

»Ich weiß. Ich kann es auch nicht fassen, dass sie uns einfach so uns selbst überlässt. Ein grausames Frauenzimmer, was?«

Nach dem langen, beängstigenden, furchtbaren Tag, den sie hinter sich hatte, hatte sie sich so ein Ende nicht im Entferntesten vorgestellt. Gegen ihren Willen lächelte sie.

»Sieh dir das an. Jetzt lacht sie uns auch noch aus!«

Verzweifelt gegen einen Lachanfall ankämpfend, befahl sie: »Hör auf, mit ihm zu reden!«

Er zuckte die Achseln. »Tja, wenn du schon nicht mit ihm reden willst ... Er fühlt sich schrecklich einsam. Und ich glaube, du hast seine Gefühle verletzt.« Dann ließ er ihn zweimal zustimmend hüpfen.

Talaith schlug die Hände vors Gesicht und seufzte. Was hatte ihre Mutter ihr noch gesagt, wie die sieben Anzeichen für Wahnsinn aussahen? Ein Drache, der mit seiner eigenen Erektion redete, musste eindeutig eines davon sein.

»Hast du vor, mir meine Frage heute Abend noch zu beantworten?«

»Nein.« Sie sah ihn nicht einmal an. Für sie hatte er seine menschliche Gestalt angenommen, als sie angekommen waren, und war seither so geblieben. Dennoch sah sie ihn immer noch nicht an. Wenn sie ihn als Mensch nicht mochte und als Drache auch nicht, was blieb dann noch übrig?

»Ich verstehe nicht ...«

»Bitte«, seufzte sie. »Ich bin so müde. Können wir nicht einfach schlafen gehen?«

Er sah sie über das Lagerfeuer hinweg an. Sie sah wirklich erschöpft aus.

»Natürlich.«

Er klopfte neben sich auf den Boden. »Komm. Du kannst hier schlafen.«

»Das soll ja wohl ein Scherz sein!«

»Nein. Ich habe keine Decken für dich. Mein Körper wird dich warm halten.«

»Darauf wette ich«, murmelte sie vor sich hin. Sie redete öfter mit sich selbst. Er fand es … merkwürdig. Zu ihm sagte sie: »Hältst du mich für so dumm?«

»Ich halte dich überhaupt nicht für dumm. Ich verschwende meine Zeit nicht mit dummen Leuten.«

»Na, das erleichtert mich aber.«

»Ich gebe dir ein Versprechen: Du schläfst hier, und ich verspreche, dass nichts passieren wird, außer dass wir schlafen.«

»Und du erwartest, dass ich dir das glaube?«

Briec wurde zum ersten Mal seit sehr langer Zeit ein wenig zornig.

Langsam erhob er sich und ging durch das Lagerfeuer, genoss die warmen Flammen, die kurzzeitig seinen Körper umgaben, bis er neben ihr stand. Braune Augen starrten zu ihm herauf, und er sah keine Furcht mehr in ihnen. Wahrscheinlich, weil sie ihn jetzt stattdessen die meiste Zeit hasste.

»Stellst du das Wort eines Drachen in Frage, kleiner *Mensch*?«

Sie stand auf und sah nicht weniger grimmig aus in ihrem inzwischen verdreckten Nachthemd. »Nein. Ich stelle *dein* Wort in Frage. Du bist nur zufällig ein Drache.«

»Meine Versprechen sind sehr viel verlässlicher als die irgendeines Menschen.«

»Du hast mich aus meinem Dorf entführt …«

»Ich habe dich *gerettet*!«

»… und jetzt lässt du mich nicht wieder gehen.«

»Ich breche keine Gesetze, M'lady.«

»Drachengesetze, die nicht für mich gelten.«

»Sie gelten seit dem Augenblick für dich, als ich dich vor diesen Dörflern gerettet habe.«

Sie starrte ein paar Augenblicke zu ihm herauf, dann wandte sie sich knurrend von ihm ab und entfernte sich ein Stück. »Danke, aber ich komme gut allein klar.«

»Mach dich nicht lächerlich.«

»Das ist mein gutes Recht, oder habe ich die Fähigkeit verloren, meine eigenen Entscheidungen zu treffen?«

»Na schön. Dann frier doch die ganze Nacht. Mit ist das egal.«

Er wandte sich ab und verschwand zwischen den Bäumen, wobei er sich langsam in einen Drachen zurückverwandelte. Er würde über sie wachen und auf sie aufpassen, aber er würde es aus einer hübschen, respektablen Entfernung tun.

Briec verstand diese Frau nicht. Überhaupt nicht. Selbst für einen Menschen kam sie ihm verdammt seltsam vor. War es nicht kaum eine Stunde her, dass sie über seine Witze gelächelt und gelacht hatte? Und jetzt behandelte sie ihn wieder, als hätte er ihre gesamte Familie ausgelöscht.

Er erstarrte mitten in einem stapfenden Schritt. *Moment mal. Habe ich das vielleicht?* Er dachte lange und gründlich nach, dann schüttelte er den Kopf. Nein. Er hatte nie irgendwelche Dörfer oder Städte in Alsandair zerstört. Also konnte er zu recht zornig sein, stellte er fest und ging weiter.

Er hatte keine Zeit für so verflucht schwierige Frauen. Vor allem nicht für schöne Menschenfrauen. Vielleicht hatte die Königin recht. Vielleicht war es an der Zeit, mit einer netten Drachendame sesshaft zu werden. Sich eine Gefährtin zu suchen. Ein paar Drachenjunge auszubrüten, wenn es unbedingt sein musste. Er hatte wirklich geglaubt, sein älterer Bruder und Thronerbe von Gwalchmai fab Gwyar würde sich für ihn um die zukünftige Erbsituation kümmern, damit er sich selbst keine Gedanken darum machen musste. Doch indem er sich entschieden hatte, eine Menschenfrau als Gefährtin zu nehmen, hatte Fearghus sich für ein Leben ohne Nachkommen entschieden. Da Fearghus nur sehr wenige Wesen zu mögen schien, war das natürlich vielleicht im Interesse aller. Wer wusste schon, was für einen Albtraum sein Bruder sonst aufgezogen hätte?

Briec bettete seinen großen Körper bequem nieder, beobachtete die Frau aus dem Schutz der Bäume heraus und umgab sie beide mit einem starken Schutzzauber. Sie konnte ihn nicht sehen. Er war zu weit weg für ihre menschlichen Augen. Er wusste nicht, was er zu sehen erwartet hatte, wenn sie sich erst unbeobachtet glaubte. Doch was er nicht erwartet hatte, war, dass sie sich auf den Boden setzte, die Knie unters Kinn zog und die langen Arme um die Beine schlang. Dann drehte sie den Kopf und legte ihre Wange auf ihre Knie. Sie machte kein Geräusch. Sie rief nicht um Hilfe. Sie versuchte nicht zu fliehen.

Dennoch konnte er selbst aus dieser Entfernung ihre Tränen sehen. Er schloss die Augen und bekämpfte den Wunsch, zu ihr zurückzukehren, sich wieder in einen Menschen zu verwandeln und sie auf die einzige ihm bekannte Art dazu zu bringen, nicht mehr zu weinen. Es war ein schwerer Kampf, aber er gewann ihn.

Während er sie beobachtete, wie sie dort so allein und verzagt saß, versuchte er herauszufinden, was das für ein Gefühl war, das er plötzlich hatte. Es begann tief in seiner Brust, und es wühlte sich in seinem Körper nach oben.

Es war etwas, das er nie vorher verspürt hatte und hoffte, nie wieder zu spüren – das Gefühl, dass er etwas falsch gemacht hatte. Und dass er sich deswegen irgendwie schlecht fühlen sollte.

Er schüttelte den Kopf. Nein. Er hatte nichts falsch gemacht. Er war ein Drache, und so war es eben.

Seine süße kleine Menschliche würde einfach lernen müssen, damit zu leben.

Sie wusste, dass er sie beobachtete. Selbst aus dieser Entfernung konnte sie seinen Blick auf sich spüren. Tränen rannen ihr übers Gesicht, doch sie weigerte sich, sie wegzuwischen. Ihm irgendetwas von ihren Gefühlen zu zeigen. Er würde sowieso nur glauben, sie sei traurig. Das war weit von der Wahrheit entfernt. Meilenweit entfernt, um genau zu sein.

Nein, Traurigkeit war nicht ihr Problem. Frustration. Die reine Frustration war ihr Problem. Wie viele andere würden sie noch von dort wegholen, wo sie lebte, und ihr befehlen, zu tun, was sie wollten? Wie viele andere würden sie noch benutzen, als wäre sie irgendein Schankmädchen, das auf die nächste Ale-Bestellung wartete?

Talaith wartete nun schon seit sechzehn Jahren. Wartete auf den Tag, an dem die Göttin, die sie als ihr Eigentum betrachtete, kommen und ihr sagen würde, was sie von ihr wollte. Darum hatte sie die ganze Zeit mit diesem Dummkopf gelebt, den sie Ehemann genannt hatte. Deshalb blieb sie in diesem Land, das nicht das ihres Volkes war. Und darum hatte sie ihre Macht verloren. Weil sie einen Preis zu zahlen hatte.

Dennoch hatte sie diesen Drachen nicht kommen sehen. Und sie hätte alles Gold des Universums verwettet, dass ihre Göttin ihn auch nicht hatte kommen sehen.

Die Drachen hatten ihre eigenen Götter, und ihre Götter schützten sie mit einem Ingrimm, der an Tollwut grenzte. Die Götter der Menschen waren weniger fürsorglich, aber es gab ja auch viel mehr Menschen. Seit einer großen Schlacht vor vielen Äonen konnten menschliche Götter und Drachengötter nicht mehr gegeneinander kämpfen, weil sie die jeweils andere Existenzebene nicht betreten konnten. Also benutzten sie ihre loyalen Anhänger, um ihre Kämpfe für sie auszufechten, und lehnten sich zurück, um das Gemetzel zu genießen.

Dennoch hatte sich über die letzten ungefähr tausend Jahre hinweg eine sehr unsichere Allianz zwischen Menschen und Drachen entwickelt. Früher war es so gewesen: Ließ man die Drachen in Ruhe und ignorierte von Zeit zu Zeit eine gestohlene Kuh oder ein vernichtetes Bataillon, dann hielten sich die Drachen von den Dörfern und Menschen fern. Die Menschen, die nach Ruhm und Ehre strebten und den unausgesprochenen Pakt brachen, lenkten normalerweise den brutalen Zorn der Drachen schnell auf irgendein armes Königreich und den Kopf seines Königs.

In den letzten paar Jahren hatte es jedoch zunehmend Gerüchte in den kleinen Städten und Dörfern gegeben. Gerüchte über mehr und mehr Drachen, die am Himmel gesehen wurden. Obwohl noch keine Rede von Zerstörungen oder Gewalt war, hatte die Furcht Wurzeln geschlagen und sich ausgebreitet. Vor allem in Madron, wo Lord Hamish mit harter Hand regierte. Die wenigen Gerüchte, die er in ihrem winzigen Dorf zuließ, besagten, dass die Drachen wieder willkürlich töteten und Städte und Dörfer und alles, was sie ärgerte, zerstörten. Doch die Heere von Madron bereiteten sich auf eine Art Krieg gegen die Drachen vor … als hätten die Menschen eine Chance zu gewinnen. Alles, was für die Menschen sprach, war ihre Anzahl. Einer ihrer Lehrer damals in Alsandair hatte Menschen und Drachen mit Fliegen verglichen, die um einen Wolf schwärmten. Genug von ihnen konnten unerträgliche Pein verursachen, aber normalerweise genügte ein ordentliches Bad, um sie abzuwaschen.

Talaith hatte nie geglaubt, je einen Drachen zu sehen, geschweige denn, von einem entführt zu werden. Entführt zu werden, damit er mit ihr ins Bett gehen konnte. Er kam eindeutig nicht oft aus seiner Höhle heraus, wenn sie das Beste war, was er finden konnte. Vielleicht hätte sie von Hingabe und Verbindlichkeit sprechen sollen, damit er vor Angst in seine Höhle zurückkehrte. Dieser Gedanke brachte sie beinahe zum Lächeln, doch sie wusste, dass ihre Zunge die Oberhand gewinnen würde.

Er ärgerte sie. Außerordentlich. Und wenn der Zorn in ihrem Kopf regierte, bedeutete das, dass ihr Mund das Kommando übernahm. Wehe denen, die dann auf der falschen Seite standen.

Aber wer hätte gedacht, dass es ein Wesen gab, das so verflucht arrogant war? Und fordernd? Und ungehobelt? Und umwerfend? Und so gut ausgestattet, dass es sie an ein Schlachtross erinnerte?

Lord Hamish scheuchte seine besten Männer auf, noch bevor die zwei Sonnen aufgingen. Er ließ sie Reisekleidung anlegen und die Waffen verbergen und teilte sie in mehrere Gruppen auf, damit sie in kürzester Zeit möglichst viel Fläche abdecken konnten.

»Ich will die kleine Schlampe vor dem nächsten Vollmond zurück. Habe ich mich klar ausgedrückt?«

»Aye, Lord Hamish«, antworteten sie im Chor.

»Wir haben unsere Göttin einmal enttäuscht. Das wird nicht wieder vorkommen. Nicht, wenn ihr weiterleben wollt.«

Sie hatten sie enttäuscht. Vor neun Jahren. Sie hatten sie enttäuscht, und er versuchte seither, es wieder gutzumachen. Was ihn überraschte, war, dass sie ihn nicht getötete hatte, als sie sein Versagen entdeckt hatte. Stattdessen hatte sie ihm vergeben und ihm gesagt, wenn er weiterhin tat, was sie wollte, würde sie ihn mit mehr Macht belohnen, als je ein Mensch zu erlangen hoffen konnte. Seitdem hatte sie ihn vor der verrückten Schlampe von Garbhán beschützt. Er schauderte, wenn er daran dachte, dass er diese Dämonenbefleckte fast geheiratet hätte. Sie hätte ihm wahrscheinlich im Schlaf die Kehle aufgeschlitzt. Er hatte nicht geglaubt, dass er einmal jemanden treffen würde, der wahnsinniger war als ihr Bruder. Aber sie *war* wahnsinniger, und die letzten drei Jahre ihrer Herrschaft waren der Beweis dafür.

Nein, er würde seine Göttin nie wieder enttäuschen. Und sei es nur, weil Arzhela die Einzige war, die ihn vor der Blutigen Königin von Garbhán schützen konnte.

»Und der Drache, der bei der Frau ist, Mylord?«, fragte einer seiner Männer.

Er zögerte nicht. »Tötet ihn. Aber sie muss überleben.«

Und das war alles, was er seiner Göttin hatte versprechen müssen. Er verstand nicht, wofür sie diese Frau brauchte. Eine Bäuerin, soweit er wusste. Eine Bäuerin und nichts weiter. Aber die Göttin wollte sie zurückhaben, und das war alles, was er wissen musste. Also würden seine Männer sie lebend zurückbringen.

Was sie zwischen den Dunklen Ebenen und hier mit ihr machen würden … das interessierte ihn eigentlich nicht, solange sie noch atmete, wenn sie hier ankam.

5

Talaith war sich sicher, dass die Göttin sie im Lauf der Nacht holen würde. Natürlich blieb die traurige Wahrheit, dass sie sich nicht entscheiden konnte, was das schlimmere Übel war – die Göttin oder der Drache.

Darüber würde sie sich im Moment aber keine Gedanken machen. Die Sonnen gingen auf, und sie wusste, dass der Drache bald würde aufbrechen wollen. Trotzdem fühlte sie sich sicher und warm. Natürlich kam ihr das jetzt, wo sie darüber nachdachte, seltsam vor. Denn am Abend zuvor war sie mit klappernden Zähnen und eng zusammengerollt eingeschlafen. Es wurde so schlimm, dass sie fast nach dem Drachen gerufen hätte, aber sie hatte es nicht fertiggebracht. Ihr Stolz hatte es ihr einfach nicht erlaubt.

Talaith öffnete mühsam die Augen. Baumwipfel wiegten sich über ihr im Wind. Ein Sturm zog auf, das roch sie. Warum war sie dann nicht am Erfrieren – oder schon längst erfroren?

Sie senkte den Blick und bemerkte, dass eine dicke, glänzende Mähne silbernen Haares ihren ganzen Körper bedeckte. Ihren ganzen *nackten* Körper. Mit einem Seitenblick nach links sah sie die menschliche Gestalt des Drachen neben sich ausgestreckt. Er lag auf dem Bauch, hatte einen muskulösen Arm um ihre Taille gelegt und seinen eigenen Körper eng an ihre Seite gepresst; sein schönes Gesicht war im Schlaf sogar noch schöner.

Er hat die längsten Wimpern, … oh, gute Götter. Talaith, beherrsch dich!

Bevor sie in Panik verfallen konnte, schloss sie die Augen und benutzte das winzige bisschen Magie, das die Göttin ihr zu behalten erlaubt hatte, um zu untersuchen, was der Drache mit ihr gemacht hatte, während sie schlief. Ein paar Sekunden später wusste sie, dass er nichts getan hatte, als die ganze Nacht neben ihr zu liegen. Keine Zauberformeln. Keine Lustzauber. Und er hatte sie definitiv nicht gevögelt.

Da er sein Versprechen ihr gegenüber nicht gebrochen hatte, fühlte sie sich sicher genug, um sich umzudrehen und zu sagen: »Nimm deine dreckigen Pfoten von mir!«

Ohne seine offensichtlich bequeme Lage zu ändern oder die Augen zu öffnen, antwortete er ruhig: »Jetzt werd mal nicht zickig. Ich musste etwas tun. Deine klappernden Zähne hätten mich die ganze Nacht wachgehalten ... und zieh mich nicht an den Haaren.«

Sie zog schnell ihre Hand zurück, mit der sie gerade seine silbernen Haarsträhnen hatte packen wollen. »Lass mich gehen.« Sie versuchte, sich aus seinem Griff herauszuwinden.

Stattdessen stöhnte er.

»Du solltest wirklich damit aufhören. Oder besser: weitermachen!«

»Was weitermachen?«, frage sie abwesend, während sie verzweifelt versuchte, ihren Dolch zu erreichen, der an ihrem Bein festgeschnallt war. Hatte er ihn ihr gelassen, weil er wusste, wie viel sicherer sie sich fühlte, wenn sie ihn bei sich hatte? Wahrscheinlich nicht. Das hätte ja bedeutet, dass er sich über jemanden oder etwas anderes als sich selbst Gedanken machte.

Sein Griff um ihre Taille wurde fester, er schlug seine Augen auf und warf ihr einen heißen Blick zu. »Hör auf, dich zu winden, oder ich kann für nichts mehr garantieren, Frau!«

Hilfe! »Oh. Entschuldigung.« Sie verzog das Gesicht, als ihr bewusst wurde, dass sie sich eben bei diesem Riesendummkopf entschuldigt hatte. »Wenn du mich gehen lässt ...«

»Ich will dich aber nicht gehen lassen.« Die Hand an ihrer Taille glitt jetzt auf und ab und liebkoste ihre Haut. »Du bist weich. Überall.«

Das konnte jetzt leicht ausufern. Vor allem, wenn sie ihre

eigenen Triebe bekämpfen musste. Es war lange her, seit sie mit ihrem Ehemann oder überhaupt einem Mann zusammen gewesen war. Wenn der Drache bloß hässlich oder sonst irgendwie abscheulich gewesen wäre! Aber das war er nicht. Seine Drachengestalt jagte ihr zwar Angst ein, stieß sie aber nicht ab.

»Ich glaube, du musst …«

»Weißt du«, – er küsste ihre Schulter, und sie musste die Augen schließen und die Zähne zusammenbeißen, um nicht zu stöhnen – »du wärst letzte Nacht erfroren, wenn ich nicht gewesen wäre.« Seine Zunge glitt heraus und leckte eine kleine Narbe an ihrem Schulterblatt. »Damit habe ich dir schon zum zweiten Mal das Leben gerettet.«

Ihre Nippel stellten sich auf, und sie hatte das starke Bedürfnis, sich selbst zu ohrfeigen. »Dieses Mal zählt nicht. Ohne dich wäre ich gar nicht hier.«

Er stützte seinen Kopf auf einen Arm, während sich seine andere Hand weiterhin auf ihrer Haut bewegte und sie Dinge denken ließ, von denen sie sicher wusste, dass sie moralisch falsch waren. »Wäre es dir lieber gewesen, wenn ich dich in diesem winzigen Müllhaufen gelassen hätte, den du ein Dorf nennst?«

»Nein. Aber du hättest mich in jeder größeren Stadt zwischen dort und hier absetzen können.«

Gähnend und die Augen schließend, rieb er ein Bein an ihren Beinen, was sie langsam ein klein wenig aus dem Konzept brachte. »Und so ein süßes junges Ding wie dich auf Gedeih und Verderb diesen rauen Straßen ausliefern? Was für ein Drachenheld wäre ich, wenn ich das täte?«

Drachenheld? Es musste hübsch sein in seinem Phantasieland. »Hör mal, ich … Hör auf damit!«, herrschte sie ihn an, als er seinen Kopf ein wenig neigte und mit seiner Nasenspitze ihren Nippel rieb.

Diese kleine und ziemlich eigenartige Bewegung schickte Hitzewellen durch ihren ganzen Körper. »Ich brauche dich nicht, um mich zu beschützen, und auch sonst keinen.«

Er starrte ihre Brüste und ihre inzwischen schmerzhaft harten Nippel an. »Aber du bist so weich und zerbrechlich.«

Weich und zerbrechlich? Erst vor einer Woche hatte sie eine verirrte Kuh aus einem Schlammloch gezogen.

»Ich bin nicht weich und zerbrechlich. Ich bin ... ich bin ...«

Unfähig weiterzusprechen, beobachtete sie ihn – sein Mund so dicht an ihrer Brust – und wusste genau, was er tun würde, lange, bevor er es tat. Trotzdem bekam sie Angst wie eine kleine Jungfrau, als er seinen Mund öffnete und sein Kopf sich senkte.

»Ich dachte, du hättest gesagt, wir müssen früh aufbrechen«, platzte sie heraus, als seine Zunge ganz sachte die Spitze ihres Nippels berührte. Es kostete sie all ihre Kraft, sich ihm nicht entgegenzuwölben und um mehr zu betteln.

Der Drache hielt inne und knurrte. Schläfrige veilchenblaue Augen sahen zu ihr auf. »Gibt es auch mal einen Moment am Tag, wo du nicht redest?«

»Nein.«

Er sah sie an, und einen Augenblick lang fürchtete sie, er würde sie ignorieren und sich einfach weiter mit ihren Brüsten amüsieren. Wenn er das tat, würde sie nicht mehr in der Lage sein, ihn aufzuhalten. Hauptsächlich, weil sie es eigentlich auch gar nicht wollte.

Stattdessen löste er sich seufzend von ihr, und sie spürte sofort seine fehlende Körperwärme. Talaith zog die Beine an und schlang ihre Arme darum. Seine langen Haare glitten über ihre nackte Haut und ließen ihr Herz rasen, während er sich aufsetzte.

»Na schön. Je schneller ich dich zu Hause in meiner Höhle habe, desto schneller finden wir eine Lösung.«

Zu Hause in seiner Höhle? Das klang nicht so gut. »Eine Lösung wofür?« Ihre Zähne begannen wieder zu klappern, und er funkelte sie verärgert an.

Mit einem Feuerstoß entfachte er wieder das Lagerfeuer. »Was glaubst du?« Abwesend hob er den Kopf und schnüffelte. Er lächelte. »Bleib hier.«

Schon war er aufgestanden und im Wald verschwunden.

Mit einem Kopfschütteln nahm sie ihr Nachthemd – sie gab sich dabei größte Mühe, sich nicht vorzustellen, wie er es ihr vom Körper gestreift hatte, während sie schlief – und zog es wieder an.

Sie zwang sich aufzustehen und sich zu bewegen und legte mehr Holz und Zweige auf das Feuer. Sie konnte sich irren, aber sie fragte sich, ob das wirklich Schreie und Schlachtrufe waren, die sie in der Ferne hörte. Sie konnte nicht sicher sein, also beschloss sie, sich keine Gedanken zu machen, denn die Geräusche kamen nicht näher.

Schließlich kam der Drache zurück. Er hatte einen großen Tornister über seine Schulter gehängt und ein hübsches schwarzes Kleid in der Hand.

»Hier. Schau mal, ob es dir passt. Ich kann dich in diesem hässlichen Nachthemd nicht mehr sehen.«

Sie sah an sich herab. »Abgesehen von dem Schmutz – für den ich dir die Schuld gebe – was genau stimmt nicht damit?«

»Es ist fade, gewöhnlich und langweilig. All das bist du nicht. Also zieh es aus und zieh das hier an. Zumindest hält es dich warm, bis wir dir bessere Kleider besorgt haben.«

Talaith nahm ihm das Kleid ab. Es war aus feinster Wolle, und sie schätzte, dass es mehr Gold gekostet hatte als alle ihre Kleider zusammen. Aber ihr Retter hatte keine Taschen, ob nun als Drache oder als Mensch – wo hatte er es also her?

»Wo hast du das Kleid gefunden?«

Er deutete hinter sich, wo er hergekommen war. »Ein Gespann auf der Straße.«

Talaith schauderte. Jetzt wusste sie, dass die Schreie nur zu echt gewesen waren. »Willst du mir damit sagen, dass du das Mädchen umgebracht hast, dem dieses Kleid gehörte?«

»Nein. Das will ich dir damit nicht sagen. Sie ist schreiend davongerannt. Genau wie ihre pummeligen Mägde. Die Soldaten allerdings, die bei ihr waren …«

Sie hob eine Hand. »Bitte nicht.«

»Sie müssen dir nicht leid tun. Sie sind Feinde der Gefährtin meines Bruders … glaube ich. Vielleicht. Na ja, jedenfalls war es wie zwei Fliegen mit einer Klappe.«

Als sie ihn nur anstarrte, hielt er den Tornister hoch. »Beeil dich und zieh dich um, damit du etwas essen kannst. Sie hatten Brot und Käse dabei.«

Seufzend legte Talaith das Kleid vorsichtig hin und wandte dem Drachen den Rücken zu, um ihr Nachthemd auszuziehen. Als sie nackt war, raffte sie das schwarze Kleid rasch vom Boden auf und zog es hastig über, da sie wusste, dass der Drache jede ihrer Bewegungen beobachtete.

Sie band das Mieder und drehte sich zu dem Drachen um. »Na?«

Er lächelte warm. Und zum ersten Mal im Leben fühlte sich Talaith schön. »Viel besser.«

Sie griff nach dem Nachthemd, entschlossen, es zu waschen, sobald sie konnte, doch ein kleiner Feuerball kam ihr zuvor und zerstörte den Stoff in Sekunden.

Sie sah den Drachen mit einer hochgezogenen Augenbraue an. »War das *wirklich* nötig?«

Er zuckte die Achseln. »Ich habe dieses Nachthemd wirklich gehasst.«

»Ich glaube, das habe ich verstanden.«

Sie war hungrig. Zumindest hatte sie das gesagt. Selbst nach dem Brot und dem Käse. Also war er nach ein paar Stunden Flug auf einer Lichtung gelandet, und jetzt gingen sie durch den Wald auf ein Dorf zu, um ihr etwas zu essen zu besorgen. Und die ganze Zeit über redete sie. Pausenlos.

Es waren hauptsächlich Beschwerden. Aber auch Beobachtungen zu allem Möglichen. Pausenlos.

»Solltest du nicht irgendwo in einer Höhle leben und darauf warten, dass dir Jungfrauen zu Füßen gelegt werden oder so etwas?«

»Na ja, ich …«

»Ich meine, wie lange soll dieser Wahnsinn hier noch weitergehen?«

»Hör zu, ich …«

»Hast du je darüber nachgedacht, wie *ich* mich bei alldem fühle? Nein, warte. Du musst dir keine Mühe geben, das zu beantworten. Ich kann mir gut vorstellen, was wir einfachen Menschen deiner Meinung nach denken.«

Sie sah ihn über ihre Schulter hinweg an. »Also? Hast du vor, etwas dazu zu sagen?«

Als er sie nur auslachte, stapfte sie weiter und brummelte vor sich hin.

»Sei nicht sauer«, rief er hinter ihr her. Sie blieb stehen und drehte sich zu ihm um. »Ich bin nur nicht so viel … äh … Konversation gewöhnt.«

Ihre Augen wurden schmal. Von Minute zu Minute fand sie seine Drachengestalt immer weniger zum Fürchten. Schade, dass sie das nicht behaupten konnte, wenn er in Menschengestalt war. »Willst du damit sagen, dass ich zu viel rede?«

»Findest du *nicht*, dass du zu viel redest?« Er schlenderte zu ihr hinüber und bewunderte ihren Anblick in ihrem hübschen neuen Kleid. Obwohl nichts ihren Anblick, wenn sie nackt war, schlagen konnte. Ihr in der Nacht zuvor dieses grauenhafte

Nachthemd vom Körper zu streifen, hatte alles wettgemacht, was er von ihr erdulden musste, seit er sie mitgenommen hatte. »Nicht, dass ich den Klang deiner Stimme nicht mag.«

Das überraschte sie. »Wirklich?«

»Aye.« Er umkreiste sie, und sein Schwanz schwang vor sie. »Du bist schön. Intelligent. Ein bisschen gemein.«

»Bin ich nicht!«

»Und du hast eindeutig etwas zu verbergen.«

Ihr Körper versteifte sich bei dieser Feststellung, aber sie sagte nichts. Er schlang seinen Schwanz sanft um ihre Beine und genoss den kleinen Schauder, den er damit bei ihr auslöste. »Tust du das etwa nicht? Etwas verbergen?«

»Und wenn es so wäre, glaubst du wirklich, ich würde es dir sagen?«

»Das ist ein Argument. Aber trotzdem ...« Er ließ seinen Schwanz an ihren Beinen hinauf und über ihren Hintern gleiten.

Sie schrie auf und schlug danach. »Hör auf damit!«

»Du bist viel zu klug und wortgewandt, um eine gewöhnliche Bäuerin zu sein. Du sagst, du kannst lesen und schreiben. Folglich bist du definitiv keine Standardbäuerin. Du bist aus Alsandair, hast aber trotzdem keine Familie in der Nähe. Ich habe noch nie eine Frau aus den Wüstenlanden getroffen, die ohne eine andere Frau oder ihre Sippe so weit nach Norden gereist ist. Wenn man dann noch diese Magie dazunimmt – ungenutzt, wohlgemerkt –, die einfach an deinem Körper abfließt wie Regenwasser: Da könnte ich schon auf die Idee kommen, dass du vielleicht etwas verbirgst.«

Sie stand schweigend da und starrte geradeaus.

»Wer bist du wirklich, kleine Menschenfrau?«

Dunkle Augen richteten sich auf sein Gesicht. »Ich bin eine Nolwenn-Hexe.« Es war eine ausweichende Antwort, aber sie faszinierte ihn dennoch.

»Eine Nolwenn-Hexe? Hier?« Jetzt war er ehrlich verwirrt. »Warum um alles in der Welt sollte eine Nolwenn-Hexe mit diesem Hanswurst zusammenleben, den du geheiratet hast?«

»Meine Mutter hat mich vor langer Zeit verstoßen. Also … bin ich … gegangen. Und kam in den Norden.«

Briec setzte sich auf seine Hinterbeine. »Dich verstoßen? Aber Nolwenn-Hexen können nur ein Kind haben. Normalerweise ein Mädchen, glaube ich.«

»Ich weiß!«, herrschte sie ihn an. »Glaubst du, ich kenne mein eigenes Volk nicht?«

»Aber was könntest du getan haben, kleine Hexe, um deine Mutter so weit zu bringen, dass sie das einzige Kind verstößt, das sie je haben wird?«

»Ich habe mich verliebt.«

Ah, jetzt verstand er. Nolwenn-Hexen banden sich nie fürs Leben. Nur, um Nachwuchs zu zeugen und innere Bedürfnisse zu befriedigen oder für bestimmte Ansprüche der alten Magie. Sie nahmen einander nie zum Gefährten. Stattdessen gehörte ihr Leben ihren strengen Wüstengöttern und der alten Magie.

»In deinen Ehemann?«

»Nein. In einen anderen. Und bevor du fragst: Er ist gestorben. Vor langer Zeit.«

»Und deine Mutter wollte dich nicht wieder aufnehmen?«

»Ich habe nie gefragt.«

»Du bist *faszinierend.*« Das war sie wirklich. Eine Nolwenn-Hexe? Hier? Er musste sie seiner Schwester vorstellen, einer weißen Drachenhexe. Nur ihre Mutter, die Drachenkönigin, besaß mehr Macht als seine Schwester.

Briec kam ein neuer Gedanke. »Wie alt bist du?«

Sie seufzte. »Zweiunddreißig Winter. Bald dreiunddreißig. Warum?«

»Du bist ja ein Kleinkind!« Wie Drachen waren Nolwenns

nicht unsterblich, aber sie konnten bis zu sechs- oder siebenhundert Jahre alt werden.

»Vielleicht im Vergleich mit Drachen, aber ich bin immer noch ein Mensch, ob Hexe oder nicht.«

»Ich weiß. Wirklich tragisch.«

»Und warum ist das tragisch?«

»Weil …« Er rümpfte ein bisschen geringschätzig die Nase. »Menschen sind so schwach, lästig, weinerlich und dumm.« Sie wollte etwas sagen, aber er unterbrach sie. »Aber deshalb finde ich dich so faszinierend. Du bist nichts davon. Außer lästig.«

Sie schnaubte. Mehrmals, um genau zu sein, bevor sie sich umdrehte und davonstapfte. Das tat sie oft: davonstapfen.

»Sind wir mit unserem Gespräch fertig?«

»Ja.«

Er folgte ihr. »Aber ich habe noch mehr Fragen.«

»Du kannst dir deine Fragen sonst wohin schieben.«

Er schlug seinen Schwanz vor ihr auf den Boden. »Ich glaube, ich habe dich nicht richtig verstanden, kleine Hexe.«

»Du hast mich sehr wohl verstanden, und hör auf, mir mit diesem Ding zu drohen!« Sie trat gegen seinen Schwanz.

Bei den Göttern, sie war absolut anbetungswürdig!

»Ich habe dir nicht gedroht. Ich habe dich aufgehalten. Glaub mir … du würdest es merken, wenn ich dir drohe. Und jetzt« – er setzte sich wieder –, »Wo war ich? Ach ja. Du musst mir noch etwas erklären.«

Resigniert seufzend fragte sie: »Was?«

»Nolwenn-Hexen sind von Geburt an mächtig.«

»Manche. Wenn alle richtigen Zauber vor, während und nach der Geburt gewirkt werden«, antwortete sie, während sie plötzlich anfing, um ihn herumzugehen und Wildblumen zu pflücken. Das kam ihm merkwürdig vor. Sie schien ihm nicht gerade der Typ zu sein, um Blumen zu pflücken.

»Aber obwohl dich alte Magie umgibt, nutzt du sie nicht wirklich.«

»Das ist allerdings wahr.« Sie ging um ihn herum, immer noch Blumen pflückend. »Ich habe sie nicht praktiziert oder studiert, seit ich Alsandair verlassen habe.«

»Verstehe. Na ja, vielleicht könnte ich …« Er hatte sich umgedreht, um direkt mit ihr zu sprechen, aber sie war nicht mehr hinter ihm.

Briec sah sich um und merkte schnell, dass sie nicht nur nicht mehr hinter ihm war. Sie war gar nicht mehr da.

Die kleine Hexe war fort!

Talaith kauerte auf dem höchsten Ast, der ihr Gewicht aushielt. Es war nicht leicht gewesen, so schnell über ihn hinweg und aus seinem Blickfeld heraus zu kommen … das Biest war riesig. Sie sah finster auf den großen, silbernen Kopf dieses arroganten Idioten hinab.

Lästig? Ich bin lästig? Hatte er denn absolut keinen Schimmer, was für ein Mistkerl er war? Eindeutig nicht, sonst hätte er sie gehen lassen. Aber er war entschlossen, sie zu besitzen. Nein, nein, nein. Das würde nicht passieren. Sie hatte schon einige komische und dumme Dinge getan, aber einen Drachen zwischen ihre Beine zu lassen würde keines davon werden.

Konzentriert verlangsamte Talaith ihre Atmung und ihren Herzschlag. Drachen hatten ein erstaunliches Gehör, hatten ihre Ausbilder gesagt, also benutzte sie all ihre Fähigkeiten, um sicherzugehen, dass er sie nicht hörte. Sie verschmolz mit den Schatten der Äste und Blätter, damit seine Drachenaugen sie nicht erspähten.

Das Einzige, was sie nicht kontrollieren konnte, war seinen scharfen Sinn für …

Der Drache schnüffelte, dann sah er sie direkt an. »Da bist du ja, meine kleine Hexe.«

Verdammt.

Bevor sie auch nur daran denken konnte, wieder nach unten zu klettern, packte er den Baum mit seinen beiden Vordertatzen und schüttelte ihn. Schreiend fiel Talaith herab. Aber sein verfluchter Schwanz fing sie auf, kurz bevor sie auf dem Boden auftraf.

»Das war ja verblüffend, kleine Hexe. Sag mir, wo hast du gelernt, dich so schnell zu bewegen und dich so gut zu verstecken? In deinem kleinen Dorf, nachdem du am Morgen das Brot gebacken hast?«

Er lachte über seinen eigenen Witz und machte sich wieder auf den Weg in die Stadt, wobei sie immer noch in seinen Schwanz eingewickelt war.

»Ja, ich hatte recht, was dich angeht. Du bist *faszinierend.* Du und ich, wir werden so viel Spaß zusammen haben, meine kleine Hexe.«

Könnte ich ihn noch mehr hassen? Sie dachte einen Augenblick darüber nach. *Nein, ich könnte ihn nicht noch mehr hassen als ich es schon tue.*

6 Die Gespräche in dem Pub, in den sie schließlich zum Essen gingen, waren, gelinde gesagt, interessant. Viel Gerede über wütende Götter und entsetzliche Stürme. Außerdem fürchteten sie das Herannahen des Schwarzen Mondes.

Natürlich war das nicht die korrekte Bezeichnung für den mächtigen Mond, aber sie hatte die Hoffnung aufgegeben, dass die Nordländer irgendetwas über andere Kulturen wussten. Abgesehen davon hatte sie im Moment größere Probleme.

Das Einzige, was sie gerade beschäftigte, war, von diesem irritierend entschlossenen Drachen fortzukommen. Er saß lässig zurückgelehnt in der Sitzecke, die sie glücklicherweise in einer ruhigen Nische gefunden hatten. Sie hatte befürchtet, vorn an einem der langen Tische auf einer Bank sitzen zu müssen. Aber auch so war der Drache kaum zu übersehen. Selbst mit der Kapuze seines schwarzen Umhangs, der seine silberne Haarmähne, das Kettenhemd und die Hose bedeckte – offenbar hatte einer in dem Unglücksgespann ungefähr seine Kleidergröße getragen –, zog er die Blicke auf sich, wo er ging und stand. Wie konnte es auch anders sein? Er überragte ja alle. Außerdem musste er sie praktisch hinter sich herschleppen, und sie beide zusammen stachen deutlich aus dem gemeinen Volk heraus.

Was sie nicht verstand, was sie *nie* verstehen würde, war, warum sie noch nicht geschrien hatte. Warum hatte sie nicht um Hilfe gerufen? Sie waren auf dem Weg zum Pub an einem Friedensrichter vorbeigegangen. Es war eine der wenigen Städte, die tatsächlich einen hatte, und obwohl er sie mit großem Interesse beobachtete, hatte sie nicht geschrien oder versucht, sich loszureißen. Sie hatte seinen Blick einfach erwidert.

Das Kinn in die Hand gestützt, starrte Talaith in ihr Bier. Sie wusste genau, warum sie nicht um Hilfe schrie. Er könnte verletzt werden. Sogar getötet. Das wollte sie nicht. So sehr sie ihn verachtete – oh, und das tat sie wirklich! –, wollte sie doch nicht Schuld an seinem Tod sein. Sie wollte nur, dass er sie gehen ließ. Aber wenn die ganze Stadt auf ihn losging, bevor er eine Chance hatte, sich zu verwandeln, oder wenn er sich verwandelte und die ganzen Stadtbewohner mit sich riss … nichts davon hätte sie sich verzeihen können.

Sie konnte beinahe ihre Mutter in ihr Ohr flüstern hören: »Talaith, Tochter des Haldane – du bist eine Närrin.«

Und der Drache fragte sich, warum sie nicht zu ihrer Mutter zurückkehrte, um sich trösten zu lassen. Sie wusste selbst am besten, dass der Empfang zu Hause wenig erfreulich ausgefallen wäre.

»Du bist tief in Gedanken versunken, kleine Hexe. Was macht dir Sorgen?«

»Du weißt, dass mir irgendwer das Gesicht aufschlitzen wird, wenn du mich weiterhin so nennst.«

Er runzelte verwirrt die Stirn. »Das Gesetz wurde aufgehoben.«

»Wirklich?«

»Wirklich. Um genau zu sein, ist es seit ungefähr drei Jahren verboten. Seit die neue …«, er schnaubte in seiner typisch arroganten Art und fuhr fort: »… *Königin* an der Macht ist.«

Talaith sah auf ihren Becher hinab und ließ sich nichts anmerken, obwohl sich ihre Hand fester um ihren Becher schloss. »Eine *neue* Königin?«

»Aye. Der Schlächter von Garbhán ist seit langer Zeit tot. Seine Schwester hat ihn geköpft und den Thron übernommen.«

»Verstehe.«

»Wusstest du nichts davon?«

Sie hatten ihr gesagt, dass es so kommen würde – dass *sie* kommen würde –, aber niemand hatte ihr gesagt, dass es schon geschehen war. »Nein. Lord Hamish erlaubte nicht, dass Informationen ohne seine ausdrückliche Genehmigung die Stadt verließen oder hereinkamen. Wer Gerüchte verbreitete, wurde üblicherweise mitten in der Nacht in seine Kerker verschleppt.«

Der Drache verdrehte seine veilchenblauen Augen in kaum verhohlener Abscheu. »Ich mag diesen kleinen Mann nicht.«

Endlich lächelte sie. »Du bist wohl der Einzige, der ihn klein findet.«

»Sehr richtig.«

Sie leckte sich über die Lippen und fragte vorsichtig: »Kennst du die, äh, neue Königin?«

»Ich ziehe es vor, nicht über sie zu sprechen«, antwortete er reserviert.

Er setzte sich abrupt auf. »Lass uns aufbrechen.«

Talaith stöhnte; sie hasste es zu fliegen. »Können wir nicht zu Fuß gehen?«

»Wenn Stürme aufziehen? Ich glaube nicht, kleine Hexe. Also trink aus, damit wir gehen können. Ich bin diese« – er sah sich um – »Menschen langsam leid.«

»Glaub mir« – sie schnaubte, bevor sie ihr Bier in einem Zug hinunterstürzte – »das beruht auf Gegenseitigkeit.«

Die Leute in der Stadt hatten recht gehabt. Ein Sturm zog auf. Ein schwerer Sturm. Briec roch es in der Luft. Aber der Sturm näherte sich schnell, sehr viel schneller als er flog. Obwohl er selbst keine Probleme hatte, sich gegen Eisstürme zu stemmen, konnte er ihr das nicht antun. Diese Menschen mit ihrer empfindlichen Haut … Sie wäre erfroren, noch bevor er zu Hause angekommen war.

Also steuerte er widerwillig den einzigen sicheren Ort an, den er in einem Umkreis von tausend Wegstunden kannte.

Sie landeten in der Höhle, als die Winde stärker wurden und gerade die ersten Tropfen und Schneeflocken auf seine Flügel fielen. Zum Glück hatte sie aufgehört, während des Fluges zu schreien, aber sie klammerte sich immer noch mit einem brutalen Griff in seinen Haaren fest.

»Du kannst mich jetzt loslassen.«

»Bist du sicher?«

Er lächelte über die Ängstlichkeit in ihrer Stimme.

»Ja. Ich bin sicher. Es sei denn, du willst, dass ich meine menschliche Gestalt annehme, während du …«

»*Nein!*« Sie räusperte sich. »Ich meine, das ist nicht nötig.«

Ihre Finger lösten sich aus seinen Haaren, als er sich niederkauerte, damit sie sich von seinem Rücken gleiten lassen konnte.

Sie entfernte sich mehrere Schritte von ihm und schlang fröstelnd die Arme um ihren Körper. »Ist das deine Höhle?«

»Nein. Aber wir schaffen es bei diesem Sturm niemals. Zumindest du nicht.« Und er wollte ihr Leben auf keinen Fall aufs Spiel setzen.

»Bist du sicher, dass wir hier nicht in Gefahr sind?«

»Aye.« Er ließ sie stehen und ging tiefer in die Höhle hinein. »Du wartest hier. Ich brauche nicht lange.«

»Ja«, rief sie hinter ihm her. »Es macht mir riesigen Spaß, hier in dieser feuchtkalten, dunklen Höhle herumzustehen und auf *dich* zu warten.«

Briec ignorierte ihren Sarkasmus und ging los, um den Ärger abzuwenden, von dem er wusste, dass er irgendwo hier lauerte.

Fünf Minuten später war der Sturm tödlich geworden. Sie konnte sich nicht erinnern, in diesem nördlichen Land in all ihren Jahren so einen schrecklichen Sturm erlebt zu haben. Als ein Blitz an zwei Steinen vor der Höhle abprallte, als Querschläger hereinfuhr und ihr fast den Kopf abschlug, beschloss sie, dass es nicht unbedingt das Beste war, hier auf die Rückkehr des Drachen zu warten.

Talaith war nicht sicher, was sie sonst tun sollte, wusste aber, dass sie nicht einfach herumstehen konnte, und ging tiefer in die Höhle hinein. Sie brauchte nicht lange, bis sie einen langen Korridor fand, der von Fackeln erleuchtet war. Sie seufzte erleichtert über das beruhigende goldene Licht, wanderte den felsigen Pfad entlang und schaffte es beinahe, die gewaltigen Donnerschläge zu ignorieren, die außerhalb der Steinmauern detonierten.

Sie kam an riesigen Felskammern vorbei. Manche waren leer bis auf ein oder zwei große Felsblöcke, aber als sie weiterging, fand sie andere, die mit Möbeln, Kleidung und Statuen gefüllt waren. Manche Kammern waren so groß, dass ganze Kutschen darin Platz fanden. Und in einer stapelten sich bis auf Hüfthöhe Goldmünzen und Schätze.

In dieser Kammer hielt sie an. Sie hatte kein Gold mehr gesehen, seit sie das letzte Mal im Haus ihres Vaters gewesen war, als sie sich davongeschlichen hatte, um sich mit ihm zu treffen. Sie lächelte bei der kurzen Erinnerung an den, um mit den Worten ihrer Mutter zu sprechen, »der mir den Samen schenkte, der deine Existenz ermöglicht hat«, und bummelte weiter den Gang entlang. Nach ein paar Schritten hielt sie wieder an. Sie erstarrte eher.

Wie lange folgte er ihr schon? Beobachtete sie? Natürlich konnte sie hier ewig schreckerstarrt stehen bleiben. Aber hatte sie das in den letzten beiden Tagen nicht genug getan?

Also rüstete sie sich für das vor, was sie erwartete, und drehte sich langsam um.

»Aber hallo, hübsche Lady!«

Er sprach. Ein riesiger goldener Drache mit einer goldenen Mähne, die über den Höhlenboden streifte, sprach zu ihr.

Warum auch nicht? So etwas ist bestimmt ganz normal, wenn man wie ich langsam wahnsinnig wird.

Die meisten Menschen begegneten in ihrem Leben nicht einmal einem Drachen. Irgendwie hatte es Talaith geschafft, zweien zu begegnen. Konnte ihr Leben noch mehr aus dem Ruder laufen? Wahrscheinlich nicht.

Er beugte sich ein wenig herab und schnüffelte an ihr. »Ah, der große Bruder ist in der Gegend. Verstehe. Bist du sein Geschenk für mich?«

Talaith knurrte. Sie war diese arroganten, süffisant grinsenden Drachen langsam leid, die davon ausgingen, dass sie nur existierte, damit sie ein Spielzeug hatten. Eigentlich war sie langsam *alles* leid, was männlich war. Die gesamte männliche Spezies bestand nur aus grässlichen Wesen, die immer alles um sich herum zerstörten.

Jedes Wort deutlich aussprechend, damit es keine Missverständnisse geben konnte, sagte sie: »Nein, du arroganter, schwachsinniger Bastard. Ich bin nicht für dich hier.«

Verdutzt setzte sich der Drache auf seine Hinterbeine. »Ich ... äh ...«

»Was? Erwartest du, dass ich vor Angst vor dir schlottere?« Sie hielt ihre Stimme bewusst leise und kontrolliert und ging auf ihn zu. »Soll ich schluchzen und um Gnade winseln? Nein, ich lasse mich lieber in den hintersten Ecken der Hölle verbrennen, bevor ich dir oder deinem dummen, arroganten Bruder dieses Vergnügen bereite.«

Sie war sich sicher, dass sie sterben würde. Dass sie jetzt endgültig zu weit gegangen war. Vor allem, als er sich bäuchlings auf den Boden warf und immer wieder mit seiner Kralle auf den felsigen Boden schlug, dass die Höhle wackelte.

Überraschenderweise wollte er sie jedoch offensichtlich nicht töten. Er *lachte ...*

Eindeutig wurde es, als er seinen riesigen Drachenkörper

auf den Rücken rollte und noch lauter lachte. Fast hysterisch. Mit wild um sich schlagenden, mächtigen Drachengliedmaßen.

Irgendwann kam ihr silberner Drache hereingestürmt. Sie lernte langsam, seine verschiedenen Gesichtsausdrücke und Stimmungen zu lesen. Im Moment sah er besorgt aus.

Er starrte auf den Goldenen hinab, der sich buchstäblich vor Lachen auf dem Boden wälzte, dann auf sie. »Was hast du getan?«

Ungläubig blaffte sie: *»Ich?«*

Der Goldene sah zu seinem Bruder auf. »Sie wird dir das Leben zur Hölle machen, Bruder!« Dann brach er erneut in wildes Gelächter aus und kugelte sich weiter auf dem Boden herum.

Knurrend packte der Silberne den Goldenen am Hals, zog ihn hoch und stellte ihn wieder auf die Beine. Der Goldene schlug nach ihm, um seinen Hals von der silbernen Klaue zu befreien. Also schlug der Silberne zurück. Sie starrten sich ein paar Sekunden an, dann begann der Kampf.

Ohne auch nur zurückzublicken, rannte Talaith los und betete, dass sie es schaffte, nicht lebendig unter den beiden idiotischen Drachen begraben zu werden.

Éibhear der Blaue öffnete die Augen, als sie sich auf seinen Schwanz setzte, den er behaglich in Gwenvaels Gold gesteckt hatte. Er war in die Höhle seines älteren Bruders gekommen, um auf das Ende des Sturms zu warten, und hatte seinen massigen Körper in einem der vielen Goldhaufen vergraben, die Gwenvael überall herumliegen hatte.

Er war immer gut im Abtauchen gewesen. Vor allem für einen Drachen.

Trotzdem hatte er nicht erwartet, etwas so Interessantes bei Gwenvaels Schätzen zu finden.

Eine Frau. Menschlich. Sehr hübsch. Und sie roch nach seinem großen Bruder. Briec und eine Menschenfrau? Das würde der Königin gar nicht gefallen. Sie hatte sich gerade einigermaßen an Fearghus' Gefährtin gewöhnt.

Langsam, um sie nicht zu erschrecken, kroch er zu ihr hinüber, bis seine Schnauze neben ihrem Bein ruhte. Sie bemerkte ihn nicht sofort und zuckte jedes Mal zusammen, wenn die Höhlenwände zitterten – *Briec und Gwenvael hatten wahrscheinlich wieder eine ihrer »Diskussionen«* – oder Steine von der Decke fielen und nur knapp ihren Kopf verfehlten. Aber er erkannte den Moment, als sie sich seiner Gegenwart bewusst wurde.

Sie spannte ihren ganzen Körper an, schloss die Augen und stöhnte verzweifelt auf. »Was muss ich denn noch alles ertragen?«, fragte sie laut. Éibhear sagte nichts; er dachte sich, dass sie ihn zu gegebener Zeit schon ansehen würde. Und das tat sie auch.

»Hallo.«

Sie seufzte. »Blau. Du bist blau.«

»Ich bin Éibhear der Blaue.« Auch nach siebzehn Jahren wurde er nicht müde, das zu sagen.

»Natürlich.« Sie rieb sich mit den Fäusten die Augen. »Wie viele Drachen genau sind noch hier?«

Éibhear wusste nicht recht, was sie meinte oder ob sie überhaupt mit ihm sprach, also beschloss er zu fragen: »Hier, M'lady, oder auf der ganzen Welt?«

Ohne ihre Hände von den Augen zu nehmen, herrschte sie ihn an: »Warum sollte die ganze Welt mich auch nur einen Zentaurenmist interessieren?«

Es war eine bekannte Tatsache unter Drachen, dass Éibhear der Toleranteste seiner ganzen Art war. Er mochte Menschen im Allgemeinen und nannte viele von ihnen seine Freunde. Das hieß aber nicht, dass er sich ohne guten Grund anschreien ließ.

Langsam entfernte er sich von ihr. Aber sie bemerkte es nicht, bis er seinen Schwanz unter ihr hervorzog und ihr Hintern hart auf den Haufen Gold prallte, der den Schwanz bedeckt hatte.

»Au!« Wundervolle dunkelbraune Augen sahen ihn an. »Warum hast du das gemacht?«

Er zuckte die Achseln. »Ich dachte, du möchtest vielleicht allein sein.«

Ein weiteres Krachen kaum aus der Tiefe der Höhle, und die Wände bebten. Sie zog die Beine enger an den Körper und schlang die Arme um sie. »Nein«, antwortete sie mit einem Blick an die Decke, eindeutig in der Angst, sie könnte jeden Augenblick auf sie fallen. »Ich möchte nicht allein sein. Es wäre nett, mit jemand gemeinsam lebendig begraben zu werden. Wir könnten uns im Jenseits Gesellschaft leisten.«

Tief Luft holend, gab sie zu: »Ich bin einfach nur müde. Es tut mir leid, wenn ich dich beleidigt habe.«

»Ach, das hast du nicht.« Éibhear wollte, dass sie sich besser fühlte, deshalb legte er seine Schnauzenspitze auf ihre aufgestellten Knie. »Ich verstehe dich vollkommen.«

Talaith starrte auf die blaue Drachenschnauze hinab, die sich gefährlich nah an ihrem Gesicht befand. *Ach ja, das ergibt einen Sinn.* Und obwohl sie zumindest vorsichtig gegenüber diesem Drachen sein sollte, wenn nicht gar Angst vor ihm haben, war es nicht so. Etwas an ihm hatte eine beruhigende Wirkung auf sie. Sie konnte es nicht erklären, und im Augenblick wollte sie das auch gar nicht.

»Meine Brüder werden jeden Moment aufhören«, sagte er beruhigend. »Normalerweise, wenn einer von ihnen anfängt zu bluten.«

»Machst du dir keine Sorgen?«

»Worüber?«

»Ob die Höhle das aushält.«

»Ach, diese Höhle gab es schon lange, bevor irgendeiner von uns geboren war, und sie wird auch noch lange, nachdem wir zu unseren Vorfahren heimgegegangen sind, weiterbestehen.«

Ein weiterer lauter Knall ließ die Wände beben, und Talaith legte ihre Hand auf den Kopf des Drachen. Aus unerfindlichen Gründen fand sie das tröstlich.

Als Reaktion schmiegte sich der Blaue dichter an sie und seufzte zufrieden, als sie mit der Hand durch seine Haare strich. Sie konnte nicht anders – *sie waren blau!*

»Wie heißt du, M'lady?«

Selbst der Drache, der sie jetzt schon seit fast zwei Tagen gefangen hielt, hatte sie das nie gefragt – als sei es ihm egal. »Talaith. Ich bin Talaith.«

»Sehr hübscher Name, M'lady.«

Immer noch seine seidigen Haare streichelnd, lächelte Talaith schließlich. »Ich bin keine Lady, Drache. Nur die einzige Tochter eines Händlers.« *Und die Auserwählte einer Göttin, die … hmmm, wahrscheinlich sollte ich das nicht erwähnen.*

»Ich habe viele von Rang getroffen. Du bist königlicher als die meisten von ihnen.«

Lachend antwortete sie: »Du kennst mich doch gar nicht.«

Der riesige Drache hob den Kopf, und seine schönen silbernen Augen richteten sich auf sie. Während er sie musterte, fühlte sie sich überhaupt nicht nackt und unbehaglich, wie es bei dem silbernen Drachen irgendwie immer war. Nein, sie wusste tief in ihrem Herzen, dass dieser Drache lediglich die Situation abschätzte.

Er verengte gefährlich die Augen. »Lady, was ist mit deinem Hals passiert?« Seine Schnauze strich sanft über ihre Kehle, wo sie am Galgen gehangen hatte, während der Brandpfahl für sie vorbereitet wurde.

Als sie nicht zusammenzuckte, obwohl er so nahe war, war sie ziemlich stolz auf sich.

Achselzuckend antwortete sie: »Mein ganzes Dorf hat gestern Morgen versucht, mich zu hängen.«

Und genauso mühelos wie er Freundlichkeit zeigte, wurde er wütend. »Warum haben sie dir das angetan?«

»Weil ich eine Hexe bin.«

Er schniefte empört. »Natürlich bist du das. Ich kann die alte Magie überall um dich herum sehen. Aber was ist mit deiner Familie? Konnte dich niemand beschützen?«

Sie konnte nicht anders, sie musste kichern. »Mein Ehemann hat sie angeführt, Éibhear.« *Götter, Talaith! Das ist nicht lustig!*

Er knurrte leise, und schwarzer Rauch kräuselte sich aus seinen Nasenlöchern. »Willst du, dass ich sie töte? Ich kann ein ganzes Dorf zerstören, weißt du? Ich kann sie alle vernichten.«

»Das ist sehr, ähm, lieb von dir. Aber verschwende nicht deine Zeit. Überlass sie ihrer Ignoranz, Éibhear. Mich stört es nicht mehr.«

Er sah sie noch einen Augenblick an, dann nickte er, bevor er seinen Kopf wieder auf ihre Knie legte. »Wie du willst. Aber bitte sag mir Bescheid, wenn du deine Meinung änderst.«

Talaith grinste, wie schon seit ewigen Zeiten nicht mehr. »Das werde ich, Éibhear. Versprochen.«

Gwenvael hob eine Klaue. »Stopp. Stopp.« Er wischte sich die Schnauze ab und sah auf seine goldenen Krallen. »Oh nein! Blut! Ich blute! Der Tod kommt mich holen!«

Briec verdrehte die Augen, unglaublich genervt von den Mätzchen seines idiotischen Bruders. »Ach, stell dich nicht so an!«

Gwenvael brüllte und duckte sich, um wieder anzugreifen,

als Briec plötzlich bemerkte, dass seine Menschenfrau geflohen war.

»Wo ist die Frau?«

Augenblicklich war Gwenvael abgelenkt. Man brauchte nur etwas Weibliches zu erwähnen, und schon war er abgelenkt. Gwenvaels sexuelle Leistungsfähigkeit wurde nur noch von der ihres Großvaters übertroffen.

»Ich weiß nicht.« Er sah sich um. »Vor einer Minute stand sie noch hier.«

Briec starrte seinen Bruder wütend an. »*Du* hast sie verjagt!«

»*Ich* habe sie verjagt?«

Mit einem gereizten Seufzen schnüffelte Briec und folgte dem Geruch. Es überraschte ihn nicht, dass Gwenvael ihm auf dem Fuß folgte. *Neugieriger Bastard.*

»Also, wo hast du sie gefunden? Sie ist ziemlich hübsch.«

»In ihrem Dorf. Und halt dich bloß von ihr fern!«

Gwenvael hatte tatsächlich die Stirn, beleidigt zu klingen, als er erwiderte: »He, Bruder. Ich würde nie …«

»Spar dir die Mühe. Fearghus hat mir schon erzählt, was du mit seiner Gefährtin gemacht hast.«

»Ich wollte nur spielen. Also ehrlich, ihr habt doch alle keinen Sinn für Humor.«

»Und soweit ich gehört habe, hatte seine Gefährtin auch keinen. Übrigens, wie geht es deinem Hals? Ich habe gehört, sie hat einen Dolch hineingebohrt.«

»Gut, danke. Und warum benutzt du nie ihren Namen?«

»Ich sehe keinen Grund dafür. Sie ist für mich nicht von Bedeutung.«

Briec blieb stehen und schnüffelte wieder. Mit den Fangzähnen knirschend, wandte er sich zu Gwenvael um, und gleichzeitig sagten sie: »Éibhear.«

Talaith blickte auf, als der silberne und der goldene Drache in die Kammer stapften. Sobald der Silberne sie sah, verengten sich seine Augen, und sie hatte das überwältigende Bedürfnis, Éibhear zu beschützen.

»Was zum Teufel tust du da?«

Éibhear, der seine menschliche Gestalt angenommen hatte und gnädigerweise aus Respekt vor Talaith eine schwarze Reithose trug, versuchte seinen Bruder zu ignorieren, während er ihren Kopf noch ein wenig mehr nach hinten bog, um an ihren verwundeten Hals heranzukommen.

»Nach was sieht es denn aus?«

»Spar dir deine frechen Antworten! Ich habe dir eine Frage gestellt!«

»Und ich sehe keine Notwendigkeit, sie zu beantworten. Ich bin ohnehin schon so wütend auf dich, dass ich dich nicht einmal sehen will.«

»Wovon redest du da?«

Unwillkürlich sog Talaith scharf die Luft zwischen ihren Zähnen ein und zuckte zusammen. Éibhears Gesichtsausdruck wurde weicher, als er sie ansah.

»Tut mir leid. Es dauert nur eine Minute oder so.« Bei den Göttern … diese Stimme! Sie beneidete fast die Frau, die jeden Morgen aufwachte und von dieser Stimme begrüßt wurde. Natürlich war auch die des silbernen Drachen nicht zu verachten. Nur dass jene sie an schmutzige, schmutzige Dinge denken ließ.

»Ist schon gut. Ich halte das aus.«

Durch schiere Willenskraft hielt Talaith durch, als Éibhear vorsichtig mehr Salbe auftrug. Er hatte erklärt, dass seine Schwester, ebenfalls eine Hexe, sie erfunden hatte und dass sie die Hautabschürfung lindern würde. Der blaue Drache war entsetzt gewesen, als er erfahren hatte, dass sein Bruder sich nicht um ihre Wunde gekümmert hatte. Natürlich wusste Talaith, dass sie den silbernen Drachen nie so nah an sich herangelassen hätte.

Außerdem war es ihr vollkommen »entfallen«, dass er sie gebeten hatte, ihn daran zu erinnern, dass er sich um ihren Hals kümmern wollte. Der Mistkerl hätte selbst daran denken sollen, ohne dass sie ihn erinnerte.

Alles klar, Talaith. Jetzt klingst du wie eine Ehefrau.

Éibhear bedeutete ihr, ihre Haare anzuheben, während er um sie herumging und sich um die Stellen kümmerte, wo das Seil sich hinter ihren Ohren tief in ihre Haut eingegraben hatte.

»Hast du nie daran gedacht, das zu behandeln, großer Bruder?«

Dem verblüfften Gesicht des Silbernen und dem anschließenden finsteren Blick in Talaiths Richtung nach zu urteilen, erinnerte er sich recht gut an ihr früheres Gespräch.

»Sie hatte versprochen, mich daran zu erinnern.«

»Dich daran zu erinnern?« Éibhear stand hinter ihr, aber sie hörte die Wut und Empörung in seiner Stimme.

Der Goldene setzte sich auf seine Hinterbeine und schüttelte den Kopf. »Wie konntest du nur? Du Mistkerl.«

»Halt. Die. Klappe.«

Der Goldene warf ihr einen Blick zu und zwinkerte. *Frecher Kerl.*

»Na schön«, sprach Éibhear weiter. »Ich verstehe, wie dir das entgehen konnte. Aber während ich das hier mache« – er schob sanft ein paar Haarsträhnen aus dem Weg – »stell uns doch vor, großer Bruder!«

»Oh. Natürlich.« Der Silberne räusperte sich, öffnete seinen gigantischen Kiefer ... aber nichts kam heraus.

Éibhear war weiter mit der Salbe beschäftigt, aber der Goldene erwartete eindeutig, dass sein Bruder sie ordentlich vorstellte. Als er nichts sagte, schreckte der Goldene theatralisch zurück.

»*Willst du etwa sagen, du kennst ihren Namen nicht?*«, wollte er wissen.

»Na ja, äh ...«

Éibhear trat einen Schritt zurück und schloss den Deckel der Salbendose, während sie ihre Haare losließ. Ihre Augen begannen, von den Schmerzen zu tränen, und sie fragte sich, ob es sinnvoll gewesen war, Éibhear dieses von Drachen zusammengerührte Zeug auf ihre menschliche Haut auftragen zu lassen. Die Drachenhexe hatte es vermutlich für Schuppenträger hergestellt.

Éibhear ließ die Dose in einen kleinen Beutel fallen, den er bei sich hatte. »Er kennt sie seit gestern.«

Dem Goldenen fielen förmlich die Augen aus dem Kopf, dann brach er in Lachen aus.

Talaith sagte nichts, als Éibhear ihr die Haare aus dem Gesicht strich, um einen kleinen Kratzer auf ihrer Stirn zu untersuchen. Aber sie wusste, dass der Silberne diese vertraute Geste ganz und gar nicht schätzte. *Gut.*

»Es war ein Versehen«, sagte ihr Kidnapper als Erklärung.

Éibhears silberne Augen fixierten seinen Bruder. »*Ich* kenne ihren Namen. Und ich kenne sie seit ungefähr zehn Minuten.«

»Ich bin Gwenvael der Schöne«, sagte der Goldene zwischen zwei Lachanfällen. »Zu Ihren Diensten, M'lady.« Er machte eine tiefe, schwungvolle Verbeugung, und der Silberne ließ seinen Schwanz auf Gwenvaels Hinterkopf niedersausen. »Au! Wofür war das denn?«

»War ein Versehen«, blaffte der Silberne. Er wandte sich wieder Éibhear zu: »Das geht dich nichts an, kleiner Bruder. Ich habe sie gerettet, also ...«

»Wenn du noch ein Mal sagst«, brachte sie zwischen zusammengebissenen Zähnen hervor und überraschte sie alle damit, »dass ich dir gehöre, dann schwöre ich bei allem, was mir heilig ist, dass ich schreie, bis die Wände hier einstürzen.«

Die drei Drachen starrten sie schweigend an. Als sie keinen Rückzieher machte oder den Blick senkte, bekam der Goldene schon wieder einen Lachanfall, der den Silbernen seine Augen so verdrehen ließ, dass man nur noch das Weiße sah.

»Hungrig, M'lady?«, fragte Éibhear, während er neben sie trat. Ihr ging plötzlich auf, dass der Schmerz sie gar nicht mehr quälte.

Fast hätte sie erleichtert aufgeseufzt, sagte jedoch stattdessen: »Ich bin am Verhungern.«

Er reichte ihr den Arm. Wie der ganze Rest von ihm, war sein Arm lang und muskulös. Tatsächlich war seine menschliche Gestalt sogar noch größer als die des Silbernen. »Dann wollen wir dir mal etwas zu essen suchen.«

Sie nahm dankbar seinen Arm, und sie steuerten auf den Ausgang zu. Als sie an dem Silbernen vorbeikam, blieb sie stehen und blickte zu ihm auf.

»Und mein Name ist Talaith, falls du dich das gefragt hast.«

Damit gingen die beiden davon, aber sie konnte immer noch das hysterische Gelächter des Goldenen hören, der seinen Bruder schikanierte.

Nachdem Briec Gwenvaels Kopf ein paar Tausend Mal auf den Boden geschlagen hatte, nahm er menschliche Gestalt an, zerrte sich eine Hose und Stiefel über seine Beine und ging seine Menschenfrau suchen.

Talaith.

Ein sehr hübscher Name. Er passte zu ihr. Und er hätte sie wohl fragen sollen, wie sie hieß … er hatte nur nicht daran gedacht. Sie würde es niemals glauben, aber die Frau verwirrte ihn. Um ehrlich zu sein, überraschte es ihn, dass er sich in ihrer Gegenwart überhaupt noch an seinen eigenen Namen erinnern konnte.

Abgesehen davon hatte sie in ihrem pausenlosen Geplapper

auch nie lange genug Luft geholt, dass er sie groß etwas hätte fragen können. Vor allem so wichtige Dinge wie wer zum Teufel sie wirklich war. Er hatte keine Zweifel, dass sie wirklich eine Nolwenn-Hexe war, aber sie war viel mehr als das. Sehr viel mehr.

Er brauchte nicht lange zu suchen, bis er die beiden gefunden hatte. Wie jeder aus seiner Sippe hatte Gwenvael mehrere der Nischen in seiner Höhle für den Fall eingerichtet, dass Menschen vorbeikamen. Er hatte sie mit Betten, Truhen für ihre Kleider und Bücherregalen möbliert. Alles, was sie möglicherweise gebrauchen konnten. Diese spezielle Kammer hatte einen Esstisch und eine Feuerstelle zum Kochen. Ein Lamm briet langsam über dem offenen Feuer, während Talaith und Éibhear Obst, Brot und Käse aßen. Als er hereinkam, lachte sie gerade und wandte sich auf ihrem Stuhl seinem Bruder zu. Sie sah … ungezwungen aus.

Er hielt inne, bevor er bei ihnen war und versuchte, dieses unangenehme neue Gefühl zu verstehen. Nein, er mochte es ganz und gar nicht. Er spürte es jetzt jedes Mal, wenn er sie ansah. Das Gefühl, dass er alles geben würde, um sie nur im Arm halten zu können.

Briec schüttelte den Kopf. Was hatte diese Frau mit ihm gemacht? Verfluchte Nolwenn-Hexen. Anscheinend konnten sogar die Ungeübten unter ihnen Zauber wirken.

Sein Bruder und Talaith blickten auf, als er näherkam. Und sobald sie ihn sah, verschwand ihr Lächeln, und ihr Lachen erstarb. Sie setzte sich aufrechter und senkte den Blick auf den Tisch.

Er sah Éibhear mit besorgtem Stirnrunzeln an, aber sein Bruder hob nur eine Augenbraue, als wolle er sagen: »Was hast du erwartet?«

Briec setzte sich zwei Plätze weiter neben Talaith. Er schnappte sich eine Frucht, legte die Füße auf den Tisch und beobachtete sie, während er aß. Sie spielte fahrig mit ihren Haaren, kratzte sich am Handgelenk und an der Hand und schien sich allgemein unwohl zu fühlen.

Was zum Teufel mache ich falsch? Éibhear und Gwenvael hatten anscheinend nie solche Probleme mit Menschen. Vor allem nicht mit weiblichen.

»Also, hast du gut gegessen?«

Sie nickte, ohne ihn anzusehen. »Ja.«

»Was ist damit?« Er deutete auf das garende Fleisch.

Éibhear gähnte und kratzte sich am Hinterkopf. »Das ist für später heute Abend.«

Talaith weigerte sich immer noch, seinen Blick zu erwidern.

Er deutete mit einem Kopfnicken auf den Ausgang der Kammer. Als Antwort schüttelte Éibhear den Kopf.

Briec konnte gerade noch ein Brüllen unterdrücken. »Éibhear, würde es dir etwas ausmachen, uns zu entschuldigen?«

»Um ehrlich zu sein: ja.«

»Reiz mich nicht, kleiner Bruder!« Seine Geduld ließ nach. Das war schon so, seit er diese Frau zum ersten Mal gesehen hatte. Er hatte die vergebliche Hoffnung gehegt, dass sie es an diesem Abend noch in seine Höhle schaffen könnten und er zwischen ihren Schenkeln liegen würde, bevor die Sonnen am folgenden Tag aufgingen.

Das würde nun offensichtlich nicht mehr passieren.

Talaith legte ihre kleine Hand auf Éibhears viel größere. Briecs Augen wurden schmal, und sein Blick richtete sich auf die Hände. Noch ein neues Gefühl. Alle Drachen waren besitzergreifend, wenn es um ihren Schatz ging, aber da war noch etwas anderes. Etwas, das ihm gar nicht gefiel.

»Ist schon gut, Éibhear«, versicherte sie diesem blauhaarigen Mistkerl, der sein kleinster Bruder war. »Ich komme schon zurecht.«

»Also gut. Aber ruf mich, wenn du mich brauchst.«

Hätte er nicht gewusst, dass es der rotznäsige kleine Kretin ernst meinte, hätte er ihm die Lungen herausgerissen.

Mit einem letzten finsteren Blick auf Briec ging Éibhear. Als sie allein waren, ließ Briec seine Füße auf den Boden fallen. »Talaith …«

»Oh. Du benutzt also meinen Namen … jetzt, wo du ihn schon einmal kennst.«

Briec seufzte. »Ich dachte nur nicht, es sei …«

»Ich kenne nicht einmal deinen Namen«, unterbrach sie ihn.

Er blinzelte überrascht. »Wirklich nicht? Ich … ich habe einfach angenommen, dass Éibhear ihn dir inzwischen genannt hat.«

»Dann ist das also seine Aufgabe? Dafür zu sorgen, dass jeder deinen Namen kennt, da du ja anscheinend nicht den Anstand besitzt, dich selbst vorzustellen?«

Es erschreckte ihn, dass er es einem Menschen erlaubte, so mit ihm zu sprechen. Und es stieß ihn noch mehr ab, dass er sich Sorgen machte, dass er sie verletzt haben könnte.

»Na schön. Mein Name ist Briec. Briec der Mächtige.« Das prustende Lachen, das darauf folgte, gefiel ihm ganz und gar nicht. »Was ist daran so lustig?«

»Es ist nur …« Sie räusperte sich. »Es hat mich nur überrascht, das ist alles. Ich dachte, du wärst Briec der Silberne wie Éibhear ›der Blaue‹ ist.«

»Ich *war* Briec der Silberne. Als ich noch viel jünger war. Aber wenn man sich einmal einen Namen gemacht hat, ändert sich das normalerweise.«

»Und was ist mit Briec der Arrogante? Das scheint mir viel passender.«

»Ich heiße Briec der Mächtige, kleine Hexe.«

»Mächtig, was? Hast du dir diesen Namen selbst gegeben?«

»Nein«, zischte er in leisem, gemäßigtem Tonfall. »Das habe ich nicht.«

»Ich habe nur gefragt. Kein Grund, gleich sauer zu werden.«

Er war froh, endlich ihr Lächeln zu sehen, aber es gefiel ihm nicht, dass es auf seine Kosten war.

»Talaith, versteh doch, ich habe nicht nach deinem Namen gefragt, weil ...«

Sie wandte sich ihm plötzlich zu. »Bist du körperlich nicht in der Lage, dich zu entschuldigen?«

Das brachte ihn aus der Fassung. »Wie bitte?«

»Die Worte ›Es tut mir leid‹. Bist du unfähig, sie auszusprechen?«

Briec dachte einen Augenblick nach. »Weißt du, ich glaube nicht, dass ich sie je gesagt habe.« Er dachte noch etwas länger nach, dann schüttelte er den Kopf. »Nein. Ich habe sie noch nie ausgesprochen.«

»Wäre es dann nicht an der Zeit, damit anzufangen? Sag mir einfach, dass es dir leid tut, statt all diese Ausflüchte vorzubringen.«

Er sah in ihr schönes Gesicht hinab, hin und her gerissen zwischen dem Wunsch, die kauernde Frau wiederzusehen, die gelähmt war von Drachenfurcht, und dieser sarkastischen, nie um Worte verlegenen Frau, bei der er das Gefühl hatte, er werde sich nie von ihr erholen. »Ist das wirklich nötig?«

»Ja.«

Er neigte den Kopf zur Seite und hörte die Knochen knacken.

»Na los, Briec der Mächtige, versuch es mit mir zusammen.« Sie beugte sich vor. »Es tut mir leid, Talaith.«

Plötzlich konnte Briec den Blick nicht mehr von diesen Augen abwenden. Sie hielten ihn gefangen wie die Netze einer fremden Kriegspartei. Als er die Worte schließlich aussprach, flüsterte er sie fast, seine Stimme gehorchte ihm nicht. »Es tut mir leid, Talaith.«

Sie blinzelte überrascht; wahrscheinlich hatte sie angenommen, sie würde ihn nie dazu bringen, es zu sagen. Sie versuchte, sich von ihm loszumachen, aber er schob die Hand hinter ihren Kopf und zog sie näher an sich, indem er sich über den Stuhl zwischen ihnen beugte.

»Briec?«

»Schhhh.«

Er musste sie küssen. Er *musste* einfach. Er beugte sich weiter vor, näherte sich seinem Ziel.

»Also, was gibt es zu essen?«

Briecs Kopf schoss hoch, als er Gwenvaels Stimme hörte. Und bevor er über die Konsequenzen seiner Tat nachdenken konnte, spie er eine Flammenkugel, die die menschliche Gestalt des Drachen mit Schwung aus der Kammer hinausschob.

Sobald er es getan hatte, wusste er, dass es ein Fehler gewesen war. Er drehte sich um, während sich immer noch schwarzer Rauch aus seinen Nasenlöchern kräuselte, und stellte fest, dass Talaith ihn anstarrte. Mit aufgerissenen Augen und offenem Mund.

»Talaith …«

Sie schüttelte den Kopf. »Nein, nein. Alles in Ordnung.« Natürlich sagte sie das, während sie seine Finger von ihrem Hals löste und sich von ihm wegdrehte.

Talaith hatte zwar keine Drachenfurcht mehr, das hieß aber nicht, dass sie nicht vorsichtig war. Sie wandte sich wieder ihrem Obst und Käse zu, während Briec verzweifelt versuchte, seinen menschlichen Körper unter Kontrolle zu bekommen.

Sie warf ihm aus dem Augenwinkeln einen Blick zu und sagte: »Ähm, also, was meinst du, wie lange dieses Wetter anhalten wird?«

Seine Niederlage für den Augenblick eingestehend, zuckte Briec die Achseln. »Ich weiß nicht. Aber hoffentlich nicht lange.«

Hoffentlich überhaupt nicht lange. Sein Verlangen nach dieser merkwürdigen Frau beeinträchtigte so langsam seinen normalerweise logischen Verstand. Und das gefiel ihm verflucht noch mal überhaupt nicht.

Talaith stand in der Mündung der Nische und starrte. »Das ist unglaublich«, murmelte sie.

»Drachen mögen Wasser. Einer meiner Brüder hat einen See in seiner Höhle.«

Sie nickte, während sie die dampfenden heißen Quellen betrachtete. Es waren acht in verschiedenen Größen, die laut Gwenvael von außen mit Wasser gespeist wurden. Er hatte die ganze Zeit damit geprahlt, während sie das köstliche Lamm gegessen hatten, das Éibhear zubereitet hatte. Je mehr er darüber sprach, desto dringender wollte sie sie ausprobieren. Sie hatte kein Bad mehr genommen, seit der Drache sie in den See geworfen hatte, nachdem sie sich erbrochen hatte.

»Gehst du rein, oder willst du nur mit offenem Mund stehenbleiben … und sabbern?«

Sie warf ihm einen finsteren Blick zu. »Sehr lustig.« Talaith trat in die Nische und ließ sich von dem leichten, duftenden Dampf einhüllen. Es war warm, aber nicht unangenehm heiß. Sie kauerte sich nieder, prüfte das Wasser mit dem Finger und stellte erleichtert fest, dass es zwar heiß, aber nicht kochend heiß war – bei Drachen konnte man nie so genau wissen; ihre Vorstellung von unangenehmer Hitze wich von der der meisten anderen ab. Mit neuer Begeisterung legte sie die Finger an das Band, das ihr Mieder zusammenhielt, und knotete es rasch auf. Doch als sie begann, ihr Kleid abzustreifen, wurde ihr bewusst, dass Briec mit dem Rücken an der Wand lehnte und sie beobachtete.

»Würdest du mich bitte entschuldigen?«, fragte sie.

»Nein«, antwortete er.

»Willst du mich denn gar nichts genießen lassen?«

»Das ist ein bisschen unfair.« Er grinste. »Ich dachte, wir könnten es zusammen genießen.«

»Tja, da hast du falsch gedacht.«

Briec seufzte. »Verachtest du mich wirklich so sehr, kleine Hexe?«

»Ich verachte dich nicht, riesiger Drache. Ich mag dich nur nicht genug.«

»Du bist grausam.« Sie wusste, dass er sie neckte.

»Aye. Das sagt man mir nach. Zu grausam für dich.« Sie stemmte ihm die Hände gegen die Brust und versuchte ihr Bestes, den großen Kerl aus der Kammer zu schieben. »Such dir eine willige Frau. Eine Drachenfrau vielleicht. Jemand, der dich wirklich charmant findet.«

Er hielt ihre Hand fest und hob sie an seine Lippen. »Ich verlasse dich, kleine Hexe.«

»Danke ...«

»Für den Moment.«

Talaith biss sich auf die Lippen, als Briec ihren Zeigefinger in seinen Mund steckte. Seine Zunge kreiste um die Fingerspitze, bevor er sanft saugte. Seine Augen sahen in Talaiths, nicht bereit, sie gehen zu lassen.

Ihr Geschlecht war plötzlich tropfnass, ihre starken Beine wurden weich. Noch eine Minute dieser exquisiten Folter, und sie würde ohne ein weiteres Wort flach auf dem Rücken liegen.

Ich wollte doch nur ein Bad nehmen. Jetzt wollte sie sich nur noch um Briec den Arroganten winden wie eine Schlange im Urwald.

Mit derselben Selbstkontrolle, die sie aufbrachte, um ihren Herzschlag und ihre Atmung zu beruhigen, machte sie sich von dem Drachen los. »Also, das war ... interessant.« Sie machte einen Schritt rückwärts. »Wenn du mich *jetzt* bitte entschuldigen würdest ...«

Briec nickte und schickte sich an zu gehen. Hielt abrupt an. Schnüffelte. Sah sich grinsend nach ihr um. *Dann* ging er.

Sie blickte seiner sich entfernenden Gestalt finster nach und dachte an all die wunderbaren Arten, wie sie die Bestie ausweiden könnte.

Leise, um die schlafende Talaith nicht zu wecken, legte sich Briec vor die Kammer, die Gwenvael ihr als Schlafzimmer überlassen hatte. Darin stand ein riesiges Bett. Ein Tisch und Stühle aus feinstem Holz. Eine Feuerstelle, die in eine der Wände eingebaut war. Es war hübsch, und er hätte fast alles gegeben, um dieses Bett mit Talaith teilen zu können. Aber sie widerstand ihm immer noch. Er hatte keine Ahnung, warum. Sie wollte ihn. Er wusste es. Sie wusste es.

Sie hätten die ganze Nacht damit verbringen können, einander sehr glücklich zu machen, bis sie beide vor Vergnügen bewusstlos wurden. Stattdessen kämpfte sie gegen ihn an. Seiner Meinung nach nicht nur gegen ihn, sondern auch gegen sich selbst.

Doch was ihn wirklich ratlos machte, was ihn wahrscheinlich die ganze Nacht wachhalten würde, war: Warum war es ihm wichtig? Und warum genoss er es so sehr, sich mit ihr zu streiten?

Sie seufzte im Schlaf, und er ließ vor seinem inneren Auge die Bilder ablaufen, die sein trunkenes Hirn fesselten. Bilder, wie sie unter ihm lag, wie sie genau so seufzte, wenn er sie zum Höhepunkt brachte, wieder und wieder …

Stop, Briec! Du quälst dich nur selbst.

Briec legte seinen Drachenkopf auf die Arme und betete für den Tagesanbruch. Der Tagesanbruch würde die Sonnen und seinen Weg aus diesem Albtraum bringen. Denn er wusste: Wenn er seine schöne, süße Talaith erst einmal in seiner Höhle hatte, würde sie ganz ihm gehören.

7 *»Wo zum Teufel sind die Sonnen?«*

Talaith hob den Kopf von ihrem Buch, als sie Briecs wütenden Schrei hörte, der irgendwo aus der Höhle drang.

Gwenvael, der am Tisch eingeschlafen war, fuhr auf und schrie: *»Ich habe sie nicht angerührt!«*

Éibhear seufzte angewidert. »Du schaffst es irgendwie immer, peinlich zu sein.« Er stellte eine Schüssel heißen Haferbrei vor Talaith hin. Wann er kochen gelernt hatte, würde sie wohl nie erfahren, aber sie wusste seine Künste zu schätzen. Er schaffte es, sogar aus langweiligem Haferbrei eine Köstlichkeit zu machen.

Gwenvael blickte finster auf die Schüssel Haferbrei hinab, die vor ihn hingeworfen wurde. »Haferbrei? Du willst, dass ich Haferbrei esse?« Er sah zu Éibhear auf. »Hast du den gestrigen Abend vergessen? Wo ist das Pferd hingekommen, das ich gefunden habe?«

Talaith, die ihre Empörung nicht verbergen konnte und auch gar nicht verbergen wollte, sah Gwenvael entsetzt an.

Éibhear räusperte sich und warf seinem Bruder einen wütenden Blick zu. »Das Pferd, mein lieber Idiot von Bruder, befindet sich sicher und *lebend* irgendwo anders.«

»Komm schon, Talaith«, flehte Gwenvael. »Es macht dir doch nichts aus, wenn wir …«

»Doch. Zufällig macht es mir etwas aus.«

Er schenkte ihr seinen schönsten flehentlichen Blick. »Aber Talaith … meine Liebe.«

»Gwenvael …«, äffte sie ihn nach, »… meine Nervensäge.«

Éibhear lachte laut, als Briec, nur mit einer schwarzen Hose und Stiefeln bekleidet, die Kammer betrat. *Muss er unbedingt so … lecker aussehen?* Er setzte sich auf einen der Stühle Talaith gegenüber, schleuderte seine Füße auf den Tisch, schob seinen Haferbrei weg und nahm sich ein Stück Obst. Das alles, während er sie finster ansah.

Sie starrte zurück, dann sagte sie: »Was schaust du so?«

Er machte eine Handbewegung in Richtung Decke. »Bist du dafür verantwortlich?«

Sie warf einen Blick an die felsige Decke. Sie war eigentlich ziemlich hübsch mit den funkelnden Scherben, die von ihr herabhingen. Natürlich musste sie sofort daran denken, dass sie ihr auf den Kopf fallen könnten, und plötzlich sahen sie wie gefährliche Klingen aus. Sie schüttelte das beängstigende Bild ab und sah wieder den immer noch finster dreinblickenden Briec an. »Ich habe nichts mit der Decke gemacht.«

»Nicht die Decke«, blaffte er. »Das Wetter!«

Sie verschränkte die Arme vor der Brust. »Habe ich durch die Gegenwart von Drachen eine Art gottähnlichen Status bekommen, von dem ich nichts weiß?«

Aus dem Augenwinkel sah sie, wie Éibhear den Kopf über seinen Haferbrei senkte und hektisch zu schaufeln begann, während Gwenvael einfach laut loslachte.

Briec ignorierte seine Brüder und richtete einen anklagenden Finger auf sie. »Du bist die Hexe!«

»Eine ungeübte, wie du so eloquent festgestellt hast. Abgesehen davon: Warum sollte ich mit dem Wetter spielen und den Zorn der Götter riskieren?« Als müsste sie sich darüber nicht sowieso schon genug Sorgen machen.

»Vielleicht, weil du nicht gehen willst? Du scheinst dich bei meinen Brüdern sehr wohl zu fühlen, kleine Hexe.«

Sie beugte sich vor, lächerlich wütend, und genoss es in vollen Zügen. Aus unerfindlichen Gründen fühlte sie sich vollkommen sicher, wenn sie mit diesem Drachen stritt – merkwürdig. »Weil deine Brüder mich nicht angetatscht oder versucht haben, mich nackt zu sehen.«

Gwenvael zuckte mit seinen breiten Schultern. »Um ehrlich zu sein …«

Allein über seinen Tonfall verärgert, schnappte sich Talaith eine der Früchte aus der Schale neben ihrem Teller und warf sie – zielsicher wie immer. Die große, runde, saftige Frucht krachte mit voller Kraft gegen Gwenvaels Kopf.

»Au! Wofür war das denn?«

»Ein Versehen«, knurrte sie.

»Gut gezielt«, grummelte Briec. »Für eine fügsame, kleine Ehefrau.«

Sie drehte sich nach ihm um, eine Augenbraue herausfordernd hochgezogen. »Was willst du damit sagen?«

Er knurrte, und sie grinste. Was nur dazu führte, dass der Drache wütend wurde. Aber bevor er noch etwas sagen oder tun konnte, sah Éibhear von seiner leeren Schüssel auf. »Also!«

Erschreckt von seinem beinahe lauten Aufschrei starrten ihn alle an. »Sieht nicht so aus, als würde der Regen nachlassen. Was wollt ihr heute machen, wo wir ja anscheinend hier drin festsitzen?«

Talaith deutete auf das Buch neben ihrer Schüssel. »Ich habe das hier.«

»Du liest?« Aus irgendeinem unerfindlichen Grund schien Éibhear seltsam froh darüber.

»Aye.«

»Sie ist eine belesene Bäuerin«, sagte Briec gedehnt.

»Ich weiß, wo noch mehr Bücher sind.« Éibhear sprang auf und war in Sekunden aus der Kammer verschwunden.

»Aber ich habe schon ein Buch«, sagte sie vor sich hin.

»Ich glaube, er hat das Gefühl, dass du mehr brauchst.«

Ihr Blick richtete sich auf Briec. »Was ich brauche, ist, dass man mich gehen lässt.«

»Warum sollte ich das tun? Hast du irgendwie deine Blutschuld mir gegenüber beglichen, ohne dass ich es bemerkt habe?«

»Ich hatte dich nicht darum gebeten, mich zu retten.«

»Wahrscheinlich, weil der Strick dir die Luft abgedrückt hat.«

»Oh!« Sie stand auf. »Ich *hasse* dich. Vielleicht solltest du im Regen herumfliegen und dich vom Blitz erschlagen lassen!«

Sie schnappte sich ihr Buch, ignorierte ihren knurrenden Magen, drehte sich um und stürmte aus der Kammer.

Gwenvael lehnte sich auf seinem Stuhl zurück, die Hand unter dem Hemd, damit er sich die Brust kratzen konnte. Mit der anderen Hand rieb er sich die Stirn, wo die Frucht eine ziemlich unangenehme Beule hinterlassen hatte. »Also, warum bist du so besessen von dieser Menschenfrau, Bruder?«

»Sie ist …« Briec rang nach Worten.

»Merkwürdig?«

Briec runzelte die Stirn. »Verglichen womit?«

Sein Bruder hatte recht. Niemand in der Drachenwelt hätte die Sippe der Gwalchmai fab Gwyar als normal bezeichnet.

»Sie vertraut mir nicht«, fügte Briec hinzu.

»Die traut keinem.«

»Fearghus' Gefährtin vertraut ihm.«

Darum ging es also. Er hatte sich schon gefragt, was Briecs plötzliches Interesse an einer Menschenfrau sollte. Jetzt wusste er es. Er wollte dasselbe wie Fearghus. Doch das zwischen Fearghus und Annwyl war etwas Besonderes. Etwas ganz, ganz Besonderes. »Das ist etwas anderes, Briec. Annwyl ist … na ja … Annwyl. Und würdest du bitte endlich anfangen, ihren Namen zu benutzen?«

»Warum? Sie ist nicht von Bedeutung für mich.«

Es war wohl eher so, dass Briec ihr immer noch nicht verziehen hatte, dass sie ihn bei einem ihrer Wutanfälle geohrfeigt hatte. Was Briec anging, existierte die mächtigste menschliche

Königin, die diese Welt in den letzten zehntausend Jahren gekannt hatte, nicht.

»Aber du willst trotzdem das, was Fearghus hat.«

Briec sah von der Obstschale auf, das Entsetzen stand ihm ins Gesicht geschrieben. »Gute Götter! Ich würde mir eher die Augen ausstechen als eine Minute im Bett dieser Frau zu verbringen!«

Götter, seine Familie war manchmal wirklich einfach schwer von Begriff.

»Ich meine nicht, dass du Annwyl willst, Idiot. Ich meine, du willst die Art von Beziehung, die Fearghus mit Annwyl hat.«

Briec zuckte die Achseln und wandte sich wieder seinem Obst zu. Er wählte zwei Früchte aus. »Er scheint mir wirklich ...«

»Glücklich?«

»Soweit Fearghus das sein kann.« Richtig. Niemand hielt Fearghus den Zerstörer für eine Stimmungskanone. Diesen Titel hatte immer noch ihr Großvater Ailean inne. Selbst Gwenvael hatte es nicht ganz geschafft, die Exzesse des alten Mistkerls zu übertreffen. Natürlich war das gewesen, bevor Ailean ihre Großmutter kennengelernt hatte – Shalin, die Bändigerin des Ailean. Ein wohlverdienter Titel, den sie bis an ihr Lebensende tragen würde.

»Hör mal, Briec, wenn du so etwas wie Fearghus haben willst, wirst du ein paar ... Dinge ändern müssen.«

»Aber sie hat meine Höhle noch nicht einmal gesehen!« Briec nahm sich einen Brocken Käse und Brot. »Vielleicht gefällt sie ihr ja.«

Gwenvael hatte Mühe, seinem älteren Bruder keinen Klaps auf den Hinterkopf zu geben. Auch wenn Briec und er sich nahestanden – egal, wie viel sie stritten –, fand er ihn doch frustrierend. Hauptsächlich, weil seine Arroganz für eine ganze Stadt reichte.

»Ich meinte, du müsstest ein paar Dinge an *dir* ändern.«

»Ich? Mich ändern? Für sie?« Jetzt lehnte sich Briec auf seinem Stuhl zurück, die Arme vor der Brust verschränkt. »Warum sollte *ich* mich für eine Menschenfrau ändern? Für irgendeine Menschenfrau?«

»Wenn du zwischen ihre Beine willst, ohne dass sie schreit und für einen schnellen Tod betet, solltest du dich besser ändern.«

»Was mache ich denn falsch?«

»Alles.«

»Einzelheiten, Bruder!«

»Ihr zu sagen, dass sie dir gehört, wenn du noch nicht einmal mit ihr geschlafen hast, ist nie eine gute Idee.«

»Warum? Nach dem Drachengesetz gehört sie mir doch!«

Gwenvael seufzte lautlos. Das hier würde länger dauern, als er gedacht hatte. Briec konnte so stur sein. Fast so schlimm wie ihr Vater.

»Das Drachengesetz, lieber Bruder, funktioniert nur, wenn du sie zur Sklavin willst. Wenn du das willst, dann hau ihr bei jeder Gelegenheit unsere Gesetze um die Ohren. Aber wenn du hoffst, dass sie freiwillig mit dir schläft, wie es Annwyl mit Fearghus tut – und soweit ich das beurteilen kann, besorgt sie es ihm richtig –, dann schlage ich vor, dass du es einmal mit einer anderen Strategie versuchst.«

»Willst du damit sagen, dass ich sie verführen muss?«

Gwenvael starrte seinen älteren Bruder an. »Was hast du denn gedacht? Dass sie so dankbar für ihre Rettung sein wird, dass sie auf die Knie sinkt und dir zu Diensten ist?«

Briec schwieg, dann antwortete er ehrlich: »Ja. Eigentlich hatte ich das erwartet.«

Gwenvael schüttelte den Kopf. »Ich wundere mich immer wieder, dass wir vom selben Blut sind.«

Briec beschäftigte sich wieder mit seinem Obst und dem

Käse und murmelte vor sich hin: »Und ich wundere mich, dass ich dich nicht bei der Geburt erdrosselt habe. Und warum esse ich überhaupt Obst? Wo ist das Pferd?«

Arzhela sah auf den geneigten goldenen Schopf ihres treuen Lieblingsdieners hinab. Anders als diese Schlampe Talaith kam Hamish von Madron aus freien Stücken zu ihr. Er wollte Macht, und sie konnte sie ihm geben ... solange er ihr treu blieb.

Wie immer – ganz wie ein guter Hund – kam er, wenn er gerufen wurde.

»Die Zeit ist gekommen, mein Sohn.«

Wie es sich geziemte, blickte er nicht zu ihr auf. Sie konnte sein Gesicht nicht sehen, aber sie spürte sein Lächeln – sie ließ ihn verstehen, dass mit ihrem Sieg auch seine Macht und sein Aufstieg kamen. »Aber es ist noch viel zu tun. Ist alles vorbereitet?«

»Beinahe, meine Göttin. Ich habe meine besten Krieger ausgesandt, um diese Bäuerin zu finden. Und meine Armee ist fast versammelt. Noch ein paar Kleinigkeiten, und wir stehen zu deinem Befehl bereit.«

»Gut.« Sie streckte die Hand aus und tätschelte ihm den Kopf wie ihrem Lieblings-Jagdhund. »Ich weiß, du wirst mich nicht enttäuschen.«

»Niemals. Mein Leben gehört dir, M'lady. Schon immer.«

Sie grinste in dem Bewusstsein, dass er ihre Reißzähne nicht sehen konnte. »Ich weiß, Kind. Ich weiß.«

Noch ein Stapel Bücher fiel vor Talaiths Füße. Sie zuckte zusammen. »Éibhear!«

Er hielt inne. »Was denn?«

»Ich glaube, ich habe genug Bücher.«

»Sicher?«

Talaith sah sich die Bücherstapel an, die sich jetzt um sie

herum auftürmten. Insgesamt ungefähr dreißig Stück. »Ich bin mir sicher.«

»Na dann, wenn du dir sicher bist.« Er sah die Bücher mit einem zutiefst besorgten Ausdruck auf seinem schönen Gesicht an. Er war sich eindeutig nicht sicher, dass sie genug Zerstreuung hatte. Was glaubte er denn, wie lange sie bleiben würde?

»Macht es dir etwas aus, wenn ich mich dazusetze?«

»Äh ...«, war alles, was sie herausbrachte, bevor Éibhear sich grinsend eines der Bücher schnappte und sich mit dem Rücken an ihren Sessel gelehnt auf den Boden setzte.

»Es ist schön, dich hier zu haben, Lady Talaith.«

Talaith konnte kaum ihr Lachen unterdrücken über den Titel, den er ihr gegeben hatte, vor allem, weil sie wusste, dass der blaue Drache es ernst meinte. »Danke, Éibhear.«

»Bist du sehr unglücklich?«

Um ehrlich zu sein, war sie überhaupt nicht unglücklich. Sie fühlte sich unbehaglich, ja. Eine Spur misstrauisch – auf jeden Fall. Briec und Gwenvael permanent streiten zu hören, zerrte so langsam an ihren Nerven. Aber abgesehen davon ging es ihr nicht schlecht.

Man konnte ihre momentanen Gefühle vielleicht eher als ... zufrieden bezeichnen. Auch wenn es ihr nicht einleuchtete. Gefangen in einer Höhle, zusammen mit drei menschenfressenden Drachen – sie sollte eigentlich furchtbare Angst haben.

Doch die hatte sie nicht.

»Lady Talaith?«

Lächelnd griff sie über die Armlehne ihres Sessels und tätschelte Éibhears breite Schulter. »Ich bin nicht unglücklich, Éibhear. Und du musst mich nicht Lady nennen. Ich bin nämlich eigentlich gar keine.«

»Sind Nolwenn-Hexen nicht Mitglieder des Königshauses?«

Jetzt lachte sie tatsächlich. »Eher nicht. Wir sind sehr politisch, das stimmt. Wir waren über die Jahrhunderte die Ratgeber vieler Könige und Königinnen. Aber keine Nolwenn-Hexe ist von königlichem Blut.«

»Ah. Tja, mir kommst du trotzdem königlich vor.«

»Das ist sehr lieb von dir.«

»Ich weiß.« Er lehnte den Kopf zurück, sodass er sie ansehen konnte, während ihm seine blauen Haare über Arme und Beine fielen. »Ich bin der Nette von uns.«

»Ach ja? Und Gwenvael? Was ist er?«

»Er ist unsere Schlampe.«

Talaith genoss dieses Gespräch, lehnte sich entspannt in ihrem Sessel zurück und zog die Beine an. Das Wollkleid, das sie trug, hatte auf einem Stuhl neben ihrem Bett auf sie gewartet, als sie an diesem Morgen aufgewacht war. Sie wusste nicht, welcher der Brüder es dort hingelegt hatte, und sie würde auch nicht fragen … aber selbst sie musste zugeben, dass es sehr gut an ihr aussah. »Und Briec?«

»Der Krieger.«

Unwillkürlich schnaubte sie. »Ach ja? Ist er das?«

Éibhear drehte sich eifrig um, damit er seine Arme in Talaiths Schoß legen und sich dicht an sie lehnen konnte. Bei den Dunklen Göttern des Feuers, sie hatte noch nie so muskulöse Arme gesehen. »Wirklich. Er hat viele Jahre lang in großen Schlachten gekämpft.«

»Und wen hat Briec bekämpft? Ein paar von meinen armen Mitmenschen?«

Würdevoll antwortet Éibhear: »Um ehrlich zu sein, bezeichnet Briec Kämpfe mit Menschen nicht als Schlachten. Ich glaube, das sieht er mehr als Jagd. Oder als Imbiss, der davonrennt.«

»Was für ein hübscher Gedanke.«

»Mein Bruder hat gegen andere Drachen gekämpft. Gegen

diejenigen, die es gewagt haben, den Thron unserer Mutter zu fordern. Und er wurde nie besiegt. Nicht ein Mal. Sie haben Lieder über seine Eroberungen geschrieben und … äh, Talaith, das tut echt weh.«

Talaith senkte den Blick und sah, dass sie eine Handvoll von Éibhears Haaren umklammerte. »Oh. Entschuldige bitte.« Sie ließ ihn los und tätschelte abwesend seinen Kopf. »Hast du gesagt, der *Thron* deiner Mutter?«

»Aye.«

»Eure Mutter ist, ähm, die Drachenkönigin?« Eine der brutalsten und mächtigsten Mörderinnen der bekannten Welt, und Talaith war irgendwie im Schoß ihrer Kinder gelandet. *Gut gemacht, Talaith.*

»Aye. Königin Rhiannon aus dem Hause Gwalchmai fab Gwyar. Erstgeborene Tochter von Königin Addiena. Erstgeborene weiße …«

»Also« – sie schnitt ihm das Wort ab, bevor die Litanei der Titel seiner Mutter sie zwang, sich selbst in den Hals zu stechen – »bist du eigentlich *Prinz* Éibhear.«

»Das bin ich wohl.« Er legte den Kopf in ihren Schoß, und Talaith kämmte unwillkürlich mit den Fingern durch sein blaues Haar, was ihr inzwischen gar nicht mehr seltsam erschien.

»Und Briec ist Prinz Briec?«

»Aye.« Er schmiegte sich enger an sie, die Augen fielen ihm langsam zu. »Fühlst du dich jetzt als etwas Besonderes, Lady Talaith? Du wurdest von Mitgliedern des Königshauses entführt.«

Kichernd streichelte Talaith weiter Éibhears Haare. »Oh, aye. Diese ganze Entführung gewinnt eine ganz neue Bedeutung, mein Freund.«

Éibhear seufzte und entspannte sich. »Das hat meine Mutter früher immer gemacht.«

»Was? Sarkastisch sein?«

»Nein, nein. Das kann keiner so wie du. Ich meine …«, er gähnte. Ausgiebig. »Sie hat mir den Kopf gekrault, wie du es machst.«

»Tut sie das heute nicht mehr?«

»Nein. Sie sagt, ich bin zu alt dafür.« Seine Stimme wurde leiser.

»Vielleicht, aber das braucht mich nicht zu kümmern, oder?«

Er antwortete nicht, und als sie sich vorbeugte, stellte sie fest, dass Éibhear tief und fest eingeschlafen war.

Lächelnd lehnte sie sich zurück und begann wieder in ihrem Buch zu lesen und dabei sanft Éibhears Kopf zu streicheln.

Zuerst hatte er nichts als intensive Eifersucht gespürt, während er im Schatten blieb und die beiden beobachtete. Vor allem, als seine kleine Hexe seinem kleinsten Bruder so den Kopf streichelte. Aber Éibhears Worte ehrten ihn. Er hatte nicht gewusst, dass sein kleiner Bruder eine so hohe Meinung von ihm hatte. Oder so mit ihm prahlte. Und dann natürlich Talaiths Gesichtsausdruck, als sie erfuhr, dass sie von königlicher Abstammung waren … das war unbezahlbar gewesen.

Dennoch war es die Art, wie sie Éibhears Kopf kraulte, die ihn faszinierte. Es war nichts Wollüstiges daran. Um genau zu sein, war es sehr mütterlich und liebevoll und wärmte ihm das Herz. Zu oft hatten er und Gwenvael denjenigen Schmerzen zufügen müssen, die Éibhears Gutmütigkeit ausnutzen wollten. Oder ihn verhöhnten, weil er so freundlich war. Aber Talaith ließ ihn so nett sein wie er wollte und machte sich weder lustig, noch versuchte sie, ihn auszunutzen.

Jetzt war die Frage, wie er Talaith dazu bringen konnte, sich mit ihm genauso wohlzufühlen, aber ohne diese mütterlichen

Gefühle. Es musste einen Weg geben, sie ihm gegenüber milder zu stimmen. Aber die einzigen Momente, in denen sie keine Angst vor ihm zu haben schien, waren, wenn sie sich stritten. Götter, diese Frau liebte es wirklich, sich zu streiten.

Eigentlich fühlte er genauso, wenn er darüber nachdachte.

Wenn er nur ein Mensch gewesen wäre, hätte er niemals gesehen oder gehört, wie sie auf einen der unteren Ausgänge seiner Höhle zusteuerte.

Er sollte sie gehen lassen. Es war nicht falsch von Briec gewesen, sie aus diesem Dorf zu entführen, denn er hatte sie ja in der Tat gerettet. Aber sie nicht gehen zu lassen, nachdem er sie in Sicherheit gebracht hatte – nur Briec konnte das für ganz normal halten.

Dennoch – dass sie ging, ohne einem von ihnen etwas davon zu sagen, störte ihn. Und dabei mochte Éibhear sie so gern. Außerdem genoss Gwenvael es ehrlich, wie sie seinen älteren Bruder quälte. Er hätte sie dafür bezahlt, dass sie blieb, wenn sie das weiterhin tat.

Ihre Gestalt verschmolz mit den Schatten – sie hatte sich ganz schwarz angezogen –, und sie bewegte sich lautlos. Ja, ihre Fähigkeiten beeindruckten ihn wirklich, und jetzt verstand Gwenvael auch, warum Briec sie ständig zu hinterfragen schien.

Diese Frau war keine einfache Bäuerin.

Sie stand einen Steinwurf von ihm entfernt am Höhlenausgang, doch sie rührte sich nicht. Ihre Blicke tasteten die Umgebung ab. Sie spürte ihn. *Sehr beeindruckend.* Er wartete und fragte sich, wie lange es wohl dauern würde, bis sie ihn entdeckte. Noch ungefähr eine weitere Minute lang suchte sie die Umgebung mit den Augen ab. Sie wusste, dass er da war, sie wusste nur nicht, wo.

Schließlich richtete sie sich auf, und ihr Kopf neigte sich

nach hinten, damit sie an die Decke sehen konnte – zu ihm herauf.

»Talaith.«

Obwohl er ruhig sprach, weil er keinen Ärger über ihren Fluchtversuch verspürte – sie war schließlich nicht *sein* Weibchen –, schrie sie dennoch auf. Wie eine Todesfee.

Außerdem rannte sie los. Direkt auf den Ausgang und den immer noch andauernden Sturm draußen zu. Aber er rannte an der Decke entlang, bis er sie überholt hatte, dann ließ er sich vor ihr auf den Boden fallen, dass die Höhlenwände wackelten, und versperrte ihr den Ausgang.

»Oh nein, das wirst du nicht tun.« Er setzte sich auf seine Hinterläufe und sah sie an.

Flink kauerte sie sich vor ihn, einen Dolch in der Hand, und schob sich Schritt für Schritt rückwärts. Sie war eine Frau, die wusste, wie man sich schützte. Das gefiel ihm. Schwache Frauen langweilten seine Sippe, also hatte Briec gut gewählt.

»Greif an, Drache.«

Er bekämpfte seinen Drang, über ihren Befehl zu lachen. Was glaubte sie, mit dieser winzigen Klinge ausrichten zu können? Vor allem, da ihre sonst so kraftvolle Stimme vor Angst zitterte.

»Ich kann nicht. Mein Bruder würde mir den Kopf abreißen.«

»Ich gehöre ihm nicht.«

»Nein, aber diesen Kampf wirst du selbst ausfechten müssen, meine Schöne. Und jetzt …« – er deutete mit seiner Schwanzspitze in die entgegengesetzte Richtung – »geh zurück zu Briec.«

»Ich bin kein Hund. Und was ist mit deinem Schwanz los?« Sie runzelte die Stirn. »Da fehlt etwas.«

Gwenvael war nicht bereit, über den Verrat seiner Sippe

und den Tag, an dem seine Schweinehunde von Brüdern ihm die Schwanzspitze abgeschnitten hatten zu sprechen, und hob seinen Schwanz, um ihn um ihre Taille zu legen und sie zurück zu seinem Bruder zu tragen. Aber sie hielt sich mit einer Hand daran fest und klemmte sich mit der anderen ihren Dolch zwischen die Zähne. Während Gwenvael versuchte, zu durchschauen, was zum Teufel sie vorhaben mochte, hob er seinen Schwanz, sodass sie von dort auf seinen Unterarm springen konnte. Bevor er sich versah, kletterte sie auf seine Schnauze und hinauf auf seinen Kopf.

»Was zum …«

Dann sah er ihren Dolch. Wie hätte er ihn auch übersehen können? Sie zielte direkt auf sein Auge. Er schlug mit seiner Klaue nach ihr. Er warf sie nicht herunter, erschreckte sie aber genug, dass sie ihn nur wenige Zentimeter neben ihrem ursprünglichen Ziel in den Kopf stach.

»Aaaah! Du Wahnsinnige!«

Er wollte ihr nicht wehtun, aber er hatte keine andere Wahl. Vor allem, als sie ihren Dolch wieder herausriss und noch einmal zielte.

Mit seinem Schwanz schlug er sie von hinten, sodass sie im hohen Bogen von ihm herunterfiel. Sie traf mit einem Grunzlaut auf dem Boden auf, rollte sich aber elegant ab.

Sie blieb auf dem Rücken liegen, den Dolch immer noch in der Hand. Er wartete nicht, bis sie wieder auf den Beinen war. Er schlang seinen Schwanz um sie, achtete darauf, ihre Arme an den Seiten festzuklemmen und machte sich auf den Weg zurück in seine Höhle.

Morfyd die Weiße, Drachenhexe aus dem Hause Gwalchmai fab Gwyar, erstgeborene Tochter der Drachenkönigin Rhiannon, Vasallin der Königin Annwyl von Garbhán und oberste Kampfmagierin der Armeen der Dunklen Ebenen, rappelte sich auf, ohne einem der Männer in die Augen sehen zu können, die gesehen hatten, wie sie über ihre eigenen großen Füße gestolpert war. Nach all den Jahren hätte man meinen können, sie sollte ihren menschlichen Körper ein bisschen besser beherrschen.

Aber leider …

»Alles in Ordnung?«

Sie verzog das Gesicht, als sie die amüsierte Stimme hörte, die sie inzwischen so mühelos erkannte.

»Aye, Brastias.« Sie nahm die Hand von Königin Annwyls General und Stellvertreter und ließ sich von ihm aufhelfen.

»Deine Füße haben dich mal wieder aus dem Nichts angegriffen, was?«

Sie sah finster in sein lächelndes Gesicht. »Wenn du so weitermachst, lasse ich die nächste Wunde, die du dir im Kampf holst, vereitern.«

Sie klopfte sich die Vorderseite ihres weißen Gewands ab und versuchte verzweifelt, Brastias' starke Hände zu ignorieren, die ihr den Hintern abstaubten. Bei jeder seiner Berührungen ihres Hinterteils schnurrte sie buchstäblich.

»Ehrlich, Morfyd«, sagte er nun ganz ernsthaft, »bist du dir sicher, dass alles in Ordnung ist?«

»Aye. Nur einer meiner Brüder.« Sie hatte ein plötzliches und extrem starkes Stechen im Kopf gespürt, das genauso plötzlich wieder aufhörte. Das war gar nicht gut, vor allem nicht, wenn sie sogar fast stolperte, aber ihr Bruder lebte noch. Das wusste sie.

Brastias runzelte besorgt die Stirn. »Geht es ihnen gut? Götter, es ist doch nicht Fearghus, oder?«

Sie schüttelte den Kopf, konnte sich aber ein Lächeln nicht verkneifen. *Niemand* würde dieses bestimmte Gespräch mit der Königin führen wollen, sollte ihrem Gefährten je ein Leid zustoßen.

Brastias nahm ihren Arm und ging mit ihr auf ihr Zelt zu. »Welcher Bruder ist es dann?«

Sie wusste, dass es ihn nicht ernsthaft interessierte, aber er fand immer gern einen Grund, ihre Hand oder ihren Arm zu nehmen und sie zu ihrem Zelt zu begleiten. Morfyd musste zugeben, dass Brastias es tatsächlich zu einem fast angenehmen Ereignis machte, in den Krieg zu ziehen.

Sie konzentrierte sich kurz, spürte den Ranken der alten Magie nach, die die gesamte Familie Gwalchmai fab Gwyar ständig verband. Sie konnten einander nach Belieben ausschließen und taten das normalerweise auch – es sei denn, sie wurden überrascht. Irgendetwas hatte ein Mitglied ihrer Sippe eindeutig unvorbereitet getroffen. »Gwenvael, glaube ich.«

»Gwenvael? Ehrlich? Welch Überraschung«, sagte er trocken.

Morfyd lachte. Brastias hatte lange genug mit ihrer Sippe zu tun, um zu wissen: Wenn es Ärger gab, war Gwenvael höchstwahrscheinlich der Erste, dem er in den Schoß fiel. »Ich weiß. Eine unglaubliche Überraschung.«

Sie standen jetzt vor ihrem Zelt, und wie immer suchte Morfyd verzweifelt nach einem Grund, Brastias hereinzubitten. Sie kannte ihn nun schon seit drei Jahren, und sie hatte immer noch keinen Grund gefunden, der nicht idiotisch klang.

Würdest du gerne hereinkommen und meine Kräutervorräte zählen, o du Großer, Traumhafter? Bei den dunklen Feuergöttern, du bist erbärmlich!

»So ein Schwachsinn«, murmelte sie.

Er lachte überrascht und fragte: »Wie bitte?«

Sie riss sich zusammen. Sie konnte das. Er war nur ein Mensch. Ein wundervoller, unglaublicher, wunderschöner Mensch … aber dennoch ein Mensch. »Brastias, ich habe überlegt, ob …«

Morfyd.

Es war nur ihr Name, aber er besaß genug Macht, um sie auf die Knie sinken zu lassen. Brastias hielt sie an den Armen fest, während die Macht der Götter durch sie schoss.

Ruf nach mir, Kind. Schick nach mir.

Zitternd sah Morfyd hinauf in Brastias' höchst besorgtes Gesicht, während Sturmwolken am Himmel über seinem Kopf aufzogen.

»Was ist los, Morfyd?«

»In meinem Zelt!«, keuchte sie. »Ein großer Tornister. Hol ihn mir bitte!«

Brastias runzelte die Stirn und wollte sie offenbar nicht loslassen. Aber er hatte keine Wahl. *Sie* hatte keine Wahl.

»Bitte, Brastias.«

Er nickte, ließ sie los und verschwand in ihrem Zelt.

Morfyd.

Missmutig wütete Morfyd: *»Ich habe dich gehört! Hör verdammt noch mal auf, mich zu rufen!«* Sie holte mehrmals tief Luft, um ihre Nerven zu beruhigen und machte eine Geste zu einem der jungen Boten hin, die während der Schlacht aushalfen. »Junge. Komm her.« Widerstrebend bewegte sich der Junge auf sie zu. »Geh zur Königin, sag ihr, ein Sturm kommt. Ein furchtbarer Sturm.«

Der Junge sah verwirrt zum Himmel auf. Es war eine schöne Nacht gewesen, klarer Himmel. Aber das änderte sich gerade sehr schnell. Stürme kamen auf sie zu. Sie hatte gehofft, sie hätten einen Vorsprung vor ihnen, aber es sah aus, als wäre das nicht der Fall.

»Junge!« Sie fixierte ihn, während seine großen Augen sich wieder auf sie richteten. »Geh! *Sofort!*«

Er nickte und rannte davon, wahrscheinlich erleichtert, von ihr wegzukommen.

Brastias erschien wieder an ihrer Seite. »Morfyd, was ist los?«

Er hätte eher fragen sollen, wer, aber sie hatte keine Zeit dafür. Sie ignorierte die Sorge in seiner Stimme. »Hilf mir auf.«

Er hob sie mit Leichtigkeit auf die Beine.

»Die Tasche.« Es geschah zu viel, um sich mit Nettigkeiten aufzuhalten.

Brastias reichte ihr schnell den Tornister. Sie wandte sich von ihrem Zelt ab und ging auf den Fluss zu, der am Lager vorbeifloss. »Bist du sicher, dass du mich nicht brauchst …?«

»Nein, Brastias!« Sie blieb stehen, als ihr bewusst wurde, dass sie ihn angefahren hatte. Götter, die ihren Körper übernahmen, lösten immer diese Reaktion aus. Aber der Krieger hatte nichts falsch gemacht.

Sie sah ihn über die Schulter an. »Es tut mir leid. Ich wollte nicht …«

»Kein Grund, dich zu entschuldigen, Morfyd.« Er schenkte ihr ein warmes Lächeln; er war niemals zornig über ihre plötzlichen und abrupten Stimmungsschwankungen, die die ständig wechselnden Winde der Magie mit sich brachten. »Geh. Wenn du wiederkommst, halten wir etwas zu essen für dich bereit.«

Und er wusste, dass sie halbtot sein würde vor Hunger, nachdem sie die alte Magie gewirkt hatte. *Dieser Mann ist absolut perfekt.*

Er grinste. »Das heißt, wenn wir eine herumliegende Kuh finden.«

Sie warf ihm einen finsteren Blick zu, bevor sie davonstürmte. *Sarkastischer Mistkerl.*

»Warum bist du so nett zu mir?«

»Was?« Briec sah von dem Spiel auf, das er schon seit einer Stunde mit Éibhear spielte. Er war so konzentriert auf die Spielfiguren und seinen nächsten Zug, dass er kaum bemerkte, dass Éibhear ihn schon die ganze Zeit anstarrte.

»Ich habe gefragt, warum du so nett bist.«

»Kann ich nicht nett zu meinem kleinen Bruder sein?«

»Nein.«

Briec kicherte, aber das Kichern erstarb, als der blutende, wütende Gwenvael hereinstürmte, die zerschrammte, etwas weniger blutige, aber ebenso wütende Talaith in seinen Schwanz gewickelt.

»Was zum Teufel geht hier vor?«, verlangte er zu wissen, als Gwenvael ihm Talaith vor die Füße schleuderte.

»Die verrückte Schlampe hat auf mich eingestochen!«

»Du warst mir im Weg!«, brüllte Talaith zurück.

Knurrend und mit entblößten Reißzähnen, ging Gwenvael auf sie los. Doch Briec trat dazwischen und starrte seinen jüngeren Bruder mit ebenfalls entblößten Reißzähnen an.

»Ich weiß, Bruder, du hast nicht den Verstand verloren.«

»Sie ist verrückt! Du hast sie noch nicht erlebt. Ich bin dafür, wir machen sie zu unserem Abendessen, bevor sie uns alle im Schlaf umbringt!«

Auch wenn männliche Menschen Freiwild für seinen Bruder Gwenvael waren, hatte dieser noch nie ein lebendes weibliches Wesen »zu seinem Abendessen gemacht«. Zumindest nicht so. Und die Art, wie der große Goldene versuchte, die hinter Briec stehende Talaith wütend anzustarren, sagte ihm, dass Gwenvael nur versuchte, ihr Angst einzujagen. Das war gut so. Denn Briecs Bedürfnis, diese Frau zu beschützen – auch vor seiner eigenen Sippe – verwirrte ihn. Er hatte keine Ahnung, was er tun würde, wenn Gwenvael wirklich versuchte, Talaith etwas anzutun.

»Éibhear, kümmere dich bitte um den Kratzer deines Bruders, ja?«

»Kratzer? Das nennst du einen Kratzer?« Er deutete mit seiner Klaue auf die Wunde und musste sich zusammenreißen, um nicht zusammenzuzucken. *»Sie hat mir fast das Auge ausgestochen!«*

»Jetzt werd nicht überdramatisch, Gwenvael«, schalt Éibhear, der Talaith auf die Beine half, indem er ihr eine seiner Krallen als Stütze anbot. »Wenn ich fertig bin, geht es dir wieder gut.«

»Dies ist meine Höhle! Ich will, dass sie geht!«

Briec konnte ein schnaubendes Lachen nicht unterdrücken und war sich sicher, dass Gwenvael versuchen würde, ihm den Kopf abzureißen. Aber Éibhear schnappte nach Gwenvaels Vorderkralle.

»Hör auf, Gwenvael!« Er machte seinem Bruder ein Zeichen mit seinem Schwanz. »Komm mit.«

Éibhear ging davon und zerrte den wütenden Gwenvael hinter sich her.

Briec sah ihnen nach, bis er sich sicher war, dass Gwenvael fort war. Unterhaltsam fand er, dass Talaith tatsächlich glaubte, er sei abgelenkt genug, um nicht zu merken, dass sie versuchte, sich davonzuschleichen.

Er rammte die Spitze seines Schwanzes vor ihr in den Boden und sie schrie auf. Dann trat sie danach.

»Götterverdammtes Ding!«

»Du hast meinen Bruder verletzt, M'lady.«

Sie wandte sich zu ihm um. »Du hast selbst gesagt, es sei nur ein Kratzer!«

»Ich sagte das in der Hoffnung, dass du dann nicht zu seinem Mitternachtssnack wirst. Ich habe dir den Dolch gelassen, weil ich darauf vertraut habe, dass du ihn nicht benutzt. Vor allem nicht gegen meine Sippe.«

Sie hatte immerhin den Anstand, ein bisschen beschämt auszusehen. »Ich wollte ihm nicht wehtun. Ich wollte nur gehen.«

Offensichtlich stand er nun in der Schuld seines Bruder, weil er sie davon abgehalten hatte.

»Warum?«

»Warum was?«

»Warum willst du gehen?«

»Das soll wohl ein Witz sein!«

»Nein. Ich will deine Gründe hören. Ich will wissen, was du an mir und meinen Brüdern so furchtbar findest, dass du lieber dem Zorn der Götter trotzen als hier bei uns bleiben willst.«

Auch noch tief in Gwenvaels Höhle konnten sie den Donner und die Blitzeinschläge hören, die in der Nähe niedergingen. Das war kein Wetter, bei dem irgendwer, Mensch oder Drache, draußen sein sollte.

»Ihr seid Drachen. Unsere verhasstesten Feinde.«

Er verdrehte die Augen und setzte sich auf seine Hinterbeine. »Also ehrlich, kleine Hexe, ich weiß, dass du das besser kannst.«

Sie seufzte. Ein tiefes, schweres Seufzen. Und ihre Schultern sackten nach unten. Sie schüttelte langsam den Kopf, den Blick ihrer braunen Augen auf den Boden zu ihren Füßen gerichtet.

»Ich kann einfach nicht bleiben.«

Wenn er nur so dumm gewesen wäre wie der, den sie Ehemann nannte. Wenn er sich nur für wenig mehr als sich selbst interessiert hätte, hätte er nicht erkannt, wenn sie log.

Nicht, dass ein Leben unter Schuppen und Schwänzen ein großes Vergnügen für sie gewesen wäre. Aber zum ersten Mal seit jenem schicksalshaften Tag, an dem Arzhela und ihre Priesterinnen zu ihr gekommen waren, fühlte sich Talaith zufrieden. Nicht vollkommen glücklich, aber sie war sowieso nie ein besonders glücklicher Mensch gewesen.

Wie ihre Mutter zu scherzen pflegte – bei den seltenen Gelegenheiten, an denen diese Frau überhaupt Scherze machte –: »Nolwenn-Hexen und glücklich … das sind zwei Worte, die einfach nie im selben Satz vorkommen.«

Und sie hatte Gwenvael wirklich nicht verletzen wollen, aber er hatte ihr keine Wahl gelassen.

»Antworte mir, Talaith.«

Verfluchte Drachenstimme. So, wie Briec ihren Namen sagte, legte er sich um sie wie eine warme Decke. Doch sie wagte es nicht, ihm in die Augen zu sehen. Diese veilchenblauen Augen gingen ihr durch und durch.

»Ich kann einfach nicht bleiben, Briec.«

»Wartet jemand auf dich?«

Gereizt über seine Beharrlichkeit, sah sie ihn finster an und blaffte: »Ja. Um genau zu sein, wartet eine ganze Armee auf mich. Ich habe vor, sie alle zu bedienen. Bist du jetzt zufrieden? Kann ich jetzt gehen?«

»Kannst du mir nicht ein Mal eine klare Antwort geben?«

»Kannst du mir nicht einmal zuhören? Ich will gehen. Jetzt.«

Flammen loderten um ihn herum und waren gleich wieder verschwunden, und an ihrer Stelle stand der Mann. Und oh, was für ein Mann …

Sie wusste nicht, was schlimmer war – der Drache Briec, der sie mit einem Bissen verschlingen konnte, oder der Mensch Briec, den sie am liebsten anknabbern wollte.

»Warum musst du unbedingt über alles mit mir diskutieren?«

Sie hatte ihn verärgert. Gut. Es war viel leichter, mit einem wütenden Drachen umzugehen als mit einem aufmerksamen und fürsorglichen. »Warum musst du unbedingt alles ignorieren, was ich sage?«

»Selbst wenn ich dich gehen lassen wollte, kannst du bei diesem Wetter nicht gehen.«

»Ich tue, was mir gefällt, du riesiger, schuppiger Mistkerl. Und das heißt, ich gehe.«

Sie wandte sich ab, aber Briec hielt ihren Arm fest und drehte sie zu sich um.

»Lass mich nicht einfach stehen!«

»Nimm deine Hände von mir, bevor ich dich aufschlitze wie deinen Bruder!«

Sie hielt immer noch den Dolch in ihrer rechten Hand. Und diese Hand schnappte Briec und riss sie an seine Kehle hoch, sodass die Spitze der Klinge an der weichen Stelle lag, wo sein Hals auf sein Schlüsselbein traf. »Dann tu es, kleine Hexe. Stoß deinen Dolch hinein und lauf weg.«

Talaith starrte ihre Dolchspitze an der weichen Haut an. *Tu es, Talaith! Tu es!* Sie schrie sich die Worte immer wieder innerlich selbst zu. Doch sie konnte nicht. Sie konnte ihn nicht töten.

»Du kannst es nicht, oder?« Er klang nicht selbstgefällig oder arrogant – er klang schockiert. »Oder?«

Sie antwortete ihm nicht. Sie wussten beide, dass sie es nicht musste. Ihr Zögern sagte zu viel. Verriet zu viel.

»Ich …«, war alles, was sie herausbrachte, bevor er ihre Hand mit dem Dolch wegschlug und ihr Gesicht fest zwischen beide Hände nahm.

Briec riss sie hoch, und sein Mund presste sich auf ihren. So hatte sie sich ihren ersten Kuss nicht gerade vorgestellt, aber das hier war noch viel besser.

Sie wimmerte und neigte den Kopf, ihre Zunge tauchte in seinen Mund und glitt über seine hinweg. Sie spürte, wie sich sein Körper anspannte, überrascht über ihre unmittelbare Reaktion. Überrascht und erfreut. Er zog sie enger an sich, und sein Kuss wurde intensiver.

Also das … *das* war ein Kuss. Ein Kuss höchsten Grades. Die Art von Kuss, von der sie ihr ganzes Leben lang geträumt hatte, aber nie gedacht hätte, dass sie sie einmal erleben würde. Die Art, die sie dazu bringen würde, alles für eine Nacht im Bett eines Mannes aufzugeben. Abgesehen davon, dass Briec nicht direkt ein Mann war, hatte sie es erreicht.

Nach einer Weile wurde Briecs Kuss sanfter, und er ließ sich Zeit beim Erkunden ihres Mundes. Talaith ließ ihn gewähren und genoss seinen Kuss auf eine Art, von der sie nicht einmal geahnt hatte, dass sie es konnte. Ihr ganzer Körper schrie nach seiner Aufmerksamkeit. Bettelte darum, von ihm genommen zu werden. Sie wollte ihn. Götter, und wie sie ihn wollte!

Langsam löste er seinen Mund von ihr und murmelte: »Ich wusste, dass du mich willst.«

Verfluchter Kerl! Talaith trat kräftig mit ihrem Stiefel auf seinen Spann.

»Au!« Er taumelte rückwärts. »Wofür bei allen heiligen Höllen war *das* denn?«

»Dafür, dass du ein arroganter Mistkerl bist!«

Sie hob ihren Dolch auf und steuerte auf die Kammer zu, die ihr als Schlafzimmer diente. Sie hatte sich damit abgefunden, zumindest so lange in diesem Loch der Verzweiflung zu bleiben, bis das Wetter aufklarte oder Arzhela sie rief.

»Ich hasse dich, Briec der Arrogante!«, schrie sie über die Schulter zurück. »Dich und deine ganze Sippe!«

»Ach ja? Das riecht aber ganz anders!«

Sie antwortete nicht. Warum auch, wenn er doch recht hatte?

Als sie nicht zum Abendessen auftauchte, ging Éibhear sie suchen, Gwenvael im Schlepptau. Briec wollte nicht über sie sprechen und sie auch nicht suchen. Éibhear wusste nicht, was zwischen ihnen vorgefallen war, nachdem Gwenvael und er gegangen waren, aber es machte Briec sehr unleidlich.

Sie fanden sie schließlich unten an den Quellen. Sie saß an einer davon, ihre kleinen, nackten Füße im heißen Wasser und eine Hand fest um eine Flasche Feuerwein seines Vaters geschlossen … *o-oh.*

Die Brüder setzten sich links und rechts von ihr und sahen

ihr zu, wie sie ins Wasser starrte und schwankte. Hin und her. Hin und her. Summend. Es war irgendwie hypnotisch.

»Lady Talaith?«

Große, braune und ziemlich benommene Augen richteten sich langsam auf ihn. »Éibhear …« Er wartete, dass sie weiterredete, doch das war anscheinend alles, was sie herausbrachte.

»Was tust du da, M'lady?«

Sie hielt die Flasche hoch. »Tee trinken.«

Er lächelte. »Das ist kein Tee, Talaith.«

»Das habe ich gespürt, als ich gegen die Wand gelaufen bin.« Sie deutete auf die Stelle, wozu sie die Hand mit der Flasche benutzte und Gwenwael fast gegen die verletzte Stelle seines Kopfes schlug. Glücklicherweise besaß er eine schnelle Reaktion. »Die Wand da drüben.«

Sie drehte sich wieder um, und dabei sah sie Gwenvael.

»Gwenvael.« Sie lehnte sich an ihn und überraschte damit beide Brüder. »Es tut mir so leid, dass ich dich fast umgebracht hätte.«

Was Éibhear an Gwenvael bewunderte, war, dass er nie lange wütend war. Und anders als ihr Vater und Fearghus machte er sich auch nicht die Mühe, Groll zu hegen. Er zog es vor, sich damit zu amüsieren, dafür zu sorgen, dass andere sich schlecht fühlten. Darin war er sehr gut.

»Schon gut, Talaith. Ich bin mir sicher, du kannst es irgendwie wieder gutmachen.«

Gwenvael zwinkerte ihm über ihren Kopf hinweg zu, und Éibhear verdrehte angewidert die Augen. Kein Schamgefühl. Seine Brüder besaßen einfach nicht die Fähigkeit, Scham zu empfinden.

Talaith wedelte mit der Weinflasche vor Gwenvaels Gesicht. »Oh nein, Drache. Ich bin vielleicht ein bisschen betrunken, Schöner der Gwenvael, aber *so* betrunken bin ich nicht.«

Schöner der Gwenvael? Sie war *sehr* betrunken. »Du wirst mich nicht besudeln mit deinem …« – sie musterte ihn sorgfältig – »umwerfenden menschlichen Körper.«

»Ich weiß. Du wirst von Briecs umwerfendem menschlichen Körper besudelt werden.«

Sie boxte ihm gegen die Schulter, und Gwenvael verzog tatsächlich das Gesicht. »Das werde ich nicht. Er ist so ein aufdringlicher, arroganter Mistkerl! Mehr als du, ob du es glaubst oder nicht.«

»Oh, ich glaube es.«

»Aber ich habe nicht das Bedürfnis …« Sie rang nach Worten, und Gwenvael beschloss, ihr auszuhelfen.

»… fast zu Tode gevögelt zu werden?«

»Gwenvael!«, warnte Éibhear.

»Ich helfe ihr nur!«

»Nein.« Talaith schüttelte den Kopf. »Du bist ein Mistkerl. Aber ich gewöhne mich langsam daran. Übrigens« – sie tätschelte seine Schulter – »bist du ein sehr süßer Mistkerl.«

»Talaith«, sagte Éibhear sanft. »Vielleicht sollten wir dich zurück in dein Zimmer bringen.«

»Nein. *Er* wird dort sein. Er wird vor meinem Zimmer lauern wie ein riesiger, schuppiger Wachhund!«

»Briec würde sich dir nie aufdrängen«, versicherte ihr Éibhear. Denn er wusste, dass sein Bruder das niemals tun würde. Um es ganz schonungslos zu sagen: Er würde sich nicht die Mühe machen.

»Ich weiß. Er kann so nett sein«, sagte sie traurig, »wenn er nicht gerade ein arroganter Scheißkerl ist.«

»Wenn du das weißt«, schaltete sich Gwenvael ein, »frage ich mich, warum es dir Sorgen macht, wo mein Bruder schläft. Es sei denn, es ist deine eigene Selbstkontrolle, die dir Sorgen macht, M'lady.«

Talaith hob die Hand und schnippte gegen Gwenvaels noch nicht verheilte Wunde.

»Au!«

»Ärgere mich nicht!« Sie umarmte die Flasche vor ihrer Brust und seufzte. »Keiner von euch versteht das. Ich sitze ausweglos in der Falle. Ich sitze schon seit sechzehn Jahren in der Falle.«

Éibhear und Gwenvael tauschten besorgte Blicke. Wovon sprach sie da? Zuerst hatte Éibhear gedacht, sie spräche immer noch von Briec, aber sie kannte ihn erst seit ein paar Tagen. Sie hatte aus einem anderen Grund das Bedürfnis zu gehen. Aus einem Grund, den sie ihnen nicht verraten würde. Talaith hütete schon seit sehr langer Zeit Geheimnisse. Er wusste, selbst wenn sie betrunken war, würde sie diese Geheimnisse wahren.

»Ich wünschte, du würdest dir von uns helfen lassen, Talaith.« Er strich ihr sanft die lockigen Haare aus dem Gesicht. »Zumindest von Briec.« Briec würde alles für sie tun, nur dass das noch keiner der beiden begriffen hatte.

»Niemand kann mir helfen, Éibhear. Das weiß ich nur zu gut, mein Freund.«

Irgendwie schaffte sie es, auf die Beine zu kommen, die Flasche immer noch mit einer Hand an die Brust gepresst. »Ich werde jetzt in mein Zimmer schwanken.«

»Talaith …«

»Nein, nein. Es geht mir gut.« Sie machte ein paar unsichere Schritte, dann hielt sie inne. »Du. Ich wusste, dass du hier herumschleichst.«

Éibhear drehte sich um und sah Briec an der Wand am Eingang lehnen, die Arme vor der Brust verschränkt. Seine menschliche Gestalt sah entspannt aus, aber Éibhear spürte die Sorge seines Bruders. Briec hätte es nie zugegeben, aber er hing an dieser schönen, seltsamen Frau, die keinen Alkohol vertrug.

»Komm, Talaith. Ich bringe dich ins Bett«, bot er an.

»Ich schaffe es sehr gut allein, du Schlange.« Sie ging auf

ihn zu. »Also lass deine Klauen von mir.« Sie hickste einmal und kippte nach vorn. Briec fing sie auf, bevor sie mit dem Gesicht voraus im Schmutz landete.

»Briec?«

»Keine Sorge, Éibhear. Ich kümmere mich um sie.« Briec hob die bewusstlose Frau auf seine Arme. »Danke, dass ihr sie gefunden habt, bevor sie sich selbst ertränkt hat.«

Éibhear wartete, bis er sicher war, dass Briec außer Hörweite war, dann wandte er sich an Gwenvael. »Du hast recht, weißt du?«

»Womit?«

»Sie wird ihm das Leben zur Hölle machen.«

Gwenvael grinste, seine Verletzung hatte er anscheinend schon wieder vergessen. »Ich weiß.«

Briec legte seine betrunkene Frau aufs Bett und entwand ihr endlich die Flasche Feuerwein. Selbst er trank den hausgemachten Wein seines Vaters nicht, aber er benutzte ihn ab und zu, um alte Rüstungen zu entrosten.

Er strich Talaith die Haare aus dem Gesicht, und ihre braunen Augen öffneten sich flatternd. »Oh. Du bist es.«

Musste sie unbedingt so enttäuscht klingen? »Ja, ich bin's.«

»Bist du gekommen, um mich in meinem alkoholisierten Zustand auszunutzen?«

»Ich versuche, es nicht zu tun. Es gibt nichts Schlimmeres als das Geheule am Morgen danach.«

Sie lachte und versuchte, sich aufzusetzen. »Ich verstehe dich nicht, Drache.«

»Was verstehst du nicht?«

»Manchmal kannst du so nett sein, und ich schaffe es fast zu vergessen, wie lästig du bist. Und dann machst du den Mund auf und ich weiß wieder *genau*, wie lästig du bist.«

Endlich schaffte sie es sich aufzusetzen, und einen kurzen

Augenblick erwartete er, sie würde wieder nach vorn kippen, aber sie blieb sitzen. Er sah ihr zu, wie sie mit den Bändern an ihrem Mieder kämpfte; sie brachte es fertig, sie vollständig zu verknoten.

Seufzend kniete er sich vor sie und schob ihre Hände weg. »Wenn du so weitermachst, bist du nüchtern, bevor du dein Kleid ausgezogen hast.«

Er versuchte, die Knoten zu lösen, die sie gemacht hatte, und fühlte ihren Blick auf sich ruhen. Ihre Worte erstaunten ihn dennoch. »Ich mag es, wenn du vor mir kniest, Drache.«

Briec konzentrierte sich auf seine Aufgabe und beschloss, sie nicht anzusehen, sondern nur die Knoten vor sich.

»Ich glaube nicht, dass du unbedingt besser aussiehst, wenn du kniest«, fuhr sie fort, »aber ich finde dich beinahe charmant dort unten.«

»Talaith, du musst aufhören zu reden.«

»Warum? Schockiere ich dich?«

Nein. Sie schockierte ihn nicht. Aber sie machte ihn hart. Aus dieser Position heraus konnte er alle möglichen Dinge mit ihr tun. Aber er würde es nicht ausnutzen, dass sie dank des hausgemachten Alkohols seines Vaters in anderen Sphären schwebte. Er hatte seine Frauen gern nüchtern und willig. Sie sollten nicht mittendrin ohnmächtig werden, oder was noch schlimmer war: sich auf ihn erbrechen. Abgesehen davon: Hatte er das nicht schon oft genug gehabt?

»Willst du mich nicht ficken, Drache?«

Er ließ seinen Kopf auf ihre noch bekleidete Brust fallen. »Wo hat eine wohlerzogene Hexe wie du solche Wörter gelernt?«

»Hast du es vergessen? Im Bauerndorf. Ich kenne alle möglichen Wörter, nachdem ich mit diesen Leuten zusammengelebt habe. Soll ich sie aufzählen?«

»Nein!« Er räusperte sich. »Nein«, sagte er ruhiger. »Sei

einfach still ... oder werde ohnmächtig. Alles, was dich vom Reden abhält.«

Sie schwieg.

Dann fing sie wieder an. »Hat dein Drachendödel Schuppen?«

»Das war's.« Er ergriff ihr Mieder und riss es in der Mitte durch. Dann zog er das Kleid nach unten, wirbelte sie förmlich auf dem Bett herum in seinem verzweifelten Bemühen, es ihr auszuziehen. Als er es geschafft hatte, schleuderte er das ruinierte Kleid in die Feuerstelle.

»Schau!« Sie stellte sich aufs Bett, die Arme über den Kopf erhoben. »Ich bin nackt!«

Er zog Talaith zu sich her – wobei er einfach ignorierte, wie gut sich ihre warme Haut an seiner anfühlte – und hob sie mit einem Arm hoch. Mit dem anderen zerrte er die Felldecken zurück und warf sie aufs Bett. Dann deckte er ihren herrlichen Körper so schnell er konnte zu.

»Schlaf jetzt, Frau!«

Er drehte sich um und ging mehrere Schritte weg. Hielt inne. Drehte sich um. Und kehrte zu ihr zurück. Sie sah zu ihm auf und lächelte.

»Großer Mistkerl.« Sie kicherte.

»Lästige Harpyie«, knurrte er zurück. Dann beugte er sich nieder und küsste sie fest auf den Mund. Sie stöhnte, und ihre Hände vergruben sich in seine Haare und klammerten sich an ihn.

Leider musste er aufhören. Er musste. Sonst bestand die Gefahr, dass er innerhalb von Sekunden in ihr war.

»Ich will, dass du in zwei Minuten schläfst«, befahl er.

»Sonst noch was?«

Er entblößte zwei lange Reißzähne. Er hasste das, vor allem, weil sie ihm immer die Lippe aufrissen. Aber die verrückte Hexe trieb ihn einfach in den Wahnsinn.

Sie wich vor ihm zurück. »Schon gut, schon gut. Kein Grund, gemein zu werden.«

Während er auf den Ausgang zuging, so schnell es ihm die Erektion, die gegen seine Hose drückte, erlaubte, sagte er: »Leider, kleine Hexe, scheinst du nichts anderes zu verstehen.«

Doch da hörte er schon ihr leises Schnarchen.

8

Drei Tage lang tobte der Sturm. Eiskalter Regen peitschte nieder, grausame Winde pfiffen, außerdem sorgten mächtige Blitze dafür, dass Talaith die Höhle des Drachen nicht verließ.

Und nach ihrem ersten vereitelten Fluchtversuch und ihrer alkoholischen Eskapade – *Habe ich wirklich auf dem Bett gestanden und gesagt: »Ich bin nackt?«* – ließ Briec sie nicht mehr aus den Augen. Also saß sie drei volle Tage mit ihm und seiner Sippe fest. Auch wenn sie zugebe musste, dass es auf jeden Fall drei interessante Tage waren – eingeschlossen mit drei Drachenbrüdern, die wild entschlossen schienen, sich gegenseitig zu quälen.

Sie war sich sicher, dass Gwenvael ihr nie verzeihen würde, was sie ihm angetan hatte. Doch seine Wunde heilte schnell und schien ihn nicht zu stören, vor allem, weil es wichtiger war, seinen Bruder zu Tode zu ärgern.

Sobald er herausgefunden hatte, dass es Briec schon ärgerte, wenn er nur in Talaiths Nähe kam, überschlug sich der goldene Drache, Talaith nicht nur zu vergeben, sondern ihr so viel Zuneigung zu zeigen wie er nur konnte.

Er genoss es sichtlich, neben oder auf ihr herumzuliegen. Natürlich entstand diese Nähe vor allem immer irgendwie dann, wenn Briec in der Nähe war. Dann streckte sich Gwenvael neben ihr aus, mal als Mensch, mal als Drache. Als Mensch legte er seinen hübschen Kopf in ihren Schoß und ignorierte die Tatsache, dass sie gerade in eine Lektüre vertieft war. Als Drache war es seine Schnauze. Egal wie – wenn Briec ihn dabei ertappte, gab es jedes Mal Ärger. Inzwischen war sie so weit, dass sie sich keine Sorgen mehr machte, solange ihr keine Steine von der Decke auf den Kopf fielen.

Und Éibhear konnte anscheinend gar nicht genug für sie tun. Er sorgte dafür, dass sie gut aß, warme Kleidung hatte, saubere Bettwäsche und Bücher zu lesen. Er war wahrscheinlich das netteste Wesen, das sie je kennengelernt hatte. Außerdem sehr lustig und sehr klug. Sie hatte begonnen, ihn Éibhear der Diplomat zu nennen. Er war der Einzige, der seine Brüder beruhigen konnte, wenn sie wieder einen Streit anfingen. Er mochte alles und jeden am liebsten friedlich.

Dennoch hatte er gelegentliche Stimmungsschwankungen, aber er ließ sie nie an ihr aus. Seine Brüder bekamen den größten Teil davon ab, schienen es aber gar nicht zu merken. Gwenvael erzählte ihr schließlich, dass Éibhear für einen Drachen sehr jung war. »Noch nicht einmal hundert«, pflegte er zu frotzeln, weil er wusste, dass das für einen Menschen – selbst für Nolwenn-Hexen mit ihrem langen Leben – merkwürdig klang. Noch ein paar Jahre, und Éibhear würde endlich in sein wahres Drachenwesen hineingewachsen sein. Sie trauerte jetzt schon dem süßen, liebenswerten Bär von einem Drachen nach, der sie so gern zum Lachen brachte.

Und dann war da noch Briec.

Nach ihrem kleinen Fluchtversuch und ihrem Kuss umkreiste er sie wie ein Raubvogel. Wenn seine Brüder ihr zu nahe kamen, war er da, um sie in ihre Schranken zu weisen. Wenn sie sich in den riesigen Höhlen und Tunneln von Gwenvaels Heim verirrte – was leider mehr als einmal passierte – fand er sie und führte sie zurück.

In allen anderen Momenten suchte er Streit. Er liebte es, sie zur Weißglut zu bringen. Es schien ihr, als tue er das absichtlich, wann immer er konnte. Natürlich war es nicht hilfreich, dass sie, wenn er Streit anfing, nicht nur mit viel Enthusiasmus einstieg, sondern dass es unweigerlich dazu führte, dass sie ihn wollte. Sehnsüchtig. Das wussten sie auch beide ganz genau.

Die Art, wie er sie ansah, wie sich seine Nasenflügel blähten, bevor er etwas sagte, das sie noch mehr reizte, sagte ihr, dass er genau wusste, was er tat.

Dennoch wusste sie tief im Inneren, dass das alles nur zum Zeitvertreib diente, bis er wirklich mit ihr allein sein konnte. Weit weg von seinen aufdringlichen Brüdern. Talaith dagegen lebte in Angst vor diesem Tag. Sie fürchtete Briec nicht. Nicht mehr. Aber sie fürchtete sich vor ihren Gefühlen für ihn. Sie war so jung gewesen, als sie ihre erste und bisher einzige Liebe getroffen hatte. Ein junger, großgewachsener Krieger mit hellbraunen Augen, der sie wie eine Prinzessin behandelt hatte. Sie hatten einander alles gegeben, sehr zum Verdruss ihrer Mutter. Aber dann war er in der Schlacht gefallen, und damals hatte sich ihre ganze Welt verändert.

Aber er war noch ein Junge gewesen. Kaum achtzehn. Briec dagegen war ganz und gar nicht jung oder unerfahren. Außerdem störte sie die Tatsache, dass er kein Mensch war – und zwar sehr. Andere würden ihr Zusammensein abscheulich finden. Tatsächlich hatte Talaith selbst auch so gedacht – bis sie Briec begegnet war.

Jetzt träumte sie jede Nacht von dem großen Mistkerl. Und in jedem Traum stritten sie. Was sie normalerweise nicht beunruhigt hätte. Was ihr Sorgen machte, war, dass sie dann schwitzend und feucht und der Hand zwischen den Beinen aufwachte. Sie wusste, dass Briec sie selbst in der Dunkelheit der Höhle beobachtete. Er sah zu, wie sie stöhnte und sich im Bett wand, und er rührte sie nicht ein einziges Mal an. Obwohl sie spürte, dass er es wollte … und zwar sehr. Seine Willensstärke war bewundernswert, das musste sie zugeben. Die meisten Männer, die sie kannte, hätten nicht auf sie gewartet. Männer, die nicht annähernd so mächtig waren wie Briec hätten sich von ihr genommen, was sie wollten, ob sie einverstanden war oder nicht.

Er nicht. Weshalb sie ihn nur noch lieber mochte. Und dafür hasste sie ihn.

Endlich hörten der Regen und die Blitze auf. Zumindest vorübergehend, denn die Wolken hingen immer noch tief. Nach viel Betteln – und Streiten – willigte Briec schließlich ein, sie ins nächste Dorf zu bringen. Aber sie musste versprechen, dass sie nichts »Dummes« tun würde, zum Beispiel um Hilfe zu schreien. Sie versprach es widerwillig, denn Arzhela hatte sie immer noch nicht gerufen. Wenn dieser Ruf erst kam, würde sie tun, was sie tun musste, sogar ihr Versprechen gegenüber dem Drachen brechen.

Die Stadt in der Nähe von Gwenvaels Höhle – wo jede Frau der Umgebung die drei Brüder zu kennen oder von ihnen gehört zu haben schien – besaß einen ansehnlichen Markt, und es gab viele Dinge, die sie gern gekauft hätte, wenn sie Geld gehabt hätte. Aber sie würde den Drachen nicht um Geld bitten. Nicht in diesem Leben.

Gwenvael schnappte sich ihre Hand und zog sie hinüber zu den Geschäften der Schneider. »Wir sollten dir etwas Hübsches besorgen.«

»Wir? Hast du vor, Geld für mich auszugeben?«

»Nein. Das ist die Aufgabe meines lieben Bruders. Aber ich kann dich kleiden wie die Göttin, die du ja auch bist. Vor allem, weil ich viel mehr Geschmack habe als er.«

Talaith lachte, während er die fertigen Kleider und die Stoffauswahl durchsah. Gwenvael war ihr inzwischen ans Herz gewachsen. Natürlich hatte sie keine Zweifel, dass er sich zwischen ihre Beine werfen würde, falls sie ihm den leisesten Wink gab, dass er willkommen sein könnte. Aber sie wussten beide, dass er es nur tun würde, um Briec zu ärgern.

Daher war sie nicht überrascht, als Briec plötzlich hinter ihr auftauchte und Gwenvael finster ansah.

»Was tust du da?«

»Ich suche ein Kleid aus, das du dann für deine Braut kaufen kannst.«

Seine Braut?

»Ich bin nicht seine Braut!«

»Sie ist nicht meine Braut!«

Talaith warf Briec über die Schulter einen finsteren Blick zu. »Was meinst du damit: Ich bin nicht deine Braut?«

»Ich habe nur gesagt, dass du nicht meine Braut bist.«

Sie wandte sich zu ihm um. »Ich kann sagen, was ich will. Du allerdings solltest den Mund halten.«

»Weißt du, je mehr ich deine bäuerliche Erziehung vergesse, desto mehr Spaß macht es dir anscheinend, mich daran zu erinnern.«

»Wie du bereits erwähntest, war meine Erziehung nicht die einer Bäuerin. Ich bin die Tochter eines Kaufmanns.«

»Eines Kaufmanns der Meere?«

Ihre Augen wurden schmal. Kaufmänner der Meere genossen einen extrem schlechten Ruf in den Dunklen Ebenen und in Alsandair. Es gab reichlich Gerüchte, dass die meisten von ihnen eher Piraten als Händler waren, und dass ihre Schiffe aus der See der Nordländer herabkamen und Dörfer am Meer überfielen. »Nein, du arroganter …« Sie unterbrach sich und sah auf die großen Hände hinab, die ein hübsches Kleid vor sie hielten. Natürlich schaffte es nur Gwenvael, ihr probeweise ein Kleid vor den Körper zu halten, indem er ihr kräftig an die Brüste fasste.

Sie wollte ihm gerade sagen, dass er seine schmierigen Finger wegnehmen solle, doch Briec war schneller. »Nimm deine Hände von ihr, Bruder.«

Gwenvaels großer, starker Körper presste sich an ihren Rücken, während sein goldener Kopf über ihre Schulter und, wie sie annahm, nach unten auf das Kleid schielte. »Ich wollte sehen, wie es an ihr aussieht, bevor du es kaufst.«

»Nimm deine Hände weg – oder du kannst dich von ihnen verabschieden.«

Den Kopf schwer auf ihre Schulter gelegt, hob Gwenvael nur den Blick aus seinen goldenen Augen. »Na, na, Bruder! Zügle dein Temperament!«

»Oh!« Talaith trat mit aller Kraft auf Gwenvaels Fuß.

»Autsch!«

Sie machte sich von Gwenvael los und manövrierte sich rasch um Briec herum, bevor auch er sie festhalten konnte, sodass sie mit dem Rücken zum Ausgang des Geschäfts stand. »Hört auf damit, beide! Ich lasse mich nicht von euch hin und her zerren wie … wie …«

»… ein leckeres Bonbon?«

»… ein schmackhafter Happen?«

»… ein köstlicher Leckerbissen?«

»… eine delikate Köstlichkeit?«

»… ein dekadentes Konfekt?«

Sie hob die Hände. »Schon gut, schon gut.«

»Gute Götter, Bruder.« Gwenvael legte Briec eine Hand auf die Schulter. »Ist das ein Lächeln, was deine Braut da im Gesicht hat?«

»Ich glaube schon. Aber ich bin mir nicht ganz sicher. Ich habe erst so wenige davon gesehen.«

»Es ist aber hübsch!«

»Aye«, antwortete Briec, der sie mit Blicken verschlang. »Das ist es.«

Sie wusste, dass sie nur Sekunden von einem furchtbar peinlichen Moment entfernt war. Also tat sie das Einzige, was ihr einfiel. »Ihr seid beide absolut unmöglich. Ich gehe.«

Sie rauschte aus dem Geschäft und stieß draußen mit Éibhear zusammen.

»Da bist du ja, Talaith. Komm. Ich habe einen Buchhändler gefunden.«

Sie brachte gerade noch einen kleinen Aufschrei heraus, da zerrte der junge Drache sie schon an der Hand quer über den Platz.

Eavan trat auf seinen Kommandanten zu. »Du wirst nicht glauben, wer gerade über den Marktplatz gezerrt wurde!«

Sein Kommandant richtete ein kaltes, blaues Auge auf ihn – das andere hatte er schon vor langer Zeit in einer Schlacht verloren –, sagte aber nichts. Er war kein Mann vieler Worte.

»Unsere Beute.«

»Und der Drache?«

»Nirgends zu sehen. Sie hat sich einem Ritter angeschlossen. Vielleicht auch mehr als das. Aber er ist keine echte Gefahr für uns.«

Sein Kommandant grinste. »Es scheint, als könnten wir bald Ruhm und Reichtum ernten, mein Freund.«

Eavan erwiderte das Lächeln seines Kommandanten. Ruhm und Reichtum. Das, was er immer gewollt hatte.

Briec riss Gwenvael das Kleid aus der Hand. »Halt dich von ihr fern, Gwenvael. Vor allem von ihren Brüsten!«

»Aber sie sind prachtvoll, Bruder!«

Gwenvael grinste, und Briec überlegte, ob er dem Bastard den Kopf abreißen sollte. Das hätte allerdings natürlich zu angespannten Gesprächen mit seiner Mutter beim Abendessen geführt.

Was ihn mehr ärgerte als er zugeben wollte, war die Tatsache, dass Gwenvael verflucht noch mal viel mehr Körperkontakt mit diesem unmöglichen Weib hatte als er.

Gwenvael schüttelte den Kopf. »Mach, dass du wegkommst, Bruder. Ehrlich. Gib ihr Gold für ihre Unannehmlichkeiten und lass sie hier.«

»Nein.« Er konnte nicht. Egal, wie sehr seine rationale

Seite es auch wollte. Sie musste ihn mit einer Art Zauber gefangen haben, davon war er ziemlich überzeugt.

»Du verstehst nicht, Briec. Du wirst sie nicht bald wieder los. Wenn du sie jetzt behältst … dann wirst du sie für immer behalten.«

Briec schnaubte höhnisch. »Ich habe nicht vor, diese Frau länger als absolut notwendig zu behalten.«

Nachdem Gwenvael den Blick der jungen Verkäuferin auf sich gelenkt hatte, ging er ihr hinterher, allerdings warf er noch über seine Schulter zurück: »Wenn du glaubst, dass das Ganze ein Ende haben wird, wenn du dein Ding in diese Frau steckst, bist du sogar noch dümmer als Fearghus.«

Das wusste Briec schon selbst.

»Ich falle!«

»Oh.« Éibhear nahm die Hälfte der Bücher zurück, die er auf ihren Armen gestapelt hatte. »Entschuldige.«

Talaith lächelte, und Éibhear beneidete seinen Bruder einfach um die Wahl seiner Frau. Er fand Talaith unglaublich. So hübsch und lieb, mit einem wunderbaren Sinn für Humor. Sogar betrunken war sie noch bezaubernd.

Natürlich verbarg sie auch etwas. Aber wie immer galt Éibhears einzige Sorge seiner Familie. Solange ihr Geheimnis, was immer es war, nicht seine Familie betraf, überließ er es seinem Bruder. Aber wenn einer aus seiner Sippe in Gefahr geriete, würde er die Schönheit auf der Stelle zerschmettern.

»Schon gut, Éibhear. Aber du weißt doch, dass ich all diese Bücher gar nicht brauche.«

»Man kann nie genug Bücher haben«, zitierte er Annwyl.

»Verstehe.« Talaith schenkte ihm ihr mildes Lächeln, das sie anscheinend nur für ihn reserviert hatte. Er fragte sich, ob Briec bewusst war, wie treusorgend sie war. Sie würde eines Tages eine gute Mutter abgeben.

Der Ladenbesitzer ging nach hinten, um ein Buch zu holen, das Éibhear suchte, und ließ sie in dem kleinen, mit Büchern vollgestopften Laden allein. »Wirst du bleiben? Bei Briec, meine ich.«

Sie sah verdutzt aus, dann resigniert. »Nein, Éibhear. Das werde ich nicht.«

»Wirst du nicht oder kannst du nicht?«

»Beides.« Sie wühlte fahrig in den Büchern und wurde sich bewusst, wie unangenehm dieses Gespräch ihr war.

»Übrigens«, argumentierte sie, »will mich dein Bruder nur so lange, wie er mich begehrt. Ich bin mir sicher, ihm wird bald langweilig mit mir werden. Vor allem, wenn …« Ihre Stimme erstarb.

»Vor allem, wenn er mit dir schläft?«

Sie verzog das Gesicht und nickte knapp. »Ich habe das Gefühl, männliche Wesen sind immer gleich.«

Er hätte ihr recht gegeben, wenn sie von Gwenvael gesprochen hätten. Aber Briec verschwendete seine Zeit nicht mit … nun ja … egal, was. Ihm wurde schnell langweilig, und seine Arroganz wurde nur von der ihres Vaters übertroffen. Wenn es ihm nur darum ging, mit einer Frau zu schlafen– welcher Spezies auch immer –, hätte er Talaith vor ihrem kleinen Dorf gelassen, als sie ihn darum gebeten hatte, statt auch nur einen Moment mit dem Versuch zu verschwenden, sie in sein Bett zu locken. Briecs Entschlossenheit, diese Frau in seinem Bett und in seinem Leben zu haben, zeigte Éibhear jedoch, dass er sich auch dann nicht von Talaith befreien könnte, wenn er ein paarmal mit ihr geschlafen hatte.

Dennoch, so schön diese Frau war, sie erinnerte Éibhear immer wieder an eine Schlange kurz vor dem Zubeißen. Solange man sie in Ruhe ließ, ließ sie einen auch in Ruhe. Aber wenn man ihr zu nahe kam …

»Ich bin am Verhungern«, verkündete er, da er sich nicht zu

viele Gedanken um Talaith und ihre Geheimnisse machen wollte.

Sie grinste. »Wann bist du einmal nicht am Verhungern?«

»Ich bin noch im Wachstum, weißt du. Ich bin gerade mal knapp neunzig Winter alt.«

Sie sah entsetzt zu ihm auf. »Gute Götter, Éibhear, meinst du damit, du wirst sogar noch ... *größer*?«

Sie musste sich nicht einmal umdrehen, um zu wissen, dass er hinter ihr stand.

»Du beobachtest mich ständig«, sagte sie über die Schulter hinweg, während sie weiterhin den hübschen Schmuck betrachtete, den der Händler feilbot. Silber blieb ihr Favorit, denn Gold passte nicht besonders gut zu ihrer Hautfarbe. Abgesehen davon konnte sie es sich auch nie leisten.

»Ich will sichergehen, dass du nicht versuchst, noch einen von meinen Brüdern abzustechen.«

»Dein Bruder scheint es mir vergeben zu haben.«

Briec trat neben sie. »Mein Bruder würde einer Frau alles vergeben, solange er ihr dabei auf die Brüste starren kann.«

»Du bist zu hart zu ihm.«

»Und du bist wie jede andere Frau, und lässt ihm viel zu viel Spielraum.«

Stirnrunzelnd blickte Talaith zu ihm auf, aber er sah sie nicht an. Stattdessen starrte er auf den Schmuck hinab, als dächte er sorgfältig über jedes Stück nach. »Ich lasse deinem Bruder keinen Spielraum, und das werde ich auch nie.«

»Ich habe nicht bemerkt, dass du seine Hände weggeschoben hättest, während er dir das Kleid anhielt.«

»Zunächst einmal hast du mir gar nicht die Chance dazu gelassen. Und zweitens klingst du furchtbar eifersüchtig.«

»Ich? Eifersüchtig?« Briec drehte sich endlich zu ihr um. *»Auf ihn?«*

»Schrei mich nicht an«, antwortete sie ruhig. »Und ja, du klingst sehr eifersüchtig auf deinen Bruder. Als würde es dich wahnsinnig vor Wut machen.«

»Du bösartige kleine …«

»Ihr zwei streitet euch«, unterbrach sie Éibhear, »und ich verhungere gleich!« Seine riesigen Hände hatte er in seine schmalen Hüften gestemmt. »Wenn mir nicht bald jemand etwas zu essen gibt, werde ich ungemütlich.«

»Kann das nicht warten, bis wir fertig sind?«, knurrte Briec.

»Nein. Ihr zwei streitet ständig.« Éibhear schnappte ihre Hand, und Briec sah mit schmalen Augen auf die Stelle, wo sich ihre Hände berührten. »Streitet später. Besorgt mir etwas zu essen.«

Ohne ein weiteres Wort zog Éibhear sie wieder fort, diesmal in Richtung der örtlichen Schenke.

Talaith warf einen Blick zu Briec zurück und verstand sofort den Blick auf seinem attraktiven Gesicht. Seine Geduld schwand – schnell. Nein, Briec der Arrogante würde die Einmischung seiner Brüder nicht viel länger ertragen. Und der Gedanke daran, was er tun mochte, wenn diese Geduld am Ende war, ließ ihr beinahe die Knie weich werden.

Glendower, Sohn des Glewlwyd stolperte aus dem Rittersaal des Schlosses der Insel Garbhán und direkt in die Arme von Eryi, dem Hauptmann der Wache.

»Na so etwas, Glendower!« Der Mann lachte. »Zu viel getrunken, mein alter Freund?«

Ohne eine Antwort drehte er sich in Eryis Armen und packte ihn am Kragen seines Kettenhemds. Er riss ihn aus dem Weg, als Flammen aus dem Saal durch die Tür schlugen und sie fast an Ort und Stelle versengten.

Die beiden Männer lagen jetzt mit dem Gesicht voraus im Schmutz und sahen sich an.

»Was um alles ….«

Glendower, der sich törichterweise als zeitweiser Vasall angeboten hatte, bis die Königin und ihre Armee zurückkehrten, schüttelte den Kopf. Wer hätte ahnen können, dass der Vorschlag über die Fruchtfolge im Süden der Burganlage den Gefährten der Königin so ungehalten machen würde. »Ich glaube, unser Herrscher vermisst die Königin sehr.«

»Es wird wirklich höchste Zeit«, keuchte Eyri, »dass diese Frau endlich wiederkommt.«

Und Glendower stimmte ihm von ganzem Herzen zu.

Sie war nervös, seit *sie* hereingekommen waren. Ihre Beine unter dem Tisch wippten unaufhörlich. Eine lästige Angewohnheit, von der er sowieso hoffte, sie ihr irgendwann abzugewöhnen, aber jetzt war es unerträglich. Und ihr Blick wanderte ständig durch den Raum zu ihnen hinüber.

Schließlich hielt Briec es nicht mehr länger aus. »Gibt es ein Problem, Talaith?«

Ihr Blick flog zurück zu den drei Drachen, die mit ihr am Tisch saßen. »Nein. Warum?«

»Ich weiß nicht. Vielleicht, weil du ständig diese vier Männer da drüben anstarrst.«

Gwenvael lehnte sich zurück so weit er konnte und versuchte, seinen Körper an dem winzigen Tisch in eine bequeme Position zu bringen. Eindeutig hatte man nicht an Drachen als Gäste gedacht, als man diese Schenke gebaut hatte. »Kennst du sie?«

Ihre Hand wanderte an ihren Hals, wo der Strick seine Spuren hinterlassen hatte. Die Verletzung hatte hübsche Violett- und Grüntöne angenommen, aber zumindest hatte Talaith keine Schmerzen mehr – sagte sie zumindest. »Ähm … ich habe von ihnen gehört.« Sie zuckte die Achseln. »Es sind Soldaten. Lord Hamishs Soldaten.«

Alle drei Brüder drehten sich um und starrten die Männer an.

»Starrt sie nicht an«, flüsterte sie eindringlich.

»Sie sehen aus wie Reisende oder Priester«, bemerkte Éibhear.

Aber Gwenvael schüttelte den Kopf. »Sie sind viel mehr als das, kleiner Bruder. Sie sind unter ihren Roben gut bewaffnet.«

»Oh.« Éibhear schwieg einen Moment. Dann sagte er auf seine typische Art: »Dann lasst sie uns töten.«

Jetzt wandte sich die Aufmerksamkeit aller Éibhear zu.

»Was denn? Was habe ich gesagt?«

Briec fing Talaiths Blick auf, und sie lächelten sich an. Ab und zu erinnerte Éibhear sie alle daran, dass er noch ein junger Drache war.

»Sie haben eigentlich gar nichts getan, Kleiner«, brachte Briec heraus und schaffte es, nicht zu lachen. »Wir können sie nicht einfach töten.«

»Talaith fühlt sich eindeutig bedroht. Genügt das nicht?«

»Nein.« Gwenvael lachte. »Das genügt nicht.«

»Tja, sollte es aber«, grummelte Éibhear, während er den Rest von Gwenvaels Essen zu sich herüberzog.

»Haben sie dir je etwas getan?«, fragte Briec Talaith. Wenn die Antwort Ja war, würde Éibhear seinen Willen bekommen.

Talaith schüttelte den Kopf. »Nein, nein. Nichts dergleichen. Ich frage mich nur, warum sie hier sind. Ein bisschen weit weg von Madron, meint ihr nicht?«

Da hatte sie nicht unrecht.

»Aye. Ich kenne einige, denen der Gedanke gar nicht gefallen würde, dass Hamishs Männer sich so dicht an den Dunklen Ebenen aufhalten.« Und an der Insel Garbhán. Fearghus konnte furchtbar gereizt reagieren, wenn er glaubte, dass die Natter, die er seine Gefährtin nannte, in Gefahr sein könnte.

Natürlich war die Frau schon seit Monaten mit ihrer Armee unterwegs. Briec hatte keine Ahnung, wie Fearghus das aushielt. Allein der Gedanke daran, dass Talaith bald gehen könnte, löste ein komisches Gefühl in seiner Brust aus. Er wusste nicht, was es war, aber er wusste, es war nicht angenehm.

»Ich wüsste gerne, wie sie bei diesem Wetter so weit gekommen sind«, fragte sich Gwenvael, bevor er sein Ale austrank.

»Das ist nur von Bedeutung«, sagte Éibhear, während er das Essen auf seinem Teller hinunterschlang, als hätte er seit Jahren nichts mehr gegessen, »wenn sie hier sind, um Talaith zu finden. Es könnte sein, dass sie schon unterwegs waren, bevor die Stürme losgingen.«

»Tja, kleine Menschenfrau«, sagte Briec leise. »Sind sie wegen dir hier?«

Statt ihm eine Antwort zu geben, sagte Talaith: »Vielleicht sollten wir einfach gehen.« Sie sah aus, als hätte sie alles dafür gegeben, um in der festgetretenen Erde des Bodens der Schenke zu versinken.

Die drei Brüder warfen sich Blicke zu. Die Männer würden ihnen folgen, aber sie würden schon mit ihnen fertigwerden.

»Guter Vorschlag. Lasst uns gehen.«

»Kein Nachtisch?«, fragte Éibhear ziemlich betroffen, und Briec musste lachen.

»Ich bin sicher, wir werden zu Hause in Gwenvaels Höhle etwas für dich Schleckermäulchen finden.«

Er ließ einige Goldstücke auf den Tisch fallen und hielt Talaith seine Hand hin. Sie starrte sie an, als erwartete sie, dass er ihr damit die Kehle zerfetzte.

»Ein Problem?«

Sie zwang sich zu einem Lächeln, von dem er hoffte, es nie wieder sehen zu müssen, weil es so leblos war, und sagte:

»Nein. Natürlich nicht.« Talaith stand auf, ohne seine Hand zu nehmen, und steuerte auf die Tür zu, wobei sie sich die Kapuze ihres Umhangs über den Kopf zog.

Briec seufzte, als er seinen Brüdern nach draußen folgte, denn er wusste, dass die Männer aus der Schenke direkt hinter ihnen waren.

Gut. Er hatte an diesem Abend wirklich nichts dagegen, jemanden umzubringen.

Sie waren hinter den Gebäuden herumgegangen und kamen von vorn; inzwischen waren sie nicht mehr vier, sondern zehn. Briec schob Talaith hinter sich, die Männer standen sich gegenüber.

Plötzlich war sie unheimlich dankbar, den Schutz von Briec und seiner Sippe zu genießen. Freilich, die Soldaten würden sie nicht töten. Sie war zu wertvoll. Aber sie kannte nicht nur den Ruf der Soldaten aus Madron, sie hatte sie auch in ihrem Dorf bei der Arbeit gesehen.

Sie wusste, ihre Reise zurück nach Madron mit diesen Männern würde … unangenehm werden. Nein. Sie hatte nicht vor, mit ihnen zu gehen. Ihre Tugend mochte nicht groß sein, aber sie besaß sie wohl. Und anders als der Drache, das wusste sie, würden diese Männer auf dem Weg nach Madron auf nichts Rücksicht nehmen. Abgesehen davon würde Briec sie nicht gehen lassen, worüber sie insgeheim lächeln musste.

Dennoch würde diese Sache nicht ohne Blutvergießen enden.

»Halt, Ritter«, sagte einer von ihnen ruhig zu den Brüdern – zweifellos getäuscht durch ihre Kettenpanzer und Wappenröcke, die sie in einer von Gwenvaels Kammern ausgegraben hatten, während sie darüber sprachen, was sie mit den Männern gemacht hatten, die sie getragen hatten. Der Soldat schob sein Gewand zurück, damit sie den Griff seines Schwertes sehen konnten. Wie Gwenvael bemerkt hatte, waren sie alle gut bewaffnet. »Ich glaube, ihr habt etwas, das uns gehört.«

Etwas, das ihnen gehörte? Gut, dass die Drachen zwischen ihnen standen. Sie hätte sie selbst umgebracht, wenn sie ihre Hälse in die Finger bekommen hätte.

»Und was soll das sein, Soldat?«, fragte Gwenvael lächelnd. Den Brüdern juckten die Finger in Vorfreude auf diesen Kampf, ihr Blutdurst strömte ihnen aus allen Poren.

»Gebt uns die Frau. Dann lassen wir euch am Leben.«

Nein, das würden sie nicht.

Gwenvael deutete auf Talaith. »Diese Frau? Tut mir leid, mein Bruder hatte sie als Erster. Sie ist seine Beute. Sie bleibt bei uns.«

Die zehn Soldaten zogen ihre Schwerter, und die drei Brüder sahen ihnen dabei zu.

Sie wartete darauf, dass sie etwas taten. Als sie die Schenke verließen, hatten die Brüder beschlossen, dass es ihr letzter Ausweg sein würde, sich in Drachen zu verwandeln, denn dabei konnte leicht eine ganze Stadt ausgelöscht werden. Gwenvael hatte hier anscheinend mehrere Schankmädchen und Huren, mit denen er sich traf, wenn ihm langweilig war, und er wollte nicht riskieren, sie zu verlieren. So blieb nur übrig, in Menschengestalt gegen die Soldaten zu kämpfen. Talaith hatte sie nie kämpfen sehen und hatte keine Ahnung, wie gut oder schlecht sie waren. Das machte ihr Sorgen. Sie wollte nicht, dass Gwenvael oder Éibhear verletzt wurden. Und sie musste sich widerwillig eingestehen, dass dieses Gefühl sogar noch stärker war, was Briec anging,

Doch sie alle wollten diesen Kampf. Wenn Männer einmal so weit waren, nützte es nichts, sich zwischen sie zu stellen. Also blieb sie stehen und wartete.

Der, der als Erster gesprochen hatte, stürzte sich auf Gwenvael, der mühelos seinen Schwertarm packte und diesen in der

Mitte durchbrach. Sie zuckte bei den Schreien zusammen, während Gwenvael den gebrochenen Arm, der immer noch das Schwert hielt, herumdrehte und den Soldat mit seiner eigenen Waffe aufspießte.

Brutal, aber sehr effektiv.

An diesem Punkt hörte sie auf, sich Sorgen zu machen. Sie sah dafür die Angst in den Gesichtern der übrigen Soldaten, als die drei Brüder vorwärts gingen. Die Männer stolperten so schnell rückwärts, dass sie fast über ihre eigenen Füße gefallen wären.

Während sie noch überlegte, ob sie sich setzen sollte, bis die Brüder mit ihren Opfern fertig waren, legte sich eine Hand auf ihren Mund und ließ ihr nur Zeit für ein keuchendes Luftschnappen. Sie begann, sich zu wehren, aber ein Arm hielt sie fest um die Taille. Daher ließ sie sich fallen und von dem Mann, der sie festhielt, in eine nahegelegene Gasse zerren.

Briec war so gelangweilt. Er hatte gedacht, dass es vielleicht eine Herausforderung werden würde, aber was für eine Herausforderung konnten zehn Menschen für drei Drachen schon sein? Selbst für Drachen in Menschengestalt.

Éibhear hob einen der Soldaten mit beiden Händen in die Luft, dann ließ er ihn auf sein Knie fallen und brach das Rückgrat des Mannes wie ein Streichholz durch. Briec verdrehte die Augen. Dieser Griff gefiel seinem kleinen Bruder einfach. Was nicht viele wussten war, dass ihre Mutter ihm das beigebracht hatte.

Die drei Brüder traten vor, und wieder machten die übriggebliebenen Soldaten in Panik mehrere Schritte rückwärts. Da hielt Briec inne. Wenn sie vorrückten, wichen die Soldaten immer weiter zurück … weg vom ursprünglichen Kampfplatz. Er sah über seine Schulter und knurrte wütend.

»Wo ist sie?«, brüllte er. Es war spät, und die Straßen waren wie ausgestorben, sein Schrei hallte von den umstehenden Gebäuden. Die Soldaten starrten ihn an, sie wollten und konnten nicht antworten.

Keine Spielchen mehr. »Verbrennt sie!«, befahl er seinen Brüdern knapp.

Er drehte sich um und ging zurück, während seine Brüder den Himmel mit ihren Flammen erleuchteten. Er hörte die Schreie der sterbenden Männer über dem dröhnenden Hämmern seines Herzen.

Wenn er sie verloren hatte … wenn er törichterweise zugelassen hatte, dass irgendein Abschaum mit seiner Beute davongerannt war, würde er das ganze Land auseinandernehmen, bis er sie fand. Bis er sie wieder dort hatte, wo sie …

Briec blieb mitten im Schritt stehen. Er sah Talaith aus einer dunklen Seitengasse kommen. Sie kämmte sich mit den Fingern durch die Haare. Glättete ihre Kleidung. Holte tief Luft und kam auf ihn zu.

In der Dunkelheit brauchte sie einen Augenblick, bis sie ihn sah. Als ihre Blicke sich trafen, sah er eine Vielzahl von menschlichen Gefühlen über ihr Gesicht huschen. Erleichterung. Sorge. Verärgerung. Und Panik. Vor allem, als sie einen Blick zurück in die Gasse warf. Doch sie zwang sich zu einem Lächeln und kam auf ihn zu.

»Fertig?«

»Wir müssen schnell sein. Bald wird die ganze Stadt hier draußen sein.«

Sie nickte und eilte zu seinen Brüdern, während er mit einigen schnellen Schritten zurück in die Gasse rannte und sich umsah. Er roch einen männlichen Menschen.

Er ging weiter hinein und fand den Leichnam neben einem Haufen Müll. Ein alter Krieger, dem schon lange ein Auge fehlte. Briec kniete nieder und sah genauer hin. Das eine Auge der Leiche starrte nach oben. Der Leichnam sah verblüfft aus, aber scheinbar unverletzt. Sich weiter vorbeugend, besah sich Briec gründlich den Hals des Mannes. Selbst bei dieser Dunkelheit erspähten seine Drachenaugen die kleinen, nadelfeinen Löcher an der Kehle des Soldaten.

Briec hob überrascht eine Augenbraue. »Kleine Hexe, du hast ja interessante Fertigkeiten.«

Die Stadtbewohner waren damit beschäftigt, die Überreste der Soldaten zu löschen und das Feuer zu bekämpfen, das ein paar ihrer Häuser versengte; sie bemerkten nicht einmal, wie die vier gingen. Als sie bei Éibhear und Gwenvael angekommen war, brauchte sie noch eine Weile, um ihre aufgewühlten Gefühle in den Griff zu bekommen. Doch bis die Drachen aufhörten, die Soldaten mit weißen Flammen zu vernichten, hatte sie ihren Herzschlag wieder unter Kontrolle.

Keine leichte Aufgabe, aber eine, die sie gut gelernt hatte.

Jetzt, während sich rasch ein neuer Sturm näherte, stapften sie durch den Wald auf eine Lichtung zu, damit die Brüder in ihre natürliche Gestalt zurückkehren und mit Talaith zurück zu Gwenvaels Höhle fliegen konnten. Wie sie es hasste zu fliegen.

Sie schwiegen den größten Teil des Weges, bis Briec seinen Brüdern etwas zumurmelte. Sie nickten beide und gingen weiter, aber Briec blieb stehen. Sie blieb ebenfalls stehen. Sie musste; er stand direkt vor ihr.

Er sah seinen Brüdern eine Weile nach, bis sie im Dunkel des Waldes verschwanden.

»Was tun wir?«

Da drehte er sich um, hielt ihre Arme fest und drückte sie gegen einen Baum.

»Sag mir, was du getan hast!«

Ihre Augen wurden schmal. Hätte er sie freundlich gefragt, hätte sie ihm *vielleicht* geantwortet. So allerdings nicht. »Da gibt es nichts zu sagen.«

»Lüg mich nicht an«, knurrte er leise. Sein Griff um ihre Arme wurde fester, und er zog sie hoch, bis sie auf den Zehenspitzen stand.

Und das … das war der Grund, warum sie sich hasste. Sie wollte ihn. Mehr als sie ihn je zuvor gewollt hatte. Er schrie sie an, und alles, woran sie denken konnte, war, dass er sie nahm, hier und jetzt. An diesem Baum.

Was war eigentlich los mit ihr?

»Antworte mir, Frau! Antworte mir sofort!«

»Was sonst?«, blaffte sie zurück. »Was wirst du sonst mit deiner *Beute* tun?« Den letzten Teil schnaubte sie höhnisch, und sie wusste, dass sie die unsichtbare Grenze überschritten hatte, auf der sie sich seit Tagen bewegten.

Der schwarze Rauch, der sich aus seinen Nasenlöchern kräuselte, hätte ihr wirklich mehr Angst machen sollen als es der Fall war … tat er aber nicht. Es führte nur dazu, dass sich die Feuchtigkeit zwischen ihren Beinen verstärkte. Und das wusste er auch. Er wusste, dass sie ihn wollte. Seine Nasenlöcher – aus denen immer noch schwarzer Rauch quoll – blähten sich nur ein winziges bisschen. Und sie wusste, dass er es wusste.

Sie brachte nur ein Quietschen heraus, dann küsste er sie. Seine Zunge drängte sich zwischen ihren Lippen hindurch und in ihren Mund.

Sie hätte ihm die Kehle aufschlitzen sollen. Sie hätte ihren Dolch aus ihrem Stiefel reißen und ihm von einem Ohr zum anderen die Kehle durchschneiden sollen.

Knurrend riss sie ihre Arme von ihm los, schlang sie ihm um den Hals und vergrub ihre Hände in seinen Haaren. Seine großen Hände umfassten jetzt ihren Hintern, zogen sie eng an ihn, und die Berührung ließ sie beide aufstöhnen. Sie konnte seine Erektion durch ihr Kleid hindurch spüren. Sie hatte seine Größe bereits gesehen und wusste genau, wie er aussah.

Ihre Phantasie setzte zu Höhenflügen an bei dem Gedanken daran, was dieses Prachtstück mit ihrem Körper machen konnte.

Ihre Zungen schlangen sich umeinander, und sie war kurz davor, nach seinem Glied zu greifen, um es aus seiner Hose zu befreien und ihn in sich zu spüren. Doch bevor sie es tun konnte, löste er ihre Hände von seinem Hals. Dann ließ er sie fallen. Sie taumelte rückwärts, dankbar für den Baum, der dort stand und sie davor bewahrte, hart auf dem Hinterteil zu landen.

Er ging von ihr weg und drehte ihr den Rücken zu, die Hände auf den Hüften ruhend. Um sie herum zuckten Blitze, und Donner grollte. Briec atmete schwer und tief, als sei er gerade meilenweit gelaufen. Einen Augenblick lang dachte sie, er würde sie hier in diesem Wald zurücklassen – keuchend von dem leidenschaftlichen Kuss. Er würde sie und ihre verfluchten Geheimnisse einfach allein lassen.

Sie hätte es ihm nicht verübeln können, es wäre das Klügste.

»Lass uns starten, Bruder«, rief Gwenvael von der Lichtung herüber.

»Aye«, rief er zurück.

Er hatte sich immer noch nicht zu ihr umgedreht, sprach aber trotzdem mit ihr. »Wenn wir wieder dort sind, beenden wir diese Diskussion.«

»So nennt ihr Drachen das … eine Diskussion?«

Seine veilchenblauen Augen blickten sie finster über seine mächtige Schulter hinweg an. »Reize mich nicht, Frau. Nicht jetzt.«

Aber sie wollte ihn reizen. Sie wollte ihn reizen, bis er sie nahm, bis er sie durchvögelte, dass sie nicht einmal mehr die Kraft hatte, um nach mehr zu betteln.

Sie schüttelte den Kopf, während sie ihm folgte. *Nay. Das ist nicht normal, Talaith.*

9 Briec folgte ihr tief in die Höhle seines Bruders. Die Stürme hatten von Neuem angefangen zu toben, kaum, dass sie in der Luft waren. Es war ein harter, furchterregender Flug gewesen, während Blitze um sie herum einschlugen und Regen auf sie herabschüttete, als wollten die Götter sie zurück in die Sicherheit von Gwenvaels Höhle drängen. Doch er merkte es kaum. Nicht, wenn sich Talaiths Schenkel an seinen Hals klammerten und ihre Hände fest seine Haare umschlangen. Wie üblich schrie sie den ganzen Weg zurück zur Höhle, aber er konnte sie über dem Toben des Windes kaum hören.

Als sie es sicher ins Innere geschafft hatten, glitt sie ohne Hilfe von seinem Rücken und stürmte davon. Als ob *sie* einen Grund hätte, wütend zu sein! *Er* war nicht derjenige, der etwas verbarg. Er war vielmehr ehrlich bis zur Schonungslosigkeit.

»Was ist mit euch beiden los?«, wollte Gwenvael wissen und setzte sich auf seine Hinterbeine.

»Nichts.«

»Du lügst, Briec.«

Er log nicht. Soweit es ihn betraf, war *nichts* los, solange er nicht so tief es ging in dieser Frau steckte. Aber er war bereit, das zu ändern. Auf der Stelle.

»Ich lüge nicht. Lass es gut sein.«

»He!« Éibhear stand neben dem Höhleneingang und starrte hinaus in den strömenden Regen. »Ist sonst noch jemand ein bisschen besorgt über dieses Wetter?«

Gwenvael und Briec verdrehten gemeinsam die Augen, aber Gwenvael sagte: »O-oh. Unser Jüngster ist *besorgt* über das böse Wetter. Das muss etwas Schreckliches bedeuten.«

Éibhear knurrte wütend und richtete einen finsteren Blick

aus silbernen Augen auf seinen goldenen Bruder. »Ihr könnt von mir aus beide in der Hölle schmoren.«

Briec überließ seine Brüder ihrem Streit, der vermutlich eine ganze Weile andauern würde, und ging Talaith suchen. Sie hatten viel zu besprechen.

Er ging zu der Nische, die sie als Schlafzimmer benutzte. Jeden Abend, seit sie hier waren, war sie allein zu Bett gegangen. Und jede Nacht hatte er vor ihrem Zimmer geschlafen, weil er dieses überwältigende Bedürfnis verspürte, sie in Sicherheit zu wissen. Es war die absolute Hölle gewesen. Diese Frau stöhnte im Schlaf. Zuerst hatte er geglaubt, sie habe Schmerzen, also war er zu ihr geeilt, wo er dann ihre Hände unter den Decken sah. Ihm wurde schnell klar, dass sie sich im Schlaf selbst Vergnügen bereitete.

Sich nicht dazuzulegen und dort weiterzumachen, wo ihre Hände aufhörten, war eines der schwersten Dinge gewesen, die er je hatte tun müssen. Er würde das Versprechen halten, das er sich selbst gegeben hatte, nämlich diese Frau zu besitzen. Aber er würde es tun, wenn sie wach war und darum bettelte.

Ihr Zimmer war jetzt leer, also ging er weiter in die Höhle hinein, immer ihrem Duft nach. Der Geruch wurde stärker und sein Drachenkörper spannte sich erwartungsvoll, als ihm aufging, wohin sie verschwunden war.

Er stand schließlich vor der Kammer mit den heißen Quellen. Sie benutzte diesen Ort jeden Abend zum Baden. Anscheinend war das auch ihr momentanes Vorhaben. Er sah lautlos zu, wie sie das Mieder ihres Kleides löste und seufzte, als der enge Stoff sich lockerte. Sie hatte gerade begonnen, sich das Kleid von den Schultern zu streifen, als sie abrupt innehielt und ihr Rücken sich straffte.

Sie hielt das Kleid vor sich zusammen, drehte sich langsam um und sah ihn wütend an. »Kann ich nicht einmal fünf Minuten für mich allein haben?«, zischte sie zwischen zusammengebissenen Zähnen.

»Nicht, wenn du etwas vor mir verbirgst.«

Briec betrat die Höhle und versiegelte den Eingang mit einem alten Trick, den er von seiner Mutter hatte. Es war ein billiger Trick. Es sah nur so aus, als blockiere ein Felsbrocken den Weg, aber es war effektiv und überzeugend. Seine Brüder würden sie nie finden, es sei denn, sie baten Morfyd um Hilfe. Seinen letzten Informationen nach befanden diese und die Schlampe seines ältesten Bruders sich allerdings irgendwo auf einem Schlachtfeld.

Talaith atmete bebend aus, als ihr aufging, dass er ihr die einzige Fluchtmöglichkeit abgeschnitten hatte. Mit den Händen immer noch ihr Kleid an die Brust pressend, wich sie einen Schritt zurück und fragte: »Warum hast du das getan?«

»Ich wollte ein bisschen mit dir allein sein. Damit wir reden können.«

»Worüber?«

Er nahm seine menschliche Gestalt an und machte einen langsamen Schritt auf sie zu, während sie einen langsamen Schritt rückwärts machte. »Über Soldaten aus Madron, die nach dir suchen. Über einen toten Soldaten in einer Gasse.«

»Warum sie mich suchen, geht dich nichts an.«

»Das tut es doch, wenn sie versuchen, mich auch umzubringen.«

»Dann hättest du mich dort lassen sollen.«

»Aye. Das hätte ich. Ich glaube, dann wären sie schneller tot gewesen.« Er ließ seinen Blick auf ihrem Körper nach oben wandern, bis er ihre Augen erreicht hatte. »Und der Soldat in der Gasse?«

»Er hat mich angefasst! Ich habe mich verteidigt!«

Noch ein Schritt nach vorn. »Du hättest um Hilfe rufen können.«

Noch ein Schritt zurück. »Er hat mir den Mund zugehalten.«

»Also hast du … du, die Tochter eines Kaufmanns, die mindestens sechzehn Jahre als treusorgende Ehefrau in einem winzigen Bauerndorf außerhalb von Madron gelebt hat, ganz einfach einen gut ausgebildeten Soldaten fertiggemacht, der dich mitnehmen wollte?«

»Wer hat gesagt, dass es einfach war?«

»Du bist aus dieser Gasse gekommen, ohne dass auch nur ein Haar in Unordnung gewesen wäre und ohne einen Tropfen Schweiß auf der Stirn, kleine Hexe.« Noch ein Schritt vorwärts. »Du hast nicht einmal dein Kleid schmutzig gemacht.«

»Warte!« Sie stolperte rückwärts, ihr ganzer Körper bebte. Sie stützte sich mit einer Hand an einem großen Felsblock ab und holte tief Luft. »Warte einfach.«

»Ich kann so viele Gefühle riechen, die um dich herumschwirren, kleine Hexe. Wut. Hass. Feindseligkeit. Sogar Panik. Aber weißt du, was ich nicht von dir haben kann, süße Talaith?« Er lächelte, als ihre dunkelbraunen Augen ihn ansahen. »Den Geruch von Angst.«

In diesem Moment flüchtete sie.

Sie hatte keine Ahnung, wohin sie wollte. Er hatte den Ausgang mit einem Zauber versperrt, von dem sie wusste, dass er so alt war wie die Zeit, und dann hatte er sie in der Höhle zur Rede gestellt und Antworten verlangt. Antworten, die sie nicht geben konnte.

Sie hatte einmal versucht, jemandem zu erzählen, was los war. Einer alten Heilerin im Dorf, von der sie glaubte, dass sie ihr vielleicht ein bisschen helfen könnte. Talaith hatte kaum Arzhelas Namen erwähnt, als ein Schmerz durch ihren jungen Körper geschossen war, der so stark war, dass sie das Gefühl hatte, auf der Stelle sterben zu müssen. Zehn Tage und Nächte hatte Arzhela sie in diesem Zustand gehalten: am Leben zwar, aber mit wahnsinnigen Schmerzen.

Talaith hatte ihre Lektion gleich beim ersten Mal gelernt. Sie hatte nie wieder von Arzhela gesprochen, und seither wusste sie, dass sie für immer allein sein würde. Dass sie diesen Kampf immer allein würde ausfechten müssen. Dass ihr niemand helfen konnte.

Nicht einmal gutaussehende Drachen, die Freude daran zu haben schienen, Menschenfrauen zu entführen.

Es überraschte sie nicht, dass Briec sie mühelos einfing und ihren Körper an seinen zog. Ihren Rücken an seine Brust. Warum konnten sich diese Drachen nicht verwandeln und gleich seine Kleider anhaben? Im Moment war sie schwach von dem langen Tag und der beängstigenden Nacht.

Als der Soldat sie geschnappt hatte, hatte Talaiths Ausbildung mit aller Kraft ihre Wirkung entfaltet. Ihr war nicht in den Sinn gekommen, dass jemand nur versuchen könnte, die Drachenbrüder abzulenken, damit er sie in die Finger bekam. Doch bis der Soldat sie in diese Gasse gezerrt hatte, hatte sie schon ihren Dolch aus dem Halfter an ihrem Stiefel gezogen.

»Schrei, und es wird das Letzte sein, was du tust«, warnte er sie. Doch sie hatte nicht vor zu schreien, denn Stille und List waren genauso ihre Waffen wie ihr Dolch. Er senkte sie auf den Boden, und seine Hände lockerten den Griff um ihren Körper. In diesem Moment zog Talaith schnell eine der kleinen Nadeln hervor, die sie in dem Leder verbarg, das um den Griff ihres Dolches gewickelt war. Sie wirbelte auf dem Absatz herum, versetzte ihm mit der freien Hand einen Schlag auf den Mund und erstach ihn mit der langen, dünnen Nadel. Sie traf sechs wesentliche Punkte an seiner Kehle in weniger als vier Sekunden.

Ihre Ausbilder wären stolz auf sie gewesen.

Der Soldat – der schon älter war und nur ein Auge hatte –

hatte sich an die Kehle gegriffen und sie entsetzt angesehen, unfähig, ein Wort zu sagen. Das Gift, das sie aus ihrer Sammlung ausgewählt hatte, wirkte schnell. Sie schubste ihn leicht an der Schulter. Er fiel rückwärts wie eine Steinstatue und krachte auf den Boden, während das Gift seine Wirkung entfaltete und sich in seinem Körper ausbreitete. Bis sie die Nadel wieder an ihrem geheimen Platz an ihrem Dolch und diesen in seinem Futteral verstaut hatte, war der Soldat tot.

Jetzt lag ihr Dolch zusammen mit ihren Stiefeln in einer entfernten Ecke. Verdammt. *Schlechte Planung, Talaith.*

Vor allem, weil Briecs unglaublich warme Hände sie an seinen nackten Körper drückten, während sie sich krampfhaft versuchte, ihr Kleid über ihren Brüsten festzuhalten. Diesen Kampf verlor sie gerade.

»Lass mich los, Briec.«

»Nicht, bevor du mir die Wahrheit gesagt hast. Nicht, bis du mir gesagt hast, was vor sich geht.«

»Nichts geht vor sich.«

»Du lügst.«

»Tue ich nicht.« Das tat sie wirklich nicht. Sie hatte keine Befehle bekommen. Überhaupt keine Forderungen an sie. Eigentlich war die Göttin sogar erschreckend still gewesen in den letzten Tagen. Talaith wusste nicht warum, aber sie hatte Arzhelas fehlende Anwesenheit genossen, die sie sonst ständig umgab … sie erdrückte. Die das Einzige als Geisel hielt, das Talaith während diesen langen, schmerzvollen Jahren etwas bedeutet hatte.

Er hielt Talaith mühelos, ihren Rücken an seine Brust gedrückt. Der Mistkerl hatte recht – sie verspürte keine Angst. Nicht vor ihm. Nicht mehr.

»Lass mich los, Briec.«

Seine Arme drückten sie ein winziges bisschen fester. »Ich brauche Antworten, Talaith.«

»Ich kann dir keine geben.«

Er ließ sie wieder auf den Boden hinab und drehte sie zu sich um. In seinem Blick lag Verwirrung. »Das ist eine seltsame Aussage, kleine Hexe.«

»Eigentlich nicht.«

»Warum vertraust du mir nicht?« Hätte sie es nicht besser gewusst, hätte sie geschworen, dass er verletzt klang. Aber sie wusste es besser. Dies war Briec der Arrogante. Er fühlte gar nichts, vor allem nicht für sie.

»Dir vertrauen? Ich vertraue niemandem. Warum sollte ich dann dir vertrauen?«

Ein winziges Lächeln kräuselte seine appetitlichen Lippen. »Da hast du wohl recht.« Der Blick aus veilchenblauen Augen glitt an ihr hinab, und sie begann wieder zu zittern. Ein Blick von diesem Mann, und sie bebte vor Verlangen.

»Na schön. Ich lasse dir deine Geheimnisse. Du wirst ja nicht ewig hierbleiben.« Sie hatte große Mühe, ihm nicht zu sagen, wie sehr diese Aussage sie schmerzte. »Aber eines muss ich trotzdem wissen, Talaith.« Er fegte ihre Hände von ihrem Kleid. »Und ich muss es jetzt wissen. Keine Ausflüchte mehr.«

Sie sah aus schmalen Augen zu ihm hinauf. »Was?«

»Meine Sippe … meine Familie. Ich muss sie schützen, wie sie auch mich schützen würden. Wenn sie also irgendwie in Gefahr sind …«

Verblüfft schüttelte sie energisch den Kopf. »Nein, Briec. Ich würde deiner Familie nie etwas tun. Gwenvael zählt nicht.«

Daraufhin grinste Briec endlich. »Da hast du wirklich recht.«

»Gerade Éibhear. Ich würde nie zulassen, dass ihm etwas geschieht. Er ist so reizend und süß und …«

»Du kannst jetzt aufhören«, knurrte er. Er ließ den Stoff ihres Kleides los und ließ es an ihrem Körper entlang auf den Boden gleiten, wo es um ihre Füße drapiert liegen blieb. »Ich brauche nicht noch mehr Klarheit zu diesem Thema. Ich musste mich nur vergewissern.«

»Na ja, nur für den Fall, dass dein Alter dich eingeholt hat, Drache: Ich habe versucht zu gehen, aber du wolltest mich nicht lassen. *Du* hast mich hierher gebracht. *Du* hältst mich hier fest. Ich kann dir versichern, dass hier in dieser entzückenden Höhle mit *dir* und deinen Brüdern festzusitzen nicht Teil einer großen Intrige meinerseits war.«

Eine große Hand glitt über ihre Schulter und die Haut über ihren Brüsten. »Danke, dass du darauf hingewiesen hast.«

Sie lächelte. »Ich wollte nur helfen, du armes altes Ding. Wie alt bist du überhaupt? Zwei-, dreitausend Jahre?«

Da schubste er sie in eine von den größeren heißen Quellen.

Mistkerl!

Bis sie wieder an die Oberfläche kam, war er bei ihr. Nackt, heiß und ziemlich entschlossen.

»Warte …«

»Nein.« Er schob sie an den Rand des Beckens, ihren Rücken an den glatten Stein. »Wir haben genug geredet. Lass uns andere Verwendungsmöglichkeiten für deine spitze Zunge finden.«

Sie stemmte ihre Hände gegen seine Brust und schob ihn weg, während er ihre Taille umfasste. »Oh ja, natürlich. Ich habe eine spitze Zunge. Während du, Drachenfürst, voller Charme bist.«

»Vorlaute Ziege«, knurrte er.

»Überheblicher Mistkerl«, knurrte sie zurück.

Die einzige Warnung, die sie bekam, war ein Zusammenkneifen seiner Augen, dann küsste er sie.

Sie versuchte, ihn abzuwehren … gewissermaßen. Sie wusste, dass sie ihn mindestens einmal gegen die Schulter boxte. Aber als seine Zunge zwischen ihre Lippen glitt und er ihren Körper eng an seinen zog, verlor sie ihren ursprünglichen Plan aus den Augen – wie auch immer dieser ursprüngliche Plan ausgesehen haben mochte. Sie konnte sich nicht mehr daran erinnern.

Sie wusste nur, dass sie nackt war. Er war nackt. Sie waren allein. Das warme Wasser der Quelle liebkoste ihren Körper, während seine starken, rauen Hände sie festhielten. Und es war so lange her, seit sie mit jemandem zusammen gewesen war – ob das nun ein Mensch war oder nicht.

Er ließ von ihrem Mund ab und glitt an ihren Hals hinunter. Wo der Strick sich in ihre Haut gegraben hatte, leckte er sanft die verheilende Wunde, was sie keuchen und wimmern ließ. Dann flüsterte er dicht an ihrem Ohr: »Sag mir, dass ich aufhören soll, Talaith. Sag mir, dass du das nicht willst.«

Sie runzelte verwirrt die Stirn. »Was … oh!« Sie schielte, als seine Zungenspitze in ihr Ohr tauchte. »Warum sagst du mir das?«

»Weil du anscheinend immer das Gegenteil von dem tust, was ich dir sage.« Große Hände umschlossen ihre Brüste, die Daumen umkreisten langsam ihre Brustwarzen. »Ich wollte sichergehen, dass du schweigst.«

Sie lachte und spürte seinen Mund an ihrem Hals lächeln. »Unverschämter Kerl.«

»Aye. Du bringst das Schlimmste in mir zum Vorschein, kleine Hexe.«

Eine seiner Hände ließ ihre Brüste los, aber sein Mund übernahm rasch den leeren Fleck. Seine Zunge fuhr über ihren Nippel, seine Zähne knabberten sanft daran. Sie verlor sich in dem Gefühl seines Mundes auf ihrem Körper und bemerkte nicht, wo seine freie Hand war, bis sein Mittelfinger in sie glitt.

Keuchend warf sie den Kopf zurück.

Der starke Finger bewegte sich in ihr und erkundete sie. »Götter, bist du eng. Wie lange genau ist es her?«

Länger als sie zugeben wollte. »Das geht dich nichts an.« Sie zuckte, als er zwei Finger in sie schob.

»Tja, das klingt nach Jahren.«

»Dein pausenloses Gerede treibt mich noch zur Weißglut.«

Seine Finger verlangsamten ihr stetiges, forschendes Eindringen nicht. »Du hast recht. Wir sollten alle sein wie du– Talaith, die Frau der wenigen Worte.«

Ihr lag eine grobe Erwiderung auf der Zunge, aber er leckte sich die Lippen und legte sie wieder auf ihre Brust. Talaiths Kopf ruhte auf dem Rand des Beckens, während sich ihr Körper ihm entgegenwölbte.

Mit einer Hand in seinen langen Haaren und der anderen an seiner Schulter, presste ihn Talaith an sich. Ihre Hüften bewegten sich in ihrem eigenen Rhythmus und folgten dabei der Bewegung seiner Finger. Keuchen erfüllte die Höhle, er spielte mühelos mit ihrem Körper und riss nach und nach die Mauern ihrer Selbstbeherrschung ein. Doch als sein Finger wieder und wieder über ihren Kitzler glitt, konnte sich Talaith nicht länger zurückhalten. Ihr Mund öffnete sich zu einem langgezogenen, bebenden Stöhnen. Dann bäumte sich ihr ganzer Körper auf, während ein schonungsloser Höhepunkt sie überspülte.

Seine Finger drangen wieder in sie ein und scherten mehrmals auseinander. »Viel besser.« Sie wusste nicht, was er meinte, bis er sich leicht drehte und seine Hände ihre Kniekehlen fassten und sie nach oben und auseinander zogen. Entsetzt darüber, wie ausgeliefert sie ihm dadurch war, versuchte sie, sich von ihm loszumachen, aber seine Erektion drückte gegen ihre Scham, verlangte Einlass … und bekam ihn auch.

Sein Glied schob sich in sie, und Hitze umgab ihn und hieß ihn willkommen. Briec schloss die Augen, schockiert, wie gut es sich anfühlte, in dieser Frau zu sein. So weich. So schön. So verflucht schwierig.

»Wir … wir sollten das nicht tun«, keuchte sie verzweifelt.

Verdammt! Aber das war kein deutliches Nein – also musste er sie ablenken, bevor sie das Wort sagte, das er fürchtete. Das einzige Wort, das ihn aufhalten würde.

Nun, sie war ein Mensch. Mochten die nicht normalerweise Komplimente? Es konnte jedenfalls nicht schaden.

Er ignorierte die Forderungen seines Körpers, in Talaith zu stoßen, als hinge sein Leben davon ab, und sagte: »Du hast sehr starke Schenkel.«

Er spürte, wie sich plötzlich ihr ganzer Körper spannte. *O-oh.*

Sie zog sich etwas von ihm zurück, um ihm ins Gesicht sehen zu können. Ihr plötzlicher finsterer Blick gefiel ihm gar nicht, aber panisch sah sie auch nicht mehr aus. »Wie bitte?«

Briec räusperte sich. Er glaubte nicht, dass es ihr bewusst war, aber sie schloss sich immer wieder fest um seine Männlichkeit. Umschließen. Lockerlassen. Umschließen. Lockerlassen.

Es trieb ihn in den absoluten Wahnsinn.

»Du hast starke Schenkel und bist sehr, ähm, stattlich.«

So. Das sollte funktionieren.

»*Stattlich?*«, zischte sie. »Vögelst du mich, Drachenfürst, oder kaufst du ein Pferd?« Tja, er hatte sie ja ablenken wollen.

»Ich habe versucht, dir Komplimente zu machen.«

Sie seufzte. »Ich mache dir einen Vorschlag, Drache … sag einfach nichts. Ich glaube, ich kann mein ganzes Leben ohne deine Komplimente auskommen.«

Lächelnd fragte er: »Ist das einer der Momente, wo ich sagen sollte, dass es mir …«

»Leid tut? Ja!«

Er küsste ihren Hals und genoss es, Talaith dicht an seinem Körper zu spüren. »Ich werde darüber nachdenken.«

»Also, das ist ja wohl ...«

Er unterbrach ihre sarkastische Bemerkung, indem er bis zum Anschlag in sie stieß. Sie stöhnte und ihre Arme schlangen sich um seine Schultern.

»Wie schön«, schnaufte er zwischen zwei harten Stößen, »ich habe tatsächlich einen Weg gefunden, dich zum Schweigen zu bringen.«

Ihre Arme verstärkten ihren Griff, während sie ihm seitlich in den Hals biss, und bei den dunklen Göttern, fühlte sich das gut an! »Manchmal hasse ich dich abgrundtief.«

Briec lächelte; er genoss es viel mehr, mit seiner kleinen Hexe zusammen zu sein, als er es für möglich hielt. Sie gab nie nach, aber das gefiel ihm. Dadurch machte alles ein bisschen mehr Spaß.

»Vielleicht«, stöhnte er auf, während er in ihre Enge stieß und ihren Körper zwang, ihm entgegenzukommen. Ihr den Atem nahm. Sie dazu brachte, mehr zu fordern. »Aber manchmal bist du auch absolut verrückt nach mir.«

Ihre Beine, weit gespreizt und fest in seinen Armen, begannen zu zittern. Ihr Keuchen wurde rauer und kehliger.

Briec verstärkte seinen Griff, zog sie hart nach unten, während er weiter in sie stieß. »So, süße Talaith«, befahl er, während er seinen eigenen Höhepunkt kaum zurückhalten konnte. »Komm für mich.«

Sie unterdrückte ein Schluchzen, während Hitze und Feuchtigkeit sein Glied überschwemmten. Mehr brauchte er nicht. Stöhnend kam er in ihr, genoss das Gefühl ihrer Hände, die sich fester in seine Haare krallten.

Minutenlang blieben die beiden ineinander verschlungen liegen – ihr schwerer Atem und das leise Gluckern der heißen Quellen waren die einzigen Geräusche in der Höhle.

»Talaith?«

»Hmmm?«

Er lächelte darüber, wie satt sie klang. »Geht es dir gut?«

Sie hob den Kopf von seiner Schulter und sah sich um, als erinnere sie sich plötzlich daran, wo sie war.

»Oh, äh, aye.« Sie legte sich wieder zurück, die Hände an seinen Schultern, und versuchte, ihn von sich zu schieben. »Mir geht's gut.«

Er sah Verlegenheit auf ihrem Gesicht, aber er hatte keine Ahnung, warum. Was sollte ihr peinlich sein?

»Talaith?«

»Wir gehen besser zurück.«

»Wohin zurück?«

»Äh … nach … äh …« Mit einem schweren, resignierten Seufzen zuckte sie die Achseln. »Irgendwohin.«

Nein. Nein. Das ging nicht. Keine Reue für das, was sie getan hatte. Vor allem nicht, da er das noch ziemlich lange tun wollte, immer und immer wieder. Er hatte noch lange nicht genug von ihr.

Briec schlang seine Arme um sie und drückte sie an seine Brust.

Überrascht sah sie zu ihm auf. »Was tust du da?«

»Ich gewöhne dich daran, wie es noch eine ganze Weile sein wird.«

»Was meinst du …« Sie keuchte, als er, immer noch hart, wieder zu stoßen begann. Lange, langsame Stöße, jetzt, wo er sich Zeit lassen konnte.

Verblüfft sagte sie: »Wie hast du … wie kannst du …«

Briec beugte sich vor und flüsterte ihr leise ins Ohr: »Erinnerst du dich, Talaith? Ich bin kein Mensch.«

Ihr eigener Körper passte sich Stoß für Stoß seinen Bewegungen an, und sie erwiderte stöhnend: »Eindeutig.«

10

Die lange Zunge in ihrer Kniekehle weckte sie auf. Mühsam öffnete sie die Augen, sah über ihre Schulter und entdeckte den nackten schönen Briec, der sich quer auf dem riesigen Bett ausstreckte. Er stützte sich mit seinen starken Armen zu beiden Seiten ihrer Beine ab und beugte sich vor, um wieder ihre Kniekehle zu lecken, was er genoss, als habe jemand den feinsten Honig auf ihrer Haut verteilt.

»Was tust du da?«

»Ich wecke dich auf.« Seine Stimme klang rau und heiser von Schlaf und Sex. Es gefiel ihr.

An der empfindsamen Haut knabbernd, grinste er. »Siehst du? Jetzt bist du wach.«

»Wie lange habe ich geschlafen?«

»Zu lange.«

Es fühlte sich nicht zu lange an.

Als er sie in den heißen Becken schließlich erschöpft hatte, hatte er sie hochgehoben und zurück in ihr Bett getragen. Nachdem er sie rasch abgetrocknet hatte, hatte er sie hingelegt und sich hinter sie gelegt, wobei er etwas murmelte wie: »Es wurde auch Zeit, dass du mich in dieses Bett lässt.« Da sie zu müde war, um zu fragen, was zum Teufel er meinte und das Gefühl genoss, wie sich sein starker Arm um sie legte, während er einschlummerte, hatte sie stattdessen ihren Kopf im Kissen vergraben und war ebenfalls rasch eingeschlafen.

Jetzt glitt er mit seinem wundervollen Körper über ihren, folgte seiner warmen, nassen Zunge.

»Du schmeckst gut.«

»Wenn es von einem Drachen kommt, kann so ein Kompliment ein bisschen unheimlich sein.«

Er knabberte an einer Pobacke, dann an der anderen. »Sei nett, Frau.«

Sie wollte nicht nett sein. Sie wollte spielen. Vor allem, weil sie das nie zuvor getan hatte. Zumindest nicht im Bett. »Warum sollte ich nett sein?«, neckte sie ihn. »Du bist auch nicht nett.« Wie sehr sie das an ihm genoss!

Er küsste ihren unteren Rücken, direkt am unteren Ende ihres Rückgrats, dann leckte er daran. »Ich weiß nicht, wie das geht«, murmelte er mit dem Mund an ihrer warmen Haut.

»Vielleicht kann ich dir zeigen, wie einfach es ist, nett zu sein.«

Langsam hob sich sein Blick zu ihrem Gesicht herauf. »Oh, ich glaube, das würde mir gefallen«, sagte er mit seiner rauen Stimme.

Sie entzog sich seinem Griff und kniete sich hin, während er sich zurücklehnte, die Hände flach auf dem Bett abgestützt.

Sie drehte sich um, kroch an seine Seite und legte ihm eine Hand auf die Brust. Sie streichelte die feste, glatte Haut und staunte, wie die leiseste ihrer Berührungen Gänsehaut über seinen ganzen Körper schickte. Und das war nur ihre Hand.

Sie beugte sich vor und neckte eine seiner Brustwarzen mit ihrer Zungenspitze. Er stieß ein kehliges Keuchen aus, dann ein Stöhnen, als sie sie in ihren Mund einsaugte. Dann glitt sie mit den Lippen zur anderen Seite und tat dort dasselbe. Er schauderte und stöhnte wieder, was Talaith lächeln ließ.

Wer hätte gedacht, dass sie solch eine Macht besaß?

Talaith fuhr ihm mit der Hand die Brust hinab, und ihre Lippen und Zunge folgten. Noch bevor sie seine fast schon schmerzhafte Erektion erreicht hatte, hob er seine Hüften an, als erwartete er, dass sie ihn in den Mund nahm. Ihr arroganter Drache.

Stattdessen leckte sie vom Schaft bis zur Spitze und wieder

zurück. Dann folgte sie den pulsierenden Adern, mied aber die Eichel bis auf ein gelegentliches Kitzeln mit ihrer Nase.

»Talaith«, knurrte er.

»Aye?« Ihre Zunge glitt an seiner Unterseite entlang.

»Foltere mich nicht, Frau!«

»Dich foltern? Ich? Eine schwache Frau foltert einen Drachen von solch unglaublicher Macht und Verstand?«

Er grinste über ihre Stichelei. »Ja, böse Hexe. Du folterst mich. Besitz zumindest den Anstand, es zuzugeben.«

»Ich gebe gar nichts zu.«

»Das habe ich gemerkt«, murmelte er, während er jede ihrer Bewegungen beobachtete.

Sie ignorierte seine Bemerkung, sie wollte die Stimmung nicht durch die Realität verderben. Sie hatte keine Ahnung, wie lange es dauern würde, bis die Göttin sie holen kam, und sie wollte keine Sekunde mit dem Gedanken an etwas anderes als Briec und das, was er in ihr auslöste, verschwenden.

Talaith schloss die Hand um den Schaft seines Glieds und staunte über dessen Länge und Umfang, während sie seinen Geschmack genoss. Sie leckte etwas Flüssigkeit von der Spitze, kitzelte sie mit ihrer Zungenspitze und zwang ihn damit zu einem erneuten heiseren Stöhnen.

Seine Hand glitt durch ihre Haare, und er massierte ihren Hinterkopf mit seinen langen Fingern. »Talaith …«

»Hmmm?«

Er knurrte, und sie musste gegen das Bedürfnis ankämpfen zu lachen.

»Hör auf, mich zu quälen, Weib! Du bist herzlos.«

»Ich finde das Wort ›bitte‹ in solchen Momenten ziemlich wirkungsvoll.« Sie knabberte am Schaft, und sein Körper antwortete mit einem Aufbäumen. »Flehen wäre noch besser.«

Als er nicht antwortete, hob sie den Blick und merkte, dass er mit gerunzelter Stirn in die Ferne blickte.

Sie lehnte sich etwas zurück und sah ihn an. »Götter, du hast noch nie bitte gesagt, oder?«

»Lass mich überlegen.« Er schwieg noch ein paar Sekunden, dann … »Nein. Das habe ich nie.« Er sah zu ihr herab, eine Augenbraue hochgezogen. »Und ich habe nicht vor, jetzt damit anzufangen.«

Jeder andere – König oder Bauer, Ehemann oder Kind – hätte sie damit beleidigt. Aber sie war nicht beleidigt, denn sie wusste, dass er nicht grausam oder kaltherzig war. Nur ein Drache, der nie zuvor »bitte« oder »es tut mir leid« hatte sagen müssen. Und wenn sie einen Moment lang daran gedacht hätte, dass sie am Ende womöglich ihr ganzes Leben mit ihm verbringen würde, hätte sie sich echte Sorgen gemacht.

Da das aber nicht passieren würde, wie er ihr am Tag zuvor wieder ins Gedächtnis gerufen hatte, würde sie sich keine Sorge machen.

»Das ist wirklich schade, Drache.« Sie fuhr mit der Zunge über seine Spitze und blies über die Feuchtigkeit, die sie hinterließ. »Denn so …« Ihr offener Mund schwebte sekundenlang über seiner Männlichkeit, und sie hörte ihn verzweifelt schlucken, in der Erwartung, dass sie ihn ins Jenseits lutschen würde. Statt das zu tun, schloss sie den Mund. »… kann ich dir nicht helfen.«

»Du bösartige …«

»Ah, ah, ah. Sei nett!«

Mit einem wütenden Knurren, die Hand immer noch in ihren Haaren, zog er sie an sich und drehte sie auf den Rücken. Er legte sich auf sie, sein Mund forderte ihren.

Schlimme, schlimme Gedanken gingen ihr durch den Kopf, während Briecs Hände sich über ihren Körper bewegten, seine Zunge gegen ihre stieß.

Sie stöhnte und wand sich unter ihm, und er löste sich gerade weit genug von ihr, um zu sagen: »Wir wissen beide, dass ich es schaffe, dich lange vor mir zum Betteln zu bringen, süße Talaith.«

»Meine Güte, wir sind ja« – sie bäumte sich auf, als eine seiner Hände zwischen ihre Schenkel glitt – »ganz schön selbstsicher.«

»Es ist eine Gabe.«

»Für dich eine Gabe – für uns andere ein Fluch.«

Er lächelte, während er ihre harte Brustwarze mit der Zunge quälte. Sie vergrub die Hände in seinen Haaren und drängte ihn wortlos, sie in den Mund zu nehmen, aber er kicherte nur und blies stattdessen darauf.

Mistkerl.

Bevor sie es laut sagen konnte, sah sie aus dem Augenwinkel eine Bewegung, die ihre Aufmerksamkeit auf sich zog. Sie drehte den Kopf und sah Gwenvael dort liegen, in Drachengestalt, die Haare klatschnass, als wäre er noch einmal draußen im Regen gewesen. Sein Kopf ruhte auf der Fläche seiner Klaue, und als sie ihn ansah, entblößte er seine Reißzähne – ein Drachenlächeln.

Sie kreischte so laut, dass Briecs ganzer Körper emporschnellte. Dann nutzte sie die geheime Kraft ihres Volkes, um den großen Mann von sich zu schieben, und kroch so hastig von ihm fort, dass sie vom Bett purzelte und hart auf den Boden fiel. Zum Glück außerhalb von Gwenvaels Blickfeld.

Sie schnappte sich eine der Felldecken, die auf dem Boden lagen, wickelte sie sich um den Körper und sorgte dafür, dass auch ihr Kopf nicht mehr zu sehen war.

Éibhear war so versunken in den dritten Band über das Leben seines Großvaters als junger Drache – *Der Freund der Nacht, ein Schwerenöter von einem Drachen* –, dass er nicht bemerkte, dass Gwenvael den Raum verlassen hatte, bis dieser mit dem extrem ruhigen Briec wiederkam. Dem ein bisschen zu ruhigen Briec, um genau zu sein.

Briec war nackt und hatte eine Erektion, mit der man die Wände der Bergfestung der Drachenkönigin hätte einreißen können, und sah Éibhear nicht einmal an, sondern wandte sich an seinen goldhaarigen Bruder. »Verwandle dich. Sofort.«

O-oh. Éibhear schloss sein Buch. Es kam selten vor, dass ein Drache einen anderen bat, menschliche Gestalt anzunehmen, aber offenbar wollte sich Briec nicht in seine Drachengestalt zurückverwandeln.

»Bevor du irgendetwas sagst, Bruder, ich war nicht lange dort.«

Briec antwortete nicht. Er starrte Gwenvael nur an, der wild entschlossen schien, das Offensichtliche zu ignorieren. Wie zum Beispiel Briecs schwelende Wut.

»Ich meine, ich konnte schon sehen, dass deine kleine Talaith gut mit ihrer Zunge umgehen kann.«

Éibhear schloss kurz die Augen und fragte sich, wie so ein hochintelligenter Drache in den gefährlichsten Momenten so ein totaler Idiot sein konnte.

»Und ihre Hände können ganz schön zupacken.«

Gwenvael war so entschlossen, sich zu amüsieren, dass er nicht einmal sah, dass Briecs Hände sich an seinen Seiten senkten. Oder dass er die Augen geschlossen hatte und begann, leise zu singen.

»Auch wenn ich ja immer dachte, dass du den Kopf einer Frau buchstäblich auf dieses doch ganz ordentlich große Ding zwingen musst, das du da hast.«

Mächtige alte Magie floss zwischen Briecs Händen, während Gwenvael einfach weiterredete.

»Aber jedem das Seine, was? Oh, und übrigens, Bruder, sie hat einen unglaublichen Körper. So üppig und kurvig. Ich persönlich könnte ja Stunden mit diesen süßen … *aaaaaaaaah*!«

Gwenvael knallte mit solcher Wucht gegen die Höhlenwand, dass Éibhear überzeugt war, etwas brechen gehört zu haben. Auch wenn er bezweifelte, dass es sein lächerlicher Dickkopf war.

Briec hatte sich nicht einmal von der Stelle gerührt. Obwohl er nicht annähernd so mächtig war wie die Königin oder Morfyd, hatte Briec in seiner Jugend mit Drachenzauberern geübt. Er interessierte sich für Magie, wenn auch nicht genug, um von seinem Weg als Drachenkrieger abzuweichen. Doch er hatte einige beeindruckende magische Fähigkeiten entwickelt.

Das hatte Gwenvael eindeutig vergessen.

Éibhear starrte auf Gwevaels liegenden Körper, von dem immer noch Funken alter Magie stoben.

»Wenn er aufwacht«, sagte Briec, »und das wird noch eine ziemliche Weile dauern, sag ihm, dass er sich von mir fernhalten soll.«

»Aye.« Éibhear entschied sich, nicht viel mehr zu sagen.

Mit einem Nicken machte sich Briec auf den Weg dorthin zurück, wo er Talaith zurückgelassen hatte. Ohne einen weiteren Blick auf seinen bewusstlosen älteren Bruder zuckte Éibhear die Achseln und wandte sich wieder seinem Buch zu.

Briec ging zurück in die Kammer; Wut floss immer noch wie kochende Lava durch seine Adern. Was er dort vorfand, hatte er jedoch nicht erwartet … Talaith, nur in eine Felldecke gewickelt, wollte gerade gehen.

»Wo willst du hin?«

»Raus.«

»Raus?«

»Ja. Ich hoffe, dort herrscht immer noch Sturm. Ich werde nackt durch den Regen rennen und mir hoffentlich den Tod holen. Oder, wenn ich wirklich Glück habe, erschlägt mich der Blitz.«

»Warum solltest du … Ich verstehe nicht …« Briec rieb sich mit den Fingerknöcheln die Augen. Sein Glied schmerzte von seinem Bedürfnis zu kommen, und sie redete komisches Zeug. Verfluchte Frau. »Wovon redest du da bloß?«

»Du erwartest doch nicht von mir, dass ich mit dieser Peinlichkeit lebe, oder?«

»Was für eine Peinlichkeit?«

Sie machte einen Schritt rückwärts, ihr Gesicht spiegelte ihre Verwirrung wider. »Dass dein Bruder uns beobachtet hat.«

Jetzt war *er* verwirrt. »Warum sollte dir das peinlich sein?«

»Wenn es dir nicht peinlich ist, warum hast du ihn dann mit hinausgenommen und, wie ich hoffe, ausgenommen wie einen Fisch?«

»Weil er mich unterbrochen hat«, presste er zwischen fest zusammengebissenen Zähnen hervor. »Und ich war noch nicht fertig.«

»Tja, jetzt sind wir fertig«, bellte sie und versuchte tatsächlich, um ihn herumzugehen. Er griff nach dem Fell und riss es ihr vom Körper. Wütend wirbelte sie herum, erstarrte aber, als sie sein Gesicht sah. Er konnte sich vorstellen, wie er aussehen musste. Höchstwahrscheinlich verzweifelt. Denn so fühlte er sich auch.

»Du gehst nirgendwo hin.« Nicht jetzt. Nicht nach der letzten Nacht. Jetzt wusste er, warum Fearghus lächelte. Wenn das normaler Menschensex war, konnte er nicht fassen, dass er sich vorher nie eine Menschenfrau genommen hatte. Und er würde sich das nicht von seinem idiotischen Bruder ruinieren lassen.

»Ich verstehe, Drache, dass du gern vorgibst, Macht über mich zu haben, aber lass mich dir recht deutlich sagen …«

»Was hat dich so durcheinandergebracht, Talaith?« Er unterbrach sie und stellte sich vor sie, sodass sie nicht weg konnte. »Nur mein Bruder, der hereingeplatzt ist?«

»Ach, komm schon, Briec. Er ist nicht nur hereingeplatzt.

Ich habe keine Ahnung, wie lange dieser Mistkerl da schon stand und uns beobachtete, aber seinem Gesichtsausdruck nach war es schon ziemlich lange.«

»Na und?« Er machte noch einen Schritt auf sie zu, und sie wich sofort zurück. »Glaubst du, mein Bruder, ausgerechnet Gwenvael, hat vorher noch nie zwei Wesen beim Vögeln gesehen? Glaubst du, er hat es nie selbst gemacht?«

»Es ist mir egal, was er gesehen oder getan hat. Mir geht es nur darum …«

»Ja?«, drängte er, wobei er immer weiter auf sie zuging und sie zurück in die Schlafkammer zwang.

Sie schüttelte den Kopf. »Das war falsch, Briec. Ich hätte das nicht tun sollen. Wir hätten das nicht tun sollen …«

»Warum?«

»Wie meinst du das: warum?«

»Warum hätten wir nicht tun sollen, was wir getan haben? Weil ich ein Drache bin?«

Sie zuckte die Achseln. »Na ja …«

»Weil du einen Ehemann hast?«

»Aber ich habe …«

»Oder weil zu wissen, dass jemand uns beobachtet – dich beobachtet – dich feucht gemacht hat?«

Talaith stieß rückwärts gegen die Wand hinter sich. »Was?«

»Oder vielleicht ist es nur die Furcht, ertappt zu werden, Talaith.« Er stützte die Hände an die Wand hinter ihrem Kopf und versperrte ihr den Ausweg. Sie war gefangen. »Das Wissen, dass dich jederzeit jemand ertappen könnte. Das Wissen, sie könnten dich mit meinem Ding im Mund sehen oder mit meinen Fingern in deinem Hintern?«

Sie schlug ihn auf den Arm. »Versuch *das* ja nie wieder!«

»Das Wissen, dass ich, egal, was wir tun, nicht aufhören werde. Ich werde nicht aufhören, bis du schreist und schluchzt und kommst.«

Sie verschränkte die Arme vor der Brust und wandte den Blick ab. Dennoch sah er die Hitze in ihren Augen. Konnte immer noch ihre Lust riechen. Und er liebte es einfach, wie ihre Nippel hart wurden, ohne dass er sie überhaupt berührte.

»Ist das der Grund, warum du dich schämst, Talaith? Weil du dieses bisschen Gefahr ab und zu liebst? Weil es von dem abweicht, was dir diese grässlichen kleinen Bauern als richtig verkauft haben?«

»Ich. Hasse. Dich.«

Er warf einen Blick über seine Schulter, als erwarte er, Gwenvael wieder dort vorzufinden, obwohl er wusste, dass der Mistkerl sich in den nächsten Stunden nicht rühren würde. »Weißt du, es könnte sein, dass Gwenvael zurückkommt.« Er drehte sich wieder zu ihr um. »Oder Éibhear. Du weißt ja, dass er gern mit dir plaudert.«

»Beweg dich, Briec.«

»Wie du wünschst.« Er ließ sich langsam vor ihr auf die Knie sinken, bereit, sie festzuhalten, falls sie wieder versuchen sollte wegzulaufen.

»Wa… was tust du da?«

Er beugte sich vor und vergrub seine Nase in ihrer Leistengegend. Dann holte er tief Luft und sog ihren Duft tief in sich ein. Sie war bereits so feucht.

Er hielt ihre Schenkel und schob sie auseinander.

»Warte«, bat sie, als er eine Hand in die lodernde Hitze ihres Geschlechts schob.

»Wir können nicht warten, Talaith. Ich weiß nicht, wann sie wiederkommen werden.« Eine Flut von warmen, frischen Säften ergoss sich bei seinen Worten über seine Hand. *Oh ja*, ächzte er tonlos.

Briec umschloss ihr Hinterteil fest mit den Händen, hob sie hoch und legte ihre Beine über seine Schultern.

»Briec«, flüsterte sie verzweifelt.

»Schschsch, kleine Hexe.« Er saugte an ihren tropfnassen Schamlippen. »Wenn du zu laut wirst, kommen sie sicher, um zu schauen, was hier los ist.«

Er vergrub seinen Kopf zwischen ihren Schenkeln und hörte, wie sie versuchte, einen Schrei zu unterdrücken. Lächelnd und lächerlich glücklich mit dieser seltsamen Frau, spießte Briec ihre Scheide mit seiner Zunge auf. Sie klammerte sich in seine Haare, während er sie sauberleckte, erstaunt, wie großartig sie schmeckte.

Talaiths Beine klammerten sich eng um seinen Hals, und er hörte, wie sie Mühe hatte, nicht laut aufzustöhnen. Die Finger fest um ihren wundervollen Hintern geklammert, zog er sie dichter an seinen Mund und peitschte erbarmungslos mit seiner Zunge über ihren Kitzler. Sie bewegte sich auf und ab, ihr Stöhnen wurde lauter und lauter.

Er liebte es, sie dazu zu bringen, jede Kontrolle zu verlieren, liebte es, wie sie sich in seinen Armen auflöste.

Sie schrie überrascht auf, und dann tat sie genau das – sie kam, ihren Körper fest und heiß um ihn geschlungen. Bevor ihr Zucken aufhören konnte, zog er sie zu Boden. Bevor sie es sich versah, war er schon in ihr und stieß unermüdlich zu, vollkommen versunken in ihr und dem, was sie mit ihm machte.

Ihre Hände, die immer noch in seinen Haaren vergraben waren, zogen ihn für einen brutalen Kuss zu sich herab. Sobald ihre Lippen sich berührten und sie sich selbst an ihm schmeckte, stöhnte sie, und ihr Höhepunkt begann von vorn. Ihre Vagina zog sich so fest zusammen, dass sie ihn mitriss.

Er schnurrte ihren Namen, während er kam, und sie hatte ihn noch nie so süß klingen hören. Er klammerte sich an sie, während sein heißer Samen sich in ihren wartenden Körper ergoss, und Talaith drängte die Tränen zurück, die sie nie zulassen würde. Zu grausam. Alles daran. Endlich das Paradies zu kennen, nur damit die Götter es ihr wieder wegnahmen, wann immer es ihnen gefiel, war unaussprechlich grausam.

Briec küsste ihre Schulter, ihren Hals, ihr Kinn. Dann war er über ihr und sah auf sie herab. Lächelnd und ohne sie zu verurteilen. Sie hatte wirklich noch nie so etwas Schönes gesehen.

»Du erstaunst mich immer wieder, süße Talaith.« Er umschloss ihre Wange sanft mit seiner großen Handfläche. »Ich habe sehr gut gewählt, meine kleine Hexe.«

Vielleicht. Schade, dass er nicht zuerst gewählt hatte.

II

Gwenvael hielt sich den Kopf und wollte nur noch sterben. Das war schlimmer als jeder Morgen nach einer Sauftour, den er je erlebt hatte. Warum hatte Briec ihn nicht einfach umgebracht?

Verfluchter zauberwirkender Drache!

Er wusste nicht, was der Mistkerl mit ihm gemacht hatte, aber er brauchte den Rest des Tages und die Nacht, um sich so weit zu erholen, dass er es am nächsten Morgen zum Frühstück schaffte. Talaith saß lesend an einem Ende des Tisches. Briec saß lesend am anderen. Keiner von beiden sagte etwas, und hätte er es nicht besser gewusst, hätte er meinen können, er habe sich das kleine Sexfestspiel vom Vortag nur eingebildet.

Selbst Éibhear sah verwirrt aus und weigerte sich zu sprechen.

Als Briec endlich etwas sagte, erschreckte es sie beide – Talaith aber nicht.

»Wo ist das Brot?«

Sie blätterte eine Seite in ihrem Buch um, hob aber nicht den Blick und antwortete: »Ich habe es aufgegessen.«

»Hast du mir nichts übrig gelassen?«

»Ist das jetzt meine Aufgabe? Dir Essen aufzuheben? Wenn du es wolltest, hättest du es sagen müssen.«

Gwenvael sah Éibhear an, und sein Bruder zuckte hilflos die Achseln. Er erinnerte sich ziemlich deutlich daran, wie Annwyl und Fearghus am Anfang pausenlos und überall, wo es sich ergab, gevögelt hatten.

Vielleicht war es doch nicht so unglaublich, wie Gwenvael zuerst gedacht hatte, dass die beiden ein Paar waren.

»Würde es dich umbringen, nicht alles Essen für dich zu behalten wie eine Ratte, die Wintervorräte anlegt?«

»Würde es dich umbringen, nicht so viel zu essen, als wäre es deine letzte Mahlzeit? Ist es so schwer für dich, mit anderen zu teilen? Soll ich das auf die Liste mit ›bitte‹ und ›es tut mir leid‹ setzen?«

»Nur, wenn du ›Vielfraß‹ auf die Liste setzt, auf der schon ›Hält nie die Klappe‹ steht.«

Talaith wedelte beinahe königlich mit der Hand. »Ich bin fertig mit diesem Gespräch.« Sie schob ihren Stuhl zurück und stand auf. »Und ich bin fertig mit dir.«

»Eine zu große Herausforderung, so ein Gespräch, M'lady?«

»Wohl eher zu langweilig. So ähnlich wie du.«

»Wenn die Herren« – sie sah zu Briec – »und was auch immer du bist, mich bitte entschuldigen wollen.«

Sie drehte sich um und ging hinaus.

»Was ist los mit dir?«, blaffte Éibhear.

Briec sah ehrlich verwirrt drein. »Was meinst du?«

»Warum bist du so gemein zu ihr?«

Briec stand auf. »Ich war nicht gemein zu ihr. Ich habe mit ihr diskutiert. Wenn ihr mich jetzt entschuldigen wollt, ich muss los, weil die kleine Hexe – zu meinem Entsetzen – bestimmt das Bett nicht gemacht hat.«

Er grinste, und Gwenvael wusste genau, was vor sich ging. Er schüttelte angewidert den Kopf. Niemals. Er würde *niemals* wegen einer Frau so werden – *auf keinen Fall.*

Leider war Éibhear immer noch verwirrt. »Du machst dein Bett doch nie, Briec. Vor allem, weil du selten in Betten schläfst.«

Briec seufzte und schüttelte den Kopf. Im Gehen – seine mächtige Erektion, die die Vorderseite seiner Hose ausbeulte, wies ihm zweifellos den Weg – rief er Gwenvael über die Schulter zu: »Erklär du es dem Kleinen bitte, ja? Ich bin beschäftigt.«

Éibhear runzelte die Stirn. »Was erklären?«

Sie schrie auf, als er sie zurück aufs Bett warf. »Hatte ich nicht gesagt, ich will, dass dieses Bett gemacht wird?«

Auf die Ellbogen gestützt, gab sie zurück: »Das hast du sicher nicht. Und ich bin keine Dienerin. Du willst, dass das Bett gemacht wird? *Dann mach es selbst!*«

Der Drache knurrte sie an, und Talaith quietschte erneut und versuchte fortzukriechen. Er hielt sie an den Knöcheln fest und riss sie ans Fußende des Bettes.

»Lass mich los!«

»Nein. Ich glaube, du brauchst eine Lektion. Freches Frauenzimmer.«

Er drehte sie auf den Bauch und zog sie zurück, bis nur noch ihre Brust auf dem Bett lag und sie beide auf dem Boden knieten.

Sie versuchte mit einem Blick über ihre Schulter herauszufinden, was er vorhaben mochte, doch er warf ihr den Saum ihres Kleides über den Kopf.

»Autsch! Briec, du arroganter Mistkerl! Lass mich los!«

Er antwortete nicht, sondern drückte ihre Beine auseinander.

Talaith umklammerte die Felldecken in ihren Händen fester und biss sich auf die Lippen.

»Was hast du vor?«, flüsterte sie und hatte Mühe, das Kichern in ihrer Stimme zu unterdrücken.

»Nichts, was du nicht verdient hättest.« Sie spürte, wie die Spitze seiner Erektion gegen sie drückte. »Und definitiv nichts, was du nicht willst.«

»Da bist du dir so sicher, Drache?«

Er schob seine Männlichkeit mit einem Stoß dorthin, wo sie hingehörte, und sie schrie auf. Seine großen Hände rissen ihr Kleid am Rücken auf, dann zogen sie es ihr geschickt vom Körper. Als er fest ihre Brüste umfasste, stöhnte sie und warf sich rückwärts gegen ihn.

»Ich bin mir sogar sehr sicher, kleine Hexe«, flüsterte er an ihrem Ohr. »Und jetzt sag mir, wie sehr du mich willst.«

Seine Stöße begannen langsam, aber kraftvoll und drückten sie gegen das Bett.

Japsend, ihr Körper im Delirium der Lust, antwortete sie: »Ich sage dir alles, was du willst, Drache.«

»Hmmmm. Gut.«

»Sobald du mich darum bittest.«

Er biss sie in den Nacken, und sie verzog das Gesicht bei dem leichten Schmerz, dann stöhnte sie, als er die Wunde leckte. »Böses Mädchen«, murmelte er mit dem Mund an ihrer schwitzenden Haut.

»Überhebliche Schlange.«

Dann hörten sie ganz auf zu reden.

Briec verschränkte seine Finger mit denen Talaiths und schob ihre Arme über ihren Kopf. Ihre Augenlider öffneten sich, und sie lächelte zu ihm hinauf. »Du lässt mich nie schlafen.«

»Warum schlafen, wenn man interessantere Dinge tun kann?« Er küsste ihren Hals und knabberte unter ihrem Kinn. »Du bist eine Nolwenn-Hexe, du hast Jahrhunderte zum Schlafen.«

»Mit anderen Worten: Ich soll dich genießen, solange ich dich habe?«

Sein Griff um ihre Hände verstärkte sich, und er küsste ihre Brust. »Genau.« Er wollte ihr keine falschen Hoffnungen machen. In ein- oder zweihundert Jahren würde er genug von ihr haben. Oder in dreihundert. Er hatte sich noch nicht entschieden. Vielleicht sogar in vierhundert, wenn ihre bereits jetzt hervorragenden oralen Fähigkeiten sich weiter verbesserten. Oder in fünfhundert, wenn sie weiterhin in den besten Momenten seinen Namen schrie. Aber nicht länger. Mehr zu versprechen wäre ein Fehler gewesen.

Briec ächzte, als Talaiths Bein an seinem Schenkel hinaufglitt und sich um seine Taille schlang, wobei das Halfter mit ihrem Dolch über seine Haut kratzte.

»Gut. Ich hasse die Vorstellung, länger als unbedingt notwendig mit deiner Arroganz leben zu müssen.«

»Du bist die Einzige, die sagt, dass ich arrogant bin. Die meisten nennen mich ehrlich.«

»Sie haben Angst, dir die Wahrheit zu sagen. Angst, dir zu sagen, dass du schwierig bist und auf die Nerven gehst.«

»Und warum hast du keine Angst, kleine Hexe?«, fragte er, bevor er eine ihrer Brustwarzen in seinen Mund sog. Ihr Rücken wölbte sich und sie stöhnte auf, während ihre Hände versuchten, sich seinem Griff zu entwinden.

Briec stieß gegen sie, sein Glied neckte die weiche Haut ihrer Hüften, aber er drang nicht in sie ein. Noch nicht.

Ihr Körper nahm seinen Rhythmus auf, ihre Hüften drückten zurück.

»Ich weiß nicht. Ich sollte Angst haben. Du bist ein feuerspeiender Drache. Deine Spezies jagt meine zum Zeitvertreib.«

»Aye, aber das ist keine große Herausforderung, außer wenn ihr in Rudeln auftretet«, murmelte er an ihrer Brust, weil er sie nicht loslassen wollte.

Sie unterdrückte ein Lachen, und Briec grinste. Er genoss es wirklich, diese Frau zum Lachen zu bringen.

»Wie hältst du es bloß selbst mit dir aus, Lord Arrogant?«

Während seine Zungenspitze weiterhin mit ihren harten Nippeln spielte, antwortete er: »Ganz einfach, Lady Schwierig. Ich finde mich selbst recht charmant.«

»Das Einzige, was mir hilft, ist zu wissen, dass du bald genug von mir haben wirst. Ich gehe einfach, wenn der Regen vorüber ist …«

Briec hob so schnell den Kopf, dass sie überrascht nach Luft schnappte.

»Du wirst gehen, wenn ich fertig bin, kleine Hexe. Nicht vorher.«

Ihre braunen Augen wurden schmal. »Du musst mich wohl unbedingt herumkommandieren, Drache?«

»Ich kommandiere nicht. Es ist eine Tatsache. *Ich* werde dir sagen, wenn deine Blutschuld mir gegenüber beglichen ist.«

»Die Götter mögen dich verdammen, Briec.« Sie versuchte, sich von ihm loszumachen, aber er hielt ihre Hände fest. »Warum musst du so ein Mistkerl sein?«

»Und warum musst du ständig gegen mich kämpfen?« Er legte seine Lippen an ihr Ohr. »Warum kannst du nicht einfach kommen, wenn ich es dir sage und es hinter dich bringen?«

Talaith schüttelte den Kopf. »Briec ...« Sie seufzte gereizt. »Sei dankbar für diese Blutschuld, Drache, denn ich glaube wirklich, dass ich dich sonst schon lange getötet hätte.«

»Jetzt klingst du wie meine Mutter.«

Sie öffnete den Mund, wohl um etwas zu sagen, aber kein Wort kam heraus. Und zuckte ihr Auge? Als sie nach mehreren Sekunden immer noch nichts gesagt hatte, küsste er sie.

Talaiths Finger umklammerten ihn, während der Rest ihres Körpers unter seinem dahinschmolz.

Es gefiel ihm, dass ein bloßer Kuss von ihm diese Wirkung auf sie hatte. Dass er sie so feucht und willig machte.

Er versenkte sich tief in ihr nasses Geschlecht und bebte, als er sie spürte. Er spürte, dass sein Körper in ihren gehörte. Mit jedem mächtigen Stoß verlängerte er die Zeitspanne, die sie bei ihm bleiben würde. Der erste Stoß bedeutete zehn weitere Jahre. Beim zehnten Stoß waren es hundert.

Als er schließlich den Höhepunkt erreichte, als er tief in ihrem weichen Körper kam und sich vollkommen in ihr verlor, gingen ihm die Worte »für immer« durch den Kopf.

Briec blinzelte, dann trat er vom Höhleneingang zurück. Seine Brüder starrten ebenfalls nach draußen.

»Was zum Teufel war das?«

Briec beantwortete Gwenvaels Frage mit einem Achselzucken und machte einen vorsichtigen Schritt nach draußen. Die zwei Sonnen schienen hell, keine Wolke trübte die Schönheit des Tages. Normalerweise nichts Merkwürdiges ... bis auf die Tatsache, dass nur eine Sekunde zuvor der Sturm noch in vollem Gange gewesen war, und das seit Tagen. Schwarze Wolken waren über den Himmel gewirbelt, der Regen hatte eine Wand aus Wasser gebildet, die das Land überschwemmte. Und jetzt – nichts.

»Hat jemand Morfyd gesprochen?«, fragte Briec leise.

»Nein. Sie ist mit Annwyl unterwegs.«

»Dann findet ihr sie besser.«

»Was ist mit dir?«

Er kratzte sich mit der Schwanzspitze im Nacken. »Ich bringe Talaith nach Hause.«

Aus dem Augenwinkel sah er, wie sich seine Brüder Blicke zuwarfen. »Was denn?« Er riss den Kopf herum und durchbohrte die beiden Drachen mit einem Blick. »Was ist los?«

Gwenvael setzte sich auf die Hinterbeine. »Du wirst sie doch nicht wegwerfen, wenn du mit ihr fertig bist, oder?«

»Was?«

»Du wirst sie behalten, nicht wahr?«, fragte Éibhear. Nun ja, es war eher ein Befehl.

»Wovon redet ihr zwei Idioten da?«

»Wir mögen sie.«

»Sehr.«

»Und?«

»Und sie ist nicht wie andere Frauen«, knurrte Éibhear beinahe, doch das wusste Briec bereits. »Wirf sie nicht einfach weg, nur weil du dich vielleicht ein bisschen langweilst.«

Briec glaubte nicht, dass er sich mit Talaith je langweilen würde. Niemals. Da der Regen nicht aufgehört hatte, hatten sie die letzten Tage größtenteils im Bett oder in den heißen Quellen verbracht. Sie hatten nur einen kurzen Blick nach draußen geworfen, um sich etwas zu essen zu holen … oder um zu streiten, was dann immer zurück ins Bett oder die heißen Quellen führte.

Es war unglaublich. Vielleicht die besten Tage seines langen Lebens.

»Was ich tue oder nicht tue, geht nur mich etwas an, Brüder. Nicht euch.«

Éibhear, der Jüngste und Leidenschaftlichste von ihnen, richtete eine schwarze Kralle auf seinen großen Bruder. »Wenn du ihr wehtust, Briec, geht mich das ganz schnell etwas an.«

Briec sah Gwenvael an. »Noch irgendwelche Drohungen von dir?«

Gwenvael zuckte die Achseln, sein anzügliches Grinsen sprach Bände. »Nur eines – wenn sie dir langweilig wird, Bruder, tu dir keinen Zwang an und schick sie zu mir. Ich nehme sie gerne auf. Und gebe ihr alles, was sie braucht.«

Wenn Éibhear sich nicht dazwischengeworfen hätte, hätte Briec Gwenvael wohl das Genick gebrochen wie einen morschen Zweig.

»Nicht in diesem Leben, Drache!«

Talaith versteckte sich hinter Éibhear, was Briec nur noch mehr zu ärgern schien.

»Du bist unvernünftig.«

»Wenn Vernunft etwas mit fliegen zu tun hat – dann hast du verdammt recht.«

Gwenvael lachte, aber das Lachen verwandelte sich in ein Husten, als Briecs veilchenblaue Augen sich auf ihn richteten.

»Du hast mich letztes Mal fast umgebracht. Können wir nicht zu Fuß gehen? Oder uns einen Wagen mit Pferden besorgen?«

Schon wieder schnaubend vor Lachen, wandte sich Gwenvael rasch ab.

»Talaith … komm her.«

Sie zog den pelzgesäumten Umhang, den Éibhear ihr gegeben hatte, enger um ihre Schultern und schüttelte den Kopf. »Nein.«

»Wenn wir jetzt losfliegen, sind wir in zwei Stunden da. Wenn wir zu Fuß gehen, haben wir Tage vor uns. Bei diesem unvorhersehbaren Wetter.«

Nun ja, das klang nicht viel besser. Aber der Gedanke ans Fliegen drehte ihr den Magen um.

»Können wir nicht hierbleiben?«

Gwenvael lächelte. Diese Höhle gehörte ihm. »Natürlich kannst du … *au!*«

Mit einer Klaue hielt er sich die Stelle, wo Briecs Schwanz ihn an der Schnauze getroffen hatte, und schrie: *»Was sollte das denn?«*

»War ein Versehen.«

»Wartet, wartet, wartet.« Talaith trat hinter Éibhear hervor, der aussah, als wollte er seinen Bruder aus der Höhle jagen. »Nicht streiten.«

»Dann gehen wir am besten.«

Talaith kratzte sich am Kopf und wünschte, sie hätte nicht so viele Würstchen zum Frühstück gegessen. »Na schön.«

»Talaith …« Éibhear ging auf sie zu, aber sie sah sofort, dass Briec das nicht gefallen würde.

»Schon gut, Éibhear. Ich bin sicher, ich werde es überstehen. Wenn ich nicht zu Tode stürze.«

Mit einem entnervten Seufzen bellte Briec: »Frau, du stellst wirkich meine Nerven auf die Probe!«

»Und du raubst mir meine«, blaffte sie zurück.

Sie lächelte Éibhear an. »Es war schön, dich kennenzulernen, Éibhear.«

»Tja, ich hoffe, wir sehen uns wieder.«

Er konnte hoffen, aber sie wusste es besser. Statt zu lügen, streckte sie die Arme nach oben, um ihn zu umarmen ... oder versuchte es zumindest. Drachen waren so groß. »Und danke für all die Bücher.«

»Ich schicke dir noch mehr«, versprach er.

Sie nickte und trat zurück. »Pass bitte auf dich auf. Vor allem bei diesem Wetter.«

»Das werde ich.«

»Und lass dich nicht von Gwenvael zu einer Prügelei aufstacheln.«

»Ich werde es mir merken.«

Briec seufzte hinter ihr, aber sie ignorierte ihn. »Und sei brav, Éibhear der Blaue.« Sie streichelte ihm die Schnauze.

»Wirst du mir jetzt auch noch sagen, dass ich brav sein soll?«, fragte Gwenvael.

Talaith verdrehte die Augen. »Wozu die Mühe?«

»Es ist höflich.«

Sie wandte sich von Éibhear ab und ging zu Gwenvael hinüber. »Vielleicht. Aber du nicht. Höflich, meine ich.«

»Das stimmt.« Er senkte die Schnauze zu ihr herab. »Werde ich auch gestreichelt?«

Lachend streckte Talaith die Hand aus, streichelte die schuppenbedeckte Haut zwischen seinen Nasenflügeln und mied dabei die frische Verletzung. »Du bist eine Bestie, Gwenvael der Schöne. Und ich kann es nicht erwarten, dass eine Frau vorbeikommt, die dir das Leben absolut unerträglich macht.«

»Das ist nett von dir. Könntest du das noch für mich in Verse fassen?«

»Ich warte«, brüllte Briec.

Mit einem resignierten Seufzen ging Talaith zu ihm hinüber. »Vielleicht könnten wir ...«

»Steig auf, oder ich bringe dich in meiner Klaue hin.«

»Du bist überhaupt kein netter Drache.«

Sie hielt sich an seinen Haaren fest und zog sich umständlich auf seinen Rücken.

»Bequem?«

»Ich hätte es viel bequemer, wenn ich ... *aaaaaaaaaaah!*«

Und sie schrie den ganzen Weg bis zu Briecs Höhle.

»Wie schlimm ist es?«

Brastias zuckte die Achseln. »Es hält uns auf. Der Schlamm wird das Vorankommen erschweren. Warum?«

»Ich habe mich nur gefragt, wann wir wieder in die Dunklen Ebenen zurückkehren werden.« Das sorgenvolle Stirnrunzeln, das Morfyds schönes Gesicht verunstaltete, gefiel ihm gar nicht. Er liebte alles an diesem Gesicht, aber vor allem die Frau, die dahinter war. Er mochte es nicht, wenn sie traurig war.

»Vor den Stürmen hätte ich dir gesagt, es dauert nicht lange. Ich meine, wir haben uns von der restlichen Truppe getrennt, um schneller zurück zu sein. Aber als Annwyl anfing, diesen Bereich zu umkreisen ...«

»Wir gehen im Kreis?«

Ihr wütender Ausbruch erschreckte ihn. »Ich dachte, das wüsstest du.«

»Ich hatte so viel im Kopf.« Sie rieb sich die Stirn. »Wo ist Annwyl?«

»Sie schläft. Und bitte weck sie nicht auf.«

»Ja, aber ...«

»Du weißt, wie sie ist, wenn sie Fearghus lange nicht gesehen hat. Und sie hat Fearghus *sehr* lange nicht gesehen.«

Im Kampf machte die Trennung von ihrem Gefährten die

Königin zu einer furchteinflößenden Gegnerin. Doch wenn die Kämpfe vorüber waren, mieden die Männer sie, als hätte sie die Pest. Außer, wenn Fearghus da war, um sie zu … äh … beschäftigen.

»Na gut. Ich warte, bis sie aufwacht.«

»Kannst du es mir erzählen?«

Der Blick dieser blauen Augen, von denen er fast jede Nacht träumte, ruhte auf ihm. »Es ist nichts, worum du dir Sorgen machen müsstest, Brastias.« Sie klopfte ihm auf die Schulter, und sein ganzer Körper spannte sich. Sie musste damit aufhören. Ständig berührte sie ihn wie einen Freund oder einen ihrer Brüder. Das Letzte, was er für Morfyd die weiße Drachenhexe der Dunklen Ebenen empfand, waren geschwisterliche Gefühle.

»Sicher? Ich kann ziemlich nützlich sein.«

Endlich lächelte sie. Gut. Er liebte es, sie lächeln zu sehen. »Ich weiß, dass du das bist, mein Freund.«

Freund? »Morfyd, ich …«

Ein Blitz zuckte, und plötzlich zogen Sturmwolken auf. Morfyd sah zum Himmel auf. »Verdammt.«

Brastias spürte, dass ihre Sorge nicht nur war, Annwyl zu Fearghus zurückzubringen. »Was ist los, Morfyd? Was verschweigst du mir?«

Kopfschüttelnd wandte sie sich von ihm ab und ging davon. Er sah ihr nach, bis sie in ihrem Zelt verschwand, dann öffnete sich der Himmel, und Regen strömte auf ihn herab.

»Halt dich fest.«

»Festhalten? Warum?« Talaith hob endlich doch den Kopf, den sie die ganze Zeit in Briecs Silbermähne vergraben hatte. Sie hätte nicht hinsehen sollen. Der Drache steuerte direkt auf einen Wasserfall zu … und er bremste nicht ab.

»Was tust du? Bist du verrückt geworden?«, schrie sie über den

gnadenlosen Sturm hinweg. Dieser hatte die beiden den ganzen Weg seit Gwenvaels Höhle gejagt. Bis vor Kurzem hatte der Drache es geschafft, ihm immer ein wenig voraus zu sein.

»Vertraust du mir nicht, süße Talaith?«

»Nein!«

Er lachte leise, während der Wasserfall – und die Felswand dahinter – näher und näher kamen.

Kreischend vergrub Talaith ihr Gesicht an Briecs Hals, ihre Hände klammerten sich in seine Mähne. Sie merkte genau, wann sie auf den Wasserfall trafen, weil noch mehr Wasser sie durchnässte und ein Tosen auf ihre Ohren einstürmte, dann hörte es auf, und sie befand sich in vollkommener Dunkelheit. Sie dachte, es sei endlich vorbei, da tauchte der Drache in freiem Fall in die Schwärze.

Sein Summen bei alledem war auch nicht gerade eine Hilfe. Es machte ihren Schreien Konkurrenz.

Als der Drache plötzlich in der Luft anhielt, war sie sich sicher, dass ihr Mageninhalt hochkommen würde. Briec sprach einen Zauber, und Fackeln an den Höhlenwänden flammten auf.

»Endlich. Zu Hause.«

Ohne die Bestie loszulassen, blickte Talaith nach oben und sah den riesigen Hohlraum, in den der Drache sich fallen lassen hatte, um auf diese Ebene zu kommen. Mistkerl. Er hätte sie ruhig warnen können, dass er keinen dramatischen Suizid plante.

Briec flog langsam durch die Höhle, und Talaith staunte über die Größe von seinem Zuhause. Gwenvaels war nicht so groß gewesen.

Je tiefer sie hineinkamen, desto heller wurde es, weil immer mehr Fackeln den Weg beleuchteten.

Nach einer guten Viertelstunde bremste der Drache ab und landete sanft.

»Alles in Ordnung?«

Sie riss ihn an den Haaren, und er belohnte es mit einem schmerzlichen Grunzen. »Nein. Nichts ist in Ordnung!«

Er ging zu Fuß tiefer in seine Höhle hinein. »Du musst dich wirklich ans Fliegen gewöhnen. Und hör auf, mich an den Haaren zu ziehen. Das nervt.«

»Warum?«

»Weil sie mit meinem Kopf verbunden sind.«

»Nicht, warum ich aufhören soll, dich an den Haaren zu ziehen, Drache. Warum soll ich mich ans Fliegen gewöhnen?«

»Weil es der einfachste Weg ist, wie wir hier herauskommen. Es sei denn natürlich, du ziehst den langen Fußweg vor.«

Zu wissen, dass es zumindest noch einen anderen Weg nach draußen gab, erleichterte sie sehr. Sie würde ihn später suchen, wenn der Drache schlief.

»Muss ich die ganze Zeit auf deinem bloßen Rücken reiten? Kannst du nicht einen Sattel oder so etwas tragen?«

Briec blieb abrupt stehen. »Sag das nie wieder!«

Sie hatte nicht gewusst, dass er darauf so empfindlich reagieren würde. »Tut mir leid.«

Er nickte mit seinem riesigen gehörnten Kopf und ging weiter. Nach weiteren zehn Minuten fielen Talaith große Nischen voller Schätze auf. Ebenfalls wie in Gwenvaels Höhle. Schließlich betrat Briec eine riesige Höhlenkammer, und hier blieb er endlich stehen. Er kauerte sich auf den Boden, und Talaith glitt von seinem Rücken. Sie lehnte sich an ihn, während ihre Beine noch Zeit brauchten, bis sie sie wieder trugen.

Kaum hatte sie wieder etwas Kontrolle über ihren Körper, stieß sie sich von ihm weg und ging langsam tiefer in die Höhle. Sie schnappte überrascht nach Luft. »Briec … es ist … äh …«

»Ja?«

»Es ist schön hier!« Sie starrte auf die Gobelins, die die Wände bedeckten. Wunderschöne Wandteppiche, die Geschichten von Drachenhelden aus alten Zeiten erzählten. Er besaß außerdem einen riesigen Esstisch, umgeben von silberbeschlagenen Stühlen, Sofas zum Faulenzen, und in einer der Nischen, die von der Haupthöhle abgingen, befand sich das größte Bücherregal, das sie je gesehen hatte: von oben bis unten voller Bücher. In dieser Nische standen noch mehr Sofas und Sessel, damit man sich ausruhen und lesen konnte.

Es war warm. Gemütlich. Und sie hatte sich nie in ihrem Leben sicherer gefühlt. Sie verliebte sich augenblicklich in das alles.

»Ich dachte, es würde sein wie bei Gwenvael. Vielleicht ein bisschen schlimmer.

Briec trat neben sie, sein Schwanz legte sich um ihre Füße, berührte sie aber nicht. »Gwenvael ist nicht oft zu Hause.«

Das glaubte sie. In den wenigen Tagen, die sie wegen des Sturms alle in der Höhle geblieben waren, hatte sich Gwenvael ständig in das Wetter hinausgewagt, um ein paar Minuten draußen sein zu können. Er war kein Drache, der gern lange von anderen Wesen getrennt war – anders als seine Brüder.

»Dann gefällt es dir also?«

»Ja. Ich liebe es!« Sie ging einen Schritt von ihm weg, nahm ihren nassen Umhang ab und sah in die verschiedenen Nischen hinein.

Briec räusperte sich. »Wenn dir etwas nicht gefällt, können wir es ändern. Dir etwas Hübscheres besorgen.«

»Hübscher als was?« Alles, was sie sah, war von feinster Qualität. Briec war definitiv ein Drache, der teure Annehmlichkeiten zu schätzen wusste. »Alles hier ist wunderschön, Briec. Ehrlich.«

Sie blieb vor einer der Nischen stehen und erblickte das größte Bett, das sie je gesehen hatte.

Und aus irgendeinem unerfindlichen Grund verspürte sie bittere Eifersucht bei diesem Anblick.

»Was ist los?«

Sie schüttelte den Kopf. »Nichts.«

Sie spürte Hitze in ihrem Rücken und wusste, dass er sich verwandelt hatte. Sie war also nicht überrascht, als seine starken Arme sich um ihre Schultern schlangen und sein fester Körper sich an ihren Rücken presste. Obwohl die äußerst liebevolle Geste sie unendlich verwirrte.

»Du klingst nicht, als wäre nichts.«

»Du kannst nicht erwarten, dass ich hier schlafe.«

Er stützte den Kopf auf ihre Schulter und sah das Bett an. »Warum nicht? Ich weiß, dass dir der Boden nicht lieber wäre.«

»Ich will einfach nicht.«

»Ich brauche ein besseres Argument, Talaith. Was ist los?«

Sie seufzte. Genauso gut konnte sie ehrlich sein. Das konnte nie schaden. »Ich werde nicht im selben Bett mit dir schlafen …«

»Warum nicht, zum Teufel?«, wollte er wissen. Er war plötzlich wütend, ahnte aber nicht, dass sie noch nicht fertig war.

»… in dem du mit anderen Frauen geschlafen hast.«

Talaith spürte, wie sich Briecs Körper hinter ihr entspannte, als sein Zorn nach diesen Worten rasch wieder abflaute.

Während er sein Gesicht in ihren Haaren vergrub, sagte er: »Du hast nichts zu fürchten, Talaith. Ich habe dieses Bett noch nicht ein Mal benutzt. Meine Brüder bestanden darauf, dass ich eines haben sollte. Außerdem habe ich nie eine andere Frau hierher gebracht.«

Sie schnaubte ungläubig. »Willst du mir damit sagen, dass du noch nie mit einer anderen Frau hier warst – niemals?«

»Aye.«

Seine Zunge zeichnete die Linie ihres Ohres nach. Sie gab sich große Mühe, es zu ignorieren, da sie sich nicht ablenken wollte. »Wie alt bist du?«

»Zweihundertundzweiundsechzig Winter letzten Mond.«

»Und in all der Zeit hast du nie eine Frau mit nach Hause genommen?«

Eine seiner Hände glitt über ihr Schlüsselbein und über ihr Dekolleté und legte sich bequem auf ihre Brust. »Nicht in diese Höhle. Für die Höhle meiner Eltern kann ich nichts versprechen, aber hier wollte ich keine Frau, weil ich dachte, sie könnte sich einnisten … hier einziehen. Also habe ich mich mit ihnen in ihren eigenen Höhlen getroffen.«

Und doch war er bereit, sie etwas ändern zu lassen, falls ihr etwas nicht gefiel. Nein, nein. Sie würde nicht zu viel darüber nachdenken, was das wohl bedeuten mochte und konzentrierte sich stattdessen darauf, ihre Atmung zu kontrollieren. Gar nicht so einfach, wenn er ihre Brust anfasste und seine Finger durch den Stoff ihres Kleides hindurch ihre Brustwarze zwickten. »Na ja … ich … ich denke, dann ist es in Ordnung.«

Seine Zunge stippte in ihr Ohr, und ihr ganzer Körper bebte. »Bist du sicher, kleine Hexe? Ich will sichergehen, dass du es bequem hast. Dass du hier glücklich bist.«

»Das bin ich.« Sie ergriff den Arm, der immer noch um ihre Schulter lag und sie festhielt, sie nicht gehen lassen wollte.

»Wir können warten, bis wir ein neues Bett hier haben. Es wird eine Weile dauern. Ich werde noch ein Dorf plündern müssen, um es zu besorgen. Nach den Stürmen natürlich.« Seine Zähne zupften an ihrem Ohrläppchen und sie staunte, mit welcher Leichtigkeit der Drache auf ihrem Körper spielte wie auf einem Instrument. Als täte er das schon ihr ganzes Leben und nicht erst seit ein paar Tagen.

»Ich will nicht auf ein neues Bett warten.«

»Wirklich? Bist du sicher?«

Sie wollte frustriert aufschreien, während jedes Ziehen an ihrem Ohrläppchen ihr bis zwischen die Beine fuhr und dort blieb. Talaith wusste nicht einmal, wann sie begonnen hatte, sich zu winden, voller Sehnsucht, den arroganten Drachen wieder in sich zu spüren.

»Ja. Ich bin sicher.«

»Du klingst nicht ehrlich überzeugt.«

»Du bist so ein Mistkerl, Briec!«, keuchte sie.

Er lachte leise an ihrem Ohr. »Ich weiß. Dann gefällt es dir also?«

Sie neigte den Kopf in der Hoffnung, dass er ihren Hals küssen würde. Er tat es. »Ich dachte, das hätten wir schon besprochen. Ich liebe es.«

»Mehr als bei Gwenvael?«

»Na ja …«

Er ließ sie los und wirbelte sie zu sich herum. »Ich hatte ein direktes Ja erwartet.«

Sie zuckte die Achseln. Sie spielte mit dem Feuer, das wusste sie. »Aber er hat heiße Quellen.«

»Ist es das?«

»Das ist sehr wichtig.«

Er nahm ihre Hand. »Komm.«

»Darauf hatte ich gehofft, aber du bist ja stehen geblieben.«

Er zog sie an der Hand durch die Höhle. Hinein in eine Nische, hinter der ein Gang weiterführte.

»Wo gehen wir hin?« Sie hörte ein Geräusch, konnte es aber von dort, wo sie stand, nicht recht ausmachen.

»Du musst wirklich lernen, mir zu vertrauen. Du benimmst dich, als würde ich dich zu deiner Hinrichtung schleppen.«

Je tiefer sie in den Gang hineingingen, desto dunkler wurde es, und desto lauter wurde das Geräusch. Schließlich blieb Briec stehen. »Was hältst du davon, Lady Anspruchsvoll?« Er sagte ein Wort, und Fackeln leuchteten auf.

Talaith ließ sich auf der Stelle auf den Boden fallen. »Briec …«, hauchte sie. Ihr fehlten die Worte, um zu beschreiben, was sie sah.

Es war ein Wasserfall. Hier, in der Höhle des Drachen. Er war riesig und fiel direkt in einen Fluss, der sich dahinschlängelte und unter einem Fels verschwand.

»Briec, das ist wunderschön!« Sie blickte auf und sah den Stolz in seinem Gesicht. Ihre Worte gefielen ihm. Sehr.

Er zog sie wieder hoch. »Das ist noch nicht alles.« Er nahm sie mit hinunter, bis sie direkt am Ufer standen. Ihre Finger immer noch ineinander verschränkt, zog er sie unter das rauschende Wasser.

»Es ist warm!«

»Aye. Der Wasserfall wird unter dem Boden aufgeheizt und erwärmt das Flusswasser.«

Sie lächelte. »Das ist unglaublich.«

»Meine Brüder wissen nichts davon«, bemerkte er beiläufig. »Tatsächlich weiß es gar keiner aus meiner Familie. Sie glauben alle, dass ich die Seen draußen benutze.«

Aber ihr hatte er es erzählt. Jetzt wusste sie mehr über sein Zuhause als seine Brüder. Über das Heim, in dem kein anderes weibliches Wesen und auch kein Verwandter je gewesen war.

»Was tun sie, wenn sie hier zu Besuch sind?«, fragte sie, während sie versuchte, ihr klopfendes Herz zu zügeln.

»Sie baden in den Seen. Wenn sie das hier kennen würden, würde ich sie nie wieder los.«

Er wandte sich zu ihr um und lächelte, und ihr Herz galoppierte von Neuem los.

»Ist dieses Kleid nicht unbequem, kleine Hexe?«

Sie sah an sich herab, dankbar für die Ablenkung. »Nein. Es ist ziemlich bequem. Deshalb habe ich es für …« Sie hob den Blick und sah, dass er sie mit einer hochgezogenen Augenbraue musterte. »Oh. Äh, ich hasse es. Ich fühlte mich total eingezwängt in dem Ding.«

»Dann ziehen wir es dir besser mal aus, was?«

»Also gut.«

Schweigend sah sie zu, wie seine Hände langsam die Bänder lösten, die das Kleid vorn zusammenhielten. Der Drache ließ sich Zeit dabei, zog dann das enge Mieder auseinander und entblößte ihre Brüste.

Er sah eine gefühlte Ewigkeit auf sie herab. Starrte einfach nur. Schließlich hielt sie es nicht mehr aus.

»Vielleicht …«

»Pssst. Ruhe. Ich konzentriere mich.«

Sie wusste nicht, was Vorrang hatte. Ihn anzuschreien, weil er ihr den Mund verbot – sie hasste das, ehrlich! – oder ihn zu fragen, worauf er sich konzentrierte.

Die Neugier gewann die Oberhand.

»Du konzentrierst dich worauf?«

»Du redest immer noch.«

»Briec.«

Mit einem resignierten Seufzen sagte er: »Na schön. Und wieder muss ich einen Weg finden, dich zum Schweigen zu bringen.«

Sie schnappte nach Luft, als er sich vorbeugte und sein warmer Mund sich über ihrer Brustwarze schloss. Er saugte sanft daran, es machte sie verrückt. Sie wollte mehr.

Talaith fuhr mit der Hand durch sein silbernes Haar und zog ihn enger an sich. »Fester«, keuchte sie. Er lachte leise, gehorchte aber.

Sie schloss die Augen und lehnte sich zurück. Einer seiner starken Arme schlang sich um ihre Taille und hielt sie fest. Mit der freien Hand nahm er ihre andere Brust und drückte den Nippel zwischen den Fingern. »Götter, Briec. Das … das fühlt sich so gut an!«

Er ließ nicht von ihr ab, drückte gleichzeitig ihre beiden Brüste. Sie spürte jedes Saugen, jedes Drücken bis hinab zwischen ihre Beine. Ihr Atem ging schneller, ihre leisen Schreie wurden leidenschaftlicher.

»Briec … ich … ich glaube, ich …« Auf ihre unsinnigen Worte hin sog und drückte er fester, und plötzlich strömte der Höhepunkt ihrer Lust ihr Rückgrat hinauf, durch ihre Leistengegend, bis zu ihren Fingern und Zehen. Nie zuvor hatte sie so etwas gefühlt.

Sie keuchte und zitterte in seinen Armen, als der Höhepunkt sie überraschte. In diesen Sekunden schien die Welt anzuhalten. Alles, was sie spürte, war Briec, der sie im Arm hielt, seinen Mund und seine Hände auf ihrem Körper. Die Höhlenwände hätten um sie herum einstürzen können – sie war sich relativ sicher, sie hätte es nicht einmal bemerkt.

Als sie kam, kam er beinahe mit ihr. Er musste seine mühevoll erlernte Selbstkontrolle einsetzen, um seinen Höhepunkt zurückzuhalten. Doch sobald ihr Körper zur Ruhe gekommen war, streifte er ihr das Kleid vollends vom Körper und warf es weg, ohne darauf zu achten, wo es landete. Er hob sie auf die Arme und watete mit ihr ins Wasser, ihre Beine schlangen sich um seine Taille, ihr Gesicht war an seiner Schulter vergraben.

Sobald er mit ihr unter den Wasserfall trat, hob sie den Kopf und lachte wie ein Kind. Er hatte noch nie etwas Süßeres gehört.

»Also, sag mir, kleine Hexe: Ist meine Höhle besser als Gwenvaels?«

Die Arme um seine Schultern und die Beine um seine Taille geschlungen, konnte Talaith zur Abwechslung einmal auf ihn herabsehen. Ihre Hand liebkoste seine Wange, strich ihm die nassen Haare aus dem Gesicht. »Oh, aye, Briec. Viel besser.«

Er lächelte und zog sie enger an sich, bis sie sagte: »Natürlich habe ich Éibhears Höhle noch nicht gesehen. Sie könnte natürlich unglaublich sein.«

»Verräterisches Weibsstück«, sagte er vorwurfsvoll und ließ

sie fallen. Sie verschwand kurz im hüfthohen Wasser, doch sobald er ihre um sich schlagenden Arme sah, schnappte er sie und hob sie wieder hoch.

»Das war nicht lustig!«, schrie sie, während sie sich mit den Fingern die nassen Haarsträhnen aus den Augen strich.

»Ach, komm schon. Ein bisschen lustig war es schon.«

»Nein, war es nicht! Du rachsüchtiger …« Er schnitt ihr das Wort mit einem Kuss ab. Augenblicklich schmolz sie dahin. Es brauchte nicht viel, um Talaith von ihrem Zorn abzulenken. Eines der vielen Dinge, die ihm an ihr gefielen.

Als er schließlich aufhörte, sie zu küssen, beendete sie ihren Satz: »… Mistkerl.«

»Welch harte Worte aus so einem hübschen Mund!«

Sie errötete und wandte den Blick ab; es war ihr immer ein wenig unangenehm, wenn er ihr Komplimente machte. Das musste er ihr noch abgewöhnen. Er mochte gute Komplimente. Und es gab nur wenige Wesen, die es seiner Meinung nach wert waren, welche zu bekommen.

Doch jetzt wollte er nicht länger warten und legte sie auf den Felsvorsprung. Sie sah schweigend zu, wie er sich aus dem Wasser hochzog. Er griff nach ihrer Hand, legte sich auf den Rücken und setzte sie auf sich.

»Reite mich, kleine Hexe.«

Widerspruchslos – zur Abwechslung einmal – spreizte sie die Beine über seinen Hüften. Sie nahm sein hartes Glied in die Hand und ließ ihre Hand ein paarmal auf und ab gleiten. Briec bäumte sich unter ihrer Hand auf. »Was tust du da?«, presste er hervor.

»Ich mag es, wie er sich in meiner Hand anfühlt«, antwortete sie. »Es gefällt mir, wie er gleichzeitig weich und hart ist.«

»Ist das alles, was du an ihm magst?«

Schüchtern schüttelte sie den Kopf. »Ich mag auch das Gefühl, wenn er in mir ist.«

»Dann steck ihn in dich, kleine Hexe. Foltere mich nicht!«

»Kein bisschen?«, fragte sie.

»Später. Jetzt nicht. Ich verliere langsam die Geduld.«

»Na gut.« Sie hob die Hüften an, setzte die Spitze seiner Männlichkeit an ihre Scham. Ihre Säfte flossen schon an ihren Schenkeln herab und verrieten, wie bereit sie für ihn war.

»Du fühlst dich gut an.«

Er ächzte. »Du bringst mich noch um, kleine Hexe.«

»Das will ich gar nicht.«

»Doch. Das willst du.« Aber es war ihm egal. Sie sollte … nein … sie *musste* weitermachen. »Fick mich, süße Talaith.«

Sie grinste, und das gefiel ihm gar nicht. »Sag bitte!«

Bösartiges Weib! »Nein!«

»Na schön. Dann sag es nicht.« Sie zog ihre Vagina zusammen.

»Du gemeine Ziege!«

»Das klang nicht nach einem Bitte.«

»Also gut.« Er sah sie finster an. »Bitte.«

Sie starrte ihn an, und er blaffte: »Was denn?«

»Na ja, dem Aufstand nach, den du um dieses Wort gemacht hast, dachte ich, du würdest in Flammen aufgehen.«

»Talaith …«

»Ganz ruhig, o Schuppiger.« Sie beugte sich vor und stützte die Hände auf seine Schultern.

»Sag mir, ob sich das gut anfühlt.« Ihr heiseres Flüstern brachte ihn dazu, sich ihr entgegenzustemmen, bevor sie auch nur mit dem ersten Stoß begonnen hatte.

Ihre Hüften hoben und senkten sich, die Wände ihrer Vagina zogen sich bei jeder Aufwärtsbewegung zusammen. Sie schloss sich um ihn, drängte ihn zu kommen.

Sie beugte sich herab und küsste ihn, ihre Zunge glitt in seinen Mund.

Götter, sie fühlte sich so gut an. Alles an ihr. Briec war erleichtert, dass sie seine Höhle mochte, denn sie sollte nicht an einen anderen Ort gehen. Sie sollte nicht gehen. Nicht jetzt.

Talaith löste ihren Mund von seinem und keuchte: »Komm für mich, Lord Arroganz. Ich will fühlen, wie du in mir kommst.«

Während er sich mit hämmernden Stößen nun selbst nach oben drückte, umschloss er ihre Hüften und hielt sie fest.

Sie atmete schneller und wand sich auf ihm, sagte immer wieder seinen Namen. Als er spürte, wie sich die Wände ihrer Vagina um sein Glied herum verkrampften, bäumte sich sein ganzer Körper auf, und auch er kam.

Schließlich brach Talaith auf ihm zusammen. Ihr ganzer Körper wurde schlaff, ihr Inneres pochte im Takt mit ihrem Herzschlag.

Er strich ihr das nasse Haar aus dem Gesicht. »Alles in Ordnung?«

Sie tätschelte seine Stirn, was ihn reizte. »Stell mir keine dummen Fragen, Briec.«

»Wie du willst, kleine Hexe.« Er schlang die Arme um sie und zog sie fest an sich.

Sie genossen das Schweigen, bis sie sagte: »Warum bist du noch nicht kleiner geworden?«

»Ich weiß nicht. Das wirst du ihn selbst fragen müssen.«

Sie setzte sich auf und sah ihm in die Augen. »Ich rede nicht mit deinem … deinem …«

»Mächtigen, pochenden Schwanz?«

»Briec!«

»Mit dem, was dir wahnsinniges Vergnügen bereitet?«

»Briec!«

»Mit dem, was dich vollständig macht?«

»Hör auf, Drache! Du machst mich krank – im Wortsinn!«

Er umschloss ihr Gesicht mit den Händen. »Dir gefällt es hier gut genug, dass du bleibst? Ja?«

Sie sah ihn mit großen Augen an.

»Was? Warum siehst du mich so an?«

»Normalerweise sagst du so etwas als Feststellung. Aber das klang verdächtig nach einer Frage. Fragst du mich etwa?«

Er senkte die Hand und klatschte mit der flachen Hand auf ihren Hintern.

»Au!«

»Sei nett, Frau! Ich bin das nicht gewöhnt.«

Sie rieb sich den Hintern und sah ihn finster an. »Mach das noch mal, und du bist das los, von dem du glaubst, dass es mich vollständig macht!«

Briec grinste. »Soll ich ihn küssen und dafür sorgen, dass es nicht mehr wehtut?«

»Nein! Behalt dein Gesicht einfach da, wo ich es sehen kann! Unverschämter Mistkerl!«

»Du kannst wirklich gut mit Worten umgehen, kleine Hexe. Ich kann nicht fassen, dass die Männer dir nicht in Scharen nachlaufen.«

Ihre Augen wurden schmal, aber sie konnte ihr Grinsen nicht verbergen. »Und du mit deinem bescheidenen, fürsorglichen Wesen. Draußen vor deinem Höhleneingang müssten eigentlich die Frauen schon Schlange stehen, während wir hier reden.«

»Ist das deine Art zu sagen, dass keiner uns ertragen könnte?«

»Mein Ehemann hat versucht, mich auf einem Scheiterhaufen verbrennen zu lassen, und du verprügelst deine Brüder im Stundentakt, sodass sie es nie lange in deiner Nähe aushalten. Was sagt dir das, Briec der Arrogante?«

»Dass sie alle neidisch auf unsere Großartigkeit sind.«

Das Gesicht an seinem Hals vergraben, lachte Talaith so herzlich, dass es ihren ganzen Körper schüttelte.

»Was denn?«, fragte Briec in aller Ernsthaftigkeit. »Was ist daran so lustig?«

12

Die Stürme tobten erbarmungslos weiter. Obwohl sich ab und zu die Sonnen zeigten – Momente von furchteinflößender Ruhe –, begann ein paar Stunden oder manchmal nur ein paar Minuten später alles von Neuem.

Talaith bemerkte es kaum, und es war ihr auch egal. Sie hatte nun schon seit Wochen kein Zeichen mehr von Arzhela bekommen. Und nach so vielen Jahren des Lebens in Angst fühlte sie sich endlich ruhig. Sie wusste, es würde nicht andauern. Sie wusste, Arzhela würde sie rufen, damit sie ihre Aufgabe erfüllte, und sie würde gehen. Bis dahin genoss Talaith ihre Zeit mit Briec zumindest eine kleine Weile, ohne diese bösartige Ziege im Kopf zu haben.

Briec schien ihre gemeinsame Zeit auch zu genießen. Wenn er nicht las oder sich hinausschlich, um sich eine Kuh oder ein Lamm zu suchen, war er bei Talaith. Natürlich gab es Momente, in denen er sie bat: »Bitte, bei allem, was heilig ist … *hör auf zu reden!*« Das ignorierte sie natürlich vollkommen. Das führte wiederum zu einem ihrer vielen Streitereien. Sie stritten nicht, weil sie wütend waren, sie stritten, weil es sie beide wild machte.

Es hatte sich zu einer Art Spaß entwickelt. Sie fanden die lächerlichsten Dinge, über die sie streiten konnten. An einem Tag schrie sie ihn an, weil die Butter für ihren Toast schlecht geworden war. Ein anderes Mal knurrte er sie an, weil sie ein nasses Kleidungsstück auf seinem Höhlenboden liegen gelassen hatte. Aber egal, worüber sie stritten, es endete immer auf dieselbe Art – sie vögelten. Wie zwei wilde Tiere in der Brunft.

Talaith fühlte sich, als müsste sie die letzten sechzehn Jahre ihres Lebens nachholen, in denen sich ihr Ehemann auf sie gelegt hatte, ein wenig herumgewippt, heruntergerollt und eingeschlafen war. Natürlich hatte es nicht so angefangen, aber innerhalb von einem Jahr war das zum Besten geworden, was sie erwarten konnte. Dass sie seine Lust mit einem Zauber beendet hatte, war absolut kein Verlust.

Ach, aber Briec … Dafür, dass er kein Mensch war, verstand er wirklich etwas vom Körper einer Frau. Und mit ihrem machte er Dinge, dass ihr beim bloßen Gedanken daran die Knie weich wurden. An manchen Tagen, nach einem besonders herzhaften Streit, machten sie es schnell und wild. Jeder nahm sich, was er wollte und gab nur das Notwendigste zurück. Es war ein egoistisches Vergnügen.

Andere Male verbrachte er den ganzen Tag mit ihr im Bett und nahm sie langsam und lange. Spielte mit ihr. Neckte sie. Als hätte er alle Zeit der Welt. Beides fand sie wundervoll, und sie hatte schon angefangen, ihren Streit für den Abend zu planen. Es kam ihr so vor, als ob das Obst, das er ihr am Vortag mitgebracht hatte, nicht reif genug war.

Aye. Das wird funktionieren.

Lächelnd kauerte Talaith neben dem Höhleneingang und sah dem Regen zu. Dieser Eingang lag ebenerdig an einem Fluss und war nicht groß genug, dass Briec in Drachengestalt hindurchgehen konnte, was vielleicht erklärte, warum er ihn nicht einmal kannte. Er dachte immer noch, es gäbe nur zwei Eingänge in seine Höhle, aber sie hatte noch fünf andere entdeckt. Wenn die Zeit gekommen war, würde sie ihm von diesen zusätzlichen Eingängen erzählen. Egal, wie das alles endete: Sie würde dafür sorgen, dass er noch lange in Sicherheit war, wenn sie fort war.

Sie sah zum dunklen Himmel hinauf und hoffte, dass es ihm gut ging. Er war vor fast einer Stunde mit dem Versprechen gegangen, mit etwas Besonderem für sie zurückzukommen, zusätzlich zu dem Nachschub an frischem Brot, den sie wirklich brauchte. Sie konnte sich nicht vorstellen, was »etwas Besonderes« sein mochte, aber es war ihr auch egal. Schmuck, Geschenke, selbst sein Schatz bedeuteten ihr nichts, denn mit Wohlstand konnte sie sich nicht kaufen, was sie brauchte.

Die Regenflut hörte plötzlich auf, und sie sah hinauf zu den zwei Sonnen, die hell über ihr strahlten. Verblüfft sah Talaith sich um. Da sie die Gelegenheit nicht verpassen wollte, die Höhle wenigstens für ein paar Minuten zu verlassen, trat sie vor den Eingang und atmete den frischen Duft des regengetränkten Waldes ein.

Sie war erst ein paar Schritte weit gekommen, als sie spürte, wie sich ihr die Nackenhaare sträubten. Ihre Augen schlossen sich, und sie hätte beinahe vor Verzweiflung gestöhnt.

»Hallo Talaith. Hast du mich vermisst?«

Zitternd vor Wut, Angst und uneingeschränktem Hass, sank Talaith langsam auf die Knie und neigte ihren Kopf vor der Gottheit. »Meine Göttin.«

»Wer bin ich?«

Kleine Hände hielten ihm die Augen zu, und Briec lächelte beim Klang der neckenden Stimme an seinem Ohr. »Hölle und Verdammnis?«

»He, das war gemein!« Er drehte sich um, und seine jüngste Schwester boxte ihm gegen den Arm. »Ihr seid alle so gemein zu mir!«

»Nein, sind wir nicht … bis auf Morfyd.«

Der hübsche Rotschopf lächelte, und er staunte, wie sehr sie Gwenvael ähnelte, nur dass sie ein Mädchen war. Und ein kleines bisschen lebenslustiger.

»Das liegt nur daran, dass sie sich von mir ärgern lässt. Ich weiß nicht, warum sie mich für ihre eigene Schwäche verantwortlich macht.«

»Rotzlöffel.«

Sie kicherte und warf sich ihrem Bruder in die Arme. »Du

hast mir gefehlt, Bruder. Ich habe dich schon ewig nicht mehr gesehen!«

»Aye. Ich war beschäftigt.«

Seine Schwester löste sich von ihm und lächelte zu ihm auf. »Und mit wem warst du beschäftigt?«

»Das, kleine Schwester, geht dich gar nichts an.«

Sie zog eine Schnute, und er hätte gewettet, dass das bei allen männlichen Wesen, die ihr Bett zierten, Wirkung zeigte, egal ob Mensch oder Drache. »Du bist langweilig.«

»Und du bist ein verzogenes Gör. Dann sind wir ja quitt.«

Keita, die rote Schlange der Verzweiflung und des Todes – wie einige unglückliche Stadtbewohner sie getauft hatten, nachdem sie vergeblich versucht hatten, sie mit Ketten zu versklaven und zu ihrer Wächterin zu machen – wirbelte herum und führte ihr teures Kleid vor. »Ist das nicht hübsch?«

»Und wer musste sterben, um dir das zu schenken?«

Sie sah beleidigt drein. »Niemand. Aber ich möchte dir jemanden vorstellen.« Sie deutete auf drei Ritter, die rasch auf sie zukamen und Briec wütend beäugten.

»Sie wissen nicht alles über mich, Bruder«, flüsterte sie. »Ich wüsste es also zu schätzen, wenn du es auch nicht erwähnst.«

Briec schüttelte den Kopf. Seine Schwester war absolut schamlos, und dennoch brachte sie ihn nie in Verlegenheit, wie Gwenvael es oft tat. Er fand sie unterhaltsam.

Die Ritter schritten auf Keita zu und blieben im Halbkreis um sie herum stehen. »Und wer ist das, M'lady?«, fragte einer von ihnen und warf Briec einen finsteren Blick zu, als hätte er etwas angestellt.

»Das, meine treuen Ritter, ist mein Bruder Briec.«

Als sie begriffen, dass er zur Verwandtschaft gehörte, entspannten sie sich sichtlich und nickten zum Gruß.

»Sieht er nicht gut aus? Genau wie alle meine Brüder.« Sie

blinzelte Briec zu. »Wenn ihr nett zu ihm seid, dürfen wir vielleicht bei ihm übernachten.«

Briec wusste genau, worauf seine kleine Schwester hinauswollte. Die Männer waren ihr wohl langweilig geworden, aber die Zeiten, in denen man Menschen zuerst zum Spaß und danach als Abendessen hatte, waren lange vorüber. Seit Fearghus eine menschliche Gefährtin hatte und ihre Königin der Verrückten Hexe von Garbhán die Treue aller Drachen zugesprochen hatte, wäre es geschmacklos gewesen, mit ihnen zu spielen.

Abgesehen davon wusste er, dass Talaith das überhaupt nicht schätzen würde. Und das reichte aus, um sich nicht in die Sache hineinziehen zu lassen.

»Leider, kleine Schwester, wird das nicht möglich sein.«

Die Schnute kehrte zurück. »Oh?«

Er sah die drei Männer an. »Vielleicht ein andermal.«

Keita nahm ihn am Arm. »Würdet ihr uns bitte einen Moment entschuldigen, Gentlemen?« Ohne sich die Mühe zu machen, auf ihre Antwort zu warten, zog sie ihn weg. »Du hast dich verändert, Bruder.«

»Eigentlich nicht. Wir müssen alle irgendwann einmal erwachsen werden.«

»Warum? Ich bin erst hundertneunzig Winter alt. Ich habe noch Jahre Zeit, bis ich so langweilig wie Fearghus und Morfyd werden muss.«

Lachend beugte sich Briec hinunter und küsste seine Schwester auf die Stirn. »Sei aber vorsichtig, du Gör. Du spielst zu oft mit dem Feuer.«

»Wir *sind* doch das Feuer, Bruder!« Sie tätschelte ihm die Brust und schlenderte davon, aber als sie die Männer erreicht hatte, wirbelte sie noch einmal zu ihm herum. »Soll ich Daddy gegenüber erwähnen, dass ich dich getroffen habe?«

Nur Keity nannte Bercelak den Großen, einen der gefürchtetsten Drachen in dieser – und übrigens auch jeder anderen –

Gegend »Daddy«. Und sie war auch die Einzige, der er das durchgehen ließ.

»Nein.«

Nickend erwiderte sie: »Das dachte ich mir.«

Sie ging weiter, und die Ritter folgten ihr wie gut abgerichtete Hunde.

Der Wind nahm wieder etwas zu, und Briec wusste, dass ein neuer Sturm aufzog. Er wollte zurück zu Talaith. Wollte ihr schönes Gesicht sehen und vielleicht einen neuen Streit anfangen über … er hielt kurz inne, um zu überlegen. Ah ja. Das Obst. Sie hatte bestimmt das ganze Obst aufgegessen.

Er zuckte die Achseln. Das würde genügen für einen ordentlichen Streit.

Sie sah zu der Göttin auf, die jetzt seit sechzehn Jahren der Fluch ihrer Existenz war. Sie hasste Arzhela, die Göttin des Lichts, der Liebe und der Fruchtbarkeit. Talaith hasste diese Schlampe für das, zu was sie sie gezwungen hatte und für das, was sie noch für sie tun musste. Talaith hasste sie dafür, dass sie sie von ihrem Volk fortgeholt und in jenem Dorf ausgesetzt hatte, wo sie immer eine Außenseiterin geblieben war.

Aber wofür sie diese miese Göttin am meisten hasste war, dass sie ihr die Tochter genommen hatte.

»Du hast mich gerufen, Göttin?«

Gebadet in goldenem Licht, den goldenen Kopf mit einem Kranz aus goldenen und weißen Blumen geschmückt, lächelte die Göttin zu ihr herab. »Du sagst das immer so höhnisch, mein liebes Mädchen.«

»Ach ja? Das hatte ich gar nicht bemerkt.«

Talaith sah die Göttin nicht länger an. Sie fürchtete, was ihre Augen verraten konnten. Also starrte sie auf ihren Hals. Er war glatt, blass und lang, und Talaith träumte davon, ihn mit ihrem Dolch aufzuschlitzen.

»Natürlich hast du das bemerkt«, stellte Arzhela fröhlich fest. Die Göttin sah immer fröhlich und munter aus. Das verbarg die dunkle Seele dahinter. »Aber das spielt keine Rolle für mich. Denn deine Zeit naht heran.« Sie klatschte in die Hände. »Und ich bin so aufgeregt!«

»Ja, Göttin.«

Arzhela schmollte. »Du klingst nicht aufgeregt.«

Grausames, herzloses Miststück!

»Was immer dir Freude bereitet, Göttin, bereitet auch mir Freude.«

»Da ist schon wieder dieser Tonfall!«, bemerkte sie munter, aber ohne eine Spur von echtem Humor. »Wie dem auch sei, alles fügt sich zusammen, wie ich es geplant habe.«

Talaith blickte finster, den Blick immer noch auf die Kehle der Schlampe gerichtet. »Wie bitte, Göttin?«

»Nun, deine Anwesenheit hier. Hast du wirklich geglaubt, ein Drache würde *dich* wollen?«

Arzhela wollte Talaith glauben machen, Briec sei eine ihrer vielen Schachfiguren, wie ihre Priesterinnen und Lord Hamish, der Talaiths Tochter all die langen Jahre in seiner Burg gefangen hielt – um so sicherzustellen, dass sie zwar nahe, aber doch so weit weg von ihr war. Doch Talaith wusste, dass Arzhelas Macht nicht über die Menschen hinausreichte. »Wenn ich eines weiß, dann, dass du keine Macht über die Drachen hast. Vor allem nicht über diesen.«

Talaith hörte das kehlige Zischen schon eine Sekunde, bevor die Göttin sie mit ihrer Magie hochhob und sie gegen die äußere Höhlenwand schleuderte.

Es nahm Talaith den Atem, und sie brauchte einen Moment, um wieder auf die Beine zu kommen. Doch nun verstand sie, was los war. Arzhela hatte keine Macht über die Drachen. Ihre Magie konnte nicht einmal die einfachste Verteidigung der Drachen durchbrechen. Kein Wunder, dass Talaith über einen

Mond lang nichts von Arzhela gehört hatte – sie konnte ihr nichts anhaben, wenn sie mit den Drachen zusammen war. Doch sobald Talaith Briecs Höhle und seinen Schutz verließ …

»Fordere mich nicht heraus, Talaith. Ich bin nicht in Stimmung.«

»Tut mir leid, wenn ich dich beleidigt habe, Göttin.«

Arzhela holte tief Luft: wahrscheinlich versuchte sie, ihre gewaltige Wut im Zaum zu halten. Als sie sich beruhigt hatte, nahm ihre Stimme wieder den leicht trillernden Tonfall an, den Talaith inzwischen so sehr verabscheute.

»Ach, entschuldige dich nicht, Liebes. Es ist schon gut. Aber vielleicht sollte ich einige Dinge klarstellen. Sie ist ihm aufgefallen.«

Panik, kalt und brutal, spülte durch ihre Gliedmaßen und lähmte sie. Machte sie hilflos. Zum ersten Mal seit fünf Jahren sah Talaith dem Miststück in die Augen. »Was?«

»Sie ist Hamish aufgefallen. Das ist keine Überraschung, Talaith. Sie ist so alt wie du warst, als du sie bekommen hast. Wenn auch viel attraktiver, aber du warst immer ein bisschen unscheinbar. Schätze, sie kommt mehr nach ihrem Vater als nach dir.«

Talaith bekämpfte ihren Drang zu schreien. Zu kämpfen. Zu töten. Sie bekämpfte sogar ihren Würgereiz.

»Keine Panik, meine Liebe. Ich sehe es in deinem Gesicht. Wenn du meinen Anweisungen folgst, musst du dir keine Sorgen machen.«

»Du hast versprochen, sie zu beschützen!«

»Und das werde ich auch tun. Genau wie ich es versprochen habe.« Das Gesicht der Göttin verzog sich zu einer hässlichen Fratze, als ihre wahre Natur die Oberhand gewann. »Aber glaub nicht einen Augenblick, dass du hier herauskommst. Glaub nicht einen Augenblick, jemand oder irgendein … *Ding* könnte dich vor mir schützen.«

Die Göttin hob die Hand mit zwei ausgestreckten Fingern, und es fühlte sich an, als steckte Talaiths Kehle wieder in diesem Strick, der sie würgte. Sie umbrachte. Ihre Finger kratzten an ihrem nackten Hals, kämpften gegen einen Strick, der gar nicht da war.

»Du weißt, was du tun musst, Talaith. Und du wirst es tun. Und zwar gut.« Arzhela machte eine Faust, und das Gefühl wurde schlimmer, legte sich enger um Talaiths Kehle. Es schnürte ihr nicht nur die Luft ab, sondern würde ihr bald auch die Knochen brechen. »Mach deine Sache gut, oder deine Kehle wird nicht das Einzige sein, was ich zerquetschen werde. Aber vorher werde ich dafür sorgen, dass er sie bekommt. Ich werde dafür sorgen, dass er sie dazu bringt, es zu *lieben*.«

Die Angst um ihr Kind gewann die Oberhand über ihre Angst um sich selbst. Ihr Tod war ihr jetzt egal. Das Einzige, was zählte, war ihre Tochter. Die Tochter, die sie ihr aus den Armen gerissen hatten, bevor sie ihren ersten Atemzug getan hatte. Die Tochter, um die sie sich jeden Tag und jeden Augenblick sorgte. Die Tochter, von der sie nicht einmal den Namen wusste.

»Ja«, versuchte sie zu schreien, brachte aber nur ein Würgen heraus.

»Gut.« Arzhela ließ sie los, und Talaith fiel auf die Knie, die Hände um ihre Kehle geklammert, und sog tief die Luft ein. »Ich bin froh, dass wir einander so gut verstehen. Morgen gehst du von hier fort und in Richtung der aufgehenden Sonnen. Verstanden?«

»Das Wetter?«

»Ich werde dich davor schützen.« Womit Talaith klar wurde, dass Arzhela nicht für all diese Stürme verantwortlich war. Überraschenderweise.

»Die Sonnen werden morgen aufgehen. Und ich bin sicher,

du wirst wissen, was du zu tun hast, wenn du an deinem Ziel angekommen bist, oder?«

Talaith schloss die Augen. »Aye.«

»Wunderbar. Wunderbar.« Arzhela drehte sich um und ging auf den Wald zu. »Oh, und ich habe dir deine Kräfte zurückgegeben. Bis morgen bist du wieder die, die du warst, als du dich mir verpflichtet hast.« Sich ihr verpflichtet? Sie hatte sich niemals jemandem oder etwas verpflichtet. Diese Schlampe war verrückt. »Vergiss nicht, Talaith. Wenn alles getan und deine Aufgabe erfüllt ist, kannst du deine Tochter und deine Magie nehmen und zu deinem Volk und deinen Wüstengöttern zurückkehren. Aber du darfst mich nicht enttäuschen.«

Sie wollte Talaith tatsächlich immer noch glauben machen, dass sie diese Aufgabe überleben würde. Sie hielt sie wohl wirklich für dumm.

»Schlaf gut, Talaith. Morgen beginnt ein ganz neuer Tag.«

Dann war Arzhela fort.

13

Briec sah Talaith über den Esstisch hinweg an. Sie hatte kein Wort gesagt, seit er nach Hause gekommen war, sah verloren und schmerzerfüllt aus. Sie hatte ihre nackten Füße auf den Stuhl hochgezogen, das Kinn auf die Knie gelegt und die Arme eng um die Beine geschlungen.

»Hast du keinen Hunger?«

Ohne ihn anzusehen, sagte sie leise: »Eigentlich nicht, nein.«

»Talaith? Talaith, sieh mich an.« Sie tat es und ihre dunkelbraunen Augen richteten sich auf ihn. Beim Anblick des Schmerzes, der in ihnen lag, schnürte es ihm die Kehle zu. »Götter, Frau! Was ist passiert, während ich weg war?«

»Nichts. Ehrlich.« Sie zwang sich zu einem Lächeln, das aussah, als bereite es ihr körperliche Schmerzen. »Morgen früh geht es mir wieder gut.«

Sie lehnte sich auf ihrem Stuhl zurück und holte tief Luft, bevor sie weitersprach. »Also, wie war es heute in der Stadt? Kommen alle mit den Stürmen zurecht?«

»Aye. Es ist ein bisschen matschig, aber überraschenderweise gibt es nicht allzu viele Schäden. Ich hatte befürchtet, der Fluss würde übers Ufer treten, aber das ist nicht passiert.«

Ihr gezwungenes Lächeln wurde bitter. »Dann schützen uns wohl die Götter.«

Briec wusste nicht, was er mit Talaith machen sollte, wenn sie so war. Sie schien innenlich zerrissen und gleichzeitig gefährlich wütend. Und die Tatsache, dass das ein Gefühl in ihm weckte, das er selbst nicht benennen konnte, beruhigte ihn auch nicht gerade.

»Ich habe dir etwas mitgebracht.«

»Ach?« Sie klang nicht im Mindesten interessiert.

»Aye.« Er stand auf und ging um den Tisch herum, bis er direkt hinter ihr stand. »Ich habe dir das hier machen lassen.«

Er legte ihr die Silberkette um den Hals und ließ rasch den Verschluss einrasten. Als er sie losließ, fiel der Anhänger über ihr Kleid, direkt zwischen ihre Brüste. Talaith griff danach und sah ihn sich genau an, während Briec neben ihr kauerte. Er hatte ihr einen Drachen geschenkt. Nicht groß, eher von bescheidener Größe, damit Talaith ihn bequem tragen konnte. Er hatte ausgebreitete Flügel und einen detailliert ausgearbeiteten Körper, entblößte Fangzähne, und seine Klauen und der Schwanz hielten einen einzelnen Edelstein, der aus seinem eigenen Schatz stammte.

»Gefällt er dir?«, fragte er sanft.

»Briec, er ist wunderschön. Aber warum …«

»Ich möchte, dass du etwas von mir hast.«

Sie sah ihn so lange an, dass es ihm fast unangenehm wurde. Dann fragte sie: »Warum?«

»Warum was?«

»Warum möchtest du, dass ich etwas von dir habe? Warum kümmert dich das?«

»Weil …« Sein Gehirn kramte nach einer Antwort, die er verstehen konnte. »Ich habe dich gern hier bei mir.« Wollte sie ihn immer noch verlassen? Hegte sie immer noch große Fluchtpläne? Oder war ihr bewusst, dass sie hierher gehörte?

»Fürs Erste«, bemerkte sie.

Er blinzelte, dann nickte er verwirrt. »Ähm … ja. Fürs Erste. Das habe ich immer gesagt.«

Ihr Lächeln wurde traurig und resigniert, und Briec hatte keine Ahnung, was er tun sollte. Er hätte allerdings niemals erwartet, dass sie sein Gesicht zwischen ihre Hände nehmen und ihn küssen würde.

Was hatte sie von ihm erwartet? Dass er ihr sagen würde, dass er sie liebte? Dass er für immer mit ihr zusammen sein wollte? Die Worte ihrer Mutter kamen ihr in den Sinn, als sie Briec küsste. Die Worte, die sie Talaith gesagt hatte, als sie ihr erzählte, dass sie ein Kind erwartete.

»Töricht, töricht, Talaith. Du erwartest immer noch, das Glück zu finden – aber das wird nie geschehen. Nicht uns.«

Mit »uns« meinte sie die Nolwenn-Hexen. Die mächtigsten Hexen in Alsandair. Und die einsamsten. Nolwenn-Hexen hatten zwar Gefährten, aber nur für ihre körperlichen Bedürfnisse oder für Magie, die Sex erforderte. Wenn die Männer zu alt dafür wurden, schickten die Hexen sie fort. Auch wenn sie Lieblinge unter ihnen hatten, machte es ihnen nie etwas aus, wenn sie fort waren.

Talaith hatte den Vater ihrer Tochter geliebt, was unerhört war. Natürlich war es auch absolut unerhört, mit sechzehn ihre Tochter zu bekommen. Vor allem, da ihre eigene Mutter Talaith erst bekommen hatte, als sie weit über zweihundert Winter alt war.

Doch das Leben einer Nolwenn war nicht das, was Talaith wollte. Nicht für sich und vor allem nicht für ihre Tochter.

Seine Hände legten sich sanft auf ihre Schulter, und Briec trat von ihr zurück. Es fiel ihm nicht leicht. Sie sah es an der Art, wie seine veilchenblauen Augen sie ansahen. Wie immer wollte er sie … fürs Erste.

»Talaith, was ist los? Was stimmt nicht?«

»Nichts.« Sie strich ihm über die Wange; sie liebte es, wie rau sie sich an ihrer Hand anfühlte. »Bring mich einfach ins Bett, Briec.«

Er hatte nicht die Antworten, die er wollte – die Antworten, die er nie bekommen würde –, aber sie kannte den Drachen inzwischen so gut, dass sie wusste, dass er sie am folgenden Tag aus ihr herauslocken wollte.

Er hob sie von ihrem Stuhl und trug sie zu ihrem gemeinsamen Bett.

Sie würde diese Nacht für sie beide unvergesslich machen, denn bald würden Erinnerungen alles sein, was sie noch hatte.

14

Danelin, der Hauptmann von Königin Annwyls Elitegarde, prüfte sein Schwert sorgfältig auf mögliche Kerben. Es war das Einzige, das ihn davon abhielt, vor purer Langeweile zu schreien. Wie viel Regen und Matsch würde er noch sehen müssen? Sie hatten sich in der vergangenen Woche kaum weiter als eine Wegstunde fortbewegt. Er wollte nach Hause. Er besaß ein kleines Stück Land, das Annwyl ihm geschenkt hatte, als sie den Thron ihres Bruders übernommen hatte. Darauf stand ein kleines Haus mit einem noch winzigeren Garten. Aber es gehörte ihm, und er liebte es.

Doch in letzter Zeit ging es allen Männern so. Sie waren schon zu lange fort von der Insel Garbhán. Sie wollten ihre Frauen, Geliebten, Kinder sehen … sogar ihre Mütter. Sie hatten genug vom Kampf und definitiv von diesem Wetter. Obwohl Danelin nicht daran zweifelte, dass sie in ein paar Monaten nach einer neuen Schlacht, einem neuen Krieg schreien würden, brauchten sie dennoch ab und zu eine Pause.

Diejenige, die die Pause am meisten von allen brauchte, war allerdings ihre Königin. Sie wussten alle, dass sie schon viel zu lange von ihrem Gefährten getrennt war. Je länger sie getrennt waren, desto schärfer ihre Zunge. Und wehe, wenn ein kleiner Trupp Soldaten versehentlich ihren Weg kreuzte. Oft musste der Rest von ihnen gar nicht kämpfen – sie machte alles allein.

Aye, nur eine war mutig genug, ihr gegenüberzutreten, wenn sie so eine Laune hatte. Nur eine wagte es, sie zu verärgern.

Morfyd stürmte aus dem Zelt der Königin, hielt aber an, als ein Buch – zum Glück eins mit weichem Einband – sie am Hinterkopf traf. Der Drache in Frauengestalt drehte sich ruckartig um und brüllte: *»Du bist die unerträglichste, komplizierteste Kuh, die ich je das Missvergnügen hatte kennenzulernen, und ich kann es kaum erwarten, dich los zu sein!«*

Danelin warf seinem Befehlshaber einen Blick zu und Brastias seufzte. Mit einem Kopfschütteln trat er vor Morfyd, bevor diese davonstapfen konnte. »Was ist mit euch beiden los?«

Morfyd sah von ihm zu den Männern, die sie beobachteten. Nach einem tiefen, beruhigenden Atemzug zuckte sie die Achseln. »Nichts. Warum?«

Noch im Halbschlaf lächelte Briec und streckte die Hand nach Talaith aus. Seine Hand fühlte nichts als Bettzeug, was ihn vollends aufweckte.

»Talaith?«

Er hatte gehofft, dass sie noch neben ihm lag. Er hatte Pläne mit ihr an diesem Morgen, die alle irgendwie damit zu tun hatten, dass ihre Beine auf seinen Schultern lagen. Festzustellen, dass sie bereits aufgestanden war, verärgerte ihn also nur. Außerdem hatte er immer noch viele Fragen an sie. Ihre plötzlichen Stimmungsschwankungen in der vergangenen Nacht hatten ihn verwirrt, und ihm wurde bewusst, dass er diese Verwirrung verflucht noch mal überhaupt nicht mochte.

Briec sah sich in der Kammer um und runzelte die Stirn, als er sie nicht lesend auf einem der Sessel sah, wie sie das sonst tat. Er setzte sich auf und strich sich das Haar aus dem Gesicht. »Talaith?«

Dann glitt er aus dem Bett und verließ das Schlafzimmer in Richtung Haupthöhle, wo sie immer aßen. Sie war nicht dort, und kein Feuer hatte seit dem Vorabend in der Feuerstelle gebrannt.

Er schnüffelte und versuchte, sie irgendwo in seinem Heim aufzuspüren, aber da war nichts als ein Nachklingen ihres Duftes.

»Nein!«

In Sekundenbruchteilen hatte er sich in einen Drachen verwandelt und stürmte durch seine Höhle, suchte und bellte ihren Namen.

»Talaith, antworte mir!«

Sie antwortete nicht, und er wusste es. Er wusste, dass sie ihn verlassen hatte. Und dann regte sich ein anderes, selteneres Gefühl … Raserei.

Briec geriet außer sich vor Wut, er explodierte förmlich aus seiner Höhle hinaus, einen Feuerschweif hinter sich herziehend. Er schoss über die Landschaft und suchte nach ihr. Sie konnte nicht weit sein. Er würde sie finden und zurückbringen. Selbst wenn sie den ganzen Weg lang trat und schrie: Er würde sie zurückbringen!

Er würde sie nach Hause bringen.

Talaith sah den Drachen über sich hinwegfliegen. Er sah sie nicht. Er würde sie auch nicht sehen. Getreu ihrem Wort, hatte Arzhela ihr ihre vollen Kräfte zurückgegeben. Am frühen Morgen hätte Talaith Briec fast aufgeweckt, als sie aus dem Bett stolperte, weil ihr ganzer Körper vor Schmerzen schrie, als die Magie in ihr entfesselt wurde.

Jetzt benutzte sie dieselbe Magie, um ihre Gegenwart vor den feinen Sinnen des Drachen zu verbergen; etwas, was sie vorher nicht hatte tun können. Zu hören, wie er ihren Namen rief und zu wissen, dass sie ihm immerhin wichtig genug war, dass er nach ihr suchte, ließ sie fast zu ihm zurückkehren.

Doch ihre Tochter war jetzt das Wichtigste.

Abgesehen davon – warum sollte sie sich die Mühe machen, zu ihm zurückzukehren, selbst wenn sie das hier überlebte? Wenn er ihrer jetzt nicht überdrüssig war, würde er es eines Tages bestimmt sein.

Sie verschloss die Augen und ihr Herz vor seinem Anblick, drehte sich um und ging in Richtung der zwei Sonnen. Auf ihr Schicksal zu und höchstwahrscheinlich auch auf ihren Tod.

15 Sie verfolgten sie schon seit Stunden und glaubten, sie täten es heimlich. Sie irrten sich. Ungefähr eine Stunde, nachdem sie aufgebrochen waren, führte sie sie dorthin, wo sie sie haben wollte, und sah aus sicherer Entfernung zu. Sie wollte sie alle an einen See führen, den sie in dieser Gegend kannte – ihre Lehrer hatten sie alle Karten auswendig lernen lassen, die sie bekommen konnten –, und sie dort vernichten. Sie hatte im Moment keine Zeit für Spielchen. Nachdem sie Briec verlassen hatte, hatte sie außerdem den großen Wunsch, jemandem Schmerzen zuzufügen, der es verdiente.

In Sicherheit weit oben auf einem Ast sitzend, starrte Talaith auf den See hinab und fluchte. Da waren zwei Frauen – allein und nackt badeten sie im See. Sie mussten weg. Sofort.

An den starken Ästen des alten Baumes kletterte sie rasch nach unten und sprang die letzten paar Fuß auf den Boden hinab.

Sofort wandten sich die beiden Frauen ihr zu. Sie sahen so verschieden aus. Eine hatte goldbraunes Haar, grüne Augen und eine ganz frische Schnittwunde im Gesicht. Die andere hatte weißes Haar, blaue Augen, die geformt waren wie die einer Katze, und das Mal einer Hexe auf einer Wange. Die Hexe riegelte ihre Kräfte ab, deshalb hatte Talaith keine Ahnung, wie mächtig ihre Magie war. Und sie hatte keine Zeit, es herauszufinden.

»Ihr müsst gehen. Sofort!«

Sie gingen nicht. Stattdessen starrten sie sie an. Nicht ängstlich oder verwirrt, sondern neugierig.

»Habt ihr mich verstanden?«

»Wir haben dich verstanden«, sagte die Braunhaarige, bevor sie mit dem Kopf im Wasser untertauchte.

Und das war alles, was die beiden sagten.

»Unglaublich«, murmelte Talaith. »Jetzt muss ich auch noch ihre dummen Hintern retten, und meinen dazu.« Und sie war tatsächlich dumm. Theoretisch konnte sie davonlaufen. Die Männer würden genug Spaß mit diesen beiden haben, also standen die Chancen gut, dass sie sich nicht die Mühe machen würden, ihr zu folgen. Aber sie konnte das keiner Frau antun.

Sie hörte die Männer durchs Unterholz auf sie zutrampeln. Sie kannte einen Feuerzauber, der ganz gut mit ihnen fertigwerden sollte. Und womöglich den ganzen Wald zerstörte. *Ach, was soll's. Es lässt sich nicht ändern.*

Die Männer traten aus dem Wald heraus, sahen aber an ihr vorbei. Mit einem raschen Blick zurück bemerkte sie, dass beide Frauen aus dem See gestiegen waren. *Bei den Göttern. Diese Weiber sind riesig!*

»Konzentrier dich, Talaith«, ermahnte sie sich.

Zumindest hatten sie Kleider übergeworfen. Eine hatte ihre Hexengewänder an. Die andere eine einfache Hose, ein Baumwollhemd und Lederstiefel. Sie schienen jedoch nicht besorgt zu sein. Das sollten sie aber. Es sei denn, die Hexe hatte große Macht. Das hätte im Moment auf jeden Fall geholfen.

»Na so etwas. Seht mal, wen wir hier haben, Männer.«

Talaith verdrehte die Augen. Warum diesen Idioten nie etwas Originelleres vor Vergewaltigungen und Plünderungen einfiel, würde ihr ewig ein Rätsel bleiben.

Sie zählte. Fünfzehn Mann. Fünfzehn zu drei. *Puh.* Das Verhältnis hätte besser sein können, aber daran konnte sie jetzt nichts ändern.

Einen Zauber auf den Lippen, konzentrierte Talaith ihre Aufmerksamkeit auf die Männer vor sich und wappnete sich, einen ganzen Wald zu zerstören – oder ein kleines Freudenfeuer zu veranstalten, sie war sich nicht ganz sicher –, als die braunhaarige Frau an ihr vorbeiging.

»Wisst ihr, was ich liebe, Gentlemen?«, fragte die Frau mit einem breiten Lächeln. *Gute Götter, warum redet sie mit ihnen?* Talaith warf einen Blick zurück zu der Hexe, die hilflos mit den Schultern zuckte. Als sei es ein ungezogenes Hündchen und nicht eine Frau, wegen der sie noch alle vergewaltigt und getötet werden würden.

»Und was wäre das, Schätzchen?«, fragte einer der vorderen Männer mit einem wissenden Lächeln.

»Wenn die Götter mir ein bisschen Spaß gönnen.«

Sie bewegte sich so schnell – wenn Talaith geblinzelt hätte, hätte sie es verpasst. Sie hätte verpasst, wie die Frau dem Mann das Schwert aus der Scheide riss, die Klinge fachmännisch in der Hand wog und ausholte.

Talaith sah zu, wie der Kopf des Mannes davonrollte. Es hätte komisch sein können, wäre es nicht so eklig gewesen.

Die Frau wich einen Schritt zurück und beobachtete die anderen Männer, ihr neuerworbenes Schwert hoch erhoben.

»Also los, ihr«, spornte sie sie an. »Ihr werdet mich doch nicht einfach so hier stehen lassen, oder?« Sie musterte die Männer vor sich. »Welcher von euch ist Manns genug, gegen mich zu kämpfen?«

Manns genug? Wie wäre es mit dumm genug?

In diesem Augenblick traten weitere Männer zwischen den Bäumen hervor. Ihrem Alter und der fehlenden Bitterkeit auf den Gesichtern nach zu urteilen, gehörten sie nicht zu denen, die sie verfolgt hatten. Sie gehörten zu dieser Frau. Sie trugen dunkelrote Wappenröcke über Kettenhemden und enge Hosen. Das Wappen zeigte einen schwarzen Drachen vor zwei gekreuzten Schwertern.

Tja, so viel zu Talaiths Theorie, dass die braunhaarige Frau eine arme, einzelne Söldnerin war.

Einer ihrer Krieger, ein gutaussehender großer Mann, der sich sein Grinsen offensichtlich einfach nicht verkneifen konnte, sah sie an. »Haben wir wirklich Zeit für so etwas?«

»Dräng mich nicht, Brastias. Ihr Mistkerle wollt doch, dass ich mich entspanne. Das *wird* mich entspannen.« Sie wandte sich wieder den verwirrten Männern zu. »Also?«, forderte sie sie erneut heraus. »Wer möchte?«

Die Männer sahen sich besorgt um und bemerkten, dass die Krieger mit den dunkelroten Wappenröcken den ganzen See umstellt hatten. Sie hatten keine andere Wahl als gegen die Frau zu kämpfen.

Zwei Männer griffen sie gleichzeitig an. Sie wehrte beide Schwerter mit ihrem eigenen ab, schickte einen mit einem Fußtritt zu Boden und schlitzte den anderen auf. Sie nahm sein Schwert und gab dem anderen den Rest, der immer noch zu ihren Füßen am Boden lag.

Da beschlossen die Übrigen, die Frau gemeinsam anzugreifen.

Talaith sah zu den Kriegern hinüber, ob sie Anstalten machten, ihr zu helfen. Sie rührten sich nicht. Ihre Schwerter blieben in den Scheiden, ihre Seufzer deuteten auf Langweile hin. Die Hexe trat an ihre Seite. »Es wird nicht lange dauern.«

Sie hatte das deutliche Gefühl, dass die Hexe recht hatte.

Ein Grinsen breitete sich über das Gesicht der Kriegerfrau, als sie einen Hieb mit einem ihrer Schwerter abwehrte, während sie mit dem anderen einen zweiten Angreifer traf. Blut spritzte ihr übers Hemd, doch sie bemerkte es nicht einmal, stattdessen wandte sie sich einem weiteren Mann zu und schlitzte ihm den Bauch bis zur Kehle hinauf auf. Dann schlug sie ihm den Kopf ab, drehte sich, hieb einen weiteren Mann in zwei Hälften, kauerte nieder, schlug zu, hackte einem anderen die Beine ab. Sie bewegte sich so schnell, dass es Talaith schwerfiel, ihr zu folgen. Doch innerhalb von Sekunden hatte sie sie alle getötet … bis auf einen.

Die Kriegerfrau ließ ihre Nackenwirbel knacken, während sich ihre grünen Augen auf den letzten Mann richteten. Er hob sein Schwert, aber sie schlug es ihm mit einer Bewegung aus der Hand. Sie trat ihn gegen die Brust, sodass er hart auf den Rücken fiel. Dann stellte sie ihm einen ihrer extrem großen Füße auf die Brust und kauerte sich nieder, sodass ihr Gewicht ihn auf dem Boden festhielt.

»Also, sag mir, was hattet ihr mit uns vor? Na? Wolltet ihr, dass wir schreien? Um Gnade flehen?« Sie beugte sich weiter vor, im Gesicht einen Ausdruck von reinstem Ekel und Verachtung, und ihr Fuß drückte dem Mann auf die Brust. »Soll ich das jetzt mit dir machen? Soll ich dich zum Weinen bringen? Soll ich dafür sorgen, dass du bettelst?«

Sie holte tief Luft, und Talaith konnte erkennen, wie schwer es für diese Frau war, ihre Wut unter Kontrolle zu halten. Der innere Kampf stand ihr deutlich in das zerschrammte und zernarbte Gesicht geschrieben.

»Nein. Ich verschwende meine Zeit nicht mit deinesgleichen«, schnaubte sie höhnisch. Sie stand auf, ließ ihren Fuß aber auf seiner Brust, während sie eines ihrer Schwerter in den See schleuderte. »Ein wahrer und ehrbarer Krieger verliert seinen Kopf im Kampf und geht mit Stolz nach Hause zu seinen Vorfahren. Aber das sollst du nicht bekommen. Ich verfluche dich, du Stück Dreck. Mögen du und deine Brüder in die niemals endenden Höllen der Verzweiflung und des Leidens hinabfahren, wo ihr die Ewigkeit verbringen werdet.«

Mit beiden Händen hielt sie den Griff ihres Schwertes und hob es über die Brust des Mannes. »Ich wünsche dir Glück«, sagte sie fast freundlich. Dann kehrte die Wut zurück, so wild, dass es Talaith fast den Atem nahm. »Denn du wirst es brauchen.«

Damit senkte sie das Schwert mit aller Kraft, die sie aufbringen konnte. Die Klinge durchbohrte die Brust des Mannes, zerriss die billige Rüstung und harte Knochen und rammte sich in den felsigen Boden darunter. Die Schreie des Mannes ließen Talaith zusammenzucken, aber sie konnte den Blick nicht abwenden, auch dann nicht, als die Frau das Schwert hin und her bewegte, um seinen Tod zu beschleunigen.

Er schnappte noch einmal nach Luft; Blut floss aus seinem offenen Mund, dann war er still.

Die Frau stand auf und ließ die Klinge in seiner Brust stecken. Sie sah an sich hinab.

»Ich schwöre es: Kaum habe ich das Blut aus einem Umhang gewaschen, kommt schon der Nächste. Ich frage mich, warum ich während des Feldzugs überhaupt bade.«

»Weil du nicht davon aufwachen willst, dass ein Rudel Wölfe dir das Blut ableckt ... zumindest nicht schon wieder«, antwortete die Hexe zuckersüß.

Die Kriegerin verzog das Gesicht. »Ich dachte, wir hätten uns geschworen, nie wieder davon zu reden.«

Mit einem Lachen antwortete die Hexe: »An diese Vereinbarung kann ich mich überhaupt nicht erinnern.«

»Herzlose Ziege!«

Und dann wandten sich alle Talaith zu.

O-oh.

Wie sie diese Frau furchteinflößender finden konnte als die drei Drachen, mit denen sie tagelang zusammen gelebt hatte, würde ihr für immer ein Rätsel bleiben. Aber jetzt, wo ihre Magie wieder da war, konnte sie die kaum gezügelte Raserei dieser Frau so deutlich fühlen, dass sie fast mit Händen greifbar war. Sie ging unter die Haut.

»Alles in Ordnung?« Talaith brauchte einen Moment, bis sie begriff, dass die Kriegerin mit ihr gesprochen hatte.

»Oh.« Sie räusperte sich. »Ja. Danke.«

Die kalten grünen Augen der Frau musterten Talaith von Kopf bis Fuß, während sie ihre Hand ausstreckte und ein Krieger ihr zwei Schwerter reichte. Während sie ruhig auf Talaith zuging, schnallte sie sie sich auf den Rücken.

»Danke, dass du uns gewarnt hast.«

Nie zuvor hatte Talaith so ein überwältigendes Bedürfnis gehabt, davonzulaufen. Es war anders als die Drachenfurcht. Es war viel schlimmer. »Gern geschehen.«

Als sie direkt vor ihr stand, neigte die Frau den Kopf zur Seite. Talaith zuckte zusammen, als sich sämtliche Wirbel im Hals und den Schultern der Frau knackend wieder einrenkten. *Autsch!*

»Dein Name?«

Antworte ihr, du Närrin! »Talaith.«

Die Frau nickte. »Ich bin Annwyl.«

Unwillkürlich stolperte Talaith einige Schritte rückwärts. »Die Blutkönigin?«

Die Frau blinzelte erstaunt, dann … nun ja … dann sah sie *verletzt* aus.

»Oh Mist«, murmelte die Hexe neben ihr. Dann tauschten sie und der gutaussehende Krieger gequälte Blicke.

»So nennen sie mich?« Annwyl warf die Arme hoch. »Das ist so ungerecht!«

Die Hexe schüttelte den Kopf. »Annwyl …«

»Ich arbeite hart, um das Land zu schützen …«

»Annwyl.«

»… damit sie alle in Sicherheit leben können …«

»Annwyl.«

»… und das ist der Dank?«

»Annwyl!«

»Was denn?«

»Lass es gut sein. Wir müssen zurück. Oder willst du deinen Gefährten noch länger warten lassen?«

Guter Gott. Dieses riesige Weib hat einen Gefährten? Das musste ein wirklich tapferer Mann sein.

Annwyl knurrte. Buchstäblich. Dann drehte sie sich auf dem Absatz um. »Na schön.« Sie warf über die Schulter einen Blick zu Talaith zurück. »Aber nenn mich nie wieder so!«

»Äh …« Talaith sah sich zu den anderen Kriegern um und merkte, dass sie größte Mühe hatten, nicht zu lachen. Manche mussten sich abwenden. »Natürlich nicht, meine, äh, Königin.«

Sie sah, wie die Männer die Gesichter verzogen, als Annwyl abrupt stehen blieb. Ohne sich umzudrehen bellte sie: »Nenn mich auch so nie wieder!«

»Meine Lehnsherrin?«

»Nicht mal annähernd.«

Talaith war dieses riesige Weib langsam leid, das sie anschnauzte wie ein kleines Kind, und wie üblich war ihr Mund schneller als ihr gesunder Menschenverstand. »Wie soll ich dich dann nennen? Oder soll ich einfach grunzen und in deine Richtung zeigen?«

Als die Männer und die Hexe sie alle anstarrten, hatte sie das Gefühl, zu weit gegangen zu sein – schon wieder.

Langsam drehte sich Annwyl wieder zu ihr um. Talaith hatte das Gefühl, dass es nur sehr wenige gab, die viel mit der Blutkönigin von Garbhán sprachen.

Doch statt Talaith den Kopf abzuschlagen oder sie mit einem Fluch in die schrecklichen Höllengruben zu verbannen, was sie ja sonst gern zu tun schien, lächelte die Königin. Ein wirklich freundliches Lächeln, das Talaith vollkommen überraschte. »Ich denke, Annwyl genügt, oder was meinst du?«

»Äh …« Talaith zuckte die Achseln. »Ja?«

Ihr Lächeln wurde breiter. »Ja. Und du kommst am besten mit uns.«

»Was? Warum?« Nun, das war definitiv nicht die richtige

Antwort, aber weder Annwyl noch Arzhela schienen es zu bemerken.

»Annwyl«, murmelte die Hexe. »Ich bin sicher, dass Talaith etwas anderes vorhat …«

»Glaubst du, das war die einzige Bande von Plünderern, die in diesen Wäldern umherstreift, Schwester?«, unterbrach Annwyl sie rasch. »Das war eine von vielen. Du weißt das besser als die meisten anderen.« Zu Talaith sagte sie: »Komm jetzt mit uns. Bei uns bekommst du zu essen und ein bisschen Sicherheit. Dann kannst du entscheiden, was du tun willst. In Ordnung?«

Sie ließ es wie eine Frage klingen, aber Talaith wusste es besser. Grauen erfüllte sie. Die Götter wussten, dass sie nicht mitgehen sollte. Aber sie hatte keine Wahl.

Sie hatte absolut keine Wahl.

Briec starrte hinaus auf sein Land. In menschlicher Gestalt saß er an der äußersten Kante des höchsten Eingangs seiner Höhle. Er wusste, dass irgendwann seine Brüder kommen würden, und als sie sich neben ihn setzten, jeder auf einer Seite, war er nicht überrascht. Und, das musste er zumindest sich selbst eingestehen, er war ziemlich dankbar dafür.

»Was ist passiert?«, fragte Éibhear.

»Nach was sieht es denn aus? Sie hat mich verlassen.«

Gwenvael beugte sich vor, um über die Kante in die Tiefe zu blicken. »Hast du vor, dich als Mensch von hier aus hinunterzustürzen und dem Ganzen ein Ende zu machen?«

»Natürlich nicht.« Er seufzte tief. »Ich bin eben erst nach Hause gekommen, wenn ich ehrlich bin. Ich habe sie tagelang gesucht.«

Éibhear stellte ein Bein auf und legte seinen Arm darauf. »Warum ist sie gegangen?«

Briec ließ kläglich den Kopf hängen. »Ich weiß es nicht.«

Er spürte mehr als dass er sah, wie Gwenvael sich vorbeugte, um ihm besser ins Gesicht sehen zu können. »Bist du wirklich so traurig?«

Wütend brüllte er seinen Bruder an: *»Sehe ich deiner Meinung nach glücklich aus?«*

Sein Bruder hob beschwichtigend die Hände. »Beruhige dich. Ich habe nur gefragt. Mir war nicht klar, dass du *so* an ihr hängst.«

»Wie konnte man das übersehen?«, fragte Éibhear. »Selbst Lofal der Blinde hätte das gesehen.«

»Wann hat Briec sich je außerhalb des Bettes für ein weibliches Wesen interessiert?«

»Talaith war anders«, schäumte Briec.

»Ach ja. Die Frau, deren Namen du am Anfang nicht einmal kanntest.«

»Halt die Klappe, Gwenvael. Oder du wirst ziemlich schnell herausfinden, ob dein menschlicher Körper fliegen kann.«

»Bist du sicher, dass du nicht nur sauer bist, weil sie die Dreistigkeit hatte, *dich* – Briec den Mächtigen – zu verlassen?«

Normalerweise hätte Briec das Gesicht seines Bruders in den Schmutz gedrückt, aber nicht einmal danach war ihm zumute. Vier Tage lang hatte er ohne Erfolg überall nach ihr gesucht. Nicht einmal eine Spur von ihr hatte er gefunden. Schließlich hatte er aufgegeben und war in seine Höhle zurückgekehrt, die ihm plötzlich viel zu groß und furchtbar einsam vorkam. Es war ihm nicht bewusst gewesen, wie sehr er ihre Gesellschaft genoss. Ihren Duft. Ihre Stimme. Ihre fürchterlich spitze Zunge. Dass sie ständig über seinen Schwanz stolperte.

Aber, ermahnte er sich, sie hatte ihn verlassen. Sie hatte ihn verlassen, obwohl er nichts falsch gemacht hatte. Sie hatte eigentlich verflucht glücklich mit ihm gewirkt. Wäre es nicht so gewesen, hätte sie es ihm auf ihre typische, grobe Art gesagt.

»Willst du ihn nicht schlagen?«, fragte Éibhear.

»Mir ist nicht danach.«

»Gute Götter.« Gwenvael stand auf. »Es ist schlimmer, als wir dachten, Éibhear. Komm hoch, Bruder!« Gwenvael nahm Briecs Arm und zog ihn hoch. »Darauf gibt es nur eine Antwort.«

»Und die wäre?«

»Trinken und essen. Das Herumhuren kann warten, bis wir dich betrunken genug gemacht haben. Wenn wir mit dir fertig sind, Bruder, wirst du dich nicht einmal mehr an ihren Namen erinnern, der dir am Anfang sowieso vollkommen egal war.«

Warum bezweifelte er das nur?

Das hatte sie nicht erwartet. Niemals, nicht einmal in ihren wildesten Träumen.

Das … *das* war die Blutkönigin von Garbhán? Die Geißel von Madron? Zerstörerin ganzer Dörfer? Dämonische Mörderin von Frauen und Kindern? Jene, die Blutpakte mit den dunkelsten Göttern geschlossen hatte?

Das war Annwyl die Blutrünstige?

Talaith sah fasziniert zu, wie Annwyl die Handgelenke von Morfyd der Hexe festhielt. Morfyd – die schwarze Hexe der Verzweiflung, Mörderin der Unschuldigen, Vernichterin von Seelen oder einfach die verrückte Hexe von Garbhán, wie man sie in Madron nannte – hatte nämlich versucht, sich an Annwyl anzuschleichen, um eine Salbe auf die böse Wunde aufzutragen, die die Königin im Gesicht hatte. Doch sobald die Kriegerin sie sah, schrie sie auf und hielt sie fest. Jetzt lag Annwyl auf dem Rücken und Morfyd war über ihr und mühte sich ab, Annwyl dazu zu bringen, sich nicht länger wie eine Zehnjährige aufzuführen.

»Lass mich doch einfach nur kurz …«

»Nein! Geh mit diesem Zentaurenmist weg von mir, du teuflische Hexe!«

»Annwyl, ich lasse dich nicht mit so einem Gesicht nach Hause zu meinem Bruder. Du siehst furchtbar aus!«

»Er wird mich trotzdem lieben müssen. Und jetzt geh runter von mir!« Sie gab ihr einen Schubs, und Morfyd stolperte rückwärts in Brastias' Arme. Und er sah verflucht glücklich darüber aus.

»Jetzt reicht's.« Morfyd richtete sich auf, strich sich die Gewänder glatt und sah Annwyl finster an. »Du hast es nicht anders gewollt.«

»Wage es ja nicht …«

Aber der Zauber war schon entfesselt, flog quer durch das kleine Lager, hob Annwyl hoch und knallte sie mit dem Rücken an den Baum hinter ihr. Dort hielt er sie fest.

Jetzt schlenderte Morfyd zu ihr hinüber. »Wenn du mir zwei Sekunden gegeben hättest, wären wir schon lange fertig, aber du musstest ja unbedingt herumzicken.«

»Ich hasse dich.«

»Stell dich hinten an.«

»Bösartige Ziege.«

»Streitlustige Harpyie.«

Morfyd rieb die Salbe vorsichtig auf Annwyls frische Wunde. Als sie fertig war, zischte sie einen Gegenzauber und Annwyl fiel zu Boden.

»Au!«

»Heulsuse.«

Nein, das war nicht das, was Talaith erwartet hätte. Annwyl die Blutkönigin sollte eine grausame, gefühllose Kriegerin sein, die gierig nach Rache und Macht war. Sie ließ ihre Elitegarde plündern und vergewaltigen, wohin sie auch kam, und sie benutzte Babys als Zielscheiben für Schießübungen, während die Mütter voller Grauen zusahen.

So war sie angeblich, und so hatte Talaith es erwartet. Stattdessen hatte sie Annwyl gefunden. Einfach nur Annwyl. Eine

Kriegerin, die den Großteil ihrer Freizeit damit verbrachte zu lesen oder ihrem Gefährten nachzutrauern. Sie war albern, charmant, sehr lustig und besaß allen gegenüber einen ausgeprägten Beschützerinstinkt. Ihre Elitegarde, alle von ihr persönlich ausgewählte Soldaten, waren nette, harte Kämpfer und ihrer Königin blind ergeben.

Und dann war da noch Morfyd. Talaith hatte nie zuvor so eine große Frau gesehen und beneidete sie um ihre Kraft. Ihre Macht war so gewaltig, wie Talaith sie sonst nur bei den älteren, stärkeren Nolwenn-Hexen gesehen hatte. An Morfyds schönem Gesicht konnte man ihre jungen Jahre erkennen. Vielleicht nicht mehr als dreißig Winter. Wenn überhaupt.

Mit einem Seufzen setzte sich Morfyd neben sie auf den Baumstumpf. »Sie macht mich wahnsinnig.«

»Immer das gleiche mit der Familie.«

Morfyd lächelte. »Genau.«

Mit einem trockenen Tuch wischte sie sich die Salbe, die sie bei Annwyl benutzt hatte, von den Händen und fragte: »Frierst du, Schwester?« Morfyd nannte sie Schwester, seit sie sich kennengelernt hatten. Sie schien zu wissen, dass sie eine Hexe war. Wenn auch keine sehr mächtige.

»Warum fragst du?«

»Weil du seit zwei Tagen deine Handschuhe nicht ausgezogen hast.«

Natürlich hatte sie das nicht. Eine Hexe von Morfyds Macht müsste nur ihre bloße Hand nehmen und wüsste alles, was es über Talaiths Vergangenheit zu wissen gab, von ihrem ersten Atemzug nach der Geburt bis zu ihrem letzten schweren Atmen mit Briec. Da Talaith in den vergangenen sechzehn Jahren keine Ausbildung in den Hexenkünsten genossen hatte, hatte sie keine Ahnung, wie sie sich vor ihr verschließen sollte.

»Ich friere schnell, Schwester«, log sie.

»Oh, das tut mir leid.«

»Keine Sorge.«

»Keine Sorge worüber?« Annwyl setzte sich auf Talaiths andere Seite und reichte ihnen beiden etwas getrocknetes Rindfleisch und ein großes Stück Brot. Der Streit mit Morfyd von eben war schon vergessen.

»Talaith friert.«

Annwyl seufzte. »Es tut mir leid, Talaith. Ich weiß, dass wir im Moment ein raues Leben führen, aber wir werden bald zu Hause sein. Alle Räume der Burg haben eingebaute Kamine. Es ist wirklich schön.«

Gute Götter. Die Frau nahm sie nicht nur mit in die Dunklen Ebenen, sie hatte auch noch vor, sie auf der Insel Garbhán unterzubringen.

»Mir geht es gut, Annwyl. Wirklich.«

»Wenn wir für die Nacht anhalten, kannst du in meinem Zelt schlafen.«

Panik breitete sich in Talaith aus wie ein Lauffeuer. »Das ist wirklich nicht nö…«

Annwyl wischte ihren Einwand mit einer narbigen Hand beiseite. Diese Frau hatte viele Narben. »Das ist doch kein Problem, Talaith, wirklich. Aber das ist natürlich deine Entscheidung.«

»Sie schnarcht«, warnte Morfyd.

»Ich tue nichts dergleichen!«, schrie Annwyl zurück.

»Wie ein Bulle in der Brunft.«

»Wenn wir wieder auf Garbhán sind … dann rede ich kein Wort mehr mit dir!«

»Glaub mir, Annwyl, das wird mir ein Vergnügen sein.«

Talaith hätte ihren Streit so gern genossen, aber sie konnte nicht. Nicht, wenn es sie ihre ganze Kraft kostete, nicht zu zittern.

Talaith stand hinter Annwyls Zelt. Wieder schluckte sie ihre Übelkeit hinunter und dachte nur an ihre Tochter. Im Moment war das alles, was sie antrieb. Mit einem erneuten raschen Blick um sich kauerte sie sich hin und kroch zwischen dem Zelt und dem Boden hindurch bis sie drinnen war.

Sie stand auf und ging zu Annwyl hinüber. Die Frau schlief tief und fest. Einen Arm hatte sie über ihren Kopf geworfen, der andere hing fast bis auf den Boden. Sie war barfuß, hatte aber immer noch ihre Hose an. Am Oberkörper trug sie nur ihre Bandagen. Mehrere große und viele kleine Schwertwunden bedeckten ihren Oberkörper. Alle alt und schon lange verheilt.

Das Seltsamste waren die Zeichen über ihrem Schlüsselbein. Diese Male stellten ein sehr altes und kompliziertes Muster dar und zeichneten sich hellbraun auf ihrer sonnengebräunten Haut ab. Sie ähnelten einer verblassten Tätowierung oder einem alten Brandmal, und Magie strahlte von ihnen aus. Irgendeine Art Schutz. *Perfekt.*

Ihre langen, braunen Haare waren offen um sie herum ausgebreitet, und sie hatte die Decken von sich geworfen, sodass sie auf dem Boden lagen.

Sie sah friedlich aus.

Wieder schloss Talaith die Augen, verdrängte alles bis auf den Gedanken an ihre Tochter. Dieses Opfer würde ihre Tochter retten, und das war das Einzige, was zählte.

Nur mit diesem einen Gedanken im Kopf hob sie den Dolch – fest mit beiden Händen umklammert – über Annwyls Brust. Direkt über das schützende Mal auf ihrer Brust. Sie betete zu allen Göttern *außer* Arzhela, ihre Seele, oder das, was noch davon übrig sein mochte, zu retten, und stieß mit aller Kraft zu.

Als der Dolch knapp über dem Mal anhielt, wurde ihr bewusst, dass sie die Augen geschlossen hatte. Sonst hätte sie gesehen, wie Annwyl die gekreuzten Arme gehoben und ihre Bewegung gestoppt hatte. Talaith seufzte erleichtert auf, und in diesem Moment öffneten sich diese kalten, grünen Augen und sahen sie an.

»Ich muss zugeben, ich hätte dich für sehr viel geschickter gehalten.« Annwyl hielt Talaiths Hände fest und drehte die Klinge auf ihre Kehle zu.

Annwyl beobachtete genau, wie die Klinge Talaiths Kehle immer näher kam … und Talaith es zuließ. Sie hob sogar ihr Kinn in Erwartung des Schnitts. Annwyl wollte es wissen. Sie hob die Klinge immer höher, bis sie tatsächlich die Haut durchbohrte, und alles, was Talaith tat, war, ein wenig das Gesicht zu verziehen. Nichts weiter. Sie hatte sich bereits damit abgefunden; Annwyl konnte es in ihren Augen sehen. Sie hatte das schon vorher unter der Herrschaft ihres Bruders gesehen, als sie noch bei ihm gelebt hatte. Diese Resignation, wenn man wusste, dass der Tod bevorstand und es keinen Ausweg gab. Sie hatte es oft bei denen erlebt, die zum Tode verurteilt in seinen Kerkern saßen.

Schlimmer noch, sie hatte es schon in Talaiths Augen gesehen, als sie sich am See begegnet waren. Also hatte sie nicht aufgegeben, weil Annwyl ihr eine Klinge an den Hals hielt. Die Frau war schon tot gewesen, als sie in ihr Zelt gekommen war.

Mit einem verärgerten Naserümpfen schob Annwyl sie weg, stand auf und ging neben ihr auf und ab.

»Was … was tust du?«

»Nicht das, was du von mir willst.«

»Verdammt!« Talaith griff heftig nach ihrem Arm. Sie war stark genug, um in jedem Kampf mitzuhalten. »Beende es, Annwyl. Beende es jetzt!«

Annwyl sah die Verzweiflung in den dunkelbraunen Augen.

Sie wusste, dass kein noch so gutes Argument helfen würde. Also gab sie Talaith eine Ohrfeige, dass diese quer durchs Zelt geschleudert wurde.

Ohne ein weiteres Wort ging Annwyl zur Zeltklappe und hob sie ein Stück an. »Brastias«, rief sie. »Hol mir bitte Morfyd, ja?«

»Aye.«

Annwyl trat wieder ins Zelt und studierte den Dolch in ihren Händen. Er war einfach, aber stabil und scharf.

Talaith war gerade dabei sich aufzurappeln, als Morfyd hereinkam. Sie sah Talaith stirnrunzelnd an und wandte sich an Annwyl, doch ihre Verwirrung war vorbei, als sie den Dolch in deren Hand sah. »Wo hast du das her?«

»Was? Das?« Annwyl schwenkte den Dolch in Richtung ihrer Kriegsmagierin, und Morfyd sprang zurück.

»Halt das Ding von mir fern!«

»Habt ihr alle den Verstand verloren? Ich habe sie erwischt, als sie versucht hat, mich im Schlaf umzubringen, und du hast plötzlich Angst vor Dolchen!«

Der Dolch war schnell vergessen, und Morfyd stützte die Hände auf die Hüften. »Ich habe dir doch *gesagt*, dass sie es ist.«

»Ja, aber du hast mir *nicht* gesagt, dass sie mich praktisch anflehen würde, sie zu töten, oder?«

Morfyd blickte zu Talaith hinüber, die sich immer noch nicht ganz erholt hatte. »Es überrascht mich, dass du es nicht getan hast.«

»Findest du, dass sie verrückt aussieht, Morfyd?«, fragte Annwyl ruhig. »Sieht sie aus, als wäre sie nicht Herrin all ihrer Sinne?«

»Nein, aber …«

»Warum sollte sie dann mit einem Dolch auf mich losgehen? Sie ist keine Närrin. Und nur eine Närrin würde es riskieren, sich mir allein zu stellen. Wir haben sie beide beobachtet – sie ist eine gut ausgebildete Mörderin. Sie hätte mein Essen oder mein Wasser vergiften können. Sie hätte uns alle töten können und dann davonschleichen, ohne dass es je einer erfahren hätte. Sie hätte die mit Gift überzogenen Nadeln benutzen können, die sie in ihrem Dolchgriff hat.« Annwyl war ziemlich beeindruckt von sich selbst, weil sie die zusätzlichen Gefahren entdeckt hatte, die in diesem einfachen und schlichten Dolch verborgen waren. »Stattdessen setzt sie mir einen Dolch an die Kehle.«

Annwyl schüttelte den Kopf. »Nein. Sie ist lediglich das Schwert, Morfyd. Ich will die Hand, die sie führt.«

»Das ist ganz einfach.«

Morfyd ging zu Talaith hinüber, die immer noch etwas benommen aussah. Natürlich hatte Annwyl sie vorsichtshalber hart getroffen. Morfyd packte Talaith mit festem Griff, riss ihr den Lederhandschuh von der Hand, den sie trug, seit sie ihr begegnet waren, und nahm die Hand der Frau in ihre.

»Nein!« Talaith, plötzlich wieder hellwach, sprang auf und versuchte, Morfyd ihre Hand wegzuziehen, doch die Drachenhexe griff einfach mit ihrer freien Hand an Talaiths Kehle und drückte zu.

»Wenn du dich wehrst, Schwester, reiße ich dir die Kehle heraus.«

Morfyd schloss die Augen und alles wurde still. Annwyl wusste, dass sie die Farben und Flammen und alles andere hätte sehen können, wenn sie ein Drache wäre oder irgendwelche magischen Fähigkeiten hätte. Doch Annwyl war nur eine Kriegerin mit einem Drachen als Gefährten. Sie sah nur zwei Frauen, die wie zwei Statuen dastanden. Sie fand es ein bisschen merkwürdig.

Gelangweilt aufseufzend ging sie hinüber zu ihren Satteltaschen und holte eine Flasche Wasser heraus. Sie nahm einen langen Schluck, erschrak aber, als Morfyd plötzlich sagte: »Oh. Oh.«

Sie wandte sich zu ihr um, und Morfyd strahlte, während Talaith sie angespannt und finster ansah. Morfyd trug diesen Gesichtsausdruck immer, wenn sie absolut göttlichen Klatsch und Tratsch erfuhr.

»Was?«

Morfyd versuchte offensichtlich, nicht zu lachen und schüttelte den Kopf. »Nichts.«

»Du lügst, du Kuh! Was ist los?«

»Nichts.« Sie hustete und ließ Talaiths Hand los. »Nur, dass du ein paar mächtige Feinde hast.«

»Erzähl mir etwas, was ich noch nicht weiß, Hexe.«

»Mächtige Feinde, die Götter sind.«

Einen Moment lang war Annwyl schockiert … dann zuckte sie die Achseln. »Jetzt, wo ich darüber nachdenke. ich wüsste nicht, warum mich das überraschen sollte.«

Talaith saß teilnahmslos auf Annwyls Bett, während Morfyd alles erzählte, was sie gesehen hatte. Sie sprach von Talaiths erster Liebe und wie sie den jungen Soldaten verloren hatte, noch bevor ihr Kind geboren war. Sie erzählte, wie ihre Mutter und die anderen Nolwenn-Hexen sie in blinder Wut über ihre Beziehung mit dem Soldaten und ihr ungeborenes Kind aus dem Tempel geworfen hatten, um ihr eine Lektion zu erteilen. Talaith wusste, dass sie sie zurückgeholt hätten, sobald das Baby geboren war. Was keine von ihnen sah, war Arzhela. Ihre Priesterinnen kamen in der Nacht, in der Talaiths Tochter geboren wurde. Sie rissen ihr das Kind aus den Armen und zerrten die blutende und fluchende Talaith zu ihrem Tempel. Weil Arzhela, die Göttin des Lichts, der Liebe und der Fruchtbarkeit, ihre Schutzheilige war, waren die meisten Priesterinnen Hebammen. Sie wuschen das Blut ab, heilten sie und sagten ihr dann ziemlich deutlich, dass sie ihre Tochter nie wiedersehen würde, wenn sie nicht tat, was sie ihr sagten.

Drei Monate später brachten sie sie in das kleine Dorf außerhalb von Madron, wo sie sie einem Mann übergaben und ihr sagten, dass dieser nun ihr Ehemann sei. Sie würde sich um sein Haus kümmern, seine Kleidung waschen, ihn gut ernähren, und im Gegenzug würde er nicht danach fragen, wo sie jeden Tag hinging. Denn täglich war sie im örtlichen Tempel, der Arzhela geweiht war. Dort versammelte die Hohepriesterin nur die allerbesten Assassinen der ganzen Gegend. Sechzehn Jahre hatten sie sie ausgebildet, bis zu dem Moment, wo sie einer Monarchin gegenübertreten musste, die so teuflisch, so bösartig, so verachtenswert in jedem Sinn des Wortes war, dass sie der Göttin dankbar sein würde, diejenige sein zu dürfen, die sie vernichtete.

Talaith blickte hinüber zu dieser »teuflischen, bösartigen, verachtenswerten« Monarchin, die sich im Moment die Nase mit einem Tuch putzte, das sie vom Boden aufgehoben hatte. Anscheinend hatten die ständigen Wetterwechsel die böse Dämonin zum Niesen gebracht.

»Also, was willst du tun?«

Die beiden Frauen sahen sie an und Annwyl zuckte die Achseln. »Tja, ich kann sie jetzt nicht umbringen. So gemein bin ich auch nicht.«

Morfyd hob eine Augenbraue. »Das hängt davon ab, wen du fragst.«

»Ich hasse dich.«

Die zwei Frauen lächelten sich an, und Talaith hasste sie einen Augenblick lang dafür, dass sie so eine enge Freundschaft hatten. Dass sie einander als Freundinnen hatten.

Annwyl sah Talaith eine Weile an, dann fragte sie: »Du wolltest, dass ich dich umbringe. Warum?«

Talaith senkte den Kopf unter Annwyls direktem, unverwandtem Blick. Sie hörte Annwyls starke Stimme: »Sie antwortet mir nicht.«

»Sie glaubt, sie kann nicht. Wegen Arzhela.«

Sie glaubt, sie kann nicht?, wiederholte Talaith in ihrem Kopf. Was wusste diese Hexe schon?

»Sie kommt hier nicht an dich heran, weißt du?« Morfyd kam herüber und setzte sich neben Talaith aufs Bett. »Sie kommt niemals an mir vorbei. An meiner Verteidigung.«

Talaith schnaubte ungläubig.

»Es stimmt. Streck dich nach ihr aus. Versuch, sie zu spüren.«

Das tat Talaith, und die Hexe sprach die Wahrheit. Sie konnte Arzhela im Umkreis von einer Wegstunde nicht fühlen. Es war, als befänden sie sich in einer Schutzblase. Sie hatte sich nicht mehr so gefühlt, seit sie den Schutz des Drachen verlassen hatte.

»Arzhela hat sie schon einmal verletzt«, erklärte Morfyd Annwyl. »Als sie versucht hat, es zu erzählen. Aber jetzt … jetzt fürchtet Talaith nur um ihre Tochter. Deshalb wollte sie, dass du sie tötest. Wenn sie im Kampf oder beim Versuch, dich zu töten, stirbt, wäre ihre Tochter in Sicherheit. Aber wenn sie sich selbst umbringt oder jemanden darum bittet, würde Arzhela das Mädchen dafür bezahlen lassen.«

Annwyl seufzte, während sie sich auf Talaiths andere Seite setzte. Sie saß nun zwischen zwei großen, angsteinflößenden Frauen. *Zum Teufel, Talaith, es könnte viel schlimmer sein.* »Ich mache mir Sorgen um ihre Tochter. Vor allem, wenn sie bei Hamish ist.«

»Tja, deine Gefühle diesem Mann gegenüber kennen wir alle.«

»Und ihr vergesst alle, dass ich den Mann tatsächlich *kenne*. Ich weiß, wozu er fähig ist. Was er bereit ist zu tun. Und wenn er glaubt, Arzhela wird ihm Macht verleihen …«

»Was sicherlich genau das ist, was sie ihm versprochen hat.«

»Dann können wir sie nicht dort lassen. Nicht einmal eine Sekunde länger.«

Talaith saß vollkommen verwirrt zwischen den beiden Frauen. Sprachen sie davon, ihre Tochter zurückzuholen? Warum?

»Na ja, ich bin mir sicher, dass Brastias und ein paar von den …«, setzte Morfyd an.

»Nein.« Annwyl stand auf. »Wir gehen.«

Talaith und Morfyd erstarrten. Sie sahen einander an, dann wieder Annwyl.

»Was?«, fragte Morfyd.

»Ihr habt mich verstanden. Bewegt eure Ärsche.«

»Annwyl, hast du den Verstand verloren?«

»Wohl kaum.« Sie ging zur Zeltklappe und machte jemandem ein Zeichen. Ein Junge, vielleicht ihr Knappe, kam zu ihr gerannt. Sie sprach kurz mit ihm und er rannte wieder davon.

»Du willst, dass wir ins Gebiet von Madron eindringen, um ein Mädchen zurückzuholen, das wir nie gesehen haben und von dem wir nicht wissen, wie es aussieht?«

»Tja, ich nehme an, sie sieht aus wie sie.« Sie deutete auf Talaith. »Was meinst du, wie viele Wüstenmenschen Hamish in seinem Königreich hat? Ich bezweifle, dass es viele sind, denn sie haben normalerweise genug gesunden Menschenverstand, nicht dort hinzugehen.«

»He!«, erhob Talaith endlich Einspruch.

»Du zählst nicht. Du hattest keine Wahl.«

Annwyl zog ein ärmelloses Kettenhemd über. »Morfyd, du musst etwas anderes anziehen als deine Hexengewänder. Eine Hose wäre gut.«

»Annwyl, warte …«

»Was?« Annwyl wirbelte so schnell zu ihnen herum, dass die beiden Hexen ein wenig zurückwichen. »Was willst du sagen,

Morfyd? Dass wir das Mädchen dort lassen sollen? Das Mädchen, das nichts mit alledem zu tun hat und nur ein Pfand ist? Sie Hamish überlassen?« Das offensichtliche Entsetzen der Königin über Morfyds Vorschlag sprach Bände. »Du weißt, dass ich das nicht zulassen werde. Also bewegt euch, ihr faulen Säue, wir brechen in einer Viertelstunde auf.«

Sie gab der verblüfften Talaith ihren Dolch zurück, schnappte sich ihre eigenen beiden Schwerter und stürmte hinaus. Verwirrt sah Talaith Morfyd an, die lediglich die Achseln zuckte. »Ihr Bruder hat sie vor Jahren an Hamish übergeben. Und dann auch noch als Braut. Wären Brastias und die anderen nicht gewesen, wäre sie jetzt seine Frau und nicht Königin. Obwohl ich es, so wie ich Annwyl kenne, eher für wahrscheinlich halte, dass sie tot wäre und die Hälfte der Hochzeitsgesellschaft mit in den Tod genommen hätte.«

»Also hat sie wirklich vor …«

Morfyd legte Talaith eine Hand auf die Schulter, und da fühlte Talaith, dass heiße Tränen über ihre Wangen rollten. Sie hatte keine Ahnung, wann sie angefangen hatte zu weinen oder warum sie nicht damit aufhören konnte. »Wenn du nach einer blindwütigen Mörderin gesucht hast, die sich nur um Blut und Schmerzen schert, wirst du zutiefst enttäuscht sein. Ich weiß, dass man dir das erzählt hat. Aber sie haben gelogen, Talaith. *Sie* hat gelogen.« Lange, schlanke Finger wischten die Tränen von Talaiths Wangen. »Na, na, jetzt wird nicht mehr geweint. Wir brauchen dich bewaffnet und kampfbereit. Du wirst deine Fähigkeiten am Ende doch noch ordentlich einsetzen können.«

Talaith nickte. »Ich verstehe.«

»Gut.« Morfyd stand auf. »Und jetzt muss ich eine Hose suchen gehen.« Sie verzog das Gesicht. »Autsch. Das klingt so unattraktiv.«

»Du hast es ihr nicht erzählt.« Talaith stand auf und legte

den Kopf in den Nacken, um Morfyd in die Augen blicken zu können. »Von …«

»… deinem Drachen?« Das hätte sich seltsamer anhören sollen als es der Fall war. Doch dass es sich *richtig* anfühlte, bereitete Talaith noch viel mehr Sorge. »Schämst du dich?«

Talaith dachte nur einen Moment nach. »Nein. Ich fühle keine Scham. Und ich werde jetzt auch nicht damit anfangen.«

»Wie du willst.« Morfyd grinste anzüglich. »Und nein. Ich werde Annwyl nicht von deinem Drachen erzählen.«

»Ich habe gesehen, dass sie überall auf der Rüstung und als Brandzeichen auf den Armen Bilder von Drachen trägt. Hat sie etwa einen im Kampf getötet?«

Die Hexe begann zu husten, und Talaith war sich ziemlich sicher, dass sie damit nur ihr Lachen verbergen wollte.

Nachdem sie sich geräuspert hatte, sagte Morfyd: »Man könnte sagen, sie hat während ihrer Herrschaft ein oder zwei zu Boden geworfen. Einem von ihnen hat sie das Herz aus der Brust gerissen.«

Talaith zuckte zusammen. *Großartig, Talaith. Eine Drachentöterin. Vielleicht könntest du dich als Nächstes mit einer Hexenjägerin zusammentun.* »Muss ich mir Sorgen machen, falls sie es herausfindet?« Sie wollte zumindest ihre Tochter finden und retten, bevor die Königin sich mit ihr befasste.

Die Hexe lächelte, was Talaith gar nicht tröstlich fand.

»Sorge dich vorläufig um deine Tochter, Talaith, Tochter der Haldane. Der Rest wird sich finden … wenn es soweit ist.«

16

»Wach auf, Briec!«

Einen Arm über seinen Kopf werfend, um das grelle Licht abzuschirmen, ignorierte Briec die Stimme, die ihn zum Aufstehen rief. Er wollte nicht aufstehen. So wie er sich im Moment fühlte, wollte er genau genommen nie wieder aufstehen.

»Briec! Los! Aufstehen!«

Er ächzte; sein Kopf fühlte sich an, als würde er jeden Moment bersten. Als Briec sich zwang, die Augen zu öffnen, sah er in das hübsche Gesicht seiner kleinsten Schwester.

»Keita?«

Sie lächelte. »Ich wollte mir schon Sorgen machen, dass du nie wieder aufwachst.«

»Ich will nicht wach sein. Warum weckst du mich dann also auf?«

»Fearghus schickt mich. Er braucht dich und Gwenvael und Éibhear für irgendetwas.«

Briec rollte sich herum und stützte seinen Drachenkopf auf seine geschuppten Unterarme. »Ich bin nicht sein Laufbursche. Noch bin ich der Laufbursche seines Weibsstücks.«

Seine Schwester, immer noch in ihrer menschlichen Gestalt, kauerte sich neben ihn. Er wusste, warum Fearghus sie geschickt hatte, statt selbst zu kommen – Briec fiel es schwerer, seiner kleinen Keita etwas abzuschlagen. Vor allem, wenn sie sagte: »Was ist los, Bruder? Du bist doch sonst nie so griesgrämig zu mir.«

Er seufzte. Ein langes, tiefes Seufzen. »Sie hat mich verlassen, Schwester.«

»Die Frau, die du hier hattest? Warum? War sie unglücklich?«

»Ich dachte nicht. Aber sie war es wohl.« Briec setzte sich etwas weiter auf und legte eine Klaue an die Brust. »Was ist das für ein unerträgliches Gefühl in meiner Brust? *Es macht mich noch verrückt!*«

Sie versuchte, sich das Lächeln zu verkneifen und fuhr ihm mit der Hand durch die Haare. »Das, mein lieber Bruder, wird gebrochenes Herz genannt.«

Er sah auf seine Brust hinab. »Ist das eine körperlicher Defekt?«

Jetzt boxte ihn seine kleine Schwester gegen die Schulter. »Briec, du Dummkopf! Ich meine, sie hat dir das Herz gebrochen. Du mochtest sie.«

»Ein Mensch? Eine Menschliche hat *mein* Herz gebrochen?«

»Leugne es, wenn du willst, aber ich erkenne es in deinen Augen.«

Briec setzte sich ganz auf. Auch noch im Sitzen ragte er hoch über der menschlichen Gestalt seiner Schwester auf. »Gute Götter, die Hexe hat mich verhext!«

»Nein, Bruder. Du hast dich nur in sie verliebt.«

Er blickte finster zu ihr herab. »Jetzt nervst du aber.«

Mit einem tiefen Seufzen sagte sie: »Wie du willst, Bruder. Ich bin nicht in der Stimmung, mich mit dir zu streiten.« Sie stellte sich vor ihn hin. »Und jetzt komm. Fearghus braucht dich.«

»Um Botengänge für ihn zu erledigen.«

»Nein. Er hat einen von Lord Hamishs Spionen auf Garbhán gefunden. Er hatte vor, Annwyl bei ihrer Rückkehr zu töten.«

Einen Augenblick lang vergaß er Talaith zwar nicht, aber er schob den Gedanken an sie zugunsten von etwas Dringenderem zur Seite.

»Wann kehrt sie zurück?«

»Eigentlich hätte sie inzwischen schon dort sein müssen,

aber ein Bote kam und sagte Fearghus, dass sie und ihre Wache aufgehalten wurden. Obwohl ihre Armee vor drei Tagen endlich zu Hause ankam.«

»Und der Spion?«

»Fearghus hat ihn umgebracht … als er fertig war.«

»Und wir wissen, dass er von Lord Hamish kam?«

»Aye. Er hat sie schon immer gehasst, aber niemand hätte gedacht, dass er dumm genug sein könnte, so weit zu gehen.«

»Was will Fearghus also von mir?«

»Er will, dass ihr drei in Lord Hamishs Ländereien geht. Findet so viel heraus, wie ihr könnt. Vor allem, ob seine Truppen ausrücken.«

Briec nickte. »Aye. Ich werde gehen.« Annwyl war zwar nicht gerade sein Lieblingsmensch, aber seit sie sich mit Fearghus verbunden hatte, gehörte sie zur Familie. Was bedeutete: Wenn jemand beschloss, ihr Feind zu sein, dann zog er den Zorn des Hauses von Gwalchmai fab Gwyar auf sich. »Aber ich war schon dort. Ich habe nichts gefunden.«

Nichts als die Frau, die ihn wahnsinnig vor Lust machte.

»Schau genauer nach. Deshalb will Fearghus, dass Gwenvael mit dir geht. Wenn es eines gib, was dein Bruder gut kann, dann ist das, Informationen zu beschaffen.«

»Das stimmt. Mal sehen, was wir herausfinden können.«

»Gut.« Sie deutete auf ihre Brüder, die bewusstlos auf dem Höhlenboden herumlagen. »Und jetzt hilf mir, die beiden Idioten aufzuwecken.«

»Vielleicht kannst du ihn vergiften. Mit etwas, das ihm die Augen herausquellen lässt und seine Zunge zu groß für seinen Mund macht.«

Talaith sah wieder zu Morfyd hinüber. Das tat sie schon die ganzen zwei Stunden, seit sie in Richtung Madron ritten. Annwyl sagte ständig seltsame Dinge, und Talaith beobachtete, ob

Morfyd sie genauso seltsam fand. Ganz eindeutig tat sie das, aber sie hatte sich anscheinend daran gewöhnt.

Zum ersten Mal fand Talaith jemanden, der sie sprachlos machte.

»Ich kann ihn vergiften, wenn du das wünschst. Ich wurde im Umgang mit allen möglichen Giften ausgebildet.«

»Ich will ihn leiden sehen, bevor er stirbt.«

»Annwyl«, seufzte Morfyd. »Ihn sterben zu sehen, widerspricht aber dem Vorsatz, hineinzugehen, das Mädchen zu nehmen und wieder rauszugehen. Ich denke, unser Ziel sollte einfach sein, nicht gesehen zu werden. Nicht, den Tod des Mannes so brutal wie möglich zu machen.«

»Morfyd hat recht. Hamish verstärkt seine Truppen nun schon eine ganze Weile. Da wir nur zu dritt sind, sollten wir uns lieber für die Heimlichkeit entscheiden.«

»Truppen verstärken? Wie lange schon?«

Talaith versuchte sich zu erinnern, seit wann sie immer mehr junge Rekruten auf dem Weg zu Hamishs Burg durch das Dorf hatte marschieren sehen. »Zwei Jahre. Vielleicht ein bisschen mehr.«

»Interessant.«

»Tja, was hast du von ihm erwartet, Annwyl?«, fragte Morfyd. »Dass er wartet, dass du kommst und ihn tötest? Er weiß, dass du ihn hasst.«

»Ich weiß. Ich habe nur keine Lust mehr zu warten. Ich finde trotzdem, wir sollten jetzt zuschlagen.«

»Du brauchst gute Gründe, keine Theorien.«

Annwyl verdrehte die Augen. »Du und deine blöde Logik.«

»Deshalb hast du mich dabei. Und weil es sonst keiner mit dir aushält.«

Annwyl zog fest an den Zügeln und brachte ihr Pferd damit plötzlich zum Stehen. Sie neigte den Kopf zur Seite. »Hörst du das?«

Morfyd schwieg kurz und nickte. »Aye. Ich höre es.«

»Wo?«

»Annwyl, vielleicht sollten wir …«

»Wo?«

»Dort.« Mit einem Seufzen deutete Morfyd auf die Bäume. »Ich glaube, auf der anderen Seite ist eine Lichtung.«

Annwyl lenkte ihr Pferd in Richtung Wald und galoppierte los.

»Verdammt!«

»Was ist los?«

»Ein Kampf.«

Talaith blinzelte überrascht. »Und sie will einfach …«

»Jetzt kennst du meinen täglichen Albtraum.«

»Na ja, wir können sie ja nicht allein kämpfen lassen.«

»Nicht du auch noch«, ächzte Morfyd.

Talaith schnaubte. »Wenn sie gefragt hätte, hätte ich vorgeschlagen, vorbeizureiten. Aber da sie sich ja schon kopfüber hineingestürzt hat …«

»Aye.« Morfyd nickte. »Du hast recht.«

Die beiden Frauen drehten ihre Pferde und folgten der Blutkönigin in die Schlacht.

»Bleib hier!« Achaius schob sie zurück und drängte sie hinter einen Baum. Es nützte nicht viel. Sie waren hoffnungslos in der Unterzahl gegen die Männer, die ihre kleine Guppe angriffen. Nur sie und die drei Männer, die ihr Zuhause und ihr Leben in der Armee aufgegeben hatten, um sie zu schützen. Es war nicht das erste Mal, dass ihre Beschützer gegen andere kämpften, um für ihre Sicherheit zu sorgen. Doch dies war das erste Mal, dass sie denen gegenübertreten mussten, die sie einmal Kameraden genannt hatten.

Hingekauert sah sie auf den Kampfplatz und zuckte zusammen, da ihre Beschützer kaum die Hiebe abwehren konnten, die auf ihre Köpfe oder Herzen zielten. Doch gerade als sie zu fürchten begann, dass alles verloren und ihre Freunde zu einem blutigen Tod verdammt waren, sah sie sie.

Eine schöne, narbenbedeckte Kriegerin ritt auf einem riesigen schwarzen Hengst, zwei Schwerter auf ihren Rücken geschnallt. Sie hielt am Rand der Lichtung an und sah sich den Kampf an. Sie rührte sich nicht, bis sie das Wappen auf den Wappenröcken der Soldaten sah. Dann befestigte sie mit einem Blick, der einem das Blut in den Adern gefrieren lassen konnte, die Zügel an ihrem Sattel, riss die beiden Schwerter aus ihren Scheiden und spornte ihr Pferd zu einem wilden Galopp an. Sie lenkte das Pferd nur mit den Knien und schlug beim Reiten Köpfe ab. Einen und noch einen und noch einen und noch einen.

Während ihre Beschützer der Kriegerin aus dem Weg gingen, schrien die Soldaten einander Warnungen zu und konzentrierten ihren Angriff nun direkt auf die Kriegerin. Ein törichter Schachzug. Sie war nicht allein. Zwei weitere Frauen kamen an den Rand der Lichtung geritten. Anders als die erste trugen diese beiden Umhänge, die ihre Gesichter und Körper verbargen. Die Größere blieb auf ihrer Stute sitzen. Sie war eine Hexe, denn als sie die Hände hob, strömten weißglühende Flammen aus ihren Handflächen. Die Männer, die die Hexe angriffen, verwandelten sich in zuckende Feuerbälle.

Die andere, kleinere Frau glitt von ihrem Pferd und schlich sich lautlos hinter einen der Soldaten. Eine Hand unter sein Kinn legen, seinen Kopf hochdrücken, die Klinge quer über seine Kehle ziehen. So ging sie von einem Soldat zum anderen, bis sieben von ihnen zu ihren Füßen lagen. Inzwischen hatten die anderen sie bemerkt, und sie kauerte sich nieder, als zwei Soldaten sie angriffen. Einem schlitzte sie die Schenkelinnenseiten auf. Er schrie hysterisch, als das Blut herausquoll. Für den anderen nahm sie einen zweiten Dolch von ihrem Gürtel, warf ihn und spießte sein Auge auf wie ein Ei. Im Vorbeigehen schnitt sie ihm die Kehle durch.

Sie war so fasziniert von den drei Frauen, die auf ihrer Seite kämpften, und die ihr eindeutig von den Göttern gesandt worden waren, dass sie nicht bemerkte, dass jemand hinter ihr war, bis die kleinere Frau brüllte: *»Runter!«*

Sie fiel auf die Knie, die Arme schützend über dem Kopf. Sie hörte den vor Schmerzen stammelnden Schrei des Soldaten über sich, dann fiel er neben sie. Langsam sah sie hinüber. Ein Dolch mit schlichtem, lederumwickeltem Griff steckte in seinem Mund.

»Wenn du in dieser Position bleibst, bin ich mir sicher, dass die Soldaten viele Verwendungsmöglichkeiten für deinen Hintern finden werden.«

Eine braune Hand erschien vor ihr, die Finger schlank und zart. Ein paar Schwielen von harter Arbeit. Sie erkannte diese Hände wieder. Sie hatte sie in Visionen gesehen.

»Willst du meine Hand noch lange anstarren oder nimmst du sie?«

Zitternd nahm sie ihren Handschuh ab und legte ihre Hand in die ausgestreckte Handfläche der Frau. Ihre Finger waren länger als die der Frau, ihre Hand stärker. Sie hatte die Hände und Augen ihres Vaters. Das Gesicht und wahrscheinlich auch ihre spitze Zunge hatte sie von ihrer Mutter.

Tief Luft holend, ergriff sie die kleinere Hand der Frau und ließ sie alles sehen.

Talaith wartete ungeduldig, dass das Mädchen – zumindest nahm sie an, es sei ein Mädchen, unter diesem Umhang war das schwer zu sagen – ihre Hand nahm. Annwyl und Morfyd schienen den Rest des Kampfes unter Kontrolle zu haben und vernichteten Hamishs übrige Männer. Sie mussten immer noch überall nach ihr gesucht haben, und diese armen Männer und dieses Mädchen waren mitten hineingeraten.

Sobald Talaith und Morfyd herangeritten waren, wussten

sie, warum Annwyl nicht auf sie gewartet hatte, sondern sich allein ins Gefecht gestürzt hatte. Annwyl erkannte das Wappen von Madron.

»Willst du meine Hand noch lange anstarren oder nimmst du sie?«, fragte sie halb neckend, halb fordernd.

Noch ein paar unerträgliche Sekunden später zog das Mädchen seinen Lederhandschuh aus und griff nach Talaiths Hand. Fasziniert sah Talaith auf die braune Hand hinab, die in ihre glitt. Jemand aus Alsandair so weit im Norden? Doch bevor sie etwas sagen konnte, hielt das Mädchen sie fest, und Bilder strömten durch Talaith hindurch.

Sie sah ihr eigenes schreiendes und weinendes Gesicht, wie sie von Arzhelas Priesterinnen festgehalten wurde und verzweifelt die Arme ausstreckte; sie sah das goldene Tor der Burg von Madron; das freundliche Gesicht und die Zuneigung einer Magd, die sich um ein Kind kümmerte, das nicht ihres war. Die Bilder beschleunigten sich und alles wurde dunkler, als ein großer Mann, ein Soldat oder Wächter, seine Hand hob, um zuzuschlagen, doch andere Soldaten griffen ein. Ein Kampf folgte, Menschen kamen ums Leben. Dann reisten die Männer – die Beschützer – von Stadt zu Stadt, von Dorf zu Dorf. Sie blieben nie länger als nötig an einem Ort. Kurze Pausen zur Erholung. Das Gefühl, sich bei diesen Männern sicher zu fühlen, aber auch verloren. Geschützt, aber einsam.

Instinktiv riss Talaith ihre Hand zurück und fiel hart auf ihren Hintern. Mit weit aufgerissenen Augen sah sie zu, wie das Mädchen seine Kapuze aus dem Gesicht schob und sah diese Augen … die Augen von Talaiths erster Liebe, ihrem ersten Liebhaber sahen sie an.

»Er hat versprochen, dass du mich finden würdest«, flüsterte das Mädchen. Und Talaith sah all ihre Hoffnungen der letzten sechzehn Jahre in diesem Gesicht widergespiegelt. »Er hat versprochen, dass du nie aufgeben würdest, bis du mich wiederhast.«

Mit diesen Worten stürzte das Mädchen zu Talaith und schlang ihre langen, starken, warmen Arme um sie.

Zuerst hatte Talaith keine Ahnung, was sie tun sollte. Nicht nur, weil weder ihre Mutter noch die Nolwenn-Hexen, die ihr geholfen hatten, sie großzuziehen ihr viel Zuneigung gezeigt hatten, sondern weil es so nicht geschehen sollte. Nicht in einer Million Leben.

»Ich fände es wirklich schön, wenn du mich auch umarmen würdest.«

Die Feststellung war so unschuldig und ehrlich. Tränen stiegen Talaith in die Augen, sie schlang die Arme um ihre Tochter und drückte sie so fest, dass sie fürchtete, sie zu zerbrechen. Doch das Mädchen beklagte sich nicht. Sie sagte eigentlich gar nichts, doch die Tränen, die auf Talaiths Hals fielen, sagten ihr alles, was sie wissen musste.

Die Brüder landeten außerhalb von Madron, ihre kleinste Schwester direkt hinter ihnen. Sie hatte bereits dafür gesorgt, dass Kleidung und Vorräte auf sie warteten. Sie würden als Menschen nach Madron reisen und verbergen, wer sie wirklich waren, solange es nötig war.

»Kommst du mit uns?«

Da sie sich noch nicht verwandelt hatte, hatte Briec Zweifel daran. »Nein.« Ihre Lippen verzogen sich zu einem garstigen Zähnefletschen, was nur eines bedeuten konnte. »Ihre Majestät hat nach mir geschickt.« Ach ja. Nur die Drachenkönigin konnte Keita so ärgern. Mutter und Tochter kamen nicht so gut miteinander aus wie Vater und Tochter.

Briec, der sich immer noch von seinem nächtelangen Saufgelage erholte, versuchte herauszufinden, wie er den blauen Wappenrock über sein Kettenhemd und die Hose ziehen musste. »Was ist mit den Rittern passiert, mit denen du zusammen warst?«

Keita rülpste, und alle Brüder fuhren überrascht zu ihr herum.

»Oh, Keita … das hast du nicht getan!«, rief Briec anklagend.

»Du kennst die Regeln, Keita. Entweder man frisst sie, oder man fickt sie … aber man tut nicht beides«, fügte Éibhear hinzu.

»Es sei denn, man macht es richtig.«

Keita und Gwenvael lachten, doch als Briec und Éibhear sie nur anstarrten, hörten sie auf.

Keita schüttelte den Kopf. »Natürlich habe ich sie nicht gefressen. Ich habe sie fortgeschickt. Traurig, aber befriedigt.«

»So etwas will ich von meiner kleinen Schwester nicht hören«, brummte Briec.

Selbst in ihrer Drachengestalt konnte er erkennen, dass seine kleine Schwester eine hinreißende Schnute zog. »Du bist immer noch traurig.«

»Es geht ihm richtig schlecht«, ergänzte Gwenvael, während er sich in sein Kettenhemd zwängte. »Er erinnert mich langsam an Fearghus vor Annwyl.«

»Themawechsel.« Briec wickelte sich in einen Umhang und zog sich die Kapuze über den Kopf, um sein silbernes Haar zu verstecken. »Sie hat mich verlassen. Es ist vorbei.«

Denn es *war* vorbei. Selbst wenn er sie hätte finden wollen, hätte er keine Ahnung, wo er anfangen sollte. Aber er wollte sie gar nicht finden. Sie hatte ihn verlassen. Ohne ein Wort. Ohne einen Gedanken. Sie hatte ihn verlassen, und jetzt hatte er *Gefühle*.

Schon allein das würde er ihr nie verzeihen.

17

Talaith öffnete noch einmal den Mund, um die Frage ihrer Tochter zu beantworten, und wieder schnitt ihr das Mädchen das Wort ab.

»Denn ich glaube, dass uns die Götter zusammengebracht haben. Ich wusste, du würdest mich finden. Ich habe es immer gewusst. Ich wusste allerdings nicht, dass du so hübsch bist. Ich wünschte, ich wäre so hübsch wie du. Bin ich aber nicht. Damit musste ich mich abfinden. Es war nicht leicht. Natürlich war nichts in den letzten neun Jahren leicht, aber es war interessant. Wir waren überall, wirklich. In den Bergen von Brandgaine und den Minen von Maledisant. Wir waren ständig unterwegs, weißt du. Immer auf dem Sprung. Sind nie irgendwo geblieben, immer nur ein paar Wochen. Außer meinen Beschützern hatte ich keine Freunde. Obwohl ich denke, dass ich sie eher als Onkel sehe und weniger als Freunde. Ich glaube, ich brauche Freunde. Jetzt, wo wir uns wiedergefunden haben, kann ich vielleicht wirklich Freunde haben.«

Talaith wurde nur vom *Zuhören* müde. All diese Jahre hatte man ihr vorgeworfen, zu redselig zu sein, zu viel zu plappern. Aber das … das war unglaublich.

Wenn sie es richtig verstanden hatte, war der Name ihrer Tochter Iseabail. Und sie hatte vor, ihn beizubehalten und hoffte, dass das in Ordnung war. Natürlich hatte nicht Talaith ihr diesen Namen gegeben, aber sie war ihn inzwischen gewöhnt und wollte ihn nicht aufgeben. Ihre Beschützer – so nannte sie sie – nannten sie Izzy die Gefährliche. Anscheinend war sie, als sie zu ihrer jetzigen Größe herangewachsen war, des Öfteren ungeschickt und tollpatschig gewesen. Und es hatte einen Zwischenfall mit einem Pferd gegeben, bei dessen Erzählung sie plötzlich abbrach.

Talaith wusste immer noch nicht, wie es dazu gekommen war, dass diese Männer ihre Tochter beschützten, denn Izzy hatte nie lange genug Luft geholt, dass sie hätte fragen können. Sie blickte zu Morfyd und Annwyl, die sie zurück zu Annwyls Elitegarde führten, und sah, dass diese sich gerade umdrehten und sich kaputtlachten. Blöde Kühe.

»Wie hast du überhaupt so zu kämpfen gelernt?«

»Na ja …«

»Weißt du, ich will auch so kämpfen lernen. Achaius hat mir ein bisschen was beigebracht – nicht wahr, Achaius? –, aber meistens sagen sie mir, ich soll weglaufen und mich verstecken, wenn Gefahr droht. Aber ich bin jetzt sechzehn Winter alt, und wegzulaufen und mich zu verstecken, scheint mir inzwischen furchtbar unangebracht, meinst du nicht auch?«

»Ähm …«

»Es ist, wie ich Achaius gesagt habe: Er kann mich nicht ewig beschützen. Habe ich das nicht gesagt, Achaius? Und was passiert, wenn – die Götter mögen es verhüten – er und die anderen so schwer verletzt werden, dass sie mich nicht mehr beschützen können? Was mache ich dann?«

Talaith brauchte einen Moment, um zu begreifen, dass Izzy tatsächlich auf eine Antwort wartete. »Oh, also das ist ein gutes Argument. Die Welt ist grausam, und du musst lernen …«

»… zu überleben. Genau. Genau das habe ich ihnen auch gesagt. Aber glaubst du, sie hören mir zu? Natürlich nicht. Ich bin nur ›die, die man beschützen muss‹. Als wäre das der Name, mit dem ich geboren wurde.

Egal, ich bin einfach froh, dass ich dich endlich kennenlerne, wie er es versprochen hat.« Talaith wollte fragen: »Wie wer versprochen hat?«, aber sie bekam keine Gelegenheit dazu, denn ihre Tochter plapperte einfach weiter. »Es hätte mir das Herz gebrochen, wenn ich dich nie kennengelernt hätte.

Schließlich bist du meine Mutter, und wir sollten niemals getrennt sein. Zumindest empfinde ich das so, und auch wenn ich zugeben muss, dass ich mich mehr als einmal geirrt habe, kommt das selten vor. Und hier bin ich absolut sicher, dass ich recht habe. Weißt du, es geht doch nur darum …«

So ging es immer weiter – und Talaith war so glücklich wie nie zuvor.

»Erklär mir doch noch mal, warum wir in einem Puff sind.«

Gwenvael seufzte in sein Bier hinein. »Weil man, mein dickköpfiger Bruder, wenn man Informationen über männliche Menschen haben möchte, am besten an den Ort geht, wo alle männlichen Menschen irgendwann hinkommen.«

Briec warf einen Blick zu Éibhear hinüber, aber der kleine Bruder war zu sehr damit beschäftigt, sämtliche Frauen im Raum zu beobachten, um es zu merken.

»Bist du sicher, dass du nicht nur darauf aus bist …«

»Gwenvael!«

Briec lehnte sich zurück, als sich eine rundliche, extrem großbrüstige Frau in Gwenvaels wartende Arme warf.

»Du warst ja schon seit Ewigkeiten nicht mehr hier!«

Gwenvael zog die Frau auf seinen Schoß und liebkoste ihre Brüste, die beinahe das Mieder sprengten.

»Tut mir leid, meine Süße. Ich hatte in letzter Zeit so viel zu tun. Ging nicht anders.«

»Na ja, jetzt bist du ja hier. Und du hast Freunde mitgebracht, wie ich sehe.«

»Familie, um genau zu sein. Das sind meine Brüder, Briec und Éibhear. Dies, meine Brüder, ist die schöne Antha.«

»Meine Herren.« Sie neigte leicht den Kopf, ließ dabei aber nicht von Gwenvaels Hals ab. »Also, alter Freund, findest du heute Abend an jemandem Gefallen?«

Gwenvael zog die Frau dicht an sich und flüsterte ihr ins

Ohr: »An all jenen, die die Leute von Lord Hamishs Hof unterhalten haben.«

Ihre Augen, die vorher warm und freundlich geblickt hatten, wurden innerhalb von Sekunden kalkulierend. »Ah. Das wären viele, aber er und seine Männer haben ihre Lieblinge. Natürlich sind sie sehr gefragt. Ihre Zeit ist nicht billig.«

»Gut, dass ich so viel Gold besitze.«

Strahlend glitt die Frau von seinem Schoß. »Dann bereite ich sie für dich vor, Herr.« Sie warf einen Blick zu Briec und Éibhear hinüber. »Und für deine Brüder auch?«

Éibhear beugte sich eifrig vor, doch Briec schubste ihn zurück. »Nein. Nur Essen und Wein.«

»Wie ihr wünscht.« Sie drehte sich um und stolzierte davon.

»Warum muss ich hier unten mit dir warten?« Éibhear klang, als würde er lieber Baumrinde kauen.

»Auf dieser Reise geht es nicht darum, Weiber ins Bett zu bekommen, kleiner Bruder.« Briec wandte sich an Gwenvael. »Besorg, was wir brauchen, und dann gehen wir.«

Seit mehr als einer Woche musste er nun mit seinen zwei jüngeren Brüdern auskommen. Seit mehr als einer Woche hatte er sich pausenlos Streitereien, Beschwerden, Debatten und Gequengel angehört. Mehr als ein einzelner Drache ertragen konnte. Natürlich hatten sie auch viele Informationen bekommen, genug für Fearghus' Ansprüche, da war er sich sicher. Doch Briec wollte in seine Höhle zurück. Er wollte noch eine ganze Weile weiterschmollen, und seine idiotischen Brüder ließen ihn keine Sekunde in Frieden. Je schneller er die Informationen weitergab und diese verräterischen Menschen ihrem unbedeutenden kleinen Leben überließ, desto besser würde es ihm gehen.

»Ich will Fearghus geben, was wir haben und mich dann wieder auf den Weg machen«, fuhr er fort. »Ich habe euch beide langsam satt.«

»Natürlich, Bruder.« Gwenvael ging davon, grinsend wie immer.

Wütend und extrem frustriert, verschränkte Éibhear die Arme vor der Brust. »Er wird Stunden fort sein! Ist dir das klar?«

»Hör auf zu quengeln, Kleiner. Du wirst noch mehr als genug Zeit in deinem Leben haben, um Weiber zu suchen, die dich am Ende unglücklich machen.«

Talaith starrte ins Lagerfeuer und seufzte leise. Sie wollte schon seit Ewigkeiten schlafen, konnte es aber nicht. Nicht, wenn ihre Tochter sich an sie lehnte. Nicht, wenn ihre Tochter so nah bei ihr war.

»Kannst du nicht schlafen, Schwester?«, flüsterte Morfyd, als sie sich neben ihr niederließ.

Talaith sah hinab auf die schlafende Izzy, deren Kopf bequem in ihrem Schoß ruhte. »Könntest du's?«

Die Hexe grinste. »Gutes Argument.«

Morfyd riss ein Stück Brot in zwei Hälften und reichte Talaith eine davon, die sie dankbar annahm, da sie vorher nichts hatte essen können. Sie war zu aufgeregt gewesen wegen Izzy.

»Sag mir, Morfyd«, flüsterte Talaith mit einem Bissen Brot im Mund, »woher wusstest du, dass ich kommen würde?«

Morfyd verschluckte sich fast an ihrem Brot, und Talaith wusste, dass sie recht gehabt hatte. Annwyl hatte auf sie gewartet. Deshalb hatte sie ihre Armee zurück nach Garbhán geschickt, während sie, Morfyd und ihre Elitegarde geblieben waren. Auf sie gewartet hatten.

»Das dachte ich mir, Schwester. Als du heute Morgen ins Zelt kamst, sagtest du zu Annwyl: ›Ich habe dir doch gesagt, dass sie es ist.‹ Woher wusstest du es?«

Morfyd schluckte ihren Bissen Brot und dachte lange über

ihre Antwort nach. Talaith wusste, dass die Hexe ihr nicht viel erzählen würde. Aber wenig war besser als gar nichts.

»Ich habe mich und meine Magie mächtigen Göttern verschrieben. Sie warnen mich vor Gefahren.« Sie hätte sich nicht vager ausdrücken können, wenn sie gesagt hätte: »Ich kenne da ein paar Leute.«

»Welche Götter?«

Die Hexe lächelte und legte den Finger an die Lippen. »Ich wage zu schweigen«, flüsterte sie, und Talaith musste ebenfalls lächeln. Während der finsteren Tage unter der Regentschaft von Lorcan dem Schlächter, bevor Annwyl ihn getötet hatte, hatten Hexen nach diesem Prinzip gelebt. Das allein hielt sie am Leben.

»Vielleicht wirst du es zu gegebener Zeit erfahren«, stellte Morfyd mit leiser Stimme fest. »So, wie du deine Tochter gefunden hast.«

Gefunden? Talaith hatte gar nichts gefunden. Jemand oder etwas hatte ihr Izzy über den Weg geschickt, das war so sicher wie Talaiths Haar lockig war und Izzy zu viel redete. Freilich hatte sie bekommen, was sie gewollt hatte, ohne die Königin von Garbhán töten zu müssen oder sich in den Freitod zu stürzen, aber das bedeutete ebenfalls, dass jemand dies so wollte. Jemand anderer als Arzhela.

Ihr war klar, dass sie an diesem Abend keine Antworten mehr von Morfyd bekommen würde, also ließ sie das Thema fallen. Im Moment zumindest war sie in Sicherheit. Aber was noch wichtiger war: Ihre Tochter war in Sicherheit. Nichts hätte sie glücklicher machen können.

Auch wenn es noch eines gab, was das Ganze perfekt gemacht hätte. Aber sie hatte ihn für immer verloren.

Sie schob die schmerzlichen Gedanken an Briec beiseite und streichelte sanft Izzys kurzes, gewelltes Haar mit ihren Fingern. Und zu ihrem Entzücken gluckste Izzy im Schlaf.

Sie würde eine furchtbar schlechte Nolwenn-Hexe abgeben. Sie ist viel zu fröhlich.

Talaith lächelte; sie wusste, dass das ihre Mutter unglaublich ärgern würde. Der Gedanke gefiel ihr zu gut. Damit machte sie sich wieder über ihr Brot her und genoss die verhaltene, aber vernünftige Unterhaltung mit ihrer ersten weiblichen Freundin und gleichzeitig das Gefühl, dass ihre schöne Tochter sicher an sie geschmiegt neben ihr lag.

Arzhela schrie, und die Priesterinnen, die die Neuigkeiten des Orakels überbracht hatten, fielen zu Boden und Blut strömte aus ihren Augen, Ohren und Mündern.

Sie hatte sie nicht töten wollen, aber Arzhelas Raserei kannte jetzt keine Grenzen mehr.

Dieser Bastard hatte das blöde Kind direkt zu Talaith geführt. Jetzt waren sie alle eine große, glückliche Familie unter dem Schutz dieser Drachenhexe. Und deren Macht wurde nur noch von der ihrer bösartigen Mutter übertroffen. Arzhela würde den Schutz der Drachenhexe nicht ohne jahrelange Arbeit durchbrechen können – und so viel Zeit hatte sie nicht mehr.

Seit Jahrhunderten hatten ihre Orakel die Geburt einer bluttränkten Königin angekündigt, die alles verändern würde. Diese Königin war Annwyl. Aber da sie auf Schritt und Tritt von Drachen umgeben war, war Arzhelas einzige Hoffnung, einen Menschen nahe genug an sie heranzubringen, damit er ihr die narbenübersäte Kehle durchschneiden konnte.

Arzhela hatte Talaith sorgfältig ausgewählt. Eine menschliche Hexe von beträchtlicher Macht, die aber noch zu jung war, um sie zu nutzen. Während andere Nolwenn-Hexen sich niemals Arzhelas Willen gebeugt hätten, machte Talaiths Unerfahrenheit sie zu einem guten Ziel.

Die ständigen Streite mit ihrer Mutter und die Liebesaffäre

mit dem Soldaten machten es beinahe zu einfach. Talaith hatte ihre Tochter allein zur Welt gebracht. Bis ihre Priesterinnen kamen, war das Mädchen fast verblutet gewesen. Dennoch wehrte sie sich heftig, als sie ihr Kind einforderten.

Dieses Kind erwies sich als Arzhelas einziges Druckmittel gegenüber Talaith. Die einzige Art, wie sie diese unbezähmbare Menschenfrau bändigen konnte.

Als das Kind aus Hamishs Obhut verschwand, war sie sicher, dass sie ihre Kontrolle über Talaith verlieren würde, doch das Kind tauchte nie wieder auf. Sie verschwand mit den Männern, die sie mitgenommen hatten; und weder Arzhela noch die anderen Götter konnten das kleine Biest aufstöbern. Irgendwann hatte sie die Suche nach ihr aufgegeben und sich weiter auf Talaith konzentriert.

Zu der Zeit hatte sie geglaubt, das Kind sei vielleicht tot. Arzhela wusste es nicht, aber es war ihr auch egal. Sie wusste nur, dass Talaith nicht wusste, dass das Mädchen weg war. Das bedeutete, dass Arzhela sie immer noch unter ihrer Kontrolle hatte.

Als Annwyl den Thron ihres Bruders übernahm und sich mit dem schwarzen Drachen verbündete, war Arzhela klar gewesen, dass ihre Zeit knapp wurde. Mit Hamishs Hilfe hatte sie das Dorf, in dem Talaith lebte, von alle Informationen abgeschnitten. So hörte Talaith weiterhin nur von Annwyls Übeltaten. Das war notwendig, da ihre Ausbilder es nicht geschafft hatten, ihr dieses Ehrgefühl auszutreiben. Arzhela wusste, dass es ihr unmöglich wäre, eine Frau zu töten, die sie für unschuldig hielt.

Trotzdem hatte sie auf eine Gelegenheit warten müssen, damit Talaith sich Annwyl der Blutrünstigen nähern konnte. Die Hexe hätte den Kampf niemals überlebt. Entweder hätte Annwyl, eine mächtige Kriegerin, sie als letzte Tat getötet, oder Annwyls ihr blind ergebene Elitegarde hätte Talaith als Vergeltung vernichtet. Es war nicht wichtig. Genauso wenig wie das, was mit Talaiths Tochter passierte. Alles, was zählte, war, dass Annwyl vor dem nächsten Vollmond sterben musste.

Und alles war perfekt gelaufen. Es geschah, wie Arzhela es geplant hatte.

Dann war dieser Bastard von silbernem Drachen aufgetaucht und hatte all ihre Pläne zunichte gemacht.

Jetzt hatte Talaith ihre Tochter zurück sowie den Schutz der Drachenhexe und der Blutkönigin.

Doch Arzhela hatte noch andere Optionen. Einen weiteren Plan, den Hamish bereits verfolgte. Es war nicht das, was sie gewollt hatte. Es war chaotischer. Aber sie hatte keine Wahl mehr.

Und sie gab Talaith und ihrer kleinen Nachwuchshexe die Schuld für all das.

Das Schankmädchen knallte noch eine Pint Bier vor Briec auf den Tisch. Sie hatte alles vor ihn hingeknallt, seit er ihr gesagt hatte, sie solle ihn in Ruhe lassen. Sie war nicht erfreut, aber das war ihm egal. Sie nervte ihn. Alles nervte ihn.

Gwenvael war schon ziemlich lange weg, was Briec mehr als genug Zeit gab, zu grübeln und wegen Talaith unglücklich zu sein.

Éibhear saß neben ihm und war ebenfalls unglücklich, aber aus vollkommen anderen Gründen.

»Komm schon, Briec …«

»Wenn du mich noch ein Mal bittest, dir eine Frau zu besorgen, reiße ich dir alle Schuppen einzeln aus!«

Sein kleiner Bruder ließ sich auf seinem Stuhl nach hinten fallen, setzte sich aber sofort wieder gerade hin. »Gwenvael.«

Briec blickte auf und war schockiert zu sehen, dass Gwenvael ernst und vollständig bekleidet in den Schankraum zurückkam. Er ließ Goldstücke auf den Tisch fallen und machte seinen Brüdern ein Zeichen.

Sie warfen sich Blicke zu, bevor sie ihm nach draußen folgten.

»Was ist los?«, fragte Éibhear, als sie die Stadt verließen.

»Unser paranoider großer Bruder könnte recht haben«, bemerkte Gwenvael mit angespanntem Gesichtsausdruck. »Wir müssen in Hamishs Land.«

»Wir sind nicht weiter als einen Tagesflug von dort entfernt. Wenn überhaupt.« Briec erinnerte sich gut an das letzte Mal, als er in der Nähe von Hamishs Ländereien gewesen war – als er Talaith gefunden hatte. Die heimtückische, verräterische Talaith.

»Gut. Ich fürchte, wir haben keine Zeit zu verlieren.«

Es gab ein paar Dinge, die Briec über seine Sippe wusste: Fearghus war meistens schlecht gelaunt, außer er war allein. Die Menschen hatten Glück, dass Morfyd etwas an ihnen lag, denn mit ihrer Macht konnte sie mühelos ein ganzes Königreich zerstören. Keita schlief nie allein, wenn sie es irgendwie vermeiden konnte. Éibhear würde immer der Netteste von ihnen sein. Und Gwenvael der Schöne fürchtete nichts mehr als dass eine zornige Frau – oder der zornige Vater einer Frau – ihm im Schlaf sein bestes Stück abschnitt … bis jetzt.

Plötzlich bewegte sich sein Bruder, der niemals etwas ernst nahm, mit einer Entschlossenheit, die Briec nie zuvor an ihm gesehen hatte, es sei denn, es ging um einen feuchten Schoß.

»Willst du uns nicht erzählen, was passiert ist, Bruder?«

»Aye. Wenn wir unterwegs sind.« Er warf Briec einen Blick zu. »Wenn wir dort fertig sind, Briec, machen wir uns auf den Weg nach Garbhán.«

»Du kannst nach Garbhán fliegen. Ich fliege nach Hause.«

»Das ist deine Entscheidung, Briec. Aber wenn es stimmt,

was ich herausgefunden habe, wird Fearghus seine ganze Familie brauchen.«

Der Drache, der normalerweise nie jemanden brauchte, sollte plötzlich seine ganze Familie brauchen?

Das war viel schlimmer als Briec befürchtet hatte.

18

Talaith zog die Zügel ihres Pferdes an und brachte das riesige Tier zum Stehen. Sie konnte nichts anderes tun als zu starren.

»Was ist los?«, fragte Izzy, die sich um ihre Mutter herumlehnte, um zu sehen, warum sie angehalten hatten. Sie hatten nicht genug Pferde für alle, daher saßen einige zu zweit auf einem. Talaith machte es nichts aus. Seit fünf Tagen hatte sie ihre Tochter nun genau da, wo sie sie immer haben wollte … an ihrer Seite.

»Schau. Die Burg der Insel Garbhán.«

»Oh.« Ihre Tochter sah hin. »Sieht ganz nett aus.«

Talaith lächelte. »Du hast viele Burgen gesehen, was?«

»Ein paar.« Izzy zuckte die Achseln. »Ziegel und Steine beeindrucken mich nicht – eher die Leute darin.«

»Du bist schrecklich … nachdenklich für ein Mädchen, das gerade einmal zehn und sechs ist.«

»Ich hatte in den letzten Jahren nicht viel mehr zu tun als zu denken und zu lesen.«

»Tja, es gibt schlimmere Arten, wie du deine Zeit hättest verbringen können.« *Vor allem für jemanden, der kaum Luft holte, ohne zu sprechen.* »Wir sind nur dank Annwyls Gunst hier.«

»Anders ausgedrückt: Lüg und sag ihr, dass ihr Schloss phantastisch aussieht.«

»Genau.«

Damit ritten sie weiter, und Talaith schloss sich dem Rest der Elitegarde an. Sie sahen alle erschöpft und müde von ihrer Reise aus, und Talaith wusste, dass sie sich danach sehnten, nach Hause zu kommen.

Es waren fünf harte Tage gewesen, die sie pausenlos geritten waren, und Nächte, die sie auf dem kalten, harten Boden geschlafen hatten. Annwyl ließ sich ihr Zelt gar nicht mehr aufstellen. Stattdessen ritten sie schon bei Sonnenaufgang weiter.

Jetzt, wo es nicht mehr weit war, hob sich aber die allgemeine Stimmung. Zwei Stunden später ritten sie in die Stadt, und sobald die Bewohner Annwyl und ihre Männer entdeckten, erhob sich Jubel, und die Leute liefen herbei, um sie zu begrüßen.

Mit hochrotem Kopf nahm Annwyl die Blumen entgegen, die ihr überreicht wurden, schüttelte ein paar Hände und lächelte Babys an. Doch sie hielt nicht an. Bald arbeiteten sie sich durch die Menschenmenge hindurch und erreichten die massiven Tore der Burg von Garbhán.

Während der Regierungszeit von Annwyls Bruder war die Insel Garbhán ein Ort des Schreckens gewesen. Von denen, die hierhergebracht wurden und die nicht von königlichem Blut waren, hörte man nie wieder etwas.

So war es jetzt nicht mehr. Die Burg selbst war strahlend weiß und mit Silber abgesetzt. Die Burganlagen waren sauber, und an den äußeren Mauern des Hofes waren überall Blumen und Bäume gepflanzt.

Annwyl hielt ihr Pferd im Hof an. Stirnrunzelnd sah sie sich um. Talaith wusste nicht, ob sie etwas sah, das ihr Missfallen erregte, oder ob sie etwas suchte.

Kopfschüttelnd und seufzend stieg Annwyl ab. »Talaith, ich habe gestern meinen Boten vorausgeschickt und Gemächer für dich, Izzy und ihre Beschützer herrichten lassen.«

Überrascht sahen Talaith und die Männer einander an. Achaius sprach wie immer für alle drei Männer: »Köni…« Auf Morfyds rasches Kopfschütteln hin korrigierte er sich: »M'lady, für unsereins genügen Ställe vollkommen.«

Annwyl schnaubte. Das schien ihre Version eines Lachens zu sein. »Das ist inakzeptabel, Gentlemen. Ihr werdet alle eure eigenen Zimmer und frische Kleidung bekommen.« Sie wandte sich zu Achaius und den anderen um: »Ihr habt eure Pflicht getan, Männer. Und ihr habt sie gut getan. Ihr verdient jetzt Ruhe und Frieden.«

Sie zog die Satteltaschen von ihrem Pferd. »Abgesehen davon könnte ich loyale Männer wie euch an meiner Seite gebrauchen, falls ihr interessiert seid.« Stammelnd versuchte Achaius zu antworten, aber Annwyl schnitt ihm mit einer erhobenen Hand das Wort ab. »Ihr müsst mir nicht sofort antworten. Ich weiß nicht, was ihr Männer zurückgelassen habt. Aber wenn ihr bleiben wollt, gibt es hier einen Platz für euch. Falls nicht, werdet ihr nicht mit leeren Händen gehen.«

Zu verblüfft, um noch etwas zu sagen, stiegen die Beschützer von ihren Pferden und begannen, das Gepäck abzuladen.

Annwyl sah Talaith an. »Und was euch beide angeht ...«

»Annwyl, ich ...«

»Entschuldige bitte. Hatte ich schon zu Ende gesprochen?«

Talaith seufzte in gespielter Verzweiflung auf, Morfyd kicherte.

»Nein, meine *Lehnsherrin*. Bitte. Sprich weiter.«

Annwyl gab sich keine Mühe, ihr Lächeln zu verbergen und fuhr fort: »Ich will, dass ihr beide hierbleibt, unter meinem Schutz, bis ihr wisst, was ihr tun wollt.«

»Ich habe mir überlegt«, schaltete sich Izzy ein, »dass ich vielleicht ...«

Annwyl legte ihr eine Hand über den Mund und sprach mit Talaith weiter: »Es besteht kein Grund zur Eile, Talaith. Lasst euch so viel Zeit, wie ihr braucht.«

»Danke, Annwyl. Das weiß ich wirklich zu schätzen.« Das tat sie schon deshalb, weil sie wirklich keine Ahnung hatte, was sie tun wollte. Sie und Izzy hatten ihr ganzes Leben vor sich. Ausnahmsweise einmal verspürte Talaith Hoffnung statt Verzweiflung. Es war ein neues und berauschendes Gefühl, das sie einfach nicht gewöhnt war.

»Und nun zu dir, Iseabail die Gefährliche« – Annwyl nahm ihre Hand von Izzys Mund – »was wolltest du sagen?«

Doch Izzy sah Annwyl gar nicht mehr an und hatte ausnahmsweise nichts zu sagen.

»Izzy?«

Das laute Klatschen einer großen Hand auf Annwyls kettenpanzerbedeckten Hintern lenkte beide Frauen von Izzys gefesseltem Gesichtsausdruck ab.

»Und wo zum Teufel warst du so lange?«

Annwyl drehte sich um, und ihr Blick wanderte hinauf, hinauf und noch weiter hinauf zu dem hübschen Gesicht eines absoluten Bären von einem Mann. »Wo *ich* war?«, blaffte sie zurück. Talaith fragte sich, ob Annwyl den Verstand verloren hatte, diesen Mann so herauszufordern. Dann fiel ihr ein, dass Annwyl ihren Verstand schon vor langer Zeit verloren hatte. »Ich habe *unser* Land geschützt. Dort war ich.«

Eine sehr dunkle Augenbraue hob sich über noch dunkleren Augen, und ein Grinsen erschien auf dem Gesicht des gutaussehenden Mannes. »Du solltest schon vor Wochen zurück sein.«

»Tut mir leid, wenn sich der Krieg nicht nach deinen Plänen richtet, Lord.«

»Verstehe«, sagte er, und eine Locke kohlschwarzen Haares glitt unter der Kapuze seines Umhangs hervor und über seine Augen. »Da bittet mich wohl jemand …«

»Also schön«, unterbrach Morfyd, nahm Izzy mit fester Hand an den Schultern und schob sie zu ihren Beschützern hinüber. Das Mädchen ging, doch ihr Blick blieb an demjenigen kleben, von dem Talaith nur annehmen konnte, dass er Annwyls Ehemann war.

Morfyd sah wieder den riesigen Mann an und schüttelte den Kopf. »Hallo Fearghus.«

Ohne seine Augen von Annwyls Gesicht abzuwenden,

machte der Mann eine Handbewegung zu der Hexe hinüber. »Morfyd.«

Morfyd forderte Talaith mit gekrümmtem Finger auf, mit ihr zu kommen. »Komm, Schwester. Ich zeige dir deinen Schlafplatz. Ich fürchte, du und ich sind viel zu jung für so ein Schauspiel.«

Das Paar hatte sich nicht weiter aufeinander zubewegt, doch das mussten sie auch nicht. Die Art, wie sie einander ansahen, genügte, dass sich alle anderen wie Eindringlinge fühlten.

»Nicht nötig. Wir gehen.«

Annwyl grinste über Fearghus' Worte. »Ach ja?«

»Aye.« Fest ergriff er Annwyls Hand. »Ab in die Finstere Schlucht mit dir, Weib!«

Morfyd drehte sich um. »Fearghus, warte. Wir haben viel zu besprechen.«

»Später, Schwester.«

»*Viel* später«, fügte Annwyl mit einem äußerst mädchenhaften Kichern hinzu, während Fearghus sie hinter sich herzog.

Morfyd seufzte und ging auf die Treppe der Burg zu, um Achaius, Izzy und die anderen Männer in das Gebäude und zu ihren Zimmern zu führen.

Doch Talaith folgte ihr nicht; sie war zu beschäftigt damit, der sich entfernenden Gestalt von Annwyls Mann nachzustarren. *Extrem* vertraut. Sie sah ihm nach, bis das Paar um die Ecke der Burg verschwand.

»Nein. Nein«, murmelte sie vor sich hin. Wenn sie so weitermachte, würde sie Briec überall sehen. In jedem Mann, der ihr begegnete, bis ans Ende ihrer Tage. So konnte sie nicht leben.

Nein. Fearghus war lediglich ein sehr großer Mann. Vielleicht ein wenig unnatürlich groß, aber mit den richtigen Zaubern und Opfern konnte eine Mutter das schon zustandebringen. Abgesehen davon war dieser Koloss das, was jemand wie Annwyl brauchte.

Genau das, was jemand wie Annwyl brauchte.

Überzeugt davon, dass sie recht hatte, seufzte Talaith tief und erleichtert auf und verschluckte sich an ihrem eigenen Seufzer. Ein schwarzer, gehörnter Kopf tauchte an der Ecke auf, hinter der Annwyl und Fearghus nur Augenblicke zuvor verschwunden waren. Sein sehr langes schwarzes Haar fegte über den Boden. Um die umstehenden Gebäude nicht zu beschädigen, hielt er seine schwarzen Flügel eng an den Körper gepresst. An seinen *Drachen*körper. Und auf dem Drachen saß die extrem glückliche und zufriedene Annwyl.

Talaiths Lungen blähten sich vor Panik und Aufregung und sie sah schweigend zu, wie Fearghus – und sie wusste, dass es Fearghus war – in die Luft stieg. Ihre Blicke folgten dem Paar – und sie waren ein Paar –, bis es an einem weiteren Drachen vorüberflog.

»Nein, nein, nein. Das kann nicht sein.« Talaith entfernte sich ein paar Schritte von ihrem Pferd und starrte zum Himmel hinauf. Es waren so viele! Drachen aller Farben flogen über sie hinweg. Manche saßen auch geduldig auf den silberbeschlagenen Spitzen der Burg und plauderten mit anderen Drachen, die um sie herumflogen.

Von Weitem hatte sie die Drachen wohl nicht gesehen, weil sie nicht gesehen werden wollten. Höchstwahrscheinlich zur Verteidigung von Garbhán.

Als sie eine Hand an ihre Brust legte, merkte sie, dass ihr *tatsächlich* das Herz stehengeblieben war. Musste es nicht eigentlich schlagen? »Das kann nicht sein!«

Talaith brauchte Antworten. Und sie brauchte sie sofort. Sie sprintete in die Burg, schob sich an Soldaten und Wachen vorbei, durch den Rittersaal, wo man bereits Vorbereitungen für das Festmahl des Abends traf, und rannte die Steinstufen hinauf. Sie fand Morfyd und die anderen im ersten Stock.

»Oh, Talaith. Gut. Das hier wird dein Zimmer.«

»Gut.« Talaith ergriff Morfyds Arm und schob sie ins Schlafzimmer. »Lass uns bitte einen Moment allein, Iseabail«, sagte sie zu ihrer überraschten Tochter, bevor sie die Tür zuknallte.

»Was ist los mit …«

»Fearghus ist gerade weg*geflogen*!«

»Oh.« Und sie sah, wie Morfyd schon wieder versuchte, ihr Lächeln zu verbergen. *Hinterhältiges, verräterisches Weib!*

»Ist das alles, was du zu sagen hast?«

»Schrei mich nicht an, Hexe«, blaffte Morfyd zurück.

»Was erwartest du von mir? Du hast mich angelogen!«

»Nein, habe ich nicht.«

»Du hast alles gesehen, Morfyd. Du warst in meinem Kopf. Ungebeten, wenn du dich erinnerst. Du wusstet von Briec.«

Dieses verfluchte Grinsen war schon wieder da. »Aye. Das stimmt.«

»Wie konntest du mir das dann verschweigen?«

Morfyds Augen wurden schmal. »Du schreist schon wieder.«

Talaith schloss die Augen, als ihr etwas bewusst wurde. »Fearghus hat dich ›Schwester‹ genannt.« Und zwar nicht so, wie Hexen einander »Schwester« nennen. Sondern wie genervte Geschwister.

»Aye.«

Was bedeutet …

Talaith ging wieder zur Tür. »Wir gehen.« Sie würde ihre Tochter nehmen und gehen. Sie konnte nicht hierbleiben. Nicht jetzt.

Sie hatte die Hand schon am metallenen Türknauf, als Morfyds Stimme sie stoppte. »Und wo wirst du hingehen, Talaith, Tochter der Haldane? Wohin wirst du Izzy bringen und was meinst du, wo ihr sicher sein werdet? Annwyl scheint zu glauben, es sei vorbei, aber wir beide wissen, dass es nicht vorbei ist. Nicht, bevor Arzhela erledigt ist.«

Morfyd stand jetzt neben ihr. »Aber hier bist du sicher. Unter meinem Schutz und dem Schutz meiner Leute. Wenn du jetzt davonläufst …«

»… werde ich ewig davonlaufen«, vollendete Talaith den Satz für sie.

»Und deine Tochter ebenfalls. Ist Izzy nicht schon genug davongelaufen?«

Talaith lehnte ihren Kopf an die Tür. »Aber Briec …«

»Briec kommt nie hierher.« Morfyd strich Talaiths Haare zurück. Niemand außer Briec hatte sie je aus reiner Freundlichkeit berührt. »Er hasst diese Burg. Er verachtet Annwyl. Und den Rest von uns erträgt er kaum. Das Weiteste, wohin er geht, sind die Dunklen Ebenen. Fearghus' Höhle. Hier kommt er nicht her. Und wenn du willst, sage ich ihm nicht, dass du hier bist. Wenn das wirklich dein Wunsch ist.«

Sie zögerte nicht. »Nein. Ich will nicht, dass er weiß, dass ich hier bin.« Sie hatte in den letzten Tagen hart daran gearbeitet, ihn aus ihren Gedanken und ihrem Herzen zu verbannen. Ihn jetzt wieder hereinzulassen würde nur dazu führen, dass ihr Herz brach, wenn er sie verließ.

»Dann werde ich es ihm niemals sagen.«

Talaith, die plötzlich unendlich müde war, zog die Tür auf. »Danke, Morfyd.«

Die, von der sie nun wusste, dass sie eine der seltenen Drachenhexen war, von der ihre Mutter und ihre Schwesternschaft in ehrfürchtigem Ton sprachen – und sie sprachen nur von wenigen Wesen so – nickte und ging hinaus. Talaith hörte, wie sie den Männern ihre Zimmer zeigte. Izzy kam herein, bevor sie die Tür schließen konnte.

»Ist alles in Ordnung?«

Talaith nickte und schleppte sich durch den Raum zu dem großen Bett in seiner Mitte. Sie ließ sich rückwärts darauffallen, ohne Rücksicht auf ihre von der Reise schmutzigen Kleider zu nehmen. »Alles ist gut, Izzy.«

Die Tür wurde geschlossen, doch Talaith wusste, dass Izzy nicht gegangen war. Das Bett senkte sich, als Izzy sich neben ihr ausstreckte.

»Ich rede zu viel, stimmt's?«

Talaith, dankbar für die Ablenkung, lachte. »Das tun wir beide, glaube ich.«

»Warst du enttäuscht, als du mich endlich kennengelernt hast?«

Talaith drehte sich auf die Seite und stützte den Kopf auf die Hand. »Natürlich nicht.« Sanft nahm sie Izzys Haare, fuhr mit den Fingern durch die welligen, hellbraunen Strähnen. Ihre Tochter ließ ihre weichen Haare nie zu lang wachsen. Sie reichten ihr kaum bis zu den Schultern, und schon jetzt beschwerte sie sich ständig, sie seien »nicht mehr zu bändigen«.

»Du erinnerst mich so sehr an deinen Vater.«

»Ist das gut oder schlecht?«

»Es ist das Beste. Ich habe ihn geliebt. Er sah gut aus und war mutig und sehr groß. Und er sagte auch immer offen, was er dachte.«

Izzy, die von Natur aus ein herzliches Wesen hatte, nahm Talaiths freie Hand. »Du solltest wissen«, sagte sie in gespieltem Ernst, »dass ich ein echtes Problem damit habe, offen auszusprechen, was ich denke.«

»Ja. Ich habe schon bemerkt, dass du ein schüchternes, zurückhaltendes Mädchen bist.«

»Und gefallsüchtig.«

Lachend genoss Talaith den guten Humor ihrer Tochter. Wenn man bedachte, was Iseabail durchgemacht hatte, war es bewundernswert.

Dennoch wollte sie nicht, dass das arme Mädchen zu Tode erschrak, wenn es nach draußen ging.

»Izzy, da ist etwas, was ich dir sagen sollte …«

»Bei den Göttern!« Izzy krabbelte vom Bett und stürzte zu den großen Fenstern. Sie stieß das dicke, schwere Glas auf – keine Pfeile konnten dieses stabile Material durchdringen – und beugte sich hinaus. »Sieh nur!«

Aus Angst, sie könnte sie heranlocken, ging Talaith rasch zu ihrer Tochter hinüber. »Geh ins Zimmer, Izzy«, befahl sie, während sie die Fenster schloss.

Izzy starrte sie an. »Du hast keine Angst vor ihnen, oder?«

Die Art, wie ihre Tochter das fragte, machte Talaith sehr nervös; sie wusste nur nicht, warum. »Du nicht?«

»Warum sollte ich? Der, der mich beschützt, ist … äh … hmmm …« Izzy fand plötzlich den Fensterrahmen außerordentlich interessant.

Talaith nahm ihre Tochter bei den Armen und drehte sie zu sich um. »Iseabail?«

»Ja?«

»Der Gott, der dich beschützt …«

»Er ist furchtbar nett«, beeilte sie sich zu erklären. »Und wie du weißt, hat er nur die besten Männer zu meinem Schutz ausgewählt und …«

»Dein Gott ist ein Drache?«

»Es gibt keinen Grund, so zu schreien«, murmelte Izzy. »Er beschützt mich schon seit Jahren. Er hat mir nie wehgetan oder irgendetwas von mir gefordert. Nur, dass ich nicht sage, wer er ist. Er sagte, die Leute würden es nicht verstehen. Das habe ich wohl ziemlich verbockt, was?«

»Verdammt, Izzy!«

»Du verstehst nicht. Er hat sich so gut um mich gekümmert. Er hat mir Lesen und Schreiben beigebracht. Ein bisschen Mathe und Naturwissenschaften, auch wenn ich darin nicht sehr gut bin. Und Geschichte, darin bin ich herausragend.«

»Und er will nichts als Gegenleistung für all diese Fürsorge? All diesen Schutz?«

»Nein. Er hat mich nie um etwas gebeten.«

»Wissen es deine Beschützer?«

Sie schüttelte den Kopf. »Für sie war er nur eine Stimme. Er dachte sich, das sei weniger furchterregend.«

»Aber du …«

Sie zuckte die Achseln. »Immer als Drache. Er kam in meinen Träumen zu mir. Das hat mir nie etwas ausgemacht. Ich fand ihn tröstlich.«

»Wer, Izzy?«

Verwirrt runzelte sie die Stirn. »Wer was?«

»Wer ist dieser Drachengott, der dich beschützt?«

Sie lächelte. »Na, Rhydderch Hael natürlich. Wer sonst wäre mächtig genug, um mich vor den menschlichen Göttern zu schützen?«

Talaith schloss die Augen, und ihr Herz drohte stehen zu bleiben. »Rhydderch Hael? Er ist dein Beschützer?«

»Aye.«

»Der *Vater* aller Drachen ist *dein* Beschützer? Das willst du mir erzählen?«

»Er ist furchtbar nett!«, beharrte sie.

Talaith zermarterte sich das Gehirn und versuchte, sich daran zu erinnern, was die Lehren der Nolwenn-Hexen über Rhydderch Hael sagten: Sie wusste, dass er einer der ältesten Götter in dieser Welt und vielen anderen war. Er hatte eine treue Gefährtin. Eine Drachengöttin von genauso unglaublicher Macht, die viele fürchteten.

Er kümmerte sich um die Drachen. Er schützte sie, gab ihnen Magie und andere Fähigkeiten, und er verlangte von ihnen lediglich, dass sie sich um die Welt kümmerten, in der sie lebten. Das funktionierte so seit Jahrhunderten, sogar seit Äonen. Doch neue Götter erschienen. Launische und machthungrige Götter, und diese brachten die Menschen mit. Das veränderte alles. Vor allem, weil die Menschen nicht davon abzubringen waren, Drachen zu jagen, und weil Drachen wiederum Menschen so schmackhaft fanden.

Viele glaubten, dass einige der Menschengötter, unter anderem Arzhela, Rhydderch Hael vernichten wollten, und hofften, dass dadurch seine Macht und die Herrschaft über diese Welt und viele andere Welten auf sie übergehen würde. Doch wie immer unterschätzten sie den Zorn einer Frau. Rhydderch Haels Gefährtin kämpfte an seiner Seite und verpflichtete die anderen Drachengötter für seine Sache. Sie drängten Arzhela und ihr Göttergeschlecht in ihr Reich zurück und schufen eine Schranke, die sie für immer fernhielt, während die Götter der Menschen dasselbe taten.

Seit damals wurden die Menschen und Drachen jeweils als Krieger oder Geiseln benutzt, in der Hoffnung, immer mehr Macht zu erlangen. Bisher herrschte Gleichgewicht.

Doch Talaith wusste gut, dass die kleinste Verschiebung alles für immer verändern konnte.

»Izzy«, seufzte sie, weil sie nicht wusste, was sie sonst sagen sollte.

Izzy wurde wieder munter. »Aber findest du Drachen nicht auch faszinierend?«

Talaith verdrehte die Augen. »Nein.« Arrogant und ärgerlich, ja. Faszinierend – niemals.

Izzy sah aus dem geschlossenen Fenster. »Glaubst du, einer von ihnen nimmt mich mal auf einen Flug mit?«

Ihre Mutter ging zum Bett zurück, ließ sich mit dem Gesicht voraus darauffallen und tat so, als hätte sie das nicht gehört.

19

»Hör auf, so herumzuzappeln!«

»Entschuldigung.« Iseabail hielt ungefähr dreißig Sekunden still … dann fing sie wieder an.

»Izzy!«

»Tut mir leid. Ich war noch nie bei einer Party.«

»Mach so weiter, und du wirst zu dieser auch nicht gehen, weil du nichts anhast.«

Izzy die Gefährliche sah im Spiegel das Spiegelbild der Frau an, die sie zur Welt gebracht hatte. Sie war gerade damit beschäftigt, die Rückseite von Izzys Kleid zuzuschnüren. Es war Izzys erstes Kleid, seit sie sieben war. Und definitiv ihr erstes Erwachsenenkleid.

Sie konnte es immer noch nicht glauben, dass es erst zwei Wochen her war, dass sich ihr Leben von Grund auf verändert hatte. Aus einem heimatlosen, mutterlosen Bastard, der mit drei armen Soldaten durch die Lande wanderte, war jetzt ein einfacher Bastard geworden. Aber jetzt hatte sie ein Zuhause. Und eine Mutter. Eine Mutter, die sie liebte. Sie hatte ihre Mutter schon geliebt, bevor sie sie kennengelernt hatte, doch es hatte immer das Risiko bestanden, dass sie sich als schreckliche, garstige Frau entpuppen würde. Das war sie nicht. Sie war toll. Und so lustig. Wenn es eines gab, das Izzy liebte, dann war das zu lachen. Ihre Mutter brachte sie zum Lachen – ständig.

»Endlich.« Talaith, die ihr die Entscheidung überlassen hatte, ob sie sie Mutter nennen wollte oder nicht, nahm sie an den Hüften und drehte sie herum, sodass Mutter und Tochter einander gegenüberstanden. Tiefe Falten erschienen auf Talaiths Stirn, als sie auf Izzys Brust sah. »Mir gefällt es nicht besonders, wie tief ausgeschnitten das ist.«

Izzy sah an sich hinab. »Warum? Es ist ja nicht so, dass ich etwas Nennenswertes vorzuweisen hätte.«

»Noch nicht. Wenn du auch nur annähernd nach mir kommst, bist du eine Spätentwicklerin. Trotzdem ist es furchtbar tief ausgeschnitten.« Plötzlich griffen die Hände ihrer Mutter nach dem Mieder des Kleides und zogen es nach oben.

Sie verdrehte die Augen und schlug nach den Händen ihrer Mutter. »Es werden noch andere Mädchen in meinem Alter dort sein, und sie werden ähnliche Kleider tragen.«

»Mir egal. Es ist Sache ihrer Mütter, ob sie wollen, dass sie aussehen wie Huren.«

Die zwei sahen sich an. Es war Izzys Schnauben, das beide loskichern ließ.

»Das ist ja schrecklich, so etwas zu sagen!«

»Vielleicht.« Talaith hob einen Rosenblütenkranz vom Bett auf. Izzy war noch nicht alt genug, um Blumen ins Haar zu flechten wie ihre Mutter. Doch der Kranz war schön und roch wundervoll. »Denk dran, Tochter: Achaius wird heute Abend auf dich aufpassen.« Achaius hatte Annwyls Angebot angenommen zu bleiben, während ihre beiden anderen Beschützer nach dem Festmahl nach Hause zu ihren Familien zurückzukehren wollten.

»Wenn irgendeiner von diesen lüsternen Soldaten näher als fünf Fuß an dich herankommt, wird er es bereuen!«

»Du und Achaius habt wieder Strategien ausgeheckt«, beschwerte sich Izzy. Das taten sie in letzter Zeit oft.

Talaith setzte Izzy den Kranz auf den Kopf, rückte ihn zurecht und schnaufte zufrieden. »Das müsste passen.«

Sie trat zurück und besah sich ihre Tochter von oben bis unten. Sie lächelte, doch das Lächeln verwandelte sich rasch wieder in ein Stirnrunzeln. Sie kauerte sich nieder und hob ein wenig den Saum von Izzys Kleid an. »Was ist das an deinen Füßen? Wo sind die Pantoffeln, die ich dir gegeben habe?«

Izzy blickte hinab auf die Lederstiefel, die sie trug und an denen an beiden Seiten Dolche befestigt waren. Annwyl hatte sie ihr geliehen. Sie hatten beide gleich riesige Füße. »Pantoffeln? Was, wenn ich um mein Leben laufen oder ein Tier umbringen muss? Das kann ich schließlich nicht mit diesen Mädchenpantoffeln machen, oder?«

Sie drehte sich um und ging zur Tür, hörte hinter sich aber noch ihre Mutter vor sich hinmurmeln: »Ja, du bist meine Tochter, ganz eindeutig.«

Fearghus seufzte. »Beweg deinen Hintern, Frau.«

»Zügle dich, Drache«, schrie Annwyl aus dem Nebenraum zurück, den sie für sich reserviert hatte. Er war voll von ihren Kleidern, Rüstungen, Waffen und Büchern. Annwyl und ihre Bücher. Doch wenn sie zusammen waren, teilten sie das Bett.

»Erklär mir noch mal, warum wir diese Party geben.« Er hätte den Abend viel lieber damit verbracht, etwas Herzhaftes zu essen und sich dann bis zum Morgen in seiner Frau zu vergraben. Partys – wie auch die meisten anderen Dinge außer Annwyl – langweilten ihn.

»Es ist keine Party. Es ist ein Festmahl. Und es ist zu Ehren meiner Männer, ihrer Familien und was du dir sonst noch vorstellen kannst.«

Auf dem Bett ausgestreckt, warf Fearghus einen Arm über seine Augen. »Können sie dieses Festmahl nicht ohne uns haben?«

»Du quengelst, Fearghus. Quengel nicht. Also, wie sehe ich aus?«

Er nahm den Arm vom Gesicht, und ihm stockte der Atem bei ihrem Anblick. Annwyl hatte nicht einmal bei ihrer Krönung ein Kleid getragen. Er hatte keine Ahnung, warum sie heute Abend beschlossen hatte, eines zu tragen, aber er würde ewig dafür dankbar sein. Das moosgrüne Kleid umschmeichelte ihre Kurven und brachte ihre großen Brüste zur Geltung. Die schmalen Ärmel reichten bis zur Mitte ihrer Hand, bedeckten Fearghus' Brandmale, und eine Samtschlaufe schlang sich um den Mittelfinger jeder Hand und hielt die Ärmel so an Ort und Stelle. Ihr goldbraunes Haar, in das grüne Blumen geflochten waren, reichte ihr bis zu den Hüften.

Aber eines konnte nur Annwyl – sie hatte sich trotzdem zwei Schwerter auf den Rücken geschnallt. Natürlich waren es nicht ihre großen Schlachtschwerter, sondern ein Paar, das sie extra hatte anfertigen lassen: die Griffe waren mit Edelsteinen besetzt, die Klingen aber rasiermesserscharf.

»Du siehst wunderschön aus.«

Nach allem, was sie zusammen getan hatten, allem, was sie zusammen erlebt hatten, konnte er sie immer noch zum Erröten bringen.

»Ähm … danke.«

Er streckte die Hand nach ihr aus. »Komm her, Königin Annwyl.«

Sie machte einen Schritt auf ihn zu, dann hielt sie inne. »Oh nein. So leicht kriegst du mich nicht, Ritter.« Unbewusst nannte sie ihn immer, wenn sie ihn begehrte, so wie damals, als sie noch nicht wusste, dass der Drache und der Mann dasselbe Wesen waren. »Sie warten auf uns. Wir müssen unsere Gäste begrüßen.«

Fearghus knurrte. »Ich sagte, komm her.«

Mit einem für eine Königin sehr unpassenden Kreischen stürmte Annwyl zurück in ihr Zimmer. Bevor sie verschwand, sah Fearghus, dass sie Lederstiefel trug, in deren Seiten sie Dolche geschoben hatte. *Meine Annwyl.* Er hätte sie gar nicht anders gewollt … es sei denn, auf dem Rücken liegend.

Er sprang vom Bett auf und riss die Tür auf, die von ihrem gemeinsamen Zimmer in den Flur führte. Sie kam gerade aus dem anderen Zimmer. Als sie ihn sah, kreischte sie noch einmal und rannte auf die Treppe zu. Er folgte ihr und sie drängelten sich an einigen Mitgliedern der höchsten Königshäuser von Menschen und Drachen vorbei, die es im Land gab. Ein paar von ihnen schubsten sie gegen die Wand. Es kümmerte sie nicht.

»Komm her, Weib!«

»Das wirst du nicht erleben, Drache!«

Sie schaffte es bis nach unten und entkam gerade noch Fearghus' ausgestreckter Hand. Aber sein anderer Arm schlang sich um ihre Taille und hob sie vom Boden hoch.

»Lass mich los!«

»Ich hab dich, meine Königin. Die Frage ist jetzt: Was werde ich mit dir machen?«

»Mistkerl!«

»Mit Schmeicheleien kommt man überall hin.«

Die beiden lachten und rauften, bis sie aufsahen und feststellten, dass sowohl Brastias als auch Morfyd sie anstarrten.

»Muss das sein?«, wollte Morfyd in barschem Flüsterton wissen. »Vor *allen*?«

»Na ja, eigentlich …«, begann Annwyl, aber Fearghus fürchtete, was sie sagen würde und legte er ihr eine Hand über den Mund.

»Entschuldige, Schwester. Wir hören auf.«

»Gut.«

Morfyd und Brastias gingen weiter, doch sobald Fearghus Annwyl losließ, schrie sie hinter ihnen her: »Wir geben unser Bestes, um brave kleine Monarchen zu sein!«

Morfyd wirbelte so schnell herum und bleckte ihre Reißzähne, dass Annwyl zurückwich und sich hinter Fearghus versteckte.

»Na, sind wir heute wieder ganz die mutige Königin, meine Liebe?«

»Halt den Mund, Gefährte.«

Er war einer der jungen Soldaten in Ausbildung. Er gab schon seit fünf Minuten damit an, während er pausenlos seine weißblonden Locken über seine Schulter warf.

Izzy mochte ihn nicht. Und sie hatte das beinahe überwältigende Bedürfnis, ihm seinen aufgeblasenen Schädel zu rasieren und dann ihr Kissen mit all diesen blonden Haaren zu stopfen.

Plötzlich strömte Musik durch den Saal, und der Tanz begann. Izzy wollte so gerne tanzen, weil sie es nie zuvor getan hatte.

Sie wandte sich von dem Jungen ab – als Mann würde sie ihn niemals bezeichnen – und hoffte, einen Tanzpartner zu finden, der ihr keine Schauer über den Rücken jagte. Sie erstarrte, als eine Hand fest nach ihrem Arm griff.

Sie blickte auf die Hand hinab und dann hinauf zu dem Jungen, dem diese Hand gehörte.

»Lass mich los.«

»Wir waren noch nicht fertig mit unserem Gespräch.«

»Jetzt sind wir es.«

Er schenkte ihr ein nachsichtiges Lächeln, das sie ihm zu gern aus dem Gesicht geboxt hätte.

»Komm. Tanz mit mir.« Er ignorierte ihren Versuch, sich von ihm loszumachen und steuerte auf die Tanzfläche zu. Doch drei große Männer versperrten ihm den Weg.

»Probleme, Izzy?«, fragte Achaius in ruhigem Ton, doch Izzy hatte neun Jahre mit ihm zusammen gelebt. Sie wusste, in welchen Situationen er durchdrehen und dabei ein paar Köpfe einschlagen konnte.

»Nein. Alles klar.«

Der Junge war ein Dummkopf, aber nichts, womit sie nicht fertigwurde.

Ihre Beschützer blickten auf die Hand hinab, die ihren Arm hielt, und dann zurück zu ihr.

»Sieht nicht so aus«, bemerkte Achaius.

»Achaius …«

»Vielleicht gehst du mir jetzt besser aus dem Weg, alter Mann.«

Izzy zuckte zusammen und dachte, dass das Schicksal des Jungen besiegelt wäre.

Achaius ignorierte den Jungen allerdings und konzentrierte sich auf Izzy. »Was haben wir dir beigebracht, Izzy, wenn dich jemand ohne deine Erlaubnis anfasst?«

»Aber …«

»Izzy?«

Mit einem Seufzen drehte sie sich zu dem Jungen um, der immer noch ihren Arm festhielt. Dann knallte sie ihm die Faust ihres freien Arms gegen die Kehle.

Erschrocken und nach Atem ringend, taumelte er rückwärts.

»Braves Mädchen.« Achaius tätschelte ihr den Rücken. »Und jetzt ab mit dir. Wir übernehmen den Rest.«

»Achaius, es war wirklich nicht …«

»Zwing mich nicht, deine Mutter zu holen, Iseabail.«

»Nein, nein. Nicht nötig«, antwortete sie hastig.

Dem Jungen war es wahrscheinlich nicht klar, aber er war wirklich besser dran, wenn er von diesen drei Männern in einer dunklen Ecke eine Abreibung bekam, als wenn er mit ihrer Mutter konfrontiert würde. Sie hatte gesehen, was diese Frau anrichten konnte und erinnerte sich lebhaft an die Leichen auf dem Schlachtfeld.

Nein, es war das Beste, ihre Mutter herauszuhalten.

»Dann geh und amüsier dich«, sagte Achaius und schob sie sanft in Richtung Tanzfläche. »Wir kommen in ein paar Minuten zurück.«

Sie warf einen Blick auf den Jungen und verspürte einen kleinen Stich des Mitleids, aber das hatte er sich wirklich selbst zuzuschreiben.

Talaith brachte gerade noch einen Aufschrei heraus, als eine starke Hand sie in einen leeren Flur zerrte. Sie griff nach ihrem versteckten Dolch, merkte aber schnell, dass es nur Morfyd war.

»Ausgebildete Assassininnen zu schnappen und sie in dunkle Ecken zu zerren ist keine gute Idee, Morfyd.«

Morfyd tat ihre Worte mit einer Handbewegung ab. »Vergiss das alles. Ich habe etwas viel Interessanteres.«

Die beiden Frauen blieben stehen, als ein junger Mann mit weißblonden Haaren an ihnen vorbeistürmte. Er war wohl zusammengeschlagen worden, sein Gesicht war blutverschmiert.

Talaith sah ihn um eine Ecke verschwinden. »Sollte ich fragen …«

»Nein«, unterbrach sie Morfyd. »Wahrscheinlich nicht.«

Die Drachenhexe hatte wahrscheinlich recht. Es war viel besser, wenn Talaith nicht wusste, was los war.

»Also, was ist so interessant?«

»Der Hauptmann der Wache findet dich ziemlich attraktiv.«

Talaith starrte die Drachenhexe an, die ihre menschlicher Gestalt angenommen hatte, sagte aber nichts.

»Also?«, drängte Morfyd, die offensichtlich aufgeregt war, denn sie wippte auf den Zehenspitzen.

»Also was?«

»Geh mit ihm tanzen!«

Bei den Göttern, sie will mich verkuppeln.

»Auf keinen Fall.« Talaith drehte sich um und wollte zurück zur Party gehen, als Morfyds Worte sie abrupt stoppten.

»Ich dachte, du bist über ihn hinweg?«

Talaith wirbelte zu ihrer neuen Freundin und momentanen königlichen Nervensäge herum. »*Wir* werden *nie* wieder über ihn sprechen. Verstanden?«

»Warum, wenn er dir nichts mehr bedeutet?«

Talaith schob Morfyd zurück in die dunkle Nische. »Würdest du bitte leiser sprechen! Ehrlich, ich weiß nicht, warum du immer wieder davon anfängst!«

»Ich will, dass du glücklich bist.«

»Ich bin glücklich. Mit meiner Tochter.«

»Und das ist alles, was du willst?«

»Das ist alles, was ich je wollte. Also lass es gut sein, Morfyd.«

Talaith ging, und sie ging auch weiter, als Morfyd viel zu laut flüsterte: »Was ist mit dem Herzog von Winsley? Er ist ziemlich süß und steinreich.«

Annwyl dachte darüber nach, sich selbst anzuzünden. Alles musste besser sein als diesem Mann zuzuhören, der pausenlos redete. Wer war er noch mal? Lord Winsley? Herzog Winsley? Egal. Er war langweilig, und seine Nase war übermäßig lang. Sie hatte das Bedürfnis, sie ihm zu brechen. Würde er weinen wie ein Baby? Oder es wie ein Mann nehmen? Sie hätte auf Weinen gesetzt. Er sah schwach aus. Sie hasste schwache Männer. Sie hasste schwache Frauen. Sie hasste Schwäche im Allgemeinen.

Abgesehen davon nannte er sie ständig Königin. Sicher, Morfyd hatte gesagt, kein Köpfeabhacken während des Festmahls. Aber was war mit einem Arm? Oder einem Bein? Natürlich würde es viel Geschrei geben, aber es war ihr lieber, wenn dieser Mann schrie, als wenn er sie zu Tode langweilte.

Annwyl sah über den Kopf des Mannes hinweg – selbst barfuß würde sie ihn überragen – und sah Fearghus am Eingang einer Nische stehen. Als er merkte, dass er ihre Aufmerksamkeit erregt hatte, lächelte er und deutete mit dem Kopf in Richtung der Nische. Dann verschwand er darin.

Wohl wissend, was sie erwartete, sah sie auf den Herzog oder Graf oder was auch immer er war hinab, und sagte: »Das ist faszinierend, aber ich muss gehen.«

Ohne abzuwarten, ob er noch ein weiteres quälend langweiliges Wort sagte, schlängelte sie sich durch die Menge und ging in die dunkle Nische. Sobald sie sie betrat, glitten Fearghus' Hände um ihre Taille und zogen sie tiefer hinein. Er drückte sie an die Wand, seine Lippen an ihrer Kehle, und seine Hände schoben ihr Kleid hoch.

Sie vergrub ihre Finger in seinen Haaren und biss sich auf die Lippen, um nicht aufzuschreien. Es half allerdings nicht. Nicht, wenn Morfyds persönlicher »Kampfhund« jeden ihrer Schritte überwachte.

»Meine Lehnsherrin?«

Fearghus' Hände hielten inne, und Annwyl spürte, wie ihre Wut langsam an die Oberfläche hochkochte.

Durch zusammengebissene Zähne knurrte sie: »Was denn, Brastias?«

»Deine bescheidenen Diener erwarten dich, M'lady.«

»Und sie können auch noch länger warten«, knurrte sie zurück.

»Nein, meine Königin, ich glaube nicht, dass sie das können.«

»Brastias ...«

»Zwing mich nicht, Morfyd zu holen, meine Ladyschaft.«

Verdammt. Er nannte sie nur so, um sie zu ärgern. Und das mit Erfolg.

»Na *schön!*«

Annwyl machte sich von Fearghus los, ignorierte dessen warnendes Knurren und stapfte aus der Nische heraus.

»Zufrieden?«

»Aye. Das bin ich wirklich, meine ...«

»Wenn du mir noch einen Titel gibst, schneide ich dir die Kehle durch, das verspreche ich dir!«

Brastias grinste. Der Mistkerl. »Ganz nach deinen Wünschen, Annwyl.«

»Eigentlich nicht. Sonst wäre ich noch da drin.«

Brastias lachte und warf einen Blick zurück in die dunkle Nische. »Und du, Mylord? Wirst du dich ebenfalls zu uns gesellen?«

Ein tiefer Seufzer kam aus der Dunkelheit, dann antwortete Fearghus' Stimme gereizt: »Im Moment nicht, nein.«

Annwyl verzog das Gesicht. Sie war vielleicht ein wenig feucht zwischen den Beinen, aber ihr langes Kleid verbarg das gut. Doch sie wusste, die Kettenpanzerhose des armen Fearghus würde die Erektion, die sie nur Augenblicke zuvor an ihren Bauch gepresst gespürt hatte, niemals verbergen können.

»Weißt du, *so* alt siehst du wirklich nicht aus.«

Talaith hielt Izzy die Hand vor den Mund. Sie schenkte dem Herzog, den ihre Tochter soeben beleidigt hatte, ein gezwungenes Lächeln und zerrte das Mädchen weg.

»Also gut, Fräulein, ich will, dass du deine Zunge im Zaum hältst.«

Izzy sah ihre Mutter finster an und nickte. Sie zog die Hand ihrer Mutter von ihrem Mund weg. »Es tut mir leid. Ich wollte ihn nicht beleidigen. Ich konnte einfach nicht fassen, wie alt er ist!«

»Und wie hast du sein Alter herausgefunden?«

»Ich habe ihn gefragt.«

Talaith seufzte. »Das kannst du nicht machen, Izzy.«

»Warum nicht?«

Ihr Drachenbeschützer hatte ihrer Tochter ganz eindeutig nicht viel beigebracht, was Manieren anging. Aber wenn Talaith recht darüber nachdachte, passten Drachen und Manieren sowieso nicht gut zusammen. Brutale Ehrlichkeit und Direktheit – darin lagen ihre Stärken.

»Weil es als unhöflich gilt.«

»Es tut mir leid.« Sie schien entsetzt, dass sie den Mann beleidigt haben könnte. »Ich gehe mich entschuldigen.«

»Nein.« Talaith schnappte den Arm ihrer Tochter, bevor diese losgehen konnte – das Mädchen bewegte sich blitzschnell. »Ich bin sicher, er hat es schon vergessen. Aber es so zu betonen …«

Izzy schloss die Augen. »Ich bin nicht gut darin, was?«

»Izzy, du hast die letzten neun Jahren mit drei harten Soldaten zusammengelebt. Du machst das gut.« Nur ihr Eifer riss sie ständig mit. »Achte einfach auf deine Zunge und versuche nachzudenken, *bevor* du sprichst.«

Izzy nickte. Plötzlich beugte sie sich vor, umarmte Talaith und küsste sie auf die Wange, dann löste sie sich wieder von ihr.

Mutter und Tochter lächelten einander an, bevor Izzy davonhüpfte und sich auf die Suche nach weiteren Leuten machte, die sie versehentlich beleidigen konnte.

Brastias beobachtete die Besucher des Festes genau. Natürlich sollte er ein Partygast sein wie alle anderen, doch die beiden Assassinen, die ausgeschickt worden waren, um seine Königin zu töten, hatten ihn überaus misstrauisch gemacht.

Laut Morfyd, die ihn um sein Stillschweigen gebeten hatte, war Talaith eine von diesen Assassinen. Es überraschte ihn, dass sie noch lebte und sogar anscheinend zur besten Freundin der Königin und ihrer Schlachtenmagierin geworden war. Er hatte keine Ahnung, warum. Sowohl Annwyl als auch Morfyd bestanden darauf, dass sie ein Opfer der Umstände gewesen sei. Vielleicht. Brastias wusste es nicht genau. Aber er musste widerstrebend zugegeben, dass er Talaith inzwischen auch gern hatte. Vor allem mochte er ihre laute, schwatzhafte Tochter.

Bisher hatte Fearghus niemand erzählt, wie Talaith zu ihrer

kleinen Gruppe gestoßen war, und er war so glücklich, Annwyl wiederzuhaben, dass er auch nicht nachfragte.

Es wird nicht lustig, wenn er es herausfindet.

Denn er würde es herausfinden. Er fand alles heraus.

»Kannst du mal damit aufhören, General?«

Brastias sah Danelin an. »Was meinst du?«

»Wenn du die Gäste noch ein bisschen mehr anstarrst, wirst du sie dazu bringen, sich auszuziehen und sich vorzubeugen.«

Brastias kicherte. »Bin ich so durchschaubar?«

»Aye, Sir. Übrigens« – er deutete durch den Raum – »ist da eine, bei der ich mir sicher bin, dass sie nichts dagegen hätte, wenn du sie um einen Tanz bitten würdest.«

Brastias sah in die Richtung, in die sein Stellvertreter blickte, und sein Blick fiel auf Morfyd. Heute Abend trug sie nicht ihre üblichen Hexengewänder. Stattdessen hatte sie ein funkelndes weißes Kleid mit tiefem Ausschnitt an, und ihre weißen lockigen Haare, die über und über mit weißen und silbernen Blumen durchflochten waren, fielen offen auf ihre Schultern und über ihren Rücken.

Es war definitiv das Schönste, was er in seinem ganzen Leben gesehen hatte.

»Na los, Sir.« Danelin gab Brastias einen Schubs mit der Schulter, und Brastias hätte ihn beinahe mit dem Schwert niedergeschlagen.

Stattdessen knirschte er mit den Zähnen. »Ich gehe ja schon. Dränge mich nicht!«

Tief Luft holend, ging er über die Tanzfläche auf Morfyd zu. Heute Abend würde er sie um einen Tanz bitten. Das Schlimmste, was sie sagen konnte, war Nein. Doch im Moment wollte er noch positiv denken. Sie würde Ja sagen, weil er wollte, dass sie Ja sagte.

Er trat vor sie. »Lady Morfyd.«

Sie grinste. »*Lady* Morfyd? Ist das nicht ein bisschen formell zwischen alten Freunden?«

Freunde? Er wollte nicht, dass sie Freunde waren. Eigentlich war er es leid, ihr Freund zu sein.

»Na ja, genau das ist es …« Doch bevor er seinen Satz beenden konnte, klatschte ihm eine große Hand auf den Rücken, sodass er fast gegen Morfyd fiel.

»Brastias, alter Freund!«

Mit finsterem Blick drehte er sich um und stand vor Gwenvael. Dieser war in einen Umhang und Felle gehüllt, das Gesicht fast vollständig unter der Kapuze verborgen; offensichtlich war er gerade erst angekommen. »Ich hatte keine Ahnung, dass heute Abend eine Party stattfindet! Gut, dass wir uns gewaschen haben, bevor wir uns verwandelt haben und herkamen.«

Gwenvael, der natürlich nicht einmal bemerkte, was er da gerade unterbrochen hatte, schob Brastias aus dem Weg, damit er seine Schwester auf die Wange küssen konnte.

»Du siehst heute Abend sehr schön aus, Schwester.«

Die sonst so verschlossene und beherrschte Morfyd überschlug sich förmlich, als sie den Arm ihres Bruders ergriff. *»Bist du allein?«*, fragte sie eindringlich.

Stirnrunzelnd antwortete er: »Nein. Ich habe Briec und Éibhear dabei. Warum?«

Sie wippte auf den Zehenspitzen: »Wo? Wo sind sie?«

Er deutete zum anderen Ende des Raums. Éibhear wirkte fröhlich und gutmütig wie immer. Und Briec sah aus, als wäre er lieber woanders – auch wie immer. Sie hatten beide die Kapuzen ihrer Umhänge über die Köpfe gezogen, sodass ihre Gesichter fast ganz im Dunkeln waren. Doch Brastias kannte sie gut genug, um zu erkennen, wer wer war. Und Brastias wusste aus Erfahrung, dass Briec wieder gehen würde, sobald er mit Fearghus gesprochen hatte. Wenn er es sich recht überlegte, war Briec vorher nur einmal hier gewesen. Und zwar als er und seine Sippe hergekommen waren, um Annwyl zu überzeugen, zu ihrem Gefährten zurückzukehren, nachdem sie ein Jahr voneinander getrennt gewesen waren. Sonst trafen sich die Brüder immer in den Dunklen Ebenen. Seltsam, dass er jetzt hier war. Die Informationen, die sie hatten, mussten extrem wichtig sein, wenn er diese Reise machte.

Es wurde ein schnelleres Lied gespielt, und einer von Iseabails Beschützern hob sie hoch und schwenkte sie auf der Tanzflächer herum. Sie quietschte aufgeregt, als er sie an einen anderen ihrer Beschützer weiterreichte und der an den Dritten.

Er bewunderte diese Männer. Sie hatten sich neun Jahre lang gut um das Mädchen gekümmert. Er war sich sicher, dass sie dafür gesorgt hatten, dass sie zu essen hatte, auch wenn sie selbst hungern mussten. Ihre Kleidung und Rüstungen hätten eine Reparatur nötig gehabt, doch Iseabails Kleider waren immer sauber und gut gepflegt. Und wehe dem, der ihr zu nahe kam, ganz zu schweigen davon, ihr etwas antun zu wollen. Nein, das Mädchen hätte nicht in besseren Händen sein können, bis sie zu ihrer Mutter zurückkehren konnte.

Einer der Beschützer streckte die Hand in die Menge und zog die schüchterne und peinlich berührte Talaith mit auf dieTanzfläche. Da hörte er Gwenvael überrascht nach Luft schnappen.

»Aber, warte mal … das ist …«

Seine Schwester umklammerte seinen Arm fester, sodass er schmerzlich das Gesicht verzog. »Ich weiß, ich weiß!« Das Wippen auf den Zehenspitzen wurde entschieden hektischer. Morfyd hatte eine Schwäche für Klatsch und Tratsch.

Brastias wandte sich wieder um und beobachtete Talaith. Die Beschützer hoben sie nicht hoch wie ihre Tochter, sondern schwangen sie sie einmal herum und reichten sie dann untereinander weiter. Sie lachte, auch wenn ihr Gesicht vor Verlegenheit dunkelrot anlief, weil ihr bewusst war, dass alle sie beobachteten. Manche allerdings mit entschieden mehr Anspannung als andere.

Vor allem Briec. Er trat aus der Menge heraus und starrte sie so intensiv an, dass Brastias unwillkürlich den Atem anhielt und wartete, dass Talaith ihn bemerken würde.

Sie bemerkte ihn auch … in dem Moment, als sie ausrutschte und mit dem Gesicht voran mit voller Wucht gegen seine Brust knallte. Lachend nahm sie seine Arme und schob sich von ihm weg. Höchstwahrscheinlich murmelte sie eine Entschuldigung, wie es ihre Art war. Doch als sie in das Gesicht des Mannes blickte – beziehungsweise das des Drachen –, der sie festhielt, erstarrte sie.

Die beiden blieben wie angewurzelt stehen und starrten sich an. Bis Briec endlich das Wort ergriff.

»Du hast mich verlassen!«

Das war kein wütender Vorwurf. Auch kein Schrei. Es war ein Brüllen. Und zwar so laut, dass es die Grundfesten der Burg erschütterte. Die Musik erstarb. Der Tanz endete. Selbst Fearghus war so überrascht, dass er Annwyl, die gerade fröhlich auf seinem Schoß gesessen hatte, auf den Hintern fallen ließ.

»Also?« Wieder dieses Brüllen.

Talaith hatte sich rasch wieder erholt, und offensichtlich schäumend vor Wut entriss sie Briec ihre Arme. *»Wag es ja nicht, mich anzuschreien!«*

»Du kannst ganz ruhig sein. *Du bist einfach verschwunden!*«

»Ich hatte noch eine andere Verabredung, die nichts mit dir zu tun hatte!«

Sie wandte sich ab, doch Briec griff wieder nach ihrem Arm. »Und dann sagst du nichts? Du schleichst dich einfach fort?«

»Warum sagst du nicht einfach, was du meinst? Dich stört

doch nicht, dass ich dich *verlassen* habe! Dich stört, dass ich *dich* verlassen habe! Der großartige Briec der Arrogante – verlassen ausgerechnet von einer Bäuerin!« Sie riss ihren Arm los. »Wie demütigend für dich«, schnaubte sie mit genug Gift in der Stimme, um eine ganze Kleinstadt auszulöschen.

»Du scheinst zu vergessen, M'lady … du gehörst mir!«

Knurrend gab sie zurück: »Ich gehöre niemandem. Vor allem nicht dir!«

Rabenschwarzer Rauch kräuselte sich aus Briecs Nasenlöchern, doch da waren seine Brüder zur Stelle. Fearghus packte ihn fest im Nacken. »Lass uns irgendwo hingehen und reden, Bruder.«

»Wir sind noch nicht fertig!« knurrte er, ohne den Blick von Talaith abzuwenden.

»Oh doch«, beharrte Fearghus und schob Briec auf das große Tor zu; Gwenvael und Éibhear folgten ihren Brüdern.

Annwyl gab den Musikern ein Zeichen weiterzuspielen. Dann winkte sie Talaith und Morfyd mit dem Zeigefinger, ihr zu folgen.

Brastias sah Morfyd und Talaith nach, als sie mit Annwyl verschwanden, und seufzte schwer.

Werde ich je auch nur eine Sekunde mit dieser Frau allein sein dürfen?

Sie verließen die Burg und hielten erst an, als sie den Wald erreichten. Briec schlug Fearghus' Hand von seinem Nacken. Das Letzte, was er im Moment wollte, war, dass jemand ihn anfasste.

»Du musst dich beruhigen, Bruder«, warnte Fearghus sanft.

»Und du musst zur Hölle fahren.«

Éibhear, der Friedensstifter, trat zwischen sie. »Beruhigt euch mal alle. Ich bin sicher, dass es eine logische Erklärung für all das gibt. Oder, Fearghus?«

Fearghus war wie immer die Ruhe selbst und starrte seinen jüngsten Bruder an, als sei er einfältig. »Woher zum Teufel soll ich das wissen? Ich habe keine Ahnung, was hier los ist!«

Gwenvael lehnte sich süffisant lächelnd an einen Baum. Briec hätte ihm am liebsten das Gesicht abgerissen. »Brüderchen hat eine Frau in Besitz genommen.«

»Talaith?«, fragte Fearghus verwirrt. »Diese Menschenfrau?«

»Ich habe sie nicht in Besitz genommen!«

Gwenvael rutschte mit dem Rücken an dem Baum herab und hockte sich hin, rupfte Grashalme ab und riss sie der Länge nach mit den Fingerspitzen in zwei Teile. »Auf jeden Fall benimmst du dich so.«

Der Mistkerl hatte recht. Aber Briec konnte nicht anders. Er hatte den Rittersaal seines Bruders betreten, um ihm die gewünschten Informationen zu überbringen und wieder zu gehen. Er war nicht in Stimmung für eine Party, daher hatte er nicht vorgehabt zu bleiben. Doch da war sie gewesen. Direkt vor ihm – in den Armen eines anderen Mannes. Mehrerer anderer Männer, die mit ihr tanzten, um genau zu sein. Sie trug ein dunkelblaues Samtkleid, das ihr eindeutig sehr gut stand. Ihre schwarzen Locken waren mit Blumen durchflochten, die dieselbe Farbe hatten wie ihr Kleid. Sie sah so schön aus. Sie sah … glücklich aus, vollkommen sorglos. Die ganze Zeit über, die sie zusammen verbracht hatten, hatte sie nie so entspannt ausgesehen, nur wenn sie in seinen Armen geschlafen hatte.

Was machte er falsch, was andere richtig machten?

Fearghus verschränkte die Arme vor der Brust. »Wer ist sie überhaupt?«

»Weißt du das nicht?« Es sah seinem Bruder gar nicht ähnlich, nicht zu wissen, wer in seine Höhle gekommen war.

»Ich habe Annwyl nach ihr gefragt, aber da wurde die offenste und direkteste Frau, die ich je getroffen habe, plötzlich überraschend vage. Genau wie Morfyd. Und ich hatte noch nicht viel Zeit, um Einzelheiten herauszufinden.« Hauptsächlich, weil Fearghus damit beschäftigt gewesen war, Annwyl zu vögeln.

»Briec hat sie in einem kleinen Dorf außerhalb von Madron gefunden.« Éibhear schob die Kapuze seines Umhangs zurück. »Er hat sie entführt.«

»Ich habe sie gerettet. Erzähl es wenigstens richtig!«

»Warum hat sie dich verlassen?«

»Glaubst du, das weiß ich? Glaubst du, ich habe auch nur die leiseste Ahnung, warum ich aufgewacht bin und festgestellt habe, dass sie fort war?«

»Vielleicht hatte sie die ganze Zeit einen anderen Mann.« Er hätte Gwenvael töten können, aber ihre Mutter hätte ihm das nie verziehen. »Vielleicht ist sie zu ihm zurückgegangen und hat nur so lange gewartet, bis du ihr genug vertraust.«

»Sie ist nicht wegen eines Mannes gegangen«, sagte eine weibliche Stimme aus dem Schutz der Bäume heraus. »Sie ist wegen mir gegangen.«

Gwenvael grinste. »Jetzt wird's interessant.«

»Ich bringe dich auf der Stelle um, Bruder!«

»Schrei mich nicht an, nur weil deine Frau ... eine Frau hat.«

»Ich will, dass ihr beide sofort damit aufhört«, befahl Fearghus ruhig. »Ich meine es ernst.«

Die Bäume raschelten ein wenig, und ein groß gewachsenes, aber sehr junges, braunhäutiges Mädchen trat hervor. Selbst in der Dunkelheit der Nacht, und obwohl der Vollmond fast vollständig von den Bäumen abgeschirmt wurde, konnte Briec das Mädchen deutlich sehen. Er schnappte verblüfft nach Luft.

»Bei den Göttern ...«

Fearghus machte eine Handbewegung zu dem Mädchen hin. »Alles in Ordnung, Izzy. Sie sind harmlos.« Das Mädchen kam näher, und Fearghus stellte sie vor. »Ihr degenerierter Haufen, das ist Iseabail … Tochter der Talaith.«

Wie hätte es auch anders sein können? Sie sah genauso aus wie sie. Nur dass ihre Augen von einem viel helleren Braun waren, ebenso wie ihr Haar, und dass sie ein gutes Stück größer war. Abgesehen davon waren sie Mutter und Tochter.

»Sie hat mir nie von einer Tochter erzählt.«

Gwenvael schnaubte. »Ich sehe schon, du hast da eine wundervolle Vertrauensbasis geschaffen, Bruder.«

»Das ist nicht fair«, fauchte das Mädchen. Sie sah Briec an. »Sie konnte es dir nicht sagen. Sie konnte es dir *wirklich* nicht sagen.«

»Warum nicht?«

Sie trat näher, und Briec sah, wie jung sie tatsächlich war. »Sie hat mich beschützt. Und bis zu einem gewissen Grad auch sich selbst. Ihr wäre etwas angetan worden, wenn sie dir etwas erzählt hätte.«

»Wer hätte das tun sollen?«

»Arzhela.«

Gwenvael stand auf. »Die Göttin?«

Sie nickte. »Es ist kompliziert.«

»Es ist ja nicht so, dass wir heute Abend noch irgendwelche Pläne hätten«, neckte Éibhear. Iseabail lächelte, aber ihre Augen wurden groß, als plötzlich das Mondlicht durch die Blätter auf Éibhear fiel.

»Sind deine Haare blau?«

»Äh …«

»Darf ich sie flechten?«

»Nein!«

»Izzy.« Fearghus lenkte ihre Aufmerksamkeit wieder auf sich. »Konzentrier dich, Mädchen.«

Sie seufzte. »Wollt ihr wirklich, dass ich es erzähle?« Die Drachen nickten. »Es wird euch nicht gefallen.« Ihre hellen Augen huschten zu Fearghus hinüber. »Vor allem *dir* wird es nicht gefallen.«

»Warum vor allem mir nicht?«

»Weil es deine Gefährtin war, die zu töten ihr Auftrag war.«

»Du … und Briec?«

»Das fragst du mich jetzt schon zum achten Mal!«

»Aber es ist einfach …« Annwyl starrte sie mit offenem Mund an. »Du … und *Briec*?«

Talaith stolzierte kopfschüttelnd zum Fenster von Annwyls Schlafzimmer. Das musste wohl das größte Schlafzimmer sein, das sie je gesehen hatte. Offensichtlich brauchte es einiges, damit Fearghus der Zerstörer Zeit auf Garbhán verbrachte.

»Also, wie ist er so?«

»Das weißt du nicht? Er gehört zu deiner *Familie*!« Es gab einiges, was sie nicht von Briec gewusst hatte. Sie hatte geglaubt, Morfyd, Fearghus und Briec seien lediglich alle Drachen. Dieselbe Rasse. Es war ihr nie in den Sinn gekommen, dass sie *alle* zur selben Familie gehörten. Zur selben Sippe, wie Briec sagen würde.

Annwyl lachte. »Das muss ein Witz sein. Er hasst mich.«

»Du hast ihn geschlagen«, schalt Morfyd.

»Er war mir im Weg.«

»Nein, war er nicht.«

»Aber fast.«

Talaith vergrub das Gesicht in den Händen. »Das ist ein Albtraum!« Sie blickte Morfyd anklagend an. »Du hast gesagt, dass er nie hierher kommt!«

»Normalerweise tut er das auch nicht. Und schrei mich nicht an!«

»Also hasst du ihn?«

Wütend wirbelte Talaith zu Annwyl herum. »Ich hasse ihn nicht!«

Verwirrt kratzte sich Annwyl am Kopf. »Was ist dann das Problem?«

»Alles!«

»Warum machst du es so kompliziert, Talaith? Wenn du ihn noch willst, dann sei mit ihm zusammen.«

»Ich kann nicht. Ich muss an Izzy denken.«

»Wie lange willst du sie noch als Ausrede vorschieben?«

Talaith wandte sich vom Fenster ab und sah Morfyd an. »Wie bitte?«

»Sie ist sechzehn Winter, Talaith. Bald wird sie versuchen herauszufinden, was sie mit ihrem Leben anfangen will. Vielleicht hier helfen, oder sie lernt jemanden kennen und will eine Familie gründen. Seien wir ehrlich, selbst mit ihrem Nolwenn-Blut wird sie nie eine Hexe. Sie hat absolut keine Macht.«

»Das ist meine Schuld«, seufzte Talaith. »Ich hätte Zauber wirken müssen. Opfer bringen.«

»Hast du nicht genug geopfert?«, fragte Annwyl und brachte Talaith damit zum Schweigen.

»Na ja«, fuhr Morfyd fort, »sie scheint es nicht zu vermissen, also würde ich mir keine allzu großen Sorgen machen. Aber du kannst dein Leben nicht nach ihr richten, denn sie wird bald ein eigenes Leben beginnen. Was willst du dann machen? Hierbleiben und einsam sein? Vielleicht die Frau von einem der Ritter werden? Willst du das wirklich?«

Alles, was sie wollte, war Briec. Sie würde Briec immer wollen.

»Briec ist keine Option.«

»Warum nicht?«

Sie blickte Morfyd finster an. »Weil er sehr deutlich gemacht hat, dass ich nur etwas Vorübergehendes bin. Ein Zeitvertreib.«

Annwyl warf sich in einen großen Ohrensessel. »Er hat sich aber nicht so verhalten, als wärst du etwas Vorübergehendes. Er hat sich verhalten, als hättest du ihm das Herz gebrochen.«

Talaith schüttelte den Kopf. »Das kann nicht sein.«

»Er sah aus, als hättest du ihm das Herz aus der Brust gerissen, es auf den Boden geworfen und darauf herumgetrampelt und dabei ein fröhliches Lied gesungen.« Annwyl zuckte die Achseln über Morfyds amüsierten Gesichtsausdruck. »Es könnte sein, dass ich diesen Gesichtsausdruck schon vorher einmal bei seinem Bruder gesehen habe.«

»Vielleicht, als du fast unseren Vater erstochen hättest?«

Annwyl lachte. »Nein. Da sah er nur stolz aus.«

»Er wird es nie verstehen«, seufzte Talaith. »Er wird mich für das hassen, wofür ich zu dir geschickt wurde.«

»Ich bin mir ziemlich sicher, dass es ihm ehrlich nichts ausmachen wird. Der Einzige, dem es etwas ausmachen wird, ist Fearghus. Und ich habe nicht die Absicht, ihm irgendetwas zu erzählen, also …«

Die drei Frauen zuckten zusammen und Annwyl wurde das Wort abgeschnitten, als Fearghus die Tür eintrat.

Annwyl stand auf. »Was zum Teufel ist los mit …«

»Alle raus! Auf der Stelle!«

Morfyd zögerte nicht. »Nacht miteinander.« Und schon war sie wie der Blitz durch die zersplitterte Tür hinausgehuscht.

Talaith konnte sich vorstellen, was Fearghus erfahren hatte, und sie würde nicht hier stehenbleiben und warten, dass er seine Wut an ihr ausließ. Sie nickte den beiden zu, eilte an ihnen vorbei und zur Tür hinaus. Doch kaum hatte sie den Flur betreten, packte Briec ihren Arm und zog sie davon. Das Letzte, was sie sah, war ihre Tochter – gute Götter, was hatte sie ihnen nur erzählt? –, die ihr mit einer Hand zuwinkte und gleichzeitig mit der anderen nach Éibhears blauen Haaren griff. Erschrocken schlug der ihre Hand weg, bevor er durch den Flur davonrannte.

Dann stieß Briec eine Tür auf und schob sie in ein Schlafzimmer. Bis sie sich umgedreht hatte, hatte er schon die Tür verschlossen und den Schlüssel ins Feuer geworfen, das in dem kleinen Kamin in der Wand brannte.

Mistkerl.

20

»Du machst sofort die Tür auf.« Sie würde nicht in Panik verfallen. Sie würde nicht zulassen, dass er sie dazu brachte.

»Nicht, bevor wir geredet haben.«

Reden? Hilfe! Panik! »Reden? Worüber?«

»Darüber, warum du mich verlassen hast. Über deine Tochter. Und über all diese … diese …«

»Diese was?«

»*Gefühle!* Ich hatte vor dir nie welche! Und jetzt habe ich sie! Was hast du mir angetan, kleine Hexe?«

»Ich? Ich habe dir gar nichts angetan. Ich habe dir gesagt, du sollst mich gehen lassen.«

»Und weil ich dich nicht habe gehen lassen, hast du mich mit diesen Gefühlen verhext?« Sein Tonfall war anklagend, als hätte sie ihm im Schlaf den Bauch aufgeschlitzt.

»Ich habe dich mit gar nichts verhext, du Idiot.« Sie ging zu dem großen Fenster und starrte hinaus über den jetzt verwaisten Hof. Der Ausdruck auf dem Gesicht des Drachenlords hatte vermutlich dafür gesorgt, dass alle – sogar seine Verwandten – sich eilig vor seinem Zorn in Deckung gebracht hatten.

»Und warum fühle ich mich dann so?«

»Wie fühlst du dich?«, fragte sie abwesend.

»Als hättest du mir das Herz herausgerissen, es auf den Boden geworfen und singend darauf herumgetrampelt?«

Mit aufgerissenen Augen wandte sich Talaith zu Briec um. »Was?«

»Meine Brust tut weh. Sie hat vorher nie wehgetan – bis du kamst. Mach, dass es aufhört«, flehte er. »Ich halte das nicht aus.«

Unfähig, Worte oder gar zusammenhängende Gedanken zu

äußern, glitt Talaith mit dem Rücken an der Wand hinab und setzte sich auf den Boden.

Sie schloss die Augen und bekämpfte ihr Bedürfnis zu schluchzen. »Ich wollte dir nicht wehtun, Briec. Ich schwöre es.« Sie zog die Beine dicht an den Körper und ließ den Kopf auf die aufgestellten Knie fallen. »Ich wollte niemandem wehtun. Ich wollte nur meine Tochter zurück.« Jetzt flossen doch Tränen. »Ich musste sie zurückholen.«

Nach einem schmerzlich langen Schweigen setzte sich Briec neben sie auf den Boden. Auf ihrer einen Seite und in ihrem Rücken die Burgmauer, Briec auf der anderen Seite, hätte sie sich gefangen und eingezwängt fühlen müssen, doch sie tat es nicht. Nicht mit ihm.

»Deine Tochter ist schön«, sagte er leise. »Genau wie ihre Mutter.«

Sie wischte sich die Tränen ab, in der Hoffnung, nicht so erbärmlich auszusehen, wie sie sich fühlte, und fragte: »Was hat sie euch erzählt?« So wie sie Izzy kannte, vermutlich alles.

»Alles.«

»Natürlich.« Nach ein paar bebenden Atemzügen hatte Talaith ihre Beherrschung wiedererlangt. »Also nehme ich an, du hast jetzt Mitleid mit mir.« Was erklären würde, warum er plötzlich so nett war. »Mit der armen Bäuerin, die von einer Göttin benutzt wird.«

»Vielleicht sollte ich Mitleid mit dir haben, habe ich aber nicht. Du bist eine viel zu große Nervensäge, um bemitleidet zu werden.«

Trotz ihrer zutiefst deprimierten Grundstimmung musste Talaith kichern. »Das ist sehr freundlich von dir.«

Briec bewegte sich, und der Stoff seines Wollumhangs rieb an ihrem Arm. »Warum hast du mir nicht vertraut, Talaith?«

»Es hatte nichts mit Vertrauen zu tun. Ob ich dir vertraute oder nicht – ich konnte Izzy nicht in Gefahr bringen.« Und sie konnte *ihn* nicht in Gefahr bringen. Zwar war Arzhela nicht in der Lage, ihre Magie auf Briec zu richten, das hieß aber nicht, dass sie nicht Männer schicken konnte, um ihn zu töten. Männer, die sich in seine Höhle schlichen und ihn im Schlaf umbrachten. »Ich wollte niemanden in Gefahr bringen, der mir etwas bedeutet.«

»Bin ich jemand, der dir etwas bedeutet?«

Talaith antwortete nicht. Sie wagte es nicht.

Briec legte seinen Kopf an ihre Schulter, seine seidigen Haare strichen ihr über die Wange und den Hals. »Antworte mir, Talaith.« Sie tat es nicht. Stattdessen wandte sie den Kopf ab.

»Dann sag mir, dass ich gehen soll.«

»Und du würdest es tun?«

»Wenn du das willst. Aber du musst die Worte sagen, Talaith.« Seine behandschuhte Hand strich über ihr Bein und blieb auf ihrem Knie liegen. »Sag mir, dass ich gehen soll.«

Sag die Worte, Talaith. Sag sie, bevor er dir das Herz bricht. Aber die Worte … sie brachte sie nicht heraus. Dabei versuchte sie es wirklich. Aber es fühlte sich so gut an, ihn wieder an ihrer Seite zu haben. Sie hatte ihn so sehr vermisst. So nervtötend, unhöflich und grob er auch war.

Als sie nichts sagte, stieß Briec ein kaum wahrnehmbares Seufzen aus. Briec der Arrogante hatte sich tatsächlich Sorgen gemacht, dass sie ihn fortschicken könnte. Also, das war ein gutes Gefühl.

»Du siehst heute Abend sehr schön aus.«

Talaith räusperte sich. »Danke.«

»Und deine Tochter ist sehr mutig. Genau wie ihre Mutter.«

»Mutig? Nennt man das so? Oder eher unglaublich dumm?«

»Mutig scheint mir passender.« Briec drehte den Kopf, seine Lippen strichen über ihre nackte Schulter, wo ihr Kleid etwas nach unten gerutscht war. »Ich habe dich vermisst, Talaith. Und ich mag das Gefühl gar nicht. Ich hasse es, wenn ich unglücklich bin.«

Zu ihrem eigenen Entsetzen kicherte Talaith und rückte von Briec weg, um ihm ins Gesicht sehen zu können. »Oh nein. Du und unglücklich. Das können wir nicht zulassen, oder?«

»Du hast recht. Das können wir nicht«, antwortete er ernst. »Ein unglücklicher Briec bedeutet so viel wie ein unglückliches Universum.«

Das Kichern wurde heftiger, denn sie wusste, dass Briec es tatsächlich ernst meinte.

»Das findest du witzig? Mein Unglück?«

»Es schadet dir nicht, ein bisschen unglücklich zu sein. Jetzt weißt du, wie es uns anderen meistens geht.«

Er schauderte. »Ein Albtraum, ein Mensch zu sein.« Er setzte sich wieder aufrecht hin, sodass er an ihrer Seite saß, und seine starken Beine links und rechts von ihr lagen. Dann begann er langsam, die Blumen aus ihrem Haar zu pflücken. Sie ließ ihn gewähren. Es fühlte sich schön an.

»Du bist also eine ausgebildete Assassinin.«

Sie hätte gewettet, dass andere Leute in dieser Situation nicht so eine merkwürdige Unterhaltung geführt hätten. »Ähm, ja.«

»Bist du gut darin? Wenn du tatsächlich *versuchst*, dein Opfer zu töten, statt es dazu zu bringen, dich zu töten?«

»Aye.«

»Macht es dir Spaß?«

»Nein. Überhaupt nicht. Nur weil ich Leute töten kann, heißt das nicht, dass ich es auch gerne tue.«

»Ich verstehe.« Er ließ sich Zeit, entfernte langsam eine Blume nach der anderen und ließ sie zu Boden fallen, wobei er ständig die Haut an ihrem Nacken und an ihren Schultern berührte. Behutsam drehte er sie in die Richtung, in der er sie haben wollte, damit er alle Blumen aus ihrem Haar entfernen konnte. Es fühlte sich so gut an, wenn er sich um sie kümmerte. Schließlich war der Boden um sie herum von dunkelblauen Blumen bedeckt, und sie zitterte bei jeder Berührung seiner Hand.

Briec kam näher, seine Lippen strichen über ihr Ohr. »Steh auf, süße Talaith. Ich helfe dir aus diesem Kleid.«

Briec stand auf und zog Talaith mit hoch. Er gab sich Mühe, sich langsam zu bewegen. Er wollte sie nicht zu sehr drängen. Er wollte nicht, dass sie wieder fortlief.

Als er sie bei dem Festmahl gesehen hatte, hatte seine Wut ihn überwältigt. Er hatte sich die Worte genau zurechtgelegt. Er wusste jedes Wort, das er sagen wollte, damit sie verstand, wie sehr sie ihn verletzt hatte. Doch dann hatte die kleine Iseabail ihnen alles erzählt. Der Einzige, den die Geschichte nicht berührte, war Fearghus, aber das überraschte keinen von ihnen. Fearghus' einzige Sorge galt wie immer seiner Gefährtin. Seiner Annwyl.

Jetzt verstand Briec ihn, denn er fühlte dasselbe für Talaith. Seine Talaith.

»Hast du mich vermisst, Talaith?«, fragte er, während er ihr Kleid am Rücken öffnete.

»Ha! Das hättest du wohl gerne!« Aber er hörte das Zittern in ihrer Stimme.

»Nicht einmal ein bisschen? Nicht einmal nachts, wenn du allein geschlafen hast?«

»Wer … wer sagt, dass ich allein war? Vielleicht hatte ich eine Unzahl von Liebhabern, seitdem ich bei dir war?«

Einen Moment lang versetzte ihm die Eifersucht einen Stich, und dann erinnerte er sich, mit wem er es zu tun hatte. Talaiths Lieblingssatz schien »Nimm deine verfluchten Hände von mir« zu sein.

»Wirklich?«

»Aye. Viele, viele Liebhaber. Richtig gute. Nur Männer.«

»Wer zum Beispiel?«

Sie erstarrte. »Wer?«

»Aye. Gib mir die Namen. Oder zumindest den Rang.«

Er schnürte ihr Kleid vollends auf, zog es ihr aber noch nicht aus. Stattdessen strich er mit den Fingerspitzen leicht über die entblößte Haut ihres Rückens. Ihr Zittern wurde stärker, aber genauso der Duft ihrer Lust.

»Ich warte.«

»Tja, es waren so viele. Ich bin mir nicht sicher, ob ich mich an alle Namen erinnere.«

»Du meine Güte, du warst also richtig beschäftigt, seit wir uns das letzte Mal gesehen haben.«

Er schob ihre Haare zur Seite, um ihren Hals zu küssen, und erstarrte, als er eine Silberkette erblickte. Er hatte sie vorher nicht bemerkt. Er ging um Talaith herum, bis er vor ihr stand. Sie sah zu ihm auf; ihre Wangen röteten sich, ihre Augen waren weit offen.

»Was? Schockiert dich meine Untreue?«

»Deine Untreue?« Briec nahm vorsichtig die Silberkette in die Hand und zog daran, um den Anhänger unter ihrem Mieder hervorzuziehen. Sie griff danach, aber seine Hand schloss sich darum. »Untreu, und dennoch trägst du immer noch das hier.«

Er bog ihre Finger auf, die ihn festhielten, öffnete seine Hand und sah hinab auf den Drachenanhänger, den er ihr in der letzten Nacht, in der sie zusammen gewesen waren, geschenkt hatte.

»Ich … ich trage das nur, weil es so gut zu diesem Kleid passt.«

»Nur, dass es unter deinem Kleid versteckt war. Du trägst es nahe an deinem Herzen.«

Sie wandte den Blick ab. »Es ist reine Spielerei. Es bedeutet mir gar nichts.«

»Das ist eine Lüge, Talaith.« Sanft hob er ihr Kinn und zwang sie, ihm in die Augen zu schauen. »Wir wissen beide, dass es eine Lüge ist. Du hättest es nie behalten geschweige denn getragen, wenn es dir nichts bedeuten würde.«

Zu ihrer Lust kam nun Panik, und Briec wusste, warum. Sie wollte nicht, dass er wusste, wie viel er ihr bedeutete. Sie wollte immer noch eine Distanz und damit am Ende auch die Kontrolle beibehalten.

»Sei nicht töricht. Niemand hat mir je vorher Schmuck geschenkt. Ich konnte es schließlich nicht einfach wegwerfen, oder?«

Briec schüttelte den Kopf. »Talaith, wie gut kannst du als Assassinin sein, wenn du so eine unglaublich schlechte Lügnerin bist?«

»Ich bin keine schlechte Lügnerin! Ich lüge nicht! Ich meine …«

»Schhhh.« Er zog sie an der Kette dichter an sich heran. »Bei allem, was heilig ist«, flüsterte er, »hör auf zu reden.«

Sie starrte auf seinen Mund. »Aber ich habe noch so viel zu sagen, du egoistischer Mistkerl.«

Er konnte sich ein Grinsen nicht verkneifen. Dann küsste er sie, zunächst ganz sachte. Seine Lippen berührten ihre. Doch sie stöhnte und stellte sich auf die Zehenspitzen, um näher an ihn heranzukommen. Das war mehr als er ertragen konnte.

Er ließ die Kette los und vergrub seine Hände in ihre Haare – seine vorsichtige Beherrschung war vergessen. Er leckte über ihre Lippen, und sie öffnete den Mund für ihn. Jetzt stöhnte er, als ihre Zunge seine berührte, sie umkreiste, sie streichelte.

Er wollte und konnte nicht noch länger warten, glitt mit seinen Fingern unter ihr Kleid und schob es ihr von den Schultern. Er lehnte sich etwas zurück und ließ das Kleid an ihrem Körper herabgleiten, während er sich vor sie kniete.

»Steig heraus.«

Ohne Widerspruch tat sie es, und er schleuderte das Kleid auf den nächsten Stuhl.

Wie immer hatte sie einen Dolch am Oberschenkel befestigt. »Den hast du immer noch, was?«

»Oh.« Talaith wollte nach dem Dolch in seinem Futteral greifen, doch Briec hielt ihre Hand fest.

»Nein. Lass ihn.« Er lächelte in ihr verblüfftes Gesicht hinauf. »Ich mag ihn.«

Nichts erregte ihn mehr als der Gedanke an ihre Beine, die sich um seine Taille schlangen, mit diesem verfluchten Dolch um den Oberschenkel geschnallt. Abgesehen davon vertraute er ihr.

Er stand auf, um sie nicht zu Boden zu werfen und sie besinnungslos zu vögeln.

»Aufs Bett, Talaith«, befahl er, während er sich seine eigenen Kleider geradezu vom Leib riss.

In ihrem schönen Gesicht hob sich eine Augenbraue. »Soll ich auf alle Viere gehen, Herr? Oder mich nur hinlegen? Wie ein wildes Tier, das auf seine Schlachtung wartet?«

Briec, inzwischen mit nacktem Oberkörper, lachte und hob sie an der Taille hoch. »Musst du immer über alles diskutieren, Frau?« Sie schrie auf, als er sie rückwärts aufs Bett warf. »Kannst du nicht einfach daliegen und es genießen? Wie eine gute kleine Geliebte?«

Ihre Augen wurden schmal. »Oh, das ist nett. Warum dich noch keine Frau weggeschnappt hat, wird mir ewig ein Rätsel sein.«

»Ich glaube, das liegt daran, dass ich mein ganzes Leben auf dich gewartet habe. Und weil sonst keine gut genug wäre.« Es war eine ehrliche Antwort, aber keine, mit der sie umgehen konnte. Keuchend versuchte sie, aus dem Bett zu kriechen.

»Nein, nein. Du gehst nirgendwo hin.« Er zog sie zurück und glitt über sie. »Und jetzt küss mich, du schwatzhaftes Weibsstück.«

»Fahr zur …« Er küsste sie, bevor sie diese liebevolle kleine Aufforderung beenden konnte.

Mit einem Knie schob er ihre Beine auseinander und machte es sich dazwischen bequem, während seine Hände über ihre weiche Haut wandern ließ.

»Hölle!«, beendete sie ihren Satz, als er seinen Mund endlich von ihrem löste.

»Sagt man so etwas?« Er küsste ihren Hals, seine Finger umkreisten ihre harten Brustwarzen. »Vor allem, wo du mich doch eindeutig anbetest.«

»Ist es schön in deiner Traumwelt, Drache?«, brachte sie heraus und schnappte nach Luft, während sich ihr Körper zuerst seinen Händen und dann seinem Mund entgegenwölbte, als dieser sich auf sie zubewegte. »Gibt es da Feen und Elfen, die dir Gesellschaft leisten?«

»Wer braucht Altweibergeschichten über Feen, wenn ich dich habe – du altes Weib?«

Er spürte den Boxhieb an seiner Schulter schon, bevor er traf. Trotzdem musste er noch mehr lachen. Er setzte sich auf und sah auf sie hinab. Sie wollte ihn wütend anstarren, aber ihr unkontrolliertes lautes Atmen und ihre geröteten Wangen schmälerten den einschüchternden Effekt.

Briec grinste, schnappte ihre beiden Beine und drehte sie mit Schwung auf den Bauch.

»He!«

»Auf die Knie, Liebling!« Er schob ihre Beine hoch, sodass sich ihr hübscher Hintern verführerisch anhob. »Ich habe einiges vor heute Abend, weißt du?«

Sie wollte etwas sagen, aber er hörte sie nicht, und sie brach ab, sobald er sein Gesicht zwischen ihren Schenkeln vergraben hatte. Er stieß seine Zunge in sie und genoss den Geschmack der Feuchtigkeit, die seine Kehle hinabglitt.

Talaith stöhnte auf, und Briec tat es ihr nach. Hatte er wirklich geglaubt, er könnte irgendwann genug von dieser Frau haben? Hatte er wirklich geglaubt, er könnte sie je verlassen? Er konnte keine Sekunde länger warten und zerriss beinahe seine Kettenhose, als er sie bis zu den Knien herunterschob.

Er beugte sich vor und lehnte sich an ihren Rücken. So konnte er ihre Handgelenke fest umfassen und hielt sie fest, während er seine schmerzhaft harte Erektion in sie trieb. Sie schnappte nach Luft und ihre Beine spreizten sich weiter, um mehr von ihm hereinzulassen. Er gehorchte und stieß in sie, bis er gegen das weiche Kissen ihres Hinterns prallte.

»Götter, du fühlst dich so gut an«, keuchte er, als sich ihre Muskeln um sein Glied zusammenzogen. »Du erdrosselst mich.«

»Das würde ich ja gerne«, keuchte sie zurück, »aber du hältst meine Hände fest.«

»Kaltherziges Weibsstück!«

»Alter Mistkerl!«

Ja. Das war es, so musste es sein. Hier gehörte er hin. Hier würde er immer hingehören. Zu dieser groben und sarkastischen Frau. Und er wusste, dass *sie* dasselbe fühlte, sobald er sich in ihr bewegte. Ohne dass es ihr bewusst war, stöhnte sie seinen Namen und flehte ihn an, nicht aufzuhören.

»Ich höre nicht auf, kleine Hexe.« Er bewegte sich schneller; er konnte sich kaum beherrschen, wenn er in ihr war. »Ich werde niemals aufhören.« Denn er konnte es nicht. Nicht, wenn es um sie ging.

Mit seiner freien Hand griff er um ihre Taille und schob seine Finger zwischen ihre Schenkel. Er fand ihre Klitoris und streichelte sie; er wollte sie zum Höhepunkt bringen, bevor er vollends den Verstand verlor. Sie musste schon kurz davor gewesen sein, denn nun keuchte sie und stöhnte seinen Namen ins Kissen, ihre Vagina zuckte um sein Glied herum und zog es tiefer in ihre feuchte Hitze hinein. Und mit einem erleichterten Aufseufzen kam er in ihr.

Schwer atmend, schwitzend und erschöpft, fielen die beiden auf das Bett. Ihre Hand griff nach seiner und schob sie von ihrer Klitoris weg. »Du bringst mich noch um.«

»Noch nicht. Aber das könnte sich jeden Tag ändern.«

Lachend boxte sie ihn gegen den Oberschenkel, während er ihren Hals küsste. Er zog sich sanft aus ihr heraus und drehte sie langsam zu sich um.

Er küsste ihre Stirn. Ihre Wangen. Ihre Nase.

»Ich habe dich vermisst«, murmelte er an ihren Lippen. »Tu das nie wieder.«

Ihre Arme schlangen sich um seinen Hals und zogen ihn an sich. »Was soll ich nie wieder tun?«, seufzte sie, während sich seine Lippen zu ihrer Kehle bewegten. Er wusste, dass sie es liebte, wenn er ihre Kehle küsste.

»Mich verlassen. Verlass mich nicht noch einmal, Talaith.«

Ihr Körper erstarrte vor Überraschung, doch bevor sie etwas sagen konnte, küsste er sie. Lange und tief, und er genoss den süßen Geschmack, der nur ihr gehörte.

Genau wie *er* nur ihr gehörte.

21

Als Annwyl aufwachte und feststellte, dass Fearghus neben ihr stand, die Arme vor der breiten Brust verschränkt und die Zähne fest zusammengebissen, war ihr klar, dass es Ärger gab.

»Wir müssen über die Sache mit deiner Mörderin sprechen, Gefährtin.«

Irgendwie hatte sie es in der vergangenen Nacht geschafft, ihn davon abzulenken. Wahrscheinlich als sie ihren Mund um sein Glied schloss. Aber diese Taktik würde heute Morgen eindeutig nicht funktionieren. Sie ging davon aus, dass er schon seit einer ganzen Weile wach war … und vor Wut kochte. Manchmal war es so einfach für sie, ihn abzulenken, wenn er wütend war. Es ärgerte ihn immer noch ziemlich, dass sie so etwas vor ihm geheim gehalten hatte. So etwas hasste Fearghus wirklich. Aber ihm von Talaith zu erzählen, hätte ihn nur unnötig aufgeregt. Das würde er allerdings nie verstehen.

»Fearghus, es gibt nichts zu erzählen. Also lass es gut sein.« Sie versuchte, sich umzudrehen, um weiterzuschlafen, doch da bemerkte sie, dass er sie ans Bett gebunden hatte.

»He! Du verdammter Mistkerl! Bind mich los!«

Seine Finger strichen an der Innenseite ihres Beins entlang. »Nicht, bevor wir nicht ein hübsches, langes Gespräch darüber hatten, dass du Dinge vor mir geheim hältst. Wir haben den ganzen Morgen Zeit. Und meine Geduld ist grenzenlos.«

O-oh.

Talaiths Augen sprangen auf, als sie die Königin der Dunklen Ebenen aufschreien hörte: »Götter! O Götter! *Fearghus!*« Da das nach allem anderen als nach echtem Schmerz klang, machte sich Talaith keine Sorgen.

Stattdessen grinste sie. *Diese beiden.*

Sie streckte sich und genoss das Gefühl von Briecs Umarmung. Da sie es eigentlich heute Morgen nicht besonders eilig hatte …

Sie drehte sich um und flüsterte heiser: »Es wird Zeit, dass wir ihn aufwecken, diesen tollen, großen – Izzy!«

Am Fußende des Bettes stand ihre einzige Tochter. Das Mädchen grinste sie an.

»Wie bist du … wie bist du hier hereingekommen?«

»Hab das Schloss geknackt.«

Während sie hastig die Felldecken, in die sie zum Glück bereits eingewickelt war, fester zog, bemerkte sie: »Gut zu wissen, dass du diese Fähigkeit besitzt.« Mit einem Ellbogenstoß weckte sie Briec.

»Was?«

»Schau, wer gekommen ist, um uns zu wecken.« Vielleicht würde sich sofort der Boden auftun und sie in den Höllenschlund zerren, dann müsste sie nicht auf ihren Tod warten.

Briec kratzte sich am Kopf und gähnte. »Morgen, Izzy.« Er rieb sich die Augen. »Wie du vielleicht bemerkt hast, verärgerst du deine Mutter gerade. Warum genau bist du also hier?«

»Um sicherzugehen, dass du sie gut behandelt hast.« Ihre Tochter grinste, und Talaith erinnerte sich, diesen Ausdruck mehr als einmal auf dem Gesicht von Izzys Vater gesehen zu haben. Das war wahrscheinlich der eigentliche Grund gewesen, warum sie ihr Herz an ihn verloren hatte. »Und es sieht aus, als hättest du das.«

Peinlich berührt schrie Talaith auf: »Iseabail! Raus!«

»Kein Grund zu schreien.« Sie schlenderte zur Tür. Inzwischen trug sie nicht mehr ihr Kleid, sondern eine Lederhose, Stiefel und ein grünes, weiches Baumwollhemd. »Ich lasse die Diener Essen und heißes Wasser für ein Bad heraufbringen.«

Die Diener? Es schien, als hätte sich ihre Tochter schnell an das Leben bei Hof gewöhnt.

Izzy zog mit Leichtigkeit die schwere Holztür auf. »Und kein Grund zur Eile.«

Das Mädchen, das Talaith in diesem Moment gern enterbt hätte, trat auf den Flur hinaus, aber bevor sie die Tür schloss, hörte Talaith ihre Tochter sagen: »Ich hab dir doch gesagt, dass mich kein Schloss aufhalten kann, Gwenvael. Jetzt schuldest du mir zehn Goldstücke.«

Talaith vergrub ihr Gesicht in den Händen, aber leider hörte sie trotzdem, wie Briec sagte: »Ich mag sie.«

»Halt die Klappe.«

Stunden später fand Talaith Annwyl schlafend auf ihrem Thron. Die Beine hatte sie über die Armlehnen geworfen, ihre gebrandmarkten Arme waren vor ihrer üppigen Brust verschränkt … und sie schnarchte.

Ja. Sehr attraktiv, Königin Annwyl.

Sie hatte keine Lust zu warten, bis sie aufwachte, deshalb tippte sie ihr auf die Schulter. Doch als sie die Spitze von Annwyls Dolch an ihrer Kehle spürte, erstarrte sie. Die Königin hatte noch nicht einmal die Augen geöffnet. Als sie es schließlich doch tat, blinzelte sie mehrmals. »Oh. Entschuldige, Talaith.« Sie steckte den Dolch zurück in sein Futteral an ihrer Seite.

Sie gähnte und streckte sich und fragte: »Was ist los?«

»Ich habe mich gefragt, ob du vielleicht Lust hast, mit mir auszureiten?«

Sie musste aus der Burg hinaus, solange sie die Gelegenheit dazu hatte. Briec hatte sie noch einmal vier Stunden im Bett festgehalten, bevor er schließlich rasch ein Bad genommen hatte und dann verschwunden war. Sie wusste, dass er sie wieder flachlegen würde, bevor sie auch nur blinzeln konnte, wenn er sie irgendwo in der Nähe dieses Zimmers oder irgendeines Schlafzimmers fand.

Annwyl setzte sich auf, verzog aber das Gesicht. »Also gut, ich komme mit. Aber kein Trab oder Galopp. Ich bin wund an meiner ...«

»Ehrlich, meine Königin. Mehr Details will ich nicht wissen.«

»Wie viel Zeit haben wir?«

Gwenvael setzte sich auf seine Hinterbeine. »Wochen. Seine Armee ist groß. Sie kommt nicht so schnell vorwärts.«

Fearghus hatte sie nach Madron geschickt, um herauszufinden, wie weit Hamish gehen würde, um Annwyl zu vernichten. Offenbar ziemlich weit. Sie hatten schnell herausgefunden, dass seine Armee auf dem Weg zu den Dunklen Ebenen und zu Annwyl war.

»Trotzdem«, warf Briec ein. »Wir sollten bereit sein, wenn er hier ankommt.«

Fearghus sah zu Gwenvael, dann wieder zu Briec. »Wir? Hast du vor zu bleiben?«

»Solange sie hier ist, bin ich auch hier.«

Seufzend entfernte sich Gwenvael von seinen Brüdern; er wusste, dass es sehr schnell Ärger geben würde.

»Tja, ich will sie hier nicht länger haben. Ich will, dass sie geht.«

Auf diese Anweisung von Fearghus schüttelte Briec nur den Kopf. »Nein. Sie bleibt.«

Gwenvael hatte normalerweise nichts gegen einen ordentlichen Kampf zwischen seinen Geschwistern, vor allem, wenn dabei keiner auf ihn achtete. Aber diesmal war es anders. Es fühlte sich ... gefährlich an. Er hatte Fearghus nicht mehr so wütend gesehen, seit ihr Vater versucht hatte, Annwyl zu töten. Und Briec hatte er noch nie wegen irgendetwas so entschlossen gesehen.

»Sie hat versucht, meine Gefährtin zu töten.«

»Du tust, als wäre das das erste Mal.«

»Mach dich nicht über mich lustig, Briec!«

Die vier Brüder hatten sich für dieses Treffen an einem Fluss tief im Wald wieder in Drachengestalt verwandelt und sprachen sogar in der alten Sprache ihrer Sippe. Dadurch erschien Gwenvael die Situation noch ernster.

»Das tue ich nicht. Aber ich will verdammt sein, wenn ich zulasse, dass du sie von hier vertreibst. Sie ist glücklich hier. Sie fühlt sich hier sicher. Genau wie ihre Tochter. Also bleiben sie beide.«

»Du kennst dieses Weib kaum, und trotzdem beschützt du sie wie …«

»Pass auf, wie du von ihr sprichst, Bruder!«

Gwenvael sah Éibhear an, der während dieses Gesprächs überraschend still gewesen war. Am Gesichtsausdruck seines kleinsten Bruders konnte er erkennen, dass ihm der Verlauf des Gesprächs genauso wenig gefiel. Sie mochten in seiner Familie vielleicht nicht sehr gut miteinander auskommen, aber sie beschützten sich immer gegenseitig. Gwenvael würde es gar nicht gern sehen, wenn eine Frau zwischen ihnen stünde.

»Dies ist mein Königreich, Briec«, knurrte Fearghus. »Ich rede von ihr, wie ich will.«

»Sie bleibt.«

»Sie geht.«

»Vielleicht«, schaltet sich Éibhear nun doch ein, »sollten wir die Frauen fragen.«

»Warum sollten wir das tun?«, fragten ihn die beiden Älteren im Chor.

Éibhear wies mit dem Kopf zur Seite. »Weil sie da gerade kommen.«

Alle vier blickten zu dem holprigen Pfad hinüber, der durch den Wald führte. Sie sahen Annwyl auf ihrem rabenschwarzen

Schlachtross Violence und Talaith auf einer viel kleineren Stute, die Gwenvael nicht kannte. Das überraschte kaum: Annwyl hatte ihn dabei ertappt, als er Violence verspeisen wollte – die braune Stute war ihm wohl weniger verlockend erschienen.

Die Frauen ritten langsam zwischen den Bäumen hindurch und unterhielten sich leise. Talaith sah sie als Erste. Nun, eigentlich schien sie Briec zu sehen, bevor sie einen von den anderen sah. Das war wiederum auch wenig überraschend, genauso wie der Umstand, dass ihr Pferd scheute und sie fast abwarf.

Violence dagegen war inzwischen ganz gut an Drachen gewöhnt.

Annwyl sah die Brüder und kniff misstrauisch die Augen zusammen. »Ich frage mich, was hier los ist?«, rief sie aus.

»Nichts, was dir Sorgen machen müsste, Gefährtin.«

»Tatsächlich?« Annwyl lenkte ihr Pferd näher heran, während Talaith Mühe hatte, ihre scheuere Stute zu bändigen. Sie machte das aber gar nicht schlecht.

»Warum glaube ich dir das bloß nicht … *Gefährte*?«

»Ich weiß nicht. Vielleicht, weil hier in letzter Zeit so viel gelogen wird?«

»Ich habe dich nie angelogen, Fearghus.«

»Du hast mir nicht die Wahrheit gesagt.«

»Weil ich wusste, dass du dich so verhalten würdest. Und wenn es hier um Talaith geht – sie bleibt. Genau wie ihre Tochter. So lange, wie ich es sage.«

»Wir regieren dieses Königreich gemeinsam, erinnerst du dich daran?«

»Dein Aufgabenbereich sind Drachen. Menschen sind meiner.«

»Sie hat versucht, dich umzubringen, Annwyl!«

»Dein Vater auch, und dennoch ist er hier zum Essen willkommen.«

Gwenvael prustete. »Jetzt hat sie dich, Bruder.«

Fearghus' Schwanz traf ihn so hart an der Schnauze, dass er einen Moment lang buchstäblich Sterne sah.

»Au! Was sollte das denn?«

»War ein Versehen.«

Annwyl ritt zu Fearghus hinüber. »Vertraust du mir nicht mehr, Fearghus?«

»Doch, natürlich …«

»Dann vertrau mir auch jetzt.«

Die beiden starrten sich lange an, dann streckte Annwyl schließlich die Hand aus und strich über Fearghus' Hals. »Geh ein Stück mit mir, Fearghus.«

Er nickte, und schweigend gingen die beiden davon. Briec ging auf Talaith zu, aber seine Drachengestalt war anscheinend zu viel für ihr Pferd. Die Stute wich zurück, warf Talaith ab und stürmte in den Wald.

Talaith wartete, bis sie wieder atmen konnte, bevor sie mit Mühe ihre Augen öffnete. Sie hatte allerdings nicht erwartet, drei Drachenschnauzen zu sehen, die auf sie hinabstarrten.

Wie in einem Albtraum.

»Sie atmet!«

»Natürlich tut sie das. Ihr ist nur kurz die Luft weggeblieben.«

Jetzt war es so weit – *sogar meine Albträume drehen durch.*

Talaith setzte sich auf. Es war sehr schwer, nicht zusammenzuzucken, als die Schnauzen sie streiften.

»Könntet ihr bitte alle ein bisschen zurückgehen? Ihr bedrängt mich.«

»Entschuldigung, M'lady.«

Sie grinste Éibhear an. »Dass du mich ständig so nennen musst, Éibhear!«

»Mir kommst du wie eine Lady vor.«

»Das liegt nur daran, dass sie schon zu lange mit Annwyl unterwegs ist«, witzelte Gwenvael.

Talaith packte je eine Kralle der beiden jüngeren Brüder – sie konnte sie kaum mit ihrer ganzen Hand umgreifen – und ließ sich von ihnen hochziehen. Jetzt stand sie vor Briec. Er war noch immer in Drachengestalt, und sie betrachtete ihn genau.

Annwyl schien sich wohlzufühlen mit Fearghus, egal ob als Drache oder als Mann. Aber Briecs Drachenhälfte beunruhigte Talaith immer noch ein wenig.

Es liegt wahrscheinlich an den Schuppen … oder an den Reißzähnen.

»Geht es dir gut?«

»Aye.« Sie rieb sich ihr Hinterteil. »Nur ein paar blaue Flecke, das ist alles.«

Gwenvael neigte sich tief zu ihr hinab, seine Drachenschnauze streifte am Boden und seine Augen starrten auf ihr Hinterteil. »Vielleicht kann ich dir da helfen, M'lady.«

Ohne ihn eines Blickes zu würdigen, rammte Briec ihm den Schwanz so gegen die Brust, dass er gegen die Bäume flog.

Éibhear schüttelte den Kopf und ging in die entgegengesetzte Richtung davon, auf eine Lichtung zu. »Das hat er sich wirklich selbst zuzuschreiben.«

Briec wartete, bis seine Brüder weg waren, dann wandte er sich Talaith zu. »Ich mache dir Angst, oder?«

»Wie kommst du darauf?«

»Ich kann es riechen.«

Hilfe!

»Sei nicht lächerlich …«, begann sie zu lügen.

»Talaith.«

»Oh, na gut. Ich finde dich ein bisschen … einschüchternd, wenn du so bist. Du bist so groß und so reißzahnig.«

»Gibt es das Wort überhaupt?«

»Wahrscheinlich nicht.«

»Was würde es dir dann leichter machen, Talaith?«

Sei runzelte die Stirn. »Was meinst du?«

»Was kann ich tun, dass du dich bei mir wohlfühlst? Denn die Tatsache, dass ich ein Drache bin, lässt sich nicht ändern. Ich kann Menschengestalt annehmen, aber ich bin keineswegs menschlich. Und um ganz ehrlich zu sein, möchte ich das auch nicht sein.«

»Ist es wichtig, ob ich mich bei dir wohlfühle oder nicht?«, fragte sie vorsichtig.

»Aye, Talaith. Das ist sehr wichtig.«

Talaith atmete zitternd aus; sie weigerte sich, mehr in diese Aussage hineinzuinterpretieren als das, was er tatsächlich gesagt hatte.

»Es sieht einfach so viel an euch, ähm, gefährlich aus.«

»Wir sind Raubtiere. Wir jagen. Wir töten. Wir reißen unser Futter.«

Talaith ging einen Schritt von ihm weg. »Wenn das helfen soll, dass ich mich besser fühle …«

»Es soll dir helfen zu verstehen, wer und was ich bin. Aber ich bin kein Monster, Talaith. Ich würde dir nie wehtun. Oder jemandem, der dir wichtig ist.«

»Ich weiß.«

»Wirklich?«

»Aye«, antwortete sie aufrichtig.

»Das ist doch schon ein großer Vorteil, oder?« Talaith brauchte einen Moment, um zu bemerken, dass er angefangen hatte, sie zu umkreisen. »Die Frage ist, süße Talaith, was müssen wir tun, um deine anderen Sorgen zu lindern?«

»Na ja … huch!« Sie zuckte zusammen, als seine Schnauze über ihren Rücken strich.

»Na ja was?«

»Ich … äh … ich weiß wirklich nicht … äh … was tust du *damit*?«

Briecs Schwanzspitze glitt ihren Rücken hinab, über ihren Hintern und langsam an ihren Beinen entlang. Sie trug zwar eine Hose, aber nicht aus dickem Stoff. Als sich sein Schwanz um ihr Bein wickelte, spürte sie es bis ins Mark.

»Briec, ich …«

»Sprich weiter, Talaith. Sag mir, was dir Angst macht.«

Alles? »Na ja, die Liste ist lang.«

»Ich meinte, an mir, oder an meiner Art, um genau zu sein. Mit deinen ganzen anderen Ängsten müssen wir uns ein andermal beschäftigen.«

Sie starrte ihn zornig an. *Arroganter Mistkerl.* »Na ja, deine Reißzähne sind ein kleines bisschen beunruhigend.«

Briecs Kopf schwang herab, bis sich seine Schnauze und ihre Nase berührten. Dann zog er seine Lippen hoch und entblößte seine riesigen, weißen Reißzähne.

»Was *tust* du?«

»Na los«, sagte er durch die geschlossenen Zähne, »fass sie an.«

»Nicht in diesem Leben!«

»Talaith, du musst deine Angst überwinden!«

»Nein, muss ich nicht. Ich kann weglaufen. Schreiend. Wie ein Mädchen.«

Sein Schwanz schloss sich fester um ihr Bein, und sie wusste, dass er sie nicht loslassen würde, bis dieser wahnsinnige Albtraum zu seiner Zufriedenheit abgeschlossen war.

»Fass sie an, Frau!«

Mit fest zusammengekniffenen Augen streckte sie die Hand aus und tastete. Dafür dass das Reißzähne sein sollten, fühlten sie sich gar nicht mal so hart an.

»Talaith … das ist mein Nasenloch, in dem du deine Hand hast.«

»Oh, bei den Göttern!« Hektisch wischte sie ihre Hände an der Hose ab und quietschte; jetzt schüttelte es ihren Körper vor Ekel statt vor Angst.

»Wir versuchen es noch mal, ja? Diesmal mit offenen Augen.«

»Kannst du nicht irgendwelche Kätzchen foltern? Oder irgendeine Stadt zerstören?«

»Talaith«, sagte er mit einem übertriebenen Seufzen, und sie wusste, dass sie es mit Briec dem Arroganten zu tun hatte. »Du und ich – habe *ich* das Gefühl –, wir sind füreinander bestimmt.«

»Oh, gute Götter«, ächzte sie.

Briec sprach weiter, als hätte er sie nicht gehört. »Damit das also funktioniert, müssen wir deine winzig kleinen Unsicherheiten beseitigen.«

»Deine Arroganz lässt mein Auge zucken.«

»Nur, weil ich dich nervös mache.«

»Nein. Ich bin mir relativ sicher, dass es wegen deiner Arroganz ist«, bellte sie. »Nein, nein. Vergiss es, Drache! Ich stecke meine Hand nicht in deinen Mund.«

Mit einem tiefen Seufzen setzte er sich auf. »Na schön. Wie wäre es dann damit …«

Sie quietschte erneut, als seine Schwanzspitze sich von ihrem Bein löste und plötzlich vor ihrem Gesicht erschien. »Würdest du bitte mit dem Ding aufpassen? Du haftest dafür, wenn du mir die Nase abschneidest oder so!«

»Fass ihn an.«

»Eigentlich hänge ich an meinen Fingern.«

»Na gut. Wie wäre es dann, wenn du meine Hörner berührst?«

»Also irgendwas läuft hier ganz schön schief.«

»Du machst alles so kompliziert!«

»Ich weiß nicht so recht, was du mir klarmachen willst.«

Frustriert verwandelte sich Briec und ging in Menschengestalt auf sie zu, bis er nur noch wenige Zentimeter vor ihr stand.

»Dass du und die Deinen bei uns sicher sind. Du hast nichts zu befürchten. Genauso wenig wie deine Tochter. Und das wird auch immer so bleiben.«

Ihr Gesichtsausdruck wurde weicher, und ein Lächeln breitete sich auf ihren wundervollen Lippen aus. Éibhear hätte keinen besseren Zeitpunkt wählen können, um am Waldrand vorbeizurennen. Normalerweise wäre das nichts Außergewöhnliches gewesen. Er war ein junger, verspielter Welpe. Doch die Tatsache, dass Iseabail an seinem Schwanz hing, ließ bei Briec alle Alarmglocken schrillen.

»Äh …«

»Was ist los? Du bist gerade noch blasser geworden als sonst.«

Éibhear schüttelte seinen Schwanz. »Lass los! Lass los! Lass los!«

Lachend klammerte sich Izzy weiter fest.

»Ist das Izzy?« Talaith drehte sich um, um ihr nachzublicken, doch Briec nahm sie an den Schultern und zwang sie, ihn wieder anzusehen.

»Du weißt, was ich für dich empfinde, Talaith«, schrie er fast, verzweifelt bemüht, sie abzulenken.

»Weiß ich das?«

»Natürlich!«

»Seit wann?«

»Seit letzter Nacht.«

Sie schüttelte den Kopf. »Ich habe keine Zeit für so etwas. Ich habe Morfyd versprochen, mich mit ihr drüben am Hain zu treffen.« Wieder wandte sie sich um, um den Pfad entlang zur Lichtung zu gehen, doch da tauchte Éibhear wieder auf; diesmal schlug er seinen Schwanz auf den Boden und versuchte so, die unerbittliche Izzy abzuschütteln.

Briec griff wieder nach ihren Schultern und drehte sie erneut zu sich herum. Er musste sich schnell etwas ausdenken, sonst war seine ganze Arbeit zum Thema »Du hast nichts zu befürchten« umsonst. Also sagte er das Erste, das ihm in den Sinn kam … »Ich liebe dich.«

Beide waren so schockiert von seinen Worten, dass sie sich nur anstarren konnten.

Schließlich sprach sie als Erste. »Wie bitte?«

Jetzt, wo er es gesagt hatte, wurde ihm etwas bewusst. »Ich liebe dich. Wirklich.« Er grinste. Wer hätte gedacht, dass es sich so großartig anfühlte, jemanden zu lieben?

»Du liebst mich?«

»Ja.« Er war so glücklich darüber, dass er Éibhear kaum bemerkte, der sich in die Luft erhob und Izzy durch die Bäume schleifte, um das Mädchen endlich abzuschütteln. »Jetzt musst du es mir sagen.«

»Wie bitte?«

»Sag es mir auch. Sag, dass du mich auch liebst. Denn wir wissen ja beide, dass es so ist.« Wie konnte es auch anders sein?

»Ach ja?« Sie stieß seine Hände von ihren Schultern. »Tun wir das?« Sie griff nach einer seiner Brustwarzen und drehte.

»Au! Was zum Teufel sollte das?«

»War ein Versehen!«, brüllte sie, dann stürmte sie davon.

Verblüfft verwandelte sich Briec zurück in einen Drachen. Das war gut so, denn Izzy landete direkt auf seinem Rücken.

Keuchend vor freudiger Erregung, schrie sie zu Éibhear hinauf: »Du bist unvernünftig!«

»Halt dich von mir fern!«, bellte Éibhear. Briec hatte seinen Bruder noch nie so entnervt gehört.

»Dein Bruder ist ein Riesenbaby.«

»Für einen Drachen ist er tatsächlich ein Baby.«

»Was ist los? Du klingst traurig.«

»Ich habe deiner Mutter gesagt, dass ich sie liebe und sie ist einfach weggegangen.«

Izzy krabbelte auf seinen Rücken. »Ich würde mir keine

Sorgen machen. Sie hat nur Angst vor ihren Gefühlen für dich.« Das Mädchen setzte sich auf seine Schultern. »Lass ihr Zeit.«

»Was, wenn ich ihr keine Zeit lassen will?«

»Das ist deine Sache. Aber ich weiß, dass sie es wert ist zu warten.« Er wusste, dass sie vor allem von sich selbst sprach.

»Das weiß ich.«

»Gut. Fliegst du jetzt eine Runde mit mir? Dein Bruder ist eine unvernünftige Heulsuse.«

»Nein. Ich fliege nicht mit dir.«

»Warum?«, quengelte sie, doch Briec lächelte, anstatt sich dadurch verärgern zu lassen. Vor allem, als sie sich theatralisch an seinen Hals warf.

»Weil deine Mutter nicht will, dass du irgendwohin fliegst. Und ich respektiere das. Aber ich gehe mit dir zurück zur Burg.«

»Schön. Außerdem glaube ich, dass ich Gwenvael irgendwo hier gesehen habe.«

Briec hatte erst einen Schritt gemacht, als er plötzlich innehielt. »Halt dich von Gwenvael fern.«

»Warum?«

»Weil er dich nur in Schwierigkeiten bringt. Und keine Wetten mehr mit ihm.« Er würde auch mit seinem Bruder sprechen müssen. Er wollte nicht das Risiko eingehen, dass Gwenvael mit ihr eines seiner langen Gespräche anfing, die er bekanntlich mit männlichen Wesen in Izzys Alter über Erwachsenenthemen führte.

»Oh, na gut.«

»Gut.« Briec ging weiter, doch ihre nächsten Worte ließen ihn beinahe über seine eigenen Klauen stolpern.

»Also, wann kann ich anfangen, dich Daddy zu nennen?«

22

Morfyd blickte von den Kräutern auf, die sie gerade pflückte. »Ist alles in Ordnung, Talaith?« Die Brauen zu einem finsteren Blick verzogen und die Lippen zu einer schmalen Linie zusammengekniffen, schüttelte diese den Kopf.

»Was ist los?«

»Nichts.«

Morfyd lehnte sich zurück und wischte sich mit der Hand die Stirn ab. »Mit Lügen verärgerst du mich nur.«

Talaith grub vorsichtig bestimmte Wurzeln aus, um sie nicht für Morfyds Zauber zu ruinieren, und grummelte: »Dein Bruder hat mir gesagt, dass er mich liebt.«

»Und?«

»Und es muss eine Lüge sein. Er kann mich nicht lieben.«

»Warum nicht? Stimmt etwas nicht mit dir, wovon man mir nichts erzählt hat?«

»Das macht dir Spaß, oder?«

»Natürlich nicht.« Eigentlich schon. »Aber so arrogant und nervtötend mein Bruder auch ist, ich glaube nicht, dass du ihn so einfach aufgeben solltest.«

»Ich wünschte, ich könnte ihn aufgeben. Ich wünschte, ich könnte einfach gehen.«

»Warum? Damit du die ganze Zeit so unglücklich sein kannst und nicht nur gelegentlich?«

Talaith sah endlich doch zu ihr und kniff misstrauisch die Augen zusammen. »Götter, du behandelst mich wie ein Familienmitglied, oder?«, fragte sie anklagend. Sie klang verängstigt.

»Du *bist* ein Familienmitglied.«

»Bin ich nicht.«

»Doch.«

»Nein.«

»Doch.«

Sie sah, wie Talaith innerlich zu kochen anfing, als Annwyl herangeritten kam. Mühelos sprang sie von dem riesigen Hengst, den Morfyd sich wunderbar mit ein paar Gewürzen auf einem Spieß vorstellen konnte, und kam zu den beiden Frauen herüber. Sie ließ sich zuerst auf die Knie, dann auf den Rücken fallen und breitete die Arme aus.

»Ich fühle mich heute komisch.«

Talaith schüttelte den Kopf, machte sich wieder ans Sammeln der Wurzeln und murmelte dabei: »Das ist schlicht *zu* einfach.«

Morfyd unterdrückte mit großer Mühe ein Lachen und sagte: »Vielleicht bist du wetterfühlig, meine Königin.«

»Nein. Ich fühle mich nicht krank. Und nenn mich nicht immer so.«

»Es liegt wahrscheinlich am Vollmond. Heute Abend ist die Zeit der Drachen, aber es beeinflusst uns trotzdem alle.«

»Seid ihr Hexen deshalb hier draußen? Um euer übles Werk zu tun?«

»Wenn es deiner Armee hilft, scheinst du mein übles Werk zu schätzen.«

»Das liegt daran, dass ich mich als Monarchin nicht lächerlich machen kann.«

»Gut zu wissen, meine Lehnsherrin.«

Talaith legte die gesammtelten Wurzeln in einen Korb, der neben ihr stand, und zeigte Morfyd, wie viele sie hatte. Morfyd wies sie auf zwei andere hin, und Talaith machte sich wieder ans Graben.

»Dann gehe ich also?«, fragte sie leise.

Annwyl runzelte die Stirn. »Ich weiß nicht. Willst du?«

»Ich frage dich. Fearghus schien entschlossen, mich wegzuschicken.«

»Mach dir keine Sorgen wegen Fearghus. Ich habe mit ihm gesprochen, und wir sind zu einer Übereinkunft gekommen, mit der wir beide leben können.«

Morfyd sah zu der Gefährtin ihres ältesten Bruders und Königin des Landes auf. »Du hast vergessen, deine Brustbinden wieder anzulegen, nachdem du zu deiner schmutzigen und widerwärtigen Übereinkunft mit meinem Bruder gekommen bist.«

Annwys Hände fuhren an ihre durch das Kettenhemd bedeckten, aber nicht bandagierten Brüste. »Mist.«

»Nein, nein, Annwyl. Ehrlich.« Talaith tätschelte Annwyls Schulter. »Ich weiß es wirklich zu schätzen, was für Opfer du für mich gebracht hast.«

Annwyl legte ihren Unterarm über ihre Augen und ignorierte Morfyds Lachen. »Sarkastische Kuh!«

Talaith lehnte sich entspannt in der Badewanne mit dampfendem Wasser zurück. Als sie und Morfyd damit fertig gewesen waren, ihre Vorräte aufzustocken, hatte ihr alles wehgetan, und sie war verschwitzt und voller Schmutz gewesen. Doch ein heißes Bad wirkte Wunder.

Sie wäre am Abend zu gern mit Morfyd gegangen und hätte ein paar Zauber gewirkt, aber es war viel zu lange her. Auch wenn Arzhela ihr ihre Kräfte zurückgegeben hatte, waren Talaiths Fähigkeiten immer noch sehr schwach. Wäre sie einem von Morfyds Zaubern in den Weg geraten, hätte sie irgendwo enden können, wo sie lieber nicht wäre, und nicht mehr zurückkehren können. Oder eine Tür öffnen, die sie nicht wieder schließen konnte. Nein. Sie würde warten. Morfyd hatte ihr ein paar Bücher für den Anfang gegeben und versprochen, ihr Unterricht in den Grundlagen zu geben, die sie höchstwahrscheinlich vergessen hatte.

Nach langem und gründlichem Nachdenken war Talaith

bewusst geworden, dass sie die Hexe sein wollte, als die sie geboren war. Sie wollte die Kranken heilen, die Schwachen beschützen, jene vernichten, die denen Schmerz und Zerstörung brachten, die sich nicht selbst verteidigen konnten. Was sie definitiv nicht mehr tun wollte war, für eine Göttin zu töten. Ihre Tage als Mörderin waren vorbei. Das Töten sollte nicht mehr Teil ihres Lebens sein, und vor allem wollte sie Izzy dem nicht aussetzen.

Um ehrlich zu sein, erschreckte es sie genug zu sehen, wie Izzy Annwyl beobachtete. Das war nicht nur Bewunderung oder Ehrfurcht, die sie da im Blick ihrer Tochter erkannte. Es war Neid. Und zu Talaiths Entsetzen hatte es nichts damit zu tun, dass Annwyl Königin war. Nein, ihre Tochter sah Annwyl zu, wenn sie mit ihren Männern trainierte oder ihr riesiges Pferd ritt.

Talaith hatte das ungute Gefühl, dass die Ambitionen ihrer Tochter nichts mit dem Leben am Hof zu tun hatten oder damit, die Aufmerksamkeit des hübschesten Ritters zu erregen.

Seufzend sank Talaith tiefer in die Wanne und war nicht überrascht, als ihre Tochter ein paar Minuten später klopfte und hereinkam.

»Ist es in Ordnung, wenn ich heute Abend in meinem Zimmer esse?«

Talaith blickte auf und musste lächeln, als sie sah, wie schön ihre Tochter war. Und wie viel Glück sie selbst hatte. Nicht nur, dass sie sie nach all den Jahren endlich kennengelernt hatte, sondern dass ihre Tochter mit unversehrtem Herz und Verstand überlebt hatte. Im Gegensatz zu Talaith war in Izzy keinerlei Bitterkeit. Kein kaltherziges Misstrauen, niemandem gegenüber. Sie war ein strahlendes, fröhliches Mädchen, das das Leben liebte, aber den Tod nicht fürchtete.

Womit habe ich dieses Glück verdient?

»Natürlich kannst du das. Ist alles in Ordnung?«

»Aye. Mir ist heute Abend nur nicht danach zu lächeln und höflich zu sein.«

Sie wusste genau, wie sich das Mädchen fühlte, aber wenn sie nicht ging, wusste sie, dass Briec glauben würde, es sei wegen ihm. Natürlich hätte er damit recht.

»Ich verstehe. Iss ruhig in deinem Zimmer. Weißt du, Izzy, eigentlich musst du mich deswegen nicht fragen. Ich bin mir sicher, dass du auch ohne meine Hilfe entscheiden kannst, wo du essen möchtest.«

Izzy zuckte die Achseln. »Ich weiß.« Sie rieb ihre Hände an ihrer Hose. »Es ist nur …«

»Es ist nur was?«, hakte Talaith nach, als Izzy schwieg.

»Ich weiß nicht, was ich dich fragen oder nicht fragen soll. Ich meine, das ist alles ein bisschen neu für mich.«

Talaith streckte die Hand aus, und ihre Tochter nahm sie dankbar, kauerte sich neben die Badewanne und hielt Talaiths Hand an ihr Herz.

»Ich habe auch keine Ahnung, was ich tun muss, Liebes. Also lass es uns doch zusammen herausfinden. Du und ich. Klingt das gut?«

»Aye. Nur …«

»Nur was?«

»Was ist mit Briec?«

Es kostete Talaith große Überwindung, nicht vor Schreck ihre Hand zurückzuziehen. »Was soll mit ihm sein?« Verdammt. Sie hatte nicht so zornig klingen wollen. Ein kleiner Hinweis, dass etwas nicht stimmte.

»Solltet ihr beide Entscheidungen nicht gemeinsam treffen?«

»Und warum sollten wir das tun?«

»Weil er dich liebt.«

Verdammt! »Tut er das?«

»Aye. Und es hat ihn verletzt, dass du es ihm nicht gesagt hast, nachdem er es dir gesagt hatte.«

Jetzt riss Talaith doch ihre Hand zurück. »Und woher weißt du das?«

»Er hat es mir erzählt, nachdem ich vom Himmel gefallen bin.«

Briec war schnell vergessen. »Wie bitte?«

Jetzt sah Izzy wirklich verstimmt aus. »Tja, dafür kannst du Éibhear die Schuld geben.«

»Kann ich das?«

»Aye. Wenn er einfach mit mir geflogen wäre, als ich ihn darum bat, hätte ich mich nie an seinem Schwanz festgehalten. Dann hat er mich durch die Bäume gezogen, um mich abzuschütteln.«

Talaiths Muskeln, die sich in der Badewanne gelockert hatten, waren jetzt wieder hart und schmerzten.

»Was hast du getan?«

»Warum schreist du mich an? Éibhear solltest du anschreien!«

»Du fragst mich, ob du in deinem Zimmer zu Abend essen darfst, aber du fragst mich nicht, ob du Éibhear so lange quälen darfst, bis er mit dir fliegt?«

Ehrlich verwirrt fragte Izzy leise: »Warum sollte ich dich das fragen?«

Éibhear hob das schwere Bett hoch, auf dem Briec auf dem Bauch lag, und sah noch einmal nach.

»Was tust du?«, fragte sein großer Bruder, die Stimme durch die Decken gedämpft, in die er seinen Kopf vergraben hatte.

»Ich suche mein Schwert. Das, das Annwyl mir geschenkt hat. Ich wollte es zum Abendessen tragen.«

Er ließ das Bett wieder fallen und Briec grunzte.

»Wie lange hast du noch vor, deswegen Trübsal zu blasen, Briec?«

»Bis ich an Altersschwäche sterbe. Würdest du also bitte aufhören, mich zu fragen?«

Éibhear öffnete seinen Kleiderschrank und wühlte darin. »Ich hasse es eben, dich so zu sehen.«

»Aye«, stimmte Gwenvael aus sicherer Entfernung von der Fensterbank aus zu. »Du bist ziemlich jämmerlich.«

»Ich bring dich um«, warnte Briec, ohne den Kopf vom Bett zu heben.

»Tja, was hattest du erwartet, was Talaith sagen würde?«

»Ich hatte erwartet, dass sie mir sagt, dass sie mich liebt!«

»Vielleicht tut sie es ja nicht … au! Was sollte das denn?«

Éibhear schüttelte seine Hand aus. Es stimmte. Gwenvael hatte tatsächlich einen erstaunlich harten Kopf. »War ein Versehen.«

Gwenvaels Körper spannte sich, und auch Éibhear bereitete sich auf einen Kampf vor, als ein lautes Klopfen an der Tür sie innehalten ließ. Dem Klang nach war es Fearghus.

»Herein.«

Die Tür ging auf, und Éibhears schlimmster Albtraum wurde von ihrer Mutter hereingeschoben, die sie fest an der Schulter hielt.

»Was willst du, kleines Mädchen?«

»Jetzt reicht's«, knurrte Briec, ohne den Kopf vom Kissen zu heben – bis er Talaiths Stimme hörte. Dann riss er den Kopf hoch und starrte sie an.

Aye, sein Bruder liebte sie wirklich. Éibhear sah es in seinen veilchenblauen Augen.

»Sag es, Izzy«, herrschte Talaith das Mädchen an.

»Ich glaube nicht, dass ich … au!«

Éibhear unterdrückte ein Lächeln, als Talaith ihre Tochter an den Haaren zog.

»Ich will es dir nicht noch einmal sagen müssen!«

Die hellbraunen Augen des Mädchens blickten in seine, und er hob eine Augenbraue, was sie ärgerte. Aber anscheinend wollte sie ihre Mutter nicht reizen. »Es tut mir leid ...« Ihr Blick wurde noch finsterer, als er ihr ein breites, spöttisches Grinsen schenkte.

»Weiter!«, befahl ihre Mutter.

»Es tut mir leid, dass ich mich an deinem Schwanz festgehalten habe.«

»Und ...«

Sie seufzte: »Und es tut mir leid, dass ich dich gedrängt habe, mit mir zu fliegen.«

»Gut.« Da Talaith hinter ihrer Tochter stand, sah sie nicht, dass ihm das verzogene kleine Gör die Zunge herausstreckte. »Und jetzt ab in dein Zimmer.«

Buchstäblich vor Wut schäumend stapfte das Mädchen davon. Talaith schüttelte den Kopf. »Es tut mir leid, Éibhear.«

»Kein Problem.« Es hätte nichts genützt, Talaith, die er verehrte, zu sagen, dass sie einen Dämon geboren hatte.

Talaith wandte sich gerade zum Gehen, als sie Briec sah. Er hatte seinen Kopf auf eine Hand gestützt.

»Lady Talaith. Willst du das heute Abend zum Dinner tragen?«

Talaith blickte an ihrem Morgenmantel hinab. Es war eindeutig, dass sie gerade aus der Badewanne kam. Ihre tropfnassen Haare fielen ihr in großen Locken über den Rücken, und sie hatte keine Schuhe an.

»Und seit wann schulde ich dir eine Erklärung für alles, was ich tue?«

»Da hat sie recht, Bruder.« Die beiden drehten sich so schnell zu ihm um, dass Gwenvael rückwärts gegen das Fenster stolperte und fast hinausgefallen wäre. »Macht euch keine

Mühe. Ich schlage mir später versehentlich selbst auf den Hinterkopf.«

Talaith brummte vor sich hin, warf Briec einen finsteren Blick zu und ging.

Der sprang knurrend vom Bett auf und folgte ihr.

Als die beiden weg waren, wandte sich Éibhear wieder dem Kleiderschrank zu, doch bei Gwenvaels nächsten Worten schlug er sich versehentlich selbst mit der Schranktür.

»Ich verstehe einfach nicht, warum alle mich ständig schlagen müssen!«

»Talaith, warte!«

»Nein.«

Er holte sie ein, nahm ihren Arm und drehte sie herum. »Bitte.«

Bei den dunklen Göttern, hat er wirklich »bitte« gesagt? Ignorier es, Talaith. Ignorier es. »Warum hast du Izzy erzählt, was du mir gesagt hast?«

»Um ganz ehrlich zu sein war ihr Timing einfach gut.«

»Ich weiß. Sie war vom Himmel gefallen.« Talaith streckte anklagend den Zeigefinger aus. »Das hast du versucht, vor mir zu verbergen, stimmt's? Sie und Éibhear.«

»Talaith …«

»Also hast du es nur gesagt, um mich abzulenken. Ich hätte es wissen müssen.« Sie wollte weitergehen, aber er riss sie zu sich heran und hielt ihre Arme hinter ihrem Rücken fest.

»Ich habe jedes Wort ernst gemeint, Talaith, Tochter der Haldane. Und behaupte nie wieder, dass es nicht so ist. Ich sage Dinge nicht leichtfertig dahin oder nur, um jemanden ins Bett zu kriegen. Ich liebe dich, Talaith. Daran solltest du dich gewöhnen.«

»Ich will mich weder daran noch an dich gewöhnen!«

»Wovor hast du Angst, kleine Hexe? Dass du dein Herz verlierst? Dass du dich in mich verliebst?«

Sich verlieben? Das hatte sie schon längst. Hals über Kopf und mit Haut und Haar. Doch sie wagte nicht, es ihm zu sagen. Sie wagte nicht, die Worte auszusprechen, die ihr Herz für die nächsten sechs oder sieben Jahrhunderte diesem Drachen ausliefern würden.

»Lass mich los, Drache.«

Er zog sie enger an sich und neigte sich ein wenig herab, um mit seinen Lippen ihre Stirn zu berühren. »Warum wehrst du dich immer gegen mich, Talaith? Wir wissen beide, dass du mich liebst. Warum gibst du es nicht zu?«

»Gibt es auch Momente, in denen du kein arroganter Mistkerl bist?«

»Gibt es auch Momente, in denen du keine komplizierte Zicke bist?«

»Nein.«

»Dann sind wir wohl das perfekte Paar, oder nicht?«

Er grinste, und sie konnte nicht anders als zurückzulächeln.

»Was für ein Lächeln. Wenn das nicht einfach wunderschön ist.«

Nie zuvor hatte jemand so etwas zu ihr gesagt. Sie fand es gleichzeitig hinreißend und unangenehm. Sie versuchte, ihr Gesicht abzuwenden, doch Briec ließ es nicht zu.

»Sieh mich an, Talaith.« Sie tat es, und er belohnte sie mit einem sanften Kuss auf die Nase. »Du bist schön. Und ich werde dir das jeden Tag sagen, wenn du mich lässt.«

»Ich bin mir nicht sicher, ob ich mit diesem Druck umgehen kann.«

»Dann wirst du es wohl lernen müssen«, murmelte er, während er zuerst ihre Wange küsste und dann ihr Kinn. »Bleib bei mir, Talaith. Bleib bei mir, bis unsere Vorfahren uns heimrufen.«

Seufzend, ihre Arme immer noch hinter dem Rücken festgeklemmt, lehnte sie sich an Briec und ließ zu, dass sein Mund langsam ihr Kinn hinauf zu ihren Lippen wanderte. »Das ist eine sehr lange Zeit für uns beide, Briec.«

»Aye. Wenn wir Glück haben.«

Er küsste sie sanft. Sein Kuss beschwor sie, ihm zu vertrauen, ihn in ihr Leben und ein Teil davon werden zu lassen, als sie seine Zunge hineingleiten und ihren Mund erforschen ließ.

Briec ließ ihre Arme los, sodass sie sie um seinen Hals schlingen und ihre Hände in seinem Haar vergraben konnte. Erst durch ihren Drachen merkte sie, wie angenehm, wie wunderschön es sein konnte zu küssen.

Briecs Lippen lösten sich von ihren und wanderten ihren Hals hinab. Er biss sie sanft, und sie stöhnte.

»Lass uns in dein Zimmer gehen, Talaith. Ich will dir zeigen, wie schön es sein kann.«

Lächelnd schaffte sie das Unmögliche und schob ihn von sich. »Nein, Drache. Ich habe Annwyl versprochen, heute Abend beim Dinner dabei zu sein.«

»Sie wird es verstehen«, brummte er und griff wieder nach ihr.

Sie machte sich von ihm los und ging rückwärts auf ihre Schlafzimmertür zu. Und Briec folgte ihr Schritt für Schritt.

»Nein. Wir gehen heute Abend zum Dinner.« Sie kam an ihrer Tür an, und ihre Hand griff nach der Klinke.

»Warum?«

»Weil …« – sie drückte die Klinke nieder und machte einen Schritt hinein – »weil ich zusehen will, wie du dich windest, wenn du daran denkst, wie ich später dein riesiges Ding in den Mund nehme.«

Er wollte sie schnappen, aber sie hatte die Tür vor seiner Nase zugeschlagen, bevor er es schaffte. Sie schloss ab, lehnte sich gegen die Tür und lächelte, während er von der anderen Seite dagegenhämmerte.

»Mach die Tür auf, Weib!«

»Nein. Ich muss mich anziehen. Geh mit deinen Brüdern spielen, Drache. Wir sehen uns beim Dinner.«

»Du böse Zicke!«

Sie hörte, wie er seinen Körper an die Tür presste, und seine geflüsterten Worte drangen in den Raum wie eine warme, schmeichelnde Brise: »Dafür wirst du heute Nacht bezahlen, süße Talaith. Das verspreche ich dir.«

Wie immer, wenn er in Menschengestalt war, bewegte er sich lautlos, doch sie spürte es, als er von der Tür wegging.

Sie atmete langsam und ruhig und versuchte, ihren Körper wieder in den Griff zu bekommen. Sie konnte nicht zum Dinner hinuntergehen, wenn sich ihre Nippel sichtbar in das Kleid bohrten und sie feuchte Spuren auf dem Stuhl hinterließ.

»Es wäre unziemlich«, sagte sie vor sich hin, dann lachte sie, und es fühlte sich gut an.

Briec lehnte sich auf seinem Stuhl zurück und sah Talaith an, die sich bemühte, ihn zu ignorieren und weiterhin Gwenvael zuzuhören, der eine vollkommen unangemessene Geschichte über sich und mehrere junge Dienstmägde erzählte, deren Vater sie gemeinsam in seinen Stallungen ertappt hatte.

Es war ein langes, quälendes Essen gewesen. Zumindest für ihn. Obwohl er zugeben musste, dass es ein amüsantes Essen mit seiner Familie gewesen wäre, wenn er nicht so steinhart gewesen wäre und so ungeduldig darauf, sich in Talaith zu vergraben.

Zunächst war sich Briec allerdings gar nicht so sicher, dass das überhaupt geschehen würde. Fearghus warf Talaith über seinem Wein finstere Blicke zu. Beim dritten Mal, als Briec sich sicher war, dass er seinen Bruder würde totschlagen müssen, glitt Annwyls Hand unter den Tisch. Briec wurde schnell klar, dass Annwyl ihren Gefährten mit recht festem Griff hielt und anscheinend nicht vorhatte, ihn loszulassen. Dabei unterbrach sie nicht einmal ihr Gespräch mit Morfyd, die auf ihrer anderen Seite saß. Danach beachtete Fearghus niemanden mehr außer Annwyl.

Morfyd schüttelte angewidert den Kopf. »Dieser arme Mann.«

»Was?«, wollte Gwenvael mit einem Lächeln wissen. »Sie konnten doch nicht ewig Jungfrauen bleiben.«

»Oh, jetzt reicht es!« Morfyd stand auf. »Ich habe genug gehört. Der Vollmond geht auf, ich habe zu tun, und ich finde dich, Bruder, ziemlich widerlich.«

»Du weißt selbst, dass du mich liebst.«

»Nur, weil unsere Mutter darauf besteht.«

Morfyd griff nach ihrem Tornister und ging. Sie hinterfragten die Hexenkunst ihrer Schwester nie, sie schätzten sie einfach.

»Wir sehen uns morgen.«

Éibhear stand auf, als Morfyd den Rittersaal verließ. »Ich habe das dringende Bedürfnis zu fliegen. Willst du mitkommen, Gwenvael?«

»Nein, kleiner Bruder. Ich habe andere Pläne.«

Annwyl, die jetzt auf dem Schoß ihres Gefährten saß, beugte sich vor. »Pass auf dich auf, du übergroße Schlampe. Wenn ich noch eine Beschwerde über dich höre …«

»Dann was, werte Schwester?«, forderte Gwenvael sie heraus. »Was wirst du tun?«

Sie kniff die Augen zusammen. »Vielleicht solltest du das deinen Vater fragen.«

Fearghus sollte wirklich nicht so stolz aussehen, wenn sie diesen Vorfall erwähnte. Es kränkte nur seine Eltern.

»Bösartiges Weibsstück«, neckte Gwenvael sie.

»Schamloser Drache.«

Gwenvael stand auf. »Scham ist etwas für die Schwachen und für Menschen. Nichts für ungut, Talaith.«

»Schon gut.« Sie lachte.

»Aber es ist so ein dummes Gefühl, findest du nicht?«

Annwyl schmiegte sich wieder an Fearghus und schlang ihm die Arme um die Taille. »Dann passt es ja perfekt zu dir, was, Gwenvael?«

Mit einem arroganten Schnauben folgte Gwenvael seiner Schwester und seinem kleinen Bruder nach draußen. Es blieben nur noch die Diener, die die Tafel abräumten, und die beiden Paare.

Briec starrte Talaith durchdringend an. Seine Familie war langweilig geworden. Er wollte sie.

»Du hast den ganzen Nachtisch aufgegessen«, beschuldigte er sie.

»War die ganze Kuh nicht genug für dich, Drache?«

»Ich habe kaum etwas abbekommen. Wegen dir und meinen Brüdern. Abgesehen davon hättest du darauf achten sollen, dass ich genug zu essen bekomme. Ist das nicht eine deiner Aufgaben?«

Ihre Augen wurden schmal, aber er sah die Lust in ihnen aufflackern. »Ich habe keine Aufgaben, du schuppiger Mistkerl. Und ich werde auch nie welche haben.«

»Tja ...«, unterbrach sie Annwyl, obwohl Briec den Blick nicht von Talaith abwandte. »So unterhaltsam das auch ist: Wir brechen auf. Oh, und Talaith, sag Izzy, dass sie morgen nach dem Mittagsmahl auf dem Übungsfeld vorbeikommen kann.«

Talaiths Blick wechselte innerhalb eines Herzschlags von Lust zu Panik, sie drehte den Kopf herum und veranlasste Annwyl, auf der Stelle stehenzubleiben. »Was?«

Annwyl setzte sich wieder auf Fearghus' Schoß. »Was meinst du mit: was?«

»Warum will Izzy zum Übungsplatz kommen?«

»Ich wage mal eine wilde Vermutung – weil sie uns beim Training zusehen will?«

»Werde nicht sarkastisch, meine Lehnsherrin. Meine Tochter wird *niemandem* beim Training zusehen.«

»Warum regst du dich so auf? Ich habe deine Göre schließlich nicht gefragt, ob sie sich meiner Armee anschließen will.«

Talaith richtete anklagend einen Finger auf die Frau, die sie von Rechts wegen hätte köpfen können. »Dann belass es auch einfach dabei.«

»Drohst du mir? Ich will nur sichergehen. Drohst du mir?«

Briec verdrehte die Augen und sah seinen Bruder an, der genauso gelangweilt aussah. Doch als Fearghus' Blick an ihm vorbeiging und sich seine schwarzen Augenbrauen zusammenzogen, drehte sich Briec um, um zu sehen, wohin er starrte.

Der Mond schien. Aber aus irgendeinem unerfindlichen Grund war das Mondlicht nicht silbern, sondern orange und gelb … wie Flammen. Und es breitete sich aus und füllte den ganzen Rittersaal.

Die Brüder beobachteten es, während ihre Frauen stritten. Bis Talaiths Keuchen Briec zu ihr blicken ließ.

»Sieh dir das an«, flüsterte sie und betrachtete das merkwürdig gefärbte Mondlicht. »So etwas habe ich noch nie gesehen. Es ist schön.« Talaith warf ihm einen Blick zu und dann … grinste sie.

Wie ein Hammerschlag nahm ihm dieses Lächeln den Atem und machte jedes logische Denken zunichte. Er umklammerte die Armlehnen seines Stuhls und kämpfte mit aller Macht um Beherrschung. Aber er spürte, dass er den Kampf verlor.

Talaiths Lächeln verschwand. Sie sah ihn schweigend und mit großen Augen an. Sie wusste, dass etwas nicht stimmte, sie wusste nur nicht, was es war.

Er natürlich auch nicht. Briec wusste nur, dass er sie haben musste. Und dass er sie nicht nur haben musste. Er musste sie in Besitz nehmen. Sie zu der Seinen machen. Er musste sich in sie vergraben, bis die zwei Sonnen aufgingen. Er musste sie mit seinem Samen ausfüllen und ihre Augen zum Glänzen bringen. Seine Sehnsucht danach überwältigte seine Vernunft. Egal, was sein Verstand ihm sagte: Er konnte die Reaktion seines Körpers auf sie nicht stoppen.

»Fearghus, warte!« Er riss die Augen von Talaith los und sah, wie sein Bruder mit Annwyl in den Armen aufstand. Er blickte in Fearghus' Gesicht, und beiden Drachen wurde bewusst, dass sie dasselbe fühlten. Den überwältigenden Wunsch, das in Besitz zu nehmen, was ihnen gehörte.

Knurrend trug Fearghus die protestierende Annwyl aus dem Rittersaal.

Briec blickte Talaith tief in die Augen, und sie sah ihn mit großen braunen Augen an. Er beobachtete sie, wie sie ihren Stuhl zurückschob und vorsichtig aufstand. Er beobachtete sie, wie sie sich langsam in Richtung Treppe wandte. Er nahm an, dass Menschen sich so verhielten, wenn sie in der Nähe einer Dschungelkatze oder eines bösartigen Hundes waren. Weil sie glaubten, dass sie es zurück in die Sicherheit ihres Zuhauses schaffen würden, wenn sie das Tier nicht erschreckten oder plötzliche Bewegungen machten.

Zu schade, dass es bei Talaith nicht so sein würde.

Talaith schaffte es bis zur untersten Stufe, bevor sie innehielt. Sobald sie das seltsame Licht des Mondes gesehen hatte, wusste sie, dass etwas ganz und gar nicht stimmte. Es war nichts Tödliches, aber auch nicht richtig. Sie spürte, dass die gesamte Burg darin gefangen war. Als Fearghus dann die zappelnde Annwyl aus dem Raum schleppte, wusste sie, dass sie recht hatte.

Jetzt warf sie einen Blick zurück auf Briec. Doch ihr wurde klar, dass das ein Fehler war. Denn er knurrte, und sie kreischte und rannte los. Die Treppe hinauf und in ihr Zimmer, aber er war direkt hinter ihr. Sie fühlte, wie er aufholte, und wie er die Jagd genoss. Der Blutdurst pochte in seinen Ohren und in seinem ganzen Körper.

Sie schaffte es bis in ihr Zimmer und wollte gerade die Tür zuschlagen, da war schon seine Hand da und drückte dagegen. Sie taumelte rückwärts und sah, wie Briec hereinkam. Sein Blick fixierte sie wie der eines Löwen ein Reh.

Er schloss die Tür mit einem Fußtritt und drehte den Schlüssel: Sie war gefangen. »Komm zu mir, Talaith.«

»Oh, das soll wohl ein Scherz sein!« Sie ging um das Bett herum, obwohl sie wusste, dass ihn das nicht von ihr fernhalten würde.

»Talaith. Ich brauche dich.« Das waren hübsche Worte, allerdings zog er schon seinen Wappenrock und sein Kettenhemd aus. »Weise mich nicht zurück. Nicht heute Nacht.«

»Du bist nicht du selbst, Briec.«

»Tut mir leid, Liebes. Das ist nicht ganz richtig.« Er kam auf sie zu, während er sich gleichzeitig die Stiefel von den Füßen zerrte. »Mein Körper ist menschlich, aber im Moment hast du es mit dem reinen Drachen zu tun.«

»Das finde ich ein bisschen erschreckend.«

»Ich brauche dich, Talaith«, sagte er wieder. »Heute Nacht nehme ich dich in Besitz. Heute Nacht mache ich dich mir zu eigen.«

Ihr Verstand schrie ihr zu fortzulaufen, den Dolch zu nehmen, den sie unter ihrem Kleid versteckt hatte und ihm seine weiche menschliche Kehle durchzuschneiden. Aber ihr Körper ... ihr Körper wollte auf dem Bett liegen und sich ihm hingeben wie eine Opfergabe.

»Briec, es ist nur ...«

»Nein, Talaith. Keine Worte heute Nacht. Sag einfach Ja und überlass mir den Rest.« Jetzt stand er nackt vor ihr. *Hilfe!* Natürlich bildete sie es sich nur ein, aber seine Erektion sah zehnmal größer aus. Er hielt ihr die Hand hin. »Bitte, Talaith. Bitte.«

Sie wusste, dass er den Drang seines Körpers bekämpfte. Sie wusste, dass er verzweifelt gegen das kämpfte, was die Kontrolle über ihn übernommen hatte, um ihr keine Angst einzujagen. Sie hatte allerdings gar keine Angst. Nicht vor Briec. Nicht einmal, wenn er so war.

Sie ging auf ihn zu und legte ihre Hand in seine viel größere. Er stieß ein Seufzen aus, hielt ihre Hand fest und zog sie näher an sich heran. Es schien, als wolle er sie küssen, doch plötzlich hielt er inne. Er schloss die Augen und rang erneut um Beherrschung.

»Du weißt, dass ich dich liebe, nicht wahr, Talaith?«

»Aye.«

»So wie du mich liebst?«

Jetzt oder nie, Talaith. »Aye.«

Seine Augen öffneten sich. »Also bitte, wenn diese Nacht vorbei ist … denk bitte daran.«

Dann riss er ihr das Kleid vom Leib.

Morfyd fühlte sich plötzlich erschöpft und setzte sich unter einen großen Baum, von dem aus sie auf einen der größten Seen auf Garbhán blicken konnte. Es wurde langsam spät. Sie hatte wichtige Schutzzauber und Rituale auszuführen. Der mächtige Schwarze Mond des Feuerdrachen würde nicht mehr lange voll sein. Aber sie war so müde.

Sie verstand es nicht. So weit hatte sie sich gar nicht von der Burg entfernt.

»Ein bisschen Gesellschaft gefällig?«

Sie hob den Blick und sah Brastias neben sich stehen. Jedem anderen hätte sie gesagt, er solle sie in Ruhe lassen, aber nicht Brastias. Irgendwie hatte sie nie Zeit allein mit ihm. Sie rückte ein Stück zur Seite und klopfte neben sich auf den Boden.

»Bitte.«

Er setzte sich neben sie, sein Kettenhemd strich über ihren Arm. Sie erhaschte seinen Duft und schloss die Augen, um ihn in vollen Zügen zu genießen. Er roch so gut.

»Ich hoffe, ich störe dich nicht bei irgendetwas.«

»Nein. Ich wollte gerade ein paar Dinge erledigen, aber ich war plötzlich so müde.«

»Geht es dir gut?«

Sie nickte. »Aye. Es waren extrem angespannte Monate. Ich bin sicher, mein Körper ist nur erschöpft von der ganzen Anstrengung. Ich glaube, ich muss ein paar Tage schlafen, um wieder ein bisschen aufzuholen.«

Brastias lächelte, seine Arme ruhten auf seinen aufgestellten Knien. »Wohl eher ein paar Wochen.«

»Da hast du wahrscheinlich recht.« Sie sah ihm ins Gesicht. »Du siehst auch müde aus.«

Er lehnte sich mit dem Rücken an den Baum. »Ganz plötzlich, ja.« Er zuckte die Achseln. »Und dabei bin ich den ganzen Weg hier herausgekommen, nur um die Gelegenheit zu haben, mit dir allein zu reden.«

Morfyd konnte ein Gähnen kaum unterdrücken. »Worüber?«

Er schloss die Augen, lehnte den Kopf an den Baum und murmelte: »Das kann warten.«

»Gut.« Morfyd lehnte sich an ihn und legte ihren Kopf auf seine Schulter. »Es macht dir doch nichts aus, oder?«

Aber er schnarchte schon, und sie schlief auch bald ein.

Éibhear sah schweigend zu, wie Talaiths Tochter sich fast das Gesicht mit dem Schwert aufschlitzte, mit dem sie seit einer halben Stunde spielte. Er war eine Runde geflogen, als er ihren Geruch weit weg von der Burg wahrgenommen hatte. Besorgt, dass jemand sie entführt haben könnte, verfolgte er ihre Spur bis zu dieser ziemlich offenen Schlucht, wo das Licht des Vollmonds genug Licht spendete, dass sie Kriegerin spielen konnte.

Er hatte sich nur hinsetzen und ihr zuschauen wollen und danach dafür sorgen, dass sie sicher zur Burg zurückkehrte. Aber wenn sie so weitermachte, schnitt sie sich noch selbst die Kehle durch. *Wer hat ihr das Ding überhaupt gegeben?* Dann wurde ihm plötzlich klar, dass es das Schwert war, nach dem er gesucht hatte. »Du diebische kleine Zicke!«, knurrte er.

Als ihr die Klinge in einem Baumstumpf steckenblieb, bewegte er sich lautlos vorwärts. Er wartete, bis seine Schnauze nur noch Zentimeter von ihrem Nacken entfernt war, bevor er schrie: *»Was zum Teufel tust du da?«*

Kreischend wirbelte das Mädchen herum und boxte Éibhear direkt auf die Schnauze. Es erschreckte ihn mehr als es wehtat, aber er wich trotzdem vor ihr zurück. Doch als sie sah, wer er war, beruhigte sie sich sofort.

»Oh«, sagte sie mit offensichtlichem Desinteresse. »Du bist es.«

»Ja. Ich.«

»Ich dachte, es wäre jemand Furchterregendes.« Und damit versuchte sie weiter, das Schwert aus dem Baumstumpf zu ziehen.

Verwöhntes kleines Balg.

»Willst du weiter hier herumstehen und mich anstarren, oder hilfst du mir?« Inzwischen stemmte sie beide Füße gegen den Baum und zog mit aller Kraft am Schwertgriff.

Éibhear musste zugeben, dass sie einiges an Kraft hatte, wenn sie die Klinge so fest einklemmen konnte.

»Mir wäre lieber, du sagst mir, was du hier draußen machst … ganz allein.«

»Hast du meine Mutter aus den Augen verloren, dass du das Bedürfnis hast, sie zu ersetzen?«

Du kleine …

»Hör zu, ich mag Talaith. Und aus unerfindlichen Gründen würde es ihr tatsächlich etwas ausmachen, wenn dir etwas zustößt. Also bin ich hier, um dafür zu sorgen, dass du in Sicherheit bist.«

»Soso, du magst sie also. Tja, ich mache dir nicht gern deine Hoffnungen zunichte, aber Briec hat sie zuerst gesehen. Und *ich* mag *ihn*. Er ist perfekt für sie. Du dagegen bist es nicht.«

Éibhear holte tief Luft, um seinen wachsenden Zorn zu besänftigen, als das Schwert sich plötzlich löste, ihr aus den Händen flog und an ihm vorbeischwirrte. Nur ein paar Zentimeter näher, und es hätte sich in seine Stirn gebohrt.

»Jetzt reicht's!«, brüllte er, und es war ihm egal, ob er die gesamten Dunklen Ebenen weckte. »Ich bringe dich jetzt zurück!«

Als die Klinge sich aus dem Baumstumpf löste, hatte sie das Gleichgewicht verloren und war flach auf dem Rücken gelandet. Jetzt starrte sie mit großen, hellbraunen Augen zu ihm hinauf.

»Bei den Göttern, geht es dir gut?« Sie rappelte sich auf. »Bist du verletzt?«

Er hörte die Sorge in ihrer Stimme, beschloss aber, das zu ignorieren. »Beweg dich!«

»Schon gut. Kein Grund, mich anzuschreien. Ich habe es nicht mit Absicht nach dir geworfen.«

Mühelos hob sie das Schwert auf, mit dem er erwachsene Männer sich abmühen sehen hatte, und ging in Richtung Burg davon.

»Und wenn wir zurück sind, legst du mein Schwert wieder da hin, wo du es her hast!«

»Oh, jetzt halt mir keine Moralpredigt! Ich habe es doch nur ausgeliehen.«

»Versuch nicht einmal, dich herauszureden. Bei Drachen gibt es kein ›Ausleihen‹.«

»Na schön. Weißt du, Drache, wir wären viel schneller, wenn du mich hinfliegen würdest.«

Es stimmte, die Wanderung zurück zur Burg war nicht gerade kurz, aber er würde dieses verwöhnte Gör auf keinen Fall auf seinen Rücken lassen.

»Vergiss es und geh weiter.«

»Also gut.«

Sie ging schneller, und Éibhear hob den Blick, um abzuschätzen, wie weit es tatsächlich noch bis zur Burg war, und wie lange er noch ihre Gegenwart ertragen musste. Und da sah er es. Der Mond schwebte über der Burg, die weißen Steine waren in orangefarbenes und gelbes Licht getaucht, sodass es aussah, als wäre das Gebäude von Flammen umgeben. Niemand musste ihm sagen, dass etwas ganz und gar nicht stimmte mit dem, was er da sah. Irgendeine Art von Magie, doch er fühlte weder Schmerz noch Leid. Um genau zu sein, spürte er etwas ganz anderes, als er seine Sinne überprüfte. Etwas, was ihm die Lenden zusammenzog.

Er sah hinab auf das junge Mädchen, das – dafür hätte er seinen Schatz verwettet – noch Jungfrau war. Er verdrehte die Augen. Er konnte sie nicht zurückgehen lassen. Zumindest nicht heute Nacht.

»Warte.« Er knallte seinen Schwanz vor ihr auf den Boden. »Vielleicht war ich …«

»Ooooh. Darf ich wieder mit deinem Schwanz spielen?«

Sie griff danach, und Éibhear riss ihn zurück. *»Nein!«*

»He, du musst mich nicht anschreien!«

Alles, was er wollte, war, dieses Mädchen wieder ihrer Mutter vor die Füße zu werfen, davonzufliegen und sie hoffentlich nie wiederzusehen. Aber das würde nicht so bald geschehen. Also riss er sich zusammen und sah zu ihr hinab.

»Nein. Du darfst nicht mit meinem Schwanz spielen. Aber wenn du wirklich mitfliegen willst …«

Bevor er den Satz beendet hatte, quietschte sie, hielt sich an seiner Mähne fest und krabbelte auf seinen Rücken.

Verblüfft saß er einen Augenblick da. Er hatte nie einen Menschen kennengelernt, der sofort so ungezwungen damit umging, wer und was er war. Selbst Annwyl hatte eine Weile gebraucht, um sich mit Fearghus vollkommen wohlzufühlen.

»Los, los, los! Ich will fliegen!«

»Beruhige dich!« *Das wird eine lange Nacht.*

Er drehte sich um und ging in die andere Richtung.

»Fliegen wir nicht zur Burg?«

»Das wäre ein zu kurzer Flug. Ich dachte, ich mache einen kleinen Ausflug mit dir.« *Zumindest, bis dieser Mond wieder dahin zurückkehrt, wo er hergekommen ist.* »Aber kein Geschrei oder so etwas. Die Leute versuchen zu schlafen.«

»Ja, Sir.«

Éibhear grunzte, zufrieden, dass er sie zumindest ein wenig zur Ruhe gebracht hatte.

»Du hast tolle Haare, weißt du das? Ich liebe diese Farbe.«

»Danke.«

»Darf ich dir Zöpfe flechten?«

»Nein, darfst du nicht!«

»Ich hab doch nur gefragt.«

Dann hörte er das kleine Gör kichern, und als er abhob und sich von Garbhán und diesem Mond entfernte, dachte er daran, sich auf den Rücken zu drehen. Aber das erschien ihm falsch.

Verfluchte Moralvorstellungen.

23

Noch nicht ganz wach, hielt Brastias Morfyd eng an sich gedrückt. Ihr Körper war warm, und sie roch wunderbar. Er küsste ihre Stirn, ihre Wange. Sie seufzte und schmiegte sich enger an ihn, ihre Lippen strichen über sein Kinn.

Mit einem Lächeln küsste er sie. Ihre Hände klammerten sich an seine Schultern und zogen ihn näher an sie. Eines ihrer langen Beine schlang sich um seine Taille, als er sie sanft auf den Rücken legte und seine Zunge träge die Wärme ihres Mundes erkundete.

Seufzend vergrub sie ihre Hände in seinen kurzen Haaren, sog neckend an seiner Zunge, quälte ihn spielerisch mit einem kleinen Vorgeschmack darauf, was sie mit seiner Männlichkeit anfangen konnte.

Er zog sich ein wenig zurück und leckte ihre Lippen. Er hätte Stunden damit verbringen können, diese Frau nur zu küssen. Auch wenn er sicher war, dass er nicht Stunden durchgehalten hätte. Er drückte seine Erektion gegen sie und stöhnte … dann erstarrte sie. Er konnte die Veränderung in ihr bis zu den Zehen hinab spüren. Er zwang sich, vollends wach zu werden, lehnte sich zurück und sah in Morfyds schöne blaue Augen. Und dort sah er die reine Panik.

»Morfyd?«

»Oh Götter!« Sie schob ihn mit Kraft von sich weg und kroch unter ihm hervor. Irgendwann in der Nacht war der Großteil ihrer Kleider abhanden gekommen. Sie schnappte nach ihrem Gewand und dem Tornister.

»Ich … äh …« Sie sah ihn noch einmal an. »Also … wir sehen uns«, schrie sie, und ihr Gesicht rötete sich vor Verlegenheit und Entsetzen. Dann lief sie davon. Er hatte nicht gewusst, dass ein Drache sich in Menschengestalt so schnell bewegen konnte.

Brastias ließ sich zurück auf den harten, unerbittlichen Boden fallen und starrte zu den zwei Sonnen hoch.

Er starrte und fragte sich, wann er eigentlich zum letzten Mal seine Hose gesehen hatte.

Es war später Vormittag, als Talaith endlich die Augen öffnete. Das beharrliche Klopfen an der Tür zwang sie aufzuwachen.

»Moment!«, rief sie.

Sie sah Briec an. Er lag auf dem Bauch, das Gesicht abgewandt, sein Arm hielt sie immer noch an seiner Seite gefangen. Sie stupste ihn mit dem Finger. Er rührte sich nicht einmal. Das überraschte sie nicht. Nicht nach der vergangenen Nacht.

Sie schob seinen Arm weg und schwang langsam die Beine aus dem Bett. Sie zuckte zusammen und schauderte vor Schmerzen. Ihr ganzer Körper war wund und klebrig von Schweiß und anderen Körperflüssigkeiten. Sie war sich nicht sicher, ob sie es bis zur Tür schaffen würde. Sie blieb kurz sitzen, dann raffte sie eines der Felle vom Bett auf und wickelte sich hinein. Langsam schlurfte sie hinüber zur Tür, schloss auf und ließ die Diener herein.

Wie jeden Morgen, seit sie hier auf Garbhán war, brachten sie heißes Wasser für ihr Bad. Sie wartete, während sie die Wanne füllten, und entließ sie dann wieder.

Talaith schloss die Tür und quälte sich zur Badewanne hinüber. Sie ließ das Fell fallen, stieg darüber hinweg und ließ sich ins Wasser gleiten. Jede Bewegung ließ ihren Körper lautstark protestieren. Als sie endlich in dem heißen Wasser lag, tauchte sie den Kopf unter und schrubbte sich dann sauber.

Sie war bis auf die Knochen erschöpft, jeder Muskel tat ihr weh. Ihre Lippen, Brustwarzen und Scham schmerzten bei jeder Berührung. Sie hatte keine Ahnung, was in der vergangenen Nacht passiert war, aber sie würde die Auswirkungen noch tagelang spüren.

Immer wieder hatte Briec sie genommen. Er war unermüdlich, und sie war fordernd. Manchmal hatte er sie vier oder fünf Mal hintereinander genommen. Sobald er zum Höhepunkt gekommen war, hatte er sie auf die andere Seite gedreht und, immer noch aufgerichtet, von vorn begonnen.

Sie wünschte, sie hätte sagen können, das Ganze sei eine entsetzliche Erfahrung gewesen, doch dann hätte sie gelogen. Bis auf die Nachwirkungen, die sie an ihrem Körper spürte, und die versehentliche Verbrennung an ihrem Rücken während der Nacht hatte sie jede Sekunde genossen und schnell aufgehört, ihre Höhepunkte zu zählen. Die wenigen Male, als er aufhörte, hatte ihre Pause nicht lange gedauert. Und gerade, wenn sie kurz davor gewesen war, in einen tiefen Schlaf zu fallen, hatte er wieder angefangen, sie zu küssen und zu vögeln. Hatte sie dazu gebracht, um alles zu betteln, was er zu geben hatte.

Als schließlich die ersten Strahlen der zwei Sonnen ins Zimmer gespäht hatten, war er noch ein letztes Mal gekommen, bevor er geradezu ohnmächtig auf ihr zusammengebrochen war. Zum Glück hatte sie noch genug Energie gehabt, um sich unter ihm hervorzuziehen, bevor sie ebenfalls eingeschlafen war, sonst hätte er beim Aufwachen eine zerquetschte Talaith vorgefunden.

Sie blieb in der Wanne, bis das Wasser kalt war, dann quälte sie sich hinaus und trocknete sich ab. Sie biss sich auf die Lippen, um ihr Ächzen und Stöhnen zu unterdrücken, weil jede Bewegung schmerzte. Sie verstand genug vom Heilen, dass sie wusste: Wenn sie jetzt ins Bett zurückging, so sehr sie sich auch danach sehnte, würde sich ihr Körper verkrampfen und sie würde tagelang nicht gehen oder sonst etwas tun können.

Irgendwie schaffte sie es, ein weiches schwarzes Kleid anzuziehen, denn beim Gedanke daran, dass etwas ihr Geschlecht berühren könnte, und sei es nur eine Hose, hätte sie schreien können. Sie kämmte sich das Haar aus dem Gesicht, dann machte sie sich auf den Weg zum Rittersaal. Auf halber Treppe hielt sie inne und ließ sich schwer auf die Stufen sinken, unfähig, noch einen Schritt weiter zu gehen.

Talaith hatte keine Ahnung, wie lange sie dort so gesessen hatte, als Morfyd sie fand.

»Götter, Schwester. Geht es dir gut?«

Sie konnte die Tränen nicht länger zurückhalten ... ihr ganzer Körper schmerzte mehr als sie es sagen konnte.

»Nein.« Talaith schüttelte den Kopf, während ihr die Tränen über die Wangen liefen.

Morfyd kauerte sich neben sie. »Was ist los? Was ist passiert?«

»Mein ganzer Körper tut weh. Ich kann nicht gehen.«

»Du meinst Muskelschmerzen? Oder etwas anderes?«

»Muskelschmerzen.« So große, große Schmerzen.

»Also gut. Ich habe etwas dagegen. Komm, Schwester.« Die Hexe schlang ihr einen Arm um die Taille und hob sie hoch. Angesichts der Tatsache, dass Morfyd eigentlich ein Drache war, machte sich Talaith keine Sorgen, dass sie zu schwer für sie sein könnte. Die Frau trug sie beinahe zum Rittersaal.

Es überraschte sie, ihn leer vorzufinden. Normalerweise herrschte hier um diese Zeit ziemlich viel Betrieb. Doch heute waren nur sie beide da.

»Wo sind denn alle?«

Morfyd setzte sich auf einen Stuhl an der Tafel.

»Sich erholen, nehme ich an.«

»Letzte Nacht ist etwas passiert. Was war das?«

»Ich weiß es nicht. Ich bin letzte Nacht am See ohnmächtig geworden. Ich bin mit ... ähm, ich bin aufgewacht und hatte keine Ahnung, wo ich war oder wie ich dort hingekommen bin.

Obwohl ich glaube, ich hatte Glück, dass ich gegangen bin. Ich würde mir nur ungern vorstellen, was passiert wäre, wenn ich hiergeblieben wäre.«

Morfyd grub in ihrem Tornister und zog mehrere Gefäße mit Kräutern heraus. Sie nahm eine Flasche Wein, goss etwas davon in einen Becher und mischte dann ein paar Kräuter hinein.

»Hier. Trink das. In einem Zug.«

Mit zitternden Händen nahm Talaith den Becher und tat, wie ihr befohlen wurde.

»Gut.« Morfyd nahm den leeren Becher zurück. »Warte fünf Minuten, und du wirst erstaunt sein, wie gut es wirkt.«

»Was ist mit allen anderen hier?«

»Denen, die außerhalb der Burg wohnen, geht es gut, auch wenn sie, soweit ich das beurteilen kann, ziemlich tief geschlafen haben. Die wenigen Diener, die heute Morgen hier arbeiten, leben alle mit ihren Familien außerhalb des Burggeländes.«

»Und die, die hier wohnen?«

Morfyd verzog das Gesicht. »Denen geht es nicht viel besser als dir, fürchte ich. Aber ich habe ihnen schon eine Ladung von dem gemacht, was ich dir eben gegeben habe.«

Während Morfyd sprach, breitete sich eine sanfte Wärme in Talaiths Körper aus, und die brutalen Schmerzen schienen weggespült zu werden wie Sand während der Flut.

Morfyd beobachtete sie genau. »Fühlst du dich schon besser?«

»Aye.« Talaith lächelte erleichtert. »Aye, das tue ich. Götter, ich danke dir, Morfyd.«

»Du wirst heute Abend noch mehr davon trinken müssen, bevor du zu Bett gehst. Aber bis morgen müsstest du vollkommen wiederhergestellt sein.«

Talaith hätte Morfyd gern umarmt, entschied sich aber dagegen. Stattdessen stand sie auf und machte ein paar zögernde Schritte. Ihr Lächeln wurde zu einem Grinsen. Selbst das wunde Gefühl zwischen ihren Beinen war wie weggeblasen.

»Ich brauche die Zutaten für diesen Wundertrank, Morfyd.«

Morfyd lachte und stand auf, während sie Talaith zusah, die vor ihr auf und ab ging. »Natürlich. Bei deinen Fähigkeiten habe ich keine Bedenken, dass du ihn falsch machst.«

»Mmmhm. Es hat sogar gegen die Verbrennung geholfen.« Sie griff an ihren Rücken und strich leicht mit den Fingerspitzen über die Verbrennungsmale, die unter ihrem Kleid hervorlugten.

»Ich muss zugeben … das hat mich überrascht.«

»Warum? Hast du im Bett nie versehentlich einen deiner Liebhaber verbrannt?«, scherzte sie.

Morfyd sah sie an. »Versehentlich?«

»Aye. Hast du etwas gegen Verbrennungen? Ich möchte lieber nicht mit den Narben leben, wenn es nicht sein muss.«

Morfyd übertönte ihr unbehagliches Lachen mit einem unbeholfenen Husten und zog Talaiths Kleid an der Schulter ein Stück nach unten. »Äh … Talaith. Das war kein Unfall.«

»Was meinst du damit?« Sie verstand nicht. Briec hatte ihr nie wehgetan, weder absichtlich noch unabsichtlich. Selbst in der vergangenen Nacht, als seine Lust ihn überwältigt hatte, hatte er ihr dennoch das Gefühl gegeben, geehrt, umsorgt und geliebt zu werden.

»Ich meine, Briec hat dich letzte Nacht gebrandmarkt. Er hat dich für sich in Besitz genommen.«

Er hatte sie in Besitz genommen. Briecs eindringliche Worte kamen ihr wieder in den Sinn. »Heute Nacht nehme ich dich in Besitz. Heute Nacht mache ich dich mir zu eigen.«

»Hat er es dir nicht gesagt?«

»Sieht es so aus als hätte er das?« schrie Talaith in wilder Rase-

rei, als das volle Ausmaß dessen, was er getan hatte, über sie hereinbrach. »Dieser arrogante Mistkerl! Ich bringe ihn um!«

»Talaith, ich glaube nicht, dass er es kontrollieren konnte.«

Sie trat vor Morfyd hin und ignorierte die Tatsache, dass die Frau viel größer war als sie. »Willst du damit sagen, wenn letzte Nacht die Küchenmägde bei ihm gewesen wären, hätte er dasselbe getan? Willst du mir sagen, dass das bedeutungslos ist?«

»Nein. Das meinte ich überhaupt nicht. Ich denke, dass er schon geplant hatte, dich in Besitz zu nehmen. Wie ich Briec kenne, hatte er wahrscheinlich vor zu warten. Es zuerst mit dir zu besprechen. Dir zumindest zu sagen, dass er es tun würde.«

»Ach ja? *Denkst* du das, Schwester? Wie faszinierend dein Zentaurenmist doch ist!«

»Vielleicht solltest du dich beruhigen.«

»Vielleicht solltest du dich zum Teufel scheren!«

Talaith stolzierte zum offenen Torbogen des Rittersaals und starrte hinaus auf den Hof. Sie versuchte, ihre riesige Panik in den Griff zu bekommen. Er hatte sie in Besitz genommen. Götter, was bedeutete das? Was genau würde er von ihr erwarten? Sie machte sich nichts vor: Wenn Briec sie gefragt hätte, hätte sie Ja gesagt und wäre für immer bei ihm geblieben. Das war nicht schwierig, denn sie liebte ihn. Aber wichtiger war: Es wäre ihre Wahl gewesen. Das war alles, was sie zur Zeit wollte: die Wahl haben. Doch er hatte sie ihr nicht gelassen.

Sie bemühte sich verzweifelt, nicht zu weinen, und beobachtete, wie sich die Soldaten auf die Ankunft von Lord Hamish und seiner Armee in ein paar Wochen vorbereiteten.

Talaith starrte vor sich hin und wog ab, was sie tun sollte. Und in diesem Moment kamen sie um die Ecke. Éibhear in Kettenhemd und Hose und Iseabail in der Lederhose und dem weichen, übergroßen Baumwollhemd, das sie schon am Abend zuvor getragen hatte.

Iseabail redete wie immer pausenlos und folgte Éibhear wie ein Hündchen. Sie erreichten die Treppen zum Eingang des Rittersaals, und da blieb Éibhear stehen, drehte sich um, schnappte Izzy am Hemd und zog sie hoch, bis sie auf den Zehenspitzen stand.

»Bitte. Bei allem, was heilig ist – *hör auf zu reden*!«

»Tja, du musst mich nicht anschreien. Ich sagte nur …«

Éibhear, der jetzt knurrte wie ein riesiger Bär in den Wäldern, ließ ihre Tochter los und stapfte die Treppe hinauf. Izzy immer noch hinter sich. Und sie redete immer noch.

Als Éibhear an ihr vorbeikam und »Guten Tag, Talaith« murmelte, sah sie rot.

Gründlich gebrandmarkt, gründlich durchgevögelt und gründlich genervt, ließ Talaith die ganze Palette ihrer Wut heraus … und sie ließ sie an Éibhear aus.

Sie schnappte ihn vorn an seinem Kettenhemd, schwang ihn unter Aufbietung aller Kräfte ihrer Vorfahren herum und knallte ihn an die Wand.

Mit einer Hand an seiner Kehle hielt sie ihn fest, während sie mit der anderen nach ihrem Dolch griff und die Spitze an seine Halsschlagader hielt.

»Was hast du getan?«, schrie sie ihm ins Gesicht.

»Was? Wovon redest du?«

»Von Izzy. Was hast du Izzy angetan?«

»Nichts.« Éibhear starrte sie an, in seinen silbernen Augen stand die Verzweiflung. »Ich schwöre es!«

»Mutter, lass ihn los!« Sie hörte kaum, wie ihre Tochter sie anflehte. Das Rauschen in ihren Ohren erstickte fast alle anderen Geräusche.

Das … das war der letzte Tropfen. Wenn diese Drachen glaubten, sie würden ihre Tochter auch noch bekommen – nur über ihre Leiche!

»Sag mir, was du getan hast!«

»Er hat mich letzte Nacht nur auf einen Rundflug mitgenommen«, schrie Izzy buchstäblich.

Talaith starrte Éibhear wütend an. *»Hast du ihr erzählt, dass sich das so nennt?«*, brüllte sie ihm ins Gesicht.

»Nein!«

Morfyd stand an ihrer anderen Seite: »Frau, nimm die Hände von meinem Bruder.«

»Nicht, solange er mir nicht gesagt hat, was er mit ihr gemacht hat. Damit ich weiß, ob ich ihm nur die Eier oder sein ganzes verdammtes Ding abschneiden muss!«

Éibhears Blick ging zu seiner Schwester. »Morfyd …«

Sie seufzte. »Éibhear, erzähl uns, was passiert ist.«

Éibhear konzentrierte sich weiter auf seine Schwester und sprudelte eilig alles heraus: »Ich bin herumgeflogen gestern Abend, als ich die da allein gesehen habe, weit weg von der Burg. Ich wollte sie hierher zurückbringen, aber dann habe ich den Mond gesehen, und er sah irgendwie komisch aus, und er schwebte über der Burg, als hätte ihn da jemand aufgehängt. Ich hatte Angst, sie hierher zurückzubringen, also bin ich mit ihr geflogen. Ich habe ihr die Dunklen Ebenen gezeigt, bis ich müde wurde. Wir waren in der Nähe der Finsteren Schlucht, also habe ich sie in Fearghus' Höhle mitgenommen, weil ich wusste, dass sie dort sicher ist. Wir blieben über Nacht dort, aber ich schwöre, ich habe sie nicht angerührt!«

»Es stimmt, Mum«, flehte Iseabail. »Ich schwöre es.«

Er sprach die Wahrheit. Sie konnte es sehen und fühlen. Doch im Moment hasste sie trotzdem alle Drachen. »Dann belässt du es am besten auch dabei, Drache.«

Endlich ließ sie ihn los und senkte ihren Dolch.

Als Talaith sich umdrehte und ein paar Schritte wegging, hörte sie die beiden flüsternd streiten.

»Siehst du, was du mir eingebrockt hast? Ich helfe dir nie wieder, du Ziege!«

»Ich hätte meiner Mutter erlauben sollen, dich aufzuspießen!«

Ohne hinzusehen, herrschte sie die beiden an: »Ihr zwei, hört auf damit! Sofort!«

Sie hörten auf.

Mit einer Kopfbewegung deutete sie auf die Treppe. »Iseabail, geh rauf in dein Zimmer und nimm ein Bad. Ich komme in ein paar Minuten, dann reden wir darüber, warum du mitten in der Nacht die Sicherheit dieser Burg verlassen hast.«

»Aber ich ...«

»Geh!«

Mit einem letzten finsteren Blick auf Éibhear stürmte ihre Tochter davon, vorbei an Annwyl, die die Treppen praktisch im Schneckentempo heruntergekrochen kam.

Irgendwie hatte es die Kriegerkönigin geschafft, sich das anzuziehen, was Talaith als ihre Alltagskleidung kannte, im Gegensatz zu ihrer Kriegskleidung: ein ärmelloses Kettenhemd, eine Lederhose und Lederstiefel.

»Morfyd«, jammerte sie.

»Schon gut, Annwyl.« Morfyds Stimme klang angespannt und zornig, aber sie hatte offenbar beschlossen, es nicht auf eine Konfrontation ankommen zu lassen. Guter Plan. Talaith war zwar kein Drache, aber im Augenblick hätte sie alles töten können, was sterblich war.

Während Annwyl sich langsam zum Tisch vorarbeitete, mischte Morfyd rasch einen weiteren Becher ihres Gebräus und benutzte den Finger, um die Zutaten zu verrühren. Ein Diener kam an ihr vorbei, als sie fertig war, und sie reichte ihm den Becher und deutete auf Annwyl.

Annwyl nahm ihn an, sagte aber, bevor sie trank: »Ich muss sagen, Finger in meinem Wein mag ich besonders gern.«

»Trink es, du quengelige Zicke.«

»Hier hat aber jemand schlechte Laune.« Annwyl stürzte

den Wein auf einmal hinunter und wischte sich mit dem Handrücken den Mund ab. Sie ließ den Becher auf den Tisch fallen. »Wie lange dauert es, bis es wirkt?«

»Ein paar Minuten.«

»Gut.« Mit beiden Händen stützte sich Annwly auf die Tafel.

Aber es schien, als meinte es das Schicksal an diesem schönen Morgen nicht gut mit Annwyl, denn einer ihrer Soldaten betrat den Rittersaal. »Annwyl, wir brauchen dich.«

Annwyl seufzte, und obwohl der Trank wohl noch nicht wirkte, zwang sie sich, sich aufzurichten und auf den Soldaten zuzugehen. Talaith nahm an, es sei nicht angemessen für die Königin, indisponiert zu sein, weil ihr Gefährte sie in der Nacht zuvor fast um den Verstand gevögelt hatte.

Talaith musste aber zugeben, dass diese Frau wirklich stark war. Wo Talaith weinte wie ein Baby, tat Annwyl einfach so, als wäre nichts. *Eine bessere Frau als ich.*

Annwyl ging zwischen Morfyd und Talaith hindurch, die sich den Rücken zugewandt hatten.

Doch als sie an ihnen vorbeiging, wussten sie es beide. Verblüfft drehten sie sich um und sahen sich an, ihr Zorn war schnell vergessen. Sie beobachteten Annwyl, die zum Torbogen ging. Dort angekommen, hielt sie sich plötzlich an dessen Holzrahmen fest und krümmte sich zusammen.

Morfyd und Talaith rannten zu ihr, doch sie war schon dabei, alles, was sie getrunken hatte, zu erbrechen. Es war keine Überraschung. Talaith sah, welche Art von Kräutern Morfyd in den Trank gemischt hatte. Unter anderem solche, die dafür sorgten, dass eine Frau nicht schwanger wurde.

Dafür ist es wohl zu spät.

Morfyd hielt einen Arm, während Talaith nach dem anderen griff. Morfyd gab dem Soldaten ein Zeichen. »Such Brastias oder Danelin. Sie müssen dir helfen. Die Königin ist krank.«

Der junge Soldat nickte und rannte davon, während die beiden Frauen Annwyl zurück in die Burg schleppten.

Sei setzten sie an den Tisch, und Morfyd kauerte sich vor sie. »Annwyl? Hörst du mich?«

Annwyl sah die Hexe stirnrunzelnd an. »Natürlich höre ich dich. Götter, Morfyd, mir ist nur übel von den Eskapaden von letzter Nacht. Und du kannst deinem vor Männlichkeit strotzenden Bruder die Schuld dafür geben. Also hör auf dreinzuschauen, als stünde ich an der Schwelle des Todes. Es geht mir schon besser.«

Morfyd rieb sich die Augen mit zwei Fingern. »Die ganze Nacht, Annwyl? Warst du die ganze Nacht mit ihm zusammen?«

Annwyl runzelte noch mehr die Stirn. »Natürlich war ich das. Wo hätte ich sonst sein sollen? Abgesehen davon«, murmelte sie leise, »hätte er mich auch gar nicht gehen lassen.«

Ihr Blick wanderte zwischen den beiden Frauen hin und her. »Also gut, Hexen. Gebt es zu. Was ist los? Warum seht ihr beide so drein?«

Morfyd nahm Annwyls Hände in die ihren. Es sah wie eine fürsorgliche Geste aus, aber Talaith nahm an, Morfyd tat es, weil sie kontrollieren wollte, was diese Hände taten, wenn Annwyl die Wahrheit erfuhr.

»Schwester ...«

»Spuck's aus, Morfyd. Ich werde von Sekunde zu Sekunde gereizter.«

»Also gut. Es gibt da etwas, was du wissen solltest.«

»Und das wäre?«

»Annwyl ... dass du ein Kind erwartest.«

Annwyl schnaubte. »Natürlich. In zwei Tagen lege ich Eier.« Sie kicherte über ihren eigenen Witz, bis ihr aufging, dass die beiden Hexen nicht lachten. Sie sah von einer zur anderen. »Du irrst dich natürlich.«

»Nein, Schwester. Tue ich nicht. Du erwartest ein Kind.«

Sie zog ihre Hände zurück. »Was willst du damit sagen? Dass ich deinen Bruder betrogen habe? Dass ich mit einem anderen zusammen war? Denn das ist nie passiert.«

»Ich weiß. Gestern warst du noch nicht schwanger. Und heute, nach der ganzen Nacht mit Fearghus, bist du es.«

»Du sagtest, Menschen und Drachen könnten keine Nachkommen zeugen. *Du* hast gesagt, es sei unmöglich.«

»Das ist es normalerweise auch.«

»Normalerweise?«

Morfyd zuckte die Achseln. »Die Götter ändern manchmal ihre Meinung.«

Die beiden Hexen wichen gerade noch rechtzeitig aus, und Talaith hatte nun doch die Gelegenheit, Annwyls Wut in vollem Ausmaß zu erleben, als diese in die Luft ging.

Briec saß am Fußende seines Bettes. Frisch gebadet und angezogen, hielt er sich mit den Händen den Kopf.

Bei den dunklen Göttern des Feuers, was hatte er letzte Nacht getan? Was hatte er Talaith angetan? Würde sie ihm je verzeihen? Konnte er sich selbst verzeihen?

Er war nicht überrascht, als sich die Tür langsam öffnete und Fearghus im Türrahmen stand. Seine schwarzen Haare verdeckten die Hälfte seines Gesichts, und er konnte Briec kaum in die Augen sehen.

Fearghus schüttelte den Kopf. »Das ist also Scham, Bruder?«

»Aye … und ich mag es noch weniger als Herzschmerzen.«

Éibhear erschien neben Fearghus.

»Deine Frau ist wahnsinnig.«

Fearghus runzelte die Stirn. »Annwyl?«

»Nicht deine Frau. Seine Frau. Sie hat mir fast die Kehle durchgeschnitten.«

Briecs Augen wurden schmal. Sein Beschützerinstinkt für sie war jetzt noch stärker als je zuvor. Aber natürlich hatte er es zuvor auch nie wie ein Tier vom Abend bis weit in den Morgen mit ihr getrieben. »Warum? Was hast du getan?«

»Ich habe ihre Tochter beschützt.«

Briec ächzte. »Oh Götter … Izzy. Sag mir, dass sie letzte Nacht nicht hier war.«

»Das war sie nicht. Ich habe sie außerhalb der Burg gefunden, wo sie mit meinem Schwert herumgespielt hat.«

Endlich lachte Fearghus, während Briecs Auge zu zucken begann. »Was zum Teufel bedeutet das?«

»Sie hat das Schwert gestohlen, das mir Annwyl geschenkt hat. Ich habe sie gefunden, wie sie damit trainiert hat. So hat *sie* es genannt, wohlgemerkt. Ich bin überrascht, dass sie sich nicht selbst die Kehle durchgeschnitten hat.«

Briec stieß hörbar den Atem aus. Der Gedanke, dass einer aus seiner Sippe die Tochter seiner Frau ausnutzte, weckte in ihm das gleiche Gefühl, das Bercelak hatte, wenn es um Keita und Morfyd ging. Mehr als ein Drache hatte durch Bercelaks Beschützerinstinkt einen Flügel verloren. Und Menschen … nun, Bercelak der Große hatte viele gute Mahlzeiten genossen, die aus den menschlichen Verehrern seiner Töchter bestanden hatten.

»Aber bevor ich erklären konnte, was passiert ist, hat mir deine Frau ein Messer an die Kehle gehalten. Und das schätze ich gar nicht.«

»Mir blutet das Herz.«

»Und wie geht es Annwyl?«, fragte Fearghus leise.

»Sie kriecht auf allen Vieren. Götter, was hast du letzte Nacht mit ihr gemacht?«

Fearghus schlug seinen Schädel gegen den Türrahmen. »Sie wird mich hassen!«

»Mach dir keine Sorgen, Fearghus. Wir werden zusammen

leben, verbittert und allein. Wie die Doane-Brüder«, witzelte Briec schwach.

Mit einem wütenden Blick auf Briec knurrte Fearghus: »Sag das nie wieder!« Niemand wollte so enden wie diese zwei verbitterten alten Drachen.

»Also, ich gehe ins Bett«, seufzte Éibhear. »Die Nacht war lang, wenn man sie mit dieser üblen kleinen Zicke verbringen musste.«

»Pass auf, was du sagst über meine …« Briec unterbrach sich, aber seine Brüder waren schneller als sonst.

Fearghus grinste, es gefiel ihm, dass Briecs wenig treue Art, wenn es um weibliche Wesen ging, ein Ende zu haben schien. »Götter, Bruder. Wolltest du sie deine Tochter nennen?«

»Und wenn ja?«

»Ich bitte dich, Briec«, flehte Éibhear. »Du kannst diese nervtötende Harpyie nicht zu einem Teil der Familie machen! Leide ich nicht schon genug unter euch allen?«

»Zu spät, Bruder. Ich habe Talaith letzte Nacht in Besitz genommen.«

»Das ging aber schnell. Wie hast du sie dazu gebracht, Ja zu sagen?«

Als Briec zu Boden blickte, lachten seine Brüder ungläubig auf. »Du hast sie ohne ihre Erlaubnis in Besitz genommen?«, wollte Fearghus wissen. »Hast du den Verstand verloren?«

»Und sie ist böse, Bruder. Mir war nicht klar, wie böse sie ist, bis sie gedroht hat, mir die Eier abzuschneiden. Ich habe mich gefühlt wie Gwenvael.«

»Mach es nicht noch schlimmer als ich mich sowieso schon fühle!«

»Was meinst du, was sie tun wird, wenn ihr klar wird, was das bedeutet?«

»Mich umbringen.« Wenn er Glück hatte. Ihn verlassen, wenn er keins hatte.

»Lass ihr Zeit, Biec. Ich bin sicher, sie kommt wieder zu sich.« Fearghus reckte sich und warf die Haare aus dem Gesicht. »Also, ich gehe am besten meine Frau suchen. Und sorge dafür, dass sie nicht …«

Das Brüllen, das durch die ganze Burg schallte, schnitt Fearghus das Wort ab und ließ die drei Brüder zusammenzucken.

Sie kannten dieses Geräusch. Annwyls Kriegsgebrüll. Sie hatten es alle mehr als einmal gehört, seit sie sie kannten. Aber jetzt, wo Hamishs Armee noch nirgendwo in den Dunklen Ebenen zu sehen war …

Sie verließen gemeinsam Talaiths Schlafzimmer, gingen den Flur entlang und die Treppe hinunter zum Rittersaal, wo sie alle auf der untersten Stufe stehenblieben. Sie blieben stehen und starrten.

Morfyd stand neben dem Torbogen, der nach draußen führte. Sie sah aus, als könne sie sich nicht entscheiden, ob sie um ihr Leben laufen oder sich hier und jetzt verwandeln sollte und die Burg und alles, was darin war, mit sich reißen.

Briecs Blick suchte rasch nach Talaith. Er fand sie. Sie kauerte auf einer der Drachenstatuen, die überall in der Halle verteilt waren, ihren Dolch fest in der rechten Hand. Er hatte keine Ahnung, wie sie dort hingekommen war, aber er war dankbar dafür.

Langsam ging Fearghus auf Annwyl zu. Ein mutiger Drache war sein Bruder, denn sie hatte gerade einen der Esstische aus massivem Holz hochgehoben und warf ihn an die Wand, als wöge er nicht mehr als ein dürrer Zweig.

»Annwyl?«

»Bleib weg von mir, Fearghus!« Sie *klang* halbwegs ruhig. Das konnte nichts Gutes bedeuten.

»Annwyl, sprich mit mir.«

Brüllend kickte die wahnsinnige Kriegerin den Stuhl, der

zu ihren Füßen stand, hoch und fing ihn in der Luft auf. Dann drehte sie sich um und ließ ihn fliegen. Fearghus machte seelenruhig einen Schritt zur Seite, Briec und Éibhear duckten sich schnell.

»Beruhige dich.«

»Fahr zur Hölle.«

Briec fand es faszinierend, wie ruhig das Paar miteinander sprach, obwohl die Wut, die von beiden ausging, die anderen fast aus dem Raum drängte.

Grüne Augen blinzelten Morfyd zu. »Sag es ihm, Hexe. Sag ihm, was du mir gesagt hast.«

Morfyd, die sich nicht von dem einzigen Ausgang in die Freiheit wegbewegte, sah ihren älteren Bruder an. »Annwyl erwartet ein Kind.« Fearghus' Augen wurden schmal, als ihm aufging, was das bedeutete, und Annwyl schnaubte. Morfyd hob eine Hand, bevor einer von beiden etwas sagen konnte. »Ich glaube, es ist von dir.«

»Du *glaubst*, es ist von mir. Warum erfüllt mich das nicht mit Vertrauen?«

»Es ist definitiv deines.«

Beim Klang von Iseabails Stimme drehten sie sich alle um. »Und ›es‹ heißt vielmehr ›sie‹ … Zwillinge, meine Königin.«

Die Hände zu Fäusten geballt, konzentrierte Annwyl ihren wuterfüllten Blick auf Izzy – nur Sekunden, bevor Briec sich vor sie stellte.

»Denk nicht einmal daran, sie anzurühren«, knurrte er.

»Nein, nein, Bruder. Ich will wissen, woher dieses kleine Mädchen so viel zu wissen scheint.« Annwyl beugte sich vor, um Izzy anzusehen, wie eine Katze, die eine Maus im Auge behält.

Talaith kletterte von der Statue herab und ging in großem Bogen zu Izzy hinüber.

»Ich warte auf eine Antwort.«

»Du kannst warten, bis die Erde unter deinen Füßen zerbröckelt. Halt dich von ihr fern.«

»Stopp. Bitte. Ihr seht das alles falsch.« Izzy ging um Briec herum und wich ihm aus, als er versuchte, nach ihr zu greifen.

»Izzy«, warnte er, aber sie wedelte ihn mit einer Handbewegung fort. Ihre ganze Aufmerksamkeit galt Annwyl.

»Siehst du es nicht? Ihr wurdet beide auserwählt, Annwyl. Du und Fearghus. Beide auserwählt von einem Gott.«

»Von was für einem Gott?«, wollte Fearghus wissen.

»Von Rhydderch Hael natürlich.«

Briec und Morfyd sahen sich an. Gute Götter. Der Beschützer des Mädchens war Rhydderch Hael?

»Was meinst du mit natürlich?«, herrschte Fearghus sie an.

Aber Annwyl hatte wichtigere Fragen. »Auserwählt von Rhydderch Hael – wozu, Izzy?«

Das Mädchen grinste. »Um die Zukunft zu schaffen.«

Annwyl bewegte sich so schnell, dass sie kaum Zeit hatten, es auch nur wahrzunehmen, ganz zu schweigen davon, aus dem Weg zu gehen. Annwyl ließ immer noch ihre Wut am Mobiliar aus. Sie nahm einen weiteren Stuhl und knallte ihn auf den Boden, sodass er in Stücke zersprang.

»Annwyl!«

»Nein, Fearghus. Bleib weg von mir.« Sie ging zu der Steinwand hinüber, fort von Fearghus. »Du hast mir das angetan. Du und deine Sippe!«

»Ich? Glaubst du auch nur einen Moment, ich hätte etwas damit zu tun?«

»Wie konntest du es nicht wissen? Letzte Nacht …« Annwyl wandte sich von ihrem Gefährten ab und schlang die Arme um ihren Körper. »Du hast es wieder und wieder und wieder mit mir gemacht, die ganze Nacht! Und das nur, um …«

Fearghus, dessen Wut schließlich Überhand nahm, ging mit

zwei langen Schritten zu Annwyl. Er nahm sie am Arm und wirbelte sie herum. *»Glaubst du das? Glaubst du wirklich, ich würde dir das antun?«*

»Was soll ich denn glauben?«

»Du sollst glauben, dass es ein Geschenk der Götter ist«, sagte Izzy in ihrer ruhigen, fröhlichen Art.

Annwyl und Fearghus sahen sie an und riefen gemeinsam in vollkommener Verzweiflung: *»Halt den Mund, Izzy!«*

Talaith hätte eigentlich wütend darüber sein sollen, wie sie mit ihrer Tochter sprachen, aber sie hätte dasselbe zu Izzy gesagt. Sie kannte die Götter und ihre egoistischen Entscheidungen, und sie fürchtete den Tag, an dem Izzy herausfand, dass sich ihr Gott nicht von Arzhela oder einem der anderen Götter unterschied.

Sie legte ihrer Tochter eine Hand auf die Schulter und sagte: »Lass es gut sein, Izzy.«

»Ich kann nicht. Er will, dass ich es ihnen sage.«

»Bist du jetzt seine Botin?«

»Nein.« Sie zuckte die Achseln. »Ich glaube, ich bin einfach zufällig hier.«

Götter, Izzy. Talaith hätte gelacht, wenn sie nicht Mitgefühl mit Annwyl gehabt hätte. Es hatte sich alles zusammengefügt, nicht wahr? Rhydderch Hael hatte für Annwyls Ankunft auf Garbhán vor dem Schwarzen Mond gesorgt. Damit es funktionierte, musste das Paar zusammen sein. Es hätte sonst auch Talaith sein können, nur dass sie ihre »Eine« schon hatte. *Für etwas waren die Wüstengötter wenigstens gut.*

Jedoch verfehlte das alles die entscheidende Frage, nämlich die, welche Rolle Izzy und Talaith bei alledem spielten. Es waren Annwyl und Fearghus, die Rhydderch Hael brauchte. Die kleine Izzy konnte lediglich seine Überbringerin dieser wenig frohen Botschaft sein.

Fearghus schien sich als Erster zu beruhigen. Sanft zog er Annwyl in seine Arme. Ihr Körper bebte bei jedem Atemzug.

»Götter, Fearghus … was zum Teufel ist in mir?«

Fearghus sah zu Morfyd hinüber, die nur die Achseln zucken konnte.

»Es sind deine Kinder, Annwyl«, schaltete sich Izzy munter ein. Bevor Talaith sie zurückhalten konnte, ging sie zu Annwyl und Fearghus hinüber. »Erkennt ihr das nicht? Er hat euch beide nicht auserwählt, weil es so praktisch war. Oder weil ihr ihm treu ergeben seid – was ihr ja tatsächlich auch gar nicht seid. Sondern er hat euch erwählt, weil er sich sonst niemanden vorstellen konnte, der stark genug wäre, nicht nur diese Kinder zur Welt zu bringen, sondern sie zu beschützen, bis sie sich selbst schützen können. Viele werden sie töten wollen, Annwyl. Viele wollen das schon jetzt.«

»Arzhela?«

Izzy nickte auf Morfyds Frage hin. »Sie ist unter anderem die Göttin der Geburt. Sie will nicht, dass deine Kinder leben, und sie fand es nicht unter ihrer Würde, dich zu töten, um es zu verhindern.«

»Sind sie Drachen oder Menschen?«, fragte Fearghus, die Arme fest um Annwyl geschlungen. Er hielt sie gleichzeitig fürsorglich im Arm und unter Kontrolle.

»Sie sind beides. Sie sind ihr beide. Aber nichts, was die Welt je zuvor gesehen hätte.« Izzy stand jetzt direkt vor Annwyl. »Er hat sich die Wahl nicht leicht gemacht, Annwyl. Dein Mut, deine Kraft … selbst deine Wut: Alles spielte bei dieser Entscheidung eine Rolle. Er mag dich«, endete sie schlicht.

Plötzlich lachte Annwyl, schob Fearghus' Arme von sich, und Talaith zuckte zusammen, so wahnsinnig klang es. Sie wollte nur noch ihre Tochter schnappen und um ihr Leben rennen. Aber sie wusste, dass Annwyl bei plötzlichen Bewegungen explodieren könnte.

»Er kann keine Wahl für dich treffen, Annwyl. Er kann dich auch nicht zwingen, das zu tun. Wie du weißt, gibt es Mittel und Wege, das … zu beenden, wenn du es willst.« Izzy warf einen Blick auf Morfyd und ging dann glücklicherweise zu ihrer Mutter zurück. »Aber er bittet dich, zuerst darüber nachzudenken. Bevor du irgendetwas tust.«

Sie starrten alle Annwyl an und warteten auf irgendeine Reaktion. Alle bis auf Éibhear. Er trat er von der Wand weg, an die er sich gelehnt hatte, und neigte den Kopf zur Seite.

»Habt ihr das bemerkt … keine Vögel«, murmelte er. Dann schrie er: *»Runter!«*

Die Drachen bewegten sich schnell wie der Blitz. Briec schnappte Talaith und Izzy um die Taille, zog sie eng an sich und drehte sich mit dem Rücken zum Raum. Morfyd drückte Éibhear und sich selbst an die Wand in der Nähe des Tors. Fearghus trat zurück und zur Seite, als ein Pfeilhagel durch die offenen Fenster und Türen in den Raum flog.

Talaith blickte auf und sah, dass Annwyl die Einzige war, die sich nicht gerührt hatte. Sie stand einfach nur da und sah zu, wie die Pfeile um sie herum auf den Boden fielen.

Entweder ist sie die mutigste Frau, die ich je gesehen habe oder das verrückteste Weib, das je erschaffen wurde.

Schreie und Kriegsgebrüll drangen vom Hof herein, als Brastias in die Halle stolperte, ein von Pfeilen durchbohrtes Schild in den Händen.

»Annwyl …«, schnaufte er. »Es ist Hamish.«

Annwyl starrte ihn nur an.

Briec ließ Izzy und Talaith los, schirmte sie aber weiter mit seinem Körper ab. »Wo ist er?«

»Vor den Burgtoren.«

Fearghus schüttelte den Kopf. »Das ist unmöglich. Er kann eigentlich erst in einigen Wochen hier sein.«

»Einer meiner Männer hat es mir eben gesagt. Im einen

Moment waren er und seine Frau noch allein auf den Feldern – im nächsten waren Hamish und seine ganze Armee da. Sie haben es kaum rechtzeitig geschafft, dort wegzukommen.«

»Die ganze Armee?«

Morfyd löste sich von der Wand. »Nur ein Gott kann sie so hierher gebracht haben.

»Er ist Arzhelas Schoßhund«, schnaubte Talaith höhnisch. »Ihr treuester Diener. In Madron dürfen Tempel nur ihr zu Ehren gebaut werden. Zu ihm hat sie Izzy ursprünglich geschickt.«

»Wir haben nicht viel Zeit«, sprach Brastias weiter. »Sie sind auf dem Weg hierher. Die Soldaten rücken schon aus.«

Annwyl ging schweigend auf das Tor zu.

»Annwyl, warte«, rief Fearghus ihr nach.

Sie blieb stehen, sah ihn aber nicht an. Genauso wenig wie alle anderen.

»Du hast zwei Möglichkeiten, Fearghus«, sagte sie ruhig. »Wir können hier herumstehen und darüber ... diskutieren, wie mein momentaner Zustand ist. Oder ... ich kann da rausgehen und zuerst eine Diskussion mit Hamish und seinen Truppen führen.« Sie blickte zu ihm zurück, und goldbraune Haarsträhnen fielen ihr in das narbige Gesicht – doch nichts konnte die Wut verdecken, die in ihren grünen Augen loderte. »Triff deine Wahl, Drache.«

Fearghus machte eine wegwerfende Handbewegung. »Hamish.«

Sie nickte und ging zum Tor, gefolgt von Brastias, doch Fearghus' dunkle Stimme tönte hinter ihr her: »Aber wenn du wiederkommst, meine Gefährtin ... dann haben wir viel zu besprechen.«

An seine Brüder gewandt sagte er: »Ruft die anderen Drachen zusammen, dann steigt in die Luft. Zerstört ihre Vorratswägen und so viele von ihren Soldaten, wie ihr könnt. Aber sie wissen, dass wir hier sind, also seid vorsichtig. Morfyd …« Er sah seine Schwester an. »Geh mit Annwyl. Beschütze sie, so gut du kannst. Aber komm ihr nicht zu nahe.«

»Das hatte ich nicht vor, Bruder.«

Jetzt fiel der Blick seiner dunklen Augen auf Talaith. »Hast du heilende Fähigkeiten?«

»Aye.«

»Dann bereite diese Halle vor, um unsere Soldaten aufzunehmen. Die Diener werden dir helfen. Es gibt noch andere Heiler, die kommen und dir Hilfe leisten werden.«

Talaith nickte, erleichtert, dass er ihr eine Aufgabe zugeteilt hatte, statt sie wegzuschicken. Es schien, als wollte der Drache ihr verzeihen, was sie fast seiner Gefährtin angetan hätte. Andererseits hatte er auch dringendere Probleme als irgendeine kleine Mörderin, der eine Göttin im Nacken saß. »Wird gemacht. Sollen wir noch einen zweiten Raum für feindliche Verwundete einrichten?«

»Es wird keine geben«, sagte er nur, dann ging er davon.

Talaith verstand, warum der Drache und Annwyl ein Paar waren. Sie passten gut zusammen, denn kein einfaches weibliches Wesen konnte mit einem Drachen wie Fearghus umgehen, und kein menschlicher Mann wäre je in der Lage, entspannt in einem Bett neben Annwyl zu schlafen.

Briec nahm ihre Hand. »Talaith …«

»Warte.« Sie sah Izzy an. »Geh in dein Zimmer. Verschließ die Tür. Du wirst niemanden außer mir, Briec oder Achaius hereinlassen. Verstanden?«

»Aber …«

Talaith blickte ihre Tochter aus zusammengekniffenen Augen an. »Spiel keine Spielchen mit mir, kleines Mädchen. Hast. Du. Verstanden?«

Izzy senkte den Blick. »Aye. Habe ich.« Armes Ding. Talaith schickte sie schon den ganzen Tag aus dem Raum.

»Dann geh.« Damit verschwand Iseabail die Treppe hinauf, und Talaith drehte sich zu Briec um, der ihre Hand nicht losgelassen hatte. »Geh. Tu, was du tun musst. Und wenn du wiederkommst, reden wir über *das da.*« Sie wies theatralisch in Richtung ihres Rückens und des neuen Brandmales.

Er lächelte, beugte sich vor und küsste ihre Schulter. Sie konnte es bis in die Zehenspitzen spüren.

»Wie du wünschst, mein sanftes und wehrloses Fräulein.«

Er ging davon. Und Talaith sah ihm so lange nach, bis plötzlich Gwenvael verwirrt und nur halb bekleidet neben ihr auftauchte. »Kommt es mir nur so vor … oder hab ich was verpasst?«

24

Sie war schwanger. Und dann auch noch mit Zwillingen. Wie war das möglich? Natürlich liebte sie ihren Fearghus. Mehr als sie je geglaubt hatte, jemanden oder etwas lieben zu können. Aber dennoch … er war kein Mensch. Hatte er sie aus Loyalität zu den Drachengöttern verraten? Nein. Nicht Fearghus. Wenn sie eines sicher über ihren Gefährten sagen konnte, dann war das, dass er niemandem gehorchte als sich selbst.

Abgesehen davon war er in der vorigen Nacht nicht zu bändigen gewesen. Nicht, dass sie es nicht genossen hätte, aber ihr Drache war nicht in der Lage gewesen, sich zu zügeln.

Nein, die Drachengötter hatten ihn genauso benutzt wie sie. Talaith und Izzy waren hingegen Opfer der Menschengötter.

So langsam begann sie wirklich, die Götter zu verabscheuen.

»Annwyl?«

Annwyl sah Brastias an. »Was?«

Er räusperte sich. »Da drüben sind noch mehr.«

Sie blickte zu einem Bataillon Soldaten hinüber, das gegen ihre Männer kämpfte. Sie hatten versucht davonzulaufen – vor ihr. Aber ihre Männer waren über sie hergefallen, bevor sie allzu weit kommen konnten.

Einer der dreißig Körper, die zu ihren Füßen lagen, rührte sich, und sie merkte, dass sie ihn nicht getötet hatte. Sie hob ihr Schwert und hieb mit wütender Kraft zu. Sie versicherte sich, dass auch er ins nächste Leben hinübergegangen war, riss ihr Schwert aus der Leiche und benutzte das Tuch, das ihr Brastias reichte, um sich das Blut vom Gesicht zu wischen.

»Komm«, sagte sie ruhig und gab ihm das Tuch zurück. »Ich will sie alle tot sehen, bevor die zwei Sonnen am westlichen Himmel stehen.«

Sie steuerte auf die kämpfenden Soldaten zu, und zu sehen, wie ihre Feinde vor ihr flohen, verschaffte ihr zumindest ein klein wenig Befriedigung.

Talaith riss das große Tuch in Streifen, während andere Diener die Betten aufstellten. Sie bereiteten sich auf viele Verwundete vor, obwohl sie hoffte, dass es nicht zu schlimm werden würde. Es war alles ihre Schuld. Arzhela schickte Hamish als Rache dafür, dass Talaith nicht getan hatte, was sie ihr aufgetragen hatte.

Jetzt würden sie alle wegen ihres Ungehorsams leiden. Dennoch hätte sie alles für Izzy riskiert. Absolut alles.

Nachdem sie sich eine bequeme Hose, Stiefel und Hemd angezogen hatte, war Talaith auf alles vorbereitet. Sie riss das Tuch vollends in Streifen und reichte einer der Heilerinnen einen großen Stapel davon. *Fast fertig*, dachte sie mit ein wenig stillem Stolz. Dann fühlte sie es. Es war fast körperlich spürbar.

Die Macht der Drachen schwand. Als ob in einem kalten Raum ein warmes Fell von ihrem Körper gezogen würde. Verzweifelt sah sie sich um. Niemand außer ihr merkte es. Das überraschte sie nicht. Diejenigen, die außer ihr noch hier waren, waren allesamt Menschen – denn die Drachen waren alle draußen, um gegen Hamish zu kämpfen.

Sie erinnerte sich, dass Morfyd ihr erzählt hatte, sie sei in der Nacht zuvor am See ohnmächtig geworden. Was bedeutete, dass sie ihre Schutzzauber nicht hatte verstärken können. Was bedeutete …

»Götter … Izzy!«

Sie hatte sich noch nie im Leben so schnell bewegt, schlängelte sich zwischen Soldaten, Wachen und Dienern hindurch und stürmte durch den Rittersaal, die Steintreppe hinauf zum Zimmer ihrer Tochter.

Sie war nur noch wenige Fuß von der Tür entfernt, als diese

aufflog und Achaius herausstolperte und gegen die Wand prallte.

»Nein!«

Sie rannte in Izzys Zimmer und sah noch, wie diese, bäuchlings auf dem Boden liegend, geradezu von dieser Welt in eine andere gezerrt wurde.

Verzweifelt stürzte sich Talaith auf sie, warf sich auf den Boden und verschränkte die Hände mit Izzys. Sie sah in das verängstigte, tränenüberströmte Gesicht ihrer Tochter, dann war sie fort.

»Nein!«, schrie sie noch einmal. *»Nein! Nein! Du Miststück!«*

Talaith weinte nicht. Diesen Luxus erlaubte sie sich nicht. Stattdessen sprang sie auf und stürmte aus dem Zimmer.

Sie rannte die Treppe hinunter und bellte einer der Heilerinnen den Befehl zu, sich um Achaius zu kümmern, der sich zum Glück noch bewegte. Dann hinaus aus dem Rittersaal an den anderen Heilern vorbei, die ihr Fragen stellten und um weitere Unterstützung baten. Sie stürmte hinaus auf den Hof, wo sie fast von dem Pferd eines jungen Soldaten niedergetrampelt wurde. Wütend zog er sein Pferd zurück und starrte Talaith zornig an.

»Sei vorsichtig, Weib. Sonst bringst du dich noch um.«

Knurrend zerrte sie den Soldaten von seinem Schlachtross. Sie setzte einen Fuß in einen Steigbügel und zog sich in den Sattel hoch. Dann drehte sie das Pferd zum Tor hin, das aufs Schlachtfeld führte. »Bring mich zu Annwyl.«

Auf diese wenigen Worte hin schoss das Pferd los.

Brastias spürte Annwyls wachsende Ungeduld im Kampf. Bald würde sie losgehen und sich um Hamish kümmern. Brastias wusste nicht, was in dem Saal passiert war, bevor er hereingekommen war, aber etwas hatte jene Annwyl zurückgeholt, an die er sich so gut erinnerte. Er hatte sie nicht mehr so gesehen, seit sie sie damals in ihrem Hochzeitskleid auf dem Weg nach Madron gefunden hatten, wo sie Hamishs Braut werden sollte.

Obwohl sie eine brutale Kriegerin blieb – er wusste, dass sich das niemals ändern würde –, war sie ein bisschen ruhiger geworden, seit sie Fearghus den Zerstörer kannte.

Was auch immer passiert war – es konnte nichts Gutes gewesen sein. Sie hatte den größten Teil der Armee Madrons allein ausgelöscht, während die Drachen von hinten her Soldaten und Versorgungswägen vernichteten. Selbst Morfyd, die normalerweise als Schlachtmagierin an ihrer Seite kämpfte, blieb heute in der Luft.

Unter den gegebenen Umständen würde es nicht mehr lange dauern, bis Annwyls Armee Hamish umringt hatte, und dann würde Annwyl endlich doch noch die Chance bekommen, diesen Mann zu töten.

»General.«

Er sah seinen stellvertretenden Befehlshaber an. »Was?«

»Talaith.«

Brastias folgte Danelins Blick und sah, wie Talaith auf einem Schlachtross auf sie zugeritten kam, dem die meisten Männer aus dem Weg gingen.

»Warum ist sie hier?«

»Ich habe keine Ahnung.«

Brastias rief Annwyl zu: »Talaith kommt!«

Annwyl zog ihr Schwert aus einer Leiche und wandte sich zu der Frau um, die ursprünglich geschickt worden war, um sie zu töten. Das Pferd kam schlitternd vor der Königin zum Stehen, und Talalith sprang ab, als wäre sie im Sattel geboren worden.

»Arzhela hat Izzy entführt.«

Die grünen Augen der Königin verdunkelten sich entschlossen. »Was brauchst du?« Annwyl verschwendete niemals Zeit mit unnötigen Fragen wie »Was ist passiert?« oder »Wann?« Solche Fragen kämen später.

»Ich brauche Hamish.« Sie blickte auf die Hunderte von Soldaten, die zwischen ihr und dem Herrn von Madron standen. »Er hat den Schlüssel, der mich zu Izzy bringen wird.«

»Ich bezweifle, dass er ihn einfach übergeben wird.«

»Mir wird er ihn geben … wenn ich mit ihm fertig bin.«

Annwyl nickte. »Dann folge mir. Und bereite dich darauf vor, deine Fertigkeiten als Assassinin einzusetzen, Hexe. Brastias, Danelin: Bleibt hinter Talaith.«

Annwyl drehte sich mit gezogenen Schwertern zu den Horden von Kriegern um. »Alles, was nicht unsere Farben trägt – stirbt.«

Mit diesen letzten Worten ging Annwyl los und vernichtete alles, was ihr in den Weg kam.

In der Zeit, in der Annwyl sich eine Schneise durch die Reihen von Männern schlug, um zu Hamish zu gelangen, hatte Talaith nur drei Soldaten getötet. Alle anderen, die es wagten, sich ihnen zu nähern, hatte die Königin mit einem Schwung ihres Schwertes kurzerhand ins Jenseits befördert.

Kein Wunder, dass Fearghus sie nicht davon abhielt, in die Schlacht zu ziehen. Ihre Raserei zusammen mit ihren kämpferischen Fähigkeiten machten sie zu einer der tödlichsten Kriegerinnen, die Talaith je gesehen hatte.

Gut. Sie brauchte diese tödliche Kriegerin, um zu Hamish zu gelangen. Von da an würde sie übernehmen.

»Schnapp ihn dir, Hexe. Wir müssen uns um die hier kümmern.«

Hamishs Soldaten griffen die kleine Gruppe an und forderten Annwyls ganze Aufmerksamkeit.

Talaith blickte auf und sah Hamish in voller Rüstung auf einem hohen Streitwagen stehen, damit er den Kampf um sich herum überblicken konnte. Er brüllte seinen Feldherren Befehle zu, und diese brüllten Boten Befehle zu. Es war ein gutes System, aber niemand rechnete mit Annwyls Wunsch, im Moment absolut *alles* zu töten.

»Na so etwas. Die Verräterin.« Hamish beugte sich vor und sah mit einem Grinsen auf Talaith herab, das sie ihm nur zu gern aus dem Gesicht gewischt hätte. »Was ist los, meine Liebe? Vermisst du etwas?«

Seine Feldherren umstellten den Wagen und schützten ihn vor den Bodentruppen. Er würde seinen Standort verändern, sobald die Drachen näherkamen. Aber im Moment fühlte er sich sehr sicher.

»Du wechselst zwischen den Welten, um zu deiner Göttin zu gelangen. Ich brauche den Schlüssel dafür«, sagte sie schlicht.

»Das glaube ich dir, aber von mir wirst du ihn nicht bekommen. Vielleicht, wenn du sie anflehst oder …«

Talaith wollte ihre Zeit nicht verschwenden und schlitzte dem Wächter, der ihr am nächsten stand, die Kehle auf. Ein zweiter kam auf sie zu, aber sie glitt an ihm vorbei und schnitt einem weiteren die Kehle durch. Sie duckte sich und schlitzte zwei Wachen die Innenseite der Oberschenkel auf. Zwei weiteren die Achillessehne. Einem anderen rammte sie ihren Dolch in die Nieren, dann hielt sie sich an der Seite des Wagens fest. Die blutbeschmierte Klinge zwischen den Zähnen, zog sie rasch mit den Armen hinauf.

Als sie oben war, musste sie eine Hand loslassen und sich zurücklehnen, um dem Schwert eines weiteren Soldaten auszuweichen. Er streckte sich, um nach ihr zu greifen, doch dies erlaubte Talaith, seinen Arm zu schnappen und ihn vom Wagen zu reißen. Mühelos schwang sie sich mit einem Arm hinauf und landete in der Hocke vor dem erschrockenen und offensichtlich angsterfüllten Hamish.

Er griff nach seinem Schwert, doch es war zu spät. Talaith nahm eine der Nadeln aus dem Leder ihres Dolchgriffs.

Sie stach die Nadel in ganz bestimmte Punkte in Hamishs Gesicht.

Überrascht starrte er sie nur an. Dann fiel er um, und seine Rüstung krachte mit einem so lauten Scheppern auf den Wagenboden, dass selbst die Kampfgeräusche und Schreie der sterbenden Männer übertönt wurden.

Sie steckte die Nadel zurück in ihren Dolch und ihren Dolch zurück in seine Scheide. »Sag mir, wo der Schlüssel ist, und ich töte dich schnell. Wenn du Spielchen mit mir spielst, lasse ich dich so lange leiden, bis das Gift dich tötet. Und ich versichere dir, dass es Stunden dauern wird. Triff deine Wahl.«

Er antwortete nicht, und sein Körper kämpfte instinktiv gegen die Auswirkungen des Gifts an. Doch sie wusste, dass es nur eine Frage der Zeit war, bis Hamish vollkommen gelähmt sein würde, bis ihm Blut aus den Augen und grüne Flüssigkeit aus dem Mund strömen würden.

»Sag es mir«, befahl sie.

»Ich«, stieß er nach Luft ringend und unter entsetzlichen Schmerzen hervor.

»Was ist mit dir?«

»Ich«, sagte er noch einmal.

Sie erriet, was er meinte, ging zu ihm und nahm ihm die Rüstung ab, indem sie die Lederriemen durchschnitt, die sie zusammenhielten. Sie kam zu seinem Kettenhemd und schob es ihm bis unters Kinn hoch. Arzelas Talisman hing an einer goldenen Kette; es sah aus, als hätte sie beides in Hamishs Haut eingebrannt.

Mit der Spitze ihres Dolchs berührte Talaith die Kette. Nein, sie würde sie herausschneiden müssen. Sie tat es. Sie grub die Klinge dicht unter seine Haut, ignorierte Hamishs gurgelnde Schreie und befreite die Kette und den Talisman. Als sie sich so weit vorgearbeitet hatte, dass sie sie richtig greifen konnte, riss sie daran. Haut platzte auf und Blut schoss heraus, als sie ihm die Kette aus dem Körper riss.

Als sie sie hatte, stand sie auf.

»Warte«, forderte er, als sie sich zum Gehen wandte. »Töte mich«, bat er. »Du hast es versprochen.«

»Habe ich das? Das muss eine Lüge gewesen sein. Genieße deinen Tod, Lord Hamish. Möge er langsam und sehr schmerzvoll sein.«

Jetzt, wo sie hatte, was sie wollte, verschwendete Talaith keine Zeit mehr. Sie ging zum Rand des Wagens und kletterte geschickt hinunter, bis ihre Füße wieder Bodenkontakt hatten. Die meisten der Soldaten, die gekommen waren, um Hamish zu helfen, waren tot, und Annwyl stand inmitten von Leichen und Leichenteilen.

»Ich brauche Morfyd.«

Annwyl lehnte den Kopf zurück und stieß einen markerschütternden Kampfschrei aus, der den Drachen mitten im Flug beidrehen und zu ihnen zurückfliegen ließ.

Sie landete neben Annwyl. »Du hast nach mir gebrüllt?«

»Arzhela hat Izzy entführt«, bellte Talaith, während sie auf den weißen Drachen zuging. »Ich brauche deine Hilfe.«

»Komm.« Morfyd kauerte sich nieder, sodass Talaith in ihre Mähne greifen und sich auf ihren Rücken schwingen konnte.

»Und Hamish?«, fragte Annwyl, obwohl sie nicht so klang, als interessiere es sie noch.

»Er ist immer noch da oben. In ungefähr zwei Stunden wird sein Körper anfangen zu verwesen … vier Stunden später müsste er sterben. Es liegt an dir, ob du sein Leiden früher beenden willst.«

Annwyl hob eine Augenbraue. »Er kann dort oben bleiben und leiden. Vielleicht verkaufe ich Eintrittskarten dafür.« Sie streckte die Hand aus und tätschelte Talaiths Fuß. »Viel Glück, Schwester.«

Talaith nickte und hielt sich an Morfyds Mähne fest, als diese in die Lüfte stieg.

Briec fing den Speer mit den Händen, nur Sekundenbruchteile, bevor er sich in seine Schulter gebohrt hätte. Er blickte finster auf die Soldaten hinab, die auf ihn geschossen hatten. Sie benutzten ein ähnliches Gerät wie das, mit dem Annwyl Felsbrocken auf Burgen schleuderte. Er sah die Männer zu ihm hinaufstarren und tauchte knurrend zu ihnen hinab. Den Speer hielt er immer noch fest umklammert. Als er näherkam, warf er ihn und spießte den auf, der dem Gerät am nächsten stand, dann besprühte er Reihe um Reihe der feindlichen Soldaten mit weißen Flammen.

Als von dem ganzen Bataillon nur noch Asche übrig war, landete er auf festem Boden, und Fearghus landete neben ihm. Sein großer Bruder überblickte den Schaden, den er angerichtet hatte, und sah ihn an.

»Raffiniert.«

»Sie hätten mich fast verwundet«, knurrte er.

»Keine Angst, Briec. Ich bin mir sicher, wenn du verletzt worden wärst, hätte Talaith die Stelle geküsst und es wieder gut gemacht.«

Gwenvael landete vor ihnen. Er spuckte ein Paar Soldatenstiefel aus – um genau zu sein mehrere Paare – und rülpste.

»Ich liebe gutes Essen.«

Fearghus verdrehte die Augen. »Heute Abend spuckst du das alles bloß wieder aus.«

»Nein, tue ich nicht. Weil *ich* sie gekocht habe. Mir wird nur schlecht, wenn Morfyd kocht. Apropos …« Gwenvaels Blick wanderte nach oben, und er runzelte die Stirn. »Wenn ich es nicht besser wüsste, würde ich schwören, das war eben Talaith auf dem Rücken unserer Schwester.«

Briec riss den Kopf hoch. Gwenvael hatte richtig gesehen. Talaith, die eher Nägel verspeisen würde als auf einem Drachen irgendwo hinzufliegen, klammerte sich an den Rücken seiner Schwester, während sie sich vom Kampfgeschehen entfernten.

Weitere von Hamishs Truppen ergriffen die Gelegenheit, um anzugreifen, aber Fearghus machte ihm ein Zeichen zu gehen. »Geh nur. Finde heraus, was los ist. Wir kümmern uns um sie.« Er grinste die Soldaten höhnisch an, bevor er einen Flammenstrom ausstieß. Briec verlor keine Zeit. Er stieg in die Luft und folgte seiner Schester zu einem der vielen Seen, die das Gebiet der Dunklen Ebenen sprenkelten.

Er landete, als Talaith gerade von Morfyds Rücken glitt.

»Was ist passiert? Stimmt etwas nicht?«

Talaith warf Morfyd einen Blick zu. »Fang an«, befahl sie. Dann ging sie zu Briec hinüber. »Ich muss gehen«, sagte sie zu ihm, so ruhig, dass es ihm das Blut in den Adern gefrieren ließ.

Hinter ihnen begann Morfyd, Zaubersprüche zu singen und die mächtigste Magie anzurufen. Er wollte nicht wissen, warum. Er wollte sich Talaith schnappen und sie nach Hause bringen. Zurück in seine Höhle, wo sie in Sicherheit war.

»Gehen? Wohin?«

»Sie hat Izzy entführt, Briec.«

Er wusste, dass Talaith diese Schlampe von Göttin, Arzhela, meinte. Briec verwandelte sich in seine Menschengestalt und nahm Talaith bei den Schultern. »Du kannst dich ihr nicht allein stellen!«

»Ich kann. Und ich werde. Du kannst mich davor nicht beschützen, Briec. Niemand kann das.«

»Hör mir zu …«

»Schhhh.« Sie legte ihm sanft eine Hand auf den Mund.

»Es gibt keine Diskussion. Nicht, wenn es um meine Izzy geht. Das wissen wir beide.«

Bei den Göttern, er würde sie verlieren. *Schon wieder.* »Talaith, bitte … bitte, tu das nicht!«

Sie lächelte, und er spürte, wie es ihm das Herz in der Brust zerriss. »Ich will, dass du mir etwas versprichst.«

»Alles.«

»Kümmere dich um Izzy. Egal, was passiert: beschütze sie.«

Er legte ihr eine Hand an die Wange. »Sie ist meine Tochter, so wie du meine Gefährtin bist, kleine Hexe. Sie wird von mir und meiner Sippe immer beschützt werden. Darum musst du dir niemals Sorgen machen.«

Sie nickte. »Ich weiß.« Sie nahm die Halskette ab, die er ihr geschenkt hatte – sie konnte sie nicht mitnehmen – und drückte sie ihm in die Hand. Dann sprach sie die Worte, von denen er nie geglaubt hätte, dass er sie je von ihr hören würde: »Ich vertraue dir, Briec.«

Er küsste sie, ließ alle Gefühle, die er für diese schwierige Frau hatte, in diesen einen Kuss fließen und hoffte, sie würde verstehen, wie viel sie ihm bedeutete. Wie viel sie ihm *immer* bedeuten würde. Ihre Erwiderung war genauso stark, ihre Hände klammerten sich verzweifelt an ihn.

Er hielt sie fest, bis sie sich abrupt von ihm löste und mehrere unsichere Schritte von ihm fortging. »Ich liebe dich, Briec«, brachte sie heraus. »Ich werde dich immer lieben. Vergiss das nie.«

Sie drehte sich um und ging in die Mitte eines Kreises, den seine Schwester mit ihrer Schwanzspitze in die weiche Erde am Seeufer gezogen hatte. Talaith zog rasch ihre Kleider aus und warf sie aus dem Kreis.

Sie hielt kurz inne, um ihren Dolch aus seiner Scheide zu nehmen. Dann kickte sie ihre Stiefel und das Futteral ebenfalls aus dem Kreis.

Nackt kniete sie im Sand und hob die Arme hoch über den Kopf. Morfyd ging dreimal um sie herum und sprach ihren Zauber. Als sie stehenblieb, loderten auf dem Kreis tosende Flammen auf.

Talaith achtete nicht auf das Feuer um sie herum, sie schrie: »Ich gebe dir das Blut meines Lebens!« Plötzlich kam ein heftiger Wind auf und wehte Briec die Haare ins Gesicht, während er zusah, wie seine Frau ihren Unterarm aufschlitzte. Ihr Blut floss über ihre braune Haut und bildete eine Lache im Sand.

»Nimm mich!«, schrie sie in den heulenden Wind.

Und dann war sie fort.

Briec ließ sich schwer zu Boden fallen, den Kopf in die Hände gestützt. Aber er konnte die leisen Worte seiner Schwester über den ersterbenden Wind hinweg hören.

»Friede sei mit dir, Schwester.«

25

Izzy drückte sich so dicht an den Baum, wie sie konnte, als Arzhela auf sie zukam.
Sie war schön, das musste Izzy ihr lassen. Vor allem hier in Arzhelas natürlicher Umgebung. Wäre sie nicht so verängstigt gewesen, hätte sich Izzy im hohen Gras herumgerollt oder wäre auf die riesigen Bäume mit den dicken Ästen geklettert, die überladen waren mit grünen, goldenen und roten Blättern. Sie wäre in dem rauschenden Fluss geschwommen oder hätte sich unter die eine Sonne dieser Welt gelegt und geschlafen, wie es ihr alter Hund Gruffy früher getan hatte – mit dem Bauch nach oben und schnarchend.
Aber sie war nicht bei ihren Beschützern, in Sicherheit und umsorgt. Oder quälte den blauen Drachen, den sie so liebenswert fand. Und sie war auf jeden Fall nicht in Sicherheit bei ihrer Mutter und deren Drachengeliebten Briec.

Izzy war ganz allein mit einer sehr wütenden Göttin, die ihre Mutter über alles hasste.

Ich könnte im Moment definitiv an einem besseren Ort sein.

Trotzdem ermahnte sie sich, für die kleinen Dinge dankbar zu sein … Zumindest war sie vollständig bekleidet, weil sie mit der Göttin selbst in diese schöne Welt gekommen war. Nackt zu sein konnte ziemlich peinlich sein.

Vor allem, wenn Arzhela vor einem kniete. Ihr goldenes Haar fiel ihr in dicken Locken bis auf die Hüften, und sie trug einen Kranz aus gelben und weißen Blüten.

Izzy hielt sie nicht für böse – nur für eine Göttin, die in Angst lebte. Und deshalb regierte sie mit Angst. Sie kannte nichts anderes.

»Sag mir, Kleine, all die Jahre konnte ich dich nicht finden. Warum?«

Erwartete sie wirklich eine Antwort auf diese Frage? Lügen. Ja, im Augenblick waren Lügen ihre besten Freunde.

»Ich weiß nicht, meine … meine Göttin.« Sie geriet bei diesen Worten ins Stammeln, denn Arzhela würde nie eine Göttin sein, die sie anbetete. Niemals.

Die kristallblauen Augen der Göttin wurden schmal. »Lüg mich an, wenn du willst, Kleine. Ich werde deine Mutter trotzdem vernichten.«

»Warum hasst du sie so sehr?«

Eine kleine weiße Hand strich Iseabail über die Wange. Irgendwie schaffte sie es, nicht vor dieser Berührung zurückzuzucken. Stattdessen konzentrierte sie sich auf etwas anderes. Sie dachte an Briec und seinen Bruder Gwenvael. Gestern hatten sie sie erwischt, wie sie versucht hatte, auf eines der Schlachtrösser zu klettern. Nachdem Briec sie gewarnt hatte, wie gefährlich das war – vor allem, wenn Drachen in der Nähe waren, da unsichere Pferde dann oft scheuten –, hatte er sie unter den Armen gefasst und herumgeschwungen. Dann hatte er sie seinem Bruder zugeworfen, und Gwenvael hatte sie in die Luft geschleudert. Sie hatte gelacht und geschrien, bis ihre Mutter kam und dem armen Gwenvael fast den Kopf abriss. Noch lustiger war es gewesen, als Briec geflunkert hatte, er habe Gwenvael eben gesagt, er solle sie absetzen.

Dort war sie sicher. Dorthin würde sie zurückkehren. Daran zweifelte sie nicht. Sie würde es glauben, bis die Alten von Alsandair sie nach Hause riefen. Solange sie es glaubte, konnte Arzhela ihr nichts anhaben.

»Sie kommt, um dich zu holen. Und du kannst nichts dagegen tun«, freute sich Arzhela.

Das wusste Izzy bereits. Sie wusste es, wie sie die Tiefe und Länge der Narbe an ihrem Bein kannte, die sie sich zugezogen hatte, als sie sich mit zehn Jahren fast an einem Zaun aufgespießt hatte.

Ihre Mutter würde kommen, um sie zu holen. Und wenn sie das tat, würde sich Izzy verstecken, bis der Kampf vorüber war und ihre Mutter sie nach Hause brachte.

»Du verblutest.«

Langsam rollte sich Talaith auf den Rücken. »Ich weiß.«

»Warum schneidest du dich selbst?«

»Ich musste deine Aufmerksamkeit wecken.«

Eine schwarze Kralle schwebte über ihren Körper hinweg. Eine schwarze Kralle, die so groß war wie sie. Normalerweise wäre sie zurückgezuckt, aber im Augenblick machte ihr gar nichts Angst. Nichts außer dem Gedanken daran, ihre Tochter zu verlieren.

»Du kannst jetzt aufstehen.«

Talaith setzte sich auf. Die Schwäche, die sie verspürt hatte, als sie die Vene in ihrem Arm aufgeschlitzt hatte, war fort. Sie fühlte sich stark. Mächtig. Sie stand auf und hob den Blick zu dem unbeschreiblichen Wesen vor ihr.

»Mylord«, grüßte sie und neigte respektvoll den Kopf.

Er schnaubte. »Es würde sich nicht einmal echt anhören, wenn du dir Mühe geben würdest.«

Verdammt. Das Schlimme war … sie *hatte* sich Mühe gegeben.

»Bitte. Meine Tochter …«

»Ich weiß, Talaith. Ich weiß. Ich weiß immer, wo meine Izzy ist.«

Sie verlor ihre Fähigkeit, zerknirscht und furchtsam vor einem Gott zu stehen. Abrupt hob sie den Blick hinauf zu Rhydderch Hael, und sie gab sich keine Mühe mehr, ihren Ärger zu verbergen.

»Warum zum Teufel hast du sie dann gehen lassen? Warum hast du zugelassen, dass Arzhela sie mitnimmt?«

Rhydderch Hael entblößte Reihen um Reihen um *Reihen*

von Reißzähnen. Ein Lächeln, wie sie jetzt wusste. »Wo ist meine verängstigte kleine gottesfürchtige Maus hin?«

»Sie vertraut dir.«

»Dir vertraut sie mehr.« Sie fragte sich, ob ihn das ärgerte, aber er sah nicht verärgert aus.

»Was willst du von mir?«

Rhydderch Hael setzte sich auf die Hinterbeine seines schwarzen Drachenkörpers. Und sie hatte geglaubt, Briec und seine Brüder seien riesig. Nicht annähernd. Sie konnte nicht einmal sehen, wo sein Körper endete. Sie hatte einen Blick auf seine Schwanzspitze erhascht, die an ein gezacktes Breitschwert erinnerte, das für einen Riesen gefertigt war. Sie hatte außerdem bemerkt, dass er nicht zwei Hörner hatte, wie die Drachen, die sie kannte, sondern zwölf. Sein größtenteils schwarzes Haar war von allen Farbtönen durchzogen, die sie je gesehen hatte. Aber seine Augen … seine Augen waren unendlich nachdenklich und weise. Außerdem waren sie leuchtend veilchenblau. Genau wie die von ihrem Briec.

»Du hast dir immer eine bestimmte Frage gestellt, seit Izzy zurück in dein Leben kam. Stell sie mir jetzt.«

Sie bezwang den Drang, dem Monster zu sagen, es solle aufhören, sie zu nerven und ihr helfen, ihre Tochter zurückzuholen. Sie hatte lange genug mir Arzhela zu tun gehabt, um zu wissen, wann man einen Gott drängen konnte und wann nicht.

Tief Luft holend, fragte sie ehrlich: »Warum hast du mich nicht einfach getötet, als du wusstest, was Arzhela vorhatte? Warum hast du Izzy beschützt, wenn du mich hättest töten können und das Ganze beenden? Und Izzy gleich dazu.«

»Weil das das Ganze nicht beendet hätte. Solange sie dich hatte, gab sie sich nicht mit anderen Strategien ab. Wenn ich dich getötet hätte, wäre es immer weitergegangen, bis sie Annwyl getötet hätte. Und als Annwyl und Fearghus sich fanden, wusste ich … da wusste ich, dass sie die Richtigen sind.«

»Die Richtigen, um deine …« Sie zuckte die Achseln. »Was genau werden sie bekommen?«

»Nichts, was sie nicht gebären könnte«, antwortete er vage. »Diese Frau wird nicht zulassen, dass jemand oder etwas das verletzt, was sie liebt. Und sie liebt, wie sie hasst – leidenschaftlich und bis ans Ende ihrer Tage.«

»Und ich lebe noch, weil …«

»Selbst Götter müssen ab und zu schlafen, Talaith. Nein, ich brauchte Annwyl lebendig, bis mein Mond voll am Himmel stand. Dann ließ ich die Magie den Rest erledigen.«

»Ha! Aye. Danke dafür, übrigens.«

Da waren sie wieder, diese Reißzähne. »Als hättest du es nicht genossen, Briecs *süße* Talaith.«

Talaith wurde rot und wandte den Blick von dem süffisant grinsenden Mistkerl ab.

»Ich wusste, dass Izzy sicher war, wenn ich sie beschützte und sie vor Arzhelas Blick versteckte. Arzhela dagegen war gezwungen, sich ausschließlich auf dich zu konzentrieren, bis sie genau wusste, wen sie tot sehen wollte. Vorher konnte sie nicht riskieren, dass du deine Tochter triffst. Sie hatte allerdings nicht damit gerechnet, dass Briec an diesem Tag in deinem Dorf sein würde.«

Talaith hob den Blick zu Rhydderch Haels veilchenblauen Augen. »Hast du Briec geschickt?«

»Nein. Ich schicke niemanden. Anders als ihr Menschen sind meine Leute viel … unabhängiger. Ich kann Türen öffnen, aber es liegt an ihnen, hindurchzugehen. Nein. Ich habe nur dafür gesorgt, dass einer von Fearghus' Brüdern gehen musste. Als ich sah, dass es Briec war, wusste ich, dass ich nur sicher sein konnte, dass er dich mitnimmt, wenn du in Gefahr wärst. Und selbst dann gab es keine Garantie.«

»*Du* hast meinen Ehemann gegen mich aufgebracht?«

»Oh, er hat dich immer gehasst. Ich musste nur den Funken

liefern. Natürlich wusste ich nicht, dass Briec dich *behalten* würde.« Der Gott kicherte. »Ich dachte, er würde dich in der nächsten Stadt absetzen. Izzy und ihre Beschützer waren schon auf dem Weg dorthin und Annwyl auf dem Heimweg zu Fearghus. Alles lief, wie ich es seit Jahren geplant hatte. Aber als dieser arrogante Mistkerl dich nicht wieder freilassen wollte, musste ich mir etwas einfallen lassen.« Er musterte Talaith von oben bis unten. »Wenn ich auch verstehen kann, warum er dich behalten wollte.«

Auf ihren finsteren Blick hin fuhr er fort: »Ich habe Morfyd gewarnt, dass du kommen würdest – denn ich wusste, dass du weiterhin eine echte Bedrohung für die Königin warst, da du immer noch glaubtest, Izzy sei in Gefahr. Also schickte ich die Stürme, um alle aufzuhalten, bis du wieder unterwegs warst. Wir hatten ein kleines bisschen Zeit übrig, also machte ich mir keine großen Sorgen. Ich nahm an, dass Briec deiner schnell überdrüssig werden würde. Aber es kam anders, nicht wahr? Du musst ein Traum sein, der Wirklichkeit geworden ist, wenn unser lieber Briec immer noch an dir festhält.«

Jetzt war sie sich sicher – sie hasste Götter wirklich und wahrhaftig.

»Das ist alles sehr faszinierend, aber es erklärt immer noch nicht – zumindest nicht zu meiner Zufriedenheit – warum ich noch am Leben bin.«

»Wir können nicht von einem Reich ins andere wechseln, Talaith. Nicht wie ihr Menschen – mit eurer weichen, nachgiebigen Haut.«

»Du brauchst mich, damit du in Arzhelas Reich gelangen kannst.«

»Jedenfalls jemanden, der so stark ist wie du. Ich hätte Annwyl benutzen können, aber für sie habe ich andere Pläne. Abgesehen davon hätte sie Arzhelas Talisman nie bekommen. Es hätte sie umgebracht, ihn nur zu berühren. Aber du wurdest von Arzhela selbst auserwählt, und sie will dich immer noch lebend – selbst wenn es im Moment ist, weil sie sich rächen will.«

Sein riesiger Drachenkopf neigte sich zur Seite. »Du hast den Talisman doch, oder?«

Talaith streckte die Hand aus, mit der sie den blutverkrusteten Talisman noch immer umklammerte.

»Gut, gut. Jetzt können wir es in die Wege leiten. Aber zuerst musst du dich mir freiwillig überlassen, Talaith, Tochter der Haldane.«

Wenn sie der Laufbahn der Nolwenn-Hexen gefolgt wäre, hätte sie bis weit nach ihrem dreihundertsten Winter keine Göttin und keinen Gott in sie eindringen lassen. Sie hätte vorher nicht die Kraft, Macht oder den Mut dazu gehabt. Aber Arzhela, verflucht sei sie, machte es ihr unmöglich, länger zu warten.

Denn Talaith hätte alles getan und alles gegeben, um dafür zu sorgen, dass ihre Tochter lebendig zurückkehrte. Und Rhydderch Hael wusste das. Er wusste, wenn Arzhela Izzy in die Finger bekam, würde Talaith vor nichts Halt machen, um sie zurückzubekommen. Deshalb hatte er Arzhela erlaubt, sie zu entführen.

Zumindest hatte Talaith jetzt keine Angst mehr wie vorher. Denn sie war sich sicher, dass Rhydderch Hael Arzhela vernichten und dann Izzy zurück zu Briec schicken würde. Und Briec und seine Sippe würden sich um ihre Tochter kümmern bis ans Ende ihrer Tage.

Verflucht, das war mehr, als sie zwei Monate zuvor zu hoffen gewagt hätte.

»Ich übergebe mich dir freiwillig.«

»Gut.« Dann nahm Rhydderch Hael die Kralle, die sie nur Minuten zuvor geheilt hatte, und riss sie von den Eingeweiden bis zur Kehle auf.

Arzhela roch die kleine Schlampe, sobald sie durch das Portal kam. Sie konnte es nicht erwarten, ihren Spaß mit ihr zu haben.

Sie konnte es auch nicht erwarten, ihr das Herz durch den Mund herauszureißen.

Niemand verriet sie. *Niemand.*

Und wenn Talaith, Tochter der Haldane, dachte, sie könne sich ihr kleines Stück Dreck schnappen und es lebendig hier herausbringen, irrten sie und diese helläugige Missgeburt sich gründlich.

Abgesehen davon brauchte sie Talaiths Körper. Mit ihm konnte sie Rhydderch Haels Schutzwälle durchbrechen und Annwyl die Blutrünstige mit bloßen Händen töten, bevor die Schlampe überhaupt gebären konnte.

Aber zuerst … zuerst würde sie sich an den Schreien der Schlampe weiden.

Sie setzte ihr schönstes und sanftestes Lächeln auf und drehte sich zu Talaith um. Talaith war nackt – sonst hätte sie nicht von ihrer Welt in Arzhelas wechseln können, da sie nicht wie Iseabail von einem Gott begleitet wurde, – und starrte sie ausdruckslos an. Sie hatte jetzt schon Angst, dabei hatte Arzhela ihr noch gar nichts getan. Oder ihrem Baby.

»Du musst keine Angst haben, Talaith«, log sie. Sie fand Ehrlichkeit nicht allzu wichtig, wenn es um Menschen ging. »Ich will nur reden.«

Sie ging auf Talaith zu und warf dabei einen Blick auf deren Tochter, die immer noch neben ihrem Lieblingsbaum kauerte. Das Mädchen starrte seine Mutter an, als hätte es sie nie zuvor gesehen.

Jetzt stand sie direkt vor Talaith. »Komm, meine Tochter. Setzen wir uns. Reden wir.« Sie hielt ihr die Hand hin, und Talaith sah sie ausdruckslos an. »Nur reden, Talaith. Ich verspreche es.«

Talaith nahm Arzhelas Hand, und in diesem Moment riss

Arzhela sie zu sich heran und packte mit ihrer freien Hand ihre Kehle.

»Du hast mich verraten, du kleine Schlampe«, knurrte sie. »Dafür wirst du zusehen, wie deine Tochter stirbt.«

Talaith sagte nichts, griff nur mit ihrer eigenen freien Hand nach der Hand an ihrer Kehle und zog sie langsam weg, indem sie Arzhelas Finger zurückbog.

Verwirrt versuchte Arzhela sich zu wehren, aber Talaiths Kraft war unglaublich. Sie zerrte die Hand der Göttin von ihrem Körper. Als sie sich losgemacht hatte, nahm sie Arzhelas Kopf zwischen die Hände und hielt sie fest.

»Mein süße, süße Arzhela. Ich habe so lange darauf gewartet. So lange auf *dich* gewartet.«

Und da wusste sie es. Arzhela wusste, was diese kleine Verräterin getan hatte.

»Nein!« Sie kämpfte und wehrte sich, aber Rhydderch Hael, der endlich einen Weg in ihr Reich gefunden hatte, lächelte nur Talaiths Lächeln.

»Nein, nein. Wehr dich nicht, meine Süße. Es hat keinen Sinn, sich zu wehren.«

»Lass mich los, Rhydderch Hael! Meine Brüder und Schwestern wissen, dass du hier bist! Sie werden kommen und mich beschützen!«

Der Gott schüttelte Talaiths Kopf. »Nein. Sie wissen es nicht und werden es auch nie erfahren. Talaiths hübscher Körper verbirgt meine Anwesenheit wunderbar, nicht wahr?«

»Mistkerl!«, spie sie ihm voller Wut entgegen.

Rhydderch Hael schnaubte. »Tausende und Tausende von Jahren, und du hast dich immer noch nicht geändert, du wertlose kleine Schlampe.«

»Fahr zur Hölle!«

»Du zuerst.« Er schleuderte sie – in ihrem eigenen Reich – gegen einen der Bäume, die sie so liebte. Sie landete hart auf dem Boden und als sie den Kopf hob, sah sie, wie blaue, schwarze und orangefarbene Flammen aus Talaiths Poren schossen – dann hüllten sie Arzhela ein.

Izzy sah Rhydderch Hael im Körper ihrer Mutter auf sich zukommen.

Tränen strömten ihr übers Gesicht, und sie sah zu, wie er sich vor sie hinkauerte.

»Was ist los, meine kleine Izzy?«

»Ich will meine Mutter!« Sie klang wie ein Kind. Aber im Moment war ihr das egal. »Du hast mir versprochen, dass ich sie bekomme.«

»Und du hattest sie ja auch.«

Ihre Tränen wurden zu Schluchzern. »Du kannst sie mir jetzt nicht wieder wegnehmen. Bitte! Nimm sie mir jetzt nicht weg!«

Der Gott neigte Talaiths Kopf. »Wenn ich das für dich tue, was wirst du mir dann geben, meine kleine Izzy?«

Jetzt verstand sie, was ihre Mutter ihr die ganze Zeit hatte sagen wollen – bei Göttern musste man immer einen Preis bezahlen. Aber bei der Frau, die ihr Leben für sie gegeben hatte, hatte sie keine andere Wahl.

»Meine unsterbliche Treue. Das ist alles, was ich anbieten kann. Alles, was ich geben kann.«

Der Gott lächelte das Lächeln ihrer Mutter. »Mehr kann ein Gott nicht verlangen, meine kleine Izzy.«

Der Körper ihrer Mutter stand auf, und der Gott streckte ihr die Hand ihrer Mutter hin. »Dann nimm meine Hand, kleine Izzy. Deine Drachensippe wartet auf dich.«

Morfyd ließ die Arme sinken. »Es nützt nichts.«

Briec rieb sich mit den Fingerknöcheln die Augen. »Versuch es noch mal.«

»Ich kann es bis ans Ende der Zeiten versuchen, Bruder. Aber Rhydderch Hael wird tun, was Rhydderch Hael will.«

Er und seine Geschwister warteten nun schon seit Stunden. Morfyd hatte sämtliche Verletzungen geheilt. Sie alle hatten ihre Menschengestalt angenommen und ihre Kleider angezogen. Dann hatten sie gewartet, dass Talaith und Izzy zurückkehrten. Aber es war immer noch nichts passiert. Selbst als Morfyd mehrmals versuchte, Rhydderch Hael herbeizurufen, in der Hoffnung, dass er die beiden zurückschicken würde, geschah nichts.

»Also, was nun?« Selbst Gwenvaels Frustration war deutlich spürbar. »Wir können sie nicht dort lassen.«

Genauso frustriert knurrte Morfyd: »Das hatte ich auch nicht vor.«

»Dann tu etwas!«

Wütend stand Morfyd auf; die Kapuze ihres mitternachtsblauen Umhangs verbarg ihr weißes Haar, aber nicht den Zorn in ihren kristallblauen Augen. »Wenn du irgendeine geniale Idee hast, kleiner Bruder, dann sei so gut und teil sie uns mit. Ansonsten halt den Mund!«

Sie blickten kaum auf, als Fearghus am Seeufer landete und schlitternd zum Halten kam. »Und?«, wollte er wissen.

Briec, der an einem Baum lehnte, seufzte. »Bis jetzt nichts.«

»Es tut mir leid, Bruder.« Und er wusste, dass Fearghus es ernst meinte. Dieses eine Mal verstanden die beiden Brüder einander vollkommen.

»Und die Schlacht?«, fragte Gwenvael.

»Geschlagen und gewonnen.« Keiner von ihnen war überrascht. Nicht, wenn Annwyl *so* wütend war.

»Und deine Gefährtin?«

»Ich weiß es nicht genau. Ich habe sie noch nicht gesehen. Ich glaube, sie hofft, noch ein paar übriggebliebene Soldaten zu finden.«

Morfyd ging ungeduldig zwischen ihren Brüdern auf und ab. »Vielleicht ein Opfer«, murmelte sie vor sich hin. »Vielleicht kann mein Blut …«

»Nein, Morfyd.« Briec schüttelte den Kopf. »Das geht nicht.«

»Aber Briec, wenn es funktioniert …«

»Warte.« Éibhear trat vor. »Hört ihr das?«

Sie wurden alle still und starrten auf den verbrannten Kreis, der der letzte Punkt war, wo Talaith gestanden hatte.

Éibhear wies mit seinem Kopf in Richtung der Bäume. »Da drin. Ich höre jemanden weinen.«

Briec bewegte sich als Erster und ging in die Richtung, in die Éibhear deutete. Seine Geschwister folgten ihm zu Fuß, nur Fearghus flog über die Baumwipfel.

Als Briec näherkam, hörte er das Weinen ebenfalls. *Izzy.*

Er fand sie rasch. Izzy, die hysterisch schluchzte, und Talaith, die unter einem Baum lag.

Briec kniete sich neben Talaith und Izzy blickte zu ihm hoch. »Ich schaffe es nicht, sie aufzuwecken.« Die einfachen Worte bohrten sich wie ein Messer in sein Herz. Alles, was ihm etwas bedeutete, war fort.

Morfyd kam heran und bedeutete Gwenvael, sich um Izzy zu kümmern. Er hob das Mädchen hoch und versprach, dass alles gut werden würde. Wie ein Kleinkind schlang ihm Izzy die Arme um den Hals, die Beine um die Taille und schluchzte ungeniert an seiner Schulter.

Rasch nahm Morfyd Talaiths Handgelenk und legte ihr zwei Finger an den Hals. Stirnrunzelnd beugte sie sich über das Gesicht der Frau.

»Sie atmet.« Die Brüder atmeten erleichtert auf, während Morfyd zum Himmel blickte. »Fearghus!«

»Was ist los?«

Als Fearghus landete, sagte Morfyd: »Sie friert.« Rasch nahm sie ihren Umhang ab und wickelte ihn um Talaith. »Wir müssen sie nach Garbhán bringen und aufwärmen.«

Sie hob Talaith auf und eilte zu Fearghus. »Wir treffen uns in der Burg.«

Briec sah zu, wie seine Schwester auf Fearghus' Rücken kletterte und sein Bruder in die Luft stieg. Er wollte sich gerade die Kleider vom Leib reißen und sich verwandeln, um ihnen zu folgen, als Gwenvael ihn aufhielt. »Ich glaube, dass sie nicht mich will.«

Verwirrt wandte sich Briec um und sah, dass Izzy mit geschlossenen Augen die Arme nach ihm ausstreckte. Er trat näher, und sofort schlang sie ihm die Arme um die Schultern und vergrub ihr Gesicht an seinem Hals.

Er sah seine Brüder an und wusste nicht, was er mit dem schluchzenden Mädchen in seinen Armen anfangen sollte.

Gwenvael beugte sich zu ihm und flüsterte ihm ins Ohr: »Sag ihr, dass alles gut wird.«

Sie fest in die Arme schließend und ihren Rücken streichelnd, sagte Briec: »Alles wird gut, Izzy.«

»Mach … dir … keine … Sorgen«, flüsterte Éibhear an seinem anderen Ohr.

»Mach dir keine Sorgen«, sagte Briec sanft, und Izzy klammerte sich fester an ihn. Er schloss die Augen und erwiderte die Umarmung. »Wir werden uns gut um deine Mutter kümmern, Izzy. Versprochen.«

Sie nickte leicht. »Das ist gut«, sagte sie unter Tränen.

Seine Brüder gingen los, und er folgte ihnen, Izzy immer noch auf dem Arm. »Wir bringen dich nach Hause, kleine Izzy.«

26

Sie wachte auf, bewegte sich aber gute fünf Minuten lang nicht. So hatte man es sie gelehrt. Manchmal war es schlau, so zu tun, als wäre man tot oder bewusstlos, bis man genau wusste, wie schlimm die Lage war.

Keine Geräusche, abgesehen von einem Schnarchen. Einem relativ lauten Schnarchen. Das mussten wilde, blutdürstige Monster sein, die so laut schnarchten.

Talaith öffnete die Augen und sah sich in dem Raum um. Kerzen und ein offenes Feuer erleuchteten alles recht hübsch, ohne dass es in ihren Augen schmerzte.

Morfyd schlief auf einem Sessel, eingerollt wie eine Katze. Fearghus lehnte an der Wand und starrte an die Decke. Éibhear schlief auf dem Boden, Arme und Beine ausgestreckt. Sie beneidete die Frau nicht, die die nächsten achthundert Jahre neben ihm würde schlafen müssen. Überraschenderweise war er nicht derjenige, der schnarchte. Diese Ehre kam Gwenvael zu. Er saß in einem großen Sessel, die muskulösen, langen Beine vor sich ausgestreckt, den Kopf zurückgeworfen, und schnarchte wie ein riesiger Bär. Lächelnd wanderte ihr Blick zu der Gestalt ihrer Tochter. Izzy saß auf einer Bank am Fenster, die Beine hochgezogen, das Kinn auf die Knie gelegt. Sie war wach und starrte aus dem Fenster in die schwarze Nacht hinaus.

Und neben ihr saß Briec. Wie Izzy und Fearghus war auch er wach, aber er starrte Talaith an; wahrscheinlich wartete er darauf, dass sie ihn bemerkte. *Arroganter Mistkerl.*

Sie sahen sich schweigend an. Ausnahmsweise wusste Talaith, dass keine Worte nötig waren. Sie konnte alles, was sie wissen musste, an Briecs Gesicht ablesen. An der Art, wie er sie beobachtete und an seiner Erleichterung, als er sah, dass sie wach war.

»Mum?«

Talaith sah wieder zu Izzy hinüber und lächelte.

»Mum!« Das Mädchen kletterte von der Bank, warf sich aufs Bett und landete in Talaiths ausgestreckten Armen. Sie schloss ihre Tochter fest in die Arme und ließ das Mädchen an ihrem Hals weinen.

Morfyd stand auf. »Es ist gut zu sehen, dass du wach bist, Schwester.« Sie schubste Gwenvael an der Schulter. »Wach auf!«

Erschrocken fuhr Gwenvael hoch und schrie: *»Ich habe sie nicht angerührt!«*

Morfyd verdrehte die Augen und steuerte auf die Tür zu. »Du bist wirklich eine stete Quelle der Peinlichkeiten, kleiner Bruder. Fearghus, folge mir.«

Fearghus nickte Talaith zu und folgte seiner Schwester nach draußen. Gwenvael stand auf und streckte sich. »Talaith, meine Liebe!«

»Gwenvael, meine Nervensäge!«

Kichernd bückte er sich, packte eine von Éibhears Händen und schleppte den immer noch schlafenden Drachen aus dem Zimmer.

Endlich stand Briec auf. Mit einem Lächeln auf den Lippen ging er zur Tür und ließ Talaith dabei nicht aus den Augen. Er blieb im Türrahmen stehen, um sie noch einmal anzusehen, bevor er hinausging und leise die Tür hinter sich schloss.

»Izzy?« Talaith hielt ihre Tochter etwas von sich weg und sah sie eindringlich an. »Geht es dir gut?«

Mit tränennassen Wangen nickte sie.

»Bist du sicher?«

Sie konnte sich nicht an viel erinnern, nachdem sie mit Rhydderch Hael gesprochen hatte.

»Mir geht es gut, Mum. Wirklich.«

»Arzhela?«

Ein merkwürdiger Ausdruck flog über das Gesicht ihrer Tochter, war aber so schnell wieder verschwunden, dass Talaith sich nicht sicher war, ob es nur ein Spiel des flackernden Lichtes gewesen war. »Fort. Ich glaube nicht, dass sie wiederkommt.«

»Hat sie gelitten?«

»Ich glaube ja.«

Talaith zog Izzy wieder in die Geborgenheit ihrer Arme. »Gut. Das bringt mich zum Lächeln.«

»Mich auch, Mum. Mich auch.«

Annwyl lehnte sich in der Badewanne zurück und seufzte tief. Nun war sie doch erschöpft. Irgendwann zwischen ihrem Kampf mit dem letzten Bataillon und dem Verbrennen von Hamishs immer noch verwesenden und schreienden Überresten hatte sie die Energie verloren, weiterzukämpfen. Sie hatte ihre Männer aufräumen lassen und war mit ihrer Elitegarde zurück nach Garbhán geritten. Nachdem sie das meiste Blut am Brunnen bei den Ställen abgewaschen hatte und auch Violence vom geronnenen Blut befreit hatte, war sie in ihr Zimmer zurückgekehrt. Die Diener hatten ihre Badewanne gefüllt und waren rasch verschwunden. Sie wagten nicht, sie anzusehen, hauptsächlich wohl, weil sie gesehen hatten, wie sie vor wenigen Stunden den Rittersaal in Trümmer gelegt hatte.

Die Schlafzimmertür ging auf und Fearghus kam herein. Er sah sie ebenfalls nicht an. Er kam nur ins Zimmer, stellte eine Flasche Wein auf einen Beistelltisch am Fenster und machte sich daran, seine Kleider auszuziehen.

»Was ist das?« Annwyl deutete auf die Weinflasche.

Er würdigte sie kaum eines Blicks. »Das ist von Morfyd. Falls du es brauchst.«

Sie hatte im Kampf keine Wunden davongetragen. Zumindest nichts, was mehr als ein wenig von Morfyds Salben gebraucht hätte. Es sei denn, es war für ihr anderes »Problem«.

»Wie geht es Talaith?«

»Sie ist wach.«

»Gut.« Sie sollte sich vielleicht bei Talaith entschuldigen. Sie war sich nicht sicher, aber es konnte sein, dass sie einen Stuhl nach dem Kopf der Frau geworfen hatte. Und einen Tisch.

Fearghus ließ seine Kleider zu Boden fallen, wie es seine Art war. Sie erwartete, dass er ins Bett gehen würde, aber er kam zur Wanne herüber und sah auf sie herab.

»Du wirst mich doch nicht untertauchen, oder?«

Endlich lächelte er. »Mach mal ein bisschen Platz.« Sie tat es, und er setzte sich hinter sie, die Beine an beiden Seiten von ihr ausgestreckt. »Zurück.«

Sie lehnte sich an Fearghus' Brust zurück.

»Fühlst du dich besser?«

»Jetzt, wo ich eine komplette Armee vernichtet und Hamishs verrottenden Leichnam in Brand gesteckt habe – geht es mir gar nicht so übel.«

»Gut.« Muskulöse Arme schlangen sich um sie, und Annwyl entspannte sich mit dem einzigen Wesen, in dessen Anwesenheit sie sich je würde entspannen können. »Wir haben Entscheidungen zu treffen, Schatz.«

»Ich weiß«, seufzte sie. »Ich weiß.«

»Bevor du mich kennengelernt hast, wolltest du da eine Familie? Kinder?«

»Um ganz ehrlich zu sein, hätte ich nicht gedacht, dass ich so lange leben würde. Also habe ich nie darüber nachgedacht. Du?«

»Manchmal. Aber es hat mir keine schlaflosen Nächte bereitet. Ich weiß aber, dass ich nicht gern benutzt werde.«

Und das war auch Annwyls größtes Problem mit alledem.

Götter, die sich einen Spaß mit ihrem Körper und mit ihrer und Fearghus' Liebe füreinander erlaubten. »Aye. Das nervt mich auch.«

»Dennoch …«

»Dennoch was?«

»Stell dir die Kinder vor, die wir hätten.«

Das hatte sie den ganzen Tag lang getan, wenn sie gerade nicht tötete natürlich. »Verfluchte Albträume von Blagen – das hätten wir, Fearghus.«

»Aye.«

»Killer«, fügte sie hinzu.

»Zerstörer.«

»Kriegsherren.«

»Auf jeden Fall.«

»Was willst du mir also sagen, Drache?«

»Wir würden sie aufziehen, wie wir es für richtig halten. Es wären *unsere*, Annwyl.«

»Aye. Sie wären zum einen Teil Fearghus der Zerstörer und zum anderen Teil Annwyl die Blutrünstige. Zwei der brutalsten und bösartigsten Wesen der neueren Geschichte, wie mir neulich ein alter Zauberer sagte, der auf der Durchreise war.«

»Aye. Das sind wir.«

»Und willst du wirklich das unheilige Produkt *unserer* Vereinigung auf die Welt loslassen?«

»Nein, Annwyl.« Er strich ihre nassen Haare zur Seite. »Ich will das unheilige Produkt unserer Vereinigung auf *sie* loslassen.«

Annwyl versuchte, sich aufzusetzen, aber Fearghus hielt sie mit festem Griff in seinen Armen, während er ihren Hals küsste. »Das kann nicht dein Ernst sein, Fearghus.«

»Warum nicht«, murmelte er an ihrem Hals. »Sie spielen mit uns, Annwyl, und sie tragen das Risiko für das, was dabei herauskommt. Sie riskieren es zu verlieren.«

»Was willst du also sagen?«

»Ich will sie mit einem Ziel im Hinterkopf aufziehen. Einem Zweck.«

»Du willst, dass sie die Götter herausfordern?«

Fearghus antwortete ihr nicht, sondern küsste sie vom Hals abwärts zu den Schultern.

»Das kann nicht dein Ernst sein«, sagte sie noch einmal. Nein, nein. Das war falsch. Es hatte in der Vergangenheit nur wenige gegeben, die die Götter herausgefordert hatten. Manche hatten verloren. Manche hatten knapp überlebt. Und sehr wenige hatten je gewonnen.

»Das haben sie verdient.«

Annwyl rückte von Fearghus weg. Sie musste es. Seine Küsse brachten sie vollkommen aus dem Konzept. Sie drehte sich in der großen Wanne um, damit sie ihrem Gefährten ins Gesicht sehen konnte.

»Du willst, dass wir Göttermörder aufziehen?«

»Nein. Ich will Krieger aufziehen, die keine Angst haben, Götter herauszufordern.«

»Hast du den Verstand verloren, Drache?«

»Nein, ich habe nicht den Verstand verloren. Denk darüber nach, Annwyl. Sie werden schon jetzt gejagt – anscheinend von allen. Genau wie du. Wenn das auch der einzige Grund ist, so müssen wir zumindest dafür sorgen, dass sie sich verteidigen können. Und irgendwann uns, wenn wir alt und tatterig sind.«

»Fearghus …« – sie lächelte schwach – »du bist verrückt geworden.« Aber die Idee gefiel ihr immer besser. Obwohl sie wusste, wie falsch es war – es war ihr egal.

»Man wird sie fürchten«, beharrte er.

»Eher hassen.«

»Respektieren. Niemand wird sie je benutzen. Sie werden nicht getötet werden. Sie werden zu böse sein, um zu sterben.«

»Ich dachte, das sei dein Vater.«

Grinsend packte Fearghus sie um die Hüfte und zog sie auf seinen Schoß. Sie spürte, wie sein steifer Penis gegen sie drückte. »Stell dir vor, Annwyl«, neckte er sie, während er ihren Körper mit seinen Händen streichelte und mit seiner Zunge entflammte, »Nachwuchs, den sogar mein Vater fürchten wird.«

»Na, na, Drache«, stöhnte sie und bäumte sich auf, als er sich langsam in sie schob, »du versuchst doch nur, mich zu beschwatzen.«

Briec spürte ein Tippen auf seiner Schulter und zwang sich, die Augen zu öffnen. Izzy stand neben ihm.

»Ist alles in Ordnung, Izzy?«

»Oh ja. Alles ist gut. Ich wollte nur sagen, dass ich ins Bett gehe.«

Briec rieb sich die Augen und setzte sich auf. Sehr frühes Morgenlicht ergoss sich durch die Fenster. Er blickte an sich hinab und sah erleichtert, dass er am Vorabend so erschöpft gewesen war, dass er sich angezogen auf sein Bett fallen lassen hatte und sofort eingeschlafen war. Gut. Sonst hätte das eine sehr unangenehme Situation sein können. »Du gehst jetzt ins Bett?«

»Wir haben viel geredet letzte Nacht. Deshalb bin ich erschöpft.«

»Na gut.« Er wusste immer noch nicht, warum sie das Bedürfnis verspürte, ihm das zu erzählen.

»Also gehe ich jetzt in mein Bett und werde dort *stundenlang* schlafen. Ich habe Mum alleingelassen.«

»Izzy!«, lachte Briec.

Sie hob die Hände. »Ich wollte nur sichergehen, dass alle genau wissen, was los ist. Und was los ist, ist, dass ich ins Bett gehe – in *mein* Bett – und meine Mutter ganz allein gelassen habe.«

»Iseabail.«

Sie schenkte ihm das Lächeln, das ihn immer an Talaith erinnerte, küsste ihn auf die Wange und hüpfte zur Tür.

»Izzy?«

Sie blieb direkt an der Tür stehen und sah ihn über die Schulter an. »Ja?«

»Ich bin froh, dass du wieder da bist.«

»Ich auch – Daddy.« Sie zwinkerte ihm zu und ging. Er hatte altkluge Kinder immer gehasst … bis jetzt.

Nein, er würde definitiv stolz sein, dieses verrückte kleine Mädchen »Tochter« zu nennen. Sie passte jetzt schon perfekt in seine Sippe, und seine Mutter würde sie lieben … und zwar nicht als Mahlzeit.

Briec wälzte sich vom Bett und ging direkt in Talaiths Zimmer. Die Felldecken bis zum Kinn hochgezogen, schlief sie tief und fest. Das überraschte ihn nicht, bei allem, was sie in den letzten zwei Tagen durchgemacht hatte. Er wollte sie nicht wecken, ihr aber nahe sein, zog sich die Kleider aus und schlüpfte zu ihr ins Bett. Dann schlang er ihr die Arme um die Taille und schmiegte sich von hinten an sie.

»Izzy?«

»Das ist doch lächerlich«, knurrte er.

Sie warf ihm über die Schulter einen Blick zu. »Es hätte schlimmer sein können. Ich hätte Gwenvael sagen können.«

»Und mich zwingen, meinen eigenen Bruder zu töten.«

Sie war in Sicherheit. Sie war zu Hause. Sie hatte ihre Tochter. Und sie hatte den arrogantesten Drachen im Universum. Sie hatte ihren Briec.

Götter, ist das Glück, was ich da fühle? Nein, nein. Besser nicht infrage stellen. Das würde nur ins Chaos führen.

»Und was trägst du da?«, wollte Briec wissen.

»Ein Nachthemd. Du kannst nicht von mir erwarten, dass ich nackt herumlaufe, wenn meine Tochter dabei ist, oder?«

»Natürlich nicht. Aber sie ist in ihr Zimmer gegangen und schläft.«

Sie setzte sich auf, damit Briec ihr das Nachthemd ausziehen konnte, ohne es zu zerreißen, was er ansonsten sicher getan hätte. Sie runzelte die Stirn. »Woher weißt du das?«

»Weil sie zu mir kam, um mir zu sagen, dass sie ins Bett gehen wollte – ihr eigenes Bett – und viele Stunden schlafen.«

Talaith barg das Gesicht in den Händen. »Warum muss dieses Kind mich nur immer in Verlegenheit bringen?«

»Das war nicht ihre Absicht.« Briec warf das Nachthemd auf den Boden, gefährlich nahe am offenen Kamin. Er zog die Silberkette aus, die er um den Hals hatte, und gab sie ihr wieder. Und er passte auf, dass der Anhänger, als sie sie umlegte, direkt zwischen ihre Brüste und an ihr Herz fiel. »Sie will, dass du glücklich bist, Talaith. Und sie weiß, dass ich der Einzige bin, der das für dich tun kann.« Er drückte sie wieder zurück aufs Bett.

»Sag mir, Drachenlord, macht deine Arroganz auch mal Urlaub?«

»Nein. Dein Mund?«

Er sah auf ihren jetzt nackten Körper hinab und schnurrte. Nein, diese Reaktion von ihm würde sie nie satt bekommen. »Viel besser. Ich mag dich nicht in diesen Dingern.«

Briecs veilchenblaue Augen richteten sich auf ihr Gesicht. »Solange wir ein Bett teilen, und das wird für immer sein, wirst du so etwas nicht tragen.«

»Tja, zufällig mag ich ›so etwas‹ und werde es tragen, wann immer und wo immer ich … würdest du bitte deine Hände da herausnehmen, während ich dich anschreie!«

»Nein. Und jetzt heb die Hände über den Kopf. Ich glaube, ich werde dich ans Bett fesseln.«

»Nein, ich werde die Hände nicht heben! Und glaub bloß nicht, dass ich dir durchgehen lasse, was du mir angetan hast!«

»Ich habe dir nichts angetan« – er hob eine Augenbraue – »noch nicht.«

»Ach? Und was ist mit diesem … diesem Ding?« Sie zeigte in Richtung ihres Rückens. Sie und Izzy hatten eine Stunde damit verbracht, mehrere Spiegel so zu positionieren, dass sie das Mal gut sehen konnte, das Briec ihr eingebrannt hatte. Die schwarzen Umrisse eines Drachenkörpers erstreckten sich von ihrer rechten Schulter über ihren Rücken; sein Schwanz schlängelte sich verführerisch um ihre Hüfte, die Spitze zeigte direkt auf ihr Geschlecht – was sie sich heimlich ansah, als Izzy etwas zu essen und Wasser holte. Nachdem sie über den ersten Schock hinweg war, ihren Körper mit so liebevollen Details gebrandmarkt zu sehen, hatte sie Izzy gegenüber am Ende zugeben müssen: »Es ist furchtbar hübsch, was? Der Mistkerl hat seine Sache gut gemacht.«

Nicht, dass sie ihm das je sagen würde. Sein riesiges Ego nahm schließlich schon mehr als genug Platz in ihrem Bett ein.

Er zuckte die Achseln. »Ich habe dich in Besitz genommen.«

»Und?«

»Und was?«

Sie schubste ihn an der Schulter. »Du hast mich nicht gefragt!«

»Ich hatte zu dem Zeitpunkt andere Dinge im Kopf, wenn du dich erinnern willst. Abgesehen davon« – er grinste sie lüstern an – »hättest du Nein gesagt?«

Was für ein eingebildeter kleiner … »Möglicherweise.«

Er schnaubte und lümmelte sich gegen das Kopfende. »Versuch's noch mal.«

»Du unausstehlicher …«

»Ich habe langsam genug davon. Komm« – er deutet auf seinen Schoß und seine stetig wachsende Erektion – »reite mich.«

»Nein.« Sie kniete sich hin und sah ihm ins Gesicht. »Wir sind noch nicht fertig.«

Sein lautes Seufzen schallte durch den ganzen Raum. »Was gibt es da zu diskutieren?«

»Du hast die Entscheidung für mich getroffen.« Er öffnete den Mund, aber sie hob eine Hand, um ihn zum Schweigen zu bringen. »Ich weiß, in dem Moment war alles außer Kontrolle, aber ich will, dass wir das jetzt klären. Falls ich bei dir bleibe …«

»Falls?«

Sie ignorierte seinen ungläubigen Aufschrei. »Falls ich bei dir bleibe, wird so etwas nicht noch einmal passieren. Niemand trifft mehr Entscheidungen für mich außer ich selbst. Wir können diskutieren und als Team zusammenarbeiten, aber weniger werde ich nicht akzeptieren. Wenn das ein Problem für dich ist, Briec der Arrogante, dann finden wir das besser jetzt heraus.«

Sie wartete auf seine Antwort, aber er starrte an die Decke.

»Also?«, drängte sie.

Er sah sie an. »Oh, hast du etwas gesagt?«

»Briec!« Sie boxte ihn gegen die Schulter.

Lachend schnappte er sie um die Taille und zwang sie auf den Rücken. Er legte sich auf sie und hielt sie mit seinem Gewicht fest, während er ihr ins Gesicht sah. »Glaubst du wirklich, ich will einen fügsamen, hirnlosen Weichling als Gefährtin? Die überlasse ich den Menschen.«

»Bist du sicher? Ich will nicht, dass du das drei-, vierhundert Jahre lang bereust.«

Er zog ein finsteres Gesicht, und sie wusste, dass sie zwei Monde vorher schreiend vor diesem Blick davongelaufen wäre. Jetzt dagegen spürte sie nichts als Lust. »Willst du mit mir streiten?«, knurrte er.

»Ja«, knurrte sie zurück.

»Für immer?«

»Ja.«

Briecs finsterer Blick wich einem sanften Lächeln. »Versprochen?«

Talaith strich ihm über die Wange. »Ja, Briec. Ich verspreche, dass ich den Rest meines Lebens damit verbringen werde, über alles mit dir zu streiten, egal über welches Problem, jeden Augenblick bis zum Ende unserer Tage.«

»Hör auf, Talaith.« Er küsste sie, bis er sie dazu gebracht hatte, gleichzeitig zu stöhnen und zu kichern. »Du machst mich wild mit deiner Wut und Feindseligkeit.«

Sie reckte sich zu ihm hinauf und flüsterte ihm ins Ohr: »Dann wirst du dich freuen, wenn ich dir sage, dass du deine verfluchten Finger von mir nehmen und verdammt noch mal aus meinem Zimmer verschwinden sollst.«

27

Morfyd war so in Gedanken an tausend verschiedene Dinge vertieft, nachdem ihr Bruder ihr erzählt hatte, dass er und Annwyl ihren Nachwuchs behalten wollten, dass sie Brastias nicht bemerkte, bis sie direkt in ihn hineinlief. Und selbst dann brauchte sie einen Moment.

»Entschuldige«, murmelte sie, immer noch in Gedanken.

»Du gehst mir aus dem Weg.«

Sie riss den Kopf hoch beim Klang dieser tiefen Stimme, die ihr bis in die Seele drang. »Oh. Brastias. Du bist es.«

»Aye. Ich bin es.«

»Tut mir leid. Ich hab's ziemlich eilig.« Sie versuchte, an ihm vorbeizukommen, aber er hielt ihren Arm fest und zog sie zurück.

»Du kannst mir nicht ewig aus dem Weg gehen, Morfyd.«

»Tue ich auch nicht.« Nur, dass sie ihm nicht in die Augen sehen konnte. »Es ist einfach so viel los im Moment. Ich habe keine Zeit …«

»War unser Kuss so unangenehm?«

»Was? Äh … nein.« Unangenehm war nicht das Problem. Aufzuwachen und zu merken, dass man sich gerade an einem Mann rieb wie eine Schlange auf Drogen, das war das Problem.

Er ging mehrere Schritte und hielt sie immer noch mit der Hand am Arm fest, sodass sie gezwungen war, rückwärts zu gehen. »Interessant. Wenn der Kuss nicht unangenehm war, dann kann ich nur vermuten, dass dich etwas anderes stört. Etwas, was uns betrifft.«

Sie spürte die kalte Steinwand in ihrem Rücken. »Hör mal, Brastias, ich …«

»Nein.«

Sie blinzelte. »Nein? Nein was?«

»Keine Diskussionen mehr. Es bringt nichts, oder?«

»Du hast recht«, gab sie resigniert zu. »Es bringt nichts.«

Er stützte seine großen Hände rechts und links von ihrem Gesicht an die Wand. »Das dachte ich mir.« Dann küsste er sie. Sein warmer Mund nahm ihren in Besitz. Sein harter Körper drängte sie gegen die Wand.

Und genau, als Morfyd dahinschmolz, hörte er auf.

»Wenn du so weit bist, Morfyd, weißt du ja, wo du mich findest.«

Verwirrt und schmerzerfüllt sah sie, wie er sich von ihr entfernte, doch bevor er drei Schritte gegangen war, packte sie ihn am Arm und zog ihn zurück. Sie lehnte sich an ihn und ließ ihre Lippen über seine gleiten.

»Es tut mir leid, Brastias. Ich wollte nicht, dass du glaubst, ich sei eine Schlampe ... oder wie meine Schwester.«

Er grinste. »Auf diese Idee würde ich nie kommen. Ich habe deine Schwester mit meinen Rittern erwischt.«

Sie verzog das Gesicht. *Verfluchtes Gör.*

»Aber all das zählt nicht.« Er trat vor und drängte sie in die dunkle Ecke. Seine großen Hände liebkosten ihr Gesicht. »Das Einzige, was zählt, sind du und ich.«

»Es gibt ein Du und ich?«

»Es wird eines geben.« Er küsste sie, und all die Gefühle, die sie verleugnet hatte, seit sie mit ihm am See aufgewacht war, brachen über sie herein. So stark, dass sie sie fast erdrückten.

Sie klammerte sich fest an ihn, wimmerte in seinen Mund und genoss das Gefühl seiner Hand, die durch die dicke Wolle ihrer Gewänder ihre Brust griff. Wenn es sich mit Kleidern so gut anfühlte, wie wundervoll musste es dann völlig nackt sein?

Kurz bevor sie ihn in ihr oder sein Zimmer zerren wollte – welches eben näher lag –, stieß sie einen erschrockenen Schrei aus, als etwas fest ihr Handgelenk ergriff und sie von Brastias wegriss.

»He!«, blaffte Brastias und wirbelte herum, bereit zu kämpfen. Aber er hielt inne und starrte nur, und Morfyd sah hinauf … in das Gesicht von Gwenvael. Bei den dunklen Göttern: Er war wütend. Sehr wütend.

»Du. Lass deine Finger von meiner Schwester!«

»Entschuldige bitte«, sagten sie und Brastias gleichzeitig.

»Ihr habt mich verstanden. Ihr beide. Sie ist nicht irgendein Flittchen, Mensch. Also halte dich von ihr fern.«

Morfyd wusste nicht, was sie sagen sollte. Gwenvael war in den vergangenen Jahren oft mit Brastias trinken gegangen. Es war ihr immer vorgekommen, als seien sie gute Freunde. Außerdem war es *Gwenvael.* Um ihre eigene Mutter zu zitieren: »Keine Muschi, die er nicht geliebt hat.«

»Gwenvael, hast du den Verstand verloren?«

»Du bist meine Schwester, Morfyd. Nicht irgendeine Hure, die man auf der Straße aufliest … oder Keita.« Da ging es ihr plötzlich auf – Gwenvael wollte sie beschützen! Sie hätte nicht gedacht, dass er je das Bedürfnis haben würde, jemanden oder etwas zu beschützen. Noch einmal … *es war Gwenvael!*

Ihr kleiner Bruder richtete warnend den Zeigefinger seiner freien Hand auf Brastias, denn dieser schien fest entschlossen, sie nicht loszulassen. »Du hältst dich einfach von meiner Schwester fern. Oder wir haben ernsthafte Probleme, General.« Sie zuckte zusammen, als sie hörte, wie er die letzten Worte höhnisch schnaubte.

Gwenvael ging und zerrte Morfyd hinter sich her. Sie blickte zurück auf den schockierten Brastias und betete, dass er von ihren Lippen lesen konnte, denn sie konnte nicht riskieren, dass Gwenvael sie hörte.

Lautlos flüsterte sie: »Später.«

Nach seinem erleichterten Lächeln zu urteilen, konnte er sehr gut von ihren Lippen lesen.

»Hör auf!« Talaith umrundete das Bett in dem Versuch, es immer zwischen sich und Briec zu halten. »Sie warten auf uns.«

»Sie können warten. Komm her.« Er bewegte sich weiter, genau wie sie.

»Es ist uns zu Ehren, Briec!« Annwyl hatte darauf bestanden, dieses Festmahl zu Ehren ihrer Vereinigung zu geben. Es war eine nette Geste von ihrer Freundin. »Wir dürfen es nicht verpassen!«

»Wer hat etwas von verpassen gesagt? Ich rede nur von einem dramatischen Auftritt ... in ein oder zwei Stunden.« Wieder umrundete er das Bett und sie tat es ihm gleich.

»Das ist lächerlich.« Sie richtete sich auf. »Ich bin eine erwachsene Frau mit einer Tochter, die fast siebzehn Winter alt ist.«

»In sechs Monaten.«

»Und ich weigere mich, mich um ein Bett jagen zu lassen wie eine unerfahrene Jungfrau!«

»Gut.« Er kam wieder auf sie zu, und Talaith schrie auf und lief davon. Er erwischte sie an der Tür, und sie wusste, dass sie verloren war, wenn er es schaffte, mit seinen Händen unter ihr Kleid zu kommen. Aber bevor er seine Hände irgendwo hinbekommen konnte, klopfte es an der Tür.

»Verpiss dich«, bellte er die Tür an.

»Herein!«, übertönte sie ihn.

Sie schlug nach seinen Händen, als die Tür aufging. Als Izzys süffisant grinsendes Gesicht auftauchte, trat Briec einen Schritt von Talaith zurück. »Ich habe dir doch gesagt, du sollst die Finger von mir nehmen, Frau ... ich bin ein respektabler Drache. Nicht irgendeine Hure, die du auf der Straße aufgelesen hast.«

»Briec!« Sie boxte ihn gegen die Schulter. »Das ist nicht lustig!«

»Es tut mir leid, dass ich Briecs Misshandlung unterbrechen muss, Mum.«

»Iseabail!« Die beiden zusammen waren absolut unmöglich.

»Aber ich muss mit dir über etwas reden. Etwas Wichtiges.«

»Natürlich. Komm herein.«

»Soll ich gehen?«

»Oh, nein. Überhaupt nicht«, antwortete Izzy mit einem Kopfschütteln auf Briecs Frage. »Eigentlich würde ich gerne mit euch beiden reden.« Sie schloss die Tür.

Briec setzte sich aufs Bett, und Talaith blieb an der Tür stehen. Sie konnte sehen, dass Izzy allen Mut für das Gespräch zusammennahm, was Talaith mehr als nur ein wenig beunruhigte.

Endlich, nachdem sie tief Luft geholt und sich die Hände an der Hose abgewischt hatte, was eine nervöse Angewohnheit von Talaiths Tochter war, drehte sich Izzy zu ihnen um. »Ich sage es einfach.«

»Das ist wahrscheinlich das Beste«, ermutigte sie Talaith und gab sich größte Mühe, nicht in Panik zu geraten.

Ihre einzige Tochter lächelte. »Ich habe mich Annwyls Armee angeschlossen.«

»Was hast du?«

Briec trat zwischen Mutter und Tochter, bevor Talaith ihre Hände um den Hals des Mädchens legen konnte.

»Vielleicht sollten wir das in Ruhe besprechen.«

»In Ruhe? Was gibt es da in Ruhe zu besprechen?« Sie schob Briec beiseite. »Du gehst jetzt sofort nach unten, Iseabail, und sagst Annwyl, dass du einen Fehler gemacht hast.«

Schluckend schüttelte ihre Tochter wieder den Kopf. »Nein.«

»Was meinst du mit Nein?«, knurrte Talaith. Hatte sie alles riskiert, damit dieses Kind sein Leben auf dem Schlachtfeld dieser verrückten Wilden schenken konnte, die in letzter Zeit zu einer ihrer besten Freundinnen geworden war?

»Ich denke, ich bin alt genug, um diese Entscheidung zu fällen. Ich hoffe, dass ich eines Tages Teil von Annwyls Elitegarde werde. Aber wenn ich Glück habe erst einmal ihr Knappe.« Ihre Tochter richtete sich auf. »Und ich fange morgen mit der Ausbildung an.«

»Nein, du wirst *nicht* morgen mit der Ausbildung anfangen. Morgen schicke ich dich in irgendeinen Tempel, damit du Priesterin wirst. Oder sonst etwas Ungefährliches.«

»Nichts ist sicher auf dieser Welt. Ich habe keine Magie wie du, Mum. Ich habe nur kräftige Schenkel, ein Rückgrat aus Stahl und ungefähr sechshundert Jahre auszufüllen. Wenn du denkst, ich habe vor, diese Zeit gebückt und kratzfußend zu verbringen, hast du dich schwer getäuscht.«

»Ich werde nicht zulassen, dass meine Tochter der Knappe dieses blutrünstigen Weibsstücks wird!«

»Du hast erst heute Morgen noch mit ihr gegessen und gelacht.«

»Wir reden hier nicht über mich!«

»Du bist unlogisch.«

»Das liegt mir im Blut, Schätzchen. Gewöhn dich daran.«

»Ein Jahr.«

Mutter und Tochter sahen Briec an, der sich entspannt auf dem Bett zurückgelehnt hatte.

»Was?«, fuhr ihn Talaith an; sie konnte die Bilder von ihrer Tochter mit einem Schwert in der Brust in ihrem Kopf nicht stoppen.«

»Gib dem Ganzen ein Jahr. Das erscheint mir fair, was meinst du, Izzy?«

»Aye«, antwortete diese eifrig.

»Talaith?« Er sah sie an, und sie spürte, wie ihre Augen schmal wurden. Sie hätte ihn aus dieser Entfernung töten können.

Wenn sie jetzt anfing zu diskutieren, sah sie aus wie ein richtiger Trottel. Und der arrogante Mistkerl wusste das. »Also gut. Ein Jahr.«

»Ja!« Iseabail umarmte ihre Mutter und gab ihr einen dicken, nassen Kuss auf die Wange. Dann rannte sie zu diesem Verräter hinüber, der sich ihr Gefährte nannte, und küsste ihn auf die Stirn.

»Ich muss mich umziehen gehen. Ich hoffe, heute Abend wird getanzt!«

Sobald die Tür zu war, wandte sich Talaith zu Briec um. »Warum hast du das getan?«

»Weil es sinnvoll war.«

»Was ändert ein Jahr?«

»Jetzt, wo Annwyl beschlossen hat, ihre und Fearghus' Dämonenbrut zu behalten, wird sie mindestens ein Jahr, wahrscheinlich eher zwei, keine Schlachten in anderen Reichen anzetteln.«

Da hatte er recht ... *der Mistkerl.*

»Und was ist dann nach einem Jahr?«

Briec stand auf. »Sei realistisch, Talaith. Wenn es nicht das Richtige für sie ist, wird sie das in einem Jahr wissen, wenn nicht sogar früher.«

»Und wenn es das Richtige für sie ist?«

»Dann lässt du sie es am besten tun.«

»Aber ...«

Er nahm ihre Hand. »Wenn du es nicht tust, verlierst du sie. Genau wie deine Mutter dich verloren hat. Und genau wie du wird Izzy bekommen, was sie will, selbst wenn sie sich eine andere Armee suchen muss, der sie sich anschließen kann. Aber das wäre nicht Annwyls Armee, wo sie sie behandelt wird wie die Tochter eines Mitglieds des Königshauses, die sie ja schließlich auch ist.«

Schon wieder richtig. *Mistkerl.* Aber sie musste trotzdem lachen. »Meine Familie gehört nicht zum Königshaus.«

»Nein, aber meine. Und Izzy ist jetzt eine von uns … genau wie du.«

»Oh.«

Briec machte einen Schritt auf sie zu. »Das wusstest du doch, oder?«

Talaith machte einen Schritt rückwärts. »Ähm, na ja, ich hatte eigentlich nie darüber nachgedacht.«

»Du wurdest von mir markiert, Talaith. In Besitz genommen. Das bedeutet, dass wir ein Paar sind. Fürs Leben. Izzy ist meine Tochter. Ich bin vielleicht nicht ihr leiblicher Vater, aber sie ist meine Tochter. Ich werde sie beschützen und lieben.«

»Oh.«

»Das sagst du ständig.«

Er kam weiter auf sie zu, und sie zog sich weiter zurück. »Ich habe einfach nicht die ganzen Auswirkungen unserer, äh, Beziehung gesehen.«

Ihr Rücken knallte gegen die Wand, und plötzlich waren Briecs Arme rechts uns links von ihr und hielten sie gefangen. »Siehst du die Auswirkungen jetzt, *Prinzessin*?«

»Äh …«

Bevor sie antworten konnte, klopfte es schon wieder an der Tür, und sie war sich sicher, dass Briec die Burg in Brand setzen würde. Aber er brüllte nur: *»Was denn?«*

Éibhear streckte den Kopf herein. »Wo ist Izzy?«

»Sie ist zurück in ihr Zimmer gegangen. Warum?«

»Nur so. Sie hat etwas, das mir gehört.« Er grinste sie an. »Macht weiter.«

Die Tür ging zu, und Briec richtete seinen Blick wieder auf Talaith. »Das war's. Wir gehen.«

»Was? Wohin?«

»In meine Höhle. Wir brechen morgen auf.«

»Ich glaube nicht, dass …«

»Nicht für immer, Talaith. Aber ich brauche ein bisschen

Zeit allein mit dir. Ich habe meine Sippe langsam satt. Sehr, *sehr* satt.«

»Na ja, wenn du es so sagst …«

»Gut.«

»Aber wir können nicht lange fortbleiben. Ich will für Annwyl da sein. Ich fürchte mich davor, was sie anderen antun könnte, wenn sie nicht ruhig gehalten wird.«

Er verdrehte die Augen. »Wenn es sein muss.«

»Und Izzy …«

»Noch ein Grund für uns, eine Weile zu verschwinden, meinst du nicht? Es wäre keine gute Idee, wenn du hier wärst, wenn sie ihre Ausbildung beginnt.«

Damit hatte der Drache bestimmt nicht unrecht. »Na schön. Aber wie ich gesagt habe. Nicht lange.«

»Gut. Und jetzt« – er beugte sich vor – »küss mich.«

»Briec«, sie zog den Namen in jammerndem Tonfall lang. »Das geht nicht.« Aber seine Hände waren bereits unter ihrem Kleid, glitten an ihren Beinen hinauf und über ihre nackten Hüften. Für ihn trug sie nichts unter ihren Kleidern, wenn sie allein in ihrem Schlafzimmer waren, bis auf ihren Dolch in seiner Scheide – auf den er bestand –, und er grinste anerkennend. Er hielt ihre Oberschenkel fest, hob sie an und legte ihre Beine um seine Taille. Dann zog der Drache seine Lederhose bis zu den Knien herunter. Sie spürte, wie sein Glied sich an sie presste, heiß, hart und pulsierend. Ihre Hände legten sich um seinen Hals, ihre Stirn ruhte an seiner.

Keuchend sahen sie sich in die Augen, während er sich langsam in sie bohrte, einen köstlichen Zentimeter um den anderen. Sie stöhnte, und er brachte sie zum Schweigen, indem er sagte: »Du weißt nicht, wer auf der anderen Seite der Tür stehen könnte, kleine Hexe«, flüsterte er und schob noch mehr von sich in ihren willigen Körper. »Jeder könnte uns hören.«

Seine Worte ließen sie schaudern, und sie klammerte sich

enger an ihn. Sie biss sich auf die Lippen, um keinen Lärm zu machen, als er den letzten Zentimeter seiner Erektion in sie rammte.

»Denk daran«, grollte er an ihrem Ohr, »du musst still sein.«

Nicht so einfach, wenn er seine harte Erektion zuerst aus ihren Tiefen zog und sie dann gleich wieder hineinstieß. Wieder und wieder und wieder.

Heisere Laute kamen gegen ihren Willen aus ihrer Kehle, was ihren Drachen nur weiter antrieb. Wie üblich gewährte er ihrem Körper keine Gnade, und es fühlte sich wundervoll an. Sie grub ihre nackten Fersen in seinen Rücken und ihre Hände in sein Haar. Ihr Höhepunkt kroch ihr das Rückgrat hinauf, breitete sich in ihrem Körper aus wie Feuer. Sie konnte sich nicht zurückhalten und öffnete den Mund, um zu schreien, aber Briec bedeckte ihren Mund sofort mit seinem. Seine Zunge schlang sich um ihre und er stöhnte, als sie explosionsartig kam. Briec hielt sie fest umschlungen, wiegte sich mit ihr, und sie spürte, dass er es genoss, wie ihr Geschlecht ihn fest umklammerte.

Er machte weiter, bis ein zweiter, noch mächtigerer Höhepunkt sie erbeben ließ, und dann, ebenfalls laut stöhnend, kam Briec. Er schoss heiß und hart in sie, flüsterte ihren Namen an ihrem Hals und zitterte, als der Höhepunkt seinen Körper aufzehrte, und zumindest für den Augenblick auch seine Kraft.

»Schau, was du mit mir gemacht hast, kleine Hexe.« Briec knabberte an ihrer Wange. »Du hast mich geschwächt.«

Sie lachte. Er hielt sie so mühelos wie ein Baby. »Ich glaube nicht, dass ich irgendetwas geschwächt habe, Drache. Du erscheinst mir immer noch ziemlich stark.«

Lächelnd küsste er ihre Nase und Stirn und setzte sie sanft auf dem Boden ab. »Rühr dich nicht.« Er ging weg, aber nur für einen Moment, um ein Tuch und frisches Wasser zu holen.

Sie hielt ihr Kleid hoch, während er sie langsam säuberte. Dann erwies sie ihm den gleichen Dienst. Bevor sie es sich versah, hatte er sie schon wieder an die Wand gedrückt.

»Oh nein.« Sie schlüpfte unter seinem Arm hindurch und ging auf die Tür zu. »Wir fangen nicht noch mal damit an. Ich bin mir sicher, dass schon alle auf uns warten.«

Sie riss die Tür auf und fand dort Gwenvael, der hastig sein Ohr zurückzog, das er an das Holz gepresst hatte. Er grinste sie an, und sie wusste, dass er höchstwahrscheinlich alles gehört hatte.

»Oh«, sagte er und versuchte überrascht zu klingen. »Hallo Schwester. Ich suche Briec. Ich glaube, wir müssen uns über Morfyd und Bras – *au*!« Er hielt sich die blutende gebrochene Nase. *»Was sollte das denn?«*

Izzy drehte sich vor dem Spiegel und musterte sich in dem Kleid, das Briec extra für sie hatte anfertigen lassen. Sie schüttelte den Kopf, zog die linke Schulterpartie vorsichtig herunter und verzog das Gesicht, als der Schmerz durch ihren Körper tanzte. Sie sah sich das noch nicht verheilte Drachenbrandzeichen an, das in die Haut an ihrer Schulter gebrannt war. Sie wusste wirklich nicht, ob das Kleid das verdammte Ding verbergen würde.

Obwohl es viel weniger schmerzte als in dem Moment, als sie zurückgekehrt war, würde es nicht leicht werden, es vor ihrer Mutter zu verbergen.

»He!«

Izzy fuhr herum, als Éibhear ihre Tür mit einem Tritt öffnete und hereinmarschiert kam. »Wo ist es, du kleine Rotzgöre?«

»Wo ist was?«

»Mein Schwert. Gwenvael hat gesehen, wie du es geklaut hast. Also spar dir die Mühe zu lügen.«

»Warum sollte ich lügen? Es war nur mal wieder eine Wette, die Gwenvael verloren hat. Er sagte, ich könne es dir nicht noch einmal wegnehmen. Wie immer hatte er kein Vertrauen in mich.«

»Gib es her!«

»Maul mich nicht an, weil ich dir dein Schwert weggenommen habe. Wenn du besser darauf aufpassen würdest …«

»Gib es mir. Ich habe heute mit Gwenvael noch etwas vor, bevor er in die Nordländer aufbricht, und ich werde meine Zeit nicht mit dir verschwenden.«

»Na toll!« Sie stapfte zu ihrem Bett, griff darunter und beförderte die schwere Waffe hervor. »Wie du nicht bemerken konntest, dass ich es genommen habe, wird mir immer ein Rätsel bleiben. Ich habe es dreimal fallen gelassen.«

»Ich war mitten in einem Gespräch.«

»Mit dieser reichen Hure?«

Éibhear sparte sich eine Antwort und riss ihr stattdessen das Schwert aus der Hand. »Halt dich von meinen Sachen fern, Dämonenbrut!«

»Geh. Du langweilst mich jetzt schon.«

Sie drehte sich von ihm weg, aber er schnappte ihren Arm und riss sie zurück. Izzy war kurz davor, ihr Messer aus ihrem Stiefel zu ziehen, als ihr auffiel, dass ihr Kleid an der linken Schulter immer noch heruntergezogen war.

»Izzy, wo zum Teufel hast du das her?«

Sie versuchte, ihren Arm loszureißen. »Das geht dich nichts an.«

Éibhear schüttelte sie, und sie hörte auf, sich zu winden. »Antworte mir.«

Izzy senkte den Blick. »Es ist das Mal von Rhydderch Hael.«

»Warum hast du es?« Als sie nicht antwortete, stieß Éibhear sie weg. »Was zum Teufel hast du getan?«

Sie gab keine Antwort, aber er erwartete auch gar keine. »Ich hole Talaith.«

Sie hielt ihn fest, bevor er die Tür erreichte. »Wenn du das tust, mache ich dir das Leben zur Hölle!«

»Das tust du doch sowieso schon.« Er schob sie von sich, aber schnell wie sie war, sprang sie zwischen ihn und die Tür, bevor er sie öffnen konnte.

»Bitte, Éibhear.«

»Ich kann das deiner Mutter nicht verschweigen, Prinzessin.«

»Nenn mich nicht so!« Er hatte vor ein paar Tagen angefangen, sie so zu nennen, und sie hatte keine Ahnung, warum. Sie wusste nur, dass sie es nicht mochte, wie er es sagte.

»Geh aus dem Weg!«, befahl er.

»Sie wird weglaufen«, stieß sie verzweifelt hervor.

Éibhear hielt inne.

»Wir wissen beide, dass sie das tun wird. Und sie wird mich mitnehmen.« Als Éibhear sich nicht rührte, sprach sie weiter. »Im Moment fühlt sie sich sicher, weil sie das Gefühl hat, *ich* sei sicher. Sie ist endlich glücklich. Briec macht sie glücklich, genauso wie sie ihn glücklich macht. Aber wenn sie auch nur eine Sekunde glaubt, dass ich in Gefahr sei oder dass sie mich schon wieder an einen Gott verlieren könnte … dann läuft sie davon. Zurück nach Alsandair. Und ihr würdet uns niemals finden.«

»Das glaubst du wirklich, oder?«

»Sie mag jetzt vielleicht die Heilkunst erlernen, Éibhear, aber mach dir über meine Mutter nichts vor. Sie ist immer noch eine ausgebildete Assassinin, die alles tun würde um zu überleben. Und sie würde absolut alles tun, um mich zu schützen.«

Endlich ließ er die Türklinke los. »Warum hast du das getan, Izzy?«

»Ich hatte keine Wahl. Es war der einzige Weg, um sie lebend zurückzubringen. Aber das darf sie nie wissen.«

»Was hast du ihm versprochen?«

Sie zuckte die Achseln. »Alles.«

Éibhear stieß einen tiefen Seufzer aus. »Verdammt, Izzy!«

»Ich weiß. Aber was hätte ich tun sollen? Sie ist meine Mutter.«

Éibhear nickte. »Ich verstehe.«

»Dann sagst du ihr nichts?«

Er schüttelte den Kopf, und sie hätte ihm gern mit den Händen durch seine blaue Mähne gestrichen. Er hätte so bezaubernd ausgesehen mit Kriegerzöpfen. Aber jedes Mal, wenn sie versuchte, ihn anzufassen, schleuderte er sie praktisch quer durch den Raum.

»Danke.«

»Aber hör mir gut zu, kleines Mädchen. Wenn er versucht, etwas von dir zu verlangen, bevor du achtzehn Winter alt bist, werde ich zu deiner Mutter und zu Briec gehen.«

Sie nickte. »In Ordnung.« Irgendwie wusste sie, dass es Jahre dauern würde, bis Rhydderch Hael sie rief. Er wollte sie ausgebildet und bereit. Und sie würde es sein.

»Dann geh. Schnüre dein Kleid fest. Sorge dafür, dass man das Ding nicht sieht. Und wir sehen uns unten.«

Er öffnete die Tür, und Izzy fragte: »Tanzt du dann heute mit mir?«

Seine Schultern spannten sich, und ohne sich auch nur umzudrehen, brummte er: »Vielleicht in noch einmal sechzehn Jahren, Prinzessin.«

Sie wartete, bis er draußen im Flur war, bevor sie antwortete: »Kein Problem. Ich kann warten.«

Grinsend schloss sie die Tür, aber erst, als sie gesehen hatte, wie er mit dem Gesicht voraus gegen die Wand rannte.

Briec packte sie gerade noch rechtzeitig. »Nein, Talaith!«

»Ich bringe ihn um!«

Er verdrehte die Augen. Er hätte nicht ausschlafen sollen. Bis sie unten waren, um zu seiner Höhle aufzubrechen, hatte Izzys Ausbildung bereits begonnen. Zu sehen, wie ihre Tochter versuchte, richtig mit Schild und Lanze umzugehen und dabei immer wieder zu Boden geworfen wurde, war nicht förderlich für Talaiths gute Laune.

»Du kannst nicht hingehen, Talaith.«

»Aber er ist nicht einmal einer der Ausbilder!«

Das stimmte. Sie wollten vermutlich Izzys Kraft testen, damit sie wussten, in welche Klasse sie gehörte, also ließen sie sie gegen einen der älteren Jungen kämpfen. Einen Jugendlichen mit weißblonden Haaren und einem fast permanenten höhnischen Grinsen. Einen, den seine kleine Izzy zurückgewiesen oder verspottet hatte, schätzte Briec. Der Junge schien großen Spaß daran zu haben, Briecs Tochter in den Schmutz zu schubsen.

Annwyl, die auf dem Zaun gesessen und den Übungen zugesehen hatte, sah Talaith und rief sofort eine Pause aus.

»Iseabail, Tochter der Talaith. Geh und sage deiner Mutter auf Wiedersehen.«

Izzy ließ ihren Schild und die Lanze fallen und rannte zu den beiden hinüber. Für ein Mädchen, das den größten Teil des Vormittags Dreck gefressen hatte, sah sie überraschend glücklich aus. Talaith dagegen würde nicht glücklich sein, wenn ihr aufging, dass Izzys Jahr viel länger dauern würde. Das Mädchen hatte eindeutig seinen Weg gefunden.

»Gute Reise.« Izzy umarmte und küsste ihre Mutter. »Ich werde euch vermissen.« Sie stellte sich auf die Zehenspitzen, um Briec zu umarmen und dankte ihm mit einem raschen Kuss auf die Wange.

»Izzy, bist du sicher …«

Izzy ächzte und umarmte ihre Mutter noch einmal. »Du hast mir ein Jahr versprochen, Mum.«

»Schon gut, schon gut. Also, denk daran, ich bin nur einen Gedanken weit entfernt. Wenn du mich für irgendetwas brauchst, kann Morfyd Kontakt zu mir aufnehmen. Wir werden nicht lange fort sein.«

»Lasst euch Zeit. Ich bin überzeugt, ihr zwei braucht ein bisschen Zeit für euch.« Sie zwinkerte Talaith zu, und Briec dachte, seine arme Gefährtin würde vor Verlegenheit aus der Haut fahren.

»Iseabail!«

Lachend ging Izzy zurück, bevor ihre Mutter ihr einen Klaps auf den Kopf geben konnte. »Ich mache nur Spaß.«

»Iseabail«, rief Annwyl. »Geh zurück auf den Platz.«

»Ich muss gehen. Kommt gut an.«

Izzy machte einen Schritt von ihr weg, aber Talaith hielt ihre Tochter am Arm fest. Briec stöhnte innerlich. Er hatte gedacht, dass er sie endlich überzeugt hätte, dass dies das Richtige war – irgendwann, nachdem er sie in der Nacht zum vierten Mal zum Höhepunkt gebracht hatte. Er hätte es besser wissen müssen.

»Mum« – Izzy sah über die Schulter zu all jenen, die auf ihre Rückkehr warteten – »bitte.«

Talaith holte tief Luft und sagte: »Der Junge, mit dem du kämpfst. Seine Schwäche ist die linke Seite. Schalte den kleinen Mistkerl am Knie aus.«

Mit einem kurzen Blick zu ihrer Mutter und dann zu Briec zuckte Izzy die Achseln. »Äh, also dann.« Sie lächelte. »Das werde ich tun.«

»Gut. Und jetzt los und viel Glück.«

Izzy nickte und ging. Sie war auf halbem Weg zum Übungsplatz, als sie umdrehte und zu ihrer Mutter zurückrannte. Sie warf sich in ihre Arme, und Briec hörte sie eindringlich flüstern, wobei sie ihre Mutter fest umarmte: »Ich liebe dich, Mum.«

Damit ließ sie Talaith los und rannte auf den Übungsplatz, wo sie sofort Ihre Lanze und den Schild aufnahm und von vorn begann.

Briec legte die Arme um seine Frau. Er spürte ihr Bedauern, aber auch ihren Stolz. Vor allem, als Izzy ihren Gegner rechts antäuschte, um ihm das linke Knie mit der Lanze wegzuschlagen. Schreiend ging er zu Boden.

»Lasst uns gehen, bevor ich sie da herausreiße.«

»Gute Idee.« Er nahm ihre Hand und ging in Richtung der Ställe. Erst als sie an den Ställen vorbei waren, fing sie an, sich zu wehren.

»Oh, Götter! Nicht wieder fliegen!«

»Ich habe gehört, du bist schon eifrig auf meiner Schwester geritten.«

»*Den* Satz will ich nie wieder von dir hören.«

»Du erwartest doch nicht von mir, dass ich zu Fuß zu meiner Höhle gehe, oder?«

»Aber es gibt Pferde!«

»Ich habe Pferde.«

»Ach ja?«

»Natürlich. Sie gehören zu meinen Lieblingsspeisen.«

»Jetzt versuchst du nur, mich zu ärgern!«

»Und funktioniert es?«

»Ja.«

»Gut. Dann ist meine Arbeit hier getan.«

Er schaffte es bis zur Lichtung, wo er sich rasch verwandelte, ohne sich die Mühe zu machen, seine Kleider auszuziehen, bevor Talaith versuchte, davonzulaufen. Gut, dass er so schnell war. Sein Schwanz fing sie gerade noch rechtzeitig ein.

Er hob sie hoch und ließ sie auf seinen Rücken fallen. »Mach es dir gemütlich, meine Liebe.«

»Ich hasse dich.«

»Merk dir das Gefühl, süße Talaith. Du wirst es brauchen, wenn ich dich in meiner Höhle habe und die ganze Nacht vögle.«

»Nur, damit wir uns richtig verstehen, Drache: Du bist eines meiner meistgehassten Wesen.«

Er drehte um und sah sie über seine Schulter hinweg an. »Aber du liebst mich doch. Oder, Talaith?«

Sie belohnte ihn mit einem warmen, schönen Lächeln. Und das war wirklich eine Belohnung. »Natürlich liebe ich dich. Du bedeutest mir alles, Briec.«

Er grinste. »Natürlich. Ich bin schließlich Briec der Mächtige.«

Sie lachte prustend, während sie es sich auf seinem Rücken bequem machte. »Ich bin direkt hineingelaufen, was?«

»Aye, meine süße Talaith. Das bist du auf jeden Fall. Wie in einen brutalen Hinterhalt auf einem schneebedeckten Berggipfel.«

Sie räusperte sich. »So etwas hast du tatsächlich einmal gemacht, oder?«

»Oh ja. Willst du, dass ich dir davon erzähle?«, fragte Briec, als er sich in die Luft erhob.

»Nein!«

»Na gut. Du musst nicht garstig werden. Wirst du auch noch so sein, wenn wir nach Hause kommen?«

»Ja. Das habe ich vor. Ich werde dir das Leben zur Hölle machen.«

»Wie kommst du darauf, dass du das nicht jetzt schon tust?«

»Vielleicht durch die Art, wie du meinen Namen stöhnst, o Arroganter.«

Er segelte an Bäumen vorbei, und Talaith bemerkte es nicht einmal, so beschäftigt war sie damit, mit ihm zu streiten. Gut. Bis sie zu Hause waren, würde sie so feucht und bereit für ihn sein, dass sie es vermutlich nicht einmal bis ins Bett schafften.

»Das ist kein Stöhnen, kleine Hexe. Es ist eher eine Beschwerde.«

»Ha! Die Kontrolle in dieser Beziehung hast du nur in deinen Träumen, mein Liebling.«

»Wir werden sehen, wer die Kontrolle hat, wenn ich dich zu Hause ans Bett fessle.«

»Dann musst du mich zuerst einmal fangen, Drache. Und ich bin ziemlich gut im Wegschleichen. Das ist eines meiner Talente.«

»Ich dachte, dich zu beschweren und dich zu verlaufen seien deine Talente ... au! Zieh mich nicht an den Haaren!«

»Dann mach mich am besten nicht wütend, Briec der Arrogante.«

Briec lachte. »Und wo wäre dann der Spaß dabei, mein Schatz?«

Epilog

Gwenvael seufzte unendlich gelangweilt; seine Krallen kratzten über den felsigen, schneebedeckten Boden.

Es gab tausend Dinge, die er lieber getan hätte. Aber Annwyl hatte ihn um diesen Gefallen gebeten, und er konnte ihn ihr nicht abschlagen. Nun ja, normalerweise konnte er das schon und tat es auch, aber diese Frau wurde immer mehr zu einer Giftschlange, je länger ihr augenblicklicher »Umstand« dauerte. Die vergangenen sieben Monate ihrer Schwangerschaft mit den Dämonenzwillingen, wie Briec es so eloquent formuliert hatte, waren für niemanden leicht gewesen. Morfyd hatte das Schlimmste abbekommen, und Fearghus hatte lernen müssen, dass man *doch* zu viel vögeln konnte. Offenbar war die Menschenfrau absolut unersättlich geworden, und Fearghus war nirgends sicher: weder in den Gängen der Burg noch beim Jagen in den Wäldern der Umgebung. Die Frau stellte dem Drachen nach wie ein Elch in der Brunftzeit.

Gwenvael hatte angeboten, Fearghus bei seiner momentanen »Bürde« auszuhelfen und hätte fast seinen Kopf verloren. Götter, seine Familie hatte einfach keinen Sinn für Humor, und bis Annwyl gebar, was auch immer in ihrem Bauch wuchs, war mit ihr auch nichts anzufangen.

Wenn Gwenvael also genauer darüber nachdachte, war das vermutlich das Beste. Ein hübscher Marsch in die Nordländer und weg von der Blutkönigin.

Natürlich war er in den vergangenen Monaten oft in den Nordländern gewesen, aber nie so weit in den Bergen der Verzweiflung oder so nahe am Meer des Todes oder der See der

Qual und des Leids. Ach ja, diese Barbaren hatten so prägnante Namen für ihre Wahrzeichen.

Gwenvael roch die frische Meeresbrise und wäre zu gerne hineingetaucht und weit, weit von diesem Ort fortgeschwommen.

Die Reinholdt-Burg. Der klammste, deprimierendste Ort, den er je gesehen hatte, aber die Barbaren der Nordländer waren nicht für ihre Eleganz bekannt. Selbst die Drachen, die hier lebten – alle Nachfahren der Blitzgötter und einst Todfeinde seiner Sippe – kämpften hart und hatten ein noch härteres Leben.

So schien es zu sein in diesem kalten, einsamen Land und bei seinen Bewohnern.

Um die Depression aufzuhalten, die ihn zu überwältigen drohte, erinnerte sich Gwenvael daran, dass er auch zu Hause auf Garbhán hätte sein können und mal wieder wegen einer Nichtigkeit, die er gesagt hatte, ein Schwert abwehren müsste, das nach seinem Kopf geworfen wurde.

Stattdessen war er hier, um den legendären Sigmar Reinholdt und seine dreizehn starken Söhne zu treffen, von denen man einen Die Bestie nannte. Wenn man dem örtlichen Tratsch glauben schenken durfte, war Die Bestie das furchteinflößendste Wesen auf zwei Beinen und hatte sich einen ziemlichen Ruf aufgebaut. Wenn Gwenvael in den letzten Monaten in den Nordländern unterwegs gewesen war, hatte er den Namen oft im Flüsterton gemurmelt gehört, und selbst die Frauen, mit denen er eine Nacht das Bett teilte, weigerten sich, über diesen Mann zu sprechen – Gwenvael konnte so überzeugend sein, wie er wollte.

Aber das war nicht mehr wichtig, denn jetzt stand er vor der Burg, und das Einzige, was zwischen ihm und den Toren stand, war eine Reihe von Reinholdts Soldaten.

Gwenvael seufzte noch einmal und bellte: »Ich habe langsam keine Lust mehr zu warten!«

»Drachen haben es nicht so mit der Geduld, was?«

»Nein, haben sie *nicht*!«, höhnte Gwenvael zurück. Normalerweise tolerierte er die Menschen – vor allem Annwyl – mehr als Wesen seiner eigenen Art, aber er war müde, sehr hungrig und gelangweilt. Die Langeweile war das Schlimmste. Wie seine Mutter immer sagte: »Ein gelangweilter Gwenvael bedeutet eine ganze versehentlich zerstörte Stadt.«

Es vergingen noch viele Minuten, und Gwenvael dachte daran, sie alle mit seinen Flammen niederzumähen, nur um sie brennen zu sehen, als sich schließlich ein kleiner, aber kräftig gebauter Mann an den Männern vorbeischob, die den Eingang bewachten. Götter, der Mann hatte keinen nennenswerten Hals. Sein Kopf ging direkt in die Schultern über.

»Ich bin Sigmar«, sagte der Mensch zur Begrüßung, und Gwenvael gab sich größte Mühe, nicht laut aufzulachen. Diese Nordländer ließen seinen Vater direkt warmherzig und verschmust erscheinen.

»König Sigmar.« Gwenvael neigte den Kopf: das Höchste, was ein Mensch je von einem Drachen an Respekt erwarten konnte – es sei denn, der Mensch war weiblich. Über Gwenvael erzählte man sich, dass er sich für die richtige Frau wie ein Hund auf den Rücken rollte.

»Ich bin nicht König, Drache. Es gibt keine Könige in den Nordländern. Ich bin Der Reinholdt und Clanführer dieses Gebietes.«

Egal. »Du hast nach mir gefragt, Reinholdt.«

»Nein. Ich habe nach eurer Annwyl gefragt.«

»Tja, die ist im Moment indisponiert, deshalb hat sie mich als ihren Gesandten geschickt.«

»Ein Drachengesandter für einen Menschen?«

Noch eine Sekunde weiter so, und Gwenvael würde sie alle umbringen. »Aye.«

Reinholdt zuckte die Achseln, sagte aber nichts mehr und

verhinderte so das drohende Blutbad. Das einzige Problem war, dass Reinholdt ganz aufhörte zu reden.

Es kostete Gwenvael seine ganze Kraft, nicht entnervt die Augen zu verdrehen. Er wollte es hinter sich bringen, damit er sich etwas zu essen, Bier und ein oder zwei Frauen für die Nacht suchen konnte. Draußen in der Kälte zu stehen nervte ihn, und der Schnee fror seine Schuppen ein. Er hasste das.

»Noch einmal, Reinholdt, du wolltest mich oder jemanden aus den Dunklen Ebenen sprechen?«

»Nay. Nicht ich, Drache. Die Bestie hat darum gebeten.«

Geduld, Gwenvael. Du bist bekannt für deine Geduld. »Und könnte ich Die Bestie dann vielleicht sprechen?«

Reinholdt tauschte Blicke mit den anderen Männern, bevor er wieder Gwenvael ansah. »Bist du dir da sicher, Drache?«

»Ja«, zischte Gwenvael. »Bin ich.«

Reinholdt nickte und sah die Männer an, die vor dem Tor aufgereiht standen. Die Reihe teilte sich in der Mitte, und Gwenvaels Augen wurden groß, als »Die Bestie« aus dem Pulk von Männern vortrat und auf ihn zukam.

Gwenvael starrte bei diesem Anblick mehrere lange Sekunden auf den Boden, dann konnte er nicht mehr an sich halten und brach in Lachen aus. Er konnte nicht anders.

Das? Das war Die Bestie? Die schreckenerregende Geißel der Nordländer? Kriegsherr und Zerstörer? *Das?*

»Belustigt dich etwas, Drache?«

Runde Glasstücke, die in einem Drahtrahmen steckten, ruhten auf der kleinen Nase der Bestie, und kalte, graue Augen blickten zu ihm auf. Die Glasstücke rutschten ein Stück herab, nur um mit einem gut platzierten Finger wieder hochgeschoben zu werden.

»Du?«, brachte Gwenvael zwischen zwei Lachkrämpfen heraus. »Du bist Die Bestie?«

»So nennt man mich.«

Gwenvael starrte auf die winzige Frau hinab, die vor ihm stand. Sie war sogar noch kleiner als Briecs Talaith, und nichts an dieser Frau sah aus wie eine Kriegerin, eine Assassinin, eine Hexe oder sonst etwas Gefährliches. Sie trug ein extrem langweiliges, langärmliges graues Kleid und Fellstiefel. Sie trug ein kleines Messer an einem Gürtel um die Hüften und hatte hüftlanges braunes Haar, das zu einem Zopf geflochten war.

Die Frau hätte nicht unscheinbarer oder langweiliger oder uninteressanter sein können, auch wenn sie es versucht hätte. Und Gwenvael konnte nicht anders, er musste noch mehr lachen. So sehr, dass er sich schließlich auf den Rücken fallen ließ und herumrollte, wobei seine Drachengliedmaßen auf den Boden einhieben.

Seit Monaten hatte er von dieser Frau als Mann reden gehört, und er hatte mit einem zweiten Hamish oder Annwyls Bruder Lorcan gerechnet. Oder zumindest mit jemandem wie seiner Mutter.

Mit etwas Gefährlichem und Blutverschmiertem. Diese Frau sah aus, als hätte sie nie die Bibliothek verlassen.

Nach mehreren Minuten bekam Gwenvael sich halbwegs in den Griff. Er hörte auf zu lachen, stand aber nicht wieder auf, denn sie stand direkt neben ihm. Das beeindruckte ihn. Die meisten Menschen versuchten alles, um ihm aus dem Weg zu gehen, wenn er in Drachengestalt war.

Sie sah mit diesen kalten, grauen Augen auf ihn herab, die von den Gläsern vor ihnen vergrößert wurden. Diese Glasstücke fand er tatsächlich interessant. So etwas hatte er noch nie gesehen. Er fragte sich, warum sie sie trug.

»Bist du fertig?«, fragte sie kalt.

»Tut mir leid, äh … Bestie.« Er prustete wieder los, unterdrückte es aber schnell wieder.

»Dagmar genügt. Dagmar Reinholdt. Dreizehntes Kind von Dem Reinholdt und seine einzige Tochter.«

Nordländer brachten hauptsächlich männliche Nachkommen hervor, was sie oft dazu zwang, ihre Frauen aus dem Süden zu entführen. Selbst die Blitzdrachen brüteten hauptsächlich Männchen aus. Es war, als sei das Land zu kalt und trostlos, als dass hier weibliche Wesen geboren werden könnten.

»Ich habe deine Königin hergebeten, weil ich etwas erfahren habe, das vielleicht ihr und ihren ungeborenen Welpen das Leben retten wird.«

Gwenvael runzelte die Stirn; er mochte es gar nicht, wenn jemand die kleinen Bastarde seines Bruders »Welpen« nannte.

»Sag es mir, *süße* Dagmar«, spottete er. »Und ich werde es ihr sagen.«

Die Frau blinzelte. Einmal. »Nein.«

Gwenvael setzte sich etwas auf, sodass seine Schnauze nur Zentimeter von ihrer Nase entfernt war. »Was meinst du mit Nein?«

»Ich meine, du hast mich beleidigt. Du hast meine Sippe beleidigt. Und du hast Den Reinholdt beleidigt. Also kannst du zu deiner Schlampe von Königin zurückkehren und zusehen, wie sie stirbt.«

Damit drehte sich Dagmar Reinholdt auf dem Absatz um und ging davon. Nach ein paar Schritten blieb sie stehen, warf ihm einen Blick über die Schulter zu und sagte: »Das, Drache … *das* ist witzig.«

Sie ging zurück zur Burg, und die Soldaten schlossen ihre Reihen. Gwenvael rappelte sich auf und starrte Sigmar Reinholdt an, aber der Clanführer ohne Hals schüttelte nur den Kopf.

»Du bist ein ziemlich dämlicher Bastard, was, Drache?«, sagte er ohne jedes Mitleid. »Wir nennen sie nicht aus Langeweile Die Bestie, weißt du? Jetzt wird sie dir gar nichts mehr sagen.«

Mit einem resignierten Seufzen folgte der Mann seiner Tochter, und seine Söhne folgten ihm.

Die Soldaten schlossen mit gezückten Waffen die Reihen. Jetzt versperrten sie das Tor, und Gwenvael wusste, dass sie ihn niemals freiwillig hineinlassen würden.

Er wusste nicht recht, was er tun sollte, also stieg er in die Luft, und seine Gedanken rasten. Er konnte nicht in die Dunklen Ebenen und zu seiner Sippe zurückkehren mit der Nachricht: »Ich habe sie so verärgert, dass sie mir nichts sagen wollte.« Fearghus würde seinen Hintern zum Abendessen verspeisen. Nicht nur das, er würde nicht zulassen, dass irgendjemand Annwyl oder ihren Kindern etwas antat. Egal, was sie sein mochten: Sie waren seine Familie, und er würde die kleinen Bastarde beschützen, wie er jedes Junge seiner Geschwister beschützt hätte.

Leider hatte er nur eine Möglichkeit. Er würde warten, bis es dunkel war und die kleine Schlampe dann aus der Burg holen. Schließlich war sie eine Frau, und wenn es eines gab, womit sich Gwenvael der Schöne auskannte, dann war das, wie man eine Frau behandelte.

Gwenvael grinste und entblößte die Reißzähne, als er auf die Sicherheit der Berge und die Dämmerung zuflog. Ein paar Stunden mit ihm, und Die Bestie würde darum betteln, ihm erzählen zu dürfen, was sie wusste – und danach würde sie einfach so betteln.

Celia Friedman

Die Seelenjägerin

Roman. Aus dem Amerikanischen von Irene Holicki.
560 Seiten. Broschur

In einer Welt voller Gefahren und Geheimnisse kostet Magie einen schrecklichen Preis – den Tod. Jeder Zauber entzieht einer Seele das Feuer. Doch die dunklen Magister haben andere Wege: Sie nähren sich von der Lebensenergie hilfloser Opfer und sind dadurch fast unsterblich. Die Novizin Kamala aber ist anders – denn die einzige Frau unter den Magistern verfolgt ganz eigene Ziele. Ihr Weg führt sie an den Hof des Königs. Der Thronfolger ist von einer geheimnisvollen Krankheit befallen. Und der zwielichtige Gerion, neuer Berater am Hof, scheint mit Feinden im Bund zu stehen, die noch weitaus gefährlicher sind: den Seelenfressern, uralten Geschöpfen, die die Menschheit schon einmal an den Rand des Aussterbens gebracht hatten. Es obliegt Kamala, die Welt vor ihnen zu bewahren. Ein Epos voll düsterer Kraft, verbotener Magie und immer neuer Überraschungen.

01/1816/01/R

Karen Chance
Unwiderstehlich untot

Aus dem Amerikanischen von Andreas Brandhorst. 496 Seiten. Piper Taschenbuch

Bissig und unwiderstehlich – der neue Bestseller von Karen Chance! Cassie Palmer ist nicht nur äußerst attraktiv, sie hat auch mehr Feinde, als sie zählen kann. Vampire und Magier sind noch das kleinste Übel. Einzig der Vampirsenat unterstützt Cassie, doch der verlangt einen hohen Preis: Sie soll sich endlich auf den verführerischen Meistervampir Mircea einlassen. Und dann heftet sich auch noch der Gott Apollo an ihre Fersen. Um sich – und, nicht zu vergessen, die ganze Welt – zu retten, muss sich Cassie ein für alle Mal ihrem Schöpfer stellen. Der heiße Abschlussband der Serie um Cassie Palmer!

05/2495/01/L

Karen Chance
Dämonisch verführt

Roman. Aus dem Amerikanischen von Andreas Brandhorst. 400 Seiten. Piper Taschenbuch

Dorina ist ein 500 Jahre alter Dhampir – halb Mensch und halb Vampir –, verdammt sexy und fällt öfter mal durch unkontrollierte Zornausbrüche auf, um nur ein paar ihrer ungewöhnlichen Markenzeichen zu nennen. Als ihr Onkel Dracula aus seinem Gefängnis entkommt, muss sich Dorina mit dem gut aussehenden Vampir Louis-Cesare zusammentun. Vampire und Dhampire sind zwar Todfeinde, und Dorina arbeitet sowieso lieber allein – doch gegen ihren berüchtigten Onkel Dracula muss sie jede Hilfe annehmen, die sie kriegen kann. Rasante und verführerische Urban Fantasy für alle Fans von Cassie Palmer!

05/2585/01/R

SEI UNSER
HELD!
PIPER FANTASY
Gleich mitmachen und die magische
Welt der Piper Fantasy erleben! Neugierig?
Dann auf zu www.piper-fantasy.de!
Piper-Fantasy.de
PIPER